JOSHUA TREE

DAS FOSSIL 2

BE
Belle Époque Verlag

joshuatree@weltenblume.de
www.weltenblume.de

Copyright © 2019 Joshua Tree Ltd., Nicosia

Alle Rechte vorbehalten. Nachdruck, auch auszugsweise, nur mit schriftlicher Genehmigung des Autors.

Lizenzausgabe des Belle Époque Verlags, Inh. G. Pahlberg. Wiesenstr. 7, 72135 Dettenhausen, mit freundlicher Genehmigung des Autors.
GPSR Kontakt: GPSRinfo@be-verlag.de

Lektorat: Philip Mehlhop
Korrektorat: Gabriele Rögner
Cover: Ivan Raki
Besonderer Dank: Viktoria M. Keller

Herstellung: Custom Printing, Wal Miedzeszynski 217/1, 04-987 Warszawa, Polen

ISBN: 978-3-96357-064-3

Vorwort

Kein Buch entsteht ohne Hilfe. Mein besonderer Dank gilt dieses Mal dem Kollegen Ralph Edenhofer, der mir als Teilchenphysiker und Ingenieur (ja, das gibt es wirklich) bei der einen oder anderen wissenschaftlichen Fragestellung geholfen hat und nicht müde wurde meine teils wirren Ideen zu kommentieren. Danke auch an den Kollegen Drew Sparks, der mir bei einer kurzen Story-Krise mit seinem Input weitergeholfen hat. Danke (mal wieder) an Viktoria M. Keller, meine unermüdliche Testleserin, die sich jedes Mal tapfer durch meinen Rohtext kämpft und fleißig nach Logiklücken und Langweilern sucht – und das innerhalb weniger Tage, in denen sie alles andere stehen und liegen lässt. Ich kann mich glücklich schätzen, sie an meiner Seite zu haben.

Der vorliegende Band »Das Fossil 2« führt die Geschichte aus »Das Fossil« nahtlos weiter und schließt sie endgültig ab.

Viel Spaß beim Lesen wünscht Ihnen Ihr

Joshua Tree, Kuala Lumpur, November 2018

Filio Amorosa, 2042

Filio stand in der verwüsteten Kammer und war allein. Die Sanitäter und Ärzte waren durch den einzigen Zugang verschwunden und hatten sie mit dem halbzerstörten Glaskasten und den Leichen von Gould und dem Mann im schwarzen Anzug zurückgelassen.

In ihrer Hand hielt sie die winzige Kugel, die sie aus dem Raum unterhalb dieser Glaskammer geborgen hatte. Sie hatte einfach so in der Luft geschwebt, als hätte sie ausschließlich darauf gewartet, dass Filio durch ein Loch im Boden fiel, das sie nicht einmal gesehen hatte. Sie verschwendete keine Zeit damit, sich auszumalen, weshalb das geschehen war oder wie das überhaupt möglich sein konnte. Es kam ihr vor, als durchlebe sie einen Traum – wirr, auf seltsame Art kongruent und doch mit dem leisen Wissen im Hintergrund, dass sich in Kürze alles als eben das herausstellen würde: einen Traum.

In der Ferne hörte sie Geschrei, aufgebrachte Rufe und Lärm, den sie nicht zuordnen konnte. Aber sie hörte keine Schüsse mehr.

Neben sich sah sie die zerbeulte Panzertür, die links von dem Loch im Glaskasten lag. Sie drehte sich zur Seite und sah auf den Mann im schwarzen Anzug hinab, aus dessen linkem Auge der Griff des Messers ragte, mit dem Pano ihn getötet hatte. Abgesehen davon und dem geronnenen Blut, das seine linke Gesichtshälfte bedeckte, wirkte der Fremde seltsam unberührt. Seine Gesichtszüge schienen geradezu entspannt und sein Anzug kaum in Mitleidenschaft gezogen.

Ein kalter Schauer lief über ihren Rücken, als sie den Blick abwandte und zu Peter Gould sah, der verdreht und mit gebrochenem Blick an der Wand lehnte. Es wurde still in ihrem Kopf, als hätte sie, ohne es zu wollen, einfach alles ausgeblendet, was um sie geschah. Wie unter einer Käseglocke, in der die Zeit still stand, starrte sie nacheinander die beiden Leichen und die der getöteten Sicherheitsleute an, bis ihre Augen an dem dunklen Blut im Glaskasten haften blieben. Wie magisch angezogen, beäugte sie die Blutlache und begann, immer schwerer zu atmen.

Das Wissen, dass eine der unglaublichsten Entdeckungen der Menschheit – ein Wesen von solcher Macht und solchem Wissen, das Jahrmillionen überdauert hatte –, erschossen worden sein könnte, machte sie fassungslos. Wenn sie die Zusammenhänge richtig erkannt hatte, hatten Karlhammer und seine Human Foundation ihre immer neuen Wunder im Kampf gegen Armut, Krankheit und Klimawandel einzig dem Erbauer Xinth zu verdanken, der sein Wissen mit ihnen geteilt hatte. Wenn sie auch nicht viel wusste, eines aber mit Sicherheit, nämlich dass die Menschheit noch immer auf die Hilfe dieses Wesens angewiesen war.

Ein Fluch auf ihren Lippen ließ die Glocke zerspringen, unter der sie sich befunden hatte und sämtliche Geräusche drangen wieder auf sie ein wie ein tosender Sturm. Inmitten dieses Sturms richtete sie sich auf, als sie daran denken musste, was Karlhammer ihr versprochen und Xinth ihr gezeigt hatte: Sie musste zum Mars, daran hatte sich nichts geändert – und die Human Foundation hatte eine Möglichkeit gefunden, sie in den nächsten Wochen dorthin zu bringen. Das würde aber nur gelingen, wenn diese Anlage nicht infiltriert oder zerstört wurde. Also hatte sie ein klares Ziel, das es zu erreichen galt.

»Ich bin Filio Amorosa«, knurrte sie, während sie ihre blutbesudelten Ärmel hochkrempelte und in den schmalen Flur stapfte. »Ich habe schon schlimmere Probleme gelöst.«

Wieder in der Kaverne mit den vielen Arbeitsbereichen angekommen, verschaffte sie sich einen kurzen Überblick: Einige Trennwände waren zerstört und in den Trümmern lagen die Leichen von Rotuniformierten. In manchen Parzellen stritten Männer und Frauen miteinander, andere hatten sich unter ihre Tische verkrochen und schluchzten, während vier Sicherheitsleute nahe dem Zentrum hockten und sich gegenseitig mit Bandagen versorgten. Aus allen Ecken und Richtungen hörte sie Wehklagen und Schmerzenslaute.

Kurzentschlossen bog sie in den ersten Arbeitsbereich, ein abgetrenntes Karree, in dem sich vier lange Werkbänke befanden, auf denen offenbar mithilfe von Roboterarmen irgendwelche Platinen hergestellt wurden. Unter der ganz linken Werkbank hockten vier Gestalten in roten Overalls, die ihre Knie umschlungen hatten und sie ängstlich ansahen.

»Aufstehen«, sagte sie. Als sich niemand rührte, wiederholte sie lauter: »AUFSTEHEN!«

Nach kurzem Zögern sahen sie sich an und kamen unter dem Tisch hervorgekrochen. Ohne dass sie etwas hätte sagen müssen, reihten sie sich vor ihr auf und sahen sie erwartungsvoll an, auch wenn sie große Augen machten, als sie ihre blutverschmierte Kleidung musterten.

Vielleicht mache ich ihnen Angst? Gut so, dachte Filio.

»Haben Sie Funkgeräte?«, fragte sie laut.

»Äh ... ja, die haben wir alle«, meinte einer, ein junger Kerl mit krausen Locken und deutete auf ein kleines Armband an seinem Handgelenk.

»Gut. Funken Sie durch, dass die akute Gefahr gebannt ist und ... gibt es eine Art Kontrollzentrum oder so etwas?«

»Eine Zentrale, ja!«, warf eine junge Frau ein, der verschwitze blonde Locken in ihrem faltigen Gesicht klebten. Sie deutete vage nach Osten.

»Gut. Funken Sie auch durch, dass die Zentrale sofort wieder besetzt werden soll, falls das noch nicht der Fall ist. Die Evakuierung muss abgebrochen werden«, befahl Filio und deutete auf die Frau, die gehorsam nickte und in ihr Handgelenk zu sprechen begann. An den Mann gewandt fuhr sie fort: »Sie sammeln sämtliche Waffen ein, die herumliegen, auch in Xinths Kammer. Ich will nicht, dass sich jemand selbst verletzt oder in Panik gerät und auf dumme Gedanken kommt. Bringen Sie alle hierher auf eine der Werkbänke, vielleicht brauchen wir sie später noch. Verstanden?«

Der Mann nickte und sie scheuchte ihn und die beiden anderen fort. »Also los, macht schon!«

Als sie den Arbeitsbereich im Dauerlauf verlassen hatten, nickte auch die Blondine und Filio lief ebenfalls wieder in den Hauptgang zwischen den einzelnen Bereichen. Eilig schritt sie zu den vier Söldnern, die gerade ein Erste-Hilfe-Set plünderten und räusperte sich.

»Wie ist sein Status?«, fragte sie zackig und deutete auf den, der ausgestreckt auf dem Boden lag und von den anderen versorgt wurde. Offenbar wussten sie nicht genau, was sie anstellen sollten.

Ein anderer mit grauen Schläfen und knotigen Muskeln, die sich unter seinem Shirt spannten, sah mit gerunzelter Stirn zu ihr auf.

»Und wer sind Sie?«

»Die, die hier gerade das Sagen hat«, sagte sie knapp und brachte ihn mit einer Geste zum Schweigen, als er etwas erwidern wollte. »Außerdem bin ich Ärztin und dieser Mann da«, sie deutete auf den Verletzten, »hat einen Schulterdurchschuss abseits der Herzarterien erlitten, wie ich von hier sehen kann. Er ist also transportabel. Zwei von Ihnen sollten ihn schleunigst zur Krankenstation bringen.«

Die beiden anderen sahen zuerst den Grauhaarigen an, der jedoch Filio fixiert hatte, also gab sie ihnen einen Wink. »Machen Sie schon, oder wollen Sie, dass Ihr Kamerad verblutet?«

Nach einem letzten kurzen Zögern packten die beiden den Verletzten und liefen mit ihm fort, während der Verbliebene sich vor ihr aufrichtete. »Wer sind Sie?«

»Doktor Amorosa«, sagte sie und schüttelte den Kopf. »Aber das Kennenlernspiel verschieben wir auf später. Wir haben dringlichere Probleme.«

»Ich kenne Sie nicht.«

»Ist mir egal. Wie Sie sicherlich mitbekommen haben, haben wir ein Sicherheitsproblem, das wir schleunigst beheben müssen und wie es der Zufall will, weiß ich, wie wir das tun können. Ich weiß außerdem, dass wir Ordnung in das Chaos bringen müssen und wie ich gerade gesehen habe, ist das bei Ihnen nicht der Fall. Wenn Sie anderer Meinung sind: bitteschön. Falls Sie wissen, was Sie tun, wird Karlhammer Sie nach seiner Genesung sicherlich befördern. Falls nicht ...«

Der Söldner schien etwas Wütendes erwidern zu wollen, doch sein Mund klappte nur kurz auf und wieder zu. Zurück blieb ein grimmiger Gesichtsausdruck. Freunde würden sie wohl nicht werden, aber das hatte Filio auch gar nicht vor.

»Das hätten wir also geklärt. Dann tun wir jetzt, was getan werden muss. Sind Sie mit dem Störsendersystem vertraut?«

»Ich weiß von seiner Existenz.«

»Gut. Wissen Sie, wo sich die Ingenieure und Wartungsleute befinden, die dafür zuständig sind?«, fragte sie und der Söldner deutete auf einen der vielen Arbeitsbereiche, über dem ein Kran schwebte.

»Sagen Sie Ihnen, dass einer der Störsender ausgegraben und zerstört wurde. Es müsste derjenige sein, der sich in direkter Linie zwischen dem Eingang, durch den die beiden Agenten und der Soldat hereingebracht wurden, und McMurdo befindet. Die Lücke im Störfeld muss als allererstes geschlossen werden, verstanden?«

»Verstanden«, erwiderte der Söldner, rückte seine Panzerweste zurecht, die hauteng über seinem Muskelshirt saß und schnappte sich sein Gewehr vom Boden, bevor er in Richtung des abgetrennten Ingenieursbereichs lief, auf den er zuvor gedeutet hatte.

»Hey, Soldat«, rief sie ihm hinterher und er hielt inne, um sich ihr zuzuwenden.

»Hm?«

»Ihr Name?«

»Treuwald.«

»Danke, Treuwald.« Sie nickte ihm ein letztes Mal zu und lief in den östlichen Korridor, wo sie beinahe mit einer dunkelhaarigen Frau zusammenstieß, die gerade aus einer angrenzenden Tür gestolpert kam.

»Huch«, machte sie, als sie sich im letzten Moment mit ausgestreckten Armen aneinander abfedern konnten.

»Wo geht es zur Zentrale?«, fragte Filio und die Frau runzelte kurz die Stirn, bevor sie den Korridor hinab deutete.

»Die dritte Tür links.«

»Danke.« Ohne ein weiteres Wort lief sie unter dem warmen Licht der Deckenleuchten durch den Gang und zählte die Türen. Bei der dritten klopfte sie an das kalte Panzermetall.

Nichts geschah.

»Ist da jemand drin?«, rief sie laut, doch niemand antwortete ihr.

»Suchen Sie jemanden?«, fragte eine Stimme von rechts und Filio sah in das Gesicht eines jungen Mannes in schwarzem Overall, der ein wenig gehetzt dreinblickte und eine Keycard durch den Schlitz neben der Tür zog.

»Ja. Diesen Raum«, erwiderte sie und zog die Tür auf, um hineinzugehen, noch bevor sein Protest erfolgte.

»Warten Sie!«, rief er, doch sie stand bereits in dem rechteckigen, schmucklosen Raum mit den mit Displayfolie ausgekleideten Wänden und den vielen Schreibtischen. Es gab ein Dutzend Feedbackstühle, über die sich AR-Elemente bedienen ließen und auf sechs von ihnen saßen Männer und Frauen in schwarzen Overalls und gestikulierten hektisch.

»Sie dürfen nicht hier drin sein«, protestierte der Mann, der ihr unfreiwillig die Tür geöffnet hatte.

»Doch, das darf ich. Ich leite die Marsmission und Karlhammer ist auf dem Weg zur Krankenstation.«

»Was?«

»Karlhammer wird so schnell keine Durchsagen mehr machen, aber Ihre Kollegen dort«, sie deutete auf die besetzten Feedbackstühle, »dürften das bereits wissen. Es gibt einiges zu tun, wenn wir nicht wollen, dass der Feind weitere Agenten einschleusen kann. Das wollen wir doch nicht, oder?«

»Der Feind?«, fragte der junge Mann und riss die Augen auf, als habe er den Teufel selbst gesehen. »Er war hier?«

»Ja. Er hat versucht, Xinth zu töten, und vielleicht hatte er damit auch Erfolg.«

»Xinth? Oh mein Gott.« Vor den Augen ihres Gegenübers schien die ganze Welt zusammenzustürzen und sie durfte es jetzt nicht übertreiben, sonst würde er noch schreiend davonlaufen.

»Wir kriegen das hin, hören Sie ...« Filio sah auf sein Namensschild, das ihn als Jonathan Bateman auswies. »Bateman. Wir müssen jetzt schnell und entschlossen handeln und das bekommen wir hin, wenn wir zusammenarbeiten. Kriegen wir das hin?«

Der junge Operator nickte mit bebenden Lippen. Seine Augen waren noch immer geweitet, doch er schien sich langsam wieder zu beruhigen.

»Also gut, Bateman«, sagte sie und deutete auf einen der freien Stühle. »Legen Sie los. Können Sie mich hören, wenn Sie eingestöpselt sind?«

»Mhm.« Bateman nickte eifrig und warf sich auf einen der freien Plätze, bevor er eine Datenbrille aus einer Halterung davor riss und sie sich auf den Kopf schob.

»Was haben Sie von hier aus alles unter Kontrolle?«, fragte sie und betrachtete die Displayfolien, die sämtliche Wände verdeckten und auf denen allerlei Kamerabilder, Diagramme und Zahlenfolgen hin und her flogen, so schnell, dass man es nur mit Datenbrillen erfassen konnte.

»So gut wie alles«, antwortete Bateman und schien viel fokussierter, seit er die Brille auf dem Kopf hatte. »Kameras, Klima- und Atmosphäresteuerung, sämtliche elektronischen Geräte der Belegschaft – suchen Sie sich etwas aus.«

»Wie viel Personal gibt es?«

»Achthundert.«

»Achthundert?«, fragte sie überrascht. »Wie groß ist die Anlage?«

»Hundertvierzigtausend Quadratmeter mit sämtlichen Räumen auf allen Ebenen.«

»Meine Güte«, hauchte sie und versuchte, sich diese unglaublichen Zahlen in konkreten Räumen vorzustellen. Es wollte ihr einfach nicht gelingen. Filio schüttelte sich und legte Bateman eine Hand auf die Schulter. »Wie viele Eingänge gibt es zur Pyramide?«

»Zwei, von denen wir wissen.«

»Von denen Sie wissen?«

Bateman zuckte mit den Schultern. »Karlhammer war sich nie sicher, ob Xinth uns wirklich alles verrät. Er hat uns von Anfang an nur Stück für Stück ins Vertrauen gezogen.«

»Also gut, funken Sie das Sicherheitspersonal an. Die werden ja einen Vorgesetzten haben, der noch lebt, oder?«

»Ja, Captain Brown. Ihm unterstehen zweihundert Mann.«

»Gut. Sagen Sie ihm, dass er jeweils ein Drittel seiner Leute an einem der Eingänge postieren soll. Das letzte Drittel wird aufgeteilt an den sensibelsten Punkten: Krankenstation und Zentrale.«

»Und Ebene Null«, schlug Bateman vor.

»Ebene Null?«

»Wo sich das Marsprojekt befindet.«

Das Marsprojekt, dachte Filio und konnte ihrem Drang, ihn über diese Ebene auszuquetschen, nur mit Mühe widerstehen. Sie musste sich daran erinnern, dass es jetzt und hier wichtigere Dinge gab.

»Also gut, schließen Sie Ebene Null mit ein.«

Bateman begann zu gestikulieren und ziehende und wischende Bewegungen mit seinen schlanken Fingern zu vollführen.

»Schicken Sie außerdem ein Team als Begleitschutz für

Treuwald, einen von Captain Browns Männern, mit. Er ist mit Technikern auf dem Weg nach draußen, um einen defekten Störsender zu reparieren. Da es sich um einen Störsender handelt, schätze ich nicht, dass Sie von hier sehen können, welcher davon defekt ist?«

Bateman schüttelte den Kopf.

»Also gut. Als Nächstes brauchen wir ein Team, das die Toten identifiziert und durchgibt. Sie sollen an einem zentralen Platz gesammelt werden. Sie wissen besser als ich, wo das sein sollte. Sämtliches medizinisches Personal, das noch nicht auf der Krankenstation ist, soll sich dorthin begeben. Es gibt doch sicher Mitarbeiter, die für Katastrophen wie einen Brandfall besonders geschult wurden, oder? Gut. Funken Sie die an, sie sollen dafür sorgen, dass alle Verletzten zur Krankenstation gebracht werden. Mitarbeiter mit Ersthelferausbildung sollen ebenfalls mitkommen.«

»Verstanden«, sagte Bateman und wurde in seinen Gesten noch ein wenig eifriger.

»Haben wir Kontakt nach draußen?«

»Ja, über Satellit.«

»Wurde bereits Verstärkung angefordert?«, fragte sie.

»Ja, durch den Evakuierungsbefehl wurde automatisch das Hauptquartier informiert.«

»Gut, sagen Sie denen, dass wir so viel Feuerkraft wie möglich brauchen. Ich schätze, dass Sie noch mehr von diesen Söldnern auf der Gehaltsliste haben, oder?«

»Das ist korrekt. Es wird aber dauern. Die größten Kontingente befinden sich in Südafrika und Indonesien.«

»Wie lange?«

»Schwer zu sagen. Die mobilen Eingreiftruppen mindestens fünfzehn Stunden.«

»Das ist lange«, meinte sie und rieb sich mit einer kalten

Hand über die Stirn. »Aber es wird gehen müssen. Die Ingenieure sollen einen Weg finden, die Zugänge zu verbarrikadieren, sobald das Team von dem Störsender zurück ist. Als Nächstes müssen wir sicherstellen, dass die Versorgung mit Trinkwasser und Nahrungsmitteln weiterläuft. Captain Brown soll für die Verteilung sorgen.«

Filio betrachtete den jungen Mann und seufzte. »Können Sie mich über ein Lautsprechersystem mit der gesamten Basis verbinden, damit man mich überall hört?«

»Ja, das ist kein Problem«, sagte Bateman abwesend, ohne in seinen Gesten innezuhalten. »Sie können sprechen.«

»Hier spricht Filio Amorosa. Ich befinde mich aktuell in der Zentrale. Der Evakuierungsbefehl wurde rückgängig gemacht. Es gab einen Eindringling, der versucht hat, den Erbauer zu ermorden. Der Eindringling wurde ausgeschaltet, doch Luther Karlhammer und der Erbauer befinden sich in der Krankenstation und die Ärzte kämpfen aktuell um beider Leben. Es besteht aktuell keine akute Gefahr mehr für Ihre Sicherheit. Halten Sie sich in Sicherheitsfragen an die Ansagen von Captain Brown und seinem Personal und leisten Sie ihnen Folge. Um Ihre medizinische Versorgung wird sich bemüht. Bleiben Sie ruhig und professionell.« Filio überlegte. Was sie als Nächstes sagen würde, war ein Risiko, aber sie musste improvisieren. »Sie sind die Besten der Besten, darum sind Sie für dieses Projekt ausgewählt worden. Mr. Karlhammer erwartet von Ihnen, dass Sie diese Professionalität auch jetzt unter Beweis stellen. Unsere Mission hier unten ist noch nicht beendet und wir lassen uns von dem Feind nicht an unseren Zielen und Idealen hindern. Sie erhalten Ihre Befehle aus der Zentrale. Halten Sie zu jeder Zeit Kontakt mit mindestens einer anderen Person und leisten Sie sämtlichen Durchsagen zügig Folge. Amorosa Ende.«

Sie tippte Bateman an, der daraufhin die Verbindung trennte.

»Was denken Sie?«, fragte sie den Operator nachdenklich.

»Ich denke, dass es ein Glücksfall ist, dass Sie hier sind. Wer auch immer Goulds Ersatz ist, hat entweder gerade eine Panikattacke oder ist dem Feind zum Opfer gefallen«, gab Bateman zurück, ohne in seinen Gesten innezuhalten. Es kam ihr beinahe vor, als rede sie mit einem Roboter.

»Sie wissen nicht, wer hier die Nummer Zwei ist?«

»Nein. Es ist nicht so, als wären beim Dienstantritt Organigramme verschickt worden. Die ganze Sache ist so geheim, dass wir tausende Unterschriften leisten mussten und jedes Ferngespräch mit der Familie überwacht wird. Außerdem: Mr. Karlhammer ist nicht gerade dafür bekannt, dass er überhaupt jemandem Befugnisse erteilt, wenn es nicht unbedingt notwendig ist.«

»Wo wir gerade über Karlhammer sprechen ... er sagte mir, dass ich mir einige Aufzeichnungen anschauen solle, die er von der Mars One Mission abgefangen haben will?«

Batemans Kopf wandte sich ganz langsam zu ihr herum und er hob mit einer Hand die Brille so weit an, dass er zu ihr aufsehen konnte. Ihr entging nicht, dass seine Finger leicht zitterten. Als sich ihre Blicke trafen, zuckte der junge Mann zusammen.

»Ich weiß nicht ...«

»Schon klar, Sie wissen von nichts«, fuhr Filio ihn ungehalten an. »Können wir uns diese Scharade bitte sparen? Ich muss wissen, was dort vor sich gegangen ist. Außerdem würde ich wohl kaum von der Existenz des Materials wissen, wenn Karlhammer mir nicht davon erzählt hätte, oder? Denken Sie nach!«

Als Bateman wieder den Mund öffnen wollte, hob sie mahnend einen Zeigefinger in seine Richtung. »Ich habe mit Xinth ... gesprochen, kurz bevor er ohnmächtig geworden ist und was er mir gezeigt hat, muss mit den Daten abgeglichen werden, die wir von der Mars One haben. Also, zeigen Sie sie mir!«

Es klopfte an der Tür, bevor der Operator etwas erwidern konnte und sie sah ihn fragend an. Er machte eine Geste und auf einem rechteckigen Bereich der Displaywand zeigte ein gestochen scharfes Kamerabild einen müden Pano Hofer, der vor der Tür stand und ungeduldig in die Kamera starrte.

»Das ist Capitono Hofer«, sagte sie. »Lassen Sie ihn herein und zeigen Sie mir die verdammten Daten.«

Ich muss es wissen, dachte sie immer wieder und dieser eine Satz verfestigte sich in ihrem Inneren wie ein Mantra.

Mars, 2039, gestohlene Aufzeichnungen der Human Foundation

»Hey Javier«, rief Filio ihrem Kameraden zu, der sich gerade mit dem Wartungspanel abmühte, das sich rot von dem weißen Zylinder des Kilopower-Kernreaktors abhob. Der ragte vor dem spanischen Astronauten auf wie eine kleine Litfaßsäule, die bereits von ersten Sandschwaden bedeckt war.

»Hm?«

»Wie lange brauchst du noch?« Filio sah zu ihrem Rover hinüber, dessen Dach aus Solarzellen in der Sonne glänzte und den falschen Eindruck vermittelte, es könnte tatsächlich warm sein außerhalb ihrer Anzüge.

»Du willst mich doch nicht drängen, während ich gerade an einem Kernreaktor herumhantiere, oder?«, fragte Javier über Funk, nahm die Platte ab und begann Eingaben auf dem kleinen Display vorzunehmen, das sich dahinter befand.

»Das ist doch eher ein kleines Reaktorchen«, erwiderte sie gut gelaunt, als sie von einer zweiten Verbindung unterbrochen wurde.

»Hey, hier ist Timothy. Der Sandsturm im Osten hat sich deutlich schneller gelegt als erwartet und wir sollten in der nächsten Stunde wieder halbwegs gutes Wetter bekommen.«

»Verstanden, Command«, antwortete Filio dem Protokoll

entsprechend und sah zu, wie Javier die Klappe gerade wieder verschloss.

»Auch der hier läuft nach Plan. Ich denke, wir können die Überprüfungsintervalle ruhig ein wenig verringern.«

»Nein, wir machen das nach Protokoll«, beharrte sie. »Sobald wir eine Sache schleifen lassen, lassen wir auch eine zweite Sache schleifen und das endet nie gut.«

»Meinetwegen. Fahren wir zurück?«

Statt zu antworten, winkte Filio ihn Richtung Rover, den sie bereits erreicht hatte, und zog die Tür zur Fahrerkabine auf. Als sie beide Platz genommen und das Heulen des kalten Windes ausgesperrt hatten, fuhren sie in westliche Richtung davon.

»Check mal EDIs Navigationsdaten. Nicht, dass der Sturm noch immer für Interferenzen im Netzwerk sorgt«, schlug Javier vor. Er saß am Steuer und lenkte über die steinige Marsoberfläche hinweg Richtung Basislager, das sich zwei Meilen entfernt in einer Basalthöhle befand. Ab und zu versperrten größere Felsbrocken, die sie umfahren mussten, ihren Weg, was dafür sorgte, dass sie nur langsam vorankamen.

»Hm, EDI empfängt offenbar ein Signal aus dem Osten.«

»Einer von uns?«, fragte der Spanier.

»Ich glaube nicht. Es ist vierzig Kilometer entfernt«, erwiderte sie. »Command, hier ist Rover Eins. Seht ihr dieses Signal, auf das EDI hinweist?«

»Hier Timothy, ja, wir sehen es auch und haben schon bei Mission Control angefragt, bekommen aber keine Verbindung. Offenbar sind die atmosphärischen Interferenzen aufgrund des Sturms noch zu stark.«

»Kann das jemand von uns sein?«

»Negativ. Ihr seid die Letzten, die draußen sind, der Rest ist bereits in der Basis angekommen.«

»Vielleicht ein abgestürzter Satellit?«, schlug Javier vor. »Oder eine unserer Aufklärungsdrohnen, die runtergefallen ist?«

»Das Signal entspricht nicht den Transpondercodes unserer Drohnen, aber ausschließen kann ich es auch nicht«, antwortete Timothy und seine Stimme schwankte kurz in einem Anfall statischen Rauschens.

»Sollen wir nachsehen? Unsere Akkus sind voll aufgeladen und das Bordsystem schätzt unsere Fahrzeit auf etwa zwei Stunden. Da sich die Signalquelle direkt unter einer hohen Felsklippe befindet, halten wir uns genau auf der richtigen Seite auf, um sie ohne Umwege erreichen zu können«, schlug Filio vor.

»Ich sehe mir gerade die letzten Satellitenbilder an. Das Signal ist von uns aus zwar nicht auf den Meter genau lokalisierbar, da wir noch immer keinen Livekontakt mit dem Orbit herstellen können, aber wenn mich nicht alles täuscht, ist es in der Nähe des Monolithen.«

»Du meinst den rechteckigen Felsbrocken, der von der Klippe gestürzt ist?«

»So die Theorie. Da die letzte Aufnahme vom Mars Reconnaissance Orbiter aus dem Jahr 2005 stammt, ist das schwer zu sagen«, gab Timothy über Funk zurück. »Wie dem auch sei: Wenn ihr die Signalquelle gefunden habt, könnt ihr von dem Monolith-Ding auch gleich ein paar schicke Fotos machen, damit wir den Eierköpfen daheim eine Freude machen.«

»Verstanden«, erwiderte sie und beendete die Verbindung.

Javier drehte den Rover um einen großen braunen Hinkelstein und sie fuhren mit hoher Geschwindigkeit zurück Richtung Osten. Der Staubsturm war am östlichen Horizont als eine Art dunkle Wand zu sehen – Schwarz, körnig und wegen der ständigen Blitze flackernd. Glücklicherweise hatte es sich nicht um einen der gefürchteten globalen Superstürme gehandelt, die bisweilen die halbe Marsoberfläche bedeckten. Der feine Staub des roten Planeten schmirgelte alles glatt und setzte sich selbst in die bestgeschlossensten Ritzen der Geräte – dadurch wurden Außeneinsätze so gut wie unmöglich. Unmöglich wurden auch die Sichtverhältnisse, da man Objekte nur noch in wenigen Metern erkennen konnte.

Anders als auf der Erde gab es auch deutlich heftigere Blitze. In dem vorbeigezogenen Sturm, dessen hintere Ausläufer sie jetzt betrachteten, konnte man aus dem Orbit mehrere hundert Blitzschläge gleichzeitig messen.

Die Fahrt führte sie an einer langen Hügelkette vorbei, hinter der sie in den Rückspiegeln noch die Spitze der Mars One sehen konnten, die hoch aufgerichtet wie bei ihrem Start halbverlassen dastand. Seit sie in die Modulbasis in den Vulkanhöhlen umgezogen waren, um sich besser vor der heftigen Strahlung des Mars zu schützen, wurde sie nur noch als Arbeits- und Forschungsbereich genutzt.

Sämtliche Missionsmitglieder beteiligten sich akribisch an der Pflege ihres Raumfahrzeugs, weil es ihr einziger Weg zurück zur Erde war, die von hier aus nicht viel mehr als ein weiterer der vielen Sterne am Himmel war. Sie strahlte ein wenig heller als die anderen, aber das war's auch schon.

»Das Signal sendet auf sämtlichen Frequenzbändern«, erklärte Filio, und jedes gesprochene Wort wurde automatisch an EDI in der Basis und von ihr als Backup an die Satelliten im Orbit übermittelt.

»Spricht eher für einen abgestürzten Satelliten. Die integrierten Bergungsbarken tun das doch, oder?«, meinte Javier. Seine Stimme knackte und knisterte in der Übertragung.

»Schon möglich.« Filio klang entspannt. »Sehen wir nach. Eine kurze Fahrt wird nicht schaden und vielleicht können wir uns vorm Zubereiten des Abendessens drücken.«

»Scheiße, wir sind ja heute dran.«

»Oh ja«, schaltete sich Timothy aus der Zentrale ein. »Wir warten gern auf euch, haben ohnehin nicht so viel Hunger. Oder Leute?«

Aus dem Hintergrund waren Gelächter und laute Sprüche zu hören, die sich allerdings im Funk überschnitten und zu Störgeräuschen führten.

»Sehr nett von euch. Wir werden die Signalquelle sehr genau untersuchen«, drohte Filio scherzhaft und die Basis klinkte sich wieder aus.

»Was denkst du, warum wir keinen Kontakt zu den Satelliten mehr haben? Jetzt, wo der Sturm abgezogen ist, sollten sie uns doch antworten, oder?«, fragte Javier, während er sie über ein Feld mit faustgroßen Regolithsteinen steuerte und die Armaturen ratterten.

»Schwer zu sagen. Vielleicht sind die höheren Atmosphärenschichten noch zu stark aufgeladen?«

»Hmpf. Ich weiß es nicht. Aber wir hatten doch auch einen Tag nach unserer Landung einen Sturm und da hatten wir zwar Interferenzen, aber keinen Kontaktausfall. Außerdem sendet EDI noch immer und hat sie schon per Laser angepeilt. Sie sind noch da oben.«

»Nun, einer von ihnen offenbar nicht mehr«, entgegnete sie.

»Offensichtlich.«

Sie fuhren weiter über die rot-braune Ebene aus lockerem Sediment, das von dem leichten Wind aufgewirbelt wurde. Etwa in Kniehöhe wallte eine Art Dunstschicht aus Staub Richtung Osten. Sie sah aus wie schmutziger Bodennebel, und schien von der sich entfernenden Sturmfront geradezu angesogen zu werden. Aus dem Orbit sah es beinahe aus, als wandere die Marsoberfläche dem Sturm hinterher.

Nach etwa zwei Stunden erreichten sie die etwa vierhundert Meter vor ihnen aufragende Steilklippe nordöstlich des Olympus Mons, in dessen Nähe sich ihre Station unter der Oberfläche befand. Bei ihr handelte es sich um eine Art Abbruchkante der darüber liegenden Ebene, von der ständig größere Brocken abfielen und als riesenhafte Hinkelsteine am Fuß der Erhebung liegenblieben.

Noch vor allem anderen sahen sie den Monolithen, der dort hoch aufragend und mit perfekt gleichförmigen Kantenlängen stand. Es bedurfte keines zweiten Blickes um zu erkennen, dass es sich bei dem Gebilde nicht um etwas Natürliches handelte, wie nach den übermittelten Kamerabildern des Mars Reconnaissance Orbiters im Jahr 2005 vermutet worden war. Damals war die Auflösung der aus über zweihundert Meilen Entfernung aus dem Weltraum aufgenommenen Bilder zu schlecht gewesen, um es mit Sicherheit sagen zu können. Doch dieser Monolith war so symmetrisch und seine Kanten so scharf umrissen, dass es keinen Zweifel geben konnte.

Javier parkte ihren Rover etwa zehn Meter entfernt und sie stiegen langsam, geradezu behäbig aus.

»Meine Güte«, funkte Filio atemlos. Ihre Stimme echote in ihrem Helm und setzte sich durch den Funk fort, was ihr einen geisterhaften Klang verlieh.

Vorsichtig näherten sie sich dem Monolithen, der etwa sechs Meter hoch und zwei Meter breit war. Während Javier ein Gerät nach vorne hielt und Werte von seinem

Helmdisplay ablas, ging Filio ein Stück näher und legte eine Hand auf die anthrazitfarbene Oberfläche.

»Hey, warum müssen Frauen immer alles anfassen?«, fragte Javier und holte zu ihr auf.

»Wir fassen nicht alles an«, widersprach sie. »Nur interessante Dinge, darum gehen viele Männer auch leer aus.«

»Sehr witzig. Das Ding strahlt übrigens, aber nur wenige Dutzend Millisievert, was bei den allgemeinen Strahlungswerten hier draußen auch keinen großen Unterschied mehr macht. Heilige Scheiße, das Ding ist wirklich hier, oder?«

»Ja«, hauchte Filio, über den Funk kaum hörbar. »Es ist wirklich hier.« Sie machte einige wischende Bewegungen auf der glatten Oberfläche.

»Keine Staubablagerungen, nichts.«

»Nanonische Oberfläche?«

»Ich weiß es nicht. Es ist jedenfalls extrem glatt, wenn nicht einmal der Marsstaub darauf haftet«, sagte sie und klopfte sich auf den linken Arm, was die braune Schmutzschicht darauf in eine kleine Wolke verwandelte. Einen Augenblick später war das Weiß ihres Raumanzugs an dieser Stelle wieder beigefarben.

Ihr Kopf wandte sich wieder dem fugenlosen Material zu, das dort an sich nicht sein durfte.

»Ich fasse es nicht«, meinte Javier aufgeregt, während sie das Objekt umkreisten und von allen Seiten begutachteten. »Wir müssen das ins Labor bringen, um Untersuchungen anzustellen.«

»A-a«, widersprach Filio. »Missionsprotokolle. Wir dürfen nichts mit reinnehmen, was zu einer Gefahr für die Station werden könnte.«

»Wie sollte das zu einer Gefahr werden? Es ist ein Monolith und dazu noch ein sehr flacher.«

»Er ist schon für sich genommen eine Gefahr, weil er ganz offensichtlich außerirdischen Ursprungs ist. Und wenn mein Messgerät nicht verrückt spielt, ist er exakt minus hundertdreiunddreißig Grad Celsius kalt, also genau die Umgebungstemperatur, was ...«

»Das wissen wir doch gar nicht, Filio«, meinte Javier und sah zu der Oberkante des Monolithen auf, über den die Sonne auf sie herabschien.

»Doch, das steht hier.« Sie hielt ihm das kleine Display entgegen, obwohl sie natürlich wusste, was er meinte. Als er den Kopf schüttelte, seufzte sie ergeben. »Wer soll denn sonst so ein Ding hierher stellen, wenn nicht Außerirdische?«

»Die Chinesen vielleicht? Wenn etwas Unwahrscheinliches eintritt, ist meist die wahrscheinlichste Erklärung zutreffend. Chinesen oder Außerirdische, was scheint dir logischer, hm?«

»Chinesen, die heimlich vor uns eine Mission zum Mars organisiert haben, ohne dass die Welt etwas davon mitbekam?« Filio drehte sich zum Rover um, der stoisch im leichten Wind stand und sich von dem kniehohen Staubnebel nicht beeindrucken ließ. Der Kontrast zwischen dem Fahrzeug mit seinen vielen Sensoraufbauten und den unzähligen Aufschriften verschiedener Konsortien, Behörden und Hersteller zu dem absolut ebenmäßigen, perfekt symmetrischen und gleichfarbigen Monolithen hätte größer nicht sein können und doch teilten sie eine zentrale Eigenschaft: Sie sahen künstlich aus und waren bereits auf den ersten Blick als Fremdkörper an diesem Ort erkennbar.

»Filio an Command, wir haben euren Monolithen gefunden, aber ... das ist kein Felsbrocken, der zufällig rechteckig ist«, funkte sie an die Basis.

Es rauschte und knackte kurz, dann meldete sich Timothy zu Wort: »Was meinst du? Was ist es dann?«

»Ich ... ich weiß es nicht. Es ist aber definitiv künstlichen Ursprungs.«

»Könnt ihr uns ein Foto senden?«

»Ja, warte«, sagte sie und hielt ihren Arm ein wenig nach vorne. Es piepte kurz und sie fuhr fort: »Habt ihr es bekommen?«

»Ja ... äh ... ja, Filio, wir sehen es gerade. Die anderen stehen alle hinter mir. Was zum Teufel ist das?«, erwiderte Timothy stockend.

»Das sieht aus wie das Ding aus Arthur C. Clarkes Büchern«, rief jemand anders in den Funk.

»Was sollen wir damit machen?«, fragte Javier.

»Wir müssen es zur Basis holen«, sagte Timothy ohne Umschweife.

»Aber das Protokoll ...«, wollte Filio einwenden, wurde aber von dem Piloten unterbrochen.

»Protokoll? Du machst wohl Witze. Dieses Ding dürfte gar nicht existieren und wir sind eine Forschungsmission«, meldete sich Strickland zu Wort. Die Forschungsleiterin der Mission klang klar und deutlich durch den Funk, was bedeuten musste, dass sie Timothy von dem Mikrofon verdrängt hatte. Sie klang aufgeregt und konnte kaum verbergen, dass sie nur mit Mühe an sich halten konnte. »Das ist eine Sensation. Mein Gott. Ein Artefakt? Was ist das? Gibt es eine Fuge, einen Knopf, eine Vertiefung ... irgendetwas?«

»Nichts, was wir erkennen könnten. Es strahlt ganz leicht radioaktiv, hat Javier gesagt«, antwortete Filio. »Ich kann es nicht erlauben. Die Missionsprotokolle sind eindeutig ...«

»Filio«, schaltete sich Strickland sofort wieder ein und

seufzte so laut, als wäre sie nicht beinahe fünfzig Kilometer entfernt, sondern stünde direkt neben ihr. »Das ist etwas, was wir nicht ignorieren dürfen. Die Missionsprotokolle wurden niemals darauf ausgelegt, so ein ... Artefakt zu finden! Wir können das doch nicht einfach dort stehen lassen.«

»Wir können es aber auch nicht transportieren«, warf Javier ein und wandte sich zu Filio um. Sie standen dort zwischen dem Rover und dem Monolithen wie zwei winzige weiße Spielfiguren.

»Bitte, Filio. Wir müssen das näher untersuchen«, sagte Strickland, jetzt ein wenig beherrschter als zuvor.

Es gab eine längere Pause, in der nur das leichte Rauschen des Windes zu hören war, der im Funk knisterte.

»Also gut, du hast recht«, lenkte sie schließlich ein. »Bringt den Lastenrover mit dem Kran her. Wir haben noch sechs Stunden Tageslicht und damit Energie auf den Solarzellen. Packt Ersatzakkus ein, wir wissen nicht, wie schwer das Objekt ist.«

Über Funk war aufgeregtes Geschnatter aus der Basis zu hören.

»Wir sind schon unterwegs«, rief Strickland so laut, dass Filio unwillkürlich den Kopf zur Seite drehte, bevor sie sich umwandte und wieder den dunklen Monolithen betrachtete, der einen breiten Schatten über sie und Javier warf.

»Was bist du?«

* * *

Zwei Stunden später erreichte der Lastenrover die Fundstelle. Strickland und Timothy kamen herausgesprungen und mit dem typisch federnden Gang, der der geringen

Schwerkraft des Mars geschuldet war, auf Filio und Javier zugelaufen. Aus dem Orbit sah es beinahe aus, als liefen vier weiße Männchen, deren Anzüge mit Helium aufgepumpt waren, inmitten der roten Einöde umher.

»Das ist ...«, setzte Timothy an.

»... fantastisch«, beendete Strickland seinen Satz und betrachtete einen Augenblick stumm den Monolithen.

»Ich weiß, dass das hier wirklich erstaunlich ist, vielleicht sogar beunruhigend.« Filio deutete auf das schwarze Rechteck und dann zu dem Lastenrover mit seinen zwei eingezogenen Kränen. »Allerdings müssen wir das Ding so schnell wie möglich in die Basis schaffen, bevor es dunkel wird und unsere Rover keinen Saft mehr haben.«

»Wir kümmern uns darum«, erwiderte Strickland sofort und lief zum Rover zurück, als habe sie Angst, dass Filio es sich doch noch anders überlegen könnte. Als Timothy sich zuerst nicht rührte, sondern nur reglos das Objekt anstarrte, packte sie ihn an der Schulter. »Mach schon, Timothy!«

Sie fuhren den Lastenrover etwas näher heran, während Javier den zweiten Rover Richtung Westen wendete und Abstand zwischen beide brachte.

Filio stand einige Meter entfernt und beobachtete, wie Timothy die Kransteuerung betätigte. Die beiden Greifarme sahen überaus schlank, geradezu fragil aus, konnten jedoch ein Vielfaches ihres Eigengewichts tragen, genau wie der verstärkte Rahmen und das wuchtige Dachgestell des Lastenrovers, der aussah wie eine gepanzerte Raupe.

Vier Stützen fuhren seitlich aus und bohrten sich in die Regolithschicht, dann packten die mechanischen Greifarme seitlich, ziemlich akkurat in der Mitte des Monolithen zu. Es war ein seltsam brachiales Geschehen vor dem Hintergrund einer so wichtigen Entdeckung, als passe beides einfach nicht zusammen. Alles an dieser Situation schien unwirklich, geradezu unlogisch, als müsse etwas Entscheidendes anders sein, um es denkbar erscheinen zu lassen.

Filio ging zu dem anderen Rover, während der Kran offenbar Mühe hatte, den Monolithen zu bewegen und kam mit einem kindskopfgroßen Handgerät zurück.

»Ich scanne die Oberfläche mal mit dem Laserabtaster ab«, verkündete sie über Funk und hielt den Scanner nach vorne.

»Ja, lass dir Zeit«, gab Timothy aus dem Führerhaus des Lastenrovers zurück. »Das Teil bewegt sich keinen Millimeter. Ich bin schon bei achtzig Prozent Leistung.«

»Ganz vorsichtig, beschädige auf keinen Fall den Kran«, schaltete sich Strickland ein, die einige Meter entfernt draußen stand und mit ihren Handflächen nach unten deutete, als versuche sie, das Objekt zu beruhigen.

»Hey Leute. Es gibt doch eine Fuge!« Filio sah auf ihr Gerät und bedeutete Timothy, mit den Greifarmen innezuhalten. Über seine Funkverbindung war das Jaulen der Servomotoren zu hören, das langsam abebbte.

»Wo?«

»An der flachen Seite. Sie ist winzig klein, darum konnten wir sie mit dem bloßen Auge auch nicht erkennen, aber es gibt eine Fuge.«

»Es gibt noch mehr als das«, verkündete Javier, und Filio und Strickland mussten sich kurz umsehen, bis sie ihn auf der anderen Seite des Monolithen entdeckten. Er kam gerade aus der Hocke und hielt eine ausklappbare Schaufel in der Hand. Die anderen kamen näher und sahen auf das kleine Loch, das er gegraben hatte.

»Du kannst die Greifarme wieder einfahren«, funkte Filio an Timothy.

»Wieso? Was habt ihr da gefunden?«

»Der Monolith ... es ... es scheint, als setze er sich unter der Oberfläche fort, und zwar seitlich.«

»Das heißt, es handelt sich gar nicht um einen Monolithen?«

»Ich weiß es nicht«, gab Filio zu. »Aber wie es aussieht, könnte das hier nur ein Teil sein, das aus der Regolithschicht herausragt. Wir brauchen mehr Gerät und mehr Zeit, um das hier freizulegen, und wir brauchen einen Myonen-Detektor. Was auch immer das hier ist, ich glaube, es ist weitaus größer, als wir angenommen haben.«

Pano Hofer, 2042

Filio zog sich die Datenbrille vom Kopf und atmete tief aus.

»Und?«, fragte Pano, der neben ihr stand und interessiert auf das breite Display an der Wand vor ihnen sah, auf dem das Satellitenbild der vier Astronauten vor dem Monolithen aus der Vogelperspektive zu sehen war. Die Darstellung war so nah dran, als hinge eine Kamera direkt über ihren Köpfen, und die Auflösung war ein wenig körnig, aber erstaunlich scharf.

»Es ist nicht zu fassen«, hauchte Filio und rieb sich die müden Augen.

»Ich schätze, Sie meinen nicht den Monolithen?«

»Ich sehe mich selbst und weiß, dass es eine Originalaufnahme ist, aber ich habe keinerlei Erinnerung, dort gewesen zu sein und all das gesagt zu haben«, flüsterte sie abwesend.

»Ist schon seltsam«, befand Pano und reckte sein Kinn, um sich über die Bartstoppeln zu kratzen. Der dicke weiße Verband über seinem rechten Ohr schien vor seinen dunklen Augenringen im Profil geradezu zu leuchten. »All diese Satellitendaten und Funkaufzeichnungen sind seit drei Jahren hier und niemand hat etwas davon erfahren.«

»Er hat mein Leben zerstört, eine ganze Generation von Schatztauchern hervorgebracht, von denen neunzig Prozent ihr Leben weggeworfen haben auf der Suche nach einem Traum. Staaten und Organisationen haben sich in Kleinkriege in den Schatten geworfen, um an Wrackteile zu gelangen, nur weil sie nichts davon wussten.«

»Er muss einen Grund gehabt haben«, entgegnete Pano

vorsichtig und warf ihr einen Seitenblick zu, den sie nicht zu bemerken schien.

»Natürlich hatte er den«, knurrte Filio. »Seine Leute müssen sich bereits vor der Mission in die Satelliten gehackt haben, um sie auf Knopfdruck unter ihre Kontrolle bringen zu können. Wäre das herausgekommen, wäre die gesamte Satellitensparte der Foundation am Ende gewesen.«

»Die Satelliten um den Mars stammen von der Human Foundation?«, fragte Pano überrascht.

»Ja. Sie haben in den Dreißigern eine neue Generation hochauflösender Kamerasysteme für Satelliten herausgebracht, die anhand der Bilder komplexe AR-Hologramme erstellen können. Dank einer von ihnen entwickelten Kompressionstechnologie für die Daten waren die Pakete klein genug, um sie mit der entsprechenden Verzögerung zwischen Marsorbit und Erde hin und her zu schicken. Oder sollte ich besser sagen: Von Xinth entwickelt?«

»Nun, da es sich dabei offenbar um eine vollkommen neue Technologie gehandelt hat, dürfte es leicht gefallen sein, eine Hintertür einzubauen.« Pano nickte und verengte seine Augen, während er das Standbild des Monolithen betrachtete. »Xinth hat Ihnen von dem Schiffswrack erzählt, vielleicht hat er schon Karlhammer zuvor davon berichtet und der hat das Signal dort platziert, damit Sie den Monolithen finden.«

»Sieht ganz danach aus. Xinth wusste offenbar selbst nicht, was genau wir dort finden würden. Hortats Schiff, ja, aber nicht, was der Fund auslösen würde.«

»Denken Sie, dass es sich bei dem Monolithen um ein Teil des Schiffs handelt?«

»Ja.« Filio nickte. »Ich denke, dass durch die Millionen Jahre Sedimentverschiebungen der Großteil des Schiffes unter der Regolithschicht liegt. Es ist ohnehin ein Wunder, dass es noch dort ist.«

»Wieso?«

»Vulkane, Beben, Stürme – suchen Sie sich etwas aus. Der Mars ist, wie die meisten anderen Gesteinsplaneten auch, in ständiger Bewegung, selbst in einem nach kosmischen Maßstäben überschaubaren Zeitraum von sechzig Millionen Jahren. Ich hätte eher damit gerechnet, dass das Schiff durch Erosion, sich verschiebende Gesteinsschichten, Zerfall der Materialien zerstört ist. Am meisten aber wundert mich, dass der Monolith frei dalag.« Sie deutete auf das Standbild. »Ich frage mich allerdings, was das ist.«

»Eine Heckflosse?«

»Ein Raumschiff muss nicht aerodynamisch gebaut werden, braucht also auch keine Heckflosse.«

»Warum sehen Sie nicht in den Daten nach?« Pano tippte mit dem Finger die Datenbrille in ihrer Hand an.

»Die Daten sind von Interferenzen zerhäckselt. Das nächste intakte Paket ist mehrere Stunden älter. Ich werde mir die Analysedaten anschauen, brauche aber eine kurze Pause«, seufzte sie, legte die Datenbrille auf dem kleinen Schreibtisch vor sich ab und rieb sich ihre pochenden Schläfen. Nach einem langen Seufzer sah sie seitlich zu Pano hinüber, der noch immer auf das Bild starrte, als würde es ihm mehr verraten, als das bloße Auge sehen konnte. »Wie geht es ihr?«

Pano wandte seinen Blick von den drei Astronauten und dem Monolithen ab und sah Filio in die Augen. Er gab sich Mühe, seine Sorgen aus ihnen fernzuhalten, doch es fiel ihm schwer.

»Sie wird okay sein«, sagte er schließlich mehr zu sich selbst, als zu ihr. Es war, als müsse er sich selbst davon überzeugen, dass er recht habe. »Sie wird okay sein.«

»Die Operation, sie ...«

»Sie hat sechs Stunden gedauert und sie wird nur sehr langsam aus der Narkose geholt. Es sind jetzt ...« Pano überlegte kurz. »Etwa zwölf Stunden und der Arzt meinte, dass wir in etwa zu dieser Zeit absehen können, ob sie die Thrombozytenfabrik eingesetzt bekommen kann. Sie sind doch Ärztin – ist das wirklich so schwierig?«

»Nun, ein operativer Eingriff bedeutet immer großen Stress für das gesamte System Körper«, sagte sie etwas ausweichend. »Wäre sie ausreichend stabil, hätten sie ihr das Implantat direkt während der OP eingesetzt, genügend Operateure standen jedenfalls zur Verfügung. Das bedeutet, dass sie lieber die sichere Variante gewählt haben, um zu sehen, wie sie sich von dem ersten Eingriff erholt. Wenn ihr Zustand es zulässt, werden sie die Thrombozytenfabrik einsetzen und dann ist sie schnell über den Berg!«

»Ich hoffe, dass Sie recht haben.« Pano suchte in dem Gesicht der Astronautin nach entsprechenden Hinweisen, konnte allerdings nichts als Ehrlichkeit erkennen. Er zweifelte ohnehin daran, dass sie überhaupt fähig war, sich nicht allzu technisch und korrekt auszudrücken. Sie kam ihm wie eine Frau vor, die keine Geduld für Umwege hatte und das galt ganz offensichtlich auch für ihre Art zu sprechen, wenn sie auch nicht so schroff und zackig daherkam wie Agatha.

»Hoffe ich auch.«

»Sind Sie sicher, dass es eine gute Idee ist, vorerst hierzubleiben?«

»Ja, weil es keinerlei Alternativen gibt«, antwortete Filio ohne Umschweife. »Es gibt hier zu viel Personal, als dass wir sie mit den drei Helikoptern ausfliegen könnten. Außerdem wissen wir nicht, was uns in McMurdo erwarten würde.«

»Und die Störsender? Funktionieren die wieder?«

»Zumindest sagte man mir das. Ich werde mich gleich darum kümmern, aber zuerst gehe ich die restlichen Daten durch.« Filio nahm wieder die Datenbrille zur Hand und beäugte sie mit verzogenen Mundwinkeln wie einen missliebigen Gegenstand. Pano hatte das Gefühl, dass sowohl Neugier als auch der Wunsch wegzulaufen, hinter ihren Augen miteinander um die Vorherrschaft stritten.

»In Ordnung. Ich gehe zu Agatha und Karlhammer und … zu ihm und sehe nach, wie der aktuelle Status ist«, verkündete er und klopfte der Deutschen freundschaftlich auf die Schulter. Obwohl er sie noch nicht einmal vierundzwanzig Stunden kannte, hatte er das Gefühl, dass sie einander durch die unfassbaren Ereignisse dieses Tages viel näher gekommen waren, als manche es in vielen Leben tun konnten. Es war ein zutiefst unrealistisches Gefühl, aber niemand hatte jemals gesagt, dass Gefühle realistisch zu sein haben, vor allem nicht er.

Filio nickte und schob sich die Datenbrille auf den Kopf. Einen Augenblick später machte sie bereits fließende Bewegungen vor sich in der Luft und betätigte die virtuellen Bedienfelder ihrer Simulation.

Panos Blick ruhte noch einen Moment auf ihr, während er sich vorzustellen versuchte, was ihr wohl durch den Kopf gehen musste, während sie sich selbst zuhörte und zusah, ohne den geringsten Anhaltspunkt in ihrer Erinnerung zu haben, dass es sich wirklich um sie handelte. Wie musste es sich anfühlen, einem Satelliten vertrauen zu müssen, weil man seinem eigenen Gehirn nicht mehr traute?

Schließlich wandte er sich ab und verließ den kleinen

Kontrollraum, dessen mit Displayfolie ausgekleideten Wände von Schreibtischen umgeben waren, an denen noch ein Dutzend weiterer Mitarbeiter der Human Foundation in roten Uniformen saßen und stumm in ihren virtuellen Umgebungen arbeiteten. Es sah aus wie die Szene aus einem Stummfilm.

Durch einen Gang erreichte er Kaverne Eins, die riesenhafte Halle mit der hohen Decke, in der Jackson angeblich den Erbauer, der später aus irgendwelchen Gründen zu seiner Kammer und dem Glaskasten gebracht worden war, gefunden hatte. Ein weiterer Gang brachte ihn zu einem breiten Flur, von dem sechs Räume abgingen, vor die Metalltüren eingebaut worden waren, die sich so stark von dem Gestein unterschieden, dass sie geradezu danach schrien, Fremdkörper zu sein.

Die ersten vier Räume waren für Patienten der improvisierten Krankenstation reserviert, die hinteren beiden waren ein OP-Saal und ein Lager.

Direkt vorne links lag Karlhammer, der in künstlichem Koma gehalten wurde, soweit er es verstanden hatte. Rechts lag der Erbauer, vor dessen Tür, genau wie vor der des Südafrikaners, zwei Bewaffnete standen und grimmig geradeaus starrten.

»War der Doktor schon bei ihr?«, fragte er einen von ihnen und der Mann nickte.

»Danke.« Pano musste sich noch immer daran gewöhnen, nur auf seinem bezeichnenderweise tauben Ohr zu hören, in das er sein Hörgerät wieder eingesetzt hatte. Die Entscheidung, sein gesundes Ohr zu opfern, um den Mann im schwarzen Anzug zu erschießen, war ihm nicht schwergefallen, weil er in dem Moment nicht darüber nachgedacht hatte. Aber er bereute es keine Sekunde. Glücklicherweise lebte er in einer Zeit, in der es medizinische Lösungen für dieses Problem gab, wenn er auch nie wieder wie ein Mensch würde hören können. Doch darüber konnte er sich später noch Gedanken machen.

Er klopfte kurz an die dritte Tür von links, auf der eingestanzt »Zimmer 3« geschrieben stand und schob vorsichtig die Tür auf.

Agatha lag in einem der vier Betten, wobei die anderen drei leer waren. Die Wände waren mit weißen Panelen abgedeckt, an denen allerlei Hebel und Griffe zu sehen waren. Einige Monitore piepten in langen Intervallen hinter ihrem Kopf und lieferten die typischen Hintergrundgeräusche eines Krankenhauses, die in jedem Menschen den Wunsch weckten, wegzulaufen.

»Hey«, krächzte Agatha müde und Pano kam überrascht näher.

»Ich habe gar nicht gesehen, dass Sie wach sind.«

»Das liegt wahrscheinlich ... wahrscheinlich daran, dass ich meine Augen kaum aufbekomme«, meinte sie schwach. Es war ihm irgendwie unangenehm, sie so schutzlos zu sehen, wo sie doch sonst immer so taff und unerschütterlich wirkte. Pano hatte das Gefühl, einen Fehler im Universum zu sehen, den er allein dadurch real werden ließ, dass er ihm aufgefallen war.

»Wie fühlen Sie sich?«

»Als hätte ich mir in die Milz geschossen.«

Er lächelte und deutete ein Kopfschütteln an. »Ah ja, Sie sind es wirklich noch.«

»Da ich hier liege und nicht tot bin, gehe ich davon aus, dass Sie diesen Kerl im schwarzen Anzug ausgeschaltet haben?«

»Da können Sie Gift drauf nehmen.«

»Haben Sie welches dabei?«, fragte sie mit einem schwachen Lächeln, das er augenzwinkernd erwiderte, als er sich auf ihre Bettkante setzte.

»Ich würde Sie aktuell nicht hinunterstoßen.«

»Hm?«, fragte er verwirrt.

»Von der Bettkante.« Sie hob schwach ihre linke Hand, deren Rücken mit einem Pflaster bedeckt war, unter dem die Zugänge für die vielen Beutel mit Flüssigkeiten gelegt waren, die an Gestängen über ihr hingen. »Allerdings liegt das eher an meinem Zustand, nicht, dass Sie sich noch etwas einbilden.«

»Hey, ich habe, glaube ich, den Tag gerettet, ich dachte, ich bekomme wenigstens die Prinzessin als Dankeschön, wie am Ende jeder guten Geschichte«, scherzte er.

»Ich glaube nicht, dass das hier eine gute Geschichte ist«, entgegnete sie schleppend. »In einer guten Geschichte hätte ich noch eine Milz, Sie noch ein funktionierendes rechtes Ohr, mein Gehirn mehr Antworten als Fragen und ... nun, ein Fenster wäre auch nicht schlecht.«

»Falls es einen Kundenzufriedenheitsbogen der Örtlichkeit gibt, werde ich ihn entsprechend ausfüllen«, versprach er und reichte ihr eine verschlossene Tasse mit Strohhalm. Vorsichtig führte er sie zu ihren aufgesprungenen Lippen und steckte den Strohhalm dazwischen. »Langsam.«

Agatha sog gierig das lauwarme Wasser ein und nickte. Als er daraufhin die Tasse wieder fortnahm, schlug sie dankbar die Augen nieder und seufzte langgezogen. »Das ist besser. Der Doktor meinte bereits, dass ich von der Intubation einen rauen Hals bekommen könnte. Ich kann Ihnen sagen, dass das eine Untertreibung war. Er fühlt sich an, als wäre er mit Schmirgelpapier bearbeitet worden.«

»Das liegt wahrscheinlich daran, dass so häufig harte Worte aus Ihrer Luftröhre kommen.«

»Sie betteln ja förmlich um eine Kostprobe«, konterte sie und einen Moment sahen sie sich still an, bevor sie zu kichern begannen.

Nach wenigen Augenblicken, in denen sich Agatha leicht schüttelte, hob sie abwehrend ihre Hände, was sie viel Kraft zu kosten schien.

»Lachen ... keine gute Idee«, krähte sie heiser und nahm erneut einen Schluck aus dem Becher, als er ihn ihr hinhielt. »Was ist passiert? Wie viel Zeit ist vergangen?«

»Zwölf Stunden«, sagte er ohne Umschweife und Agatha machte große Augen, die sofort wieder kraftlos in sich zusammenfielen. »Filio Amorosa hat irgendwie das Kommando übernommen, glaube ich.«

»Die Astronautin mit dem gehetzten Gesichtsausdruck?«

»Ja. Karlhammer liegt ein Zimmer weiter, dieses ... Alien oder was auch immer es ist, liegt gegenüber und Gould, der offensichtlich der Leiter dieser Einrichtung gewesen ist, hat es nicht geschafft. Sie hat einfach gesagt, was getan werden muss und die Leute haben es getan.« Pano zuckte mit den Schultern.

»Sollten wir nicht von hier verschwinden?«

»Geht nicht. Wenn ich das richtig verstanden habe, gibt es im Keller ein Wundergerät, das man gerade anschalten wollte, bevor wir die ganze Sache ruiniert haben.«

»Wir haben diesen Killer eingeschleust, ohne es zu wissen.« Agatha seufzte frustriert.

»Ja. Glücklicherweise weiß das offenbar niemand außer jenen, die in der Kammer des Erbauers anwesend waren, als es herausgekommen ist – und von denen sind alle entweder tot oder nicht ansprechbar.«

»Wie konnten wir das übersehen?«, fragte Agatha und rieb ihre spröden Lippen aufeinander wie poröse Steine.

Pano fand, dass es sehr sexy aussah, zwang sich aber, ihr in die Augen zu schauen, damit sie nichts davon mitbekam.

»So wie ich das sehe, hat dieser fremde Kerl nicht fair gespielt.« Er machte eine wegwerfende Geste. »Jetzt ist er jedenfalls tot.«

»Wie hat der das bloß gemacht?« Agathas Blick schien in weite Ferne abzuschweifen, als sehe sie etwas, das niemand sonst sehen konnte.

»Keine Ahnung, aber es war ...«

»... beängstigend.«

»Ja. Ich habe genau das getan oder nicht getan, was er gesagt hat, ohne auch nur darüber nachzudenken. Es war fast, als schaue ich mir selbst beim Handeln zu. Ich glaube nicht, dass ich mich schon einmal so schrecklich gefühlt habe.«

»Wie gut, dass dieser Kerl nicht wusste, dass Sie auf dem einen Ohr taub sind«, meinte Agatha und schaute seinen dicken Verband an. »Wie geht es Ihnen?«

»Halb so wild«, log er. Die Schmerzen hatte er sich selbst eingebrockt, weil er nach seiner rudimentären Behandlung darauf bestanden hatte, lediglich ein sanftes Analgetikum einzunehmen. Doch er musste einen klaren Verstand bewahren, da er den Gedanken nicht loswurde, dass er ihn brauchen würde.

»Ohne Sie hätten wir es nicht geschafft.«

»Ach ...«

»Keine Bescheidenheit. Steht Ihnen nicht.« Ein kaum merkbares Schmunzeln umspielte ihren Mund. Dann war es wieder fort. »Was denken Sie? War das der Feind?«

»Ich glaube nicht.« Er schüttelte den Kopf. »Vermutlich eher einer seiner Agenten.«

»Wenn einer seiner Agenten alleine so etwas ausrichten kann, will ich nicht wissen, wie viele es davon gibt.«

»Wir haben ihn besiegt, wir können das auch noch einmal schaffen.«

Agatha musterte ihn einen Moment eingehend und wirkte bedrückt – ein Gesichtsausdruck, den er bei ihr bisher noch nie wahrgenommen hatte. »Er war uns die ganze Zeit auf den Fersen. Er hat diese Entführer vom südafrikanischen Geheimdienst ausgeschaltet, als wir in Mulmesbury aus dem Hangar kamen. Er war es auch, der uns irgendwie nach McMurdo gefolgt ist und dafür gesorgt hat, dass wir ein Sechs-Stunden-Blackout haben. Ich denke auch, dass er derjenige war, der Jacksons Frau getötet hat, um uns auf den Plan zu rufen.«

»Wir waren Spürhunde, die für ihn Karlhammer und sein kleines Geheimnis erschnüffelt haben«, stimmte Pano ihr zu und brummte. Er hasste es, benutzt zu werden – ein Umstand, der ihm bei Europol schon eine Menge Ärger eingebracht hatte, weil die meisten Abteilungsleiter und Direktoren nichts anderes waren als Politiker mit Exekutivgewalt.

»Ja«, krächzte Agatha, lehnte einen weiteren Schluck Wasser jedoch kopfschüttelnd ab. »Es ist beschämend und gleichzeitig beängstigend, wie leicht es ihm offenbar gefallen ist.«

»Was haben Sie erwartet? In diesem Spiel spielen Außerirdische, mächtige Organisationen und die Regierungen mächtiger Staaten mit, wie es aussieht. Es grenzt an ein Wunder, dass wir es überhaupt hierher geschafft haben.«

»Ich denke, dafür hat dieser Mann im schwarzen Anzug schon gesorgt. Das eine Mal, als es brenzlig wurde, hat er eingegriffen und unsere vermeintlichen Gegner einfach ausgeschaltet. Wer weiß schon, an welchen Stellen er uns noch unter die Arme gegriffen hat, ohne dass wir es wussten?«, gab sie zu bedenken.

»Die ganze Reise hierher fühlt sich retrospektiv so an, als hätten wir jemanden hinter uns hergezogen wie ein Ochse, der nichts von dem Karren weiß ...«

»... vor den er gespannt wurde«, beendete Agatha seinen Satz und er sah auf.

»Hm?«

»Was ist, wenn wir nicht bloß vom Feind verfolgt wurden, der dafür gesorgt hat, dass wir ungehindert unsere Ermittlung durchführen können, sondern uns jemand vor seinen Karren gespannt hat?«, fragte sie und kniff verschwörerisch ihre Augen zusammen.

»Aber das macht doch keinen Sinn«, gab er zurück und schnaubte. »Wenn jemand uns hierher gestoßen hätte, hätte der- oder diejenige doch wissen müssen, dass es hier etwas gibt, dann hätte man uns kaum vorschicken müssen.«

»Oder jemand wusste, dass es irgendetwas geben muss, und brachte uns auf die Fährte, um zu erschnüffeln, worum es sich handelte.« Agatha brummte unglücklich. Das Funkeln in ihren Augen ließ keinen Zweifel, was sie davon hielt, sollte ihre Befürchtung der Wahrheit entsprechen.

Pano lauschte einen Moment den hypnotischen Pieptönen der medizinischen Überwachungsapparate, an die sie angeschlossen war und jagte ihre Gedanken durch seinen Kopf. Heraus kam ein ungesundes Gemisch aus Zweifeln, Befürchtungen und Verschwörungstheorien, das sich leicht entzünden konnte. Am liebsten hätte er nicht näher hingesehen, doch es hatte ihm noch nie gut gestanden, sich vor Fakten zu verstecken.

»Meinen Sie, dass der Feind dahintersteckte?«

»Möglich.« Agatha nickte. »Direktor Miller hat uns die Sache mit Jackson gegeben. Ich bin seine beste Ermittlerin und das weiß er auch. Im Nachhinein ist es seltsam, dass er mich auf eine, auf den ersten Blick unwichtige Sache, wie das Ableben von Jacksons hinterbliebener Frau ansetzte.«

»Sie glauben, dass er von dieser ganzen Sache wusste und uns wie Ratten auf die Spur angesetzt hat, um den Käse zu erschnüffeln?«, fragte er und hob eine Augenbraue.

»Scheint logisch, oder nicht? Im Nachhinein wundert es mich auch, dass er uns so schnell und einfach über die südafrikanische Grenze zur Marinebasis in Namibia hat ausfliegen lassen. Glauben Sie mir, wäre er den Schritt über das Pentagon gegangen, dann hätte die Sache wirklich lange gedauert und über CIA-Verbindungsoffiziere abgewickelt werden müssen. Da hängen so viele Politiker dazwischen, dass Ihnen schwindelig wird. Nein, ich glaube, dass Miller direkt dort angerufen hat, bei einem persönlichen Kontakt und das bedeutet, dass seine Finger deutlich weiter reichen, als ich für möglich gehalten hätte.«

»Was ihn nicht per se verdächtig macht«, wandte er ein.

»Nicht per se«, stimmte sie zu und schnalzte mit der Zunge. »Aber in Kombination mit der Tatsache, dass er meine Bitte ohne viel Nachfragen einfach akzeptiert hat und auch im Nachhinein keine Fragen gestellt hat, wundert mich doch. Ich kenne den Direktor nur als einen Paragrafenreiter und Protokollfetischisten, der nichts mehr hasst, als die Pfade des Lehrbuchs zu verlassen und sich vor irgendwelchen Ausschüssen rechtfertigen zu müssen. Für diese Aktion wird er sich ganz sicher vor einem Ausschuss rechtfertigen müssen, wenn nicht gar vor der Ministerin.«

»Ich traue da Ihrem Urteil«, versicherte Pano und nickte langsam. Es entsprach der Wahrheit. Sie mochte manchmal ein menschlicher Roboter sein, aber immerhin waren

Roboter nicht dafür bekannt, sich in Verschwörungstheorien und haltlosen Fantastereien zu verstricken.

Die Tür ging auf und ihre Köpfe ruckten gleichzeitig in einer scheinbar einstudierten Bewegung, die von misstrauischen Reflexen geleitet wurde, in Richtung der Person, die eintrat. Es handelte sich um einen Pfleger in weißem Kittel, der ein DIN A4 großes Terminal unter dem Arm hatte und für einen Moment verschreckt wirkte ob der ihn fixierenden Blicke.

»Äh, hallo, ich bin Tim, Ihr Pfleger.« Der junge Mann mit dem zerzausten braunen Haar deutete auf Agatha, die ihn heranwinkte. Doch der Pfleger rührte sich nicht. Stattdessen sprach er weiter: »Mr. Karlhammer ist wach und hat um Ihrer beider Anwesenheit gebeten.«

»Karlhammer?«, fragten Pano und Agatha gleichzeitig und sahen sich überrascht an.

»Ja. Die ersten beiden OPs waren erfolgreich. Er wird in Kürze in künstliches Koma versetzt, wollte jedoch vorher mit Ihnen sprechen.« Der Pfleger stellte sich mit dem Rücken an die geöffnete Tür, sodass der Durchgang zum Flur frei wurde und deutete hinaus.

»Können Sie überhaupt laufen?«, fragte Pano Agatha und sah sie besorgt an.

»Ich denke schon. Irgendjemand ist, bevor Sie kamen, bereits mit mir auf der Toilette gewesen.«

»Ihr Kreislauf ist relativ stabil, aber ich schlage trotzdem vor, dass Sie den Rollstuhl benutzen.« Der Pfleger deutete hinter das Bett und Pano musste sich ein wenig zur Seite beugen, um den elektrischen Rollstuhl zu sehen.

»Sie hat einen Bauchdurchschuss erlitten«, protestierte er.

»Alles ist vernäht, die Mikrophagentherapie ist bereits eingeleitet und in ein paar Tagen ist Ihre Kollegin wieder einsatzbereit«, erklärte Tim, rollte mit den Augen, als Pano ihn mit offenem Mund anstarrte, und stieß sich von der Tür ab, um auf sie zuzukommen, das Bett zu umrunden und den Rollstuhl näher ans Bett zu schieben.

»In ein paar Tagen? Sie muss mindestens eine Woche ... und was ist bitte eine Mikrophagentherapie?«, grunzte Pano und stand auf, als der Pfleger im Begriff stand, ihn mit dem Rollstuhl anzurempeln.

»Helfen Sie mir mal«, forderte der ihn auf und gemeinsam hievten sie eine ziemlich unglücklich dreinschauende Agatha in weißem OP-Kittel in den Rollstuhl mit den gepolsterten Armlehnen, an deren Enden sich kleine Steuersticks befanden. Sie so hilflos zu sehen, irritierte Pano, also musterte er den Pfleger, der sie gerade festschnallte.

»Also?«

»Hm?«

»Mikrophagen? In ein paar Tagen wieder laufen? Wie soll das gehen?«, fragte er ungeduldig.

»Ihnen ist schon klar, dass die meisten Erfindungen der Human Foundation an diesem Ort entstanden sind, oder? Erfindungen, die Mr. Karlhammer dank Xinths Hilfe für uns Menschen anpasst. Die Mikrophagentherapie gehört dazu«, erklärte Tim widerwillig, machte einen Schritt zurück und trat zu einem Wandpaneel hinüber, aus dem er eine reinweiße Mikrofaserdecke fischte. Zurück bei ihm und Agatha, deckte er damit ihre ab den Knien nackten Beine ab, die so weiß aussahen wie Marmor. »Es handelt sich um intelligente, programmierbare Zellen, die sich aktuell in Ihrer Kollegin vermehren und ihr eine neue Milz bauen, während andere Mikrophagen sich um die Abfallprodukte – Blut, Gewebsflüssigkeit und sowas – kümmern. Wenn Sie mehr darüber wissen wollen: Ich bin hier nur

Pfleger und verstehe sowieso gerade mal die Hälfte davon.«

Der junge Mann klemmte sich hinter den Rollstuhl, fasste an die zwei Griffe und schob sie nach vorne, nachdem Agatha frustriert brummte, als ihre Steuersticks offenbar nicht funktionieren wollten. »Mr. Karlhammer wartet nicht gern.«

Agatha Devenworth, 2042

Sie fühlte sich nackt und angreifbar und das hasste Agatha. Der Pfleger war so ungeduldig, dass sie beinahe mit dem rechten Fußteil ihres Rollstuhles am Türrahmen zwischen Zimmer und Flur hängenblieben. Das hätte sie mit Sicherheit aus dem Sitz katapultiert und sie hätte gleich nochmal operiert werden müssen. Bei dem Gedanken stellte sie sich vor, wie sie hilflos am Boden lag, den Krankenhauskittel beim Sturz über ihren Rücken gezogen und mit nacktem Gesäß. Sie wollte dieses Bild aus ihrem Kopf vertreiben, doch es hielt sich hartnäckig und wurde unnötigerweise von ihrem Gefühl genährt, eine alte, hilflose Frau zu sein, die zu einer Audienz geschoben wurde.

Wenigstens hatte sie keine Schmerzen. Was auch immer man ihr gespritzt hatte, wirkte wahre Wunder. Gleichzeitig missfiel ihr die Vorstellung, irgendwelche Mikroorganismen in sich zu tragen, die von irgendjemandem so programmiert worden waren, dass sie jetzt selbstständig in ihr herumdokterten.

Was hier wohl noch für seltsame Dinge auf uns warten?, fragte sie sich, während der Pfleger sie durch den Gang zur nächsten Tür auf der linken Seite schob. Pano überholte sie und ging vor, um den Durchgang für sie aufzuhalten.

Er ist zuvorkommend wie zu einer Behinderten.

»Alles in Ordnung?«, fragte er, als sie an ihm vorbeirollte.

»Nein«, gab sie der Wahrheit entsprechend zurück und rang sich ein Lächeln ab, als sie sich selbst ermahnte, ihm gegenüber nicht mürrisch zu werden. Er hatte ihr das Leben gerettet und außerdem war er gar kein so schlechter

Kerl. Das Zimmer, in das sie kamen, war kaum geräumiger als ihr eigenes, wirkte sogar noch enger. Rechts an der Wand stand auf wuchtigen Füßen eine lange Glasröhre, deren obere Hälfte aufgeklappt war. Dünner Dunst wogte aus dem Inneren, durch den sie nur mit Mühe eine weiße Liegefläche erkennen konnte. Kopf- und Fußteil der Röhre bestanden aus überdimensionalen Kästen, an deren ihr zugewandten Seiten große Displays angebracht waren und allerlei Knöpfe blinkten.

An der anderen Zimmerseite lag Luther Karlhammer auf einem Krankenbett, das ihrem exakt glich. Er war bis zur Hüfte zugedeckt und sein Oberkörper nackt. Für sein Alter jenseits der Sechzig war er erstaunlich durchtrainiert, wenn auch seine Haut ein wenig blass wirkte.

Zwei Ärzte in weißen Kitteln mit hochgeschobenen AR-Brillen auf der Stirn standen hinter seinem Bett, räusperten sich und nickten in Agathas Richtung, als sie hereingerollt wurde. Sie runzelte die Stirn, als sie auch die Astronautin Amorosa dort stehen sah. Die Wissenschaftlerin wirkte abgekämpft und hatte so dicke Tränensäcke unter den Augen, dass sie bald einen Haltungsschaden davontragen würde. Ihre ganze Gestalt wirkte gekrümmt, als habe sie gerade erst ein Joch abgelegt.

Nicht aber ihre Augen, ermahnte Agatha sich. *Die blitzen noch immer so aufmerksam und unerbittlich wie zuvor.*

»Ah«, meinte Karlhammer und lächelte schwach, nachdem er seinen Kopf zu ihr gedreht hatte. Von der Mitte seiner Stirn zog sich eine Art weißes Tuch, das aufgebläht war wie ein Luftballon, quer um seinen Schädel und bedeckte das gesamte Oberhaupt. Darunter waren sämtliche Haare abrasiert worden, weshalb ihr beinahe schlecht wurde, als sie verstand, was diese weiße Mütze für eine Funktion hatte. »Da sind Sie ja.«

»Meine fehlende Milz wollte mich nicht früher gehen lassen«, bemerkte Agatha und zuckte mit den Schultern, was ihr ein unangenehmes Ziehen im Unterleib einbrachte.

»Seien Sie froh, dass sie nicht mit offener Schädeldecke hier liegen müssen«, gab Karlhammer zurück und gab jemandem hinter ihr einen Wink. Kurz darauf brachte Tim zwei Stühle und stellte sie neben Agatha. Nach einem kurzen Wink des Südafrikaners nahmen Pano und Filio nebeneinander Platz und schauten neugierig zu ihm hinüber.

»Nun, ich wäre noch zufriedener, wenn Sie komplett gesund wären, aber ich schätze, es hätte schlimmer kommen können.«

»Oh ja«, pflichtete Karlhammer ihr bei und deutete ein Nicken an, das er jedoch mit schmerzverzerrtem Gesicht unterbrach. Nachdem er seine Augen kurz zusammengepresst hielt, öffnete er sie wieder und atmete lange aus. »Ich bin Ihnen allen zu Dank verpflichtet. Besonders Ihnen, Capitano.« Er fixierte den Südtiroler Polizeioffizier.

»Wie bitte?«, fragte Pano und tat, als würde er an seinem Hörgerät herumfummeln, denn sein vorher gesundes Ohr war unter einem dicken Verband verborgen.

Karlhammer lächelte schwach. »Ich meine es ernst. Sie sind gekommen, um Antworten zu erhalten, und haben stattdessen diese gesamte Einrichtung vor dem Feind bewahrt. Das Mindeste, was ich Ihnen schulde, sind also Antworten auf die Fragen, die Sie hergeführt haben.« Er wandte sich mit einer mühevollen Bewegung seines Kopfes an Filio. »Wir haben in einem geheimen Versuchsbunker unter dieser Anlage ein Gerät nach Xinths Vorgaben gebaut, das Sie und eine Crew zum Mars bringen wird.«

»Wie bitte?«, fuhr die Astronautin dazwischen. Ihre Augen waren weit aufgerissen und ihre Stimme klang beinahe schrill. »Ich verstehe nicht.«

»Wir verstehen es auch nicht so recht. Es handelt sich um eine Art Transportkapsel, die wir entsprechend den Vorgaben des Erbauers geschaffen haben, ohne wirklich zu verstehen, was wir da überhaupt tun. Xinth hat sich geweigert, uns Details zur Funktionsweise zu liefern. Fakt ist aber, dass es viel Energie frisst. Unsere Ingenieure haben insgesamt sechsundsechzig FHR-Reaktoren installieren müssen, bis das von Xinth angeforderte Leistungsniveau erreicht war.«

Pano hob die Hand und wertete Karlhammers fragenden Blick offenbar als Aufforderung zu sprechen: »FHR-Reaktoren?«

»Das sind kleine Thorium-Nuklearreaktoren, die mit flüssigem Salz gekühlt werden«, erklärte Filio ungeduldig und bedeutete dem Südafrikaner, fortzufahren. Ihre Hände hatten mittlerweile die kleine Metallstange am Fußende des Betts umklammert, als müsse sie sich festhalten.

»In der Kapsel gibt es zwei Sitze und keinerlei Armaturen. Wir gehen davon aus, dass es sich um eine Art Wurmlochgenerator handeln könnte, wenn uns auch die Leistung der Reaktoren dafür längst nicht ausreichend erscheint. Da wir aber noch nie ein Wurmloch physisch beobachten konnten, können wir nicht wirklich etwas darüber sagen. Die einzige Sache, bei der ich mir sehr sicher bin, ist die, dass es funktionieren wird.«

»So?«, fragte Agatha überrascht.

»Xinth war nicht so spendabel, was sein Wissen um Technologien angeht, wie Sie vielleicht denken. Die meisten Durchbrüche haben wir erzielt, weil er uns Hilfestellungen und Denkanstöße gegeben hat – der Rest ist tatsächlich meinen Mitarbeitern und zu einem bescheidenen Teil mir zu verdanken«, erklärte Karlhammer nicht ohne Stolz. »Ein paar Vorschläge zur Effizienzsteigerung hier, ein Hinweis da, wo wir nicht weiterkamen, und ein erstaunliches Maß an Erfahrung in der Bewertung öffentlicher Wahrnehmung. Der Bau des Transportmoduls, wie wir es nennen, war aber eine gänzlich andere Sache. Es hat fünf Jahre gedauert, um alles so zu bauen, dass Xinth es schließlich absegnete und das war gestern. Alles an dem Modul schreit danach, dass wir es mit einer Hochtechnologie zu tun haben, die so weit über unserem Wissen liegt, dass wir nicht einmal eine Nachkonstruktion bauen könnten. Ich habe Sie hergebracht, damit Sie es sind, die als Erste durchgeht.« Karlhammer fixierte Filio, die ohne Umschweife nickte. »Sie sollten sich allerdings des Risikos bewusst sein. Wir wissen nicht, was das Modul tun wird und ob oder wie es funktioniert. Xinth hat uns diesbezüglich nichts mitteilen wollen.«

»Ich denke, es hat etwas mit dem Zwölferraum zu tun«, erwiderte sie, mit einem Mal nachdenklich.

»Mit dem was?« Karlhammer kniff die Augen zusammen und sah zu seinen Ärzten, die unisono mit den Schultern zuckten.

»Der Erbauer ... er ... er hat mir eine Art Vision oder Erinnerung gezeigt, bevor er das Bewusstsein verloren hat. Darin habe ich gesehen, wie seine Mitmenschen oder Mitaliens von der Erde aufgebrochen sind. In Raumschiffen. Er meinte, dass sie im Zwölferraum gereist seien oder etwas in der Art. Ich habe es selbst nicht verstanden und er hat mir auch nichts erklärt, außer der Position des Schiffes mit dem Hortat, der Feind, auf dem Mars abgestürzt ist, weil Xinth es sabotiert hatte. Wenn es sich bei Ihrer Konstruktion um ein Transportmodul handelt, wie er sagt, dann hat es vielleicht damit zu tun.«

»Vielleicht«, meinte Karlhammer, und schien das gerade Gehörte auf seiner Zunge zergehen zu lassen, bevor er schnalzte und einen Finger hob. »So gern ich auch mehr über diese Vision hören würde, ich habe nur wenig Zeit, bevor mich diese Herren«, er zeigte auf die Ärzte mit den AR-Brillen, »wieder in die Auto-Med-Röhre stecken werden.«

Agatha sah zu dem offenen Glaskasten und überlegte, ob es sich dabei um einen jener Prototypen handelte, die die Human Foundation als medizinischen Durchbruch für ihre diesjährige Hausmesse in Johannesburg angekündigt hatte.

»Der Feind wird eine Weile warten, bis sich sein Agent, dieser Eindringling, wieder meldet. Da wir hier außerhalb der Reichweite von Mobilfunknetzen oder sonstigen Dingen sind, könnte dieser Zeitraum recht großzügig bemessen sein, allerdings können wir nicht darauf hoffen. Wir wissen nicht, wie weit der Feind die Regierungen der Erde unterwandert hat, aber an der Reaktion, die uns bevorsteht, werden wir wissen, wo das Zentrum seiner Macht liegt. Deswegen haben wir nicht viel Zeit. Ich habe mir sagen lassen, dass unsere Verstärkungen unterwegs sind und wir werden uns hier draußen so gut einigeln wie möglich. Falls sich allerdings das US-Militär, die Streitkräfte der EU oder die Chinesen auf den Weg zu uns machen, sieht die Zukunft nicht besonders rosig aus und unser Zeitfenster wird verschwindend klein. Ich schlage darum vor, dass Sie, Filio, schnellstmöglich in das Transportmodul steigen und zum Mars reisen, während Sie beide«, Karlhammer sah zu Agatha und Pano, »sich auf den Weg hier raus machen. Ich gebe Ihnen zwei Piloten mit, die Sie mit einem unserer Helikopter zu der Transportmaschine in McMurdo bringen. Dort steigen sie um und fliegen zurück nach Amerika oder ebendahin, wo sie den Feind vermuten.«

»Den Feind vermuten?«, fragte Agatha verdutzt. »Wir haben vor kurzem erst von Ihnen erfahren, dass es ihn überhaupt gibt, und wenn ich nicht mit eigenen Augen gesehen hätte, was dieser Killer anrichten konnte, der uns gefolgt ist, würde ich es immer noch nicht glauben.«

»Aber Sie glauben es jetzt«, beharrte Karlhammer. Er klang sehr erschöpft. »Das ist das Einzige, was zählt. Finden Sie den Feind und legen Sie ihm das Handwerk, bevor es zu spät ist und er diese Anlage hier zerstört. Sie ist das vielleicht wichtigste Instrument zum Überleben der Menschheit, das wir noch in unserem verschwindend kleinen Arsenal haben.«

»Wie?«, warf Pano ein und beugte sich vor. Er pustete dabei in seine gefalteten Hände, die wie betend vor seinem Mund verharrten. »Wie sollen wir ihn finden? Wenn es stimmt, was Sie sagen, zieht er bereits seit drei Jahren die Fäden im Hintergrund, ohne dass ihn jemand entdecken konnte. Und selbst wenn wir ihn aufstöbern, hat er vielleicht noch mehr solcher Killer um sich, die uns das Leben schwer machen.«

»Er wird nun aus der Deckung kommen müssen, weil wir es unfreiwillig auch getan haben. Der Feind weiß jetzt oder spätestens bald, dass wir Kenntnis haben, dass er über diesen Ort im Bilde ist, also muss er handeln, weil er ahnen kann, dass wir es tun werden. Ich werde Sie mit Workai Dalam in Verbindung bringen, er wird Ihnen sicherlich die nicht gerade wenigen Ressourcen der Sons of Terra zur Verfügung stellen. Ich habe außerdem angeordnet, dass das Board der Foundation mit Ihnen kooperiert.«

»Also gut«, sagte Agatha und hielt Panos irritiertem Seitenblick stand. »Wir machen es. Ich habe hier unten Dinge gesehen, die ich niemandem geglaubt hätte und ich habe gesehen, wie uns dieser Killer an der Nase herumgeführt hat. Selbst wenn Sie uns nicht darum gebeten hätten, hätte ich einen Teufel getan, mich zurückzulehnen und zuzusehen, was als Nächstes geschieht. Ich lasse nicht gern mit mir spielen.«

»Das kann ich bestätigen«, bemerkte Pano trocken.

»Danke«, sagte Karlhammer und ein langes Seufzen entfuhr seiner Kehle, das leicht nachzuklingen schien wie bei einer falsch gestimmten Gitarre. »Ich habe sämtliche Anweisungen bereits in die Wege geleitet. Mein Adjutant Cho Wayan wird gleich hier sein, und Sie in alles Weitere einweisen. Er übernimmt das Kommando hier unten und wird für mich sprechen. Die Behandlung in der Auto-Med Röhre, um ein Blutgerinnsel zu entfernen, wird laut meiner Ärzte mindestens zehn Stunden dauern. Ich wünsche uns allen viel Glück.«

»Wir sollten die Behandlung schon längst eingeleitet haben«, bemerkte einer der beiden großen Ärzte mit kritisch hochgezogener Augenbraue und ließ keinen Zweifel daran, was er von dieser Unterredung hielt.

Karlhammer machte eine abwehrende Geste und rollte mit den Augen. »Ja, ja, Ihre Bedenken sind notiert.«

Die Ärzte nahmen das offenbar als Aufforderung und begannen, die Seitenteile des Krankenbetts hinunter zu klappen. Einen Lidschlag später geriet auch Tim in Bewegung und begann, erst Filio und dann Pano hinauszuscheuchen. Bis der Pfleger zu Agatha zurückgekehrt war und die Bremsen ihres Rollstuhls gelöst hatte, sah sie zu, wie Karlhammers Bett neben die Kapsel geschoben, elektrisch angehoben und sein Körper über eine automatische Bahre in die Röhre gezogen wurde. Während Tim sie hinausschob, verdrehte sie ihren Hals, um mehr zu sehen, erkannte jedoch nur noch, wie sich der Deckel senkte und zwei Roboterarme im Inneren aus den beiden Boxen fuhren. Dann war sie wieder auf dem Flur und die Tür fiel hinter ihr in die Magnetverriegelung, welche sich durch einen kurzen Vibrationston bemerkbar machte.

»Ich übernehme sie ab hier«, sagte Pano zu dem Pfleger, der mit den Achseln zuckte und in einem der vorderen Zimmer verschwand. Filio verharrte noch einen Moment bei ihnen und schien etwas sagen zu wollen, wandte sich aber ab und Agatha hielt sie mit einem Räuspern auf.

»Hm?«, fragte die Astronautin mit dem zarten Körperbau und den rastlosen Augen, als sie sich umdrehte.

»Ich bewundere Ihren Mut«, sagte Agatha frei heraus und deutete mit einem Finger nach unten, als ihr Gegenüber irritiert die Stirn runzelte.

»Ich muss zum Mars«, entgegnete sie schließlich und ihre gesamte Körpersprache spiegelte dieses »Muss« in ihrem Satz wider. Sie schien so sehr unter Spannung zu sein, dass allein die Kontraktion ihrer Muskeln sie aufrecht stehen lassen musste.

»Was ist es, was Sie so sehr antreibt?«

»Ich spiele nicht gern im Dunkeln und jemand hat das Licht ausgeknipst, in dem meine ehemalige Crew und ich die Welt verändern wollten. Das akzeptiere ich nicht. Was auch immer dort draußen geschehen ist, ich werde das Licht wieder anmachen und herausfinden, wer es war«, erklärte Filio bestimmt.

»Ich wünsche Ihnen und uns allen viel Glück. Ich habe so ein Gefühl, dass wir alle noch darauf angewiesen sein werden, dass Sie da oben das Richtige tun, Doktor«, erklärte Agatha und suchte in der Miene der Astronautin nach irgendwelchen beunruhigenden Zügen, konnte aber keine finden, was sie mehr alarmierte, als wenn sie welche gefunden hätte. Normalerweise fand sie Anzeichen von Charakterschwächen oder lauernden, persönlichkeitsimmanenten Zeitbomben bei so ziemlich jedem. Nicht jedoch bei Filio Amorosa, was entweder bedeuten konnte, dass sie eine hervorragende Blenderin war, oder tatsächlich nichts anderes im Sinn hatte, als die Aufdeckung eines Mysteriums, das zu ihrer persönlichen Nemesis geworden war.

Der Forscherin schien Agathas eindringlicher Blick unangenehm zu werden und sie atmete tief durch, bevor sie sich ein Lächeln abrang und nickte. »Ich wünsche Ihnen beiden ebenfalls viel Erfolg. Halten Sie den Feind auf.« An Pano gewandt fügte sie hinzu: »Und noch einmal vielen Dank.«

»Gern«, antwortete dieser und schon machte Filio auf dem Absatz kehrt und hastete im Laufschritt in Richtung des Flurs, aus dem auch er vorher gekommen war.

»Sie kann es gar nicht erwarten, in dieses Ding im Keller zu steigen«, schnaubte Agatha und schüttelte den Kopf, was dieser mit einem dumpfen Gefühl zwischen ihren Ohren quittierte.

»Mich würden da keine zehn Pferde reinbekommen«, meinte Pano hinter ihr und begann, sie in Richtung ihres Zimmers zu schieben. »Ein technologisches Wunderwerk aus der Feder eines sechzig Millionen Jahre alten Wesens, das es nicht für nötig gehalten hat, zu erklären, wie das Ding funktioniert? Nein danke.«

»Sie würden also lieber von dem geheimsten Ort der Erde fortgehen, um ein Alien aufzuspüren, das möglicherweise die mächtigste Regierung dieser Welt unterwandert und seinem Willen unterworfen hat, und es ausschalten?«

»Hm«, machte er, schob sie durch die Tür und zu ihrem Bett. »Wenn ich es mir recht überlege, würde ich doch lieber mit Ihnen hier liegen, mir Frühstück bringen lassen und mit einer Flasche Bier in der Hand den Sonntag einleiten. Bevor Sie fragen: Ja, es ist Sonntag.«

»Wie schön, dass Sie sich noch an meine treffliche Analyse Ihres Charakters bei unserem ersten Treffen erinnern«, entgegnete sie und zwinkerte ihm zu, während er ihr aus dem Rollstuhl ins Bett half.

»Wie könnte ich Ihre ersten charmanten Worte in meine Richtung jemals vergessen? Besonders jetzt, wo Sie so umwerfend gut gekleidet sind, fehlt es mir einfach an der nötigen Charakterstärke, Ihren Avancen zu widerstehen.«

»Ich dulde kein Bier in meinem Bett und auch keinen Machismus. Damit fallen Sie leider raus.«

»Geben Sie doch bitte endlich zu, dass Sie genau das scharf finden.« Pano grinste bis über beide Ohren.

»Das finde ich genauso scharf, wie Sie meine Thrombosestrümpfe.«

»Das ist ...« Er sah auf ihre grauen Beine und nickte anerkennend. »Das sind schon ganz besondere Exemplare.«

»Damit wir nicht mehr über meine Strümpfe sprechen müssen, schlage ich vor, dass Sie meinen behandelnden Arzt aufsuchen und in Erfahrung bringen, wann ich mobil genug bin, um von hier zu verschwinden. Vielleicht können diese Mikrophagen ja auch ihr Werk verrichten, während wir in einem Helikopter oder Flugzeug sitzen.«

»Warum haben Sie es mit einem Mal so eilig? Haben Sie eine Spur?«, fragte Pano interessiert, schob ihre Beine unter die Bettdecke und zog diese bis zu Agathas Brüsten hoch.

Filio Amorosa, 2042

Filio verschwendete keine Zeit. Sie traf Karlhammers Assistenten Cho Wayan in der Kommandozentrale an, die sie eine halbe Stunde zuvor verlassen hatte, um dem Ruf des Südafrikaners nachzukommen.

Jener war ein schlanker, durchschnittlich großer Mann mit südostasiatischem Einschlag, möglicherweise aus Indonesien oder von den Philippinen. Sein Haar war kurz und adrett frisiert und sein Anzug makellos gebügelt. Sie fragte sich, ob er so spät eingetroffen war, weil er sich erst noch hatte zurechtmachen müssen.

»Sie sind Wayan?«, fragte sie ohne Umschweife, als sie die Panzertür hinter sich geschlossen hatte.

»Sie müssen Mrs. Amorosa sein.« Wayan lächelte neutral und drehte sich in ihre Richtung, während die Operatoren hinter ihm unentwegt in der Luft gestikulierten und die gesamte Organisation dieses Bienenstocks in Form einer Pyramide übernahmen.

»*Doktor* Amorosa, ja«, korrigierte sie ihn und fragte sich im selben Atemzug, warum sie das gesagt hatte. Möglicherweise hatte sein gestriegeltes Erscheinungsbild eine Art Karrieristen-Allergie in ihr ausgelöst, von der sie lange nicht gewusst hatte, darunter zu leiden. Vielleicht lag es an den Jahren auf hoher See unter Schatztauchern, dass sie ganz vergessen hatte, wie sehr ihr Menschen in Anzügen missfielen.

»Entschuldigen Sie, Doktor.« Wayans Gesichtsausdruck zeugte eher von Belustigung als ehrlichem Bedauern. Sie konnte es ihm kaum verübeln.

»Ich muss zum Transportmodul«, kam sie direkt zur Sache. Die Vorstellung, dass sich weit unter ihr tatsächlich eine von Xinth gebaute Vorrichtung befinden könnte, die sie zum Mars bringen sollte, elektrisierte sie. Zu ihrer Überraschung nickte Wayan sofort und der Zug um seinen Mund gewann an Ernsthaftigkeit.

»Folgen Sie mir. Bateman, halten Sie mich über jede Veränderung auf dem Laufenden. Beordern Sie die Piloten zum Helipad Zwei, sobald Dr. Meinhard Special Agent Devenworth die Freigabe erteilt hat.« Der Assistent deutete auf die Tür und als Filio sich nicht rührte, ging er lächelnd voran. »Sie gehören nicht zur einfachen Sorte, oder?«

»Das kommt wahrscheinlich darauf an, wen Sie fragen«, gab Filio zurück und folgte Cho Wayan auf den Flur und weiter in eine der riesigen Kavernen, die aussahen wie ein umgedrehtes Schiff von unten. Überall liefen Männer und Frauen in roten und schwarzen Uniformen umher, trugen Verletzte auf Bahren oder waren mit Reparaturen beschäftigt. Filio konnte sich gar nicht vorstellen, wie ein einzelner Mann so viel Schaden angerichtet haben konnte.

Nein, das war kein Mann, korrigierte sie sich in Gedanken und fröstelte bei der Erinnerung an den unheimlichen Agenten des Feindes.

»Nun, wenn ich Mr. Karlhammer frage, wird er wahrscheinlich große Stücke auf Sie halten, sonst hätte ich nicht die Anweisung erhalten, Sie zum Transportmodul zu bringen«, entgegnete Wayan und zog eine Braue in ihre Richtung hoch. Seine Augen hatten einen wachen Glanz, obwohl er müde wirkte und in seiner Stimme schien ein Hauch von Kritik mitzuschwingen. Filio war sich sicher, dass jede Nuance in Gestik, Mimik und Sprache dieses Klischees eines Karrieristen wohlplatziert war, doch sie hatte weder Zeit noch Lust, das Ganze zu entschlüsseln. Das

Beste an ihrem Werdegang als Astronautin war schließlich gewesen, dass sie nirgendwo hatte Karriere machen müssen. Sie hatte stattdessen eines der härtesten Auswahlverfahren der Welt über sich ergehen lassen und den Job dann gehabt. Wenn sie sich die gesamte Zeit bei der ESA hätte abmühen müssen, auf der Gehaltsleiter nach oben zu klettern oder sich gegen Konkurrenten abzusichern, die an ihrem Stuhlbein sägten, wäre sie wahnsinnig geworden. In gewisser Weise respektierte sie Karlhammers Assistenten sogar.

»Vermutlich«, sagte sie abwesend und machte einem Trupp Söldner Platz, die mit schweren Körperpanzern und Sturmgewehren an ihnen vorbeiliefen. Sie hoffte, dass die grimmig dreinschauende Gruppe unterwegs zum Ein- beziehungsweise Ausgang war, um sie vor weiteren Eindringlingen zu beschützen. »Ich schätze, dass Sie mit seiner Entscheidung nicht einverstanden sind?«

»Es steht mir nicht zu, Mr. Karlhammer zu hinterfragen.«

»Sehr diplomatisch, wer hätte das gedacht«, schnaubte Filio lakonisch. »Können Sie auch ehrlich sein?«

»Wenn Sie das möchten.«

»Nichts anderes.«

»Also gut.« Wayan warf ihr einen erneuten Seitenblick zu, während sie in einen der vielen Gänge am Ende der Kaverne abbogen. »Ich war dagegen.«

»Warum?«

»Weil wir einen hervorragenden Mann für die Mission ausgewählt hatten, der jetzt zuhause bleiben muss.«

Filio seufzte. Schon wieder hatte sie jemandem den Platz weggenommen.

»Wenigstens haben Sie der letzten Astronautin, die sie

verdrängt haben, indirekt das Leben gerettet«, bemerkte Wayan, als hätte er ihre Gedanken gelesen.

»Wenn ich Mr. Karlhammer richtig verstanden habe, soll ich mit dieser Mission allen das Leben retten«, gab Filio zurück. Einen Moment später traten sie in einen rechteckigen Raum mit von Glas abgedeckten Wänden und vor die linke von zwei Fahrstuhltüren. Es gab keinerlei Schalttafel, aber eine Anzeige weiter oben zeigte, dass sich die Kabine auf dem Weg zu ihnen befand.

»Fühlen Sie sich dadurch nicht extrem unter Druck gesetzt?«, fragte der Assistent, während sie auf die Anzeige starrten.

»Nein.« Filio schüttelte den Kopf. »Ich habe keine Zeit für Druck. Ich weiß genau, dass ich zum Mars muss und wenn Sie wüssten, was ich die letzten Jahre dafür geopfert und durchlebt habe, wäre Ihnen klar, dass ich eher sterben würde, als diese Chance nicht zu ihrem besten Ausgang zu führen.«

»Das glaube ich Ihnen sogar. Die Frage ist wohl eher, was Sie als den besten Ausgang ansehen. Die Aufklärung der gescheiterten Mars One Mission? Ein Andenken für Ihre verstorbenen Kameraden? Rache dafür, dass Ihnen niemand Glauben schenken wollte?«

»Rache interessiert mich ebenso wenig wie die öffentliche Meinung«, verneinte Filio und wippte ungeduldig mit dem Fuß, während die Fahrstuhlanzeige sich immer weiter der kleinen Null näherte. »Mich interessiert der Feind und was er uns angetan hat und noch antun wird.«

»Ich hörte, dass Xinth telepathisch mit Ihnen kommuniziert hat?«, wechselte Wayan abrupt das Thema und deutete in die Fahrstuhlkabine, als sich die Türen vor ihnen teilten. Im Inneren sagte er: »Ebene T, Autorisationscode Z-22-Alpha-89 Cho Wayan.«

Der Aufzug setzte sich in Bewegung und trug sie in die Tiefe. Ein leises Rauschen begleitete ihren Abstieg wie eine sonore Hintergrundmelodie, die etwas Bedrohliches an sich hatte.

»Das hat er. Hat er das schon öfter getan?«

»Nur ein einziges Mal von dem ich weiß.«

»Oh?«

»Als wir Xinth fanden, hatte er drei der früheren Expeditionsmitglieder getötet, die offenbar versucht hatten, ihn umzubringen, weil sie Angst vor ihm hatten, ihn für ein Monster hielten. Das war kurz nachdem Dan Jackson verschwunden war und sie ihn hier drin gesucht haben. Karlhammer wurde sofort eingeflogen, nachdem Aufzeichnungen der Überwachungskameras zu ihm gelangt waren. Er war es, der als Erster mit Xinth kommunizierte, indem er unbewaffnet in Kaverne Eins spazierte, um sich ihm zu stellen. Ich durfte nicht mit hinein, konnte aber sehen, wie der Erbauer Karlhammer an den Kopf fasste. Die Sicherheitsleute wollten stürmen, um ihn zu retten, aber ich hielt sie seinen Anweisungen entsprechend zurück. Nach einigen Minuten ließ Xinth ihn wieder frei und Mr. Karlhammer berichtete uns davon, dass Jacksons Geist irgendwie in dem Erbauer aufgegangen sein soll.«

»Das klingt ... unglaublich.«

»Ja, aber es war eine gute Erklärung dafür, dass Xinth mit einem Mal Englisch sprechen konnte, als hätte er nie etwas anderes getan«, erwiderte Wayan und verzog spöttisch seinen Mund. »Nun ja, es war eher die einzige Erklärung. Jedenfalls war der Erbauer ab diesem Zeitpunkt sehr kooperativ und hat viel Zeit mit Mr. Karlhammer verbracht. Das Ergebnis dieser Zusammenkunft kennen Sie ja.«

Filio antwortete nichts und sie führten ihren Weg abwärts schweigend fort. Nach ein paar Minuten bremste der Fahrstuhl ab und die Türen glitten auf.

Vor ihnen befand sich ein spärlich beleuchteter Gang aus blanken Betonwänden, der zu einer runden Tresortür mit einem Handrad in der Mitte führte. Gleichzeitig öffneten sich in der Decke und dem Boden davor vier quadratische Klappen, Selbstschussanlagen mit dicken Patronengurten schossen hervor und legten auf sie an. Rote Lämpchen blitzten bedrohlich an kleinen Kameras über den Läufen auf und ein unheilvolles elektronisches Summen erfüllte den Raum.

»Cho Wayan und Filio Amorosa«, sagte der Assistent, ohne auch nur seinen kleinen Finger zu bewegen.

Eine Zeitlang geschah nichts, dann verschwanden die Selbstschussanlagen so plötzlich, wie sie aufgetaucht waren, wieder hinter ihren Klappen.

»Meine Güte«, meinte Filio, während sie zaghaft hinter Wayan herlief, der sich erstaunlich gelassen auf die Tresortür zubewegte, die wie von Geisterhand vor ihnen aufschwang.

»Unsere Leute wissen nicht genau, was sie da für Xinth gebaut haben«, bemerkte der Assistent. »Aber sie sind sich relativ sicher, dass das Transportmodul hochexplosiv ist, und abgesehen davon wäre ein Sabotageakt hier unten eher unwahrscheinlich, aber verheerend. Sie wollen gar nicht wissen, wie viele Milliarden die Foundation für den Bau dieses Geräts und der Anlage abgezweigt hat – ganz zu schweigen von dem Zeit- und Personalaufwand. Wissen Sie, wie schwierig es ist, an die tausend Leute so verschwinden zu lassen, dass niemand nach ihnen sucht?«

»Ja«, sagte Filio einfach und Wayan musterte sie kurz, bevor er durch die kreisrunde Öffnung deutete.

Sie trat hindurch und in einen ebenso runden Raum vom

Durchmesser etwa eines Tennisplatzes, in dem reges Treiben herrschte. Männer und Frauen in weißen Kitteln liefen mit Mundschutz und Analysegeräten umher wie in einem Bienenstock. In der Mitte der Kammer mit ihren reinweißen Böden und Wänden, die sie an das Innere eines Ufos erinnerten, befand sich eine Plattform mit zwei Sitzen darauf.

»Das ist das Transportmodul?«, fragte sie verblüfft. Die Vorrichtung sah aus, als hätte jemand die Sitze einer Achterbahn auf ein Stahlpodest geschweißt.

»Ich versichere Ihnen, Mrs. Amorosa, dass die inneren Werte des Moduls Sie begeistern würden«, bemerkte jemand neben ihr. Filio wandte sich der weichen Stimme zu und sah einen etwas kleineren Mann mit schütterem Haar und gemütlichem Bauch neben sich stehen, der ein altmodisches Klemmbrett vor seine Brust gepresst hielt und ihr lächelnd eine Hand entgegenstreckte.

»Ich bin Cassidy Morhaine, Leiter der Versuchsanlage und Ihr Co-Pilot. Wenn man das so nennen kann«, stellte er sich vor, als sie sich die Hände schüttelten.

»Sie?«, fragte Filio überrascht, bevor sie ihre Worte filtern konnte.

Cassidy lachte vergnügt und deutete auf seinen stattlichen Bauch. »Nicht der typische Anblick eines Astronauten, hm? Aber wir sind ja eher so etwas wie Planetenspaziergänger, denke ich. Spazierengehen kann ich.«

»Ich hoffe, Sie können mehr als das«, gab sie zurück und versuchte es ebenfalls mit einem Lächeln, um ihre Worte nicht allzu harsch klingen zu lassen.

»Nun, man hat versucht, mir eine gewisse Intelligenz anzudichten«, erwiderte Cassidy glucksend und deutete auf die kleine, runde Plattform in der Mitte des Raumes, an deren Basis mehrere Techniker in blauen Overalls mit Werkzeugen zugange waren. »Wollen wir?«

»Gern.«

»Sie haben sicher tausend Fragen.«

»Ich denke nicht, dass tausend Fragen ausreichen würden, um die Fragezeichen in meinem Kopf abzudecken«, entgegnete sie und Cassidy lachte, als sie die Plattform erreichten. Die beiden Sitze waren aus schwarzem, schimmerndem Material, das ein wenig an glatte Mikrofaser erinnerte.

»Ich hatte von Beginn an die Projektleitung inne und weiß mehr als jeder andere auf diesem Planeten über das Ding.« Er deutete auf die Plattform, möglicherweise auch darunter. »Das bedeutet allerdings nicht, dass ich besonders viel wüsste. Wir haben nach Xinths Plan gebaut und dabei einen neuen Verbundwerkstoff gefunden, der noch fester ist als Kohlenstoffnanoröhrchen, und als Supraleiter ohne messbaren Verlust verwendet werden kann. Außerdem hat er eine Effizienzsteigerung unserer Magnetspulen um mehrere hundert Prozent erreicht. Eine verblüffende Feldstärke wurde durch die Kombination von ...«

»Wird es funktionieren?«, unterbrach sie den Wissenschaftler, der sich offenbar gerade warmreden wollte, und sein Lächeln wurde ein wenig brüchig.

»Nun, das hoffe ich doch sehr, sonst wären ziemlich viele Stunden meines Lebens umsonst gewesen.«

»Sie wissen es nicht, oder?«, fragte Filio und musterte den untersetzten Mann eingehend. Seine buschigen Brauen tanzten lustig bei jedem Wort und sein breiter Mund schien sich ständig zu bewegen.

»Was meinen Sie?«

»Ich meine, was dort oben geschehen ist!«

»Natürlich weiß ich das. Es gab einen versuchten Einbruch oder so etwas. Wir waren einige Stunden auf Lockdown, nachdem wir zuerst evakuiert werden sollten. Jetzt ist die Sperre aber wieder aufgehoben«, erklärte Cassidy unbedarft.

»Ein Agent des Feindes ist in die Anlage eingedrungen und hat versucht Xinth zu töten. Er wird aktuell operiert, ebenso wie Karlhammer.«

Die Augen ihres künftigen Kameraden wurden mit jedem ihrer Worte größer, bis Filio fürchtete, sie würden jeden Moment aus ihren Höhlen fallen.

Jemand räusperte sich und sie sah sich um. Cho Wayan war neben sie getreten und warf ihr einen finsteren Blick zu. Er war allerdings nicht ganz so finster wie Cassidys, der Karlhammers Assistenten wütend anfunkelte.

»Bevor Sie etwas sagen«, meinte dieser und hob abwehrend seine weichen, schwielenlosen Hände, »möchte ich Sie darauf hinweisen, dass Mr. Karlhammer selbst für Notfallprotokolle vorgesehen hat, dass vitale Einsatzbereiche, die über eigene Schutzmechanismen verfügen, nicht früher als nötig über Notfallursachen informiert werden sollten, falls eine Panik droht.«

»Panik? Sie glauben doch wohl selbst nicht, dass wir uns hier vor lauter Angst in die Luft gesprengt hätten!«, ereiferte sich der Wissenschaftler und wirkte auf Filio jetzt wie ein besonders kompaktes Rumpelstilzchen.

»Nun, ich denke, Sie beide kommen ab jetzt auch ohne mich klar«, lavierte Wayan und lächelte gequält. »Ich werde in der Zentrale benötigt.«

Filio nickte freudlos und wandte sich wieder ihrem Co-Piloten zu. »Wann geht es los?«

»Sie können es kaum erwarten, hm?«, fragte Cassidy und wirkte nachdenklich, während er mit funkelnden Blicken Karlhammers Assistent hinterherblickte.

»Nein. Ich ... der Erbauer ... er hat mir etwas gezeigt.«

»Xinth?« Cassidy packte sie an beiden Schultern und schob sie mit erstaunlicher Kraft so vor sich, dass sie ihm in die Augen schauen musste. »Ist das wahr? Was hat er Ihnen gezeigt? Ging es um die Funktionsweise der Apparatur?«

»Nein.« Filio schüttelte den Kopf. »Er zeigte mir, dass der Feind auf dem Mars abgestürzt ist, nachdem Xinth sein Schiff sabotiert hatte, um ihn unschädlich zu machen. Ich weiß, wonach wir suchen müssen.«

Der Wissenschaftler schaffte es, gleichzeitig perplex und verstehend zu nicken. »Also können Sie das Transportmodul an die richtige Stelle lenken?«

»Hm? Nein! Ich wusste bis eben nicht, dass dieses Transportmodul existiert. Mir war lediglich gesagt worden, dass es einen Weg gibt, den Mars zu erreichen.«

»Oh.« Cassidy ließ enttäuscht seine Schultern sinken und wirkte mit einem Mal sehr müde. »Dann müssen wir eben weiterhin darauf hoffen, dass Xinth alles so vorbereitet hat, wie es sein soll. Auf dieses blinde Vertrauen haben wir schließlich die gesamten letzten Jahre gesetzt, immerhin hätte das Ding auch eine Bombe sein können.«

Dass es noch immer eine sein könnte, ließ er unerwähnt, auch wenn ihr bei einem kurzen Blickkontakt klar war, dass sie beide dasselbe dachten.

»Wissen Sie noch etwas, das uns weiterhelfen könnte?«

»Ich glaube nicht. Ich habe mir noch schnell einige der Satellitenaufnahmen inklusive sämtlicher Audiomitschnitte vom Fund des Monolithen angesehen, beziehungsweise angehört.«

Cassidy machte eine wegwerfende Handbewegung. »Die habe ich schon gesehen. Es hört immer auf, sobald sie zur Basis zurückkehren – ohne den Monolithen.«

»Ich wusste bisher gar nicht, dass wir überhaupt bei dem Monolithen gewesen sind. Ich hielt ihn immer für das schlecht aufgelöste Foto eines beinahe symmetrischen Felsbrockens, den Curiosity 2005 aufgenommen hatte.«

»Denken Sie, dass das Transportmodul uns dorthin bringen wird?«

»Tatsächlich hatte ich gehofft, dass Sie mir etwas über die Funktionsweise dieser Maschine verraten könnten«, gab sie zu und kaute auf ihrer Unterlippe, während sie die unscheinbare Plattform mit den beiden Sitzen musterte. Es war schwer vorstellbar, wie sie damit zum Mars oder sonst wohin gelangen sollten. »Denken Sie, dass es sich um einen Wurmlochgenerator oder etwas dergleichen handelt?«

»Nein.« Cassidy wackelte mit ausgestrecktem Zeigefinger Richtung Plattform. »Ein Wurmloch müsste ja erst einmal stabilisiert und dann aufrechterhalten werden. Wenn Sie in der Mitte des entstehenden Terminus säßen, würden die wirkenden Kräfte Sie womöglich in Stücke reißen.«

»Das ist mir aus heutiger Sicht bewusst, aber eine Technologie, die so weit von unserer entfernt ist ... wer weiß schon, was für die Erbauer möglich war, das wir für reine Magie halten würden?«

»Da haben Sie natürlich einen Punkt. Ich gehe trotzdem nicht davon aus. Solange ich noch die Möglichkeit habe, will ich davon ausgehen, dass bestimmte elementare Gesetze jetzt und auch später gelten – egal wie hoch ein Technologieniveau auch sein mag.«

»Das würde die Wahrscheinlichkeit eines überlichtschnellen Transportmediums auf nahezu Null reduzieren«, gab sie zu bedenken.

»Relativistische Geschwindigkeiten würden mir schon

reichen«, brummte Cassidy. »Dann wären wir in zwanzig Minuten oder einer halben Stunde am Ziel.«

Filio entging nicht, dass seine Hände leicht zitterten und vor Schweiß glänzten, als er sie vor seiner Brust ineinander rieb wie ein Bäcker, der Teig knetete.

»Wir werden sehen«, erwiderte sie neutral. »Xinth gab mir noch etwas: einen Schlüssel.«

»Einen Schlüssel?«

»Ja.« Sie fasste in ihre linke Jackentasche und streckte ihm die geschlossene Faust entgegen. Als er sie mit gerunzelter Stirn beäugte, drehte sie die Faust um und öffnete sie. Inmitten ihrer Handfläche lag die kleine schwarze Murmel, die schimmerte wie blanker Obsidian. »Können Sie damit etwas anfangen?«

»Ob ich damit etwas anfangen kann?«, fragte er auf eine Art, die sie nicht zu deuten wusste. Dann griff er danach und sie zog ihre Hand blitzschnell zurück.

Cassidy brummte missbilligend und bedeutete ihr, ihm zu folgen. Gemeinsam stiegen sie auf die Plattform, nachdem der Wissenschaftler einen Techniker verscheucht hatte, der gerade an einem der Sitze herumgefummelt hatte. Es gab keinen Laut, als Filios Stiefel das blanke Metall berührten.

»Da! Sehen Sie? Ich kenne jedes Detail dieses Dings und ich will verdammt sein, wenn diese Kugel nicht exakt in diese Vertiefung passt«, grummelte Cassidy und deutete auf einen kleinen Kasten, der auf einer Metallstrebe ruhte, die zwischen den beiden Sitzen empor zeigte und knapp unterhalb der beiden Armlehnen endete. Filio musste zweimal hinsehen, um die Einbuchtung in Form einer winzigen Halbkugel zu erkennen, da das weiße Material es ihr schwer machte, Konturen zu erkennen.

»Darf ich jetzt?«, fragte ihr Gegenüber mit einem herausfordernden Funkeln in den Augen. Als sie zögerte, grollte er: »Sie sollten besser anfangen, mir zu vertrauen. Wir werden gemeinsam dieses Ding benutzen, ob Sie das wollen oder nicht. Ich lebe nach der Devise, jedem zu vertrauen bis er oder sie mich vom Gegenteil überzeugt. Das halte ich sowohl für lebensfreundlicher als auch ermutigender. Falls Sie Ihre positive Grundeinstellung irgendwo auf dem Weg in diesen Keller am Ende der Welt verloren haben, hoffe ich doch sehr, dass Sie die bald wiederfinden, denn die werden wir brauchen, da bin ich mir sicher.«

Filio suchte nach Spott oder irgendetwas Verdächtigem in seinem Gesicht. Sie strengte sich wirklich an, forschte nach Mustern in seiner Mimik, die sie möglicherweise an jemanden erinnerten, der sie einmal betrogen oder im Stich gelassen hatte und wusste doch, dass er recht hatte. Sie war noch nie so ein Mensch gewesen, wenn auch durch den Verrat an Romain und der Crew der Ocean's Bitch genau diese positive Einstellung zum Thema Vertrauen, die Cassidy meinte, sie verlassen hatte. Sie wusste genau, dass er recht hatte. Es war, als hätten seine Worte eine Wahrheit in ihr angesprochen, die sie bisher versucht hatte, zu ignorieren. Je mehr sie darüber nachdachte, desto klarer wurde ihr, dass sie nicht bloß ihrer alten Scraper-Crew die Fähigkeit genommen hatte, zu vertrauen, sondern womöglich am meisten sich selbst.

Obwohl sich alles in ihr dagegen sträubte, streckte sie Cassidy die Kugel hin und war geradezu erleichtert, als er sie sofort nahm. Sie hatte gefürchtet, sie sonst jeden Moment wieder zurückzuziehen und es sich anders zu überlegen. Jetzt da die Kugel fort war, kam es ihr vor, als habe sie eine tonnenschwere Last abgelegt und die ehrliche Freude in den Augen des Wissenschaftlers entzündete ein winziges Licht in ihrem Inneren, von dem sie gar nicht gewusst hatte, wie sehr sie es vermisst hatte.

»Danke«, sagte er einfach und wollte gerade die Murmel in die Einbuchtung legen, als Filio ihn mit einer vorzuckenden Hand davon abhielt. »Was denn?«

»Ist das eine gute Idee? Sollten wir nicht erst in den Sitzen ... sitzen?«

»Hm«, machte er und sah sich in dem Raum von der Form eines Donuts um. Sämtliche Augen waren auf sie gerichtet. Es mussten an die fünfzig Menschen hier unten arbeiten. Sie alle wirkten müde, als hätten sie seit Ewigkeiten kein Tageslicht mehr gesehen – was wahrscheinlich auch der Fall war.

»Sie haben recht«, sagte Cassidy schließlich und erhob sich. Filio tat es ihm gleich und sie traten von der kleinen Plattform herunter, die gerade groß genug für die beiden Sitze war.

Sobald sie wieder den kalten Betonboden unter ihren Füßen hatten, winkte der Wissenschaftler eine junge Frau im weißen Kittel herbei, die so stocksteif wirkte wie ein schockgefrorener Aal.

»Beginnen Sie mit den Startvorbereitungen. Wir legen los.«

»Jetzt?«, fragte die Frau verblüfft und sah sie beide an, als hätten sie den Verstand verloren.

»Natürlich jetzt!«, rief Cassidy ungehalten und wedelte sie ungeduldig fort. An Filio gewandt sagte er: »Nach so langer Zeit kommt es meinen Leuten wahrscheinlich geradezu unwirklich vor, dass wir das Ding wirklich benutzen und zwar nicht mehr nur irgendwann, sondern genau jetzt.«

Genau jetzt, wiederholte sie in Gedanken und bemerkte ein aufdringliches Kribbeln, das sich von ihren Fußsohlen bis unter ihre Kopfhaut fortsetzte. Es war dasselbe Kribbeln, dass sie damals beim Start der Mars One verspürt hatte, und doch waren da jetzt auch die Bilder der kurz vor dem Start explodierenden Mars Two, die sie heimsuchten wie ein flüchtiger Blick in die Hölle.

»Sind Sie in Ordnung?«, fragte Cassidy besorgt und Filio musste sich mit einem Kopfschütteln wieder in die Gegenwart zurückholen.

»Ja. Legen wir los.«

Mars, 2039

»Ich glaube, die Satelliten empfangen jetzt nichts mehr. Was auch immer sie daran gehindert hat, an uns zurückzusenden oder eine Verbindung mit der Erde herzustellen – dieser neue Sturm macht alles dicht«, schimpfte Javier, sobald sie in die Basis zurückgekommen waren.

»Das heißt also, dass wir jetzt genauso blind sind wie Mission Control?«, fragte Filio überflüssigerweise. Sie wusste, dass ihr Wartungsingenieur einfach nur das Thema wechseln wollte, und gönnte ihm die kurze Gedankenpause, die er offenbar benötigte, um seinen Geist zu ordnen.

Timothy und Strickland hingegen schienen nicht so gnädig zu sein oder gar nicht erst darüber nachzudenken.

»So ein verdammter Mist! Wir müssen wieder da raus!«, schimpfte Timothy aufgebracht und Strickland nickte geradezu frenetisch.

»Da liegt ein verdammtes Objekt unter der Regolithschicht, das größer ist als unsere Basis, wenn unsere Scans nicht fehlerhaft waren!«

»Wenn«, gab Filio zu bedenken.

»Du findest doch nicht wirklich, dass wir das ignorieren sollten, oder?«

»Nein, das finde ich nicht.« Sie schüttelte den Kopf und deutete vage nach oben, während sie sich aus ihrem Anzug schälte. »Aber bei diesem Sturm da draußen gehen wir nirgendwohin.«

»Die Windgeschwindigkeiten betragen gerade einmal vierzig Kilometer die Stunde. Das ist eher ein laues Lüftchen«, warf Timothy ein und machte eine abwertende Handbewegung, die seinen linken Handschuh gegen eine der Spindwände katapultierte.

»Und wie willst du das Problem mit dem fehlenden Sonnenlicht lösen? Willst du zu Fuß gehen?«, grollte Javier und sein rollendes »R« wirkte geradezu bedrohlich, obwohl er ein ziemlich weicher Kerl war, wie Filio fand. Während der Ausbildung und Vorbereitung hatten sie ihn immer liebevoll ihren »Teddy« genannt. Die Begegnung mit etwas gänzlich Unvorhergesehenem und Unerklärlichem schien ihn allerdings zum ersten Mal aus seinem üblichen passiven Verhalten zu locken.

»Wir könnten eine der Radionuklidbatterien nehmen«, schlug der Pilot vor, doch Javier rollte bereits mit den Augen, bevor er seinen Satz beendet hatte.

»Klar, der Ingenieur frickelt schon eine Lösung zusammen. Schließt einfach mal so eine komplett andere Energiequelle an ein fertiges System an. Spannungsverhältnisse und Energieniveaus spielen heute mal keine Rolle. Ich baue einfach einen Wandler mit Legobausteinen und schreibe Wunderkiste drauf, dann können wir direkt losfahren«, spottete der Spanier und seine Stimme triefte vor Sarkasmus.

»Hey!«, wollte Timothy zu einer wütenden Antwort ansetzen, doch Filio kam ihm zuvor.

»Haltet die Klappe, beide«, befahl sie ungehalten. »Wir werden uns jetzt die Daten gemeinsam anschauen und dann entscheiden, wie wir weiter vorgehen. Wir können diesen Fund nicht ignorieren, er ist vielleicht das Wichtigste, was wir hier finden konnten. Das bedeutet aber nicht, dass wir deshalb leichtsinnig werden. Dieses Ding ist offensichtlich schon sehr, sehr lange hier und wird es auch noch sein, wenn wir ein paar Tage pausieren. Das

Dümmste wäre, jetzt hektisch zu werden und Fehler zu machen, obwohl wir keinen Zeitdruck haben. Ich verstehe, wenn ihr neugierig seid, das bin ich auch. Aber mit Hast ist uns nicht geholfen. Klar?«

»Klar«, murmelte erst Timothy, dann folgte Strickland, die laut seufzte, und auch Javier nickte schließlich, ohne dass sich die Falte zwischen seinem Nasenrücken und seiner fliehenden Stirn geglättet hätte.

»Gut. Wir treffen uns in zehn Minuten in Operations.« Filio scheuchte ihre Kameraden fort wie Hühner, die aus ihrem Stall ausgebrochen waren und ließ sich schließlich seufzend auf der kleinen Plastiksitzbank nieder, die sich vor den Spinden befand. Sie hatten die Bank im 3D-Drucker fertigen lassen, nachdem sie über die Nutzung der verfügbaren Ressourcen abgestimmt hatten. Sie hatte sich früh dazu entschieden, einige Abstimmungsprozesse einzuführen, weil sie allzu strenge Hierarchien schon immer abgelehnt hatte. Gute Führung begann in ihren Augen mit einem offenen Ohr und das sollte nicht bloß hören, was die anderen denken, sondern auch umsetzen, was sie Sinnvolles sagten. Die Sitzbank hatte tatsächlich erheblich zu ihrem Komfort beigetragen, da die wichtigsten Gespräche häufig hier im Umkleideraum hinter der Luftschleuse stattfanden, wie sie schnell herausgefunden hatten. Das lag womöglich daran, dass sie dem Protokoll entsprechend immer nur zu zweit rausgingen und entsprechend zu zweit zurückkamen. Da der Funkverkehr stets aufgezeichnet und gespeichert wurde, gab es in der Umkleide den einzigen wirklichen Freiraum ohne lauschende Geräte. Das hatte zur Folge gehabt, dass sie nach jedem Spaziergang alles in Ruhe und abseits des Protokolls besprechen und auch hinterfragen konnten, was sich als überaus wertvoll erwiesen hatte. Einige der besten Änderungswünsche, die sie als Anfragen an Mission Control in Darmstadt gesandt hatten, waren in der Umkleide ersonnen worden. Mittlerweile diente der gedrungene und tatsächlich alles andere als gemütliche Raum als eine Art Entspannungsoase in der Basis. Es erstaunte Filio nicht, wie viel Anspannung allein dadurch entstand, zu wissen, dass immer jemand mithörte, selbst wenn man schnarchend im Bett lag. Privatsphäre war etwas so Essenzielles für die geistige Gesundheit eines Menschen, dass sie für die nächste Mission vorschlagen würde, die Dauerüberwachung zu überdenken. Natürlich war dieses Vorgehen von der Missionsplanung vorgegeben worden, weil es ihrer aller Sicherheit diente, dass schlaue Leute daheim sämtliche Vitaldaten der Missionsmitglieder überwachten und auch nachsahen, ob etwas passiert war. Man stelle sich nur einmal vor, dass sie oder einer ihrer Kollegen im Waschmodul ausrutschte, und zwar in der Nasszelle, für die man die Anschlüsse für die Vitaldaten-Pads ablegen musste. Minuten, sogar Sekunden konnten hier ausschlaggebend sein für das Überleben oder Sterben – und jede und jeder von ihnen war hier draußen unersetzbar.

Trotzdem: Duschen mit einer Kamera im Rücken war nicht besonders entspannend. Zwar schauten nur ein paar wenige Mitarbeiter in Darmstadt zu, anders als bei den vielen Voyeur-Sendungen im Fernsehen – wie bei Big Brother fühlte mal sich aber trotzdem und das war kein gutes Gefühl.

Filio nutzte die kostbaren Minuten des Alleinseins, um sich eine allzu menschliche Angewohnheit zu erlauben: Nach vorn gebeugt ließ sie die Schultern hängen, seufzte tief und vergrub ihr Gesicht in den Händen. Der Fund dieses seltsamen Monolithen hatte sie tiefer getroffen, als sie sich einzugestehen bereit war. Fakten lagen ihr nun einmal näher als Fiktionen und die Sachverhalte sagten ihr, dass es sich bei dem Gebilde nicht um ein natürliches Objekt handelte. Doch was war schon ein Tatbestand, der zu keinen anderen Realitäten in ihrem wissenschaftlichen Kosmos passte? Hatten sie wirklich einen Punkt erreicht, an dem das Unwahrscheinlichste eingetreten war, das hätte Wirklichkeit werden können? Ein Artefakt außerirdischen Ursprungs, ausgerechnet auf einem direkten Nachbarplaneten der Erde und dem ersten überhaupt, den Menschen betraten? Wie hoch war die Wahrscheinlichkeit für so ein Ereignis? Dass sie alles daran setzte, Ruhe zu bewahren und nicht Hals über Kopf voranzupreschen, um das Objekt zu untersuchen, hing nicht bloß mit dem leichten Staubsturm zusammen, der ihr gerade recht gekommen war, sondern auch damit, dass sie sich Zeit erkaufen wollte. Es gab kein Protokoll für ein derartiges Ereignis und sie hatte ihre Zuversicht für diese Mission stets daraus gewonnen, dass es für wirklich alles eine Regel und Verhaltensanweisung gab. Oder war das konkrete Problem, dass sie sich vor dem fürchtete, was sie womöglich entdecken würden? Sie zog ihre Kraft stets aus Plänen, die sie an ihren Hürden ausrichtete, und dieses Vorgehen hatte sie von der Straße über ein Waisenhaus in das erste bemannte Raumschiff Richtung Mars gebracht, und zwar mit einem Stern über dem Namensschild.

Aber was ist mein Plan für dieses Ding dort draußen?, dachte sie und seufzte erneut. Ein letztes Mal rieb sie sich mit den Handflächen über das Gesicht und stand auf, um die Ärmel ihres Overalls über der Hüfte zusammenzuknoten und sich auf den Weg zur Operationszentrale zu machen.

Vor dem langgezogenen Pult mit allerlei Touch-Elementen und der vier Meter breiten Displayfolie, die die gesamte Wand bedeckte, warteten bereits Timothy, Strickland, Javier, Heinrich und Dimitry. Der Missionsleiter, dem Filio als Stellvertreterin diente, war gerade erst von einer Erkundungsmission zurückgekehrt, die er mit dem deutschen Geophysiker in die tieferen Basalttunnel unternommen hatte. Ihre Gesichter waren verschwitzt und sie stanken bis zur Tür, als sie hereinkam. Schlagartig wurde es still und fünf Drehstühle wandten sich zu ihr um.

»Ist es wahr?«, fragte Dimitry Vlachenko sofort und sah Filio mit großen Augen an, als habe er einen Geist gesehen.

»Wir haben ein offensichtlich unnatürliches Objekt gefunden, da wo ...«

»Es ist ein verdammtes Alien-Artefakt«, unterbrach Timothy sie aufgeregt und stieß mit einer Faust in seine geöffnete Handfläche. »Und das ist erst die Spitze.«

Dimitry bedeutete ihm mit einer ungeduldigen Geste, zu schweigen, und der Pilot brummte frustriert. Dann sah der Russe wieder zu ihr und bedeutete ihr, fortzufahren. »Bitte, Filio.«

»Vielleicht ist es außerirdisch, vielleicht auch nicht. Javier hat mich korrekterweise darauf hingewiesen, dass das erst feststeht, wenn es eben feststeht.«

Strickland und Timothy begannen zu protestieren, während Javier schwieg und Heinrich sie einfach nur ansah, als hätte er gerade erst begriffen, dass der Film, den er sah, nicht der war, der auf seinem Ticket stand.

»Seit Beginn der Marserforschung sind drei Satelliten auf seiner Oberfläche abgestürzt, vier Landekapseln verunglückt und mehrere Rover wegen fehlender Batterieleistung zugrunde gegangen«, erklärte sie und zog damit weitere Proteste von Strickland und Timothy auf sich, die sie mit zwei beschwichtigend gehobenen Händen abzuwehren versuchte.

»Sah das etwa aus wie ein Rover?«, dröhnte Timothy und schnaubte frustriert.

»Ein abgestürzter Satellit? Genau auf der Position des 2005 aufgenommenen Monolithen? Pah!«, reihte sich Strickland in die Frustrationswelle ein.

»Das Einzige, was ich sagen will«, gab Filio laut zurück und redete etwas langsamer weiter, als sie sich beruhigt hatten, »ist, dass wir noch nicht genug wissen. Wir müssen mehr Daten sammeln.« Sie wandte sich direkt ihrem Vorgesetzten zu, bevor sie fortfuhr. »Das Objekt sieht fremdartig und zu gleichförmig aus, um natürlichen Ursprungs zu sein. Allerdings ist es auch relativ weit entfernt und es läuft uns nicht davon, wir sollten also mit Vorsicht vorgehen.«

»Ihr habt versucht, es zu bergen?«, fragte Dimitry rhetorisch und faltete seine wuchtigen Hände vor dem Mund, als sehe er einen besonders spannenden Film.

»Ja, ohne Erfolg. Es scheint sich nicht um einen Monolithen zu handeln, sondern lediglich um den rechteckigen Fortsatz einer größeren Struktur unter der oberen Regolithschicht.«

»Was schlägst du also vor?«, fragte er und warf ihr genau den Blick vor, den sie befürchtet hatte: Einen, der sowohl bittend als auch erwartungsvoll war.

Der russische Kommandant war ein Charismatiker, was sie nicht war und er konnte schnell und effizient delegieren. Das machte ihn zu dem besseren Kommandanten, wie sie sich hatte sagen lassen müssen, als die Rollen für die Mission festgelegt worden waren und nach vielen Monaten gemeinsamer Arbeit, erst auf der Mars One und jetzt auf der Oberfläche, stimmte sie dieser Einschätzung sogar zu. Es war wichtiger, jemanden mit Autorität zu haben, der wusste, wie er sein Werkzeug perfekt auswählt, als das beste Werkzeug entscheiden zu lassen, was das beste Werkzeug sei. Für einen Hammer war nun einmal alles ein Nagel, so wie für einen Bohrer alles eine Wand war, die ein Loch mehr vertragen konnte. Sie hatte sich darum nicht lange gegrämt und eingestanden, dass die Hierarchie klug geregelt war. Außerdem hatte sie sich darüber gefreut, dass Dimitry von Beginn an ihre Talente erkannt hatte und sie häufig um Rat fragte. Ein erster Offizier konnte sich nichts Besseres wünschen.

Bis heute, gestand sie sich ein und straffte ihre Schultern, statt ihrem ersten Impuls nachzugehen und sie hängen zu lassen. *Dir fällt schon was ein,* ermahnte sie sich. *Dir fällt immer was ein.*

»Die Ingenieure müssen mal wieder die Kohlen aus dem Feuer holen«, scherzte sie und zwinkerte Javier zu, der bestätigend brummte. Aber tatsächlich wollte sie sich bloß Zeit zum Nachdenken erkaufen.

Niemand sonst lachte oder schenkte ihr auch nur so viel wie ein müdes Lächeln, also begann sie einfach drauflos zu plaudern. Wenn man ihr schon keine Zeit gab, etwas auszuarbeiten, konnte sie auch sagen, was sie aktuell dachte.

»Also gut, sammeln wir, was wir wissen. Das Objekt sendet ionisierende Strahlung aus, allerdings in einem sehr geringen Umfang. Die Oberfläche ist so glatt, dass nicht einmal der Marsstaub darauf haften bleibt und hat dieselbe Temperatur wie die Umgebung. Woran erinnert euch das?«

»An einen Supraleiter aus Keramik vielleicht«, schlug Heinrich vor und rieb sich die Schläfen. Offenbar war sie nicht die Einzige, die sich von den neuen Ereignissen überfordert fühlte.

»Genau«, stimmte Filio zu. »Keramik lässt sich bereits ab etwa minus hundertdreißig Grad supraleitend machen.

Falls es sich um einen künstlichen Himmelskörper handeln sollte, würde eine supraleitende Oberfläche Sinn machen zur Abwehr von Energiespitzen.«

»Supraleiter verbrauchen doch extrem viel Energie? Ich bin zwar nur die Biologin«, gab Strickland zu bedenken, »aber so weit reicht mein Physikwissen noch. Das würde bedeuten, dass in dem Objekt genug Energie schlummert, um die Hülle so weit herunterzukühlen.«

»Denk an die Umgebungstemperatur. Der Teil des Objekts, der wie ein Monolith aus der Oberfläche ragt, könnte die Kälte der Umgebung weiterleiten auf den Teil darunter.«

»Ein Supraleiter ist eher dafür bekannt, Strom zu leiten, nicht Temperatur«, hielt Javier dagegen.

»Wenn jemand es schafft, ein Objekt hierher zu schaffen, das die Zeit überdauert und bis auf Atomgröße glatt ist wie ein Babypopo, schafft er es auch, niedrige Temperaturen zu verteilen«, hielt sie dagegen.

»Wenn es schon lange hier ist. Was, wenn es erst wenige Jahrzehnte dort liegt?«

»Dagegen spricht ja definitiv, dass so viel Sediment darauf liegt«, meinte Timothy.

»Jemand mit solch einer Technologie kann sich bestimmt auch eingraben«, beharrte der Spanier und funkelte den Piloten herausfordernd an. Bevor dieser etwas erwidern konnte, räusperte Dimitry sich laut und brachte sie mit einem Blick zum Schweigen, bevor er sich wieder Filio zuwandte.

»Aber wie passt die radioaktive Strahlung dazu?«, fragte Dimitry irritiert. »Du hast doch von ionisierender Strahlung gesprochen, oder?«

»Gar nicht«, gab sie zu und zuckte mit den Schultern. »Aber es ist das Beste, was ich bisher daraus machen kann.

Vielleicht befindet sich irgendetwas Zerfallenes unter der Oberfläche? Eine Beschädigung? Ein Fehler? Ein Unfall? Irgendeine Ablagerung? Wir wissen ja nicht einmal, worum es sich handelt, geschweige denn, wer das Ding dorthin gesetzt hat.«

»Mir gefallen ihre Gedanken, Dima«, schaltete sich Heinrich wieder ein und nickte bedächtig. Der sonst so ruhige Deutsche holte tief Luft und machte eine kurze Pause, bis sämtliche Blicke auf ihn gerichtet waren. »Falls es sich um ein Raumschiff handeln sollte, würde ein Supraleiter in Hinsicht auf die von ihr angesprochene Abwehrfähigkeit Sinn machen. Und er wäre womöglich an das Bordnetz angeschlossen, was wiederum bedeuten würde, dass wir das Energieniveau verändern und ...«

»Energieniveau verändern?«, fragte Strickland verwirrt.

»Kabel dran, Strom rein«, fasste Javier ungeduldig zusammen.

»Genau. Damit könnten wir vielleicht irgendetwas in Gang setzen, wie mit einem Defibrillator, wo wir schon bei einfachen Bildern sind«, antwortete Heinrich und nickte erneut, als finde er immer mehr Gefallen an der Idee.

»Ja, wir könnten seine Zerstörung in Gang setzen«, wandte Strickland ein. »Ich halte das für keine gute Idee.«

Dimitry sah fragend zu Filio, die kaum merklich in Richtung des Deutschen nickte, dann räusperte er sich wieder und stand auf. »Wir machen es so. Bergen können wir es mit unseren vorhandenen Mitteln ohnehin nicht und wenn das Ding so lange hier ausgehalten hat, wird ein kleiner Stromschlag sicher nicht schaden, schließlich wird auch schon mal einer der unzähligen Blitze auf diesem roten Sturmplaneten eingeschlagen sein.«

»Es sei denn, dass genau solch ein Blitzschlag dafür verantwortlich war, dass das Objekt so tot ist, wie es wirkt«, gab Strickland zu bedenken, doch Dimitry schien sie gar nicht zu beachten.

»Filio, du und Javier sammeln alles zusammen, was ihr dafür braucht. Ellen.« Er wandte sich an Strickland. »Du bleibst hier und übernimmst die Zentrale. Timothy, du bereitest den Lastenrover vor, ich denke, dass wir Platz brauchen werden. Heinrich und ich kümmern uns um die Anzüge und genügend Sauerstoff. In sechs Stunden treffen wir uns wieder hier und besprechen unser Vorgehen. Ich hoffe, dass wir bis dahin wieder Kontakt zu unseren Satelliten haben und einen Wetterbericht bekommen – oder Kontakt nach Hause. Man wird ja noch träumen dürfen.«

Als sich alle wortlos entfernten und in verschiedene Richtungen durch das Verbindungsmodul verschwanden, hielt Javier sie mit einer Hand an ihrem Ärmel auf.

»Denkst du wirklich, dass das eine gute Idee ist?«

»Nein«, gab sie unumwunden zu. »Aber es ist die einzige Idee, die wir haben.«

»Ist es denn eine gute Idee, mit der erstbesten Idee loszuschießen?« Obwohl sie allein waren auf der Schwelle zwischen dem sternförmigen Verbindungsmodul und Operations, wo Strickland hinter ihnen saß und sich gerade eine Datenbrille überstreifte, flüsterte er und sah sich vorsichtig um.

»Nein, aber das ist es, was Dimitry will und er ist der Boss.«

»So einfach siehst du das?«

»So einfach sehe ich das«, bestätigte sie und begegnete seinem Blick mit vorgerecktem Kinn.

»Hätte ich nicht gedacht.« Javier musterte sie, als sehe er sie zum ersten Mal.

»Hat es uns bisher geschadet, seinen Anweisungen zu folgen?«

»Nein, aber ...«

»Siehst du. Jetzt geht es um ein fremdartiges Objekt, über das wir nur sehr wenige Informationen besitzen und über das wir nur schwer neue Informationen sammeln können, ohne etwas an seiner Beschaffenheit zu ändern. Anhand der wenigen Daten, die wir haben, ist Heinrichs Idee die beste, die wir daraus ableiten können. Die Alternative wäre, das Objekt nicht anzurühren und mit Darmstadt Kontakt aufzunehmen, damit sich dort ganz viele Menschen, die noch schlauer sind als wir, eine Vorgehensweise ausdenken. Dooferweise haben wir aber schon länger keinen Kontakt mehr nach Hause und müssen davon ausgehen, dass das Problem schwerwiegender ist, als wir uns eingestehen wollen. Also handeln wir jetzt. Ich hätte gern noch einige Tage oder Wochen gewartet, aber hey«, sie lächelte gequält. »Wenigstens sterben wir nicht an Neugierde oder Unruhe, wie Timothy oder Strickland, sondern machen einen ersten Schritt.«

»Ich hoffe, du hast recht«, brummte der Spanier und kratzte sich an seinem unrasierten Kinn, was schabende Laute mit sich brachte, die Filio als unangenehm empfand.

»Das hoffe ich auch«, gab sie zu. »Aber sieh es positiv: Es handelt sich um ein Ingenieursproblem, was bedeutet, dass wir spielen dürfen und der Boss hat uns gerade in die Spielwarenabteilung geschickt, um alles mitzunehmen, was wir mitnehmen wollen. Wenn das in deinen Ohren nicht gut klingt, weiß ich auch nicht.«

Javier rang sich ein schwaches Lächeln ab und tatsächlich gewannen seine rehbraunen Augen einen Hauch ihres sanften Glanzes wieder, der zurück auf der Erde sicherlich viele Damen schwach gemacht hätte.

»Also gut, lösen wir ein Problem«, meinte er schließlich.

Agatha Devenworth, 2042

Die Rotoren des geräumigen C-2 Moonhopper Helikopters donnerten durch die Nacht und Agatha sah durch das gepanzerte Fenster auf die Pyramide hinunter. Sie wurde von einem so schwachen Mondlicht beschienen, dass sie eher wie eine temporäre Einbildung auf der Netzhaut erschien, denn als festes Objekt. Von hier oben waren die gigantischen Ausmaße des Bauwerks der Erbauer auszumachen und auch, dass die Pyramide gar nicht exakt gleichförmige Seiten und Kanten aufwies. Möglicherweise hatte sich über die Jahrmillionen zu viel Sediment abgelagert.

Die Flotte der US-Navy brauchte noch etwa fünf Tage, bis sie mit ihren Kampfjets in Reichweite sein würde, was ihnen hoffentlich genügend Zeit gab, um von hier zu verschwinden. In Agathas Geist tauchten mit einem Mal jede Menge Hubschrauber und Jets auf, die den Luftraum um sie mit Explosionen und Plasmawolken erfüllten, während auf dem Boden tief unter ihnen Leuchtspurmunition durch die Nacht jagte. Sie mussten um jeden Preis verhindern, dass diese Fantasie Wirklichkeit wurde. Es stand schlicht zu viel auf dem Spiel.

»Was denken Sie?«, fragte Pano über Funk. Er saß ihr direkt gegenüber. Sie waren die einzigen Passagiere in dem privaten Luxushelikopter, in dessen geräumiger Kabine es lediglich vier lächerlich große Ledersessel gab, die sich in ein komplettes AR- und VR-Umfeld umfunktionieren ließen. Luther Karlhammer galt nicht als jemand, der gern seine Zeit verschwendete. Sie konnte sich daran erinnern, ein Interview mit ihm gelesen zu haben, in dem er sich beim Universum höchstpersönlich beschwert hatte, dass es den Menschen mit der Notwendigkeit Zeit mit Essen zu verbringen, gestraft hatte. Also hatte er den Komfort seines fliegenden Palasts wahrscheinlich nie genossen, sondern immer in virtuellen Konferenzräumen verbracht.

Menschen waren schon eine besondere Sorte Lebewesen, stellte sie nicht zum ersten Mal fest.

»Ich denke, dass wir mit unserer neuen Mission besser Erfolg haben sollten«, seufzte sie und sah vielsagend nach draußen.

Pano folgte ihrem Blick und nickte.

»Wir werden das Kind schon schaukeln. Wir haben schon Schwierigeres vollbracht.«

»Haben wir das tatsächlich?«, fragte Agatha überrascht.

»Nein, aber ich dachte, dass ich mir den Pessimismus für später aufhebe, wenn die Kacke wirklich am Dampfen ist.«

»Nichts anderes hätte ich von Ihnen erwartet.«

»Wie fühlen Sie sich?«, wechselte Pano abrupt das Thema.

»Oh, der Italiener möchte über Gefühle sprechen, was für ein Klischee.«

»Ich bin Südtiroler«, korrigierte er sie grinsend. »Wir sind eher so etwas wie Deutsche, nur gutaussehend und mit Zugang zu einem Meer, in dem man tatsächlich gerne badet, ohne es sich bloß schönzureden.«

»Deutschland hat Zugang zum Meer?«

Pano musterte sie forschend, bis sie frustriert seufzte.

»Das war ein Scherz, Mann. Nicht alle Amerikaner sind so ungebildet und ignorant, wie Sie es vielleicht denken.«

»Gut zu wissen, ich erinnere mich an ...«

»Jeder erinnert sich an so eine Story«, unterbrach sie ihn und machte eine wegwerfende Handbewegung. »Hey, ich war grad in den USA und die dachten, wir würden noch auf Pferden zur Arbeit reiten«, äffte sie mehr schlecht als recht eine Teenagerstimme nach, und fuhr fort: »Hey, in den USA dachten sie, dass Belgien eine Provinz von Frankreich ist.« Ihre Stimme wurde wieder normal. »Das gilt wahrscheinlich nur für all jene, die zwischen den Appalachen im Osten und den Rockies im Westen leben und in ihrer Freizeit mit Schrotflinten auf Kuscheltiere schießen oder über die Demokraten lästern.«

»Sie scheinen wieder ganz die Alte zu sein«, freute sich Pano und klatschte in die Hände. »Ich frage nach Ihren Gefühlen und Sie schimpfen über irgendjemanden.«

»Dieses Mikrophagen-Zeugs scheint gut zu funktionieren«, erzählte sie nach kurzem Innehalten. »Ich frage mich, wie lange Karlhammer schon auf dieser Technologie sitzt. Gerade einmal zwei Tage und ich kann wieder laufen. Ich muss zwar essen wie ein Barbar«, sie deutete auf den großen Karton auf dem Sessel neben sich, »aber ich schätze, nach einem Schuss in die Milz gibt es deutlich schlimmere Schicksale.«

»Und wie geht's Ihnen sonst? Immerhin hat ein von einem Alien besessener Killer Sie gezwungen, sich selbst zu erschießen.«

»Sie meinen, wie ich das psychisch verkrafte?«, fragte Agatha.

»Hm ... ja. Ich schätze schon.«

»Der Typ war nicht der erste Scheißkerl, der versucht hat, mich umzulegen. Ist mir ziemlich egal, wie er es angestellt hat«, log sie und sah wieder aus dem Fenster, um ihrem Partner keine Möglichkeit zu geben, mögliche Indizien dafür zu finden, dass sie ihm nicht die Wahrheit sagte. Die Wahrheit war nämlich, dass sich neben dem hartnäckigen Zittern in ihrer linken Hand auch ein Gefühl der Hilflosigkeit in ihr breitgemacht hatte, das sie seit ihrer frühen

Kindheit nicht mehr gefühlt hatte. Sie fragte sich, ob sie es während ihrer beruflichen Laufbahn lediglich erfolgreich verdrängt und dann gedacht hatte, zu so einem Gefühl nicht in der Lage zu sein. Das Erlebnis, dass jemand ihren eigenen Körper zu einer Handlung gezwungen und sie aus sich selbst ausgesperrt hatte, war nicht nur das Schrecklichste, was sie je erleben musste, sondern hatte sich als tiefsitzende Angst in ihren Hinterkopf eingenistet. In ihren Träumen sah sie immer wieder Bilder von dem Mann im schwarzen Anzug und hörte, wie er ihr den Befehl gab, abzudrücken, als geschehe es live und hautnah, immer und immer wieder. Sie hatte sich stets viel darauf eingebildet, ihr Leben, inklusive ihrer Emotionen und Gedanken, unter Kontrolle zu haben, indem sie gelernt hatte, sich zu fokussieren wie ein Brennglas. Dieses Brennglas hatte der fremde Auftragsmörder des Feindes mit seinen magischen Tricks zerstört. An was konnte man noch glauben, wenn jemand sämtliche wissenschaftlichen Grundannahmen einfach ignorierte, beziehungsweise sie für ihn offenbar nicht galten?

»Sie mögen das Bild von sich als echt harter Brocken, hm?«, fragte Pano und sah sie mit einer Mischung aus Bewunderung und Besorgnis an. Agatha war sich nicht sicher, ob sie das nun ärgerlich oder charmant finden sollte.

»Ja, da haben Sie verdammt recht«, erwiderte sie schließlich und deutete ein Lächeln an, als er verwundert die Augen aufschlug.

»Sie müssen an Ihrem Humor arbeiten.«

»Wieso? Damit ich Ihre schlechten Witze besser ertragen kann?«, fragte sie und Pano antwortete, indem er grinsend nickte.

»Das wäre schon mal ein Anfang.«

»Wir haben ja bereits über Direktor Miller gesprochen«,

wechselte sie das Thema. »Ich schlage vor, dass wir ein Treffen mit ihm vereinbaren und ihn gehörig ausquetschen.«

»Ich glaube nicht, dass das so einfach wird«, gab er zu bedenken.

»Oh nein, es ist niemals einfach, aber für *einfach* wurde ich auch nicht ausgebildet.«

»Ich bin mir sicher, dass Sie für *schwierig* ausgebildet wurden«, erwiderte er vieldeutig. »Aber wir sollten nicht mit der Tür ins Haus fallen. Am besten filtern wir ihn erst einmal durch, indem wir ihm Falschinformationen stecken und schauen, wie er darauf reagiert. Manchmal ist es am Besten, statt einer Konfrontation die Reaktion des anderen zu suchen.«

»Sehr weise. Haben Sie das im Jugendknast gelernt?«

»Ich kam auf Bewährung früher raus, ohne meinem Bewährungshelfer einen runterzuholen. Das hat was zu bedeuten, wo ich herkomme.«

»Scheint ja ein toller Ort zu sein, dieses Südtirol«, brummte Agatha.

»Das ist es«, sagte Pano und seufzte langgezogen, während seine Augen einen verträumten Ausdruck annahmen. »Was ich dafür geben würde, jetzt dort zu sein und nichts von all dem hier zu wissen.«

»Sie würden lieber unwissend in einem Bergdorf sitzen, als einer der wenigen Menschen zu sein, die von der Existenz von Aliens wissen, die vor langer Zeit die Erde beherrschten?«, fragte Agatha ungläubig.

»Ja, das würde ich deutlich lieber. Was bringt uns dieses Wissen? Das alles ist wie ein wahrgewordener Science Fiction Film, nur, dass wir ihn nach dem Abspann nicht ausschalten können. Unser Film geht weiter, und zwar mit ungewissem Ausgang.«

»Aber Sie haben wenigstens zu einem gewissen Teil Einfluss auf den Ausgang der Geschichte«, wandte sie ein.

»Ja, aber zu dem Preis, dass ich wahrscheinlich nie wieder ruhig schlafen kann. Immer wenn ich in den Sternenhimmel schaue, werde ich fortan nicht mehr das große Mysterium erblicken unter dessen Weite ich mich auf faszinierende Weise klein und unbedeutend fühle. Stattdessen werde ich Xinth sehen und riesige Menschen-Aliens. Ich werde keine Dokumentation über Pyramiden mehr sehen können, ohne an geheime Ausgrabungen zu denken. Ich werde keinen schwarzen Anzug mehr sehen können, ohne an diesen kranken Killer denken zu müssen. Ich werde keinem Regierungsvertreter mehr begegnen können, ohne mir zu überlegen, ob er vielleicht auch von einem Alien unterwandert wurde. Ich werde nicht einmal mehr über die Leute lachen können, die mit abstrusen Verschwörungstheorien um sich werfen, aus Angst, dass sie wahr sein könnten. Ist es das alles wert?«

»Ich habe kein Leben außerhalb der Arbeit«, gab Agatha in einem Anflug von Freimütigkeit zu und überlegte einen Moment. »Diese ganze Sache macht meinen Job noch erfüllender – auf eine teilweise erschreckende Art, wie ich zugeben muss. Aber ich verabscheue nichts so sehr wie die Vorstellung, keine Kontrolle über die Ereignisse um mich herum zu haben. Ich könnte nicht als unwissendes Schaf zufrieden das Gras um mich fressen, während in der Ferne die Wölfe heulen.«

»Was liegt schon wirklich in unserer Kontrolle?«, fragte Pano. »Wir sind den Gezeiten des Kosmos unterworfen, dem Sonnenaufgang und Sonnenuntergang. Dem Wetter, unserem Geschlecht, unserem Aussehen, unseren Talenten und Neigungen. Nicht einmal unsere Gedanken oder unser

Atem liegen im Bereich unseres Einflusses. Beides kommt und geht.«

»Schon möglich. Aber selbst wenn wir in einem deterministischen Universum leben sollten, wäre ich immer noch ich und damit ein Kontrollfreak, wie Sie sagen würden. Also kann ich mich auch gleich in den Determinismus fügen. Vielleicht ist mein Weg so vorgezeichnet, dass ich alles kontrolliere oder zumindest den Eindruck habe, es zu tun.«

»Haben Sie schon einen Plan, wie wir die Situation unter Kontrolle bringen, in der wir uns befinden?«, fragte Pano und Agatha suchte nach Sarkasmus in seiner Stimme, konnte jedoch keinen finden. Also sah sie aus dem Fenster und überlegte kurz, während die allgegenwärtige Dunkelheit mit der nackten, grau schimmernden Eisdecke unter ihnen vorbeizog.

»Wir fliegen nach Australien und melden dem Direktor einen Ermittlungserfolg. An seiner Reaktion werden wir schon erkennen, ob er darauf gesetzt hat oder nicht. Die Flotte meines Landes ist bereits unterwegs, das bedeutet, dass das Verteidigungsministerium ohnehin reagiert hat und die tun das üblicherweise nicht ohne Befehl des Präsidenten, wenn es sich um eine gesamte Carrier Strike Group handelt. So eine Flottenbewegung wird von der gesamten Welt misstrauisch beäugt. Das muss nicht heißen, dass der Präsident darin verwickelt ist. Ein paar Hinweise seiner Joint Chiefs of Staff reichen im Normalfall aus, um ihn entsprechende Befehle unterzeichnen zu lassen, solange keine diplomatischen Verwicklungen zu befürchten sind. Gleiches könnte für Miller gelten: Wenn er nichts von der ganzen Sache weiß und nur auf Anweisung gehandelt hat, sind unsere Verdächtigungen unangebracht. Wenn wir ihm jetzt sagen, dass wir brisante Informationen aufgedeckt haben, wird er entweder alles daran setzen, uns so schnell wie möglich zurückzuholen, oder aber er wird keine Extraressourcen aufwenden, weil er bereits von der Sache weiß und sämtliche Maßnahmen getroffen sind.«

»Oder aber er wird genau dieses Denken durchschauen und entsprechend handeln«, gab Pano zu bedenken.

»Ja. Es gibt keine Garantien in dieser Sache.«

»Vielleicht sollten wir Kontakt zu den Sons of Terra aufnehmen und um Unterstützung bitten?«

»Ich arbeite nicht mit Terroristen zusammen«, konterte sie sofort und schüttelte entschieden den Kopf.

»Terroristen, die die ganze Zeit über recht hatten.«

»Jetzt sagen Sie gleich noch den Spruch *des einen Terrorist ist des anderen Freiheitskämpfer*.« Agatha rollte mit den Augen, um ihm klarzumachen, was sie davon hielt.

»Aber genau das ist doch der Fall«, beharrte er. »Sie haben vor einer Gefahr gewarnt und keiner hat ihnen geglaubt. Also haben sie angefangen, gewaltsam gegen den Feind und seine Marionetten vorzugehen.«

»Wissen Sie, was Terrorismus ist?«

»Sagen Sie es mir«, seufzte er und warf ergeben die Hände in die Luft, was ihn mit seinen wuchtigen Schallschutzkopfhörern wie einen Frosch aussehen ließ.

»Ineffizient. Terrorismus ist das Werkzeug des asymmetrischen Krieges. Terroristen gehören zu einer Minderheit, die nicht über Material und Mittel verfügt, sich mit ihrem Gegner auf einen konventionellen Konflikt einlassen zu können. Also wählen sie eine Waffe, die weitaus mächtiger ist: Angst. In den letzten zehn Jahren sind weniger als tausend Menschen pro Jahr durch Terroranschläge gestorben, gleichzeitig aber Millionen durch Unfälle, Diabetes, Krebs und Herz-Kreislauf-Erkrankungen. Fastfood ist gefährlicher als ein Terrorist, wenn Sie die nackten Zahlen betrachten. Trotzdem dreht sich der politische und mediale Alltag größtenteils um das zum Jahrhundertthema ausgerufene Problem des Terrorismus. Angst verkauft sich nun einmal gut und ist ein gutes Werkzeug im Wahlkampf. Doch diese Angst ist unlogisch, deshalb passt sie auch so gut zu uns Menschen. Die Chance, an übermäßigem Zuckerkonsum zugrunde zu gehen, ist tausendfach höher als von einem Selbstmordattentäter in die Luft gesprengt oder von einem gekaperten LKW überfahren zu werden. Aber Terroristen arbeiten mit wirkmächtigen Bildern, die die Medien nur zu gerne nutzen. Diese Bilder bleiben haften, während ein Zuckerwürfel doch recht harmlos aussieht, finden Sie nicht?«

»Worauf wollen Sie hinaus?«, fragte Pano.

»Die Sons of Terra verbreiten Angst, sie gehen nicht effizient auf ihr Ziel los. Es wäre viel effektiver, mit verdeckten Operationen zu agieren und gezielt diejenigen auszuschalten, die sie für Agenten des Feindes halten. Stattdessen starten sie Aktionen wie die öffentlichkeitswirksame Zerstörung der Mars Two auf Cape Canaveral. Sie hätten auch einfach im Vorfeld die Zuliefererkette sabotieren können. Das wäre sicher günstiger gewesen und hätte weniger Öffentlichkeit und damit auch einen geringeren Fahndungsdruck erzeugt. Warum entscheiden sie sich also für den Weg der öffentlichen Angstmacherei, wenn es ihnen doch nur um das Ausschalten des Feindes geht? Die normalen Menschen bringen sie so jedenfalls nicht auf ihre Seite.«

»Hm ...« Pano kratzte sich an seinem breiten Kinn, das von einem rauen Dreitagebart dunkel gefärbt war. »Sie meinen da einen Widerspruch zu erkennen.«

»Ich meine, dass ich ihr Vorgehen nicht verstehe. Sie haben offenbar klare Ziele, die sich auf eine sehr reale Bedrohung beziehen, deren Vermittelbarkeit aber kaum gegeben ist«, entgegnete Agatha und knetete ihre Hände, als traktiere sie den Handschmeichler, den sie in der obersten Schublade ihres Büros liegengelassen hatte. Manchmal hatte sie ganze Nächte damit verbracht, ihn zu kneten und über einen Fall nachzugrübeln.

»Denken Sie, dass Workai Dalams Vorgeschichte als Scraper damit zu tun hat?«

»Da können Sie Gift drauf nehmen«, versicherte sie ihm. »Er war der erste Scraper, der etwas gefunden hat und offenbar hat dieses Etwas ihn dazu verleitet, eine Organisation zu gründen, die sich den Kampf gegen ein Alien auf die Fahnen geschrieben hat.«

»Vielleicht hat er den Feind selbst dort unten in der Tiefe gesehen«, schlug Pano vor.

»Vielleicht.«

»Ich denke jedenfalls, dass Miller ein guter erster Ansatzpunkt ist. Wenn wir Probleme bekommen, oder die Ressourcen Interpols oder der CTD nicht mehr nutzen können, um dem Feind auf die Spur zu kommen, weil die Behörden unterwandert sind, sollten wir uns an Workai Dalam wenden. Ich habe die entsprechende Kontaktnummer von Karlhammers Assistenten Wayan bekommen.« Pano zog sein Handterminal aus der Tasche seiner modischen Lederjacke und winkte damit.

»Wenn es soweit ist, werden wir jede Möglichkeit ergreifen, die uns dabei hilft, den Feind zu schnappen«, stimmte sie ihm zu und dachte an den Mann im schwarzen Anzug und wie er sie mit diesem stechenden Blick bedacht und dann gezwungen hatte, auf sich selbst zu schießen.

Pano schien ihren mürrischen Gesichtsausdruck korrekt zu deuten und führte das Gespräch nicht weiter.

Der Flug nach McMurdo dauerte nur knapp über eine Stunde, was Agatha wie ein schlechter Witz vorkam im

Vergleich zum scheinbar endlosen Weg durch die Eiswüste, den sie in der Schneeraupe zurückgelegt hatten. Als sie den Luftraum über der beim letzten Besuch verlassenen Basis erreichten, war diese gar nicht mehr so verlassenen: Zwei riesige Transportschiffe lagen vor der felsigen Küste und ein steter Strom kleiner Boote pendelte zwischen ihnen und der Kaimauer McMurdos hin und her. Dort stapelten sich Berge von Kisten und es wimmelte von Menschen, die aus der Luft aussahen wie Ameisen. Schwere Gefechtspanzer rollten auf Schneeketten auf den unbebauten Wegen zwischen den Häusern, gefolgt von Transportraupen und Helikoptern auf Lastenanhängern. Agatha schätzte, dass da unter ihr mehrere tausend Soldaten und hunderte Fahrzeuge damit beschäftigt waren, sich für den Aufbruch zur Pyramide vorzubereiten.

»Meine Güte, das sieht ja aus wie in einem Kriegsgebiet«, kommentierte sie das unwirkliche Szenario unter ihnen, als die in ihr AR-Cockpit versunkenen Piloten den Hubschrauber hart nach Osten Richtung Rollfeld drehten.

»Hier wird auch bald Kriegsgebiet sein«, war sich Pano sicher und beugte sich weit über seine Lehne, um schräg nach hinten spähen zu können. »Diese Panzer da unten sind hauptsächlich mit Luftabwehrgeschützen ausgestattet und in den Transportcontainern befinden sich mit Sicherheit die neuesten chinesischen Chin-Feng-Batterien, mit denen sie die Jets von euren Navy-Jungs runterholen wollen.«

»Hoffen wir lieber, dass wir schnell eine Lösung für unser Alienproblem finden, bevor die hier den Weltuntergang proben. Laut Antarktis Vertrag dürfen doch gar keine militärischen Geräte hierher verlegt werden, wenn ich mich nicht irre?«

»Sie irren sich nicht. Ich hoffe nur, dass die Chinesen

nicht sofort reagieren und eine Flotte hierher entsenden, sei es aus Rivalität zu den Amis oder auch nur aus Neugierde, was die zu so einem Schritt bewegt haben könnte. Einem Schritt übrigens, der mit Sicherheit vor dem Weltsicherheitsrat Erwähnung finden wird«, meinte Pano und lehnte sich in seinen Luxussessel zurück, als ihr Helikopter einen Kreis beschrieb und rasch an Höhe verlor.

Kurz darauf setzten sie auf dem Rollfeld direkt hinter der Turboprop-Maschine auf, die sie aus Namibia hergebracht hatte. Agatha lief ein kalter Schauer über den Rücken, als sie an ihre letzte Begegnung mit dem Militärflugzeug zurückdachte, und an die sechs Stunden, die sie dabei auf unerklärliche Weise verloren hatte. Jetzt stand es ganz ruhig da, mit herabgelassener Rampe, auf der sich vier Soldaten mit zwei Piloten in grauen Overalls unterhielten. Die Propeller drehten sich bereits in gemächlicher Geschwindigkeit.

Der Lärm der Rotoren über ihnen ließ langsam nach und dann kam die Durchsage des Co-Piloten über ihre Kopfhörer: »Alles klar, Agents, Sie können aussteigen. Guten Flug und gute Jagd!«

»Danke, Lieutenant«, funkte sie zurück und nickte Pano dankend zu, als er die Tür aufschob. Bevor sie die elektrisch ausgefahrene Trittleiter hinabstieg, schnappte sie sich noch ihr übergroßes Lunchpaket vom Nachbarsessel und lief in die klirrende Kälte hinaus. Der Luftstrom der Rotoren senkte die Temperatur noch einmal um gefühlte zehn Grad Celsius und sorgte dafür, dass sie dachte, ihre Lungenflügel würden jeden Moment zufrieren.

Mit gesenktem Kopf und zugezogener Daunenjacke hastete sie im Dauerlauf zu der Rampe der C-220 Albatros, und versuchte, das Brennen in ihrem Gesicht zu ignorieren, das sich anfühlte, als würde ihr jemand unablässig Eisspray ins Gesicht sprühen.

»Guten Morgen, Special Agent«, begrüßte sie einer der beiden Piloten in den gefütterten Einteilern und schüttelte ihr die Hand. »Ich bin Major Greynert, das hier ist meine Copilotin Lieutenant Sue Tse.«

»Kaum zu glauben, dass es zehn Uhr morgens sein soll«, erwiderte sie mit einem Blick auf die Dunkelheit um sie. Die vielen Strahler und Scheinwerfer der Armeeeinheiten vermittelten eher den Eindruck, als handle es sich um eine nächtliche Aktion. Es war ihr ein Rätsel, wie die verstorbenen Forscher der McMurdo Station es so lange in der Finsternis des Südpols ausgehalten hatten.

Agatha und Pano schüttelten auch der jungen Chinesin die Hand. Der Major wandte sich an die vier Soldaten in Wintertarn, die sowohl das Logo der Human Foundation auf ihren Kampfanzügen trugen, als auch das des Söldnerkonzerns B12. Sie schienen irgendwie größer und breiter zu sein als natürlich war, darum tippte sie, dass sie unter ihrer Kleidung militärische Exoskelette trugen. Ihre versiegelten Vollhelme mit den runden Augenvisieren, die chromfarben glänzten, ließen sie ironischerweise wie Aliens aussehen.

»Das wäre alles. Passen Sie gut auf unsere Leute da draußen auf.«

»Aye, Major. Kinderspiel gegen die Hosenscheißer von der Navy«, antwortete eine kratzige Stimme über Helmlautsprecher und die vier Söldner liefen mit langen, kräftigen Schritten davon.

»Also gut, Agents, kommen Sie an Bord, es kann gleich losgehen.«

Agatha und Pano kamen der Aufforderung nur allzu gerne nach, folgten den beiden ins gut ausgeleuchtete Innere der Turboprop und rieben sich bibbernd die Arme. Als die Piloten sich in Richtung der kleinen Durchgangstür zum Cockpit bewegten, erstarrte Agatha. Direkt davor saßen auf der rechten Seite die beiden Navy-Piloten, die sie aus Afrika hergeflogen hatten. Ihre Hände waren mit Kabelbindern gefesselt und über ihren Köpfen an die Haltegurte für Fallschirmleinen gebunden.

»Sie sind aufgewacht«, sagte sie laut und musterte die beiden. Sie schienen müde und erschöpft, ansonsten aber bei bester Gesundheit zu sein.

»Ja, Ma'am«, antwortete Major Greynert und deutete auf die Gefangenen. Erst jetzt fiel ihr auf, dass sie auch geknebelt waren. »Wir fanden sie in ziemlich verwirrtem Zustand vor, aber laut Medimanschetten sind sie gesund.«

»Was haben Sie mit ihnen vor?«, mischte sich Pano ein. Der Capitano schien alles andere als glücklich über die Situation der beiden Piloten, die sie hergebracht hatten.

»Bis wir den Flughafen der Foundation nördlich von Melbourne erreichen, einfach nur, dass sie still sind. Dort werden wir sie wieder ins Cockpit lassen, damit sie nach Hause fliegen können.«

»Einfach so?«, fragte Pano misstrauisch.

»Einfach so«, bejahte der Major und nickte. »Was denken Sie? Dass wir sie ermorden und verschachern?« Greynert gluckste, doch Pano lächelte nicht.

»Hören Sie, wir sind doch keine Monster. Wir sind eine ambitionierte Stiftung und haben darüber hinaus keinerlei Interesse an einem Konflikt mit dem US-Militär.«

»Aber den bereiten Sie da draußen doch gerade vor.« Pano machte eine vage Geste in Richtung der Rampe, die gerade zugegangen war.

»Nein, wir bereiten uns auf die Verteidigung unseres Eigentums vor«, widersprach der Major.

»In der Antarktis gibt es kein Eigentum«, wandte Agatha ein.

»Doch. Jeder darf hier Forschungsstationen errichten. Wenn es kein Eigentum geben würde, hätten wir den Amerikanern kaum die McMurdo abkaufen können, oder nicht?«

»Guter Punkt.«

»Abgesehen davon haben die uns ihren Killer auf den Hals gehetzt und das ist schon ein Angriff an sich.«

»Ich dachte, Sie haben kein Interesse an einem Konflikt mit dem US-Militär«, wunderte sich Pano, der sich nebenbei auf der linken Sitzbank niederließ und den Dreipunktgurt festmachte.

»Haben wir auch nicht, aber wir werden ihn ausfechten, wenn sie uns dazu zwingen. Wir werden aber nicht diejenigen sein, die einen Krieg anfangen, darum werden wir die Maschine inklusive Piloten zurückgeben«, erwiderte Greynert.

»Das klingt nach Politik«, seufzte der Südtiroler und bot Agatha, die sich ebenfalls festzuschnallen versuchte, seine Hilfe an, die sie mit einem Kopfschütteln ablehnte.

»Natürlich ist es das. Einer der größten Spender der Human Foundation ist die Kommunistische Partei in Beijing. Ihre politische, diplomatische und militärische Unterstützung werden wir benötigen, wenn die US Navy uns wirklich hier unten angreift«, erklärte Greynert und machte ein düsteres Gesicht. »Auch das ist gefährlich, weil China als neue wirtschaftliche und militärische Supermacht schon lange auf eine Chance wartet, der Welt zu zeigen, dass die USA längst nicht mehr die Nummer Eins sind.«

»Ein Spiel mit dem Feuer«, meinte Agatha und verzog den Mund. »Ich hasse Politik.«

»Nun, Sie arbeiten allerdings für die.«

»Ich weiß nicht, ob man das noch so sagen kann«, widersprach sie und Greynert lächelte, während er sie prüfend musterte.

»Ich hoffe, dass Sie recht haben.«

»Sie trauen mir nicht?«

»Karlhammer traut Ihnen, das soll mir genügen«, erwiderte der Major nichtssagend und deutete einen Salut an, bevor er auf dem Absatz kehrtmachte und seiner Copilotin ins Cockpit folgte. Die Tür fiel ins Schloss und sie waren mit den beiden stummen Navypiloten und dem Wummern der Propeller allein.

Nachdem sie gestartet waren, wurde es sukzessive wärmer und die Temperaturen erreichten bald einen wohligen Grad, der Agatha müde machte. Ehe sie sich versehen hatte, war sie auch schon eingeschlafen.

Filio Amorosa, 2042

Als Cassidy gesagt hatte, dass sie jetzt mit den Startvorbereitungen beginnen würden, war Filio davon ausgegangen, dass es tatsächlich auch jetzt losgehen würde. Entgegen den gängigen Hollywood-Klischees brauchte es normalerweise nämlich keine Videomontage von hektischen Technikern, rasenden Uhrzeigern und im Zeitraffer dahinziehenden Wolken, um zu verdeutlichen, wie lange alles dauerte und wie viel Arbeit hineinfloss. Im Gegenteil, selbst Raketenstarts waren im Grunde genommen überaus langweilig, weil es wenig zu tun gab. Die meiste Zeit lag in der langfristigen Vorbereitung vergraben, die auf den Tag des Starts hingeführt hatte. So war es auch mit der Mars One gewesen: Zur Rakete gefahren werden, in die Crewkapsel einsteigen, drei Stunden bis zum »Go« warten, damit alle Systeme überprüft und mehrfach abgesichert werden konnten, dann der Start und ein paar weitere Stunden bis zum Treffen mit den Treibstoffpacks und dem zentralen Raumschiff im Orbit.

Bei dem fremdartigen Transportmodul im Herzen der Pyramide war sie davon ausgegangen, dass es ähnlich unkompliziert vonstattengehen würde, weil es ja keine Systeme zu überwachen galt. Doch sie hatte sich offenbar geirrt. Zuerst wurden sie, Cassidy und weißgekleidete Wissenschaftler in einen Gang geführt, der ringförmig um den Donut-Raum mit dem Modul in der Mitte führte. Links und rechts gingen allerlei Türen ab und eine war für sie vorgesehen. Es handelte sich um einen geräumigen Umkleideraum, in dem bereits ihre weiß-roten Anzüge für den Mars bereitlagen. Ihr Aussehen unterschied sich deutlich von denen des internationalen Raumfahrtkonsortiums: Alles schien deutlich schlanker und die Oberfläche war leicht geriffelt wie bei entrolltem Kreppband. Überall, wo man auch nur die kleinste Fläche fand, prangte das »HF«-Logo der Human Foundation mit der blauen Erdkugel im Hintergrund. Die Helme waren ebenfalls schlank, wirkten aber gleichzeitig wuchtiger, weil die Anzüge so klein aussahen.

»Was ist das für ein Material?«, fragte sie, während ein ganzer Schwarm Helfer ihr und Cassidy in die Spandex-artigen Einteiler half.

»Es handelt sich um Ruthenium-Polymere, die hochverdichtet sind und auf der Innenseite intelligente Mikrophagen beherbergen, die dem Stoff eine Art Gedächtnisfunktion geben«, erklärte der Wissenschaftler begeistert. »Als wir die Molekülformeln bekamen, waren wir ganz aus dem Häuschen, da wir unter Anleitung tatsächlich all das herstellen konnten. Allerdings gibt es nur drei Exemplare, von denen jedes einzelne ein Prototyp ist, der mehrere Millionen Dollar verschlungen hat. Wir genießen in ihnen einen großen Schutz vor Mikroimpakten, Rissen oder anderen Traumata, da sich das Material mittels der Mikrophagen neu anordnen und verdichten kann.«

»Und wie wird der Druck geregelt?«

»Über Druck.« Cassidy lächelte breit und nahm von einem Helfer dankbar seinen Helm entgegen. »Der variable Anpressdruck des Anzugs selbst sorgt dafür, dass der Druck stabil bleibt.«

»Wie die frühen Versuche des MIT mit ihrem Bio Suit.« Filio nickte verstehend und dann noch einmal zu dem Techniker, der ihr ihren Helm entgegenstreckte. »Das war schon in den 1950er Jahren, oder?«

»Ja, nur diesmal funktioniert es.«

Als Nächstes gingen sie in den Missionskontrollraum, der sich als überraschend klein herausstellte. Es gab hier lediglich zwei Arbeitsplätze ohne Displays oder Eingabegeräte, an denen zwei Frauen mit Datenbrillen saßen, die vollkommen in ihre Arbeit vertieft waren.

Gerade als Filio fragen wollte, was sie hier taten, hob eine die Hand und Cassidy schob sie hinaus auf den Ringgang und in die nächste Tür, wo medizinische Tests auf sie warteten. Sie wurden in zwei Liegestühle gelegt und mit unzähligen Kabeln verbunden, bis sie aussahen wie altmodische Verteilerkästen. Wie sich herausstellte, mussten die Anzüge korrekt kalibriert und mit bisherigen Vitaldaten verglichen werden, um exakte Ergebnisse zu liefern, sobald sie sich auf dem Mars befanden. Über einen Membrandiffundator konnte aus einem Arsenal an Medikamenten und Vitalstoffen jederzeit alles in ihren Blutkreislauf gepumpt werden, was sie benötigte und das Blut wurde über eine injizierte Sonde dauerhaft überwacht.

»Können wir die notwendigen Maßnahmen über unsere Helme steuern?«, fragte sie Cassidy, nachdem die Geräte bereits mehr als drei Stunden angeschlossen waren und noch immer kalibrierten.

»Nein, das wird automatisch gemacht. Größere Eingriffe werden vom Bodenpersonal gesteuert.«

»Aber das ergibt doch keinen Sinn! Es gibt knapp über zwanzig Minuten Verzögerung zwischen Erde und Mars«, protestierte sie.

»So sind die Regeln. Offenbar wollte Xinth es so.«

»Na dann«, brummte sie und winkte ab.

Es dauerte noch geschlagene zwei Stunden, bis endlich die beiden Ärzte von zuvor wieder hereinkamen und sie von den Kabeln befreiten. Sie hatte sich jedoch zu früh gefreut, denn danach mussten sie knapp eine Stunde in einem weiteren Raum ausharren, während die kabellose Signalübertragung auf Herz und Nieren geprüft wurde – unter den unterschiedlichsten Strahlungs- und Interferenzbedingungen.

Dann erst durften sie über Datenbrillen im Kontrollzentrum miterleben, wie das Transportmodul hochgefahren wurde. Um unvorhergesehene Probleme im Stromzufluss zu verhindern oder gegebenenfalls schnell Korrekturen vornehmen zu können, wurde jeder der sechsundsechzig Thorium-Reaktoren, die zwanzig Meter tiefer im Reaktorraum standen, einzeln hinzugeschaltet. Allein dieser Prozess, der Schritt für Schritt überwacht und protokolliert wurde, dauerte eine weitere Stunde.

Als sie schließlich in den Hauptraum zurückkehrten, um auf den Sitzen Platz zu nehmen, war Filio bereits hundemüde und nickte schnell ein, nachdem sie sich mit dem Dreipunktgurt angeschnallt hatte. Als sie wieder aufwachte, dachte sie erst, dass jemand sie geweckt hatte, doch offensichtlich hatte der Schlaf sie von ganz allein verlassen und ein Blick auf die Zeitanzeige in ihrer rechten Armlehne zeigte zwei vergangene Stunden.

»Oh Mann«, dröhnte sie. »Das dauert ewig.«

»Sie müssen verstehen, dass mehrere Jahre und unzählige Überstunden in den Bau dieses einen Objekts geflossen sind. Wir haben kein Backup und keinen Plan B, falls das hier schiefgehen sollte«, erklärte Cassidy beinahe entschuldigend. Er wirkte noch immer wach und seine Augen strahlten reinste Zuversicht aus. »Wir gehen lieber auf Nummer sicher.«

»Das habe ich gemerkt.«

Von links trat ein junger Mann in einem weißen Kittel an sie heran und reichte ihr ein Handterminal.

»Hm?«, fragte sie.

»Mr. Wayan für Sie, Ma'am.«

»Wayan?« Verwundert nahm sie das Gerät entgegen und hielt es sich ans Ohr. »Hallo?«

»Hier spricht Cho Wayan. Ich möchte Sie darüber informieren, dass Mr. Karlhammer seine zweite OP erfolgreich überstanden hat und in circa einer Woche sein Krankenbett wieder verlassen kann.«

»Oh, das sind gute Nachrichten. Und Xinth?«

»Er ist ebenfalls stabil, aber die Ärzte haben ihn ins Koma versetzt, bis sie seine Anatomie besser verstehen«, sagte Karlhammers Assistent und klang angespannt. »Bis sie mehr Daten über seine Physiologie gesammelt haben, wollen sie nichts riskieren.«

»Ich schätze, das sind den Umständen entsprechend ebenfalls gute Nachrichten.«

»Ja, davon gehe ich aus.« Wayan machte eine Pause und Filio hatte das Gefühl, dass er etwas von ihr erwartete.

»War das alles?«

»Nein. Die siebte Carrier Strike Group der US-Marine hat sich unseren Informanten zufolge soeben mit Kurs auf das südliche Polarmeer in Bewegung gesetzt.«

»Das heißt, dass es die Amerikaner sind, hm? Der Feind hat die US-Regierung unterwandert.«

»Danach sieht es zumindest aus. Flugzeugträgerverbände operieren nicht im Südpolarmeer und falls es sich nicht um eine außergewöhnliche Kursschleife handelt und sie ihren Kurs beibehalten, werden sie in etwa fünf Tagen bei McMurdo sein.« Nichts in Wayans Stimme verriet seine Gefühle, während er das sagte, aber Filio bildete sich ein, spüren zu können, dass er nervös war.

»Und Sie möchten mich noch einmal darauf hinweisen, dass wir keine Zeit verlieren und eine Lösung finden sollen, bevor diese Flotte eingetroffen ist, richtig?«, mutmaßte sie laut.

»So etwas in der Art, ja.«

»Wir tun unser Bestes.«

»Danke. Reichen Sie mich bitte an Dr. Morhaine weiter, ja?«

»Natürlich.« Sie hielt Cassidy das transparente Handterminal hin und nickte. »Mr. Wayan für Sie.«

»Danke. Hallo Sir«, sagte ihr Sitznachbar und verfiel in abwechselndes Nicken und Kopfschütteln. »Ja, Sir … Nein, Sir … ah-ha … natürlich, Sir … daran habe ich auch schon gedacht … ja … selbstverständlich … halten Sie aus … wir werden eine Lösung finden … ja … vielen Dank.«

Schließlich hielt Cassidy dem jungen Mann das Handterminal hin und straffte sich ein wenig.

»Er hat das *Go* gegeben«, verkündete er schließlich lächelnd, rückte seine Haube zurecht und überprüfte ein letztes Mal die Verbindungsstecker des flachen Plastikrucksacks auf seinem Rücken, in dem sich die Luft-, Wasser- und Nahrungsbreiversorgung befand.

»Das heißt, dass wir in weiteren zehn Stunden aufbrechen?«, fragte sie lakonisch und Cassidys Lächeln wurde eine Spur gequälter.

»Nein, wir haben einen Countdown. Laut stellen!«

Eine weibliche Stimme erklang im gesamten Raum, der mit einem Mal komplett leergefegt war, und begann von Dreißig abwärts zu zählen. Ihr war gar nicht aufgefallen, dass plötzlich alle Mitarbeiter verschwunden waren und die Haupttür geschlossen war. Da es keinerlei Fenster oder sichtbare Öffnungen gab, fühlte sie sich mit einem Mal sehr einsam und isoliert, als säße sie inmitten eines Atombombentests direkt auf der Bombe.

»Es geht also los«, hauchte sie und setzte sich den Helm

auf, was den Countdown an den Rand des Hörbaren verdrängte und ihrem Atem ein helles Echo verlieh. Das Helmdisplay zeigte ihr Status Grün für die Versiegelung und sie streckte Cassidy einen Daumen hin. Er erwiderte die Geste und deutete mit ausgestrecktem Zeigefinger auf sein Ohr.

»Funk aktivieren«, sagte sie und hörte ihr eigenes Echo.

»Sehr gut«, meinte der Wissenschaftler über Funk und streckte ebenfalls einen Daumen nach oben. Als Nächstes überprüften sie noch einmal manuell den Verschluss ihrer Helme an der Halskrause und lehnten sich zurück.

Filio sah zu der schwarzen Murmel, dem Datenschlüssel des Erbauers, die jetzt wie ein bedrohlicher Fremdkörper inmitten der weißen Armatur saß und spürte, wie kalter Schweiß begann, ihre Haube zu tränken. Sie hielt sich eine ihrer behandschuhten Hände vors Gesicht und sah, wie sie zitterte.

Es war eine widerstreitende Gefühlsmischung, die mit harten Bandagen in ihren Eingeweiden um die Hoheit kämpfte: Da war eine unbekannte Angst, die in ihr aufstieg und die sich aus zwei Dingen speiste: Der noch allzu frischen Erinnerung an die explodierende Mars Two kurz vor dem Start, und der Verunsicherung darüber, dass sie die Explosion der Mars One zwar irgendwie überlebt hatte, sich aber an nichts erinnern konnte. Sie wusste nicht, was ihr mehr Furcht bereiten sollte. Was, wenn auch der dritte Anlauf schiefging? Immerhin handelte es sich um den Prototyp eines Außerirdischen. Nein, nicht eines Außerirdischen, sondern eines Aliens von der Erde aus einer anderen Zeit.

Filio schüttelte den Kopf und atmete schwer. Allein an die Implikationen zu denken, die diese Gedanken mit sich brachten, machte sie ganz schwindelig. Bisher hatte sie keine Ruhe gehabt, weil sie sich ständig um ihr Überleben und das ihrer direkten Mitmenschen hatte kümmern müssen, doch jetzt, so kurz vor ihrem wichtigsten Ziel, schlotterten ihr zum ersten Mal die Knie. Sie war so nah dran, endlich zum Mars zurückzukehren, der ihr nicht einmal die leiseste Erinnerung hinterlassen hatte, jemals dort gewesen zu sein. Hätte sie sich nicht an den Hinflug erinnert, hätte sie womöglich niemandem geglaubt, der ihr sagte, ein Mitglied der ersten Marsmission gewesen zu sein. Jetzt saß sie tief unter der Erde in einer Pyramide in der Antarktis, die vor zig Millionen Jahren von einer Vorgängerspezies der Menschheit gebaut worden war und sollte in einem Sitz auf einer Plattform zum Mars gelangen. Als klänge das noch nicht verrückt genug, handelte es sich bei dem Gerät um eine Vorrichtung, die nicht einmal seine Ingenieure verstanden.

»So muss sich also Laika gefühlt haben«, sagte sie über Funk, als der Countdown gerade die Zahl Zwölf erreicht hatte.

»Laika?«, fragte Cassidy mit deutlicher Anspannung in der Stimme.

»Der erste Hund im Weltraum. Die Sowjets haben sie mit Sputnik Zwei in den Orbit geschossen«, erwiderte Filio. »Sie muss sich ähnlich gefühlt haben wie wir jetzt. Keine Ahnung davon, wie die Kapsel funktioniert und was mit ihr geschieht.«

»Da haben Sie wohl recht. Sie ist gestorben, oder?«

»Ja, Hitzetod noch während der Reise in den Orbit.«

»Was ist das, das sie da mit ihren Fingern bearbeiten?«

»Das?« Filio spürte das Keramikstück, das sie aus den Trümmern des Hecks der Mars One geborgen hatte, zwischen ihren Fingern. Es war kaum größer als eine Münze und diente ihr als Beweis für ihre Erinnerungen. »Das ist ein Stück der Mars One. Ein winziges Wrackteil, wenn man so will.«

»Sehr ermutigend«, brummte Cassidy. »Noch drei Sekunden!«

Filio überlegte kurz, ob sie die Augen schließen sollte, wie sie es auch beim Start der Mars One getan hatte, entschied sich jedoch dagegen. Sie war zu neugierig, was als Nächstes geschehen würde.

Als die Stimme mit dem Countdown bei »Null« angekommen war, passierte nichts. Sie wartete noch einige Sekunden, bis sie zu Cassidy hinübersah, der ihren Blick erwiderte und mit den Achseln zuckte.

Dann wurde der Hintergrund mit einem Mal tiefschwarz und Filio riss ihren Kopf herum. Überall war es Schwarz geworden, obwohl um sie herum noch immer exakt dieselben Lichtverhältnisse zu herrschen schienen wie zuvor. Sie waren von einer massiv aussehenden Kugel umgeben, die exakt die Plattform unter ihren Füßen ausgespart hatte und etwa einen Meter über ihren Köpfen endete.

»Was ist das?«, fragte sie, doch Cassidy antwortete ihr nicht und sie konnte den Blick auch nicht von der pechschwarzen Sphäre abwenden, die aussah wie eine übergroße Version der Murmel in der Armatur zwischen ihren Sitzen.

Nichts bewegte sich, keine Vibrationen, kein Wummern und Zischen mehr, wie sie es noch während des Countdowns von irgendwo unter sich gehört hatte. Es war so still wie auf einem Friedhof und die Kugel, in der sie sich jetzt befanden, war einfach da, als wäre sie schon immer da gewesen.

Sie blickte an der makellosen Oberfläche der Sphäre entlang, suchte nach einer Abweichung in dem glatten Schwarz, konnte jedoch keine finden.

»Cassidy?« Endlich schaffte sie es, ihren Blick von der Kugel abzuwenden, die sie eingesperrt hatte und sah zu ihrem Sitznachbarn, der den Kopf in den Nacken gelegt hatte und sich staunend umsah. »Cassidy?«

»Äh, ja?« Er wandte sich mit großen Augen zu ihr um. »Das ist ... faszinierend.«

»Was? Was soll das sein?«

»Ich habe keine Ahnung«, gab er freimütig zu und schüttelte kaum merklich den Kopf. »Aber es scheint sich um eine Art Energiefeld zu handeln, nicht um etwas Stoffliches.«

»Sind Sie sicher?«

»Nein.«

»Hm. Haben wir irgendwelche Anzeigen?«, fragte sie.

»Nein. Ich habe auch keinen Kontakt mehr mit Mission Control«, antwortete Cassidy und beugte sich vor, als wolle er sich vergewissern, dass seine Füße auf der Plattform noch innerhalb der Sphäre und nicht verschwunden waren.

»Also könnte es gut sein, dass wir noch immer unterhalb der Pyramide sind?«

»Um ehrlich zu sein«, er kam wieder in eine aufrechte Position und sah sie direkt an, »halte ich aktuell alles für möglich.«

»Wir sind jedenfalls nicht auf dem Mars, wo wir hinsollten«, befand sie frustriert und versuchte gegen ihren aufbegehrenden Herzschlag anzuatmen, indem sie einen ruhigen Rhythmus aus tiefem Ein- und Ausatmen vorgab.

Sie schwiegen eine Zeit, die sich zu dehnen schien wie Kaugummi, doch nichts geschah, außer dass ihre Anzugsensoren ihr mitteilten, dass der Sauerstoffgehalt im Inneren der Sphäre stetig abnahm.

»Wie ist es so auf dem Mars?«, fragte Cassidy nach einer

Weile im Plauderton, auch wenn ein leichtes Zittern in seiner Stimme seine Anspannung verriet.

»Ich weiß es nicht«, gab sie zu und gestattete ihrem Blick, sich starrend in dem undurchdringlichen Schwarz der Sphäre zu verlieren. »Ich erinnere mich einfach nicht.«

»Wie war der Mars in der Vision?«

»Hm?«

»In der Vision, die Xinth Ihnen gezeigt hat!«

»Oh. Nun, er war Grün und lebensfreundlich.«

»Was haben Sie noch gesehen? Kommen Sie schon, ich halte dieses stille Warten nicht länger aus«, drängte Cassidy sie und nach einem Seitenblick sah sie, dass sein Dauerlächeln verschwunden war.

»Also gut. Er zeigte mir ein abgestürztes Raumschiff von elliptischer Form, das eine Art große Heckflosse besaß und anthrazitfarben war. Das Wrack war relativ gut erhalten und befand sich unter einer hohen Steilklippe, die recht kahl und schroff aussah«, erinnerte sie sich laut, und versuchte, sich an Einzelheiten der Vision zu erinnern, jetzt wo sie merkte, dass ihr die Ablenkung von ihren Sorgen und Befürchtungen guttat. »Wenn ich mir dasselbe Bild mit den heute verfügbaren Aufnahmen des roten Planeten vorstelle, wäre es ein ziemlich langweiliger und trostloser Ort voller Sand und Steine.«

»Ah, das ist doch schon fast wie eine Marsreise«, scherzte Cassidy. Sein lockerer Umgangston klang aufgesetzt aber bemüht, also ging sie darauf ein und nickte. Filio stellte sich die Szene aus der Vision ohne Gras und Bäume vor, während sie ihre Augen schloss und versuchte, sich in Details zu vertiefen, um sich weiter abzulenken.

Irgendwann spürte sie einen sanften Druck auf ihrem rechten Arm und öffnete die Augen. Cassidys Hand lag dort und drückte sie leicht.

»Was ist?«, fragte sie und sah durch sein Visier in sein Gesicht, das zu Stein erstarrt zu sein schien. Da fiel ihr mit einem Mal auf, dass der Bereich hinter seinem Kopf nicht mehr Schwarz war, sondern Grau schimmerte. Er war dunkel und gleichzeitig hell, bis ihr auffiel, dass ihre Helmlampen aktiv waren und Cassidy blendeten.

»Was zur Hölle?«, murmelte sie und sah sich wie in Zeitlupe um. Sie befanden sich noch immer auf der Plattform, nur dass diese mit einem Mal staubig und spröde wirkte, als sei sie in kürzester Zeit tausende Jahre gealtert. Außerdem besaß sie keine geriffelte Struktur mehr. Um sie herum befanden sich vier Wände, in denen sie unzählige Einbuchtungen und Handgriffe erkennen konnte.

»Wo sind wir?«, fragte Cassidy, doch Filio sah sich außerstande zu antworten. Stattdessen schnallte sie sich ab und erhob sich ein wenig steif.

Cassidy folgte ihrem Beispiel und lief schnell an ihre Seite.

»Was ist das? Ich glaube, ich fühle mich nicht gut.«

»Ihnen ist ein wenig übel und Sie haben Probleme, ihre Bewegungen zu koordinieren, richtig?«, fragte sie und Cassidy nickte betroffen, als habe er gerade für irgendetwas seine Schuld eingestanden.

»Das liegt an der Anziehungskraft des Mars. Sie beträgt nur etwa ein Drittel des Erdstandards«, erklärte sie und entließ zischend die Atemluft aus ihren Lungen.

»Das heißt ...«

»Ja, wir sind auf dem Mars. Dazu passt auch die Temperatur von minus hundert Grad«, bestätigte sie und suchte die Wände nach einer Tür ab, die sie schließlich fand. Es handelte sich um einen übergroßen Durchgang mit einer rechteckigen Vertiefung. »Wo genau wir hier sind, ist mir allerdings nicht klar.«

»Kann es sein, dass wir in einem ehemaligen Gebäude der Erbauer sind?«, fragte Cassidy mit großen Augen und griff nach ihrem Arm. Sie sah auf seine Hand und ließ die Berührung zu. Es war ihm wohl kaum übelzunehmen, dass er sich fürchtete, auch wenn sie selbst es nicht tat.

»Das halte ich für wahrscheinlich«, sagte sie und sah zu der Plattform und den beiden Sitzen zurück, die deutlich größer und verschlissener aussahen als diejenigen, auf die sie sich auf der Erde gesetzt hatten. »Ich würde darauf wetten, dass es sich um einen Zwei-Wege-Transporter handelt und wir auf der anderen Seite herausgekommen sind. Diese Sitze waren definitiv nicht für Menschen gemacht, sondern für Riesen wie Xinth.«

»Aber wenn es sich um eine Einrichtung der Erbauer handelt und die seit vielen Millionen Jahren verschwunden sind, dann ...«

»... dann bedeutet das, dass wir uns sehr wahrscheinlich sehr tief unter der Oberfläche befinden«, beendete sie seinen Satz und gleichzeitig glitten die Lichtkegel ihrer Helme zur Decke empor, von der dünne Staubkörnchen herabrieselten und einen schwerelosen Tanz in den Photonen aufführten.

»Oh verdammt.«

Mars, 2039

Filio sah durch die Frontscheibe des Rovers in den Staubsturm und versuchte, zu verstehen, wie Javier bei diesen Sichtverhältnissen um die kleineren Steine manövrieren konnte. Die größeren tauchten auf dem Radar auf, aber die kleineren musste er mit eigenen Augen sehen, um nicht aus Versehen Teile des Unterbodens zu beschädigen. Sie selbst sah nichts als braunen Dunst vor ihnen. Der Staub auf dem Mars war so fein und wurde in solchen Mengen aufgewirbelt, dass er während eines Sturms eher an Nebel erinnerte, auch wenn die Windgeschwindigkeiten mit vierzig bis fünfzig Kilometer pro Stunde noch sehr zivil waren. Ein Schmirgelsturm von ein- oder zweihundert Kilometern die Stunde sah dagegen schon ganz anders aus und konnte einem mehr als nur den Lack von der Hülle fräsen, wenn man zu lange in seinem Einflussbereich verweilte.

Hinter ihnen befanden sich neben zwei wuchtigen Ersatzakkus, die mit dem Elektromotor ihres Fahrzeugs verbunden waren, acht Kunststoffkisten mit Ausrüstung. Hinter den großen Zylindern, in denen sich die Batteriemodule aneinanderreihten, wirkten die Kisten klein, aber sie waren schwer genug, um sie selbst bei dem Drittel G, das hier herrschte, zu einem echten Problem für die Reichweite des Rovers zu machen. Aus diesem Grund hatten sie sich dafür entschieden, mit beiden Fahrzeugen auszurücken, auch wenn sie damit Timothy und Strickland ohne hatten zurücklassen müssen und im Fall der Fälle nicht auf eine Rettung oder Unterstützung durch die beiden zählen konnten. Doch es gab keine andere Lösung, als neben den vier Radionuklidbatterien noch sechs Zusatzakkus für die Rückfahrt mitzunehmen, womit sie sämtliche Batterien mitgenommen hatten, die ihnen zur Verfügung standen. Dimitrys Berechnungen zufolge sollten die allerdings reichen und das war alles, was jetzt zählte.

»Das wird eine ganz große Freude, da draußen rumzuturnen«, nörgelte Javier und erinnerte Filio an ihren spanischen Großvater, der einen ähnlich lamentierenden Tonfall an den Tag gelegt hatte, als sie ihn im späten Teenageralter in einem Altenheim aufgespürt hatte. Mit einem Sauerstoffzugang in der Nase hatte er ihr seine ganze Lebensgeschichte erzählt und dabei vom tiefsten Jammertal bis zum triumphalen Fanal so ziemlich das gesamte emotionale Spektrum abgedeckt. »Spanier machen das eben so«, hatte er damals gesagt. »Wir haben Feuer! Das hast du doch auch!«

Filio hatte ihn nie wieder gesehen und auch nicht den Wunsch danach verspürt, da sie immer daran denken musste, dass er der Vater ihrer Mutter war, die es vorgezogen hatte, sich am Bahnhof Heroin zu spritzen, statt sich darum zu kümmern, dass ihre Tochter nicht von anderen Junkies misshandelt wurde. Vielleicht legte sie deshalb keinen Wert auf überbordende Emotionen, weil sie sonst daran zerbrochen wäre.

»Du kannst ja sitzenbleiben und eine echte Ingenieurin übernehmen lassen«, schlug sie vor und grinste, als er ihr einen wütenden Seitenblick zuwarf. »Herr Wartungsingenieur. Du kannst dann das tun, was deinesgleichen am besten kann, und bei einer Tasse Kaffee auf die Armaturen starren und warten, ob irgendeine Lampe rot aufleuchtet, damit du eine Abdeckung aufschrauben und ein Kabel neu verlöten kannst.«

»Ich hasse dich«, kommentierte Javier trocken und gluckste.

»Danke, das bedeutet mir sehr viel.«

Die Fahrt zog sich viele Stunden hin, da die wenigen Meter Sichtweite keine höheren Geschwindigkeiten zuließen. Filio hatte das Gefühl, wie ein in Zeitlupe geführter Löffel eine braune Suppe durchzurühren, ohne ein konkretes Ziel zu verfolgen. Hätte sie nicht die Instrumente beobachtet, hätte sie geglaubt im Kreis zu fahren, weil rundum alles identisch aussah. Es war das immer gleiche Bild aus rotem Marsboden, bräunlichen Steinen und den ab und zu vorbeiziehenden Felsbrocken, die sie im Schneckentempo umkurvten. Nichts änderte sich, nicht die Umgebung und auch nicht der allgegenwärtige, vom Wind aufgewirbelte Sand, der eher feinem Staub glich.

»Da ist es«, sagte sie irgendwann, als auf dem Radar ein massives Objekt auftauchte, das den Koordinaten nach nur der Monolith sein konnte.

»Na endlich«, seufzte Javier und beugte sich ein wenig über das Steuerelement, als versuche er, den Himmel zu erspähen.

Filio warf einen Blick auf die Atmosphärensensoren und deutete auf die simulierte 3D-Karte in der Mittelkonsole, die anhand der gesamten Bordsensorik eine Echtzeitdarstellung der Umgebung erstellte. »Am besten stellen wir uns direkt rechts von dem Objekt auf, dann haben wir Windschatten, in dem wir arbeiten können.«

»Alles klar«, bestätigte der Spanier und drückte einen Knopf an seiner Steuereinheit. »Hey Jungs, ich markiere einen Ort zum Parken, stellt euch am besten so dicht wie möglich hinter uns, damit wir ordentlichen Windschatten erzeugen können.«

»Dima hier, haben verstanden«, kam die Antwort über

Funk. Sie war von statischem Rauschen unterlegt, aber gut verständlich. Kontakt zu Strickland und Timothy hatten sie schon seit einer Stunde nicht mehr gehabt, was sie aber erwartet hatten.

Das unterschwellige Surren ihres Elektromotors wurde von dem sanften Rauschen des Staubs, der gegen den Rover wehte, übertönt, als sie endlich zum Stehen kamen. Filio deutete auf die Fahrertür und Javier nickte, bevor er seinen Helm von der Halterung über der Mittelkonsole nahm und aufsetzte. Als sie es ihm gleichgetan hatte und die Leuchtdioden an ihren Krägen anzeigten, dass die Verschlüsse versiegelt waren, streckte sie einen Daumen hoch und er öffnete die Fahrertür. Sofort wehte Staub herein und sie beeilte sich, auf seinen Platz und dann hinauszuklettern.

Der Monolith ragte keine drei Schritte entfernt über ihnen auf – ein dunkler Schatten, unberührt von den braunen Schwaden, die an ihm zerrten.

»Heilige Scheiße«, sagte Dimitry über Funk, der gerade neben sie getreten war und mit seinen Helmlampen das fremde Objekt absuchte. »Ich habe ja eure Aufnahmen gesehen, aber irgendwie konnte oder wollte ich nicht glauben, dass dieses Ding wirklich existiert.«

»Geht mir ähnlich«, stimmte Filio ihm zu und nickte, was er natürlich nicht sehen konnte. »Und das, obwohl ich es bereits mit eigenen Augen gesehen habe.«

»Was ist mit der Struktur darunter?«

»Wir haben ein wenig gegraben und gesehen, dass sich das ganze Ding nach unten fortzusetzen scheint, daraufhin haben wir unter anderem mittels der Schallwellensensoren des Rovers einige Anomalien festgestellt, die der Bordcomputer zu einem groben und fehlerhaften, aber doch erkennbaren Bild zusammensetzen konnte: Offenbar handelt es sich bei dem flachen Rechteck vor uns um eine Art Fortsatz einer weitaus größeren Struktur.«

»Wie groß?«, schaltete sich Heinrich ein, der gerade neben sie getreten war.

»Ihr habt die Daten doch gesehen: mehrere hundert Meter im Durchmesser.«

»Hm. Dann bin ich ja mal gespannt, was vier Radionuklidbatterien da ausrichten können«, meinte der deutsche Geophysiker. Die Flagge, die auf seinen Ärmel aufgestickt war und auch ihren Anzug zierte, sah durch den allgegenwärtigen Staub genauso verblasst und unwirklich aus wie alles andere. Filio musste sich zusammenreißen, um nicht ständig in die wabernden Wände aus Partikeln zu starren, die sie nach wenigen Metern einhüllten und einen Effekt erzeugten, als stünden sie unter einer Käseglocke, in die jemand besonders schmutzigen Zigarettenqualm gepustet hatte. Zusammen mit dem bedrohlich wirkenden Monolith erzeugte das düstere Zwielicht eine unheimliche Atmosphäre, zu der der Eindruck beitrug, dass jederzeit etwas aus dem Dunst sie anspringen konnte, ohne dass sie hätte reagieren können.

»Wir sollten zu jeder Zeit Sichtkontakt miteinander halten«, schlug sie vor und Dimitry und Heinrich warfen ihr kurze Blicke zu, bevor sie verstehend nickten. Ihren angespannten Mienen war anzusehen, dass sie dasselbe gedacht hatten wie sie.

»Wie wär's, wenn ihr mal mit anpackt?«, rief Javier und sie drehten sich gleichzeitig um. Er hatte gerade die Seitentür des vorderen Rovers geöffnet und deutete auf die Transportkisten im Laderaum, aus dem sie in der Basis die Sitzbänke entfernt hatten.

»Also gut. Ihr schnappt euch die Kisten, Heinrich und ich schaffen die RTGs aus dem Lastenrover«, befahl Dimitry.

Sie teilten sich auf. Es dauerte beinahe eine Viertelstunde, bis sie die sechs Kisten herausgeschafft hatten, da sie sie mehrfach absetzen und wieder anheben mussten. Schließlich hatten sie jedoch einen kleinen Halbkreis aus Kisten vor dem Monolithen aufgestellt, während Heinrich und Dimitry auf der anderen Seite die Radionuklidbatterien mit Haltebolzen im Boden verankerten. Die etwa kindsgroßen Zylinder sahen wegen der aktuell schlechten Sicht aus wie kleinere Geschwister des Monolithen, der sie und Javier von den beiden Teammitgliedern trennte. Bei den Isotopenbatterien handelte es sich um eine im Prinzip schon recht alte Technik: Ein instabiles Atom, das aufgrund seiner Protonen- und Neutronenzahl im Atomkern Nuklid genannt wird, zerfällt im Inneren der Batterie und mittels der dadurch entstehenden radioaktiven Hitze wird elektrische Energie erzeugt. Dieses Prinzip, das bereits während der Apollo-Missionen in den siebziger Jahren genutzt worden war, erlaubte es ihnen, über Jahrzehnte verlässliche Energie zu beziehen, die dazu auch noch wartungsfrei war und keine Schäden durch Strahlung davontrug, wie es die Solarzellen auf der Marsoberfläche über kurz oder lang tun würden. Heute waren sie selbstverständlich deutlich effizienter und lieferten einen höheren Energieoutput, sodass Filio hoffte, dass es ausreichen würde um ... ja, um effektiv was zu erreichen?

Was soll schon passieren? Was würde passieren, wenn wir die Mars One mit Strom fluten? Vielleicht würde die Notverriegelung aktiv und einige Relais durchbrennen, dachte sie und sah auf die Kisten, die zwischen ihr und Javier standen.

»Wir haben zumindest keine bessere Idee«, dachte sie laut.

»Hm?«, fragte Javier und sie schüttelte den Kopf.

»Schon gut, lass uns loslegen«, entgegnete sie und bückte sich, um die erste Kiste zu öffnen. Anschließend begannen sie, die Energiewandler und Konverter zu installieren, miteinander zu verschalten und die entsprechenden Kabel zu verlegen, die wie fingerdicke Spaghetti zwischen den Radionuklidbatterien, den kleinen Kästen der Wandler und den zangenartigen Anschlüssen lagen, die sie rechts und links an den Monolithen geklemmt hatten. Das Objekt war gerade schmal genug.

Anschließend fixierten sie die Kabel mit Stahlbändern und langen Bolzen am Boden, damit der Wind, ein unachtsames Teammitglied oder umherrollende Steine nicht im unpassendsten Augenblick eine Leitung herausrissen und irgendetwas zerstörten. Besonders die Sicherungsmodule, die sie am Übergang der Radionuklidbatterien zu den Wandlern installiert hatten, genossen oberste Priorität, damit sie nicht aus Versehen ihre radioaktive Energiequelle zerstörten und dem Strahlenschutz ihrer Anzüge mehr aufbürdeten als die Marsoberfläche es ohnehin schon tat.

Es dauerte über eine Stunde, in der sie sämtliche Schrauben, Zwingen und Bolzen doppelt überprüften und Checklisten durchgingen, die in ihren Helmdisplays auf und ab liefen, bis Filio endlich zufrieden nickte. Das Gewirr aus Boxen, Halteklammern, Kabeln und Überwachungselektronik sah aus, als hätte jemand das Studio einer Wissenschaftssendung für Kinder geplündert und alles planlos an diesem Ort ausgeschüttet.

»Ihr seht schon eine Ordnung in dem Chaos, oder?«, fragte Dimitry zweifelnd und stemmte die Hände in die Hüften.

»Ja, keine Sorge«, versicherte Filio ihrem Missionsleiter. »Und falls etwas schiefgeht, ist es Heinrichs Schuld, weil das alles seine Idee war.«

»Schon klar«, meinte der Geophysiker und hob ergeben die Hände. »Wenn die Ingenieure mit ihrer Klötzchen-Aufbau-Ausbildung nicht weiterkommen, dann müssen diejenigen schuld sein, die die guten Ideen hatten.«

»Wenigstens erschaffen wir etwas, während ihr Steinchen-Physiker über die Zusammensetzung der Erdkruste philosophiert«, konterte Filio und deutete in einer Art Voilá-Geste auf das von ihr und Javier vollbrachte Werk, das zugegebenermaßen nicht besonders viel hermachte.

»Ihr könnt beide die Klappe halten, ich bin als Physiker ohnehin der einzige echte Wissenschaftler hier«, warf Dimitry mit seinem rollenden russischen Akzent ein und machte eine wegwerfende Handbewegung, bevor er sie nacheinander angrinste. »Ich weiß also gleich ohnehin am besten, wen ich loben oder wem ich die Schuld in die Schuhe schieben muss. Davon abgesehen bin ich auch noch der Chef und habe sowieso immer recht.«

»Warte, ist der Chef nicht auch immer der, der seinen Kopf hinhalten muss, wenn etwas ganz, ganz mies in die Hose geht?«, fragte Javier und zwinkerte unschuldig mit seinen rehbraunen Augen, als Dimitrys Blick ihn traf.

»Dafür müsste von euch Nichtsnutzen erst einmal jemand Kontakt zu den Satelliten herstellen«, konterte er schließlich und sie alle kicherten. Es war das typische Kichern vier nervöser Astronauten, die vor einem Problem standen, das sie nicht verstanden und gerade im Begriff waren, es mit etwas, das sie verstanden, zu lösen. Kein Widerspruch in sich und man hätte sogar argumentieren können, dass dieses Vorgehen dem Kerngedanken der Wissenschaft entsprach – doch in Anbetracht der Tragweite ihrer Entdeckung und der möglichen Konsequenzen, falls sie scheitern sollten, eine mehr als ungünstige Situation.

»Also gut.« Der Russe machte einen Wink in Filios Richtung. »Energie, Scotty!«

»Ich bin eher der Star Wars Typ«, erwiderte sie mit einem müden Grinsen.

»Mein Beileid«, kam es beinahe im Chor von ihren drei männlichen Kollegen.

»Was denn? Mindestens vier davon waren Spitze, bei Star Trek müsste ich schon genau überlegen, welche das waren«, fuhr sie das freundliche Geplänkel fort.

»Ich hab gerade nur *Jar Jar Binx* gehört«, meinte Dimitry und deutete auf das kleine Multifunktionsdisplay an ihrem Handgelenk.

Das nervöse Gewitzel ist also vorbei, dachte sie und drückte den grünen Knopf, der aufdringlich auf dem Display blinkte und ihr förmlich entgegenzuspringen schien.

Die Energieübertragung verlief unspektakulär, sodass sich die Situation nur dahingehend änderte, dass vier Weiß-Rot gekleidete Astronauten vor jeder Menge Kabelsalat standen und inmitten des staubschwangeren Windes den Monolithen anstarrten, anstatt ihre Nervosität mit Smalltalk zu kaschieren.

Filio warf einen Blick auf die Anzeigen ihres Handgelenkdisplays und fischte das in Plastik verschweißte Tablet aus ihrer Oberschenkeltasche. Mit einer wischenden Geste zog sie die Daten auf das deutlich größere Display und hielt es dicht vor ihren Helm. Sie mochte das projizierte Display im Visier noch nie sonderlich gerne in Bezug auf Datenauswertung und komplexe Anzeigen, weil sich alles mit der Umgebung überlagerte und sie verwirrte.

»Alle Werte stabil so weit«, verkündete sie über Funk. »Leistungsübertragung bei zwanzig Prozent. Steigere jetzt langsam die Intensität.«

»Okay, schön sachte«, sagte Dimitry beinahe andächtig.

»Wie soll ich bitte sachte die Intensität der Energieübertragung steigern?«, schnaubte sie und rollte mit den Augen, während sie die nächste einprogrammierte Phase aktivierte.

»Naja, eben ganz vorsichtig!«

»Klar, habe ganz vorsichtig den Knopf gedrückt, jetzt kommt die Energie ganz sanft durch«, gab sie lakonisch zurück und starrte wie gebannt auf den Monolithen, als der Output der RTGs achtzig Prozent erreichte. Natürlich zuckten weder Blitze über seine Oberfläche, noch knisterte die Luft oder vibrierte der Boden, wie das vielleicht in einem Hollywoodfilm der Fall gewesen wäre. Aber sie waren hier, um eine Reaktion zu provozieren, also hatten sie auch das Recht, gespannt zu sein. Sie versuchten, eine mutmaßliche Maschine zu reanimieren, und jeder gute Arzt würde schließlich die Augen offenhalten, um zu sehen, ob der Patient aufwachte – in einem Film zumindest. Da sie selbst Ärztin war, wusste sie natürlich, dass das Schwachsinn war, und eine Herzmassage lediglich das Ziel hatte, das Herz lange genug schlagen zu lassen, bis der Notarzt eintraf, um die tatsächlich lebensrettenden Maßnahmen einzuleiten. Ein Patient mit Herzstillstand würde während der Herzdruckmassage und manuellen Belüftung ganz sicher nicht die Augen aufreißen und atmen.

Hoffentlich tut es auch dieser Patient nicht, dachte sie angespannt, und fixierte die Daten auf ihrem hauchdünnen Tablet. »Einhundert Prozent. Oh.«

»Was, oh?«, fragte Dimitry alarmiert und trat dicht an sie heran, um auf das Display vor ihr zu starren.

»Die Radionuklidbatterien verlieren schneller als erwartet Energie.«

»Wie ist das möglich?«, wollte Heinrich wissen und trat von der anderen Seite näher. Auch Javier wollte einen

Blick auf die Anzeige erhaschen und nahm den einzig verbliebenen freien Platz vor ihr ein, sodass sie jetzt einen kleinen Kreis bildeten und ihre nach unten geneigten Helme sich beinahe berührten.

»Keine Ahnung, es sieht beinahe so aus, als wenn die Energie aus ihnen herausgesaugt wird.«

»Aber das ist ein zerfallendes radioaktives ...«, wollte Heinrich einwenden, doch Filio unterbrach ihn unwirsch.

»Das ist mir klar, aber es zerfällt jetzt deutlich schneller und erzeugt deutlich mehr Hitze in kürzerer Zeit. Wenn es bei dieser Steigerungsrate weitergeht, sind die Batterien in fünfzehn Minuten leer.«

»In fünfzehn Minuten?«, fragte Dimitry fassungslos und schrie beinahe.

Filio verzog das Gesicht, als die extreme Lautstärke in ihrem Ohr erklang. Zu spät regelte ihr Helmsystem die überschießenden Tonspitzen ab.

»So sieht es jedenfalls aus!« Wie zum Beweis tippte sie mit dem behandschuhten Zeigefinger ihrer rechten Hand auf die entsprechende Anzeige und neigte ein wenig den Kopf, um an Javier vorbei zum Monolithen blicken zu können. »Die Oberfläche des Objekts ist außerdem um zwei Grad wärmer geworden. Das könnte eine natürliche Schwankung im Supraleiter sein, aber ich glaube nicht an Zufälle.«

Javier zog sich ein wenig zurück und sie bildeten wieder einen lockeren Halbkreis vor dem Objekt.

»Es saugt aktiv Energie ab«, wiederholte Heinrich fassungslos. »Sicher, dass es sich nicht um eine Fehlfunktion der Batterien oder deiner Sensorik handelt?«

»Was Fehler in technischen Systemen angeht, kann man nie zu hundert Prozent sicher sein«, gab Filio zu, ohne den Blick vom Monolithen abzuwenden. »Aber das wäre das erste Mal in der beinahe hundertjährigen Geschichte der Radioisotopengeneratoren, dass so etwas vorkommt, und das macht es für mich sehr unwahrscheinlich.«

»Das heißt, dass gerade irgendetwas aktiv auf unsere Manipulation reagiert hat«, schloss Dimitry und sah an dem Objekt hoch, als betrachte er eine Art neues Weltwunder – nur auf einem anderen Planeten. Der rechteckige, von dunklem Staub umwehte Koloss wirkte so bedrohlich wie nie und die Regolithpartikel umschwirrten ihn wie ein Wirbelsturm seinen ruhigen Mittelpunkt. Blickte man an ihm empor, erzeugte das beinahe den Eindruck, nach oben gesogen zu werden.

»Oder es handelt sich um ein automatisiertes System«, hielt sie dagegen. »Oder aber es hängt mit der Beschaffenheit des Objekts selbst zusammen. Oh.«

»Was?«, fragte Dimitry sofort. »Könntest du bitte aufhören, ständig nur *oh* zu sagen? Ich mache mir jedes Mal fast in die Hose und denke, dass etwas schiefgegangen ist.«

»Die Batterien sind jetzt leer.«

»Jetzt schon?«, fragten er und Heinrich gleichzeitig, während Javier weiterhin den Monolithen anstarrte, als würde sein Blick magisch davon angezogen.

»Jetzt schon. Sie sind leer. Komplett leer. Ich registriere keinerlei Energieausstoß mehr und das Einzige, was noch zu strahlen scheint, ist die Abschirmung der Generatoren«, bestätigte sie knapp und versuchte das leichte Zittern in ihrer Stimme zu unterdrücken.

Dann geschah plötzlich etwas. Es begann mit leichten Vibrationen, die sich vom Boden über ihre Stiefel fortsetzten und ihre Knie schlottern ließen, als würden sie von einem spontanen Schüttelfrostanfall heimgesucht.

»Oh, *Blad!*«, fluchte Dimitry auf Russisch, blieb aber anders als Heinrich und Javier, die beide einen Schritt nach hinten machten, an Filios Seite stehen. Die Vibrationen dauerten einige wenige Sekunden, dann wurde es wieder ruhig.

»Geben deine Sensoren etwas her?«

»Negativ«, gab sie zurück und scrollte durch ihre Datensätze. »Nichts, was durch die Kabel ginge oder mit den Wandlern und Konvertern interagieren würde. Was in dem Objekt vorgeht? Da sind wir blind.«

»Ich glaube, dass wir dafür nur unsere Augen brauchen«, entgegnete Dimitry und als sie ihn fragend ansah, deutete er nach vorne.

Filio blickte zu dem Monolithen, der sich an seiner Basis knapp oberhalb der Marsoberfläche wie in Zeitlupe aufzufächern begann, bis er, in zwei Rechtecke geteilt, eine Art Dreieck bildete, als hätte jemand zwei überdimensionierte Spielkarten aneinandergestellt. Vorsichtig bewegten sie und Dimitry sich seitwärts, um besser an der breiten Seite vor ihnen vorbeischauen zu können, und hielten verblüfft inne, als sie zwischen den getrennten Seiten des Objekts ein rundes Loch klaffen sahen, in dem es stockfinster war und offenbar in die Tiefe ging.

»Ja scheiß doch die Wand an«, murmelte Heinrich über Funk, der gerade mit Javier auf der anderen Seite der Öffnung erschienen war und sich vorsichtig vorbeugte, um mit seinen Helmstrahlern eine Art senkrecht nach unten verlaufende Röhre auszuleuchten.

»Da haben wir unsere Reaktion«, sagte Dimitry unheilschwanger und für einen Augenblick wurde es still im Funk. Lediglich das kaum merkliche Interferenzrauschen durchbrach das bedrückende Schweigen und Filio bildete sich ein, dass der Sturm gerade deutlich an Wucht gewonnen hatte und leicht in den Fugen ihres Helms heulte.

Agatha Devenworth, 2042

Die Ankunft in Melbourne war so unspektakulär, dass Agatha sich im falschen Film wähnte. Nachdem sie einen heftigen Hurrikan südlich von Tasmanien durchflogen hatten und heftig durchgeschüttelt worden waren, glückte die Landung nördlich der Außenbezirke Melbournes butterweich.

Als die Rampe aufging, stand bereits ein Team Mediziner in weißen Anzügen bereit und kam hereingelaufen, um sich um die beiden Navypiloten zu kümmern und ihre Flugtauglichkeit festzustellen.

Major Greynert und seine Copilotin geleiteten Agatha und Pano hinaus und wiesen auf einen kleinen G-8 Businessjet, der sich auf einem der Zubringer in Warteposition befand. Eine kleine Treppe war heruntergelassen, vor der zwei Gorillas in schwarzen Anzügen und Sonnenbrillen standen und die Hände vor dem Bauch gefaltet hielten.

»Das ist ihre Fluggelegenheit nach New York«, brüllte der Major über den Krach der noch laufenden Propeller hinweg und zeigte auf den G-8, bevor er sie an ihrem Unterarm zu sich heranzog.

Agatha wartete das Rauschen eines heranrasenden Tankfahrzeugs ab. Als dieses sie passierte, zog der Major sie noch näher zu sich und berührte sie leicht an der Hüfte.

Sie musterte ihn irritiert, nicht sicher, ob er sie gerade unsittlich berührt hatte oder nur vor dem Wagen in Sicherheit bringen wollte, obwohl dieser einige Meter Abstand zu ihnen gehalten hatte. Da er jedoch weder anzüglich grinste, wie es Männer so gerne taten, noch sie länger festhielt, entschied sie sich, die Sache zu ignorieren. Pano war offensichtlich nicht dazu in der Lage, denn er funkelte den Major so böse an, dass sie schon befürchtete, er könnte auf den Piloten losgehen.

»Haben wir da drin ein Telefon?«, rief sie und schirmte sich die Augen vor der erbarmungslosen Sonne des roten Kontinents ab.

»Natürlich!« Greynert nickte und scheuchte sie und Pano in Richtung des kleinen Jets, bevor er mit seiner Copilotin in einen kleinen autonomen Caddy stieg, der sie abholte und in Richtung des kleinen Terminalgebäudes brachte, das einige hundert Meter entfernt vor einem kleinen Waldstück stand.

Die gesamte Anlage sah aus wie der kreisrunde Haarausfall eines riesigen Eukalyptuswaldes, aus dem die exotischsten Vogelschreie und Tierrufe erklangen. Agatha hatte schon oft von der unvergleichlichen Artenvielfalt Australiens gehört, die man durch einen strengen Schutz vor Fremdarten und der Umwelt generell erreicht hatte, während überall auf der Welt das Aussterben der Fauna grassierte.

Bis sie die knappen zweihundert Meter bis zur G-8 überwunden hatten, stand ihr bereits dicker Schweiß auf der Stirn und sie war froh, als sie ihre Daunenjacke abstreifen und einem der beiden Gorillas in die Hände drücken konnte. Der Kerl mit dem Bürstenschnitt sah sie verblüfft an, doch bevor er etwas sagen konnte, hatte sie die fünf Treppenstufen schon hinter sich gebracht und war durch die schmale Öffnung in die Kabine getreten.

Eine asiatische Pilotin in schnittigem Hosenanzug mit Schiffchen auf dem Kopf begrüßte sie mit einem professionellen Lächeln und schüttelte ihr die Hand.

»Ich bin Kapitänin Jackie Dong Won, willkommen an Bord.«

»Special Agent Devenworth. Vielen Dank.«

»Wie lange geht der Flug?«, fragte Pano, während Agatha weiterging und sich in einen der sechs ausladenden Sessel aus cremefarbenem Leder fallen ließ.

»Knapp fünf Stunden«, antwortete die Pilotin noch immer lächelnd. »Wir haben sofortige Startfreigabe. Jeder Sitz hat eine eigene Minibar an der Seite. Einfach die Schublade aufziehen. Hier«, sie öffnete eine Klappe in der Armatur neben der Toilettentür hinter sich und zog ein Satellitentelefon mit fingerdicker Antenne heraus, »ist ein Satellitentelefon. Sie müssen das Sternchen gedrückt halten und auf den Verbindungston warten, dann können Sie wählen. Falls Sie während des Flugs Fragen haben sollten, drücken Sie einfach auf das Lautsprechersymbol auf Ihrer rechten Armlehne.«

Dong Wen drehte sich um und wollte gerade im Cockpit verschwinden, als die beiden Muskelprotze ebenfalls hereinkamen und Agatha ruckartig aufstand.

»Captain?«

»Hm?« Die Pilotin drehte sich um und setzte sofort wieder ihr einstudiertes Zahnpastalächeln auf.

»Die beiden fliegen nicht mit.«

»Es entspricht den Vorgaben, dass jedes von Mr. Karlhammers Privatflugzeugen von zweien seiner Leibwächter begleitet wird«, erklärte sie geduldig.

»Schön für Ihre Vorgabe, aber wir fliegen allein«, beharrte Agatha und ignorierte die Blicke der beiden Männer. Das Lächeln der Pilotin blieb fest, während sie zu überlegen schien. »Wir können auch erst Mr. Karlhammer anrufen und Zeit verschwenden. Ich denke nicht, dass seine Leibwächter nötig sind, zumal er selbst nicht an Bord ist.«

Die Frau nickte schließlich und bedeutete den beiden Männern, das Flugzeug wieder zu verlassen. Diese zuckten kurz mit den Schultern und waren verschwunden. Dann tippte die Pilotin schnell hintereinander auf einem Touchscreen neben der Tür herum, die sich daraufhin schloss und verschwand im Cockpit.

»Dieser Luxus ist irgendwie widerlich«, kommentierte Pano ihre Umgebung und sah tatsächlich aus, als fühle er sich nicht wohl in seiner Haut. Seine Hände lagen auf den Lederarmstützen, als wären die mit Juckpulver bestrichen.

»Wieso?«, fragte Agatha ironisch. »Weil von zwölf Milliarden Menschen fünf unterhalb der Armutsgrenze leben und in den reichen Ländern die Hälfte der Bevölkerung vom staatlichen Grundeinkommen lebt?«

»Wieso stößt Karlhammer all diese Projekte zur Verringerung von Armut und Krankheit an, wenn er Geld für so etwas rausschmeißt?«

»Er ist ein Visionär und Workaholic«, wandte sie ein und deutete auf ihren Sitz, in dem auch zwei Erwachsene problemlos Platz gefunden hätten. »Würden Sie an seiner Stelle Economy fliegen und dort arbeiten?«

»Vermutlich nicht. Trotzdem ist es irgendwie anstößig, solch einem Luxus zu frönen, wenn die halbe Menschheit als nutzloser Überschuss definiert wird, der einmal im Monat zu den Ausgabestellen pilgern muss und ...«

»Geben Sie mir mal das anstößig luxuriöse Satellitentelefon«, unterbrach sie ihn und hielt ihm eine geöffnete Hand hin. Der Gang zwischen ihnen war nicht besonders breit.

»Tsss«, machte Pano und drückte ihr das Telefon von der Größe einer Fernbedienung in die Hand. »Was war das eben mit den beiden Steroidschluckern?«

»Ungewollte Mithörer.«

»Diese ganze Sache macht Sie wirklich paranoid, oder?«

»Vielleicht macht diese Sache Sie nur nicht paranoid genug«, konterte sie und begann die Nummer von Direktor Miller zu wählen.

Ihr Flugzeug rollte bereits zur Startbahn, als die kurzkettigen Wählgeräusche in ihrem Ohr erklangen.

»So ein alter Knochen«, murmelte sie, während sie darauf wartete, dass die Satelliten ihr Signal ins Hauptquartier nach New York weiterleiteten.

»Sie können es ja auch über die normalen Wege versuchen und die ganze Welt mithören lassen«, schlug Pano lakonisch vor und Agatha schnaubte nur zur Antwort.

»Miller!«, ertönte die Stimme des Direktors in ihrem rechten Ohr. Offenbar hatte er in der Zwischenzeit nichts von seiner Verve verloren.

»Hier ist Agatha.«

»Devenworth? Wo waren Sie denn die ganze Zeit? Ich dachte schon, Sie wären da unten erfroren!«

»Das wäre ich auch fast«, antwortete sie und streckte dem fragend dreinschauenden Pano einen Daumen hin.

»Und? Haben Sie herausgefunden, was mit Jackson geschehen ist?«

»Mir geht es sehr gut, danke schön.«

»Spielen Sie nicht das Seelchen«, fuhr Miller sie an und sie konnte sich die Andeutung eines Grinsens nicht verkneifen. »Steht Ihnen nicht.«

»Wir wissen, was mit Jackson geschehen ist.«

»Na da bin ich aber gespannt. Sagen Sie mir bitte nicht, dass die Human Foundation dahinter steckt.«

Agatha sah zu Pano und runzelte die Stirn.

»Was ist?«, formten seine Lippen tonlos eine Frage.

»Wieso sagen Sie das, Sir?«

»Weil Washington aktuell kopfsteht. Die Republikaner um Senator Danes haben sich bei der Präsidentin durchgesetzt und die USS Barack Obama mitsamt ihrer Begleitflotte Richtung arktisches Meer verlegt«, brummte Miller und sein Tonfall ließ keinen Zweifel offen, was er davon hielt.

»Wieso das?«, tat Agatha unwissend.

»Weil mehr als zwei Tage der Kontakt mit der Maschine abgebrochen ist, die Sie und den Capitano zur McMurdo geflogen hat.«

»Das ist doch wohl nicht Ihr Ernst! Die hätten doch ein verdammtes Aufklärungsflugzeug schicken oder einen Satelliten neu positionieren können.«

»Jeder vernünftige Kopf im Weißen Haus hat das auch gesagt, aber offensichtlich handelt es sich um ein rein politisches Manöver. Seltsamerweise haben sich allerdings auch die Stabschefs im Pentagon mehrheitlich für diesen Schritt ausgesprochen, was mich doch wundert. Warten Sie kurz«, fuhr Miller fort. Dann war er vorübergehend weg und sie hörte ihn durch den abgedeckten Hörer jemanden anschreien. Es raschelte kurz. »Bin wieder da. Jedenfalls hat Präsidentin Harris ...«

»Kamala Harris ist schon vereidigt?«, fragte Agatha überrascht.

»Seit letzter Woche. Sie sollten sich das nächste Mal einen Nachrichtenfeed runterladen, bevor sie in der Versenkung des Südpols verschwinden.«

»Klar.«

»Sie hat jedenfalls nach einigem Hin und Her zugestimmt, unter der Voraussetzung, dass die Flotte nicht vor Anker geht, sondern lediglich Präsenz zeigt. Man munkelt, dass sie Senator Danes und seinem Kreis diesen Gefallen tut, damit er das Gefühl hat, der Human Foundation ihre Grenzen aufzuzeigen und sich von seinen Stammwählern feiern zu lassen. Gleichzeitig darf man wohl davon ausgehen, dass sie dafür Danes' Zustimmung für die Krankenkassenreform erhält.« Miller machte eine Pause und nieste. »Verzeihung. Politik, Sie wissen schon. Da gerade Saison ist, ist meine Allergie auf dem Höhepunkt angelangt. Ich will nicht wissen, was diese bescheuerte Rochade den Steuerzahler kostet.«

»Die Hälfte der Menschen bezahlt doch gar keine Steuern«, wandte Agatha halbherzig ein und dachte über das nach, was er ihr gerade offenbart hatte. Scheinbar hatte der Feind beste Verbindungen ins Pentagon und zu bestimmten Senatoren. Oder aber er hatte auch die Präsidentin bereits unter seinen Einfluss gebracht und sie manövrierte die Geschichte nur geschickt genug durch die gefährlichen politischen Strömungen der Hauptstadt, um nicht zu offensichtlich vorzugehen.

»Wenn Sie mir auch noch die alten Sprüche nehmen, kann ich mich auch gleich von dieser verfluchten Welt verabschieden«, murrte Miller in seiner typisch knurrigen Art. »Wo stecken Sie jetzt?«

»Wir sind auf dem Weg zu Ihnen.«

»Von wo? Wie?«

»In einem der Privatjets von Luther Karlhammer«, antwortete sie freimütig und ignorierte Panos erst erschrockenen, dann warnenden Gesichtsausdruck.

»Sie wollen mich hoffentlich verarschen«, entgegnete der Direktor.

»So etwas tue ich nicht.«

»Na toll. Das konnte ich gerade noch gebrauchen. Das Weiße Haus sendet eine sündhaft teure Botschaft an die Human Foundation, weil die möglicherweise eine Militärmaschine und zwei Piloten um die Ecke gebracht haben, und Sie haben nichts Besseres zu tun, als mit der Kutsche von deren Häuptling anzutanzen. Sie machen es mir wirklich nicht leicht.«

»Was denken Sie, wie wir von McMurdo wieder weggekommen sind?«, fragte Agatha und rollte mit den Augen. »Die Albatros dürfte sich jeden Moment auf den Weg zur nächsten Navy Basis mit Rollfeld machen.«

»Hm. Kommen Sie einfach zurück. Wenn Sie irgendwo abholbereit sind, schicke ich Ihnen ein Fahrzeug. Keine Umwege, verstanden? Ich will sofort Ihren Bericht hören, wenn Sie amerikanischen Boden unter den Füßen haben«, schnauzte Miller und legte auf.

»Ich glaube nicht, dass er etwas weiß«, meinte sie, hielt das Satellitentelefon von sich und drückte mit dem Daumen das rote »Auflegen«-Symbol, bevor sie es Pano zuwarf, der es auffing und achtlos auf seinen Schoß fallen ließ.

»Was macht Sie da so sicher?«

»Er hält die Verlegung der Carrier Strike Group für eine politische Finte.«

»Vielleicht hat er das auch einfach nur gesagt, damit Sie genau das denken?«

»Nein, er hätte das Thema gar nicht erst ansprechen brauchen. Das macht keinen Sinn.« Agatha schüttelte den Kopf und zog die Schublade an der Gangseite ihres Sessels auf, um ein Wasser herauszuziehen. Als sich die prickelnde Flüssigkeit in ihren Mund und Rachen ergoss, verzog sie den Mund. Offenbar hatte Karlhammer eine Schwäche für Kohlensäure.

»Scheint mir kein besonders stichhaltiger Ausschluss einer Mittäterschaft zu sein«, sagte Pano. Hinter ihm war aus dem großen Fenster zu sehen, wie sie eine dünne Wolkenschicht durchstießen.

»Es ist kein Ausschluss, aber doch unwahrscheinlich«, stimmte sie ihm zu.

»Warten wir mit unseren Rückschlüssen am besten noch ein wenig ab.«

»Wissen Sie, was mich wurmt?«

»Dass ich so verdammt gut aussehe und Sie mit meinem Charme regelmäßig zum Erröten bringe?«

»Ich habe deutlich mehr für Ihre offensichtlich blühende Fantasie übrig als für Ihren Charme«, gab sie zurück und sah auf ihr Handterminal – vorgeblich, um die Uhrzeit nachzusehen, aber tatsächlich wollte sie bloß seinem Blick ausweichen.

»Also, was wurmt Sie so?«

»Der Kerl im schwarzen Anzug. Wie hat er das gemacht?«

»Diese Gedankenkontrollnummer?«, fragte Pano und hob in einer typisch italienischen Geste Schultern und Hände, während seine Mundwinkel herunterfielen. »Keine Ahnung.«

»Es muss eine Erklärung geben. Vielleicht irgendeine Art Pheromon, wie bei den Ameisen? Das Zeug kann den ganzen Hirnstoffwechsel verändern. Wieso sollte das nicht auch bei Menschen funktionieren?«

»Der Kerl war ein Alien. Da ist eine Erklärung so gut wie jede andere.«

»Hat der für Sie ausgesehen wie ein Alien?« Agatha schüttelte den Kopf. »Wohl kaum.«

»Vielleicht können sie gestaltwandeln oder so etwas?«

»Das meinen Sie nicht wirklich, oder?«

Pano hob abwehrend beide Hände. »Hey, wir standen einem riesigen Menschen-Alien gegenüber, das bronzefarbene Haut hat.«

»Touché!« Agatha seufzte frustriert und überlegte. »Vielleicht ist es auch ein Virus, das über den Atem ausgestoßen wird?«

»Vielleicht sind es auch PSI-Wellen ...«

»Mann, Pano, ich meine das ernst!«, fuhr sie ihn ungeduldig an.

»Sie haben Pano gesagt.« Er grinste und sie hätte ihn am liebsten geschlagen. Als er ihren steigenden Wutpegel sah, räusperte er sich und fügte schnell hinzu: »Ein Virus würde wohl keinen so schnellen Effekt haben. Es müsste sich über die Luft verbreiten, was recht lange dauern dürfte, und dann noch die körpereigenen Zellen angreifen und verändern. Aber ich bin natürlich kein Biologe oder Arzt.«

»Stimmt. Möglicherweise sollten wir andersherum denken: Wie hat der Feind diesem offensichtlichen Menschen solche Kräfte verleihen können? Und wie sieht diese Unterwanderung effektiv aus, vor der die Sons of Terra ständig warnen? Besucht er Politiker, Firmenchefs und was-weiß-ich-wen einfach und zeigt ihnen seine Alienbroschüre? Wohl kaum.«

»Vielleicht infiziert er sie mit etwas, unterzieht sie einer Gehirnwäsche, implantiert ihnen einen Chip ... die Liste möglicher Wege ist endlos lang und vermutlich ist es am Ende eine Sache, an die wir noch nicht gedacht haben«, überlegte Pano laut, als sie durch einige Turbulenzen flogen und alles zu wackeln begann.

»Ich glaube eher, dass die Lösungen auf schwierige Fragen meist deutlich einfacher sind als die Fragen selbst«, erwiderte sie und schnallte sich an.

»Wieso rufen Sie Workai Dalam nicht einfach an und fragen ihn, was seine Theorie ist? Immerhin könnte er der einzige Mensch auf der Erde sein, der den Feind schon einmal gesehen hat. Er war es doch, der die ersten Trümmer der Mars One gefunden hat, oder nicht?«

»Ja, aber ...«

»Außerdem hatte er mit seiner ganzen Theorie über den

Feind offenbar recht. Es liegt nicht so fern, dass er mehr weiß als wir. Nein, es ist sogar sehr wahrscheinlich, dass er viel mehr weiß«, fuhr der Südtiroler fort und zeigte auf ihr Handterminal, das sie noch immer in der rechten Hand hielt.

»Guter Punkt.« An ihr Terminal gerichtet fuhr sie fort: »Kontaktnummer Workai Dalam anzeigen.«

Die Nummer erschien auf dem transparenten Display. Mit der freien Hand gab sie sie in das Satellitentelefon ein, das Pano ihr reichte und glich die Nummern noch einmal ab, bevor sie schließlich den grünen Hörer-Knopf drückte.

Wieder erklangen die unangenehmen Wählgeräusche, dann meldete sich eine elektronische Stimme: »Momentan sind alle Leitungen besetzt, bitte nennen Sie Ihren Namen und Ihre Telefonnummer, dann werden wir Sie zurückrufen. Herzlichen Dank.« Es folgte ein Piepton.

»Patroklus Perhanidis, Sieben-Zwei-Eins-Eins-Drei-Vier-Drei«, sagte sie Karlhammers Anweisungen entsprechend und legte auf.

»Und?«

»Jetzt heißt es warten. Mal sehen, wie wichtig Karlhammer wirklich ...« Weiter kam sie nicht, da das Satellitentelefon klingelte.

»Wusste gar nicht, dass man die Dinger einfach so zurückrufen kann«, wunderte sie sich und drückte den grünen Knopf. »Ja?«

»Hm. Sie sind nicht Karlhammer«, stellte eine tiefe männliche Stimme fest.

»Nein, aber er hat mich beauftragt, mit Ihnen zu sprechen.«

»Aha. Und Sie sind ...?«

»Special Agent Agatha Devenworth.«

»Ah, Mrs. Devenworth«, sagte Dalam mit der schnurrenden Stimme eines äußerst überheblichen Mannes, von denen sie während ihrer Laufbahn bereits viele kennengelernt hatte. »Freut mich, dass Sie der Antarktis entkommen sind.«

Agatha stockte kurz. Karlhammer hatte ihr bei ihrem letzten kurzen Gespräch versichert, dass der Terroristenanführer nichts von der Pyramide und den Operationen der Human Foundation wusste. Hatte er sie etwa beschatten lassen?

»Sie wundern sich, dass ich über Ihre Bewegungen informiert bin?« Ein heiseres Lachen drang in ihr Ohr. »Wir haben den Mann im schwarzen Anzug schon seit längerem verfolgt und seine Spur endete in einem Militärflugzeug der US-Basis in Namibia – mit Ihnen an Bord.«

»Ein Peilsender?«, fragte sie erstaunt. Es war das Einzige, was Sinn machte. Sie hatten bestimmt keine Soldaten eingeschleust und die Kabinen von Militärflugzeugen waren gegen die meisten Signale abgeschirmt.

»So ist es. Was haben Sie dort entdeckt?«

»Guter Versuch.«

»Man tut, was man kann, wenn man die Menschheit vor feindlichen Mächten beschützen will.«

»Was wissen Sie über den Mann im schwarzen Anzug?«, fragte Agatha ohne Umschweife.

»Er hieß in seinem früheren Leben Mikwart Dornwald und war schwedischer Staatsbürger. Er hat als Profiler beim Geheimdienst gearbeitet und war mit Entführungen beschäftigt. Galt als sehr charismatisch, wurde aber unehrenhaft entlassen und des Doppelmordes für schuldig befunden, bevor er aus der Haft fliehen konnte und nie wieder gesehen wurde«, antwortete Dalam überraschend freimütig. »Außerdem war er der wohl gefährlichste Mensch auf dem Planeten, denkt man an die Macht, die der Feind ihm verliehen hat. Er hat über vierzig meiner Agenten auf dem Gewissen, die ich auf ihn angesetzt hatte.«

»Haben Sie eine Datei über ihn?«

»Ja.«

»Können Sie sie mir schicken?«

»Nein.«

»Wieso nicht?«

»Weil ich Ihnen nicht vertraue, deswegen. Als meistgesuchter Terrorist der Erde lebt man recht gefährlich und entwickelt eine gewisse ...«

»... Paranoia?«

»... Vorsicht.« Dalam räusperte sich. »Da Sie drei in dem Flugzeug waren und mindestens Sie überlebt haben, schätze ich, dass Sie es irgendwie geschafft haben, ihn auszuschalten?«

»Da liegen Sie richtig.«

»Wie haben Sie das angestellt?«

»Das sage ich Ihnen nicht«, erwiderte Agatha kühl.

Dalam lachte freudlos auf und die Übertragung knackte unter dem Ansturm hoher Töne. »Sehr gut, sehr gut. Ich bin jedenfalls froh, dass Sie es geschafft haben. Ein wichtiger Aktivposten des Feindes weniger.«

»Wir sind unterwegs nach New York.«

»Weil Sie mir und meiner Organisation glauben?«

»Ja.«

»Wieso?«, fragte er und Agatha rang mit sich. Schließlich entschied sie sich für die sicherste Variante.

»Weil ich gesehen habe, wozu der Mann im schwarzen Anzug fähig war. Da muss irgendeine Macht ihre Finger im Spiel haben, die nicht von dieser Welt ist.«

»Was haben Sie vor?«

»Ich habe vor, so viele Informationen über die möglichen unterwanderten Regierungsstellen zu sammeln wie möglich und diese Informationen mit Ihnen zu teilen, damit Sie etwas dagegen unternehmen können. Jede Hilfe wäre von Bedeutung«, erklärte sie und sah zu Pano hinüber, der fragend eine Hand nach oben drehte. Agatha hob derweil ihre freie Hand und ließ sie kurz wackeln. *Ich weiß noch nicht.*

»An was haben Sie gedacht?«

»Irgendwelche Anhaltspunkte, wonach ich suchen soll. Wissen Sie irgendetwas darüber, wie der Mann im schwarzen Anzug ... wie er das gemacht hat?«

»Das wissen wir nicht. Wir haben bisher nur Spekulationen und keine besonders guten, wie ich das sehe.«

»Und was ist mit denjenigen, die vom Feind beeinflusst wurden? Sie müssen doch zumindest eine gute Theorie haben, um zu wissen, wen Sie beschuldigen und in die Luft sprengen sollen?«, fragte Agatha.

»Nun, wir haben den Mann im schwarzen Anzug lange beschattet und seine Treffen verfolgt. Außerdem scheint es, dass er seine Opfer mit einer Art Virus infiziert, das sich einige Tage nach der Infektion bemerkbar macht. Dieses Virus könnte es sein, das den Willen des Feindes in sich trägt«, antwortete Dalam. »Wir wissen, dass es da ist, aber wir haben keine Ahnung, wie es aussieht, weil es sich nicht mehr nachweisen lässt, wenn zu viel Zeit verloren geht. Wir konnten drei Personen ausschalten, die damit infiziert waren und haben die Infektion beobachtet, das Virus aber nicht zu fassen bekommen. Es scheint sich nach dem Tod aufzulösen oder so zu verändern, dass wir es nicht mehr nachweisen oder gar beschreiben können.«

»Hmm, das ist nicht besonders viel«, murmelte Agatha nachdenklich.

»Nein, aber es ist alles, was wir haben. Ich wünsche Ihnen viel Glück. Wenn Sie konkrete Personen ausfindig machen konnten, melden Sie sich wieder bei mir. Ich werde genügend Kräfte nach New York und Washington verlegen, um im Fall der Fälle bereit zu sein.«

»Einfach so?«, fragte sie überrascht.

»Sie haben einen Ruf, Agatha Devenworth, und ich bin mit Ihrer Akte vertraut. Wenn Sie mit dem Finger zeigen, werde ich zumindest ein offenes Ohr haben.«

»Nun, ohne etwas mehr Hintergründe darüber, wonach ich überhaupt suchen soll, wird das ...«

Plötzlich war die Leitung tot und Agatha warf Pano frustriert das Telefon zu.

»Blöder Kerl.«

»Was hat er gesagt? Irgendetwas Hilfreiches?«

»Möglicherweise«, erwiderte sie versonnen und starrte aus dem Fenster in die über den Wolken untergehende Sonne. »Möglicherweise.«

Filio Amorosa, 2042

»Einfach ruhig bleiben«, empfahl Cassidy ihr, obwohl nichts an seiner Physiognomie danach aussah, als würde er seine eigenen Worte befolgen. Er bewegte ständig seine Lippen, als murmele er etwas vor sich hin, was in seinem versiegelten Helm unterging und es nicht schaffte, die Lautstärkenschwelle für den Funk zu überwinden. Außerdem blinzelte er in einer Frequenz, die ihr bereits die Augen ausgetrocknet hätte.

»Ich bin ruhig«, versicherte Filio ihrem untersetzten Partner und hörte auf, ihn zu mustern. Es wirkte noch immer unwirklich auf sie, dass sie mit diesem Mann auf den Mars gereist war, den sie nicht einmal vierundzwanzig Stunden kannte. Luther Karlhammer hatte sie einfach als Team zusammengewürfelt und seine ursprüngliche Kameradin rausgeworfen, weil er sie für die beste Wahl gehalten hatte. Obwohl sie ihm darin zustimmen musste, war es befremdlich, mit jemandem, den sie nicht kannte, nicht einschätzen konnte und noch nie in einer schwierigen Situation erlebt hatte, eine Mission für das Schicksal der Menschheit anzugehen. Normalerweise hätte sie darauf bestanden, ein halbes Jahr intensiv mit ihm zu trainieren, doch nun musste sie darauf hoffen, dass Karlhammer einfach ein gutes Gespür gehabt und sich etwas dabei gedacht hatte.

»Haben Sie Angst, dass ich die Fassung verliere?«, fragte Cassidy und sah ihr geradewegs in die Augen. Filio hatte gar nicht gemerkt, dass sie den Wissenschaftler noch immer anstarrte.

»Ich bin mir nicht sicher. Ich halte es zumindest für ein Risiko, zwei Menschen auf diese Mission zu schicken, die sich nicht kennen.«

»Danke für Ihre Ehrlichkeit. Normalerweise würde ich Ihnen zustimmen, aber an dieser Mission ist leider nichts normal und jeder Atemzug ein Risiko. Warum also nicht gleich in die Vollen gehen?«, fragte er und versuchte es mit einem scheinbar unbeschwerten Lächeln, das sie zaghaft erwiderte. »Außerdem hat der Erbauer Sie offenbar ebenfalls ausgewählt, sonst hätte er Ihnen nicht die Vision gezeigt.«

»Ich glaube, das lag eher daran, dass ich gerade bei ihm war, bevor er das Bewusstsein verlor«, hielt sie dagegen.

»Vielleicht. Aber Sie denken doch nicht, dass Luther Sie für diese Mission ohne Rücksprache mit ihm hätte auswählen können, oder?«

»Da haben Sie auch wieder recht.«

»Eine Idee, wie wir hier rauskommen?«

»Nein, aber es muss einen Weg geben, sonst hätte Xinth uns nicht hierher gesandt«, war sie sich sicher, und machte einen Schritt auf die Tür zu, um mit ihren Lampen den Rahmen abzusuchen. Unten, wo er sich mit dem anthrazitfarbenen Boden verband, lagen Sandhäufchen etwa so groß wie Melonen. Prüfend klopfte sie gegen die massive Tür, die keinerlei Knöpfe, Vertiefungen oder gar Griffe aufwies. Sie gab kaum einen Ton zurück, obwohl sie die Sensitivität ihrer Audiosensoren auf das Maximum gestellt hatte. »Nun, der offensichtlichste Weg ist es ganz offenbar nicht.«

»Sie sind Ingenieurin, oder?«, fragte Cassidy, der an ihre Seite getreten war und beinahe betreten auf die beiden Sandhäufchen starrte.

»Jetzt fangen Sie nicht auch damit an, dass ein Ingenieur

wirklich jede Zwickmühle lösen kann. Zu dem Klischee gehören mindestens ein Lötkolben, ein Schraubenzieher und eine Zange. Nichts davon haben wir bei uns.«

»Nein, leider war die Anweisung Xinths eindeutig, dass keinerlei metallische Gegenstände mitgeführt werden dürfen, was wohl mit den erzeugten Magnetfeldern zu tun hat.« Ihr Partner berührte sie an der Schulter und knetete diese kurz. »Darum ist auch alles an unseren neuen *Space Walker* Anzügen aus Kunststoffen hergestellt. Aber ...« Cassidy wackelte mit seinen kurzen Fingern vor ihrem Visier herum, als wolle er einen Schmetterling imitieren, »wir haben da etwas vorbereitet.«

Er deutete zurück zur Plattform und winkte ihr, ihm zu folgen.

Wie sich herausstellte, gab es unter den Sitzen zwei schmale Schubladen, in denen sich je ein schlanker Koffer mit der Aufschrift »Human Foundation« befand. In dem einen befanden sich allerlei Werkzeuge, die dumpf gräulich aussahen und mit roten Griffen versehen waren. In dem anderen befanden sich Konvertoren, Kabel und Multifunktionsanschlüsse.

»Was ist Ihr Fachgebiet?«, fragte sie Cassidy, während sie neben der Plattform auf dem staubigen Boden hockten und die Werkzeuge und Materialien durchgingen, um eine Bestandsliste zu machen, die sie per Spracheingabe in ihre Helmcomputer speicherten.

»Ich bin Physiker und Chemiker. Ich wollte offenbar genügend Lebensjahre an einem dunklen, schlechtbezahlten Forschungsposten verbringen, um zweimal zu promovieren«, erwiderte Cassidy und zuckte mit den Schultern. So wie er da im Schneidersitz vor ihr saß, sah er aus wie ein Buddha mit zu groß geratenem Kopf. Es erstaunte sie noch immer, wie viel Flexibilität die neuen Anzüge mit sich brachten.

»Nun, einen dunklen, gar nicht bezahlten Job haben Sie jetzt auch«, sagte sie zwinkernd und machte eine den Raum umfassende Geste, bevor sie die Kabelklemme in ihrer rechten Hand ablegte und mit dem Daumen auf die Plattform neben ihnen deutete. »Was können Sie mir über die Maschine darunter sagen?«

»Uff, nicht besonders viel«, gab Cassidy unumwunden zu. »Vieles daran verstehen wir nicht, außer, dass wir extrem viele Supraleiter verbaut haben, die wir nicht kühlen brauchen.«

Filio hob ungläubig eine Augenbraue.

»Ich weiß, ich weiß«, meinte er geradezu abwehrend. »Außerdem haben wir zwei starke Elektromagnete verbaut, die variabel mit Strom versorgt werden können. Xinth hat in den Plänen entgegenlaufende Fließrichtungen vorgegeben, weshalb wir davon ausgehen, dass es sich um eine Art magnetische Einschließungskammer handelt. Was in ihrem Inneren vorgehen soll, haben wir allerdings nie verstanden, zumal uns nicht erlaubt worden war, das Modul auszuprobieren. Sie können sich sicherlich vorstellen, wie nervös uns das, zusammen mit der Tatsache, dass unsere Computersimulationen trotz neuester KI-Software keinerlei Ergebnisse ausspucken wollten, gemacht hat.«

»Zwei Elektromagnete?«, fragte Filio und wollte sich das Kinn reiben, bis ihr Visier ihre Finger aufhielt und sie sie wieder sinken ließ.

»Mit gegenläufiger Fließrichtung, genau.«

»Und die Fließrichtungen sind anpassbar?«

»Ja, zumindest gehe ich davon aus, da wir zwei Eingänge am ... oh, Moment, Moment, Moment«, sagte Cassidy und wackelte mit seinen Augenbrauen wie ein gutmütiger On-

kel, bevor er sich leicht über die breiten Lippen leckte.
»Ich glaube, ich verstehe, worauf Sie hinauswollen.«
»Die Platte unterhalb der Stühle ist aus Metall, oder?«
»Ja, genau wie die Sitze.« Der Physiker nickte und grinste bei ihren nächsten Worten.
»Wie stark schätzen Sie das Magnetfeld ein?«
»Nun anhand seiner rein physischen Größe und der sechsundsechzig Thorium-Reaktoren, die dafür nötig waren, es mit Strom zu versorgen ...«
»Einigen wir uns auf unanständig stark?«, schlug sie vor und er nickte grinsend, bevor sie beide gleichzeitig ihre Blicke zur Decke hoben, aus der noch immer Staub herabrieselte.
»Sieht porös aus, die Decke«, befand er.
»Mhm. Und da Staub durchkommt, besteht die Schicht über uns mit Sicherheit aus Regolith.«
»Locker und lose.«
»Genau. Sehen Sie sich zu einem chirurgischen Eingriff bei einer außerirdischen Maschine imstande, die wir nicht verstehen?«, fragte sie, mit einem Mal beflügelt von der Aussicht, eine Strategie zu haben, mit der sie möglicherweise ihr Problem lösen konnten. Das war mehr, als sie eben noch zu hoffen gewagt hätte.
»Natürlich«, grinste er und sie erhoben sich gemeinsam. »Saft muss das Ding ja noch haben, sonst wären wir nicht hier angekommen.«
»Das macht Sinn. Fragt sich nur, ob wir die Energiequelle und Zufuhr überhaupt erkennen und manipulieren können«, wandte sie ein und musterte das kreisrunde Podest wie ein komplexes Rätsel.

Hoffentlich ist es auch wirklich aus Metall wie bei uns, dachte sie bei sich und schniefte unbewusst.

»Ich weiß zumindest genau, wo die Stromzufuhr bei unserem Modell lag und würde sie sofort finden.« Cassidy schien nicht besonders besorgt und deutete auf den knapp zwanzig Zentimeter breiten Bereich zwischen der Podestplatte und dem Boden, der sich wie ein anthrazitfarbener Ring um das Modul zog. »Den müssen wir öffnen. Mit dem Fissionsschneider. Bleiben Sie dicht an den Kanten von Boden und Platte, damit Sie nicht aus Versehen etwas dahinter zerschneiden.«

Filio nickte und machte sich an die Arbeit, während Cassidy sein Visier in den Augmented Reality Modus schaltete und die gespeicherten Baupläne des Transportmoduls bearbeitete, um das simulierte Gitterwerk aus technischen Zeichnungen in Originalgröße über die hoffentlich baugleiche Maschine vor ihnen zu legen und sie präzise anzuleiten.

Es dauerte über dreißig Minuten, bis sie die gesamte Seitenverkleidung zerschnitten hatten, die aus einem erstaunlich flexiblen Material bestand, das sie nicht spontan einzuordnen wussten. Vielleicht handelte es sich um eine Art Kohlefaser.

Vorsichtig frickelte sie einen Schraubenzieher in die entstandene Lücke, zertrennte an einer von Cassidy vorgegebenen Stelle die Armatur von oben nach unten und schälte dann vorsichtig die gesamte Verkleidung ab, bis die Maschine dahinter zum Vorschein kam.

Zu Filios Überraschung sah das, was sie dort entdecken konnte, gar nicht sonderlich fremdartig aus. Sie erkannte Leitungen und Kabel und etwas, das aussah wie Miniaturkondensatoren. Zwanzig Zentimeter waren nicht viel Platz, um im Inneren herumzuhantieren, aber es reichte doch aus, um mehrere Wärmeleiter zu erfassen, die von einem massiven Ring – wahrscheinlich dem oberen Elektromagneten – sternförmig nach außen führten und aus ihrer Sicht verschwanden.

»Die Zugänge sind unterhalb der oberen Magnetscheibe, da wo die beiden zylindrischen Kondensatoren sitzen. Die sehen aus wie langgezogene Coladosen. Befindet sich da ein Kabel?«, fragte Cassidy und sah ihr neugierig über die Schulter, was für ein unangenehmes Hin und Her seiner Helmlampen sorgte, das sie verwirrte.

»Halten Sie still!«

»Entschuldigen Sie. Sehen Sie etwas?«

»Ich glaube, ich sehe die oberen Stücke der Kondensatoren, der Rest liegt zu tief, der Winkel reicht nicht aus, um etwas zu sehen«, erklärte sie und schob, auf dem Bauch liegend, ihren rechten Arm durch die Lücke. Mit abgewinkeltem Ellenbogen ließ sie ihre Hand suchend nach unten gleiten und tastete sich an dem linken Kondensator hinab, bevor sie weiter wanderte und etwas Rundes zwischen die Finger bekam, das sich tatsächlich anfühlte wie ein Kabel.

»Ich habe da was.«

»Sehr gut! Führt das Kabel zur oberen Scheibe?«, fragte Cassidy so aufgeregt, dass sie sich unwillkürlich vorstellte, wie er hinter ihr auf und ab hüpfte.

»Ja, ich denke schon. Sie müssen das Kabel jetzt abziehen und dann mit einem baugleichen Anschluss an der Platte darunter verbinden«, erklärte er weiter. »Keine Königslösung, aber solange wir kein Interface haben, mit dem wir die Maschine umprogrammieren können, ist das der einzige Weg, der mir zur Umkehrung der Stromfließrichtung einfällt. Ein wenig barbarisch, aber etwas Besseres fällt mir nicht ein.«

Filio nickte stumm und zückte ihre Kneifzange, bevor sie ruckartig innehielt. »Moment mal, da ist doch Saft drauf, oder?«

»Nein, ich habe die schwarze Murmel aus der Armatur entfernt. Den Datenschlüssel.«

»Der aktiviert die Stromzufuhr?«, fragte sie überrascht.

»Ja.«

»Was macht Sie da so sicher?« Filio zog ihre Hand zurück und drehte sich auf den Rücken, um Cassidy direkt ansehen zu können, der jetzt ein wenig verunsichert wirkte und von einem Fuß auf den anderen trat.

»Ich weiß es einfach«, druckste er herum.

»Wir sind auf dem Mars.«

Cassidy seufzte langgezogen und nickte dann. »Falls wir jemals wieder zurückkommen, müssen Sie mir versprechen, mit niemandem darüber zu reden!«

»Ich verspreche es«, sagte sie und wedelte ungeduldig mit der Hand.

»Ich habe nach Fertigstellung des Transportmoduls einmal versucht, es anzuwerfen, weil ich meine Neugierde nicht mehr im Zaum halten konnte. Das Ganze habe ich so aussehen lassen, als handle es sich um eine Fehlfunktion in der Energiekopplung.« Der Physiker fühlte sich offenbar sehr unwohl bei dieser Offenbarung und wich ihrem Blick aus.

»Das hätte ich vermutlich auch tun wollen. Etwas komplett Neues zu bauen, ohne gesagt zu bekommen, wie die eigene Kreation funktioniert und das nach mehreren Lebensjahren, die man in den Bau investiert hat – das ist hart. Besonders für die neugierige Fraktion, die Wissenschaftler nun einmal naturgemäß sind«, gab sie zurück.

»Was ist passiert?«

»Nichts«, sagte Cassidy sofort. »Einfach nichts. Der Strom lief, aber die Maschine tat rein gar nichts. Also habe ich mich darauf verlassen, dass Xinth an so etwas mit Sicherheit gedacht hat, und war deswegen so versessen darauf, die Murmel in die Hand zu bekommen, als Sie sie aus der Tasche gezaubert haben.«

»Ich verstehe. Das ist aber kein Beweis, dass es tatsächlich dieser ominöse Datenschlüssel ist, der die Stromzufuhr aktiviert.«

»Nein, aber ein Indiz. Das ist wahrscheinlich alles, was wir uns erhoffen können. Immerhin hantieren wir hier mit einem außerirdischen Gerät, das unserer Technologie Jahrhunderte oder gar Jahrtausende voraus ist. Einfache Lösungen wird es nicht geben«, befand Cassidy, ohne seinen Kopf zu bewegen. Wahrscheinlich wollte er sicherstellen, dass seine AR-Sicht auf den Bauplan schnittgleich mit der Maschine vor und unter ihnen blieb.

»Wenn es Ihre Hand wäre, würde mir auch ein Indiz reichen«, erwiderte sie mit gequältem Gesichtsausdruck und drehte sich wieder auf den Bauch. »Was soll's. Eine bessere Lösung fällt uns ohnehin nicht ein.«

»Hm. Wahrscheinlich nicht. Aber vielleicht sollten wir doch noch einmal ...«

In diesem Moment kappte sie das Kabel und nichts geschah.

»... darüber nachdenken und überlegen, was unsere Optionen sind. Immerhin handelt es sich um Energievolumina, die ...«

»Cassidy, ich hab es bereits durchtrennt.«

»Oh«, machte er und dann noch einmal lauter: »OH!«

»Ja, alles gut. Senden Sie mir die AR-Darstellung, damit ich den unteren Anschluss richtig erwische. Ich versuche, das Ganze zu verlöten und zu isolieren.«

»Ich hoffe, dass das klappt.«

»Was Sie nicht sagen«, schnaubte Filio und machte sich an die Arbeit, nachdem sich das blaue Gitter ihres Helmvisiers über ihr Sichtfeld gelegt hatte und es aussehen ließ, als sehe sie das Kabel direkt vor sich.

»Es wird funktionieren«, änderte Cassidy laut seine Denkrichtung und schaffte es tatsächlich, seine Stimme fest klingen zu lassen. »Technik ist Technik. Natürlich ist die der Erbauer weiter fortgeschritten, aber Strom muss man leiten und Kabel sind Kabel.«

»Darf ich daran erinnern, dass unsere Handterminals kontaktlos aufgeladen werden?«

»Dürfen Sie, aber das ist eine vollkommen andere Sache«, war sich der Physiker sicher.

»Na dann.« Filio war nicht besonders überzeugt von seinem Argument, aber es war das einzige Argument, das jetzt weiterhalf. Statt hier unten zu verrotten und darauf zu warten, dass ihr Sauerstoffvorrat zur Neige ging, akzeptierte sie lieber ein Risiko.

»Ich meine, immerhin hat Xinth uns dieses Baumuster gegeben. Wenn seine Leute keine Kabel benutzt hätten, hätte er sie wohl kaum in den Plan integriert«, fuhr Cassidy fort, da er offenbar der Ansicht war, dass sie sein gutes Zureden brauchen konnte, um sich zu beruhigen. – ein weiteres Zeichen dafür, dass sie sich rein gar nicht kannten.

»Ich fühle mich schon viel sicherer«, schnaubte sie und machte sich an die Arbeit, das Kabel mit dem unteren Anschluss zu verbinden, nachdem sie die dortige Leitung ebenfalls gekappt hatte. Es dauerte selbst mit AR-Unterstützung über eine halbe Stunde, bis sie mit dem Ergebnis zufrieden war – soweit sich das sagen ließ, ohne direkte Sicht auf den Arbeitsbereich zu haben. Dasselbe tat sie mit dem oberen Anschluss, bis sie beide Kabel vertauscht hatte und damit die Fließrichtung des Stroms.

Nach über einer Stunde rollte sie sich wieder auf den Rücken und kam in die Hocke. Ihre Bundhaube war durchgeschwitzt und sie konnte einzelne Schweißperlen auf ihrer Nase sehen, wo sie sich unaufhaltsam durch die Poren drückten. Das Filtersystem ihres Helms hatte alle Hände voll zu tun.

»Alles gut?« Cassidy reichte ihr beide Hände und hievte sie ächzend auf die Beine.

»Jetzt müssen wir nur noch hoffen, dass Ihre Theorie mit der Murmel stimmt«, befand sie und stellte sich neben ihn, damit beide auf die Plattform schauen konnten, deren Basis jetzt aussah wie ein gerupftes Huhn. Filio versuchte, nicht darüber nachzudenken, dass sie sich in einem Raum befanden, der von einer Regolithschicht umgeben war, die fünf, zehn, aber auch hundert Meter dick sein konnte. Was sie vorhatten, wäre unter allen anderen Umständen als vollkommen verrückt abgetan worden, doch jetzt war es ihre einzige Hoffnung.

»Wie lose ist das Regolith?«, fragte Cassidy, dessen Lichtkegel nach oben an die Decke zeigten. Sie folgte seinem Blick und zuckte mit den Schultern.

»Schwer zu sagen. Nicht so locker wie Sand. Falls Sie befürchten, dass der Raum hier volläuft und uns erstickt, kann ich Sie wahrscheinlich beruhigen.«

»Wir versuchen wirklich gerade, eine Metallplattform durch die Decke zu schießen, oder?«, versuchte ihr Partner sich zu vergewissern, dass er nicht träumte und sie nickte kaum merklich.

»Ja, das tun wir wahrscheinlich. Wir sollten noch die Sitze abschneiden. Die Unwucht könnte zu einer Drehung nach dem Aufprall führen, die dann das Loch verändert und sich ungünstig auswirken könnte«, schlug sie vor und schnappte sich den Fissionsschneider vom Boden, der aussah wie eine kleine Bohrmaschine.

»In Ordnung.«

Nach zehn weiteren Minuten packten sie zu zweit jeweils einen der Sitze und warfen ihn zur Tür. Die Plattform war jetzt beinahe glatt, bis auf die unschönen Schnittkanten, die sie aufgrund der Eile hinterlassen hatte und der schlanken Armatur in der Mitte mit dem nach oben zeigenden Stab und der darin befindlichen Einbuchtung für die Murmel.

»Wenn Sie recht haben«, sagte sie und deutete auf die Stelle, »wird der Strom sofort fließen und die Metallplatte nach oben schießen. Ich würde ungern gerade darauf stehen, wenn es passiert.«

»Wir könnten es mit dem Faden vom Flickzeug versuchen«, schlug Cassidy vor und zog ein kleines Etui aus seiner Oberschenkeltasche. Vorsichtig kramte er zuerst eine kleine Ampulle, dann Abdichtungspatches und schließlich ein Set Nadel und Faden heraus.

»Nadel und Faden? Ernsthaft?«

»Ich habe darauf bestanden. Die Patches sind für Mikrolöcher und Risse, aber was, wenn der Riss zu groß ist? Zu oft scheitern wichtige Dinge an Kleinigkeiten und es hat keinen zusätzlichen Platz benötigt.«

»Aber ein mit Nadel und Faden geflicktes Stück des Anzugs ist nicht dicht«, gab sie zu bedenken und sah kritisch in seine geöffnete Hand.

»Dafür gibt es ja den Memoryschaum.« Er winkte mit dem kleinen Fläschchen und steckte es dann mitsamt dem Etui zurück in seine Oberschenkeltasche, die er gewissenhaft wieder verschloss.

Filio gefiel seine sehr ruhige und gewissenhafte Art, mit der er selbst kleinste Tätigkeiten verrichtete.

»Ich versuche es jetzt mit einem Netzknoten und hoffe, dass der Faden marginal genug ist, dass die Murmel trotzdem Kontakt aufbauen kann – mit was auch immer. Dann werfen wir sie mit dem anderen Ende des Fadens in der Hand in die Einbuchtung und fertig.«

»Klingt einfacher, als es sein wird.«

»Ja, aber da wir ohnehin gerade nichts Besseres zu tun haben, können wir es ruhig versuchen, bis es klappt.«

Am Ende brauchte es genau zweihunderteinunddreißig Mal und vier Wechsel, in denen sie sich gegenseitig vorwarfen, das schlechteste Wurfgefühl zu haben, das ein Mensch nur aufweisen konnte. Es war Cassidy, der schließlich den goldenen Wurf machte, was ihm ein lautes Triumphgeheul entlockte, was sich eine Sekunde später in panische Schmerzensschreie verwandelte.

Sobald die Murmel in die Vertiefung gefallen war, schoss die Plattformgrundfläche so schnell nach oben, dass ihre Bewegung verschwamm, und trennte dabei Cassidys Arm knapp unterhalb des Ellenbogens ab. Dunkles Blut spritzte gegen Filios Visier und raubte ihr beinahe die Sicht. Sie registrierte noch, dass herabfallender Sand und Gesteinsbrocken um sie herumflogen, da stolperte der Physiker ihr auch schon in die Arme.

Sein Geschrei knisterte im Funk wie das verzerrte Kreischen eines Geistes, als sie schwer atmend in die Hocke ging und ihn festzuhalten versuchte. Aus den Augenwinkeln sah sie Tageslicht von der Decke herableuchten, als hätte jemand einen Strahler eingeschaltet.

»Ruhig, ruhig!«, redete sie bemüht sanft auf ihren Partner ein und war nicht mehr sicher, ob sie nicht auch sich selbst meinte, während sie versuchte, sich das Blut vom Visier zu wischen, um etwas zu erkennen.

Hektisch und von Cassidys Geschrei begleitet, griff sie in dessen Oberschenkeltasche und zog das Etui heraus. Als ihre zitternden Hände nach den Abdichtungspatches tasteten, fielen sie aufgrund ihrer Ungeschicklichkeit zu Boden und sie musste drei davon fluchend wieder aufsammeln, bevor sie sie aufriss und auf Cassidys Armstumpf presste.

»Halten Sie still!«, befahl sie ihm streng und schrie beinahe, um zu ihm durchdringen zu können. Es schien zu funktionieren, denn sein Schreien ging in ein klagendes Wimmern über.

Mit einer Hand presste sie die beiden Patches auf, die es zum Abdrücken brauchte, und mit der anderen versuchte sie, die kleine Kappe des Fläschchens mit dem Memoryschaum zu öffnen. Nachdem es ihr endlich gelungen war, drückte sie das weiche Plastik zusammen und verteilte das Gel auf den Rändern. Der Zeitraum, in dem das Gel wie Quecksilber über das Kunststoffgewebe floss, umfasste nur wenige Sekunden, dann härtete es aus, ohne seine Flexibilität einzubüßen und wurde Weiß. Weiß wie Schaum.

Cassidy weinte mittlerweile ungehemmt und schien ihre Beteuerungen, dass die Wunde versorgt war, nicht zu registrieren, also tat sie das Einzige, was ihr einfiel, setzte sich hinter ihn und umschloss ihn mit ihren Armen, sodass sein Helm an ihrer Brust ruhte.

»Alles ist gut«, beteuerte sie ihm mit ruhiger Stimme. »Alles ist gut. Wir haben es geschafft. Sie haben es geschafft. Sie haben es geschafft!«

Mars, 2039

Zu viert standen Filio, Dimitry, Heinrich und Javier um das Loch und starrten mithilfe ihrer Helmlampen in die Tiefe. Wie das weit geöffnete Maul eines gefräßigen Raubtiers schien die Dunkelheit ihnen geradezu entgegenzuspringen.

»Das geht mindestens zehn Meter in die Tiefe«, stellte Javier fest und ein Schwall spanischer Flüche purzelte aus seinem Mund.

»Sieht so aus«, stimmte Filio ihm zu und stellte ihre Helmsensoren auf Autozoom, um den rötlich-staubigen Boden am Ende der senkrecht abfallenden Röhre zu mustern. Es sah aus, als führte die Öffnung in einen Raum oder Gang in der Tiefe.

»Ich sehe keine Leiter«, brummte Heinrich.

»Und ich kann durch meinen verdammten Anzug sehen, dass ich Gänsehaut habe«, verkündete Dimitry mit rollendem Akzent. »Wir haben nicht nur etwas aktiviert, sondern dieses etwas hat uns gerade auch noch die Vordertür geöffnet.«

»Aber so etwas wollten wir doch, oder nicht?«, fragte Filio.

»Ja, aber ... ach, ich weiß nicht. Ich habe kein gutes Gefühl mehr bei der Sache. Ein Loch in die Dunkelheit?« Der Russe atmete zischend aus.

»Wir wollten wissen, was da unten ist. Jetzt haben wir die Chance dazu«, beharrte sie, obwohl sich ihr beinahe der Magen umdrehte. Wäre da nicht die treibende Neugier, die sie erbarmungslos vorandrängte, wäre sie am liebsten schreiend zum Rover gelaufen und zur Basis zurückgefahren.

»Da ist aber immer noch keine Leiter«, wiederholte Heinrich und Filio warf ihm einen vernichtenden Blick zu.

»Sei jetzt kein Schisser«, warf sie ihm auf Deutsch an den Kopf und Javier und Dimitry hoben irritiert die Blicke.

»Was?«

»Du sollst jetzt nicht den Schwanz einkneifen. Das hier wird doch wohl nicht daran scheitern, dass, wer auch immer, das da«, sie deutete mit beiden Händen auf die Öffnung und dann auf die auseinandergeklappten Hälften des Monolithen, »gemacht hat, dir gefälligst eine Leiter hätte einbauen sollen, damit du deine Aufgabe als Wissenschaftler erfüllst, oder?«

»Ich meine ja nur, dass das laut meiner Sensoren neun Komma acht Meter sind und wir zufälligerweise keinen Charles Bronson im Schlepptau haben!« Heinrichs Augenbrauen zogen sich zu einer stürmischen Welle zusammen, als er wütend ihren Augenkontakt erwiderte.

»Charles Bronson?«, fragten Javier und Dimitry gleichzeitig.

»Er hat immer ein Seil dabei«, antworteten Filio und Heinrich ebenso gleichzeitig, ohne ihre verflochtenen Blicke zu entwirren.

»Wir haben hier null Komma drei G«, sagte sie schließlich und deutete in das Loch. »Das heißt, wir fallen nicht so heftig wie auf der Erde.«

»Immer noch zu tief.« Heinrich schüttelte den Kopf.

»Wenn drei von uns einen von uns an den Händen halten und hinunterlassen, sind es nur noch knapp acht Meter Falltiefe.« Filio sah vorsichtig in das Loch hinunter. »Außerdem liegt dort eine Menge feiner Sand, der offenbar bei der Öffnung hinuntergerieselt ist. Das dürfte den Fall abfedern.«

»Und da willst du es drauf ankommen lassen?«, fragte Dimitry und schnaubte auf eine Art und Weise, die keinen Zweifel daran ließ, was er von ihrem Plan hielt.

»Derjenige könnte Arme und Beine abspreizen und gegen die Wände drücken«, versuchte sie es weiter.

»Und sich dabei den Anzug aufreißen? Auf gar keinen Fall.«

»Warum sagst du dauernd derjenige? Willst du nicht selbst gehen?«, fragte Javier in herausforderndem Tonfall.

»Wenn sich von euch Y-Chromosomenträgern keiner traut, einen Schritt ...«

»Leute«, unterbrach Heinrich sie und deutete hinter sich. »Euch ist schon klar, dass wir das Abschleppkabel eines Rovers benutzen können, oder?«

Betretenes Schweigen setzte ein, dann machte Heinrich auf dem Absatz kehrt und kam kurze Zeit später mit einem breiten Haken in der Hand zurück, von dem ein schlankes Seil zu Boden hing.

»Das Ding ist aus Kohlenstoffnanoröhrchen gedreht, das würde sogar einen Panzer da runterbugsieren, ohne zu reißen. Außerdem haben wir dann auch eine einfache Möglichkeit *denjenigen* wieder hochzuziehen, der von einem grünen Männchen attackiert wird«, sagte Heinrich.

Niemand lachte.

»Ich gehe als Erste«, sagte Filio und reckte das Kinn vor, als Dimitry Einspruch erheben wollte. Der Kommandant sah ihren Blick und schluckte, was auch immer er hatte sagen wollen, wieder hinunter.

»Also gut. Ich gehe als Nächster«, meinte er schließlich.

»Nein, ich gehe mit«, widersprach Heinrich und drückte Dimitry den kleinen Controller für die Winde an die Brust, die dieser verblüfft hielt, als hätte ein Geschoss ihn getroffen. »Wenn da unten was passiert, solltest du als Kommandant hier sein und abhauen können. Javier sollte auch hierbleiben, damit wir jeweils zu zweit sind. Dieser verdammte Sturm ist mir nicht geheuer.« Als Dimitry etwas sagen wollte, hob Heinrich eine Hand. »Vergiss es.«

»Niemand hört auf den Chef, war ja klar«, grollte der Russe und legte ihm und Filio jeweils eine seiner breiten Hände auf die Schultern. »Passt auf euch auf da unten. Setzt sofort einen Funkrepeater ab und kommt sofort zurück, wenn es Probleme mit der Kommunikation gibt, ist das klar?«

»Klar«, versprachen sie nacheinander.

»Ich will, dass ihr keinerlei Risiken eingeht. Nicht das kleinste. Das ist ein Befehl, verstanden?«

Filio und Heinrich wechselten kurze Blicke.

»Hey, mich ansehen!«, befahl ihr Kommandant, und schien mit einer knappen Geste seiner rechten Hand ihre Blicke auf sich zu ziehen. »Habt ihr das verstanden?«

»Ja«, versprachen sie pflichtschuldig und kurz darauf begann Heinrich, sich unterhalb seines Gesäßes in einer Schlinge des Abschleppseils zu befestigen und sich daran festzuhalten.

»Ich geh runter«, sagte er einfach und setzte sich vorsichtig an die Kante. Javier und Dimitry kamen näher und setzten zuerst das Seil unter Spannung, bevor sie dem Deutschen halfen, in das Loch zu gleiten, das reichlich Platz bot. Mit zwei Seilen hätte Filio gleichzeitig mit in die Öffnung gepasst.

Kurz bevor Javier die Hydraulik betätigte, um Heinrich hinunterzulassen, blickte dieser zu ihnen hoch.

»Wird schon«, meinte er und lächelte tapfer, obwohl ihm einzelne Schweißtropfen, die sich aus seiner Bundhaube lösten, von der Stirn rollten. Seine Lippen bebten leicht, doch seine Augen waren wach und sein Blick fest.

»Bin direkt hinter dir«, versprach sie und dann glitt der Geophysiker langsam nach unten. Es schien eine Ewigkeit zu dauern, in der das Licht an seinem Helm immer kleiner zu werden schien, obwohl die Distanz nicht allzu groß war. Plötzlich hielt er an und geriet so schnell wieder in Bewegung, dass sie zusammenzuckte, weil sie dachte, es wäre etwas passiert oder er hätte etwas gesehen. Doch anscheinend hatte er es nur besonders eilig, das Seil loszuwerden.

Ungeduldig, weil es so langsam zurückkam, packte sie es und zog es eigenhändig herauf. Ihre beiden Kollegen wollten ihr helfen, doch sie wimmelte die beiden ab, machte eine Schlaufe, durch die sie ihre Hände drückte und presste ihren rechten Stiefel in den Haken. Dann setzte sie sich an den Rand und wartete, bis das Seil Spannung hatte.

»Bereit«, verkündete sie und Javier betätigte erneut die Hydraulik.

Durch die schwarze Röhre ging es in Zeitlupe abwärts und sie blickte auf die glatten Wände um sich, die anthrazitfarben in der grellen Helligkeit ihrer Helmlampen zu glühen schienen. Gleichzeitig wirkten sie tot wie polierter Grabstein, was ihr einen kalten Schauer über den Rücken jagte, der als Kribbeln in ihren Zehenspitzen endete.

»Sachte, sachte«, rief Heinrich von unten über Funk und dann spürte sie so plötzlich seine Hände an ihren Schultern, dass sie erschrak. »Hab dich!«

Filio stellte beide Füße auf den sandigen Boden und ließ das Seil los. Durch den ungleichmäßigen Haufen unter ihren Stiefeln hatte sie das Gefühl, sich auf einem wackligen Untergrund zu befinden und das Gleichgewicht zu verlieren, also machte sie einen Schritt nach vorne auf den dunklen, glattpolierten Boden davor.

Als sie ihren Blick hob, strömte das Licht ihrer Helmlampen geradewegs in einen Gang, der schräg nach unten abfiel und überraschend groß war. Bis zur Decke des konisch gewölbten Durchgangs fehlten mindestens zwei Meter und er war breit genug, dass sie zu viert hätten nebeneinander gehen können. Als sie hinter sich schaute, fiel das Licht auf eine Wand direkt hinter der Öffnung, die nach oben führte.

»Scheint, als gebe es nur eine Richtung«, meinte Heinrich, der gerade den Haken des Abschleppseils losließ, das sofort aus ihrem Blickfeld verschwand.

Als sie gemeinsam vor dem abschüssigen Gang standen und in die Dunkelheit starrten, warfen sie sich einen kurzen Blick zu und begannen ihren Abstieg.

Auf den ersten Metern sagten sie nichts und sahen schweigend dem Kampf ihrer Lichtkegel gegen die Dunkelheit zu. Die Schatten schienen an den Wänden zu kleben und sich nur widerwillig vor dem kalten Photonensturm zurückzuziehen. Sobald sie ihre Blickrichtung änderten, fiel die Schwärze wieder über sie her wie ein Schwarm gefräßiger Gargoyles. Das Wissen, dass sie sich unter der Oberfläche befanden und nicht nur von einer außerirdischen Struktur, sondern auch Millionen Kubikmetern Regolith eingeschlossen waren, ließ ihre Beklemmungen nicht gerade weniger werden.

»Das passiert gerade wirklich, oder?«, fragte Heinrich. Die sonst so polternde Stimme des Oberbayern wirkte ungewohnt fragil.

»Ich fürchte ja. Ich weiß nicht, ob ich schreiend weglaufen, oder alles anfassen und anstarren soll«, gab sie flüsternd zurück, als könne die kleinste Lautstärkenübertretung etwas in den Schatten wecken, was sie besser schlafen ließen.

»Wenn ich wenigstens nicht wüsste, dass uns irgendetwas die Tür geöffnet hat und damit wahrscheinlich auch weiß, dass wir hier sind ...«

»Ich glaube, ich wäre auch lieber durch ein totes Objekt gelaufen.«

»Wir haben es zum Leben erweckt. Das kann entweder für uns sprechen oder gegen uns, weil der Stromschlag als Angriff gesehen wurde.«

»All das geht davon aus, dass hier wirklich jemand oder etwas ist. Wenn du ein Tablet mit Strom versorgst, wird es dir auf dem Startbildschirm auch mit einem *Hallo* begegnen, ohne am Leben zu sein« entgegnete sie in dem Versuch, nicht nur ihren Kameraden, sondern vor allem sich selbst zu überzeugen, um die Furcht in ihren Eingeweiden zu vertreiben oder zumindest zu verringern, womit sie sich schon zufriedengegeben hätte.

»Sieht für mich nicht aus wie ein Tablet«, erwiderte er einfach.

Abrupt blieben sie stehen, als der Gang einen Knick machte und laut ihrem Handgelenkdisplay begann, waagerecht zu verlaufen.

»Was ist das denn?«, fragte sie erstaunt, als die Lampen rechts und links ihres Visiers in den langen Flur leuchteten. Die Wände sahen hier anders aus, alles andere als künstlich, eher wie die Lavatunnel, die von der Kaverne abgingen, in der sie ihre Basis aufgebaut hatten. Nichts war glatt wie in dem Gang zuvor. Stattdessen schien es, als hätte das schwarze Material Blasen geschlagen, und wäre an vielen Stellen angekratzt worden.

»Ist das ein Lavatunnel?«, sprach Heinrich ihre Frage laut aus.

»Ich glaube nicht«, erwiderte sie und betrachtete den Übergang des abschüssigen Gangs zu dem waagerechten Gang, in den sie nun starrten. Es gab keinen weichen, natürlichen Übergang, sondern eine exakt abgegrenzte Kante zwischen glatt und rau. »Die Natur mag keine Symmetrie, habe ich mal gelesen. Das hier ist symmetrisch. Außerdem müssten wir uns mitten in der von uns gescannten Struktur befinden und die war in sich abgeschlossen.«

»Zeigen deine Sensoren etwas an?«, fragte er und sah ratlos auf sein Handgelenkdisplay hinab.

»Negativ. Ich habe eine Strahlenwarnung, aber die ist niedriger als an der Oberfläche und entspricht exakt dem Millisievert-Wert, den wir an dem Objekt gemessen haben.«

»Gehen wir ...« Heinrich brach ab, als ihre Helmlampen mit einem Mal ausfielen und sie in vollkommener Dunkelheit standen.

»Scheiße!«, entfuhr es Filio mit schriller Stimme und sie stolperte instinktiv einen Schritt zurück.

»Was ist passiert?«, fragte Heinrich heiser.

»Keine Ahnung, mein Display ist ebenfalls ausgefallen, sowohl im Visier, als auch an der Hand.«

»Das gefällt mir nicht, Filio!«

»Mir auch nicht, aber wir müssen Ruhe bewahren«, sagte sie, obwohl sie keine Ahnung hatte, wie sie das anstellen sollte. Ruhig zu atmen gelang ihr jedenfalls nicht. Im Gegenteil: Ihr Puls hämmerte so heftig in ihrer Brust, dass sie sich fühlte, als liefe sie einen Marathon.

»Wir sollten schleunigst abhauen!«

»Aber wir sehen nichts!«

»Wir drehen uns um und merken, ob es aufwärts geht. Am Ende gibt es doch Licht aus dem Schacht!«

»Siehst du irgendein Licht?«, fragte sie angespannt.

»Nein ... aber ...«

»Das heißt, dass der verdammte Schacht geschlossen sein muss, sonst hätten wir hinter uns wenigstens einen

Schimmer sehen müssen«, erklärte sie frustriert und drehte sich einige Male im Kreis, auf der Suche nach dem winzigsten Lichtblick. Doch sie fand nichts.

»Au Scheiße, du hast recht! Aber wieso?«

»Was wieso?«

»Wieso sind unsere Anzugsysteme offline?«

»Weil jemand sie ausgeknipst hat.«

»Was?«, fragte Heinrich schrill.

»Wir haben uns nicht bewegt, bevor alles ausgegangen ist. Das heißt, wir sind nicht in den Einfluss eines Störfelds oder dergleichen geraten.«

»Es sei denn, das Störfeld wurde ausgedehnt«, hielt Heinrich dagegen.

»Selbst dann wäre es ein willentlicher Akt«, beharrte sie angespannt. »Etwas weiß, dass wir hier sind, und will nicht, dass wir sehen.«

»Aber unser Funk funktioniert noch.«

»Ach du Scheiße«, entglitt es Filio und ein Stromschlag aus Adrenalin durchfuhr sie. »Wir haben den Funkrepeater nicht aufgestellt.«

»Ich hab's total vergessen!«

»Ich auch und jetzt ist die Tür zu. Dimitry und Javier müssen da oben ausflippen!«

»Aber unser Funk funktioniert noch«, meinte Heinrich und sie spürte plötzlich seine Hand an ihrem Arm entlangtasten, bis sich ihre Hände berührten. Filio umfasste die Finger ihres Kameraden fest und nahm sich vor, sie nicht mehr loszulassen, bis das Licht wieder anging.

Falls es jemals wieder angehen sollte.

»Das ist ... seltsam«, gab sie zu und sprach in ihren Helm: »System neu starten!«

Nichts geschah.

Wäre ja auch zu schön gewesen, seufzte sie in sich, als

plötzlich irgendwo ein winziges Lichtlein aufzuleuchten begann. Zart und winzig erst, wie ein Glühwürmchen in weiter Ferne, das von morgendlichem Nebeldunst verborgen wurde. Dann wurde das Leuchten kräftiger und pulsierte in einem gleichmäßigen Rhythmus.

»Was ist das?«, fragte sie und sah zur Seite, wo sie grob die Umrisse von Heinrichs Helm erkannte, in dessen Visier sich das sanfte Licht spiegelte, als schaue er auf ein weit, weit entferntes Lagerfeuer.

»Ich weiß es nicht«, hauchte er und drückte ihre Hand ein wenig fester.

Filio sah zurück zu der pulsierenden Lichtquelle und hielt den Atem an. Da sie wieder einzelne Konturen erkennen konnte, verstand sie schnell, dass sich die Erscheinung weit den Gang hinunter befinden musste, der aussah wie einer jener Lavatunnel, die die Marsoberfläche unterhöhlten.

»Wir gehen jetzt nicht wirklich dahin, oder?«, murmelte Heinrich, als Filio einen Schritt nach vorne machte und von seiner Hand aufgehalten wurde.

»Hast du eine bessere Idee? Das ist die einzige Lichtquelle. Ohne sind wir allemal aufgeschmissen.«

»Aber genau das will es doch!«

»Es?«

»Was auch immer uns hier reingelockt und dann eingesperrt und blind gemacht hat!«

»Das wissen wir noch nicht mit Sicherheit«, widersprach sie, obwohl sie selbst nicht überzeugt war.

»Das hast du auch in der Basis gesagt, als Timothy darauf bestanden hat, dass es sich um ein Alienartefakt handeln muss«, grollte Heinrich. »Und was ist jetzt?«

»Ich sage ja nur, dass wir nicht vorschnell Schlüsse ziehen sollten. Vielleicht hat uns etwas hereingelockt, vielleicht handelt es sich auch bloß um einen Automatismus.«

»Es handelt sich jedenfalls nicht um einen Zufall«, sagte er und folgte ihr endlich zaghaft. Filio fühlte sich, als müsse sie einen widerwilligen Hund hinter sich herziehen, doch wenigstens bewegte er sich und hielt sie nicht zurück.

»Da sind wir uns definitiv einig.«

Das Licht wurde immer größer, je mehr Distanz sie überwanden. Sie gab sich Mühe, nicht auf die unheimlich zerklüfteten Wände zu blicken, welche verzerrte Schatten warfen, die neben und hinter ihnen immer länger wurden. Einmal drehte sie sich um und erschrak heftig beim Anblick ihres eigenen Schattens, der so langgezogen und gruselig aussah, dass sie zuerst dachte, ein Alien hinter sich zu sehen.

Mit jedem Schritt, den sie machte, wurde ihr Mund trockener und ihre Lippen spröder.

»Wir gehen wie die Motten ins Licht«, orakelte Heinrich düster. »Und was dann passiert, wissen wir ja.«

»Wir werden erleuchtet.«

»Müsste ich nicht ständig die Luft anhalten, hätte ich vielleicht gelächelt.«

»Was ist das?«

»Sieht aus wie ein riesengroßer Bernstein«, sagte Filio und blieb stehen, um das fremdartige Gebilde vor ihnen zu mustern. Was da leuchtete, war keine Lampe, sondern eine Art brauner Blase inmitten eines kreisrunden Raumes, der beinahe kugelförmig war, wenn der glatte Anthrazitboden nicht gewesen wäre. Die Blase sah tatsächlich aus wie ein perfekt geschliffener Bernstein von der Größe eines Kleinwagens und aus ihrem bräunlichen Inneren pulsierte das warme Leuchten, das sie angelockt hatte.

Doch das war nicht alles, was sich darin befand. Mitten in der Blase sah sie auf die fossilen Überreste eines übergroßen Menschen und machte unwillkürlich einen Schritt zurück, wobei sie beinahe gestolpert wäre.

»Das ist ... das ist unmöglich«, stammelte sie heiser.

»Mein Gott, ist das ein Mensch?«

»Ich glaube schon.« Vorsichtig bewegte sie sich nach links und musterte das Fossil genauer. Die Arme und Beine sahen beinahe exakt aus wie in ihren Lehrbüchern während des Physikums, doch der Schädel war bei näherem Hinsehen zu groß, die Knochen zu lang und einige knöcherne Fortsätze am Hinterkopf fremdartig. Doch bis auf diese marginalen Abweichungen war sie sich sicher, dass es sich um ein menschliches Skelett handeln musste. Aber wie war das möglich? Hier auf dem Mars?

»Vielleicht sind diese ganzen UFO-Entführungsgeschichten doch wahr und das hier ist ein Raumschiff von Aliens, die Menschen entführt und dann konserviert haben?«, sagte Heinrich leise, sodass sie ihn über Funk kaum verstand. In der Übertragung war ein Knistern zu hören, das vorher nicht da gewesen war.

»Ich glaube nicht, dass ...« Ja, was eigentlich? Dass er recht hatte? Dass es solche Dinge gab? Wie konnte sie sich bei diesem Anblick noch sicher sein?

Plötzlich bewegte sich etwas und in der Decke direkt über der Bernsteinblase öffnete sich wie von Geisterhand ein Loch, aus dessen Dunkelheit ein Roboterarm herausfuhr. Über drei Gelenke bewegte sich der schmale Arm aus grauem Metall, der in einer überlangen Nadel endete. Während sie noch mit offenen Mündern zuschauten, nachdem sie zurückgeschreckt waren, versenkte der Arm die Nadel in der Bernsteinblase und durch den Lupeneffekt des Materials sah es aus, als würde sie abknicken. Immer tiefer drang sie vor und stach schließlich in den gewaltigen Schädelknochen, bevor sie blitzartig wieder herausgezogen wurde und der Roboterarm nach rechts zuckte.

Filio, deren Blick wie in Trance die Bewegung verfolgte, erkannte zum ersten Mal, dass sich in den Wänden des runden Raumes, dessen Zentrum die Bernsteinblase bildete, voneinander getrennte Paneele befanden, in deren oberen Dritteln jeweils ein winziger schwarzer Punkt zu sehen war. In einem dieser schwarzen Punkte verschwand jetzt die Nadel des Roboterarms, der sie an eine jener steuerbaren Prothesen erinnerte, mit denen in modernen Fabriken gearbeitet wurde. In diesem Punkt, der offenbar eine winzige Öffnung war, blieb sie stecken und nichts weiter geschah.

»Was ist da gerade passiert?«, fragte Heinrich und schob Filio und sich ein Stück zurück, bis sie mit ihren Rücken gegen die Wand hinter sich stießen und erschraken.

»Ich habe nicht den leisesten Schimmer«, gab sie zu und schluckte schwer, als ein lautes Zischen ertönte, das sie durch den Helm hören konnte, obwohl ihre Sensoren ausgefallen waren. Der Roboterarm zog die Nadel wieder aus der Öffnung und zog sich in die Decke zurück, die sich wie von Geisterhand wieder verschloss.

Das Paneel schien gar kein Paneel zu sein, denn der rechteckige Bereich mit den weichen Kanten zuckte plötzlich nach vorne und weißer Dampf schoss in sämtliche Richtungen aus dem Bereich dahinter hervor.

Dann klappte die Abdeckung gänzlich zur Seite und gewährte einen Blick in eine Kammer dahinter, die voller Dampf war. Als dieser sich legte, schrie Filio ungehemmt.

Agatha Devenworth, 2042

Den restlichen Flug nach New York verschlief Agatha, da sich die Müdigkeit ihres auf Hochtouren arbeitenden Körpers irgendwann nicht mehr leugnen ließ. Sie hatte sich noch drei Proteinpacks einverleibt, die mit allerlei Vitaminen und Mineralstoffen angereichert waren und sie für einige Stunden sättigten. Die Ärzte hatten sie gewarnt, dass die Mikrophage viel Energie verbrauchen würde, während er ihr neues Organ zusammensetzte und ihren Körper vor Infektionen schützte.

Sie wachte erst auf, als Pano sie sanft am Unterarm berührte, indem er ihn leicht drückte.

»Mhm«, machte sie schlaftrunken und rieb sich die Augen. Sie fühlten sich erst an wie zu lange durchgekaute Kaugummis, dann wie glühende Feuerbälle, als sie aus dem Fenster sah und mit grellen Lichtern konfrontiert wurde, die offenbar zum John F. Kennedy Airport von New York gehörten. Sie rollten bereits auf ein kleines Terminal für Privatflugzeuge zu, während weiter rechts eines der viel größeren Terminals des öffentlichen Flughafens aufragte. Alles war voller Lichter von rollenden Maschinen, kleinen Zubringern und den Elektrobussen und -caddies des Bodenpersonals.

»Wir sind schon gelandet?«

»Ja, Sie haben wirklich einen tiefen Schlaf«, konstatierte Pano ihr, und seinem mächtigen Gähnen nach zu urteilen, war bei dieser Aussage einiges an Neid im Spiel.

»Normalerweise nicht.« Agatha dachte an ihren seit zehn Jahren anhaltenden Konsum von Schlaftabletten. Da sie normalerweise nur rund sechs Stunden am Tag Zeit zum Schlafen hatte, war ihr der Griff zur entsprechenden Medikation nicht schwergefallen. Sie war lieber von Tabletten abhängig, als jene sechs Stunden grübelnd wachzuliegen, die sie benötigte, um am nächsten Tag wieder klar denken und funktionieren zu können. Die Alternative wäre gewesen, ihre Ermittlungen zu vernachlässigen, und das kam nicht nur nicht in Frage, sondern befand sich vollkommen außerhalb des Möglichen.

Agatha zückte ihr Handterminal, wartete, bis das Verbindungszeichen in der oberen rechten Ecke erschien, und schickte eine Nachricht an Direktor Miller. Obwohl es vier Uhr morgens war, kam die Antwort prompt: »ETA 20 Minuten. DM.«

Sie hasste es, wenn er Direktor Miller mit »DM« abkürzte, als sei das so etwas wie eine besonders prominente Eigenmarke.

»In zwanzig Minuten werden wir eingesammelt«, sagte sie an Pano gewandt und schnallte sich ab, als ihr G-8 zum Stehen kam. Mit saurem Gesichtsausdruck betrachtete sie den dichten Regen, der schmutzig aussah wie Industrieruß. Wahrscheinlich war er das sogar.

Die Abfertigung in dem kleinen Terminal für viel zu reiche Menschen dauerte nicht lange. Sie bestand lediglich aus einer Kontrolle ihrer Rucksäcke, ihrer Pässe und Panos Visum. Hinzu kam noch der obligatorische Gang durch den Körperscanner, der bei ihr sofort anschlug, weil sie Panos White Noise Generator in der rechten Hüfttasche bei sich trug. Sie hatten sich vor dem Check dazu entschlossen, dass sie ihn ihm danach wiedergab, weil die Beamten bei ihr weniger Fragen stellen würden. So war es dann auch. Das Gerät von der Größe eines Flummis wurde von einem Mitarbeiter der Sicherheit kurz gemustert, dann wurde ihr

Dienstausweis noch einmal gescannt und sie konnten gehen.

Vor der Tür parkte ein GMC E-Falcon SUV aus der CTD-Flotte mit getönten Scheiben, und ein Agent in schwarzem Anzug winkte sie hin.

»Agent Devenworth?«

»Freut mich«, antwortete sie und schüttelte seine Hand.

»Willkommen zurück in New York. Ich bin Agent Matthews. Der Direktor hat mich geschickt, um Sie und Capitano Hofer ins HQ zu bringen.«

»Nett von Ihnen«, murmelte Agatha abwesend und stieg in den Fond des riesigen Fahrzeugs, das in ihren Augen eine Art fahrendes Mahnmal amerikanischer Verschwendungssucht darstellte. Pano schüttelte sich, als er neben ihr saß und die Tür hinter sich ins Schloss knallen ließ.

»Australien hat mir besser gefallen«, brummte er und fuhr sich durch die nassen Haare.

»Ich mag die Sonne nicht.«

»Das ist ein Scherz, oder?«

»Manche Leute nehmen das Melanomrisiko ernst«, erwiderte sie und deutete ein Lächeln an, als er sie entgeistert anschaute. »Der Regen hilft mir, mich zu fokussieren. Schätze, dass er meine ständige schlechte Laune unterstützt, die Sie mir immer unterstellen.«

»Ich mag es halt, wenn Sie mürrisch sind.«

»Da werden Sie sicher bald ganz auf Ihre Kosten kommen, weil mir diese Untersuchung jetzt schon nicht gefällt. Ich hasse Politik.«

»Ach!« Pano machte eine wegwerfende Handbewegung. »Politik zu hassen ist doch ein Volkssport, darauf haben Sie kein Exklusivrecht.«

»Nur zu, nehmen Sie mir das auch noch.«

»Es muss immer erst schlimmer werden, bevor es besser wird, oder wie heißt es so schön?«

»Das ist in etwa so geistreich, wie zu sagen: Ein Glas muss erst leer sein, bevor man es mit etwas Neuem füllen kann. Natürlich muss etwas schlechter sein, um besser zu werden, das ist eine rein logische Beobachtung und keine Weisheit. Wenn Sie mich fragen ...«

»Sie werden ja richtig gesprächig«, wunderte sich Pano und grinste sie herausfordernd an. »Spannt diese Ermittlung Sie an?«

Agatha verzog den Mund und nickte stumm in Richtung ihres Fahrers Agent Matthews, der vor Ihnen die Instrumente des Autopiloten überwachte und nebenher mit seinem Handterminal beschäftigt war. Pano machte eine Grimasse, die so etwas wie *Sie trauen wohl niemandem,* oder *Sie sind die paranoideste Person, die ich kenne,* bedeuten konnte.

Der Verkehr war gewohnt überschaubar. Die Verkehrsrevolution der 2020er Jahre hatte dafür gesorgt, dass sich die Anzahl der Fahrzeuge im Privatbesitz mehr als halbiert hatte. Sämtliche Bürgerinnen und Bürger, die von staatlichem Grundeinkommen lebten, weil sie in der sich ständig ändernden Arbeitswelt als unvermittelbar galten, nutzten die staatlichen Car-Sharing Angebote: Eine Flotte Taxis, die sich per Handterminal anfordern ließen und ohne Fahrer auskamen. Das von Algorithmen überwachte Verkehrsleitsystem war so effizient, dass es kaum noch parkende Autos gab und der Verkehr stark ausgedünnt war. Staus gehörten größtenteils der Vergangenheit an, da auch die Zahl der Unfälle über neunzig Prozent zurückgegangen war, als man den Risikofaktor Mensch vom Steuer verbannte. Autos mit Fahrern gab es fast ausschließlich noch bei Polizeibehörden und beim Militär, da die stets in der

Lage sein mussten, sich im Notfall über die Regeln des Verkehrsleitsystems hinwegzusetzen.

Agatha erinnerte sich noch an das verstopfte Manhattan ihrer Kindheit und die endlosen Parkplatzsuchen, genau wie an die grauenhafte Atemluft und den Stress, den all das verursacht hatte.

Nach etwa einer halben Stunde, in der sie nachdenklich ihren Kopf ans Fenster gelehnt und den hypnotischen Lichtern der Nacht zugesehen hatte, wie sie als Punkte oder lange Streifen an ihr vorbeizogen, erreichten sie das Gebäude der Counter Terrorist Directive. Es handelte sich um einen hässlichen Bürokomplex im Stil der siebziger Jahre, der frappierend an das J. Edgar Hoover Hauptquartier des FBI in Washington erinnerte. Vor der Einfahrt zur Tiefgarage wurden sie von zwei schwer gepanzerten Soldaten in Kampfausrüstung aufgehalten, nacheinander ihre IDs gescannt und DNA-Proben über Atemluftsensoren überprüft. Dann erst fuhren die Poller zurück in den Boden und sie konnten einfahren.

»Der Direktor erwartet Sie in seinem Büro«, sagte Matthews und nickte ihnen noch einmal zu, bevor er sich auf den Weg zu den Fahrstühlen machte.

»Wir gehen erstmal zur Forensik, würde ich sagen«, schlug Agatha vor, während sie sich ebenfalls zu den Aufzügen aufmachten. »Haben Sie Ihren White Noise Generator noch in der Tasche?«

»Ja. Forensik?« Pano runzelte die Stirn.

»Ja, die haben dort alle Mediziner untergebracht, auch die Betriebsärzte.«

»Sie denken an die Virusgeschichte, die Workai Dalam Ihnen erzählt hat?«

»Ganz richtig. Wenn seine Theorie stimmt – und sie ist unser erster und einziger Anhaltspunkt –, will ich wissen, wer in meiner Behörde betroffen sein könnte«, erwiderte sie und drückte die Vier, als sie in einem der verspiegelten Aufzüge standen.

»Betroffen? Sie meinen vom Feind besessen?«

»Wie auch immer wir es nennen wollen. Ich möchte gerne wissen, wie viele Haie in meinem Becken schwimmen, bevor ich meine Bahnen ziehe.«

»Glauben Sie nicht, dass wir diese Haie aufscheuchen, wenn wir jetzt in ihrem Gewässer rühren?«, fragte Pano und drückte die Stopp-Taste. Der Aufzug hielt an, die Türen blieben verschlossen. Agatha brummte ärgerlich und drehte sich zu ihm.

»Es ist nicht einmal sechs Uhr morgens. Das heißt, es gibt nur eine Rumpfschicht, vielleicht nicht einmal einen Arzt oder Biochemiker vor Ort. Dünner wird die Besetzung nicht, also haben wir genau jetzt die größte Chance, nicht an jemanden zu geraten, der für den Feind arbeitet, aber ganz ohne Risiko kommen wir nicht aus«, erklärte sie und drückte wieder auf die Vier. Der Fahrstuhl setzte sich in Bewegung.

»Also gut. Wir sollten uns aber beeilen, damit Miller sich nicht wundert, wo wir bleiben«, stimmte der Italiener zu und bedeutete ihr voranzugehen, als sich die Türen öffneten.

Die vierte Etage, die den gesamten medizinischen Bereich beherbergte, war von kalten weißen Wänden beherrscht und wies genau einen langen Gang auf, von dem grüne Türen in die verschiedenen Labore und Behandlungsräume abgingen. Unangenehmes Weißlicht schien aus den Deckenstrahlern und ließ sie beide blass wirken wie ausgezehrte Vampire.

»Das Dienstzimmer der Bereitschaft ist da vorne rechts«, sagte sie und hielt auf die entsprechende Tür zu. Daneben befanden sich ein DNA-Atemscanner und ein Klingelknopf. Sie drückte die Klingel und flüsterte Pano zu: »Behalten Sie den White Noise Generator in Ihrer Jackentasche und aktivieren Sie ihn, sobald wir drin sind.«

»Alles klar.«

»Ah, Agatha«, wurde sie von einer jungen Laborassistentin mit kurzgeschorenen roten Haaren begrüßt. Sie trug einen grünen Kittel und sah aus, als wäre sie gerade aufgestanden.

»Hannah«, sagte Agatha mit ehrlicher Freude in der Stimme. Sie kannte die Frau gut, hatte schon mehrfach mit ihr Datenbanken durchsucht und sie stets als besonders unkompliziert erlebt – eine Eigenschaft, die Agatha über alle Maßen schätzte. »Wir brauchen Ihre Hilfe.«

Hannah sah auf ihre Armbanduhr und schmunzelte. »Ganz die Alte, wie ich sehe. Wer ist denn der hübsche junge Mann?« Neugierig neigte sie sich zur Seite, um an Agatha vorbei Pano zu mustern.

»Der verbrauchte alte Kerl heißt Pano«, stellte sich der Capitano lächelnd vor und schob sich an Agatha vorbei, um der Laborassistentin mit geübtem Augenaufschlag die Hand zu schütteln.

»Also gut«, ging Agatha dazwischen und räusperte sich. »Wir haben nicht viel Zeit, brauchen aber deine Hilfe.«

»Na klar«, erwiderte Hannah und nahm sich noch einen Moment, bevor sie grinsend von Pano abließ und sie hineinbat. Das Dienstzimmer war ein rechteckiger, langer Raum, der aus einer Sitzecke mit ungemütlich aussehenden Aluminiumstühlen und sechs Arbeitsplätzen mit AR-Kabinen, sowie einem Datenterminal mit Displaywand bestand. Das Licht war hier etwas wärmer und einladender.

»Was habt ihr zwei denn um sechs Uhr morgens auf dem Herzen?«, fragte Hannah und ließ sich auf den Rollschemel vor dem Datenterminal fallen, bevor sie mit den Fingern wackelte, als würde sie zittern. »Bestimmt etwas furchtbar Geheimes, das mich den Job kosten könnte, aber dann fragst du nach diesem einen Gefallen, den ich dir noch schulde. Und ich sage dann: Aber Agatha, wenn Miller das rauskriegt, bin ich geliefert, und du sagst: Ich würde dich niemals verraten. So geht es hin und her, am Ende vertraue ich dir, bin bei der Auflösung eines ganz heißen internen Dings dabei und werde im Abspann in einer Nebenrolle erwähnt. So ungefähr?«

Pano warf Agatha einen halb verwirrten, halb belustigten Blick zu.

»Äh, so ungefähr«, sagte Agatha schließlich und nickte. »Nur das mit dem Wörtchen *illegal* können wir streichen. Ich brauche nur eine Auskunft über ein paar medizinische Daten.«

»Ach sooo«, machte die Laborassistentin und lächelte belustigt. »Dann werdet ihr also keinerlei Namen, Dienstgrade, Adressen oder Abteilungen zu den Patienten brauchen?«

»Also um ehrlich zu sein ...«

»Ist schon gut. Spuck's aus.«

»Gab es in den letzten zwei Jahren Häufungen von viralen Infekten?«, fragte Agatha frei heraus.

»Puh, signifikante Abweichungen?« Hannah fuhr sich durch die strubbeligen roten Haare und zog sich an der Tischkante des AR-Terminals näher, um die Datenbrille von der Arbeitsfläche zu ziehen und sich aufzusetzen. »Mal sehen.«

Das Wanddisplay erwachte zum Leben, während sie begann, präzise und schnell zu gestikulieren, wie es nur eine erfahrene Datenanalystin konnte. Patientenakten und Statistiken wechselten einander in rasantem Tempo mit Kalenderbildern und Anamneseberichten ab.

»Gab es häufiger, aber nie in besonderen Wellen«, sagte sie schließlich.

»Kannst du diejenigen Fälle rausfiltern, bei denen von einem viralen Infekt ausgegangen wurde, ohne dass das Virus selbst identifiziert werden konnte?«, fragte Pano.

»Und diejenigen, die überdurchschnittlich schnell nicht mehr nachweisbar waren«, fügte Agatha schleunigst hinzu und betrachtete das Diagramm mit den Fallzahlen und den entsprechenden Jahreszeiten, das auf dem Display verharrte.

»Klar. Also grundsätzlich ist es so, dass sich ein viraler Infekt durch erhöhte Temperatur bis etwa achtunddreißig Grad Celsius bemerkbar macht. Eine der ganz wenigen Ausnahmen ist der grippale Infekt. Hinzu kommen Schmerzen und Unwohlsein im gesamten Körper, nicht örtlich begrenzt und ein etwas schnelleres Abklingen der Symptome, meist auch unbehandelt. Die Heilungsdauer liegt statistisch zwischen drei bis zehn Tagen. Ich habe jetzt sämtliche Fälle herausgeholt, die in drei Tagen oder weniger keinen Nachweis eines erhöhten CRP-Werts erbrachten.«

»Okay, ich spiele freiwillig den Dummen: Was ist ein CRP-Wert?«, fragte Pano und stemmte seine Hände in die Hüften.

»C-reaktives Protein. Ein Wert, der bei Entzündungen sehr schnell hochschießt, aber auch ebenso schnell wieder abfällt, wenn die Entzündung vorüber ist. Ein Standardtiter«, erklärte Hannah und deutete auf das Wanddisplay, auf dem einhundertachtzig Personalakten wie aufgefächerte Spielkarten abgebildet waren, sodass man immer nur einen kleinen Ausschnitt davon sehen konnte. »Das sind die entsprechenden Fälle der letzten zwei Jahre, bei denen nach zwei oder drei Tagen kein erhöhtes CRP mehr nachgewiesen werden konnte.«

»Einhundertachtzig?«, fragte Agatha und machte einen Schritt neben die Laborassistentin, als könne sie das Bild auf dem Riesendisplay so besser erkennen und sich vergewissern, dass es sich nicht um einen Fehler hielt. »Hier im Hauptquartier arbeiten achthundert Beamte, das ist doch definitiv nicht mehr im statistischen Normbereich.«

»Ganz sicher nicht«, stimmte Hannah ihr zu, bevor sie zwei weitere Gesten machte und eine Zahl auf dem Display aufblinkte: eins Komma vier. »Das ist statistisch die Anzahl der Fälle gemeldeter Virusinfekte, die nach drei Tagen oder weniger keinen CRP-Nachweis mehr erbringen und abgeheilt sind.«

»Also liegt die Quote in unserem Haus im Zeitraum der letzten beiden Jahre bei zweiundzwanzig Komma fünf. Nicht gerade im statistischen Mittel, könnte man meinen.« Agatha sah vielsagend zu Pano, der einen zischenden Laut von sich gab und bedächtig zur Decke sah.

»Das ist wirklich äußerst ... seltsam«, stimmte Hannah zu und legte ihre hohe Stirn in Falten. »Willst du mich einweihen, was los ist?«

»Ich frage mich, warum das nicht gemeldet wurde. So etwas dürfte doch das Gesundheitsamt interessieren, weil es die Gefahr eines unbekannten Erregers impliziert, der eine ordentliche Durchseuchung nahelegt, oder?«

»Ganz sicher. Die Daten müssen auch schon längst erhoben worden sein, aber offenbar hat niemand sie in den Datenbanken als Information abgelegt.« Hannah begann wieder zu gestikulieren und imaginäre Dinge seitlich fortzuschieben. »Nichts. Keine Datenspuren.«

»Wer hätte die Möglichkeit, die Datenbank entsprechend zu verändern?«, fragte Pano.

»Sämtliche Mitarbeiter über Freiabge C-1.«

»Das heißt?«

»Jeder, der einen Collegeabschluss hat und mehr als fünf Jahre in dieser Abteilung arbeitet.«

»Wie groß ist dieser Personenkreis?«

»Das sind bei uns acht Leute«, antwortete Hannah und schob die Datenbrille auf ihre Stirn. »Wollt ihr mir jetzt sagen, was das zu bedeuten hat?«

»Kannst du mir sämtliche Personalakten der betroffenen Mitarbeiter und der acht Personen aus deiner Abteilung auf mein Handterminal schicken?«

»Jetzt kommt der Teil, wo ich dir sage, dass das gegen einige Datenschutzgesetze und interne Regularien dieser Behörde verstößt ...«

»... und dann sage ich, dass ich nur diesen einen Gefallen brauche, und mich revanchieren werde«, entgegnete Agatha und Hannah schnaubte.

»Ich habe einen gut«, sagte sie mit betont präziser Wortwahl. »Du wirst keine Fragen stellen, wenn ich den Gefallen einlöse, klar?«

»Versprochen.«

Hannah rutschte auf ihrem Schemel nach vorne und atmete langgezogen auf einen kleinen Stabsensor, der einsam auf der Tischplatte stand, bevor sie mit der rechten Hand irgendetwas Unsichtbares zu greifen schien und zu Agathas ausgestrecktem Handterminal warf. Das Terminal piepte.

»Danke!«

»Keine Ursache. Jetzt darf ich noch die Kameradaten frisieren und das Besucherlog fälschen. Seid froh, dass es so früh ist und ich mich zu Tode langweile«, brummte die Laborassistentin.

»Danke, Hannah«, sagte Agatha und legte der jungen Frau eine Hand auf die Schulter. »Im Ernst.«

»Wirst du mir sagen, um was es geht?«

»Ja, aber noch nicht jetzt.«

»Lass mich raten – dieses Wissen würde mich nur in Gefahr bringen, richtig?« Hannah schnaubte.

»Richtig.«

»Das ist so ein Klischee, dass ich es nicht glauben würde, wenn ich es nicht gerade gehört hätte.«

»Vielleicht sind deine Lieblingsfilme auch nur verdammt realistisch«, scherzte Agatha, obwohl sie ein ganz mieses Gefühl in der Magengegend hatte.

»Klar. Jetzt raus mit euch.« Hannah stand auf und scheuchte sie mit beiden Händen Richtung Tür, bevor sie auf Pano zeigte. »Du gibst mir noch deine Privatnummer und wenn du nicht rangehst, verpfeife ich dich.«

Der Italiener sah zum ersten Mal, seit Agatha ihn kennengelernt hatte, verdutzt drein und schien nicht einmal sein Standardlächeln aufbringen zu können.

»Äh, klar«, sagte er schließlich und sah beinahe entschuldigend zu Agatha, als er sein Handterminal an das der jungen Laborassistentin hielt, bis dieses piepte.

Agatha brummte und nahm ihr eigenes Terminal zur Hand, um in den Patientendaten, die sie eben erhalten hatte, nach Direktor Miller zu suchen.

»Keine Ergebnisse«, stand auf dem Display und sie atmete erleichtert aus.

»Und?«, fragte Pano, als sie wieder auf dem Gang standen und die Tür hinter ihnen ins Schloss fiel.

Sie schüttelte als Antwort nur den Kopf und deutete auf die Aufzüge. »Wir sollten keine Zeit verlieren.«

Während ihrer Fahrt im Aufzug sandte sie über eine verschlüsselte Verbindung, die sie vor ihrer Abreise aus der Pyramide von Cho Wayan erhalten hatte: *Mr. Karlhammer. Wir haben einige Daten erhalten, die uns Sorgen bereiten. Möglicherweise wurde die CTD zumindest teilweise vom Feind unterwandert. Direktor Miller scheint nicht dazuzugehören. Falls Sie einen ihrer Hacker auf seine privaten Krankenkassendaten ansetzen könnten, wäre das eine Hilfe. Wir suchen nach einer ungeklärten Virusinfektion in den letzten zwei Jahren, die unnatürlich schnell abgeheilt ist und bei der nach zwei, maximal drei Tagen kein CRP mehr nachgewiesen werden konnte. Jeder Mitarbeiter der CTD wird normalerweise ausschließlich von den Betriebsärzten behandelt, Miller hätte jedoch die Möglichkeiten und Ressourcen, sich unauffällig in einem Privatkrankenhaus behandeln zu lassen und unsere Daten zu umgehen. Schicken Sie mir die Antwort so schnell es geht, wir sind in Eile. Agatha.*

Sie stellte ihr Handterminal auf Vibration und ließ es in die Tasche ihrer Jacke gleiten. Privathäuser waren heute die letzten Orte der ersten Welt, die nicht von Kameras und Algorithmen überwacht wurden, und an denen führte kein Weg vorbei – vor allem nicht in öffentlich relevanten Einrichtungen wie Krankenhäusern, die an das staatlich kontrollierte Gesundheitswesen angegliedert waren. Alles wurde aufgezeichnet und abgespeichert, um im großen Big Data Kosmos aufzugehen, der die Vereinigten Staaten beherrschte. Miller konnte dafür sorgen, dass seine Daten in keinerlei Zusammenhang gebracht wurden, da eine Behandlung außerhalb der CTD nicht gegen Gesetze verstieß, er konnte sie aber nicht verschwinden lassen. Jeder nicht offiziell genehmigte Eingriff in die Datensphäre stand unter Gefängnisstrafe, da selbst kleinste Lücken die Schlussfolgerungen der Algorithmen, deren Berechnungen den Großteil des öffentlichen Lebens steuerten, durcheinanderbringen konnten. Agatha hoffte, dass Karlhammer schnell genug reagieren und möglichst sofort seine Datenmagier auf die Fährte ansetzen würde.

»Alles gut?«, fragte Pano, ohne seinen Blick von der silbernen Doppeltür vor ihnen abzuwenden.

»Werden wir hoffentlich bald mit Sicherheit sagen können.«

»Vorausgesetzt, unsere Schlussfolgerungen sind bisher korrekt«, gab er etwas nebulös zu bedenken und vermied den Blick zu den Sensorbändern über ihren Köpfen.

»Wenn es nur eine Schlussfolgerung gibt, verlässt man sich besser auf sie«, erwiderte sie. »Sonst geraten Sie ins Schwimmen und auf dem offenen Meer lohnt sich schwimmen nie. Wenn Sie dort einen einsamen Rettungsring sehen, werden Sie sich doch sicherlich daran festhalten, ohne ihn abzulehnen aus lauter Sorge, dass er ihr Gewicht nicht hält und untergeht.«

»Rettungsringe sind rot und locken Haie an.«

»Die brauchen wir gar nicht erst anlocken, wir befinden uns hier schließlich im Herzen von Politik und Bürokratie.«

Pano lachte freudlos auf und schüttelte den Kopf. »Sehr ermutigend.«

»Sehen Sie's positiv.«

»Was?«

»Das weiß ich noch nicht«, entgegnete sie. »Aber falls Sie etwas finden, lassen Sie mich daran teilhaben.«

Pano sah sie erst verständnislos, dann belustigt von der Seite an. »Warum müssen die Aussichten erst ganz finster sein bis Sie Humor entwickeln?«

»Das war kein Scherz.«

Der Weg in Millers Büro führte sie in die oberste Etage, direkt über der der Field Agents, die Agatha seit einiger Zeit leitete. Sämtliche anderen Etagen gehörten der riesigen Horde Analysten und Datenexperten, die an und mit den Algorithmen arbeiteten, die in sämtlichen Strafverfolgungsvorgängen ihre Finger im Spiel hatten. Die Abneigung der Bevölkerung gegenüber Robotern sorgte immerhin noch dafür, dass Field Agents wie sie gebraucht wurden, um rauszugehen und die Täter zu suchen und zu stellen. Aber wer konnte schon sagen, wie lange die notorisch wankelmütige öffentliche Meinung noch so blieb?

Im obersten Stockwerk angekommen, hielten sie sich rechts und gingen mit klappernden Absätzen über den polierten Marmorboden des Flurs, an dessen Wänden die Bilder ehemaliger US-Präsidenten als archaische Ölgemälde hingen. Rechts und links befanden sich die Büros von Millers Assistenten und Stellvertretern und geradeaus sein eigenes, dessen schwere Holztür offenstand.

Agatha schob sie stirnrunzelnd auf und steckte erst ihren Kopf hinein, um sich umzusehen. Das Vorzimmer seiner Sekretärinnen war bis auf die Schreibtische rechts und links der Glastür zu Millers Büro leer.

»Offenbar noch niemand da«, meinte sie und ging mit Pano weiter hinein, als die Glastür aufging und Miller dahinter auftauchte.

»Da sind Sie ja endlich«, polterte er und winkte sie ungeduldig hinein. »Liza und Betty fangen erst um neun Uhr an, darum werden Sie auf deren Charme wohl verzichten müssen.«

Als sie eingetreten waren, deutete der Direktor auf die beiden Stühle vor seinem spartanischen Aluminiumschreibtisch, auf dem sich ein großer Bildschirm, eine AR-Brille und zwei Tablets befanden. Ansonsten war er leer und es gab in dem großen Raum auch keinerlei andere Einrichtungsgegenstände – wenn man einmal von dem Schirmständer neben der Tür absah. Durch die Fensterfront hinter dem Schreibtisch konnte man die Skyline Manhattans in der Ferne sehen, durch deren Wolkenkratzer sich die ersten Zeichen der aufgehenden Sonne als roter Schimmer abzeichneten. Das spärliche Tageslicht reichte bereits aus, um den dichten Drohnenverkehr unter den Regenschwaden sichtbar zu machen. Von ihrer Position aus sah es beinahe aus, als hätte Gott mit Bleistift ein wirres Netz dünner Linien über den Himmel gezogen.

»Also, was haben Sie mir gebracht, Herrschaften?«, fragte Miller, als er sich in seinen ungemütlich aussehenden Stuhl hatte fallen lassen. Wie stets konnte man keine Spur von Müdigkeit in seinem hageren Gesicht erkennen und sogar sein grauer Anzug saß perfekt.

Agatha und Pano setzten sich.

»Wir haben herausgefunden, dass irgendjemand die gesamte McMurdo Station ausgelöscht hat«, sagte sie.

»Ausgelöscht?«

»Etwas um die zweihundert Forscher der Human Foundation wurden dort ermordet.«

»Ermordet? Wie? Und vor allem warum?« Miller öffnete sein Jackett, als sei ihm mit einem Mal warm geworden.

»Auf diese Fragen haben wir leider keine Antworten. Wir fanden die Station leer vor und haben einige Leichen weiter draußen gefunden.«

»Wie weit draußen?«

»Hmm, das ist schwer zu sagen«, meinte sie und tat, als würde sie nachdenken. Sie ließ sich bewusst Zeit und behielt einen Teil ihrer Aufmerksamkeit an ihrer rechten Hüfte, wo ihr Handterminal in der Jackentasche leicht anlag. Es fiel ihr schwer, Zeit zu gewinnen, da sie normalerweise kein Mensch war, der um den heißen Brei herumredete und Miller wusste das nur zu genau, weil er selbst zu dieser Sorte gehörte und sie sich deshalb beruflich so gut verstanden. »Vielleicht einige hundert Meter?«

Natürlich war es deutlich mehr gewesen, vielleicht sogar fünf bis zehn Kilometer. »Was denken Sie, Capitano?«

»Ich weiß nicht. Da unten ist alles weiß und sieht gleich aus. Außerdem war ich halb erfroren und damit beschäftigt, diese Schneeraupe zu fahren.«

»Fakt ist jedenfalls, dass wir keinerlei Anzeichen von Mord bei den Leichen erkennen konnten«, fuhr Agatha fort und hielt ihren Blick auf die glänzende Tischplatte gerichtet. »Sie waren zu Fuß unterwegs undschienen einfach erfroren zu sein. Unter normalen Umständen würde ich auf Selbstmord tippen, aber wer würde den Weg ins Eis dafür wählen?«

»Ich jedenfalls nicht«, sagte Pano bestimmt und schüttelte entschieden den Kopf.

»Ich auch nicht«, stimmte Agatha ihm zu und fuhr schnell fort, als Millers Miene sich deutlich zu verfinstern begann: »Wir haben die gesamte Station nach Hinweisen durchsucht. Dabei ist uns aufgefallen, dass es keinerlei Signale nach draußen gab, also müssten irgendwelche Satelliten, die den Ort abgedeckt hatten, neu positioniert worden sein. Das wiederum lässt darauf schließen, dass es sich um eine größere Sache handelt, die eine Menge Ressourcen und Macht erfordert.«

Pano begann wieder in besonders ausschweifender Form, ihr zuzustimmen, während sie ungeduldig auf die Nachricht von Karlhammer wartete. Sie mussten das Kunststück vollbringen, Miller mit Informationen zu füttern, die nicht besonders viel aussagten und gleichzeitig nicht wie Lappalien klangen, weil er das sofort durchschauen würde. Also ließ sie den Mann im schwarzen Anzug weg, was ein kalkuliertes Risiko war. Wenn er wirklich mit dem Feind im Bunde sein sollte, würde er womöglich über den Killer und dessen Verschwinden im Bilde sein. Die Frage war, ob er in diesem Fall auch im Bilde war, dass sie und Pano von ihm gewusst hatten. Sie befanden sich auf dünnem Eis, das jederzeit bei einem unbedachten Wort zuviel oder zuwenig einbrechen und sie in die Tiefe ziehen konnte.

Komm schon, Karlhammer, dachte sie ungeduldig und ertappte sich dabei, wie sie mit der rechten Hand über die Außenseite ihrer Jackentasche strich – also ließ sie es schnell wieder bleiben.

Als Pano gerade endete, hakte sie sofort wieder ein, um Miller nicht dazwischen zu lassen. Womöglich hätte er noch eine Frage gestellt.

»Auffällig in der Station war ebenfalls, dass sie fluchtartig verlassen worden ist. Wir haben noch lauwarmen Kaffee und angeknabberte Sandwiches entdeckt.«

Miller regte sich und öffnete den Mund, doch Agatha kam ihm erneut zuvor: »Bevor Sie etwas sagen: Ja, wir haben eine Idee!«

Die Miene des Direktors verdüsterte sich, doch er ließ sie mit einem kurzen Wink gewähren.

»Ein Nervengift!«

Nun war es nicht bloß Miller, der sie irritiert anschaute, sondern auch Pano.

»Ein Nervengift könnte zu suizidalen Tendenzen führen, so weit ich weiß.«

»Waren Sie deshalb in der Forensik?«, fragte der Direktor und schnaubte.

»Ja«, sagte sie schnell, froh über die gute Ausrede, in die

sie sich eher unwissentlich hineinmanövriert hatte. »Und es ist tatsächlich möglich, dass ...«

Miller hob beide Hände und stand auf, um sich auf seine Fäuste gestützt zu ihnen vorzubeugen. Er ragte über dem Bildschirm auf wie ein bedrohlicher Riese und funkelte vor allem sie wütend an.

»Sind Sie jetzt fertig?«

»Fertig womit, Sir?«, fragte sie unschuldig.

»Mit dieser verdammten Scharade!«, schimpfte er wütend und lief langsam vom Hals aufwärts rot an. »Wenn Sie mir nicht bald sagen, was Sie hier für einen stinkenden Mist abziehen, dann können Sie sich schon morgen für die staatliche Grundsicherung anmelden und Marken sammeln!«

Verdammt, Karlhammer!, fluchte sie innerlich und knetete ihre Finger.

»Also, was haben Sie mir zu sagen? Diesen ganzen Müll hätten Sie mir auch aus dem Flugzeug auftischen können. Dann hätte ich es mir sparen können, mir Ihr Verhalten persönlich antun zu müssen – ein Verhalten, das ich übrigens als persönliche Beleidigung auffasse. Von Ihnen beiden! Ich bin kein grenzdebiler Opa und habe mich nicht hochgeschlafen, um in diesem Scheiß Büro zu sitzen.«

»Natürlich nicht, Sir. Tut mir leid, Sir«, erwiderte Agatha nervös. Allerdings berührte sie nicht etwa die vor Wut bebende Stimme ihres Vorgesetzten, sondern die Tatsache, dass ihr Handterminal noch nicht vibriert hatte.

»Das ist alles, was Sie sagen wollen?«, grollte Miller.

»Ich ...«

»Raus mit Ihnen beiden. Sofort!« Der Direktor fletschte die Zähne und riss einen Arm Richtung Tür hoch. »Ich lasse mich nicht von meinem eigenen Personal für dumm verkaufen und schon gar nicht lasse ich mir Ermittlungsergebnisse vorenthalten.«

Agatha schluckte schwer und erhob sich, als es endlich in ihrer Jackentasche vibrierte. Sie zog das Handterminal heraus und entsperrte es.

»Das ist nicht Ihr Ernst, oder?«, fragte Miller, während sie blitzschnell den Zweizeiler von Karlhammer überflog. Als ihr Vorgesetzter offenbar gerade losbrüllen wollte, hielt sie ihn mit erhobener Hand davon ab und gab Pano einen Wink, der daraufhin seine rechte Hand in seiner eigenen Jackentasche verschwinden ließ und den kleinen White Noise Generator aktivierte, der jedes Signal in weißes Rauschen verwandelte.

»Wir haben Luther Karlhammer gefunden, genau wie die ... Überreste von Dan Jackson, eine geheime Operation der Human Foundation und Beweise dafür, dass die Sons of Terra mit ihrer Behauptung recht haben, dass wenigstens Behörden, Militär und Politik unseres Landes von einem Alien unterwandert werden«, sprudelte es so schnell aus ihr heraus, dass sie sich beinahe verhaspelt hätte. Mit jedem Wort, das ihren Mund verließ, wandelte sich Millers Miene mehr und mehr von Wut zu Irritation, dann zu Unglauben und schließlich Verständnislosigkeit.

»Was erzählen Sie da?« Der Direktor klang jetzt nicht mehr wie ein eruptierender Vulkan, sondern eher wie ein seufzender Geysir, während er sich in seinen Stuhl zurückfallen ließ. »Sie sind nicht unterwegs geisteskrank geworden, oder?«

»Nein, Sir. Wir haben Beweise mitgebracht.« Pano winkte mit seinem Handterminal. »Ich habe gerade einen Signalstörer aktiviert, damit wir nicht abgehört werden.«

»Dieses Büro ist besser abgesichert als ein Bunker der Navy.«

»Mag sein, aber diejenigen, die für diese Absicherung sorgen, sind womöglich nicht Ihre Freunde«, gab Agatha zu bedenken und Miller begann, sich die Schläfen zu reiben.

»Falls das so ist, wird Ihre Abschirmung jemandem aufgefallen sein. Ich werde einen Anruf tätigen müssen, damit nicht gleich ein Sicherheitsteam hereinstürmt.« Miller wollte gerade eine Taste auf seinem Schreibtisch drücken, als er Agathas Gesichtsausdruck bemerkte und innehielt. »Wenn Sie mir jetzt nicht vertrauen, ist es ohnehin zu spät.«

Sie nickte und er drückte den Knopf.

»Miller hier«, blaffte er. »Alles in Ordnung, ich probiere gerade ein neues Gerät aus der Techabteilung aus und will nicht gestört werden. Ja. Danke. Nein. Wiederhören.«

Der Direktor ließ den Knopf los und beugte sich zurück. »In anderthalb Stunden kommen Liza und Betty und ich schlage vor, dass Sie diese Zeit nutzen, um mir alles über Ihre Ermittlung zu erzählen, und um mir die Beweise vorzulegen, von denen Sie gesprochen haben!«

Filio Amorosa, 2042

Das medizinische Notfallkit, das sie an Cassidys Nacken angeschlossen hatte, blinkte in einem steten Grün und hatte etwas beinahe Beruhigendes an sich.

Der Physiker lag noch immer an ihre Brust gelehnt da, während sie sich an die Tür stützte und den Staub über dem Magnetfeld tanzen sah. Das Notfallkit bestand aus einem kleinen Kästchen und einer Schnalle, die sich um den Hals gelegt hatte. Aus dem Kästchen injizierte die Medi-KI allerlei Medikamente in den Diffundator-Anschluss in Cassidys Genick, die bereits Wirkung zeigten. Er war stabil. Das war alles, was zählte. Seine Situation war selbst für sie als Ärztin eine Herausforderung gewesen, da sie ihm weder den Helm abnehmen konnte, noch medizinische Geräte zur Hand hatte, die über die Manschette hinausgingen. Fakt war, dass er einen Schock erlitten hatte und nach der Realisierung seiner Verletzung in eine entsprechende Starre verfallen war. Somatische Zentralisierung. Also hatte sie das Gerät angewiesen, ihm Adrenalin und Blutverdünner zu geben und wohldosiert Benzodiazepine hinzuzufügen, um den Blutfluss sicherzustellen, zu beruhigen und der Gefäßverengung entgegenzuwirken, die der Schock verursachte. Nun hatte sie Lorazepam hinzufügen müssen, weil das Adrenalin ihm offenbar psychisch nicht gut bekommen war und er angefangen hatte, zu überdrehen. Faktisch hätte er aufgrund des Volumenverlusts eine Infusion benötigt, doch das lag außerhalb ihrer Möglichkeiten.

»Sie ist weg ... meine Hand«, stellte er zum zehnten Mal fest.

»In Wahrheit ist es eher der halbe Arm«, sagte sie und tatsächlich schüttelte ein lorazepamgetränktes Kichern seinen Leib, welches sich durch ihre Brust fortsetzte.

»Sie sind nicht gerade eine einfühlsame Ärztin.«

»Ein Lachen oder auch nur ein Lächeln ist heilsamer als Gejammer«, befand sie mit der ihr typischen Ehrlichkeit, die ihr schon während des Studiums einigen Ärger eingebracht hatte. Dass sie sich für den Weg einer Ingenieurin entschieden hatte, war vermutlich eine gute Sache, denn Maschinen handelten nach Gleichungen, die man ihnen eintrichterte. Patienten aber waren irrational, hörten nur auf ihren Arzt, wenn die Verordnungen in ihre ungesunden Angewohnheiten passten, und taten sonst herzlich wenig, außer die Hand aufzuhalten, wenn es um Medikamente ging. Zu einem Drops-Spender wollte sie sich aber nie degradieren lassen.

»Da haben Sie wohl recht.«

»Machen Sie sich keine Sorgen. Das Lorazepam nimmt Ihnen den Kummer und ihren Arm bekommen Sie wieder, wenn wir auf der Erde zurück sind.«

Falls wir zurück zur Erde kommen, fügte sie in Gedanken hinzu.

»Ja, es tut auch gar nicht weh. Es ist fast, als wäre es mir egal.«

»Lorazepam«, antwortete sie einfach und nickte in sich hinein, bevor sie sich die Sauerstoffanzeigen in ihr Visier projizieren ließ. »Wir haben noch knapp über sechs Stunden Sauerstoff. Ich schlage vor, dass wir versuchen, hier herauszukommen, was halten Sie davon?«

»Meinetwegen«, kam die medikamenteninduzierte Antwort ihres Partners, die sie erwartet hatte.

»Also gut. Ich schätze nicht, dass wir ein Seil mit Enterhaken dabei haben, den wir nach oben werfen können, hm?«

»Ne.«

»Können Sie aufstehen, Cassidy?«

»Muss ich?«

»Ja, bitte.«

»Okay.« Der Physiker drehte sich seufzend zur Seite und kam in die Hocke, bevor er aufstand und sich streckte. Seinen versiegelten Armstumpf hielt er wie ein wertvolles Kleinod vor seine Brust und schirmte ihn mit seinem gesunden Arm ab.

Filio nutzte die neugewonnene Freiheit und stand auf, um sich erst einmal ausgiebig zu strecken. Ihr gesamter Oberkörper war halb taub, weil das nicht gerade geringe Gewicht Cassidys so lange auf ihr gelastet hatte. Dann klopfte sie sich den feinen Marsstaub, der nun in immer dichteren Schleiern durch die runde Öffnung in der Decke hereinwehte, von ihrem Anzug.

Nach ein paar Schritten hatte sie den Rand der ehemaligen Plattform erreicht, die jetzt irgendwo auf der Marsoberfläche lag. Zurückgeblieben war ein Loch im Boden, unter dem eine runde Platte zu sehen war, an deren Rändern allerlei Kabel und Rohre im Boden verschwanden.

Vorsichtig drehte sie ihren Kopf nach oben und sah durch die Öffnung, die sie gewaltsam in die Decke gerissen hatten.

Es mussten mindestens fünfzig Meter zwischen ihnen und der Oberfläche liegen. Der vertikale Tunnel war an den Seiten extrem glatt, als wäre er mit einem Laserbohrer geschaffen worden, was bereits einen Vorgeschmack auf die Stärke des gerichteten Magnetfeldes bot, das sie erzeugt hatten.

Filios Blick glitt zuerst zu Cassidy, der geradezu verträumt in die Gegend starrte, dann zu den beiden Sitzen, die sie vor ihrem kleinen Kunststückchen abgeschnitten und gegen die Tür gelehnt hatten.

Ein Stück Metall der richtigen Größe konnte sie nach oben bringen, aber es war nicht risikolos. War das Stück zu groß, würden sie heftig in die Höhe geschossen werden, war es zu klein und sie zu schwer, würde sich gar nichts tun, außer dass es ihnen entglitt und womöglich ihre Handschuhe aufschnitt. Sie sah wieder zu Cassidy, gab sich jedoch nicht der Illusion hin, dass er ihr in seinem lethargisch-entrückten Zustand auch nur die geringste Hilfe sein würde.

»Also gut, dann wollen wir doch mal sehen«, murmelte sie, hob den Fissionsschneider vom Boden auf, den sie achtlos neben den Werkzeugkoffer geworfen hatte und machte sich an die Arbeit. Als Erstes schnitt sie einen Teil der Kopflehne ab und entfernte das gesamte Polster. Dann löste sie das Funktionsnetz über dem Memoryschaum leicht ab und schob das etwa handgroße Metallstück darunter. Das Polster war nicht besonders schwer, aber immerhin der einzige Ballast, den sie finden konnte. Am Ende packte sie das wuchtige Paket und ging zu dem Loch hinüber. Drei Atemzüge später warf sie es nach vorne und das Magnetfeld feuerte das Polster mit dem kleinen Metallstück in die Höhe. Es geschah nicht so schnell wie bei der Platte des Podests, aber immer noch schnell genug, dass die Bewegung vor ihren Augen verschwamm und sie sich wunderte, dass das Stück nicht einfach durch das Fasernetz geschnitten hatte. Offenbar verstanden die Materialforscher der Human Foundation ihr Handwerk.

Als Nächstes schnitt sie ein Stück Metall von der Größe eines Daumennagels zurecht und tat dasselbe mit dem Polster des anderen Sitzes. Das Ergebnis war, dass dieses

Mal das Metallstück durch das Abdecknetz schoss, und zwar so schnell, dass sie es gar nicht bemerkte. Sie verstand nur, was passiert war, weil das Polster auf die Scheibe der oberen Magnetplatte fiel.

»Na toll«, grollte sie frustriert, gab sich jedoch ihren mürrischen Gedanken nicht hin und packte wieder ihren Fissionsschneider. Das nächste Stück, das sie ausschnitt, hatte die Größe von drei nebeneinanderliegenden Fingern. Das legte sie auf die Armlehne und bearbeitete es mit dem Hammer aus dem Werkzeugkasten, bis die Kanten umgebogen waren und hantierte weiter mit der Zange, bis sie eine Art kleine Rolle geschaffen hatte, die sie mit zwei Klemmen zusammenhielt, bevor sie gönnerhaft Panzertape drumrum wickelte.

»Es gibt nichts, was sich nicht mit Duck Tape lösen lässt«, kommentierte sie ihre Arbeit zufrieden und drehte das wurstartige Stück einige Male in ihrem Handschuh, bevor sie zufrieden nickte.

Bleibt nur noch zu hoffen, dass das Verhältnis in etwa stimmt, dachte sie und stupste Cassidy an, der neben ihr kauerte und vor sich hin brummelte.

»Hey, können Sie was für mich machen?«, fragte sie und sein Kopf drehte sich in quälender Langsamkeit zu ihr herum.

»Natürlich.«

»Wir werden jetzt von hier unten verschwinden, klar? Ich will, dass sie auf meinen Rücken klettern und sich festkrallen wie ein Äffchen, verstanden?«

»Wie ein Äffchen«, wiederholte er schläfrig und nickte wie in Zeitlupe.

»Es ist wichtig, dass Sie sich so kräftig festhalten, wie Sie nur können. Haben Sie das verstanden?«

»Habe ich. Ich bin ja nicht doof.«

»Aber Ihr Kopf ist voll mit Lorazepam. Ich weiß, wie gut sich dieses Scheißegal-Gefühl anfühlt, Cassidy, aber es ist wichtig, dass Sie das hier ernst nehmen.« Sie packte den Physiker, der beinahe so klein war wie sie, an beiden Seiten seines Helms und zwang ihn dazu, ihr direkt in die Augen zu sehen. Ihre Visiere berührten sich dabei und sie hatte das Gefühl, mit ihm in einem winzigen Raum zu stehen, abgeschottet von ihrer lebensfeindlichen Umgebung. Der Mars besaß kaum Sauerstoff, war unter minus hundert Grad kalt und besaß keinen wirksamen Schutz vor der unbarmherzigen Strahlung, mit der die Sonne auf seine Oberfläche einprügelte. Doch jetzt und hier sahen sie nur das Gesicht des jeweils anderen.

»Ich habe verstanden«, sagte er ernst und erwiderte ihren Blick standhaft.

»Gut.«

»Bin ich nicht zu schwer für Sie?«

»Nein. Ich bin relativ fit und Ihr Körper wiegt hier nur ein Drittel von dem, was er auf der Erde gewogen hat, schon vergessen?«

»Also gut.« Cassidy stellte sich hinter sie und Filio ging tief in die Knie, damit er seinen gesunden linken Arm um ihr Schlüsselbein schlingen und seine Beine oberhalb ihrer Hüfte um sie legen konnte.

Mit zusammengekniffenen Lippen stand sie schließlich auf und war überrascht, wie schwer er sich trotz allem anfühlte.

»Wie ein zu voll gepackter Rucksack«, ermutigte sie sich selbst.

»Wie bitte?«

»Nichts, schon gut.« Mit ihrer rechten Faust umschloss sie das kleine mit Tape gepolsterte Metallröhrchen und hielt es sich so vor die Brust, dass sie Cassidys Arm mit einklemmte, bevor sie auch die andere Hand zu Hilfe nahm.

»Bereit?«, fragte sie und der Physiker brummte zustimmend.

Filio atmete einige Male tief ein und aus und versuchte, den Blutfleck zwischen dem anthrazitfarbenen Boden und dem Elektromagneten zu ignorieren, als sie schließlich einen Satz nach vorne machte.

Der Metallgriffel in ihren krampfhaft zusammengepressten Händen riss sie mit solch einer Wucht nach oben, dass sie das Gefühl hätte, ihr würden die Schultergelenke aus den Pfannen gerissen. Doch die Bewegung dauerte nur den Bruchteil einer Sekunde, dann hing das gesamte Gewicht von ihr und Cassidy daran und sie glitten beinahe gemächlich in die Höhe.

Physik in Aktion zu sehen, konnte wie Magie wirken und genau das tat sie auch jetzt. Von dem winzigen Metallstück, das jetzt an ihren ausgestreckten Armen hing, wurden sie wie von Geisterhand nach oben gezogen, während dieses von dem Magneten hochgedrückt wurde.

»Das ist absolut verrückt«, murmelte Cassidy via Funk und sie konnte nur stumm nicken, während sie in den Durchgang eintauchten und von braunem Regolith umgeben zu fliegen schienen.

Was für einen äußeren Betrachter wie ein sanftes Gleiten aussehen musste, war für Filio allerdings eine Qual, da das gesamte Gewicht von ihr und Cassidy wortwörtlich an ihren Fingern hing, die sich anfühlten, als trage sie eine bleischwere Plastiktüte, deren Griffe sich tief in ihre Gelenke schnitten.

Mit ihrer ganzen Willenskraft, die nach einem Blick in die Tiefe von ihrem Überlebenstrieb angefacht wurde, zwang sie sich, durch den Schmerz zu gehen und ihm nicht nachzugeben. Es dauerte quälend lange, bis sie endlich den Durchbruch überwunden hatten und von der Helligkeit auf der Oberfläche geblendet wurden.

Im letzten Moment folgte sie einem Geistesblitz und trat mit einem Fuß nach der zerschlagenen Regolithwand, bis sich die Spitze ihres Stiefels kurz verhakte und sie das Metallstück losließ. Dabei stieß sie sich und Cassidy mit demselben Fuß in die entgegengesetzte Richtung und prallte heftig gegen die Kante des Lochs.

Unwillkürlich schrie sie auf, als ihr alle Luft aus den Lungen gepresst wurde. Cassidy purzelte über sie hinweg auf den sandigen Marsboden und ächzte laut. Sie selbst versuchte etwas Schweres zu packen zu bekommen, um zu verhindern, dass sie abrutschte, doch sie bekam nichts zwischen die Finger, was größer als eine Murmel gewesen wäre.

Ohne dass sie ihre Furcht hätte herausschreien können, weil ihre Lungenflügel noch immer zusammengepresst waren wie ausgewrungene Lappen, rutschte sie ab und glitt zurück in die Tiefe – bevor sie plötzlich knapp unterhalb der Kante baumelte wie eine hilflose Puppe. Instinktiv stellte sie ihre rudernden Bewegungen ein.

»Ich hab' Sie«, knurrte Cassidy über Funk. Seine Stimme vibrierte vor Anstrengung. »Können Sie die Kante packen?«

»Ich ...«, krächzte sie und atmete rasselnd wertvolle Atemluft ein, die ihre gepeinigte Luftröhre in Flammen aufgehen ließ. »Ich ... denke schon.«

Vorsichtig hob sie ihre Arme und traute sich nicht einmal zu blinzeln, während sie nach dem Übergang zwischen Loch und Marsoberfläche tastete. Jede Bewegung ihrer Finger war ein suchender, beinahe flehender Akt des

Überlebens, der keinerlei Platz für rationale Gedanken ließ.

»Ich hab' Sie!«, wiederholte der Physiker und stieß einen geradezu animalischen Schrei aus, bevor er sie mit erstaunlicher Kraft so weit nach oben zog, dass sie sich mit seiner Hilfe in Sicherheit bringen und auf den roten Sand fallen lassen konnte, der sie endlich wieder umgab.

Am liebsten hätte sie geweint – vor Freude, vor Erleichterung, aus Angst oder allem gleichzeitig – doch sie kämpfte den Drang zu hyperventilieren nieder und zwang sich zur Ruhe.

»Danke«, murmelte sie heiser und drehte ihren Kopf zu Cassidy, der sich direkt neben ihr ebenfalls auf den Rücken gedreht hatte.

»Gern geschehen.« Er blinzelte gegen das grelle Sonnenlicht an und rappelte sich langsam auf, ohne den Armstumpf von seiner Brust zu nehmen.

Filio tat es ihm gleich und kam mit zitternden Gliedern zum Stehen.

»Display abdunkeln.« Ihr Helmsystem reagierte und regelte die Lichtdurchlässigkeit auf ein deutlich angenehmeres Maß herunter. »Navigationsgitter projizieren.«

Eine Art Lichtfeld aus grünlichen Strichen legte sich über ihr Sichtfeld und zeigte bekannte Koordinaten und Positionen an, die den aktuellsten Satellitenkarten entsprachen. »Positionsmarkierung Eins einfügen.«

Ein roter Punkt im Westen begann aufdringlich zu blinken.

»Da ist es!«, sagte sie aufgeregt und deutete in die entsprechende Richtung, bevor sie ihren Sensoren befahl heranzuzoomen, und den schwarzen Monolithen erkannte, den sie aus Xinths Vision als eine Art Heckflosse von Hortats Raumschiff wiedererkannte.

»Wie weit ist das entfernt?«, fragte Cassidy.

»Eintausendzweihundert Meter«, erwiderte sie und stieß ihn leicht gegen den Oberarm. »Los, wir sollten keine Zeit verlieren. Wir haben nur noch ein paar Stunden Luft.«

»Und was ist, wenn wir keine atembare Luft in dem Schiff vorfinden?«

»Darüber zerbrechen wir uns den Kopf, wenn es soweit sein sollte. Ein Problem nach dem anderen.«

»Apropos Probleme«, sagte er und fasste sie sanft am Arm. Filio hielt inne und hob fragend eine Braue in seine Richtung.

»Die schwarze Murmel, der Datenschlüssel«, fuhr er fort und sie fühlte sich, als hätte jemand sie unter Strom gesetzt.

»Verdammt!«

»Ja. Sie haben doch gesagt, dass Xinth sie Ihnen mitgegeben hat, um Zugang zur Bord-KI des Schiffes zu erhalten, oder?«

»Ja«, hauchte sie und begann sich hektisch umzusehen, konnte jedoch nirgendwo die Bodenplatte des Transportmoduls entdecken. Als sie eine Hand auf ihrer Schulter spürte, drehte sie sich zu Cassidy um, der sanft sein fülliges Gesicht schüttelte, das hinter dem Helmvisier ein wenig aufgedunsen aussah.

»Vergessen Sie's«, meinte er und deutete vage in die Felswüste, die sie in jeder Richtung umgab wie ein Meer aus Staub und Steinen. »Die Murmel ist nicht aus Metall und wird ganz bestimmt nicht mehr in ihrer Fassung liegen, selbst wenn wir die Platte mit der Armatur finden sollten, die sicherlich beim Aufprall gegen die Decke zerstört und eingedrückt wurde. Den Datenschlüssel finden wir hier nie.«

»Schon gar nicht bevor unser Sauerstoff zur Neige geht«,

musste sie ihm widerwillig zustimmen und senkte niedergeschlagen den Kopf. Der Datenschlüssel war Xinth offenbar sehr wichtig gewesen und sie glaubte kaum, dass das nur deshalb der Fall gewesen war, weil sie ihn für den Start des Transportmoduls gebraucht hatten.

»Gehen wir«, sagte Cassidy geradezu mitfühlend, als müsse er sie trösten, und zog sie leicht am Arm, als sie sich nicht regte. Widerwillig stellte sie ihre Suche nach der Bodenplatte ein und riss ihren Blick von der immergleichen Landschaft um sich los.

Gemeinsam machten sie sich auf den Weg und je länger sie über den rot-braunen Schotter schritten, desto weniger schlotterten Filios Knie.

Die Anzugsysteme versorgten sie mit frischer Luft, deren Sauerstoffgehalt an ihre Atemfrequenz angepasst wurde, was sie gerade zu Anfang vor Problemen aufgrund nahender Hyperventilation bewahrte. In langen Zügen atmete sie tief ein und aus, während sie einen Fuß vor den anderen setzte, froh über die niedrige Schwerkraft des roten Planeten. Sie versuchte dabei, nicht an die schwarze Murmel zu denken, die sie seit der Vision, die der Erbauer mit ihr geteilt hatte, als eine Art Versicherung betrachtet hatte, dass all das echt war, was er ihr gezeigt hatte. Für Filio war das seltsame Artefakt ein Anker des Unglaublichen in der Realität und damit etwas, das sie seither beruhigt hatte. Jetzt war dieser Anker fort und sie hatte das Gefühl, hilflos auf einem Ozean voller Ungewissheit zu treiben. Sie mussten sich Zugang zur Bord-KI von Hortats Schiff verschaffen, um ihn aufhalten zu können, darin war Xinth sehr klar geworden. Was aber würde geschehen, wenn sie ohne den Datenschlüssel, der dafür notwendig war, das Schiff betraten? Hortat wurde sicher nicht ohne Grund als der Feind bezeichnet. Sie hatte mit eigenen Augen gesehen, was einer seiner Agenten getan hatte und wozu er in der Lage gewesen war. Die Erinnerung an den Mann im schwarzen Anzug jagte ihr noch immer einen Schauder des Entsetzens über den Rücken.

»Ich sehe gerade, dass das die Position des Marsmonolithen ist, der 2005 von Curiosity fotografiert wurde«, sagte Cassidy irgendwann und riss sie aus ihren düsteren Gedanken. »Wir haben also die ganze Zeit über ein Stück des Erbauer-Raumschiffes direkt vor unserer Nase gehabt und sogar gesehen, ohne es zu bemerken?«

»Scheint so.« Filio schnaubte. »Das ist typisch für uns Menschen. Wenn wir etwas sehen, was nicht in unsere aktuelle Vorstellung dessen passt, was möglich ist, tun wir es einfach als etwas ab, das wir kennen, egal wie wahrscheinlich das ist. Ein Monolith mit gleichen, geraden Kanten auf dem Mars? Muss wohl ein zufällig perfekt symmetrischer Felsbrocken sein.«

»Als ob es so etwas überhaupt geben würde.«

»Eben. Es macht Menschen Angst, etwas zu sehen, was sie nicht sofort verstehen. Darum lässt man sich gerne darauf ein, das eigene Gehirn zu belügen, indem man eine unplausible Erklärung innerhalb des eigenen Verständnissystems akzeptiert. Alles ist besser als das Unbekannte.«

»Da haben Sie wohl recht«, stimmte Cassidy ihr zu und schwieg den restlichen Weg über, der sie deutlich mehr Zeit kostete, als sie gedacht hatten, weil die niedrige Schwerkraft erforderte, dass sie ihre gesamte Motorik anpassen mussten, um nicht zu stolpern oder das Gleichgewicht zu verlieren.

Als sie schließlich vor dem mindestens fünf Schritte hohen Monolithen ankamen, der sich scharf von der Umgebung und besonders der hochaufragenden Steilklippe im Hintergrund abgrenzte, verharrten sie einen Moment.

Staunend sahen sie an dem Gebilde empor, und die Tatsache, das fremdartige Artefakt, das sie aus ihrer Vision als Teil des Raumschiffes kannte, nun mit eigenen Augen zu sehen, verunsicherte sie für einen Moment. Ihr war beinahe, als träume sie. Das Unmögliche zu glauben war deutlich einfacher, solange man damit beschäftigt war, es zu finden. Wenn man dann jedoch davor stand, war es irgendwie unwirklich. Ähnlich war es ihr während ihrer Facharztausbildung in der Intensivmedizin ergangen, als sie die ersten Male im Rettungswagen mitgefahren war und abgetrennte Körperteile gesehen hatte. Natürlich kannte sie den Anblick von Leichen aus den Prep-Kursen und aus dem Fernsehen – zerfetzte Arme und Beine auf der Straße zu sehen, war dennoch etwas ganz anderes gewesen und es hatte sich ein seltsamer Entfremdungseffekt eingestellt. Ähnlich erging es ihr jetzt vor diesem schwarzen Ding, das einfach nicht in ihr Bild von der Realität passte.

»Dieses Ding ist also verantwortlich«, flüsterte sie angespannt.

»Was meinen Sie?«

»Für das Scheitern der Mars One. Für den Tod meiner Kameraden.«

»Das wissen wir noch nicht mit Sicherheit, es könnte sein, dass ...«

»Ich weiß es«, widersprach sie düster. »Jetzt wo ich es sehe, weiß ich es.«

»Sie meinen, dass Sie sich erinnern?«, fragte Cassidy halb ungläubig, halb besorgt.

»Nein, nicht direkt, aber ich ... ich fühle es einfach.«

»Verstehe.« Der Physiker klang alles andere, als würde er sie verstehen, beließ es aber offenbar dabei und deutete auf das Objekt. Als hätte der Monolith auf seine Geste reagiert, teilte er sich in zwei Hälften, die sich an ihrer unteren Basis auseinanderbewegten, während ihre Spitzen miteinander verbunden blieben. Dann drehten sie sich unter den staunenden Blicken von Filio und Cassidy und offenbarten ein gähnendes Loch dazwischen, in dem tiefste Dunkelheit herrschte.

»Das sieht wirklich nach dem Versteck eines Wesens aus, das auch *der Feind* genannt wird«, stieß Cassidy zwischen zusammengepressten Lippen aus und machte einen Schritt zurück. Filio streckte ihren Arm aus und hielt ihn zurück.

»Es gibt kein Zurück mehr«, sagte sie, gegen ihre eigenen Fluchtimpulse, die sie mit wachsendem Nachdruck zur Umkehr bewegen wollten, und atmete tief durch. »Das da ist der einzige Ort, an dem wir eine Chance haben, Antworten zu finden. Antworten darauf, was mit meinen Kameraden geschehen ist und wie wir ihn stoppen können.«

»Haben Sie schon mal darüber nachgedacht, dass es von Beginn an der Plan des Feindes gewesen sein könnte, Xinth gerade so am Leben zu lassen und uns hierher zu locken?«, wandte Cassidy ein, doch Filio schüttelte entschieden den Kopf.

»Ich weigere mich, von dieser Möglichkeit auszugehen.« Sie reckte ihr Kinn vor, um sich selbst Mut zu machen, und zog den Physiker dabei hinter sich her, obwohl dieser sich noch immer sträubte. »Außerdem schulden wir es unseren Leuten, unser Bestes zu geben und das tun wir nicht, indem wir davonlaufen und irgendwo da draußen ersticken.«

»Oh verdammt«, jaulte Cassidy auf. »Ich hasse es, wenn Sie recht haben!«

Mars, 2039

Nach einem langgezogenen Schrei rang Filio nach Luft wie ein an Land gezerrter Fisch und drückte sich mit dem Rücken gegen die Wand, als könne sie sich wie von Geisterhand durch sie hindurch bewegen und einfach verschwinden. Heinrich war bei dem Versuch wegzulaufen, gestürzt und rappelte sich gerade wieder auf.

Das Wesen, das aus dem Dampf trat, war splitternackt und mindestens zwei Meter fünfzig groß, hatte bronzefarbene Haut und knotige Muskeln, die sich über seine etwas zu lang geratenen Arme und Beine spannten. Sie hätte sich beinahe dazu verführen lassen, zu denken, dass es sich um einen Menschen handelte, wären da nicht die mandelförmigen schwarzen Augen gewesen, die keinerlei Iris oder Weiß aufwiesen. Als diese dunklen Opale sie musterten, fühlte es sich an, als reiße ihr jemand die Seele aus dem Leib.

Wie eine mythologische Figur des antiken Griechenlands stand dieser Koloss inmitten des aus seiner Kammer tretenden Dampfes und zuckte mit dem Kopf in Heinrichs Richtung, als dieser erneut versuchte, wegzulaufen. Im selben Moment fuhr eine Art Schott vor ihrem Kameraden aus der Wand und versperrte den Weg. Wo eben noch der seltsame Gang, der aussah wie ein Lavatunnel, gewesen war, reflektierte jetzt das pulsierende Licht, das von dem Fossil in der Bernsteinblase ausging.

Heinrich, der beinahe mit dem plötzlich aufgetauchten Hindernis zusammengestoßen wäre und ungläubig daran entlang tastete, wandte sich schließlich zu Filio um und machte einen Satz an ihre Seite. Der Riese beobachtete sie vollkommen reglos – lediglich sein Kopf folgte Heinrichs Bewegungen kaum merklich.

»Scheiße, Filio!«, entfuhr es dem Deutschen, als er sich neben ihr an die Wand presste, als zähle jeder Millimeter, der sie von dem Fremden trennte. »Was ist das?«

»Ich weiß es nicht«, stammelte sie und schluckte schwer.

»Ist das ein Mensch? Ist das ein verdammter Mensch?«

»Ich glaube nicht.«

»Scheiße, wie kommen wir hier raus?«

»Ich weiß es nicht«, wiederholte sie, ohne den Riesen aus den Augen zu lassen, der halb von der Bernsteinblase verdeckt wurde. Ein Teil von ihr wollte weiter nach links gehen, um die gesamte Blase zwischen sich und das Wesen zu bringen, doch dann hätte sie ihn nicht mehr in den Augen behalten können und sich womöglich noch mehr gefürchtet.

Falls es überhaupt möglich ist, sich noch mehr zu fürchten, dachte sie und leckte sich nervös über die Lippen, während sie rastlos nach einem Ausgang suchte. Jede Faser ihres Seins schrie danach, so schnell wie möglich von hier zu verschwinden.

»Bleib hier stehen, behalte es im Auge«, flüsterte sie über ihren Funk, in dem es noch immer knackte und knisterte.

»Was? Wo willst du hin?«, quiekte Heinrich und Filio nickte kaum merklich zur Seite.

»Ich sehe nach, ob es einen weiteren Ausgang gibt auf der anderen Seite.« Im selben Moment machte sie einen langsamen Schritt nach links, sorgfältig darauf bedacht, keine schnellen Bewegungen zu machen. In ihrem Kopf geisterte die Vorstellung herum, dass der Riese sich plötzlich in Bewegung setzte und auf sie zustürmte, darum versuchte sie alles, um keine Reaktion zu provozieren.

Ein Schritt genügte, um zu sehen, dass genau gegenüber des nun verschlossenen Gangs, durch den sie gekommen waren, ein ähnlicher Gang zu sehen war, in dem ein sanftes, gelbes Licht leuchtete und zerklüftete Wände zeigte.

»Da ist ein Ausgang«, flüsterte sie, als sie wieder an Heinrichs Seite getreten war. Als sie zu dem fremden Wesen zurückstarrte, sah sie gerade noch, wie sich dessen Gesicht ihr zuwandte. Offenbar hatte er selbst gerade zu dem Ausgang gesehen.

»Er versteht, was wir vorhaben.«

»Was haben wir denn vor?«, fragte Heinrich und seine Stimme schien vor Anspannung zu vibrieren. »Du willst doch nicht wirklich da langlaufen.«

»Ich sehe keinen anderen Weg, du?«

»Nein, aber da geht es doch nur noch tiefer hinein in was auch immer!«

Filio antwortete nicht und versuchte stattdessen, ihre Chancen einzuschätzen, den Ausgang vor dem Riesen zu erreichen, der sie jetzt wieder mit diesen schwarzen Opalen, die seine Augen waren, musterte. Ohne sagen zu können, weshalb, fühlte sie sich mit einem Mal wie eine Labormaus in ihrem Käfig. Vielleicht wären sie schnell genug, obwohl das Alien deutlich längere Beine hatte, wahrscheinlich war es aber nicht. Doch selbst wenn sie es schaffen sollten, was, wenn auch dort plötzlich eine Tür zufallen würde?

»Wir müssen es versuchen«, sagte sie leise und traute sich nicht einmal zu blinzeln, weil genau das der Moment sein würde, in dem das Alien auf sie zustürmte, da war sie sich sicher.

»Was? Jetzt?«

»Ja! Jetzt!«, presste sie hervor, stieß sich von der Wand ab und rannte, so schnell sie konnte um die Bernsteinblase herum und in den freien Gang hinein, als sie plötzlich mit etwas Massivem zusammenstieß. Es geschah so heftig und plötzlich, dass ihr Kopf gegen den gepolsterten Rand am Visier stieß und sie rückwärts zu Boden ging.

Sterne kreisten in ihrem Sichtfeld wie ein Karussell aus aufblitzenden Farben, die zu schnell wieder vergingen, um das Kaleidoskop tanzender Fehlimpulse ihrer Sehnerven zu verstehen.

»Was ...«, murmelte sie benommen und schüttelte sanft den Kopf, bevor sie sich auf die Ellenbogen aufrichtete und auf eine schwarze Wand starrte, die genau so aussah, wie auf der gegenüberliegenden Seite. »Oh, verdammt. Heinrich?«

Sie bekam keine Antwort.

»Heinrich!«, wiederholte sie und spürte, wie sich eine bleierne Schwere in ihren Gliedern ausbreitete. Als sie sich umdrehte, tat sie es langsam, als gleite sie durch ein Vakuum und schrie unwillkürlich auf, als sie die Szenerie hinter sich sah.

Keinen Meter von ihr entfernt stand der nackte Riese vor der Bernsteinblase und seine bronzefarbene Haut ließ ihn beinahe mit dem Hintergrund verschmelzen. Er hielt mit seinen beiden übergroßen Händen Heinrichs Kopf umschlungen. Die Füße des Geophysikers baumelten kraftlos in der Luft, zuckten ab und zu wie ein waidwundes Tier, doch er gab keinen Laut von sich. Sein Helm lag mit offensichtlich gewaltsam aufgerissener Halskrause einige Schritte hinter ihm.

»Lass ihn los!«, schrie sie, so laut sie konnte, doch alles was geschah, war, dass ihre Ohren zu dröhnen begannen, da ihre Anzugsysteme noch immer offline waren und damit auch die Lautsprecher nicht funktionierten. Wie befürchtet reagierte das Alien nicht auf sie – selbst dann nicht, als sie sich aufrappelte und zum Stehen kam.

»LASS IHN LOS!«, wiederholte sie schreiend und ignorierte die Schmerzen in ihren Ohren. Ohne nachzudenken, sprang sie hinter das Wesen und versetzte ihm einen Schlag oberhalb seiner rechten Gesäßhälfte, wo sich beim Menschen eine der Nieren befand und legte so viel Kraft in die Bewegung, wie sie nur konnte.

Das Alien stieß einen dröhnenden Laut aus und ließ Heinrich zu Boden fallen, bevor er sich umwandte und Filio mit seinem mächtigen Handrücken gegen die Brust schlug. Noch ehe sie realisierte, was ihr geschah, flog sie gegen die Wand hinter sich und verlor das Bewusstsein.

***

Als sie erwachte, fand sie sich ohne Helm in einer neuen Umgebung wieder. In ihrem Rücken spürte sie etwas Rundes und ihre Arme und Beine waren nach hinten gezogen. Sie fühlte sich wie ein Blatt Papier, das auf eine Litfaßsäule geklebt worden war, die schräg nach vorne geneigt war.

Vor ihr brannte ein Licht, das irgendwo von der Decke weit über ihr zu kommen schien und einen kreisförmigen Bereich auf dem Boden ausleuchtete, der bedrohlich weit weg aussah. Alles andere um sie lag in undurchdringlicher Dunkelheit. Die Luft roch nach Ozon und einer süßlichen Note, die sie nicht zuordnen konnte.

»Du bist wach«, stellte eine kratzige Stimme fest und mit einiger Mühe wandte sie ihren Kopf leicht zur Seite. Es war Heinrich, der an einer Art übergroßen Rolle hing. Arme und Beine klebten daran wie Metallstücke auf einem starken Magneten. Sein Gesicht war verschwitzt und zwei winzige Schläuche führten aus der Oberseite der Rolle an seinem Nacken entlang und endeten in seinem Mund. Sie waren so winzig wie kleine Schnüre, kaum dicker als Garn.

»Bist du in Ordnung?«, fragte sie so schnell, dass sich ihre Stimme beinahe überschlug.

»Ja, ich denke schon«, erwiderte er müde und schlug die Augen zu, bevor er sie mit offensichtlicher Mühe wieder öffnete. »Was ist mit dir?«

»Ich habe keine Schmerzen.«

»Das ist gut. Das ist gut.«

»Weißt du, was passiert ist?«, fragte Filio und kniff die Augen zusammen, um in der Dunkelheit etwas anderes als das senkrecht abfallende Licht zu erkennen, das unnatürlich scharf abgegrenzt war.

Es gelang ihr nicht. Die Schwärze war undurchdringlich und selbst Geräusche hörte sie keine.

»Nein. Ich bin hier aufgewacht, schon vor einer ganzen Weile und du hast geschlafen«, erklärte Heinrich schwach. »Ich fühle mich, als hätte ich eine Woche gezecht.«

»Es hatte deinen Kopf gepackt und dich hochgehoben«, erinnerte sie sich und zuckte zusammen, als sie an den Schlag des Aliens dachte, der sie frontal erwischt hatte wie ein Hammerschlag.

»Das weiß ich nicht mehr. Ich weiß nur noch, wie wir in Richtung des Gangs gerannt sind.«

»Was hast du da im Mund?«, wechselte sie abrupt das Thema und nickte in seine Richtung, weil ihr Kopf der einzige Körperteil war, den sie bewegen konnte.

»Ich weiß es nicht. Aber du hast es auch.«

»Wirklich?« Filio versuchte, ihre Augen nach unten zu verdrehen, konnte aber nichts erkennen, außer den Rand ihrer Oberlippe. Vielleicht ein leichtes Kratzen im Hals.

»Ja. Sieht aus wie der Schlauch einer Magensonde oder

so etwas, nur deutlich dünner. Vielleicht hängt es damit zusammen, dass wir unsere Helme nicht mehr aufhaben«, dachte Heinrich laut.

»Kannst du deine Hände bewegen?«, fragte sie ohne besondere Hoffnung, darum überraschte sie sein unmittelbares Kopfschütteln auch nicht.

»Warte. Ich höre etwas«, flüsterte Heinrich und einen Herzschlag später trat das Alien in den Lichtkegel vor ihnen. Sein Kopf war in etwa auf ihrer Höhe, hatte sich jedoch verändert. Oberhalb seiner handtellergroßen Opalaugen klebten zwei Metallplatten quer auf seinem Stirnansatz, wo beim Menschen Augenbrauen gewesen wären. Außerdem war es nicht mehr nackt, sondern trug einen Ganzkörperanzug aus einer schimmernden grauen Faser, die seine Konturen zu umfließen schien wie Wasser. Es wirkte beinahe, als wäre das Kleidungsstück in ständiger Bewegung und hüllte es von den Zehen bis über die Fingerspitzen und den Hals ein.

Das Alien machte einen Schritt nach vorne und musterte sie ohne erkennbare Eile nacheinander. Dann wandte es sich Heinrich zu, fingerte an irgendetwas in seinen Händen herum, das sie nicht sehen konnte und klebte ihm dann ein ähnliches Metallstück über die Augenbraue, wie es selbst auf der Stirn trug.

»Lass ihn in Frieden!«, rief Filio und kämpfte gegen ihre unsichtbaren Fesseln an, konnte sich jedoch keinen Millimeter bewegen. Frustriert schrie sie auf, als sich das Alien schließlich ihr zuwandte. »Bleib weg von mir!«

Das Wesen kam mit seinem großen Gesicht näher, bis sie seine flache Nase, deren Rücken in einer Linie in die hochaufragende Stirn überging, mit jeder einzelnen Pore sehen konnte. Seine schwarzen Augen schienen sie zu verschlingen, so intensiv und gleichzeitig ätherisch war der Blick daraus. Filio suchte nach einer menschlichen Regung in ihnen, nach irgendetwas, was sie greifen konnte, zu dem sie eine Beziehung herstellen konnte, doch sie sah nichts als Fremdartigkeit und eine unheimliche Weite und Tiefe in ihnen, die ihr das Blut in den Adern gefrieren ließ. Sie hatte das Gefühl, in eine vollständige Galaxie zu blicken, die in diesem Moment von einem schwarzen Loch verschlungen wurde.

»Was machst du mit uns?«, fragte sie und ärgerte sich, dass sie das Zucken in ihrer Unterlippe nicht unter Kontrolle bringen konnte. Sie spürte, wie sie sich entleeren wollte und der Drang beinahe übermenschlich stark wurde, doch sie biss wütend ihre Zähne aufeinander und zwang sich, dem Blick des Aliens standzuhalten. Obwohl sie den Eindruck hatte, dabei etwas von sich selbst geraubt zu bekommen, knurrte sie wie ein Tier, statt ihren Impulsen nachzugeben.

Zu ihrer Überraschung hielt das Alien inne, kurz bevor es das kleine Metallstück auf ihre Stirn heften konnte und zog sich kurz darauf zurück. Mitten in den Lichtkegel, keine zwei Schritte entfernt, wo es stehen blieb und Heinrich musterte, dem ein dünner Speichelfaden aus dem Mund lief.

Das Alien machte eine Bewegung und ein Zucken ging durch den Körper des Deutschen, der nach unten geneigt und vollkommen hilflos an die Säule gedrückt war.

»Was tust du ihm an?«, fauchte Filio hilflos, als Heinrich seine Augen öffnete und zu dem Alien sah.

Plötzlich glitt ein melodiöser Schwall von Lauten über seine Lippen, die so dröhnend und voluminös klangen wie ein ganzes Orchester. Heinrich nickte daraufhin.

»Ja, ich verstehe«, sagte er und zwinkerte in auffällig schneller Abfolge.

»Was ... was redest du da?«, fragte sie und ihr Kamerad wandte sich ihr zu.

»Er meint, dass du sehr widerspenstig bist.«

»Was? *Er?*«

»Ja. Sein Name ist ... Hortat. So würde ich es sagen«, erklärte Heinrich ruhig, als spreche er etwas allgemein Bekanntes aus und müsse sich darüber wundern, dass sie ihn so verdutzt ansah.

»Du hast verstanden, was er da gerade gesagt hat?«

»Oh, es ist viel mehr als das, was er gesagt hat.« Der Geophysiker schüttelte den Kopf und lächelte schwach. »Das Gerät auf meiner Stirn übersetzt seine ... Sprache.«

»Woher weißt du das alles? Ich verstehe nicht.« Filio sah entgeistert von Heinrich zu dem Alien und wieder zurück.

»Ich verstehe aber. Es will uns nichts tun.«

»Was redest du da? Es hat mich ohnmächtig geschlagen als ...«

»Erst, nachdem du ihn angegriffen hast.«

»Was? Er hatte dich gepackt und du warst ohnmächtig! Ich habe versucht, dich zu befreien!«, protestierte sie und schüttelte fassungslos den Kopf.

»Ich weiß und ich danke dir für deinen Mut. Aber du kannst nicht ihn dafür verantwortlich machen. Er hat uns hierher gebracht, um uns zu beschützen!«, beharrte Heinrich und wirkte beinahe verzückt, als stünde er unter Drogen.

»Um uns zu beschützen?«, schnaubte sie und funkelte das Alien an, ohne dass sich die tief in ihr schlummernde Furcht einen Weg an ihrer Wut vorbei bahnen konnte.

»Ja. Er war genauso erschrocken, uns auf seinem Schiff zu sehen, wie wir erschrocken waren, ihn zu sehen.«

»Und das hat er dir gerade alles erzählt mit diesem einen ... Wortschwall?«

»Es war weit mehr als das, was er hörbar von sich gegeben hat«, entgegnete Heinrich geduldig. »Wenn du dir das Gerät geben lässt, kannst auch du ihn verstehen.«

»Auf keinen Fall!«, erwiderte sie bestimmt und biss die Zähne zusammen, dass ihre Kiefer schmerzten. »Er hat dir das Gehirn gewaschen mit diesem Ding! Du bist doch nicht mehr ganz bei dir!«

»Doch, Filio, das bin ich. Ich weiß, wer ich bin, wer du bist und wer er ist und sage das in vollkommener Klarheit.«

»Das weißt du doch gar nicht! Vielleicht hat er irgendetwas mit deinem Gehirn gemacht mithilfe von diesem ... Ding!«

Heinrich schüttelte den Kopf und lächelte sie müde aber versöhnlich an. »Nein, das hat er nicht. Er könnte uns jederzeit töten, wenn er wollte, aber stattdessen hat er dafür gesorgt, dass wir atmen können und ernährt werden. Die beiden Schläuche in deinem Mund sorgen dafür.«

»Ich kann selber sehr gut atmen, danke«, sagte sie an niemand Bestimmtes gerichtet.

»Oh nein, das kannst du nicht. Der Sauerstoffgehalt hier auf dem Schiff ist etwa doppelt so hoch wie auf der Erde und würde dich innerhalb von einigen Stunden ohnmächtig machen und dann würdest du irgendwann sterben«, prophezeite ihr der Deutsche geduldig.

»Warum bist du noch gefesselt, wenn dieser ...«

»Hortat.«

»... wenn dieser Hortat so ein Wohltäter ist?«

Das Alien machte eine kurze Geste, als sie geendet hatte und wie von Geisterhand fiel Heinrich zu Boden. Keine Schnallen klackten auf, keine Fesseln lösten sich, er glitt einfach zu Boden, schien aber damit gerechnet zu haben und fing sich mit Armen und Beinen ab. Mit offensichtlich zittrigen Gliedern erhob er sich und kam zu Filio.

»Er lässt dich auch runter, wenn du ihm versprichst, ihn nicht mehr anzugreifen.«

»Du vertraust einem Alien, weil es dir etwas gesagt hat?«, fragte sie, noch immer zu fassungslos, um seine Worte überhaupt in ihrem Geist abwägen zu können.

»Er lag über sechzig Millionen Jahre hier an Bord in seiner Stasiskammer. Als er aufwacht, stehen auf einmal zwei Aliens in Raumanzügen vor ihm – wie hättest du dich da gefühlt?«

»Wie ich mich gefühlt hätte?«

»Ja. Du hättest Angst bekommen und das hat er auch. Dann hast du ihn angegriffen, als er gerade meinen Geist sondiert hat ...«

»Deinen Geist sondiert? Was redest du da?« Filio hätte ihn am liebsten so lange geschüttelt, bis er wieder zur Vernunft kam.

»Er hat Fähigkeiten, die wir nicht haben. Du kannst dir nicht einmal vorstellen, was für ein uraltes und mächtiges Wesen er ist, Filio!« Heinrichs Augen bekamen einen geradezu fanatischen Glanz, als er das sagte. »Als du ihn angegriffen hast, hat er sich gewehrt und uns hier gefesselt, damit wir ihm nicht gefährlich werden können. Sein nächster Schritt war die Kontaktaufnahme und dafür ist das kleine Gerät notwendig, das er mir gegeben hat. Und jetzt denk nach, Filio! Wärst du in seiner Position gewesen, hättest du genau diese Schritte in derselben Reihenfolge gewählt, stimmt's?«

Sie dachte kurz nach und atmete stoßartig aus – halb aus Frustration, weil sie diese Frage mit »Ja« beantwortet hätte, und halb um ein Ventil für ihre Anspannung zu finden.

»Mir gefällt das nicht, Heinrich. Du hast dich verändert.

Vielleicht ist es dieses Ding auf deiner Stirn.« Sie musterte das Gerät, das aussah wie ein rechteckiges Etikett aus ultraflachem Metall, das ansonsten keinerlei Konturen oder Merkmale aufwies, außer dass es offenbar von selbst klebte.

»Du willst keines haben, das respektiert er. Darum hat er sich zurückgezogen. Willst du jetzt dort hängen bleiben oder ihm versprechen, dass du keine Gewalt gegen ihn anwenden wirst? In diesem Fall lässt er dich los und ich wäre sehr, sehr erleichtert, okay?«

Filio versuchte, ihre Möglichkeiten abzuwägen. An diese Säule gefesselt, würde sie nichts tun können, außer abzuwarten, was der Außerirdische mit ihr vorhatte. Wenn sie mit ihm und Heinrich ging, riskierte sie, doch noch einer Gehirnwäsche unterzogen zu werden wie ihr Kollege.

Falls er einer Gehirnwäsche unterzogen wurde, versuchte ein Teil von ihr, sie zu ermahnen, doch die Vorstellung, dass er in einem Wimpernschlag seine Meinung geändert hatte und dieses Alien plötzlich als eine Art Heiligen betrachtete, erschien ihr doch zu absurd.

»Ich will, dass er uns mit Dimitry und Javier sprechen lässt«, forderte sie und Heinrich runzelte die Stirn, bevor er sich zu dem Alien umdrehte, das sie noch immer ungerührt musterte. Es wirkte beinahe wie ein Vater, der seinen Kindern zusah, wie sie sich einigten. Sie war sich nur noch nicht sicher, ob er auf sie eher wie ein strenger Vater wirkte, vor dem man sich fürchten musste, oder wie ein gutmeinender, dem man sich anvertrauen konnte.

Heinrich wandte sich wieder ihr zu, nachdem das Alien erneut diese rollenden und gleichzeitig melodiösen Laute von sich gegeben hatte und schüttelte mit geschürzten Lippen den Kopf. »Erst, wenn er uns vertraut. Es steht zu viel für ihn auf dem Spiel. Er will wissen, wer wir sind und wie wir in sein Schiff gelangt sind.«

»Also ist das hier ein Schiff?«

»Ja.«

»Gibt es hier noch mehr von seiner Art?«, fragte sie schnell.

»Er will mir alles erklären und zeigen. Die Frage ist, ob du uns begleiten wirst oder unbedingt hier bleiben möchtest«, gab Heinrich zurück und machte einen Schritt auf sie zu, bis er den Kopf in den Nacken legen musste, um ihr ins Gesicht sehen zu können. Leise fügte er hinzu: »Bitte, Filio! Komm mit. Hier kannst du ohnehin nichts ausrichten und wir haben hier und jetzt die Chance auf einen Erstkontakt mit einem echten Außerirdischen. Willst du den wirklich mit Misstrauen und Wut starten?«

»Er hat uns angegriffen«, beharrte sie, doch ihr Widerstand wurde schwächer und ihre Mauern aus Furcht und Verzweiflung begannen zu bröckeln.

»Hätte er uns töten wollen, hätte er das längst tun können. Wir befinden uns auf dem Mars, nicht auf der Erde. Was kann schon Schlimmes passieren, wenn wir uns in ein wenig Friedfertigkeit und Verständigung üben und mit ihm gehen?«

Filio zögerte ein letztes Mal und teilte ihre forschenden Blicke zwischen dem riesigen Alien und Heinrich auf, der sie beinahe flehentlich ansah, bevor sie zögernd nickte.

»Also gut. Ich verspreche es.«

»Sehr gut«, freute er sich und das Alien, Hortat, machte eine Geste und plötzlich waren Filios Arme und Beine frei. Sie fiel direkt in Heinrichs Arme.

»Ich hab' dich«, versicherte er ihr. »Ich hab' dich.«

Agatha Devenworth, 2042

Als Agatha und Pano ihre Ermittlung wahrheitsgetreu wiedergegeben hatten, sagte Miller eine ganze Weile lang nichts, ließ sich noch einmal die Fotos zeigen und schwieg wieder. Sie gaben ihm diese Zeit, da sie nur allzu gut wussten, dass sie selbst diese Zeit womöglich auch gebraucht hätten.

»Das ist viel zu verdauen«, meinte der Direktor schließlich und stand auf, um sich der Fensterfront hinter sich zuzuwenden. Die Sonne war mittlerweile von den dichten Regenwolken verschluckt worden, und ein trübes Grau hielt New York in einem depressiven Würgegriff. »Besonders diese Sache mit den Sons of Terra. Diese verfluchte Mörderbande soll die ganze Zeit über recht gehabt haben?«

»Ich weiß, dass es schwer zu glauben ist, aber ja, so sieht es aus«, bestätigte Agatha und wechselte einen kurzen Blick mit Pano, der nichtssagend mit den Schultern zuckte.

»Das würde zumindest diese vollkommen hirnrissige Scharade mit der Carrier Strike Group erklären, die ins arktische Meer verlegt wurde«, brummte Miller, ohne sich umzudrehen.

»Wie meinen Sie das?«

»So, wie ich es sage. Diese ganze Aktion macht keinen Sinn. Wir riskieren damit echte Probleme mit China, das genau beobachten wird, ob dort auch nur einer unserer Soldaten seinen Fuß an Land setzt. Falls das geschieht, wird sich China nicht mehr zurückhalten und beginnen, die Antarktis zu militarisieren, um neue Fakten zu schaffen. Die Präsidentin hätte dem niemals zugestimmt, wenn sie nicht massiv unter Druck gesetzt worden wäre.«

»Oder«, gab Agatha zu bedenken, »sie ist selbst ein Werkzeug des Feindes.«

»Vorsicht, Special Agent«, ermahnte er sie und neigte leicht den Kopf zur Seite, ohne sich umzudrehen. »Das ist gefährliches Terrain, auf das Sie sich da begeben.«

»Es ist eine Möglichkeit, die wir nicht außer Acht lassen sollten. Einer muss sie aussprechen, sonst hängt die Sache wie ein Damoklesschwert über uns«, beharrte Agatha mit fester Stimme.

»Wir können im Datenspeicher ihres Leibarztes Colonel Wilbers nachsehen, ob es eine Virusinfektion gab, aber das ist schwierig, weil diese Daten nur höchstrangigem Personal zugänglich sind.«

»Sie sind der Direktor der CTD, mehr Befugnisse sind ja wohl kaum möglich!«

»Im Falle eines Terroranschlags oder der akuten Gefahr eines unmittelbar bevorstehenden Anschlags mit entsprechenden Indizien, ja«, korrigierte Miller sie und kehrte auf seinen Stuhl zurück, wo er seine langen Finger ineinander verschränkte und zischend einatmete. »Aber die Präsidentin ist erst knapp eine Woche im Amt, wir müssen also wohl oder übel an die medizinischen Daten ihrer Zeit als Senatorin herankommen.«

»Haben Sie dafür die Befugnis?«, warf Pano fragend ein.

»Ja, aber die Sache wird auffallen. Ich kann sagen, dass es sich um einen Routineabgleich mit unseren Datenbanken handelt, um Risikoprofile zu erstellen, aber das ist eine halbherzige Ausrede. Wann immer eine Anfrage direkt oder indirekt die Präsidentin betrifft, gehen irgendwo in den Datenzentren der Hauptstadt rote Alarmsirenen an und man wird Fragen stellen.«

»Aber das wird dauern, oder?«

»Ich weiß es nicht, weil ich mich von solchen Anfragen bisher tunlichst ferngehalten habe«, meinte Miller, blickte kurz ins Leere und sah dann auf. »Allerdings wissen wir bei einer breiten Abfrage, die auf den gesamten Senat bezogen ist, auch gleich, welches Senatsmitglied noch unter dem Einfluss dieses Aliens steht.«

»Technisch gesehen ist es kein ...«

»Hören Sie auf klugzuscheißen«, blaffte Miller Pano an und wandte sich an Agatha. »Wir müssen wissen, gegen welches Team wir spielen und wir müssen mit der Präsidentin sprechen. Wenn Sie ihr das zeigen und erzählen, was sie mir gezeigt und erzählt haben, dann wird sie die Flotte umkehren lassen, bevor es zur Katastrophe kommt.«

»Zumindest wenn wir davon ausgehen, dass sie nicht ...«

»Wenn sie es ist, hat das Ganze ohnehin keinen Sinn. Da sie in Umfragen bis kurz vor der Wahl aber leicht hinter Phelps gelegen hat, dürfte sich dieser Hortat auf Phelps konzentriert haben. An den Präsidenten der Vereinigten Staaten zu gelangen, ist nicht gerade einfach.«

»Für den Feind schon«, widersprach Agatha. »Außerdem handelt es sich um ein Virus, das sich wohl kaum um die Anzahl der Pistolen schert.«

»Schon, aber gehen wir einmal davon aus, dass sich das Virus von Mensch zu Mensch überträgt, was der Worst Case wäre: Dafür müsste jemand infiziert sein, der ihr täglich nahe kommt.«

»Ein Mitarbeiter aus ihrer Entourage vom Secret Service?«, schlug Pano vor, doch Miller schüttelte entschieden den Kopf.

»Nein. Bei einem Virusinfekt werden sie mindestens zwei Wochen von der Präsidentin ferngehalten, um sie nicht anzustecken. Wenn sie damit die nächste Rotation verpassen, sind sie für zwei Monate raus. Das heißt, wenn ein Mitglied ihrer ersten Zuteilung infiziert war, wird er frühestens jetzt um diese Zeit wieder eingeteilt sein.«

»Was uns zur Eile antreiben sollte«, gab Agatha zu bedenken und rutschte unruhig auf ihrem Stuhl hin und her. Erneut dachte sie an den Mann im schwarzen Anzug zurück und wie er sie mit seinen kalten Augen gemustert hatte. Wie in Zeitlupe sah sie, wie sich sein Mund bewegte und den Befehl aussprach, auf sich selbst zu schießen. Es folgte das Gefühl, machtlos ihrem eigenen Körper zusehen zu müssen, wie er Dinge tat, die sie nicht wollte. Die ungehörten Schreie in ihren Gedanken hallten auch jetzt noch nach, wenn sie sich vorstellte, einem solchen Killer noch einmal gegenüber zu stehen.

»Wir sollten uns noch wegen eines ganz anderen Problems beeilen.« Miller vollführte einige knappe Gesten und drehte den Bildschirm zu ihnen. Sie blickten auf eine digitale Karte mit allerlei Kennziffern und Markierungen, die den Bereich südlich des Äquators zwischen Afrika und Australien, inklusive der Antarktis, zeigte. Agatha benötigte einen Augenblick, um zu verstehen, was sie da sah, weil die Perspektive mit dem Südlichen Ozean als Zentrum so ungewohnt war. Schnell fand sie die Position der McMurdo, die als roter Punkt eingezeichnet war, und sah einen weiteren roten Punkt etwas nordwestlich von ihr aufblinken.

»Was sehen wir da?«, sprach Pano die Frage aus, die ihr auf den Lippen brannte.

»Das ist der Flugzeugträger mit seiner Begleitflotte.«
»Aber ...«
»Ja, genau. Sie werden in vierundzwanzig Stunden in Flugreichweite ihrer Kampfjets gelangt sein und in dreißig

Stunden in Reichweite der Railguns ihrer Zerstörer. Dann war's das sowohl mit dem Erbauer als auch mit Karlhammer und seinem kleinen Geheimnis am Südpol.« Miller drehte den Bildschirm wieder zu sich und ballte eine Hand zur Faust, bevor er sie vor seinen Mund hob und seine Wangen aufblähte.

»Ich verstehe nicht«, entgegnete Agatha verwirrt. »Ich dachte, die Flotte braucht noch Tage.«

»Es kam vor kurzem heraus, dass das Pentagon die Kampfgruppe zu einer Übung südlich vom Kap der Guten Hoffnung entsandt hat, was aufgrund einer begrenzten Manöverdauer ohne Waffeneinsatz nicht der Unterschrift der Präsidentin bedurfte. Außerdem schien Phelps, der zu dem Zeitpunkt noch im kommissarischen Amt war, nicht besonders dagegen gewesen zu sein.«

»Also stecken er und hochrangige Beamte im Pentagon dahinter.« Agatha grunzte frustriert.

»Ja. Praktischerweise war die Flotte also gar nicht so weit weg von ihrem geplanten Einsatzgebiet vor McMurdo wie gedacht.«

»Uns bleiben also vierundzwanzig Stunden, um die Präsidentin zu bewegen, die Aktion abzublasen?« Pano ließ sich in seinen Stuhl zurückfallen und warf die Hände in die Luft. »Das können wir vergessen. Sie wird dieser Sache nur zähneknirschend zugestimmt haben. Vielleicht, weil diese Leute etwas gegen sie in der Hand haben? Außerdem: Wenn sie ständig mit *diesen* Leuten spricht, dann werden die sie vielleicht infiziert haben.«

»Man merkt, dass Sie vom alten Kontinent stammen«, meinte der Direktor. »So gut wie alle Meetings finden virtuell statt, weil es sicherer ist.«

»Weil man so sämtliche Daten hat und sich nicht erpressen lassen kann, meinen Sie.« Panos angewiderte Grimasse ließ keinen Zweifel daran, was er von dieser Sache hielt.

»Jetzt ist es jedenfalls ein Vorteil«, beharrte Miller und zog sein Handterminal vom Tisch. »Ich versuche, uns einen Termin zu verschaffen. Ich habe ihre direkte Durchwahl.«

»Warten Sie!«, rief Agatha und zückte ihr eigenes Terminal. »Ich gebe Ihnen Karlhammers Nummer, er kann das Signal verschleiern.«

»Das kann ich selbst ...«

»Aber Sie wissen nicht, wer von den angeblich *Guten* mithört, richtig?«

Miller sah sie an, als hätte er in eine Zitrone gebissen, und gab ihr einen Wink. »Also gut, her mit der Nummer!« Er ließ sie sich von Agatha mit einem Wisch übersenden und zog an einer Schublade, die sie von ihrer Position aus nicht sehen konnte, um ein Transducernetz hervorzuziehen und sich auf den Kopf zu setzen. Als er ihren fragenden Gesichtsausdruck sah, zuckten seine Mundwinkel. »Vorschrift bei einem Direktkontakt mit der Präsidentin. Wahrscheinlich werden meine Gehirnströme ausgelesen, bevor sie mich durchstellen.«

»Und das Gespräch wird auch sicher nicht belauscht?«, fragte Pano ungläubig.

»Nein. Nicht, dass ich wüsste und ich bin für die gesamte Terrorabwehr in diesem Land verantwortlich. Wenn Sie mich jetzt kurz entschuldigen würden: Ich muss der Präsidentin erklären, dass Marsmenschen am Südpol leben, und andere von denen Viren häkeln, um eine alte Fehde auf unserem Rücken auszutragen.«

»Genau so sollten Sie das sagen«, murmelte Agatha.

***

Das Fossil 2 *Joshua Tree*

Eine Stunde später fuhren sie zu dritt in Millers Dienstfahrzeug Richtung Washington. Da niemand außer den vier Secret Service Agenten im direkten Umfeld der Präsidentin von dem Spontanbesuch wusste, hatten sie auf eine Eskorte verzichtet. Relativ unbeachtet ins Parkhaus zu gelangen und zu verschwinden war vergleichsweise leicht gewesen, da ein Großteil der Belegschaft noch lange keinen Dienst hatte.

So fanden sie sich schweigend auf der Interstate nach Washington wieder. Sie fuhren mit Autopilot, den sie per Vorrangcode auf die maximal mögliche Geschwindigkeit gestellt hatten. Sie hätten auch manuell fahren und mithilfe des Transponders sämtliche Verkehrsregeln für sich außer Kraft setzen können, doch das hätte Aufsehen erregt – Aufsehen, das sie jetzt nicht gebrauchen konnten.

Die Kartensoftware auf dem Head-Up-Display in der Windschutzscheibe zeigte eine erwartete Fahrzeit von zwei Stunden und elf Minuten, was auch auf die Minute genau stimmen würde. Agatha hasste es, gegen die Zeit anzurennen, weil ihr dann immer bewusst wurde, wie lang sich jedes kleine Detail ziehen konnte. Jetzt saßen sie hier in dem geräumigen Tesla Modell Z und waren zum Nichtstun verdammt, während auf ihrem Handterminal ein vierundzwanzig Stunden Countdown herunterlief wie die Körner einer Sanduhr. Nur, dass am Ende nicht ein leeres oberes Glas stand, sondern eine zerstörte Pyramide, ein toter Xinth, ein ebenso toter Luther Karlhammer und damit die zerstörte Chance, ihre Spezies und ihren Planeten auf lange Sicht zu retten. Sie gehörte zwar nicht zu den zahlreichen Weltuntergangspropheten, die eine immer schneller kippende Biosphäre mit sich brachten, aber sie gehörte genauso wenig zu jenen blinden Schreihälsen, die noch immer nicht an die Klimakatastrophe glaubten, obwohl sich viele Küstenmetropolen schon mit meterhohen Schutzmauern eingeschlossen hatten. Für sie stand außer Zweifel, dass die Human Foundation Schlimmeres verhindert hatte und noch immer verhinderte, und das hatten sie diesem Erbauer zu verdanken, der sich nun einmal in der Pyramide in der Antarktis aufhielt. Ganz zu schweigen von der Tatsache, dass das Töten der ersten anderen bewussten und intelligenten Spezies, auf die die Menschheit getroffen war, einen weiteren schrecklichen Schandfleck in ihrer Geschichte bedeuten würde.

Vierundzwanzig Stunden sind einfach nicht genug, dachte sie bitter. Was, wenn Offiziere in entscheidenden Positionen sich vor McMurdo über den Befehl der Präsidentin hinwegsetzen sollten? Falls sie Kamala Harris überhaupt zu diesem Schritt bewegen konnten.

»Was hat sie am Telefon denn gesagt?«, fragte Agatha schließlich zum x-ten Mal und Miller schien offenbar so wenig an der zähen Stille in ihrem Wagen interessiert zu sein, dass er genauso geduldig antwortete, wie bisher.

»Dass sie meine Bitte um ein Notfalltreffen im Hinblick auf die nationale Sicherheit ernst nimmt und Sie und ich sofort hinkommen sollen. Sie hat eine Pressekonferenz in zweieinhalb Stunden, also werden wir knapp zehn Minuten ihrer Zeit bekommen.«

»Nicht besonders viel, um jemandem zu erklären, dass es Aliens auf der Erde gibt, die einen Privatkrieg auf unsere Kosten führen«, sagte Pano, der im Fond saß und seine Füße quer gelegt hatte. Ein geradezu anstößiges Bild in Hinblick der sündhaft teuren Ledersitze.

»Keine Zeit reicht dafür aus, schätze ich«, stimmte Miller ihm zu. »Aber wir werden es versuchen. Einen anderen Weg gibt es nicht.«

Eine Stunde später passierten sie Philadelphia. Die Stadt

zog als Ansammlung grauer Reihenhäuser und eines Zentrums aus Wolkenkratzern an ihnen vorbei wie ein trostloser Friedhof. Über der Stadt galten seit letztem Jahr Flugverbote für sämtliche Drohnen außer jenen der Polizeibehörden, was auf ein Dekret des Gouverneurs zurückging, der dem wachsenden öffentlichen Druck nachgegeben hatte. Agatha konnte sich kaum noch vorstellen, dass ein solch totes Stadtbild ohne dunkle Schwärme von Fluggeräten über den Dächern vor zwanzig Jahren noch normal gewesen war.

Die nächsten zehn Kilometer vor ihnen bestanden aus Solarasphalt, der ihren Tesla automatisch auflud, während sie darüberfuhren. Aufgrund der rauen Oberfläche des Materials entstanden leichte Vibrationen, die sich als Brummen in dem sonst leisen Fahrzeug bemerkbar machten.

»Die Hälfte hätten wir schon mal geschafft«, meinte Miller gerade, als er die Stirn runzelte. Agatha folgte seinem Blick und sah durch die Windschutzscheibe, bevor sie das Head-Up-Display deaktivierte und einen anderen schwarzen Tesla Modell Z vor ihnen einschwenken sah. Auf dem Nummernschild waren sowohl die Aufschrift »US Government« zu sehen, als auch das Wappen von Homeland Security.

»Was soll das?«, fragte Miller mehr wütend als alarmiert. Agatha sah in den Rückspiegel und fand dort einen weiteren Tesla Z vor.

»Erwarten Sie jemanden?« Pano nahm die Füße vom Rücksitz und ließ seine rechte Hand unter die Jacke gleiten, wo seine schwere Glock in ihrem Holster hing.

»Nein.«

»Au Scheiße!«, fluchte Agatha, als der Wagen vor ihnen abbremste und ihr Autopilot automatisch reagierte und seine Geschwindigkeit anpasste. »Schalten Sie den Autopiloten aus!«

»Kann ich nicht«, antwortete Miller und hämmerte mit einer Faust auf das Display in der Mittelkonsole, das jedoch nicht reagierte. Dort leuchtete lediglich ein rotes Dreieck auf, in dessen Mitte »Gefahr« geschrieben stand.

Wie ironisch, dachte Agatha und zog ebenfalls ihre Dienstwaffe.

»Sie wollen doch nicht etwa auf unsere Leute schießen, Agent Devenworth«, meinte der Direktor und sah sie mit einem messerscharfen Blick an.

»Unsere Leute? Wie sicher sind Sie sich dessen? Haben Sie bereits die angeforderten medizinischen Daten der Senatoren erhalten?«

»Nein«, gab Miller zu und fletschte die Zähne, bevor er plötzlich losbrüllte: »Verflucht, Köpfe runter!«

Ihr Autopilot bremste so massiv, dass sie in ihre Gurte geworfen wurden, als auch schon die Türen der Wagen vor und hinter ihnen aufgingen, und vermummte Gestalten in Vollpanzerung herausgestürmt kamen. Sie zögerten nicht lange und richteten Sturmgewehre auf ihr Auto. Agatha konnte gerade noch ihren Gurt lösen und hinunterrutschen, als sie auch schon zu feuern begannen. Geschosse trommelten auf das gepanzerte Glas, als befänden sie sich mitten in einem ausgewachsenen Hagelsturm und es wurde mit jeder Sekunde dunkler.

Irritiert löste Agatha die Hände von ihrem Kopf und sah auf. Die Windschutzscheibe und die Scheibe auf ihrer Beifahrerseite waren mit schwarzen Farbspritzern übersät, als würden sie mit Paintballkugeln beschossen. Der Film wurde immer dichter, bis sie kaum noch etwas erkennen konnte und schließlich sämtliche Scheiben schmutzig-schwarz waren.

»Was zum Teufel machen die?«, rief Pano von hinten über den Lärm hinweg, als der plötzlich einer bedrohlichen Stille wich.

»Die wollen uns blind machen«, knurrte Miller und deutete auf das Display, auf dem die Anzeige zu vibrieren schien, bevor sie sich abschaltete und der Wagen sich wieder in Bewegung setzte. »Jetzt haben sie unseren Autopiloten übernommen. SCHEISSE!«

»Wie haben die das gemacht?«

»Irgendjemand mit einem Vorrangcode von Homeland Security, der noch höher ist als meiner.«

»Das gibt es?«

»Ja.« Miller sah sie mit einem bitteren Zug um den Mund an. »Die Ministerin hat so einen.«

»Oh, verdammt!«

Ihr Tesla beschleunigte so stark, dass Agatha in ihren Sitz gedrückt wurde und sich eine unsichtbare Faust auf ihren Magen legte. Hastig legte sie ihren Gurt wieder an.

»Fenster öffnen«, versuchte sie es mit der Sprachsteuerung, doch genauso gut hätte sie einem Stein befehlen können, zu fliegen.

Frustriert griff sie in ihre Tasche und zückte ihr Handterminal, doch wie erwartet, hatte sie keine Verbindung. »Ich schätze, dass wir nun auch die medizinischen Daten der Senatoren nicht mehr empfangen können.«

»Die Ministerin arbeitet also für den Feind«, stellte Pano düster fest, doch Miller schüttelte den Kopf.

»Das wissen wir nicht zu hundert Prozent.«

»Sie wollen mich verarschen, oder?«

»So reden Sie nicht mit mir!« Die Miene des Direktors nahm einen gefährlichen Zug um den Mund an, den sie schon mehrfach gesehen hatte, bevor er Mitarbeiter feuerte – was bei ihm relativ schnell geschah.

»Wenn es nur einen Vorrangcode gibt, der den Ihren aussticht und dieser der Ministerin gehört«, fuhr Pano ungerührt fort, »kann es nur so sein.«

»Wir wissen, dass sie es wahrscheinlich ist, die uns aus dem Verkehr zieht, aber das sagt noch nichts über die Hintergründe und Absichten ihrer Handlungen aus, geschweige denn darüber, ob sie für dieses Alien arbeitet«, beharrte Miller.

Sie stritten noch eine Weile, doch Agatha hörte ihnen nicht zu. Stattdessen konzentrierte sie sich darauf, den Inhalt ihres Magens bei sich zu behalten. Ohne einen Orientierungspunkt nach draußen waren die ständigen Richtungswechsel, Kurven und das regelmäßige Auf und Ab eine Qual für ihre Verdauungsorgane, die sich mit dem wachsenden Drang, sich zu übergeben, bedankten.

Die Fahrt dauerte laut ihrem Handterminal genau dreizehn Minuten, dann kamen sie mit quietschenden Reifen zum Stehen.

»Es geht los«, sagte sie und lud ihre Pistole durch. Pano tat es ihr offenbar gleich, denn sie hörte den Schlitten seiner Glock zurückfahren, doch Miller schüttelte den Kopf.

»Seien Sie nicht naiv. Die werden damit rechnen und Sie schneller ausschalten, als sie *unschuldig* rufen können.«

»Lieber so, als mit einem verdammten Alienvirus infiziert zu werden und als willenloser Zombie zu enden«, knurrte Pano.

»Er hat recht«, entgegnete Agatha und senkte ihre Waffe.

»Lassen Sie Ihre Waffen in die Fußräume fallen und legen Sie Ihre Hände auf die Armaturen oder den Vordersitz«, ertönte plötzlich eine männliche Stimme aus den Lautsprechern ihres Wagens. »Sie haben zehn Sekunden Zeit. Wenn Sie dieser Aufforderung nicht nachkommen, werden wir bei Türöffnung das Feuer auf Sie eröffnen.«

Agatha folgte der Aufforderung und ließ ihre Beretta in den Fußraum fallen, bevor sie beide Hände auf das Handschuhfach legte. Miller tat es ihr auf dem Fahrersitz gleich und verzog seinen Mund zu einem dünnen Strich.

»Machen Sie schon, Pano. Wenn wir uns jetzt erschießen lassen, war es das«, drängte sie ihren Partner, bis sie von hinten endlich das Klackern einer Pistole und ein frustriertes Schnauben hörte.

Keine Sekunde später sprangen alle vier Türen gleichzeitig auf und sie wurden unter dem heiseren Geschrei von Einsatzkräften aus dem Fahrzeug gezerrt.

Grobe Hände packten Agatha an Schultern und Beinen und warfen sie zu Boden, wo sie in den Staub hustete und ein Knie im Kreuz spürte. Jemand riss ihre Hände schmerzhaft hinter ihren Rücken und fesselte sie mit Kabelbindern, bevor sie brutal hochgerissen wurde und ihre Augen zusammenpressen musste, weil sie von grellem weißem Licht geblendet wurde.

»Ist ja schon gut!«, protestierte sie. »Wir haben uns ergeben, Mann!«

Zur Antwort erhielt sie einen heftigen Schlag in den Rücken, der ihr alle Luft aus den Lungen presste. Sie stürzte nicht, stolperte nicht einmal, weil die kräftigen Hände an ihren Oberarmen sie nicht ließen. Man schleifte sie durch eine große Halle, oder einen sehr weiten Flur – es war schwer zu sagen, da ihre Augen noch immer von dem grellen Licht geblendet waren. Dann wurde sie auf einen Stuhl gesetzt und mit Händen und Füßen daran festgebunden.

Als ihre Augen sich wieder halbwegs daran gewöhnt hatten, zu sehen, sah sie um sich herum eine Art Hangargebäude mit hohen Decken und Metallstreben. Vier Regierungsfahrzeuge waren zehn Meter entfernt geparkt und blendeten sie mit ihren Scheinwerfern. Neben sich sah sie

Das Fossil 2 *Joshua Tree*

Miller und Pano, ebenfalls an Stühle gefesselt, sitzen. Ihr Partner blutete aus Nase und Ohr. Der Verband war verschwunden, lag einige Meter in Richtung der Autos auf dem Boden. Von den Scheinwerfern umflutet, stand ein gutes Dutzend Männer in Kampfmontur mit abgewinkelten Sturmgewehren, und eine einzelne Gestalt kam langsam auf sie zu. Sie trug einen langen, cremefarbenen Mantel und hatte lange blonde Haare, die ihr faltiges braunes Gesicht umrahmten: Silvia Cortez, Heimatschutzministerin der Vereinigten Staaten von Amerika.

Filio Amorosa, 2042

Filio beugte sich über den schwarzen Schacht, der in Hortats Schiff führte, und suchte nach einer Leiter oder irgendetwas, das sie zum Abstieg benutzen konnten. Doch die Wände waren glatt wie Marmor, bis auf einige Kratzer und Brandspuren im oberen Randbereich.

»Verflucht«, murrte Cassidy und sah zu ihr auf. »Wie sollen wir da runterkommen?«

»Die Schwerkraft hier beträgt bloß ein Drittel ...«

»... von dem der Erde – schon klar! Das hatten wir schon«, unterbrach er sie und deutete in das dunkle Loch. »Trotzdem sind das locker zehn Meter.«

»Wenn ich es richtig gesehen habe, liegt unten eine Menge Sand und du könntest mich nach unten lassen und festhalten, bis ich mich fallen lasse. Dann sind es nur noch acht Meter und ...« Filio hielt inne.

»Was ist?«

»Ich habe gerade ein seltsames Déjà-Vu«, erwiderte sie stirnrunzelnd und schüttelte den Gedanken von sich. »Egal. Wir müssen da runter. Ich werde versuchen, mich mit Armen und Beinen an den Wänden zu bremsen. Die Handschuhe sollten das mitmachen.«

»Was, wenn Sie sich den Anzug aufschlitzen?«

»Dann müssen Sie wohl Ihr Flickzeug wieder auspacken, hm?«

Bevor Cassidy etwas erwidern konnte, kletterte sie in das Loch und hielt sich an dem metallischen Rand fest, bevor sie ihre Beine abspreizte und mit ihren Füßen gegen die Wände drückte.

»Seien Sie bloß vorsichtig.«

»Schauen Sie lieber gut zu. Sie sind als nächstes dran.« Filio verkniff sich den Zusatz *falls ich es ohne Verletzung überstehen sollte*, und löste ihre Hände vom Rand des Lochs. Die gute Nachricht war, dass sie nicht stürzte und ihr Fall nach unten wirkungsvoll abgebremst wurde. Die schlechte Nachricht war, dass sie keine perfekte Balance aufrechthalten konnte und mit dem Rücken gegen die Wand prallte, was dazu führte, dass sie mit den Armen zu rudern begann.

Knurrend versuchte, sie mit ihren Händen Halt zu finden, rutschte jedoch trotz der Gumminoppen an ihren Handinnenflächen jedes Mal ab und nach einigen Metern geriet sie in eine Art hockende Position. Das brachte ihr Hinterteil als tiefsten Punkt ihres Körpers in eine ungünstige Lage. Ihre Stiefel hatten nun keine hilfreiche Druckrichtung mehr und sie stürzte die letzten Meter mit dem Hinterteil voran. Der Aufprall war so schmerzhaft, dass sie aufschrie und sofort befürchtete, sich etwas gebrochen zu haben.

»Filio? Sind Sie verletzt?«, fragte Cassidy aufgeregt über Funk. Das kalte Licht seiner Helmlampen erfasste sie wie ein ungebetener Bühnenstrahler und sie rollte sich ächzend auf die Seite – hinunter von dem Sandhaufen und hinaus aus dem Licht.

Prüfend ging sie zuerst in die Knie und stand dann vorsichtig auf, um ihre Wirbelsäule zu überstrecken. Es knackte einige Male, doch sie glaubte nicht, sich etwas gebrochen zu haben.

»Filio? FILIO!« Cassidys Stimme klang schrill und ein tiefes Rauschen, das gerade erst eingetreten war, verstärkte diesen Eindruck noch.

»Ja! Nein. Ich meine, nein, ich bin nicht verletzt, glaube

ich. Zumindest kann ich noch laufen.« Sie machte einen Schritt vor, zurück in den Lichtkegel seiner Helmlampen und streckte mit schmerzverzerrtem Gesicht einen Daumen nach oben, während sie mit der anderen Hand ihre Augen abschirmte. »Sie sind dran!«

»Verdammt. Ich falle bestimmt mit meinem dicken Bauch voran«, grummelte der Physiker, kletterte jedoch, ohne zu zögern, in die Schachtöffnung. Seine Bewegungen wirkten reichlich ungelenk, was wohl seinem untersetzten Körperbau geschuldet war, der ihn wie einen Zwerg wirken ließ.

»Versuchen Sie einfach, sich nicht zu drehen. Am besten strecken Sie die Füße beide nach hinten gegen die Wand und drücken mit den Händen nach vorne, damit Sie ...«

Es machte »flupp« und plötzlich lag Cassidy neben ihr in dem Sandhaufen.

»Hm. So geht es wohl auch.«

»Aaaah«, wimmerte der Physiker mitleiderregend und Filio beugte sich zu ihm hinunter, um ihm aufzuhelfen. Er lag mit dem Gesicht voran in dem Sandhaufen und seine Arme und Beine waren abgespreizt, als hätte ihn jemand flach zu Boden gedrückt.

»Ich helfe Ihnen«, versicherte sie ihm und drehte ihn vorsichtig auf die Seite. Sein Anzug war von oben bis unten von feinem Regolith bedeckt und ein Riss zog sich quer über sein Visier. »Scheiße.«

»Ich sehe es«, meinte er, das Gesicht Rot glühend wie eine Alarmsirene. »Aber laut meinem Anzugsystem sind Druck und Atemluft stabil. Offenbar gab es kein Leck.«

»Gut. Sind Sie verletzt?«

»Ich weiß es nicht.«

»Tut es irgendwo weh?«

Cassidy legte seinen Kopf schief, so weit es sein Helm zuließ, und hob beide Brauen.

»Schon gut. Können Sie alles ohne stechende oder reißende Schmerzen bewegen?«, fragte sie und hielt seinen Kopf fest, damit er ihn nicht bewegen konnte, falls seine Halswirbelsäule Schaden davongetragen haben sollte.

Vorsichtig begann ihr Partner mit Händen und Füßen zu wackeln und wiederholte die Bewegungen dann mit Armen und Beinen.

»Ich glaube, ich bin okay«, sagte er nach einigen Augenblicken und sie ließ langsam seinen Helm los, stand auf und bot ihm ihre Hände als Hilfe an. Cassidy ergriff sie dankbar und Filio zog ihn auf die Beine.

»Jetzt fühlen wir uns beide, als wären wir von einem Pferd getreten worden. Beste Voraussetzungen für einen Erkundungsgang durch das Raumschiff des wohl bösesten Wesens, das je über die Erde gewandelt ist, hm?«, meinte sie lakonisch und blickte in einen Gang, der schräg nach unten führte und so schwarz war wie die Schatten, die ihn bewohnten.

»Das kann man wohl so sagen. Sieht aus, als ginge es für uns von nun an bergab«, sagte Cassidy vieldeutig und zeigte in den abschüssigen Gang.

»Vielleicht hättet ihr lieber ein paar Waffen unter die verdammten Sitze des Transportmoduls klemmen sollen«, brummte Filio als Antwort und straffte die Schultern, bevor sie sich auf den Weg in die Tiefe machten. Ohne sich abzusprechen, hielten sie ihre Helme und damit die Lichtkegel jeweils nach rechts und links gerichtet, sodass sie sich in der Mitte leicht überschnitten und möglichst viel von den dunklen Wänden ausleuchteten. Dadurch, dass sie sich wenig bewegten, blieben auch die Schatten ruhig, was sie vor wachsenden Beklemmungen durch Finsternis und

Enge bewahrte. Zumindest in geringfügigem Rahmen, denn sie fühlte sich alles andere als ruhig. Schlimmer wurde es, als sie auf einem ebenerdigen Stück des Ganges ankamen und ein neuer Abschnitt horizontal in die Dunkelheit führte.

»Warum bleiben Sie stehen?«, fragte Cassidy leise und kniff die Augen zusammen, um die Schwärze, die sie umgab, hastig abzusuchen.

»Der Lavatunnel!« Sie streckte eine Hand aus und deutete in den Gang, dessen Wände zerklüftet und porös aussahen, genau wie jene Lavatunnel, in denen sie mit der Mars One Mission ihre Basis aufgeschlagen hatten. Zumindest hatte es auf den Fotos so ausgesehen.

»Das ist kein Lavatunnel, glaube ich.«

»Natürlich nicht. Aber in der UN-Anhörung zum Absturz unseres Schiffes habe ich ausgesagt, dass wir das Objekt am Ende eines Lavatunnels entdeckt haben, in einer Art Bernsteinblase und ...«

»Sagen Sie jetzt nicht, dass Sie von einem pulsierenden Licht angelockt wurden«, murmelte Cassidy und schluckte schwer. Filio hob den Blick und sah nun ebenfalls das warme gelbe Licht in der Ferne, das abwechselnd stärker und wieder schwächer wurde.

Statt zu antworten, atmete sie zitternd ein.

»Oh, verdammt«, jaulte Cassidy auf. »Es ist genau so, wie Sie den Feind gefunden haben, bevor er Sie und Ihre Crew zur Erde hat fliegen lassen, um dort abzustürzen und Ihr Gedächtnis zu löschen, oder?«

»Ja«, wisperte sie indigniert.

»Und was passiert als Nächstes?« Der Physiker klang, als fürchte er sich vor der Antwort.

»Ich erinnere mich nicht daran. Aus den Anhörungstranskripten weiß ich noch, dass ich etwas von Bernstein oder so erzählt habe, aber sonst nichts«, gab sie widerwillig zu und spürte wieder diese Wut in sich aufsteigen. Wut darüber, dass sie sich nicht erinnern konnte, obwohl sie schon einmal hier gewesen war. Wut darüber, dass sie nicht wusste, wie ihre Freunde und Kameraden gestorben waren. Nichts war frustrierender als zu wissen, dass irgendwo im eigenen Gehirn eine Information gespeichert war, auf die man einfach nicht zugreifen konnte, so sehr man sich auch anstrengte.

»Für uns gibt es jetzt ohnehin keinen Weg mehr zurück«, sagte Cassidy schließlich und sie tauschten einige angespannte Blicke, bevor Filio nickte und sie sich auf den Weg Richtung Licht machten. Es schien sie geradezu hypnotisch anlocken zu wollen, und obwohl sich alles in ihr dagegen sträubte, näher zu kommen, gab es doch keine andere Richtung, in die sie hätte gehen können.

»Alles hier schreit nach einer Falle«, bemerkte sie und setzte vorsichtig einen Fuß vor den anderen, als gehe sie über das brüchige Eis eines zugefrorenen Sees.

»Und wir wissen bereits, was passiert ist, als sie das letzte Mal zugeschnappt ist«, fügte Cassidy düster hinzu.

»Wir kennen das Ergebnis, aber wir wissen nicht, was bis dahin passiert ist.«

»Was noch schlimmer sein dürfte.«

»Ja.«

»Haben Sie schon einmal darüber nachgedacht, dass wir jetzt womöglich exakt dieselben Fehler machen werden, die Sie und Ihre Kameraden vor drei Jahren schon gemacht haben?«

»Fehler?«, schnappte Filio etwas schärfer als beabsichtigt. Sie schob es auf die Tatsache, dass sie sich fühlte wie ein Dampfkessel, der jeden Moment vor lauter Druck zu explodieren drohte.

»Ich meinte eher, dass wir womöglich dieselben Entscheidungen treffen könnten, die dann zum selben Ergebnis führen«, entgegnete Cassidy entschuldigend.

»Mit dem Unterschied, dass *der Feind* bereits auf der Erde ist. Also kann er jetzt nicht mehr hier sein.«

»Wer weiß, was er hier zurückgelassen hat. Jedenfalls ist das Licht dort angegangen, als wir hier unten aufgetaucht sind.«

»Ich versuche, mich anders zu verhalten als ich es instinktiv tun würde«, meinte sie und hielt inne, als sie die Bernsteinblase wie eine Art braunes Ei vor sich sehen konnte. Cassidy musterte sie von der Seite, als versuche er herauszufinden, ob sie einen Scherz gemacht hatte oder es ernst meinte.

»Das ist offenbar der Ort, an dem wir den Feind gefunden haben. Aber was ist das da in der Mitte?«, fragte sie und deutete auf den Schatten im Herzen der Blase.

Cassidy sah wieder nach vorne und beugte sich ein wenig vor. »Das sieht aus wie ...«

»Wie ein Skelett.«

»Ja«, flüsterte er und sah über die Schulter, als versuchte er, mögliche Verfolger auszumachen. Er fand sie zahlreich in Form von zerfurchten Schatten, aus denen sein Gehirn schnell Fratzen von Dämonen und Raubtieren machte. Mit zittrigen Gliedern sah er wieder geradeaus und folgte Filio, die sich erneut in Bewegung gesetzt hatte.

Als sie nur noch wenige Schritte von dem runden Raum mit der Bernsteinblase in seiner Mitte trennten, fiel ihr auf, dass dieser wie eine sehr kleine Version des Raumes aussah, in dem die Human Foundation das Transportmodul gebaut hatte. Es mochte sich um einen Zufall handeln, vielleicht aber auch nicht.

»Es ist ein Skelett«, sagte sie leise über Funk und betrachtete fasziniert die langen Arm- und Beinknochen, das leicht gekippte Becken und den mächtigen Schädel mit dem prominenten Oberhaupt. »Eindeutig ein Erbauer.«

»Aber, wenn das der Feind ist ... was haben Sie und Ihre Kameraden dann mit zur Erde gebracht?«, fragte Cassidy unheilvoll, als hinter ihm plötzlich ein dunkles Schott aus der Decke fuhr und sie in dem Raum einsperrte.

Zeitgleich fuhren sie herum und fassten die neu aufgetauchte Wand an, als hofften sie, dass es sich nur um eine Illusion handelte – eine Hoffnung, die sich sogleich in wüsten Flüchen und heftig pochenden Herzen auflöste.

»Das ist ... ungünstig«, kommentierte Cassidy ihre neue Situation und wandte sich wieder der Bernsteinblase zu. Filio tat es ihm gleich und musterte mit großen Augen das Skelett, als könne es sich jederzeit aus seiner Fötushaltung in eine sprungbereite Position drehen und sie anfallen. Doch da war noch etwas, das wie ein Schatten auf der Blase lag.

»Was ist das?«, fragte sie.

»Was denn?«

»Das da!«, sie umrundete die Blase und hielt überrascht inne, als sie einen zweiten Gang sah, der auf der anderen Seite ins Dunkel führte.

»Ein Ausgang«, stellte Cassidy fest und wollte gerade loslaufen, als sie ihn mit einer ausgestreckten Hand auf seiner Brust aufhielt. »Was denn?«

»Ich wollte gerade ebenfalls loslaufen.«

»Na und? Wir sollten schleunigst ... oh ... ich verstehe.« Der Physiker blieb stehen und kämpfte nicht länger gegen sie an. Einen Herzschlag später zuckten sie gleichzeitig zusammen, als sich in der Decke oberhalb der Blase ein Loch auftat und ein Roboterarm herausschoss. Eine lange Nadel von ungesund aussehender Dicke befand sich an dessen

Ende und stach ohne Vorwarnung in die Bernsteinblase. Innerhalb des bräunlichen Gebildes fand sie ihren Weg nach unten und punktierte den Schädelknochen des Fossils, bevor der Arm sie wieder herauszog. Beinahe schneller, als Filios Augen die Bewegung verfolgen konnten, schnellte die Nadel auf die andere Seite der Blase. Ohne nachzudenken, lief sie um das Bernsteinei herum und sah zu, wie der Roboterarm die Nadel in einem winzigen Loch versenkte, das sich im oberen Drittel einer Art Tür befand, von der es genau drei auf jeder Seite des runden Raumes gab.

»Und was sagt jetzt Ihr Instinkt?«, raunte Cassidy ihr über Funk zu und zog sie leicht an der Schulter zurück. Sie gab ihm nur allzu bereitwillig nach und zog sich mit ihm an die gegenüberliegende Wand zurück.

»In den verdammten Gang rennen und abhauen«, gestand sie ihm und machte eine wedelnde Handbewegung in Richtung der offenstehenden Dunkelheit links von ihnen. »Und alles in mir sträubt sich, einfach hier stehenzubleiben.«

»Also sollten wir genau das tun.« Die Feststellung klang aus Cassidys Mund eher wie eine Frage, als hoffe er noch darauf, dass sie sich umentscheiden würde.

»Ich vermute schon.« Filio bereitete es beinahe körperliche Schmerzen, ihren adrenalingepeitschten Impulsen nicht nachzugehen und stattdessen stehenzubleiben. Jede ihrer Zellen schien wie magnetisch von dem offenen Gang angezogen zu werden.

»Da passiert was!«, rief Cassidy und seine sonst eher volltönende Stimme klang jetzt schrill wie eine Trillerpfeife.

Wie gebannt sah Filio zu, wie sich die Tür oder Abdeckung, in der die Nadel verschwunden war, von der Wand nach vorne abhob und weißer Dampf aus dem Inneren dahinter hervorströmte. Er breitete sich wie Nebel in dem Raum aus und verging nur langsam. Bald war dort nichts als Dampf und nicht einmal die Abdeckung war noch zu sehen.

»Ich denke, wir sollten jetzt wirklich verschwinden«, befand Cassidy. Filio sah an ihrem rechten Arm hinab und bemerkte, dass er ihre Hand hielt. Erneut durchströmte sie das Gefühl, genau diesen Moment schon einmal erlebt zu haben, ohne es wirklich mit einer Erinnerung verknüpfen zu können.

»Nein«, sagte sie mit fester Stimme und zwang sich, wieder in den sich langsam auflösenden Nebel zu sehen. In der Zwischenzeit war der Roboterarm offenbar in der Decke verschwunden, die jetzt in ihrem einheitlichen Grau aussah, als wäre dort nie etwas herausgekommen.

»Ein Erbauer!«, rief Cassidy und Filios Blick ruckte von der Decke zurück in den Dampf, der sich erstaunlich schnell wieder verzogen hatte. In einer großen, rechteckigen Öffnung zeichnete sich inmitten eines durchdringenden weißen Leuchtens eine humanoide Gestalt ab. Der Kopf war deutlich größer, als er hätte sein dürfen, was sie dazu verleitete, Cassidy zuzustimmen und nun doch einem Instinkt zu folgen: Sie versuchte, noch einen Schritt zurückzumachen, stieß aber nach wenigen Zentimetern mit der Wand hinter sich zusammen und erschrak so heftig, dass ein Stromschlag aus frischem Adrenalin in ihre Adern schoss.

»Warten Sie!« Cassidy machte plötzlich einen Schritt vor und sie wollte ihn bereits anschreien, es nicht zu tun, als auch ihr etwas Seltsames auffiel.

Die Gestalt, die sich gerade in der winzigen, sargähnlichen Kammer zu regen begann, war viel zu klein für einen

Erbauer – zumindest, falls alle Erbauer in etwa so groß waren wie Xinth.

Als die Gestalt einen wackeligen Schritt nach vorne machte, zuckten sie und Cassidy gleichzeitig erneut zurück, bevor Filio erstarrte.

»Was zur ...«, setzte der Physiker an, doch es verschlug ihm offenbar mitten im Satz die Sprache.

Filio konnte nicht glauben, was sie da sah, rieb sich mehrfach über ihr Helmvisier und blinzelte, bis ihre Augen tränten, doch es gab keinen Zweifel: Was sie schräg neben der Bernsteinblase aus der Sargkammer treten sahen, war ein Mensch in dem wuchtigen weiß-roten Anzug der Mars One Mission. Sie erkannte die Abzeichen, den V-förmigen Helm mit dem ihrer Meinung nach zu kleinen Visier, das sie immer so gehasst hatte.

Als die Gestalt offenbar ihr Gleichgewicht verlor und stürzte, rannte Filio, ohne nachzudenken, nach vorne und fing sie auf. Gemeinsam purzelten sie zurück und sie schlug mit dem Keramik-Rucksack auf ihrem Rücken gegen die Bernsteinblase. Den Schmerz in ihrem Kreuz registrierte sie kaum, stattdessen spürte sie das Gewicht der Person, die jetzt auf ihr lag, und sich mühsam aufzurichten versuchte.

Cassidy tauchte neben ihr auf und packte die gestürzte Gestalt an den Schultern, um sie von ihr wegzuziehen. Überraschenderweise schien der kleine Physiker eine Menge Kraft mobilisieren zu können und warf den Fremden mit erstaunlicher Wucht zurück in die Kammer, wo er reglos liegen blieb.

»Sind Sie in Ordnung?«, rief Cassidy aufgebracht und half ihr auf die Beine.

»Ja ... danke«, raunte sie benommen und kniff ihre Augen einige Sekunden zusammen, um die Doppelbilder, die es ihr unmöglich machten, Details zu erkennen, aus ihnen zu vertreiben. Dann wandten sie sich gemeinsam der Gestalt in dem Raumanzug zu und Filio machte einen Schritt nach vorne.

»Warten Sie!«, protestierte ihr Partner, doch sie schüttelte seine Warnungen achtlos ab und kniete sich vor die kleine Stufe vor der Kammer, in der die zusammengesackte Gestalt halb saß und halb lag wie ein Betrunkener in einer Unterführung.

Zuerst schnell, dann zögernd griff sie nach der linken Brust ihres bewusstlosen Gegenübers, dorthin, wo sich die aufgestickten Namensschilder befanden. Als sich durch die dünnen Handschuhe ihres Anzugs das bekannte Gefühl des Stoffaufnähers zwischen ihren Fingern bemerkbar machte, hielt sie inne und schloss die Augen.

»Was ist?«, fragte Cassidy über das statische Knistern im Funk hinweg.

Statt zu antworten, atmete Filio tief durch und drehte das Namensschild nach oben, sodass sie es sehen konnte.

»Marks«, las sie atemlos ab und taumelte zurück, als wäre sie von einem Bus überrollt worden.

»Marks?«

»Heinrich Marks, Geophysiker der Mars One«, wisperte sie und kroch auf allen Vieren rückwärts, bis sie wieder gegen die Bernsteinblase stieß und mit aufgerissenen Augen ihren ehemaligen Freund anstarrte, dessen Visier so stark abgedunkelt war, dass sie sein Gesicht nicht erkennen konnte. Sie wusste nicht, wovor sie mehr Angst haben sollte: Davor, dass sich herausstellen würde, dass sich dahinter ein Leichnam, ein Alien oder tatsächlich Heinrich befand.

»Aber das ist unmöglich«, meinte Cassidy und zog die Gestalt ächzend aus der Kammer, um sie flach auf den Boden zu legen. »Sämtliche Crewmitglieder außer Ihnen sind beim Absturz in der Erdatmosphäre verstorben.«

»Man hat ihre Leichen nie gefunden, weil sie sich im Plasma einfach aufgelöst haben«, gab Filio mit heiserer Stimme zu bedenken und blähte ihre Nüstern wie ein scheuendes Pferd.

Mars, 2039

Filio stolperte hinter Heinrich und dem Alien her – mit schlotternden Knien und unsicheren Bewegungen. Sie wünschte sich, so ruhig und sicher einherzuschreiten wie ihr Kamerad, doch der hatte entweder den Verstand verloren, oder aber er war einer Gehirnwäsche unterzogen worden. Jedenfalls schien er keinerlei Angst mehr vor ihrem »Gastgeber« zu haben und zeigte keinerlei Anzeichen von Verunsicherung.

Was sie am meisten überraschte, war die Schnelligkeit, mit der alles geschehen war. Es waren nur wenige Sekunden vergangen zwischen jenem Zeitpunkt, an dem das Alien Heinrich das Metallstück an die Stirn geheftet hatte und der ersten flammenden Rede des Deutschen für den Fremden.

»Wohin gehen wir überhaupt?«, zischte sie Heinrich zu, ohne ihren Blick vom Rücken des Aliens abzuwenden.

»Hortat führt uns zu seiner privaten Kammer.«

»Warum?«

»Er will deine Fragen beantworten«, erklärte er, ohne sich umzudrehen. Sie gingen durch einen weiträumigen Gang, in dem sie sich fühlte wie eine Spielfigur in einem zu großen Modell, so hoch waren die Wände und Decken. Türen sah sie keine und erschrak deshalb, als die riesige muskulöse Gestalt, die vor ihnen einherschritt wie ein lebendiger Felsbrocken, abrupt stehenblieb und sich in der Wand ein rechteckiger Durchgang öffnete, als habe er sich schon immer dort befunden.

Hortat ging voran und Heinrich folgte ihm, ohne zu zögern. Filio hielt einen Moment inne und blickte rechts und links den Gang hinab, doch sie konnte nur wenige Meter weit sehen, da die Beleuchtung, die von überall und nirgendwo zu kommen schien, offenbar dem Alien folgte und nicht immer aktiv war.

Was tue ich hier bloß, fragte sie sich innerlich und konnte noch immer nicht begreifen, dass das alles tatsächlich gerade geschah.

Der Raum, in dem sie sich wiederfand, hatte in etwa die Form eines liegenden Eis, nur dass der Fußboden flach war. Beim Hereinkommen hätte sie schwören können, dass sich die Wände in ihre aktuelle Form bewegt hatten, doch es war so schnell geschehen, dass sie nicht sicher war, ob sie es sich womöglich nur eingebildet hatte.

In der Mitte des Raumes blieb Hortat stehen und schloss einen Moment die Augen. Einen Herzschlag später erwachte der Fußboden zum Leben und Filio zuckte erschrocken zurück. Drei kleine Säulen erhoben sich aus dem schwarzen, fugenlosen Material, als handle es sich um eine zähe Flüssigkeit.

Es dauerte nicht lange, dann verformten sich die drei Säulen in zwei kleinere Stühle mit schmalen Rückenlehnen und einen deutlich größeren. Sie besaßen jeweils nur ein einziges Stuhlbein und sahen so fragil aus, als könnten sie jeden Moment unter dem Eigengewicht ihrer Sitzflächen zusammenbrechen. Der Rest des Raumes blieb leer, fenster- und schmucklos.

»Setzen Sie sich«, dröhnte das Alien und Filio erstarrte, als die tiefe, rollende Stimme in fließendem Deutsch zu ihr sprach und auf einen der beiden kleineren Stühle deutete. Seine Aussprache war ein wenig fremdartig, da er die Vokale sehr lang zog, doch bis auf diese leichte Abweichung war sie verblüffend gut.

»Wie ... wie haben Sie das gemacht?«, stammelte sie irritiert und beobachtete sich selbst, wie sie in ihren Stuhl fiel, als hätte sämtliche Kraft sie verlassen.

»Ich habe die Fähigkeit von ihm.« Hortat deutete mit einer seiner Pranken auf Heinrich, der lächelnd den Kopf neigte.

»So einfach?«

»Ja.«

Filio schüttelte den Kopf, um sich ein wenig Zeit zu verschaffen und ihre Gedanken sich anfreunden zu lassen, dass das Alien gerade in ihrer Muttersprache mit ihr redete. »Ich ... ich weiß nicht, was ich sagen soll.«

»Ich denke, das hier ist für mich ebenso schwer zu begreifen wie für Sie«, erwiderte Hortat und wackelte leicht mit dem Kopf – eine Geste, die sie nicht verstand, und deshalb als Kopfnicken interpretierte. »Sie vertrauen mir nicht und das verstehe ich gut. Ich vertraue Ihnen auch nicht.«

»Sie vertrauen mir nicht?«, fragte sie überrascht.

»Nein. Wieso sollte ich? Sie sind in mein Schiff eingedrungen und haben mich angegriffen. Gleichzeitig haben Sie mir das Leben gerettet.«

»Sie haben Heinrich angegriffen!« Filio vergaß für einen Moment, dass sie einem bronzefarbenen Riesenalien gegenüber saß, und dachte an den Anblick ihres Kameraden in den Händen ihres Gegenübers im Raum mit der Bernsteinblase zurück.

»Das ist nicht korrekt. Ich habe lediglich seinen ... Geist ausgelesen«, widersprach Hortat ruhig und der Bass seiner Stimme schien in ihr widerzuklingen wie ein Gong.

»Und das sehen Sie nicht als Angriff?«

»Nein.«

»Sie denken nicht, dass man das sehr wohl als Angriff auffassen kann?«

Hortat musterte sie mit seinen pechschwarzen Augen, als wolle er ihr gesamtes Wesen in sich aufsaugen, dann neigte er seinen Kopf zur Seite. »Ich verstehe Ihre Ansicht. Wenn Sie das Transversalmodul akzeptieren würden, könnten Sie vieles schneller verstehen.«

»Sie meinen das, was Heinrich über der Augenbraue klebt?«, fragte sie und schüttelte den Kopf. »Ich weiß nicht, was Sie mit ihm gemacht haben, aber er verhält sich ... eigenartig.«

»Sie haben sicherlich Fragen an mich. Ich schlage vor, dass wir sie schnell beantworten, damit Sie entscheiden können, ob Sie mir vertrauen oder nicht«, wechselte das Alien abrupt das Thema und faltete seine Hände in einer beinahe menschlichen Geste im Schoß.

»Was ist, wenn ich mich dazu entscheide, Ihnen nicht zu vertrauen?«

»Dazu wird es hoffentlich nicht kommen«, kam die vieldeutige Antwort ihres Gegenüber und Filio musste mit einem Mal gegen einen Kloß in ihrem Hals anschlucken. Eine bedrohliche Atmosphäre lastete mit einem Mal auf ihnen wie ein Grabtuch und sie fühlte sich klein und schutzlos, weil das Alien sie in Größe und Breite so sehr überragte wie ein Vater seine kleine Tochter.

»Woher kommen Sie?«, fragte sie, nachdem sie mehrere Male schwer geschluckt hatte. Wenn sie sich schon in den Fängen eines Aliens wiederfand, dann konnte sie wenigstens versuchen, so viel wie möglich in Erfahrung zu bringen. Sie erinnerte sich noch gut daran, wie sie mit ihren Kameraden in Darmstadt über das Fermi-Paradoxon diskutiert hatte. Noch nie hatte sie ein Hehl daraus gemacht, dass sie das Universum für einen ziemlich leeren Ort hielt, egal ob andere Wissenschaftler mit der Drake-Gleichung um sich warfen oder nicht. In ihren Augen handelte es sich dabei nicht einmal um eine Gleichung nach mathematischen Gesichtspunkten, sondern um ein Fantasieprodukt voller Annahmen und Lücken. Sie hatte sich offenbar geirrt und jetzt wollte sie alles wissen.

»Von dem Planeten, den auch Sie Heimat nennen«, kam die überraschende Antwort und Filio verengte ihre Augen zu Schlitzen.

»Wie bitte?«

»Ich stamme von der Erde und bin vor etwa sechsundsechzig Millionen Jahren von dort aufgebrochen und hier auf dem Mars ... verunglückt.«

»Sie sind ein Mensch?«

»Nein. Ich sagte, dass ich von der Erde stamme, und zwar in weiter Vergangenheit. Nach meinen ersten Analysen teilen wir über neunundneunzig Prozent unserer DNA, doch sie teilen auch etwa achtundneunzig Prozent ihrer DNA mit einem Hausschwein, also hat das nicht unbedingt etwas zu bedeuten«, entgegnete Hortat und die unverhohlene Herablassung in seiner Aussage ließ ihre Oberlippe zucken.

»Man könnte uns also als Verwandte bezeichnen«, erwiderte sie mit einem freudlosen Lächeln.

»Ja.«

»Sie haben gesagt, dass wir Sie gerettet hätten.«

»Ich lag beinahe die gesamte Zeit, seitdem mein Schiff hier gestrandet war, in meiner Stasiskammer und die Energieversorgung aus dem Mahlstrom drohte zu versiegen. Wäre das geschehen, wäre ich innerhalb weniger Tage gestorben.«

»Was ist ein Mahlstrom«, fragte Filio neugierig.

»Das würden Sie nicht verstehen.« Hortat machte eine

abweisende Handbewegung, die sie sofort verstand. Schon wieder diese Arroganz. Es schien beinahe, als wäre sie Bestandteil seines natürlichen Wesens, was womöglich sogar der Fall war.

»Wo sind die anderen Ihrer Art?« Sie entschied sich, sein herablassendes Verhalten zu ignorieren und stattdessen keine Zeit zu verlieren.

»Da Ihre Spezies nichts von meiner weiß, gehe ich davon aus, dass sie nicht zurückgekehrt sind.«

»Zurückgekehrt?«

»Wir haben die Erde zu meiner Zeit verlassen, um durch den Zwölferraum andere Sternensysteme und sogar Galaxien zu kolonisieren. Es deuteten sich große klimatische und tektonische Umwälzungen an, die unsere Zivilisation nicht unbeschadet überstanden hätte. Also evakuierten wir den gesamten Planeten, bis auf einen von uns, der als Wächter der Arche ausgewählt worden war«, erklärte das Alien, und sein tiefer Bass rollte über sie hinweg wie eine mächtige Welle. Seine Ausstrahlung war so machtvoll, dass Filio sich fühlte, als laste eine nasse Decke auf ihr. Es war eine Aura der Überlegenheit und Macht, in deren Einflussbereich sie sich minderwertig fühlte, und das schmeckte ihr nicht. Ein Seitenblick zu Heinrich verriet ihr, dass der Geophysiker noch immer wie in Meditation dasaß und zufrieden lächelte.

»Der Zwölferraum? Die Arche?«

»Der Zwölferraum ist eurer Spezies nicht bekannt. Ihr nennt sämtliche Dimensionen oberhalb der euch bekannten vier, von denen sich drei auf das mit den Sinnesorganen wahrnehmbare Universum mit geometrischen Entsprechungen von Höhe, Länge und Breite und die vierte auf die Raumzeit beziehen, Hyperraum. Wir haben acht Hyperraumdimensionen entschlüsseln können, die sich für überlichtschnelles Reisen eignen. Erste Tests waren vielversprechend, doch wir konnten aufgrund des nahenden Vernichtungsevents auf der Erde nicht warten und haben in einiger ... Hektik ... unsere Kolonisierungsflotte gebaut. Für den Fall eines Scheiterns wurden mehrere tausend Embryonen in der Tempelhauptstadt Antuan eingefroren, im Herzen der Pyramide Geth. Ich weiß nicht, wo sie sich nach all den Millionen Jahren der tektonischen Verschiebungen befindet, aber sie wird noch da sein. Der Hohepriester Xinth blieb zurück, um sie zu bewachen und von Zeit zu Zeit aus seiner Stasis zu erwachen, um die Wartung der Anlage zu übernehmen. Wahrscheinlich ist er schon lange tot. Er wartete vergeblich.« Hortat beugte sich leicht nach vorne wie ein Scholar über seinen Schüler und Filio zuckte instinktiv zurück. »Niemand hat die Reise durch den Zwölferraum überlebt.«

»Was meinen Sie? Sie sind der Letzte Ihrer Art?« Filio sah zu Heinrich hinüber, der offenbar betroffen den Kopf gesenkt hatte und stumm nickte, als erinnere er sich an ein traumatisches Erlebnis.

»Das ist zutreffend.«

Sie wollte etwas erwidern, klappte jedoch mechanisch ihren Mund wieder zu. Was hätte sie schon erwidern können, wenn ihr ein Alien, das so etwas wie ein Vorfahre war, erzählte, dass seine gesamte Spezies ausgestorben war?

»Dieser Zwölferraum«, sagte sie nach einer Weile, als sie ihre Sprache wiedergefunden hatte und Heinrich unruhig wurde, »was genau ist das?«

»Sie würden ...«

»... es nicht verstehen? Darauf lasse ich es ankommen.«

»Von dem Wissen, das Heinrich Marks hier besitzt, habe ich erfahren, dass Ihre Art sich lediglich auf die ersten vier Dimensionen bezieht und die geistigen Dimensionen und die metaphysischen Zusammenhänge komplett außer Acht lässt, weil es noch an wissenschaftlichen Untersuchungsmethoden mangelt. Sie klammern aus, was Sie nicht verstehen, als würde es das nicht geben. Deswegen haben Sie und Ihresgleichen auch die Möglichkeit überlichtschneller Reisen kategorisch ausgeschlossen, weil Ihr Denken auf die vier Grunddimensionen begrenzt ist. Die acht Dimensionen, die es zusätzlich gibt soweit wir herausgefunden haben, dienen der Organisation von Materie und Energie und ihren negativen Entsprechungen. Sie sichtbar zu machen hat uns das Universum geöffnet.«

»Meinen Sie so etwas wie morphogenetische Felder?«, fragte Filio überrascht. »Das ist doch bloß eine Pseudowissenschaft.«

»Mit diesem Begriff war Heinrich Marks offenbar nicht vertraut«, entgegnete Hortat und sah zu ihrem Kameraden, der geknickt wirkte und den Kopf schüttelte.

»Es gab auf der Erde einen Wissenschaftler namens Sheldrake, der postulierte, dass es eine Art morphogenetisches Feld geben müsse, dass auf der gesamten Welt ein feinstoffliches Informationsnetzwerk bestehe, das lebendige Formen organisiere«, erklärte sie und versuchte sich an das Buch zu erinnern, das sie über Rupert Sheldrakes Ideen gelesen hatte. »Es wurde beobachtet, dass bestimmte Arten, die räumlich voneinander getrennt sind, zum Beispiel auf unterschiedlichen Kontinenten, zu ähnlichen Zeiten dieselben Dinge lernen. Ein bekanntes Beispiel sind Affenpopulationen in Afrika und Südamerika, die zeitgleich gelernt haben, mit einem Stock bestimmte Rätsel zu lösen. Lernte es die eine Population, folgte bald die andere, ohne dass der Versuch erneut induziert wurde. Das Feld soll laut Rupert Sheldrake ein übergeordnetes sein, das die Entwicklung sämtlicher Strukturen, seien es Lebewesen, soziale Gebilde, Physik, Chemie und so weiter organisiert. Durch die Epigenetik wurden seine Theorien wieder populär und tatsächlich ernsthaft untersucht – besonders von Quantenphysikern –, jedoch bis heute ohne Ergebnis.«

»Er hatte in etwas simpler Art und Weise recht, dieser Mensch«, befand Hortat und zuckte mit einem Finger, woraufhin zwischen ihnen eine Art Hologramm der Erde auftauchte, nur dass es nicht durchlässig aussah, sondern wie ein massiver blauer Ball, der aus dem Nichts entstanden war. »Die organisierenden Informationsdimensionen sind überall und Teil von jedem wahrnehmbaren Phänomen.« Die Erde wurde durchlässig und begann zu leuchten. »Das ist keine akkurate Darstellung, weil sich diese Dimensionen, die Heinrich Marks offenbar mit Hyperraum übersetzen würde, ihrer Natur entsprechend nicht darstellen lassen können. Jedenfalls hat jedes bewusste und intelligente Lebewesen Zugang zu diesen acht übergeordneten Dimensionen. Es gibt ein Verbindungsorgan.«

»Das Gehirn«, sagte Filio sofort und fühlte sich mit einem Mal, als übersehe sie etwas.

»Das ist zutreffend, allerdings nur für die Dauer ihrer bewussten Existenz als biologische Einheit.«

»Wollen Sie sagen, dass dieser Hyperraum eine Art Jenseits ist?«

»Nein. Sie leben dort nach Ihrem Tod als Information weiter, die allerdings nichts mit Ihrer Persönlichkeit oder Ihren Erinnerungen zu tun hat. Lediglich die Information ist in das Gefüge als Ganzes eingebettet und kann nicht verloren gehen«, korrigierte er sie, öffnete seine Hand und die zwischen Ihnen schwebende Erdkugel explodierte so realistisch, dass Filio instinktiv die Arme hochriss. Als sie sie wieder herunternahm, schwebte dort noch immer der Ball aus Licht.

»Und warum ist Ihre gesamte Flotte verschwunden?«

»Ich bin mir nicht sicher. Die Reise im Zwölferraum war ... gefährlicher als gedacht. Was ich dort erlebt habe, war verstörend genug, um nicht darüber zu sprechen. Fest steht jedenfalls, dass nie wieder ein Lebewesen dorthin vordringen darf und deshalb müssen Sie mich auf die Erde bringen.«

»Sie auf die Erde bringen?«, fragte Filio irritiert und sah zu Heinrich, der ihr bereits seinen Kopf zugewandt hatte und eindringlich nickte. Seine Augen leuchteten.

Wie die eines glühenden Anhängers, dachte sie. *Oder die eines Wahnsinnigen.*

»Ja. Ich habe in Heinrich Marks' Gehirn sehen können, dass Sie über ein primitives Raumschiff verfügen, das mich dorthin bringen kann.«

»Aber wieso? So wie Sie es erklärt haben, ist unsere Spezies ohnehin zu primitiv, um in nächster Zeit in diese Dimensionen vorzudringen.«

»Geth.«

»Sie meinen diese Arche?«

»Ja. Ich muss dorthin und sämtliche Datenbänke zerstören, die Informationen über den Zwölferraum beinhalten«, erklärte Hortat und gerade als er geendet hatte, ruckte sein Kopf zur Seite, als betrachte er etwas, das sie nicht sehen konnte.

»Was ist?«

»Ihre Kameraden versuchen gerade, den oberen Zugangspunkt aufzusprengen. Wir haben nicht mehr viel Zeit. Ich kann nicht gestatten, dass sie dieses Schiff nachhaltig beschädigen. Sie sollten sich entscheiden, Filio Amorosa.«

»Oder Sie werden mich töten, stimmt's?«, fragte sie und es war eine neutrale Feststellung. Im Verlauf des Gesprächs hatte sie schon gemerkt, welcher Art ihre Unterhaltung war. Er fühlte sich eher an wie ein Herrchen, das gutmütig mit seinem Hündchen sprach und ihm ein Ohr kraulte, während er in der Hand hinter dem Rücken eine Giftspritze hielt, um es einzuschläfern, wenn es schnappen sollte.

»Ich werde alles tun, was notwendig ist, um dafür zu sorgen, dass kein Vertreter meiner oder Ihrer Spezies jemals wieder den Fehler macht, die für sie vorgesehenen Dimensionen zu überwinden. Geth ist möglicherweise der gefährlichste Ort der gesamten Milchstraße«, meinte Hortat und stand auf.

Heinrich folgte ihm und hob in einer Geste, die an jemanden erinnerten, der ein knurrendes Tier zu beschwichtigen versuchte, seine Hände. »Wir werden Ihnen helfen«, versicherte er dem Alien und Filios Magen begann, sich umzudrehen. Offenbar wusste Heinrich etwas, das sie nicht wusste, was aber mit ihrem unmittelbaren Überleben zusammenhing.

»Was ist, wenn er etwas ganz anderes vorhat?«, fragte sie ihren Kameraden und umrundete ihren Stuhl, um ihn zwischen sich und den Riesen zu bringen, auch wenn ihr das wahrscheinlich nichts bringen würde. »Er könnte uns alles erzählen und uns zwingen, ihn zur Erde zu bringen und dann? Was ist, wenn er dort ganz andere Pläne verfolgt?«

»So ist es nicht«, war Heinrich sich sicher und schüttelte entschieden den Kopf. Er stand nun zwischen ihr und Hortat, der sie so reglos anstarrte wie eine Statue. Hinter seinen riesigen Augen schien sich eine so unermessliche Weite und Tiefe zu verbergen, dass sie sich nicht einmal vorzustellen traute, was in ihnen alles vor sich gehen mochte. Wie konnte sie da erwarten, seine Motive zu verstehen.

Gleichzeitig verstand sie, dass sie keine Wahl hatte. Er konnte sie jederzeit töten, immerhin stand sie in einer Art morphendem Zimmer, das seinen unausgesprochenen Befehlen zu gehorchen schien. Dann würde er Heinrich mitnehmen, die anderen töten oder ebenfalls einer Gehirnwäsche unterziehen und schließlich mit der Mars One zur Erde zurückkehren, um das zu tun, was er vorhatte.

Was auch immer das ist, dachte sie.

»Ich bin dabei«, sagte sie kurz darauf und nickte. »Wenn wir die Menschheit vor diesem gefährlichen Wissen schützen können, sollten wir es tun.«

Und ich werde dich genau im Auge behalten, denn auf der Mars One kenne ich mich besser aus als Heinrich und damit auch besser als du, fügte sie in Gedanken hinzu und hoffte, dass das Wesen vor ihr nicht in der Lage war, sie auf irgendeine magische Art und Weise zu lesen.

»Das ist gut. Ich gebe jetzt Ihre Funkverbindung wieder frei«, verkündete Hortat. »Ihre Helme liegen in der anderen Kammer.«

Filio und Heinrich folgten ihm zurück in den Raum mit den beiden geneigten Säulen, an die sie gefesselt gewesen waren und nahmen ihre Helme entgegen.

Hortat machte eine gönnerhafte Geste, um ihnen zu bedeuten, dass sie sie aufsetzen konnten.

Filio versuchte, nicht über die Art und Weise, wie er mit ihnen umging, nachzudenken, und schob ihren Helm über den Kopf. Als die Versiegelung einrastete, fühlte sie sich nicht nur abgeschottet, sondern auch auf eine naive Weise sicher und atmete tief durch.

»Neustart«, befahl sie und tatsächlich erwachte das gesamte System zum Leben – genau wie die Funkverbindung.

»Hier spricht Filio, hört mich jemand?«, rief sie sofort

über das Rauschen hinweg und spürte, wie Tränen über ihre Wangen rannen, als Dimitry antwortete.

»Scheiße, Filio? Bist du das wirklich?«

»Ja, ich bin es.«

»Oh, Gott sei Dank! Wir dachten schon, dass euch etwas zugestoßen wäre!«

»Nein, wir sind okay«, versicherte sie schniefend und versuchte, ihren Atem zu beruhigen, der jetzt stoßweise ging und ihre Brust ruckartig auf und ab hüpfen ließ. Allein die Stimme ihres Kommandanten zu hören, erdete sie in der Realität, half ihr, zu glauben, dass sie nicht träumte und auch nicht in einer Art Fantasie gefangen war. Offenbar hatte sie noch nicht den Verstand verloren und Dimitrys Stimme war ihr Anker in der Wirklichkeit.

»Wir haben etwas gefunden, Dima«, erklärte sie ihm und rang um Worte. »Wir haben einen Außerirdischen gefunden.«

»WAS?«, unterbrach er sie so laut, dass ihr Helm ihn herunterregeln musste.

»Es ist wahr. Wichtig ist, dass ihr aufhört, die Luke oben zu bearbeiten, keine improvisierten Waffen oder dergleichen mitbringt und ihn nicht angreift, okay?«

»Was erzählst du da? Ein Alien?«

»Ja.« Hortat nickte in ihre Richtung und sie fuhr fort: »Er öffnet euch jetzt die Luke. Stand by.«

Agatha Devenworth, 2042

»Direktor Miller«, sagte Silvia Cortez und zündete sich eine Zigarette an. Das rote Glühen der Flamme tauchte ihre Augenhöhlen in tiefe Schatten, was ihr Gesicht kurze Zeit wie die Fratze eines Dämons aussehen ließ. Sie zog lange an dem Filter und atmete den weißen Rauch durch einen schmalen Schlitz zwischen ihren blassen Lippen aus. »Warum haben Sie es bloß so eilig, hm?«

»Dies und das«, erwiderte der Angesprochene. »Warum haben Sie mich entführt und gefesselt?«

Die Ministerin für Homeland Security lächelte dünn und nickte. »Nie um eine Spitze verlegen.«

»Das ist keine Spitze«, grollte Miller und funkelte sie wütend an. »Sie haben gerade eine Straftat begangen.«

»Was Sie nicht sagen.« Cortez winkte einen Mann im Nadelstreifenanzug herbei. »Scannen Sie die drei.«

»Diese Blacksite ist gegen jegliche Signale abgeschirmt, Ma'am. Hier geht nichts rein oder raus«, meinte der Angesprochene, beeilte sich jedoch, ihrer Aufforderung nachzukommen, als sie ihm einen kurzen Blick zuwarf.

Der Mann, ein dünner Kerl Ende Vierzig, dessen Schläfen bereits grau waren und der eher aussah wie ein gutmütiger Schulsporttrainer, zog einen stabförmigen Sensor hervor und begann damit an Panos Körper entlangzufahren. Als er an dessen rechter Jackentasche angekommen war, piepte das Gerät und er zog den kleinen White Noise Generator hervor. Wie ein Perlentaucher, der gerade eine der begehrten Perlen gefunden hatte, hielt er das Gerät zwischen zwei Fingern hoch und zeigte es der Ministerin.

Dann fuhr er bei Agatha fort. Auch bei ihr piepte das Gerät in der Nähe ihrer rechten Hüfte.

Irritiert sah sie dem Mann dabei zu, wie er den Stoff ihres Blazers abtastete und schließlich daran herumfummelte, bis er einen Sender hervorzog, der aussah wie eine Stecknadel mit etwas zu großem Kopf.

»Was haben wir denn da?«, fragte Cortez und schüttelte den Kopf, wie eine enttäuschte Mutter, die gerade von einer besonders schlimmen Verfehlung eines ihrer Kinder erfuhr. »Ein Peilsender.« Sie winkte ihren Mitarbeiter heran und ließ sich das winzige Gerät aushändigen.

»Steckte in den Fasern ihres Blazers, Ma'am.«

Agatha starrte die Hand der Ministerin an, in der der Peilsender lag, den sie nicht sehen konnte. Aus den Augenwinkeln sah sie, wie Panos Kopf sich ihr zuwandte, also wandte sie sich ihm zu und schüttelte ratlos mit dem Kopf.

»Sie haben einen verdammten Peilsender dabei?«, fragte Miller von der anderen Seite.

»Ich wusste nichts davon«, verteidigte sie sich und dachte fieberhaft nach, ob sie etwas übersehen hatte. Natürlich hätte sie zu jeder Zeit in der Pyramide von irgendjemandem den Sender verpasst bekommen haben können – immerhin hatte sie bewegungslos in einem Krankenbett gelegen. Dann fiel ihr mit einem Mal Major Greynert ein, der sie bei ihrer Ankunft auf dem Flugfeld nahe Melbourne so seltsam zur Seite geschoben hatte, als der Tankwagen sie passierte. Sie erinnerte sich noch an den sanften Druck seiner linken Hand knapp oberhalb ihrer Hüfte, in etwa dort, wo sich die kleine Tasche ihres Blazers unter der Daunenjacke befunden hatte.

»Ich will verdammt sein«, hauchte sie und ihre Gedanken sprangen zu dem Körperscanner am Privatterminal des JFK Airports bei ihrer Ankunft in New York. Er hatte an derselben Stelle ein Signal ausgespuckt, aber die Flughafensicherung hatte Panos White Noise Generator im Verdacht gehabt, den sie für ihn mitgenommen hatte. Aufgrund ihres Dienstausweises hatte sie danach nicht wieder durch den Scanner gehen müssen und so war der Peilsender offenbar unentdeckt geblieben.

»Dieser Pilot, Major Greynert, der hat mir diesen Sender untergejubelt«, sagte sie und sah erst Miller an, der sie einfach nur fragend anblickte und dann Pano, der nachdenklich wirkte. »Aber warum?«

»Offenbar traut Ihnen Ihr neuer Gönner nicht«, meinte die Ministerin, ließ den Peilsender zu Boden fallen und zertrat ihn mit ihren hochhackigen Schuhen. Sie nahm einen weiteren Zug von ihrer Zigarette.

»Sie haben gerade den Direktor der CTD entführt und zwei meiner Agenten angegriffen«, ging Miller dazwischen und seine Stimme klang gefährlich leise. »Das wird man Ihnen nicht durchgehen lassen.«

»Oh, sind Sie sich da ganz sicher, Jenning?« Cortez schmunzelte. »Ich habe Beweise dafür, dass Ihre beiden Agenten, für die Sie sich so einsetzen, eine Maschine der US-Navy gestohlen und die beiden Piloten entführt haben. In meinen Augen ist das ein ziemlich großes Problem, das mir für all das hier ein Recht gibt. Was Sie angeht, muss ich von einer Mittäterschaft ausgehen, da Sie der direkte Vorgesetzte sind und die Ermittlungen persönlich überwacht haben. Sie haben sogar den Transfer von Namibia nach McMurdo veranlasst, indem Sie mich übergangen haben, um Ihre Quellen im Pentagon anzuzapfen. Ich muss Sie wahrscheinlich nicht daran erinnern, dass das gegen die Dienstregeln verstößt, oder?«

Miller sagte nichts.

»Gut, hätten wir das also geklärt. Sergeant?« Einer der

Soldaten in Kampfmontur kam herbeigelaufen und neigte leicht seinen Kopf mit dem versiegelten Vollhelm. »Sorgen Sie dafür, dass sämtliche Behörden einen Bogen um diesen Bereich machen. Außerdem will ich, dass sämtliche Mitarbeiter der Human Foundation im Großraum Philadelphia überwacht werden. Belegen Sie außerdem sämtliche Söldnerfirmen mit einem Operationsverbot in diesem Bezirk und bringen Sie mir einen Helikopter her.«

»Ja, Ma'am.« Der Sergeant lief zurück zu den Fahrzeugen. Seinen Kollegen gab Cortez einen Wink, woraufhin diese sich ebenfalls zu den Autos zurückzogen. Nach einigen Augenblicken kam die Ministerin näher und aktivierte Panos White Noise Generator.

»Ein bisschen Privatsphäre, hm?«

»Ihre Leute wissen es nicht?«, fragte Agatha überrascht.

»Wissen was nicht?«

»Dass Sie für *den Feind* arbeiten.«

»Für *den Feind*?« Cortez lachte freudlos und schüttelte den Kopf. »So nennen Sie Hortat? Sie haben wohl zu viel von der Sons of Terra Propaganda gehört.«

»Ja, unter anderem, dass sie recht haben.«

»Ich arbeite für niemanden. Ich arbeite lediglich für die Sicherheit der Vereinigten Staaten. Darauf habe ich einen Eid geschworen und diesen Eid werde ich auch erfüllen.«

Agatha suchte nach Anzeichen einer Lüge in dem Gesicht der älteren Frau, konnte jedoch nichts als eine beinahe schon frenetische Überzeugung in ihren Augen aufblitzen sehen.

»Dazu gehört offenbar auch, einer eigenen Agenda zu folgen«, warf Miller knurrend ein.

»Dazu gehört«, korrigierte Cortez ihn, »die Eliminierung eines manipulativen und äußerst verräterischen Wesens namens Xinth, falls Sie das meinen.«

Agatha war für einen kurzen Moment perplex, als die Politikerin so frei heraus von Xinth und ihren Motiven erzählte.

»Tun Sie nicht so überrascht. Ich weiß, dass Sie ihn gefunden haben.« Cortez machte eine wegwerfende Handbewegung und zündete sich eine neue Zigarette an. »Ich weiß nur noch nicht wo, aber das werden wir bald wissen.«

»In etwa zweiundzwanzig Stunden?«, fragte Agatha scharf.

»Oh, Sie wissen Bescheid. Direktor Miller hat offenbar geheime Informationen weitergegeben. Wie unbedacht von ihm.« Cortez seufzte.

»Haben Sie uns extra hergebracht, um ein Pläuschchen zu halten, oder wollen Sie auch etwas von uns?« Panos Stimme klang, als reibe man Sandpapier aneinander.

»Zwei Dinge.« Die Ministerin atmete eine dicke Qualmwolke aus und deutete mit der zwischen zwei Fingern klemmenden Zigarette auf den Capitano. »Erstens kann ich nicht zulassen, dass Sie die Präsidentin mit Ihren Verschwörungstheorien belasten.«

»Die wahr sind«, wandte Agatha ein, doch Cortez ignorierte sie.

»Zweitens werden Sie mir den genauen Aufenthaltsort von Xinth mitteilen.«

»Dieser Name sagt uns nichts.«

»Oh, wirklich?« Die Ministerin kam auf sie zu, schob ihre Beine auseinander und stellte sich so nah vor sie, dass Agatha den Kopf abwenden musste, als der Reißverschluss von Cortez' Hose ihr Gesicht berührte.

»Ich habe erfahren, dass Hortats wichtigster Agent Ihnen nach McMurdo gefolgt und dann verschwunden ist«, fuhr die Frau fort und sprach explizit zu Agatha hinab. Ihr

Atem roch nach Rauch und einer scharfen Note, die sie nicht einordnen konnte. »Niemand hätte ihn stoppen können, außer Xinth selbst. Außerdem hat er sich in seiner letzten Übertragung dazu geäußert, dass sich irgendwo im Landesinneren in Richtung Südpol ein geheimes Projekt der Human Foundation befindet.«

»Denken Sie wirklich, dieser Erniedrigungsscheiß, den Sie hier mit mir abziehen, wirkt auf mich?«, schnaubte Agatha und sah zu ihrem Gegenüber auf. »Sie sind eine Politikerin und keine Feldagentin. Gewaltloser, sexuell erniedrigender Körperkontakt wird nur männlichen Agenten bei männlichen Gefangenen empfohlen. Am besten schlagen Sie nochmal nach.«

»Das beeindruckt Sie also nicht?«, fragte Cortez geradezu geschäftsmäßig und zog sich einen Schritt zurück, bevor sie eine Hand hob und winkte.

Einer ihrer Soldaten kam herbeigelaufen. »Ja, Ma'am?«

»Erschießen Sie den Verdächtigen.« Die Ministerin deutete auf Pano und der Soldat zog seine Dienstwaffe.

»NEIN!«, rief Agatha dazwischen, als der Mann gerade abdrücken wollte und Cortez legte ihm eine Hand auf die Pistole.

»Offenbar braucht es die primitivsten Methoden, um Sie zum Einlenken zu bringen.«

Agatha sah Pano an, der schwer schluckte und ihren Blick mit bebenden Lippen erwiderte.

»Dieser Befehl war illegal!«, rief Miller von rechts. »Sie müssen diesen Befehl verweigern, Officer.«

»Soll ich den Kerl umlegen?«, fragte der Angesprochene, dessen Gesicht hinter einer Sturmmaske und einem Helm verborgen lag. Seine Augen waren klein und Grau.

»Ich weiß es noch nicht.« Cortez wandte sich wieder an Agatha. »Wo ist Xinth?«

»Sind Ihre Leute alle besessen?«, fragte Agatha zurück und blickte zu den Männern, die ein Dutzend Meter entfernt bei den Autos warteten, während sie versuchte, ihren rasenden Herzschlag zu beruhigen.

»Besessen?« Die Ministerin schien irritiert. »Wovon reden Sie da?«

»Von Hortats Virus.«

»Was für ein Virus?«

Entweder diese verdammte Frau ist die beste Pokerspielerin der Welt, oder sie hat wirklich keine Ahnung, dachte Agatha irritiert.

»Das Virus, mit dem Hortat Sie zu seiner Dienerin gemacht hat!«, warf Pano von links ein.

Die Ministerin warf ihm einen Blick zu, als hätte er gerade den Verstand verloren.

»So einen Schwachsinn glauben Sie? Ich weiß von Xinth und seinem hinterhältigen Verrat an Hortat. Ich weiß auch, dass Xinth gefährlich ist und Hortat unsere einzige Rettung vor dem Untergang.«

»Ach und woher wissen Sie das?«, bohrte Agatha nach.

»Weil ich Augen habe, um zu sehen und Ohren, um zu hören«, antwortete die Ministerin etwas nebulös. Ihre Stimme hatte einen fanatischen Ton angenommen, wie Agatha ihn schon einige Male beim Verhör religiös motivierter Terroristen beobachtet hatte.

»Sie weiß es nicht einmal«, stellte Pano erstaunt fest. »Wissen Sie überhaupt, wo Hortat steckt? Wissen Sie überhaupt von den anderen Besessenen?«

»Ich bin nicht besessen. Es gibt nun einmal Menschen, die die Wahrheit erkennen und solche, die sich dazu entschließen, sie zu ignorieren, genau wie unsere geliebte Präsidentin.« Cortez schüttelte offenbar ernsthaft frustriert den Kopf. »Aber ich werde nicht tatenlos zusehen, wie sie unser Land in den Würgegriff eines Aliens und seiner scheinheiligen Organisation manövriert.«

»Sie glauben all das Zeug wirklich, oder?«, fragte Agatha und sah ihre Optionen, mit der Frau zu diskutieren oder gar über ihre Freilassung zu verhandeln, immer weiter schwinden. Mit Wahnsinnigen gab es keine Kompromisse zu erzielen. Genauso gut konnte man versuchen, Wasser in Feuer zu verwanden.

»Sie versuchen, mich hinzuhalten«, raunte Cortez mit ihrer tiefen Stimme. »Ich habe kein Interesse daran, Sie umzubringen, aber mir bleibt nicht mehr viel Zeit. Ich muss die Position von Xinths Versteck erfahren!«

»Damit Sie Ihre Mitverschwörer bei der Navy anweisen können, den richtigen Ort anzugreifen?« Millers Stimme triefte vor Verachtung. »Sie hintergehen nicht nur die Präsidentin, sondern Ihr Land. Das ist Hochverrat, Silvia!«

»Ich rette uns vor dem Einfluss eines mörderischen Aliens«, widersprach sie. »Je mehr Zeit es hat, sich auf unseren Angriff vorzubereiten, desto schlechter für uns. Also sagen Sie mir jetzt sofort, wo es sich versteckt!«

Agatha überlegte fieberhaft, was sie tun sollte. Sie zerrte zum zigsten Mal an ihren Hand- und Fußfesseln, mit dem ernüchternden Ergebnis, dass die Kabelbinder lediglich tiefer in ihr Fleisch schnitten und brennende Schmerzen hinterließen. Sie versuchte, sich gegen ihren Stuhl zu stemmen, doch offenbar war er mit Bolzen im Boden der staubigen Halle verankert worden.

Keine Kontrolle, dachte sie immer wieder und spürte eine heftige Unruhe in ihrem Geist toben, wie ein Bär, der sich vergeblich gegen seine Käfigwände warf. *Keine Kontrolle!*

»Seien Sie vernünftig und geben Sie mir, was ich wissen will«, drang Cortez auf sie ein und sah nacheinander auch

Pano und Miller an, die ihren Blick mit grimmigen Mienen erwiderten.

Agatha sah ebenfalls auf und sah, wie sich das Gesicht der Politikerin veränderte. Es wurde härter und zeigte gleichzeitig einen Ausdruck des Bedauerns um die Mundwinkel.

»Nein, nein, nein!«, rief Agatha, als sie verstand, doch es war zu spät: Cortez gab ihrem Sergeant einen Wink und der schoss Miller direkt in den Kopf.

Das Peitschen des Schusses hallte von den Wänden und dem Wellblechdach wider wie ein böses Omen und es wurde immer stiller. Agatha wollte schluchzen oder schreien, doch stattdessen fand sie nur eine bleierne Schwere in ihren Eingeweiden wieder, die es ihr unmöglich machte, eine emotionale Reaktion zuzulassen. Stattdessen sah sie zu ihrem Vorgesetzten hinüber, dessen Kinn auf die Brust gefallen war. Ein dünner Blutfilm rann aus seiner Stirn, doch es war erstaunlich wenig. Als ihr Blick zu seinem Hinterkopf wanderte, zuckte sie zurück.

»Ich hasse Sie dafür, dass Sie mich dazu gezwungen haben«, murmelte die Ministerin und bedeutete dem Sergeant, zu Pano zu gehen. Dieser folgte ihrem Wink und hielt nun dem Südtiroler die Pistole an die Stirn.

Agathas Welt begann sich zu drehen und immer schneller in ihrem Kopf zu kreisen. Ihr wurde übel.

»Also: Wo genau versteckt sich Xinth? Geben Sie mir die Koordinaten!«

»Das dürfen wir nicht«, murmelte Pano neben ihr und Agatha wandte ihren Kopf in seine Richtung, um ihm in die Augen zu sehen. »Es geht um mehr als uns.«

»Ich weiß«, flüsterte sie traurig. »Sie waren gar kein so schlechter Partner.«

»Danke«, grunzte er freudlos und mühte sich mit sichtbaren Schwierigkeiten ein Lächeln ab. »Sie waren echt eine Qual.«

Agatha musste unwillkürlich auflachen, als er das sagte und ihre Sicht verschwamm unter den Tränen, die ihr über die Wangen liefen. Sie wusste nicht, wann sie das letzte Mal geweint hatte. Es musste an ihrem sechsten Geburtstag gewesen sein, als sie von der Heimmutter einen Muffin zum Geburtstag bekommen hatte.

»Tun Sie's«, hörte sie die Ministerin sagen und ein weiterer Schuss ertönte.

Ein Schluchzen, so kraftvoll, dass sie befürchtete, ihre Brust würde platzen, kämpfte sich den Weg durch ihre Luftröhre nach oben und bahnte sich als eine Art Urlaut der Qual den Weg aus ihrem Mund. Sie leistete keinen Widerstand, war unfähig, auch nur ihren Atem zu kontrollieren, und begann am ganzen Leib zu zittern. In ihrem Kopf lief ein Video ab, das Pano zeigte, wie er erschossen wurde und sie sehnte die für sie bestimmte Kugel beinahe herbei, damit das alles aufhörte. Es sollte einfach nur aufhören.

Plötzlich hörte sie einen weiteren Schuss durch die Halle peitschen, dann noch einen und schließlich das Rattern eines Schnellfeuergewehrs. Geschrei brandete auf, wilde Rufe von Soldaten, eine Detonation, die Agathas Ohren pfeifen ließ, und die Schmerzensschreie sterbender Männer und Frauen.

Sie wollte ihre Augen öffnen und nachsehen, was geschah, doch sie brachte es nicht fertig. Ihre Lider gehorchten ihr nicht, weigerten sich, Panos Leichnam zu sehen und blieben so fest verschlossen, dass ihre Gesichtsmuskeln schmerzten.

»Agatha?«

Sie brauchte einen Augenblick, um zu verstehen, dass gerade jemand ihren Namen geflüstert hatte.

»Agatha?«

»P-Pano?«, stammelte sie ungläubig und riss die Augen auf. Die Ministerin lag im flackernden Scheinwerferlicht reglos vor ihnen auf dem Boden, genau wie der Sergeant neben ihr. Weiter hinten lagen weitere schattenhafte Gestalten zwischen den Fahrzeugen, zwischen denen vermummte Gestalten mit zusammengewürfelter Schutzkleidung herbeigelaufen kamen.

»Sie leben?«, fragte Agatha verdutzt und stieß ein tränenschwangeres Lachen hervor, als er mit aufgeblähten Nüstern lächelte.

»Ich denke schon.«

»Freut mich, dass ich noch gerade rechtzeitig zur Party gekommen bin«, fuhr eine dritte Stimme dazwischen. Agatha wandte sich um und betrachtete den Mann, der aus dem grellen Scheinwerferlicht auf sie zu geschlendert kam. Sie erkannte ihn sofort, wie jeder Mensch ihn sofort erkannt hätte. Die kräftige Gestalt mit der zimtfarbenen Haut und dem kahlen Schädel. Dieses Gesicht, das sowohl charismatisch als auch fordernd aussah und von einer langen, leicht nach unten gebeugten Nase dominiert war. Es gehörte Workai Dalam, dem meistgesuchten Menschen des Planeten und Kopf der Terrororganisation Sons of Terra.

»Dalam?«, fragte sie ungläubig und blinzelte ihre Tränen fort.

»Ich dachte, ich folge der Bitte meines Bekannten Luther Karlhammer und habe ein Auge auf Sie und Ihren Partner.« Der Pakistani grinste, als sei all das hier nur ein großer Witz, was Agatha sofort wütend machte.

»Deshalb der Sender«, meinte Pano. »Ich weiß nicht, ob ich Sie jetzt umarmen oder ohrfeigen soll, aber Sie haben mir das Leben gerettet, schätze ich.«

»Keine Ursache.« Dalam zückte ein Messer aus dem Gürtel über seiner Cargohose und umrundete ihre Stühle, um nacheinander die Kabelbinder durchzuschneiden, die ihre Hände hinter ihre Rücken zwangen.

Als Agatha frei war, nahm sie ihre Arme nach vorne und kreiste ihre Schultern, bevor sie sich die blutigen Handgelenke rieb und zischend einatmete.

»Ihre Eilfahrt in Richtung Washington konnte nur bedeuten, dass Sie etwas Wichtiges vorhaben und Luther hat mir versichert, dass Sie auf unserer Seite sind«, erklärte Dalam, als er wieder vor sie getreten war und das Messer in seiner Scheide verstaut hatte.

»Wir sind nicht auf *Ihrer Seite*«, betonte Agatha und schüttelte entschieden den Kopf. »Ihr Werkzeug ist Terrorismus und die Verbreitung von Angst.«

Dalam zuckte ungerührt mit den Schultern. »Jedem seine Methoden. Ich habe unter anderem vereitelt, dass der Feind seine Agenten zum Mars schicken konnte mit der Mars Two. Was haben Sie getan?«

»Können wir dieses Spiel bitte überspringen?«, fragte Pano und stand auf. Agatha tat es ihm gleich und sie sahen sich einen gefühlt sehr langen Moment in die Augen. Ein Impuls stieg in ihr auf, doch aus den Augenwinkeln sah sie Dalam und unterdrückte ihn. Pano schien ihr Innenleben von ihrem Gesicht abzulesen und lächelte mild. Schließlich wandte sie sich ab und betrachtete die reglose Ministerin zu ihren Füßen.

»Ich sehe kein Blut«, stellte sie fest.

»Betäubungspfeile mit Neuro-T5«, erklärte der Terrorist und grinste, als er ihren fragenden Gesichtsausdruck sah. »Eine betäubte Ministerin mit ihren Häschern wird uns deutlich weniger Fahndungsdruck einbringen als eine ermordete. Trotzdem würde ich vorschlagen, dass wir hier verschwinden. Es tut mir übrigens leid um Ihren Vorgesetzten. Soweit wir wissen, war er keiner von denen.«

Agatha sah zu Millers noch immer gefesselter Leiche und spürte tiefes Bedauern in ihrem Herzen. Sie hatten sich nie sehr nahe gestanden, aber der Direktor war immer ehrlich und zuverlässig gewesen. Dass er gerade dann sterben musste, als er ihr vertraute und sich für sie einsetzte, schmerzte.

»Die Polizei wird aus dem, was sie hier vorfindet, Rückschlüsse ziehen können, die die Ministerin schlecht wird beantworten können«, sagte sie grimmig.

»Das hoffe ich doch sehr«, stimmte Dalam ihr zu und deutete in Richtung der gut zwanzig Gestalten bei den Fahrzeugen, die mit abgewinkelten Waffen auf sie warteten. »Wir sollten verschwinden. Offenbar ist ein Helikopter von Homeland Security auf dem Weg hierher.«

Agatha sah noch einmal entschuldigend zu Miller und folgte dem hochgewachsenen Pakistani zu den Wagen. Unterwegs nahm Pano ihre Hand. Statt instinktiv davor zurückzuschrecken, erwiderte sie die Geste und drückte kräftig zu.

Filio Amorosa, 2042

»Hab ich ihn umgebracht?«, fragte Cassidy und knetete seine Hand, während er unruhig von einem Bein auf das andere wippte.

»Nein, ich glaube nicht«, gab Filio zurück und sah zu ihrem einarmigen Partner hinüber, der sich ein paar Schritte entfernt hatte und bedrückt wirkte. »Sie haben ganz schön Kraft in ihrem verbliebenen Arm.«

»Ich ... ich dachte, dass er Sie umbringen will. Außerdem dachte ich, dass er ein Alien ist, oder so etwas.« Der Physiker schien sich nicht besonders wohl in seiner Haut zu fühlen, während er das sagte, und mied ihren Blick.

»Ist schon gut, Sie konnten es ja nicht wissen und ich bin froh, dass Sie sich so um mich kümmern. Es kann allerdings sein, dass ich Ihre Medimanschette brauche.«

»Oh, ja, natürlich«, versicherte er ihr sofort und begann, an seinem Nacken herumzufummeln.

Filio legte Heinrichs Kopf, der noch immer in seinem wuchtigen Helm steckte, vorsichtig auf den Boden und stand auf, um Cassidy zum Einhalten zu bewegen.

»Lassen Sie das lieber, sonst beschädigen Sie noch die Manschette. Ich muss sie erst auslesen, um zu wissen, wie Ihr Zustand ist und ob wir sie abnehmen können. Vielleicht hat sie nicht einmal mehr genügend Medikamente im Diffundator.« Sie wählte in ihrem Helmdisplay das medizinische Gerät an, gab eine Stimmprobe ab und erhielt die Daten.

»Okay, mal sehen«, dachte sie laut und ging die Daten durch. »Analgetika sind auf zwanzig Prozent runter, kein

Wunder, bei Ihren Schmerzen. Lorazepam bei neunzig Prozent. Das ist nicht weiter wild, weil es eine lange Halbwertszeit im Blut hat und nur zur Schockbekämpfung dienen sollte. Ihr Adrenalinpegel ist erfreulich niedrig, aber Ihr Cortisolwert liegt über zweihundert, trotz des Lorazepams.«

»Das ist das Langzeit-Stresshormon, richtig?«

»Richtig. C-reaktives Protein unter fünf, das ist gut. Von akuter Entzündung ist erst einmal nicht auszugehen. Thrombozyten gut, Leukozyten ein wenig niedrig, aber im Normbereich ...«

»Sie können das Ding also abmachen«, fasste Cassidy zusammen und deutete auf Heinrichs reglosen Körper, den sie vor der Kammer, aus der er herausgefallen war, ausgestreckt hingelegt hatten. »Er braucht das Ding nötiger als ich, schätze ich. Wenn ich wieder anfange zu schreien, können Sie mir auch einfach eine runterhauen.«

»Sehr witzig«, schnaubte sie und erwiderte sein angespanntes Lächeln mit einem Kopfschütteln.

»Aber es stimmt, also verlieren wir besser keine Zeit.«

»Hm ...« Filio sah auf Heinrich hinab und kaute auf ihrer Unterlippe.

»Was?«

»Ist das eine gute Idee?«

»Was meinen Sie?«

»Hören Sie: Alles in mir schreit danach, ihn sofort aufzuwecken, aber was ist, wenn das genau der falsche Weg ist?«, fragte sie mit bebender Stimme. Es kostete sie einige Anstrengung, nicht sofort die Manschette von Cassidys Nacken zu reißen und sie ihrem Freund anzulegen, den sie drei Jahre totgeglaubt hatte. Doch ein nagender Zweifel machte sich in ihrem Hinterkopf breit und streckte seine

Finger nach ihren überschäumenden Gefühlen aus, um nach ihnen zu greifen und sie nicht wieder freizugeben.

»Sie meinen, wenn es eine Falle ist?«

»Natürlich. Wir sind hier auf dem Schiff des Erbauers Hortat, der auch *der Feind* genannt wird. Was geschieht als erstes, als wir auftauchen? Einer meiner ehemaligen Crewkameraden steht von den Toten auf. Wenn das nicht nach einer Falle klingt, weiß ich auch nicht«, erklärte sie und überlegte einen Moment, bevor sie hinter Cassidy trat und ihm die Manschette mit zwei Handgriffen abnahm.

»Was haben Sie vor?«, fragte er überrascht.

»Ich lege sie Heinrich an und führe eine DNA-Analyse durch.«

»Haben Sie überhaupt ein DNA-Abbild in Ihrem Helmspeicher?«

»Nein, ich glaube nicht, dass die Human Foundation darüber verfügt, aber ich kann wenigstens nach Anomalien Ausschau halten, falls er irgendwie verändert wurde. Vielleicht ist er auch nur eine Illusion oder eine Art Dummy, den der Feind erschaffen hat.«

»Okay. Schätze, da haben Sie ganz recht«, stimmte Cassidy ihr nickend zu. Er hielt seinen Armstumpf noch immer eifersüchtig wie ein Baby vor seine Brust und sah nachdenklich auf den Astronauten vor ihnen hinab.

Filio beugte sich neben Heinrich und drehte ihn vorsichtig in die stabile Seitenlage, bevor sie die Medimanschette mit dem Diffundator auf der Kästchenunterseite auf den Anschluss im Nackenbereich seines Anzugs legte und dann um den Hals legte. Glücklicherweise hatten sich die Standardanschlüsse in den drei Jahren, die vergangen waren, nicht geändert.

»DNA-Analyse starten, keine Medikamentenabgabe. Vitaldaten und Blutwerte ablesen«, befahl sie der KI und wartete, dass nach einigen Sekunden die ersten Daten eintrafen.

»Was sehen Sie?«, fragte Cassidy.

»Seine Blutwerte sehen gut aus, auch wenn sein Blutdruck etwas niedrig ist, als wäre er gerade erst aufgestanden. Ansonsten alles normal. Eine leichte Bradykardie, aber die ist nicht pathologisch und auf seine Fitness zurückzuführen. Zumindest vor dieser ganzen Sache. Die DNA-Analyse dauert noch.«

»Denken Sie wirklich, dass er ... nicht *er* ist?«

»Ich weiß es nicht«, gab sie zu und seufzte. »Ich wünsche mir so sehr, dass er es ist, auch wenn mir kaum eine mögliche Erklärung einfällt, die nicht beunruhigend wäre.«

»Er war Ihr bester Freund, oder?« Cassidy schien sich bei diesen Worten unwohl zu fühlen.

»Ja. Wir teilten eine Muttersprache, ein Quartier bei SE-TEF und ähnlich pragmatische Sichtweisen.« Filio dunkelte ihr Visier ein wenig ab, weil ihr das ein Gefühl einer gewissen Abschottung vermittelte, was ihr bei den Gedanken an ihre Zeit vor der Mars One Mission notwendig erschien, um keine Tränen zu vergießen.

»Tut mir leid.«

»Hey, er ist nicht tot und es ist auch nicht klar, ob er wirklich nicht er ist, ja?«, zischte sie mit einem Mal wütend und Cassidy zuckte zusammen, als hätte sie ihn geschlagen.

»Ich wollte nicht andeuten, dass ...«

»Schon gut.« Filio winkte ab. »Ich hätte nicht so gereizt reagieren sollen. Es ist nur ... dieser Ort hier.« Sie machte eine umfassende Geste, die den runden Raum mit der Bernsteinblase einschloss, in dem noch immer das düstere Zwielicht herrschte, das von dem Herzen der Bernsteinblase ausging. »Ich wusste die ganze Zeit über, dass ich zum Mars zurückkehren muss. Das war weit mehr als ein Wunsch, eher ein brennendes Verlangen, das mich nachts kaum noch schlafen ließ, und jetzt, wo ich hier bin, ist mir klar, dass ich genau hierher kommen musste.«

»Ich glaube, ich verstehe nicht ganz«, entgegnete Cassidy und legte irritiert seine breite Stirn in Falten.

»Das hört sich vielleicht bescheuert an, aber ich spüre einfach, dass es mich die ganze Zeit hierhergezogen hat. Das tue ich übrigens schon, seit wir dieses Wrack betreten haben.«

»Hm.«

Filio stellte ihr Visier wieder auf maximale Transparenz und sah dem Physiker forschend ins Gesicht. »Sie halten mich für bescheuert, oder?«

»Nun«, druckste er herum und wich ihrem Blick aus. »Ich denke nicht, dass ich mir anmaßen sollte, auch nur irgendetwas als bescheuert abzutun. Nicht, nachdem wir, dank einer von einem Alien vorgegebenen Maschine, ohne Zeitverlust auf dem Mars angekommen sind, nur um dort einen verstorbenen Kameraden Ihrer Marsmission anzutreffen. Nein, ich denke nicht, dass ich auch nur irgendetwas pauschal anzweifeln sollte, was ich sehe oder höre.«

»Guter Punkt. Vielleicht ist es auch nur ein seltsames Gefühl.« Sie winkte ab. Ein blinkendes Ausrufezeichen in ihrem Visier rang in grellem Grün um ihre Aufmerksamkeit. Sie öffnete den Bericht der Medi-KI und brummte.

»Was ist los?«

»Der DNA-Bericht ist da. Keine Anomalien, außer einigen Risikofaktoren für Erkrankungen des rheumatischen Formenkreises, der Schilddrüse und eine Anfälligkeit für Lipome. Falls er vom Feind erschaffen worden sein sollte, hat der jedenfalls ganze Arbeit geleistet«, erklärte sie und schloss den Bericht, um sich über Heinrich zu beugen. Sein

Gesicht sah sehr friedlich aus, als schlafe er einen besonders entspannenden Schlaf.

Was ist dein Geheimnis, Heinrich?, dachte sie und musterte das Stück Metall an seiner Stirn, das sie zuerst für die Reflexion eines kleinen Risses in seinem Visier gehalten hatte. *Und was, verdammt nochmal, ist das?*

»Gut, wir können ihn jetzt aufwecken oder nicht. Es gibt nur diese zwei Möglichkeiten und wir haben keinerlei stichhaltige Anhaltspunkte für oder gegen eine davon«, fasste der untersetzte Physiker zusammen und deutete mit seinem Armstumpf auf Heinrich.

»Es gibt noch eine Möglichkeit«, widersprach sie ihm und nickte in Richtung des dunklen Ganges, in den sie hatten flüchten wollen, als der Roboterarm aus der Decke gefahren war.

»Und die wäre?«

»Wir sehen uns erst einmal um. Wenn Heinrich tatsächlich Teil einer Falle des Feindes sein sollte, sehen wir uns am besten erst einmal in der Falle selbst um, bevor wir sie auslösen, hm?«

»Falls wir sie nicht schon lange ausgelöst haben«, entgegnete er düster.

»In dem Fall wäre es ohnehin egal, was wir tun«, gab sie zu bedenken und stand auf.

»Auch wieder wahr. Gehen wir.«

Sobald sie gemeinsam an die Schwelle des Ganges traten, der tiefer ins Innere des Schiffs führte, schalteten sich ihre Helmlampen ein und gaben sich größte Mühe, die zähe Dunkelheit zu vertreiben.

»Wissen Sie, was seltsam ist?«, fragte Cassidy, während sie zögernd dastanden und keiner von ihnen den ersten Schritt tat.

»Dass von dem Einstieg aus nur ein Gang direkt zu der

Kammer führte, wo dieses Fossil in der Bernsteinblase liegt?«, mutmaßte Filio und er nickte vehement.

»Das macht rein gar keinen Sinn. Niemand baut ein Raumschiff mit einem so langen Gang und nur einem erreichbaren Raum. Ich habe weder Türen noch irgendwelche Bedienelemente oder dergleichen gesehen.«

»Wollen Sie damit sagen, dass etwas an dem Schiff seltsam ist, oder, dass es sich gar nicht um ein Schiff handelt?«

»Beides, schätze ich. Für ein Raumschiff macht so etwas jedenfalls keinen Sinn«, war sich Cassidy sicher.

»Das stimmt. Für ein Gebäude aber auch nicht.«

»Auch wieder wahr. Ich schätze, wir werden mehr erfahren müssen«, seufzte er und Filio nickte, bevor sie den ersten Schritt machte und sie mit umhertastenden Lampen immer tiefer in Hortats Schiff eindrangen.

Der Gang hatte glatte Wände und war leicht nach rechts gebogen, sodass sie bald das Licht des Bernsteinraumes aus den Augen verloren hatten und auf die Batterien ihrer Anzugsysteme angewiesen waren. Türen, Durchgänge oder überhaupt nur eine einzige Fuge hatten sie nicht finden können.

»Haben Sie schon mal darüber nachgedacht, dass es seltsam ist, dass Xinth Ihnen nichts darüber gesagt hat, wie das Transportmodul funktioniert?«, fragte Filio nach einer Weile, während sie gründlich die Anthrazitwände absuchten.

»Ob ich das seltsam finde? Verdammt, ich habe mich darüber Schwarz geärgert. Aber ich denke, Mr. Karlhammer hat schon recht.«

»Recht womit?«

»Dass der Erbauer uns nur Stück für Stück Technologien weitergibt. Wir sind keine besonders verantwortungsbewusste Spezies, das sieht man schon am zweimaligen Einsatz von Atomwaffen. Wussten Sie, dass viele Wissenschaftler vor den Abwürfen über Hiroshima und Nagasaki davor gewarnt haben, dass eine Bombe, die auf Kernspaltung basiert, zu einer Kettenreaktion führen könnte, die die gesamte Erdatmosphäre entzündet und in Flammen aufgehen lässt? Das waren namhafte Physiker und Chemiker, die damals diese Warnungen ausgesprochen haben und keine hysterischen Weltuntergangsprediger. Man hat sie aber trotzdem abgesetzt und die Bedenken über Bord geworfen – einfach, um diese neue Superwaffe auszuprobieren und ein Signal an die Welt zu senden, wer der neue unangefochtene Herrscher in der Geopolitik ist. Das ist meine Meinung, und ich kann mir vorstellen, dass Xinth das ganz ähnlich sieht«, flüsterte Cassidy, als sei er besonders konzentriert damit beschäftigt, die Wände abzutasten, wenngleich sie wusste, dass es wohl eher Angst war, irgendetwas Unerwünschtes in den Schatten zu wecken.

»Fossile Brennstoffe – man hätte früher darüber nachdenken sollen, was die Emissionen anstellen, und neue Lösungen finden können. Aber das Wirtschaftswachstum ist eben wichtiger als die Überlebensfähigkeit des fragilen Ökosystems. Ziemlich kurzsichtig, oder?«

»Fortschritt lässt sich nun einmal nicht aufhalten. Wenn etwas möglich ist, tun wir es.«

»Genau. Wir sind eine chronisch unzufriedene Spezies, wenn Sie mich fragen, und müssen ständig nach einem diffusen *Mehr* suchen, das uns dann gefälligst glücklich machen soll. Was genau das sein könnte, wissen wir nicht wirklich. Eine neue VR-Kabine, ein neuer Wagen, vielleicht eine bessere AR-Brille, eine Reise nach Japan, und immer wenn wir dieses oder jenes besitzen oder erlebt haben, denken wir: naja, das war vielleicht ganz nett, aber was kommt jetzt? Das große Nirwana ist nicht eingetreten. *I can't get no satisfaction* – haben schon die Rolling Stones im letzten Jahrhundert erkannt. Sehr weise.«

»Waren das nicht Junkies?«, fragte Filio abwesend und tastete mit einer Hand an der Wand entlang. Sie bildete sich ein, dass sie sich kalt anfühlte, aber das hätte sie durch ihre Handschuhe gar nicht spüren können, selbst wenn es so gewesen wäre.

»Schon, aber die mussten es ja wissen. Haben sämtliche Drogen ausprobiert, haben alle Frauen bekommen, die sie haben wollten, waren mit Berühmtheit gesegnet – oder geschlagen, je nachdem – und haben Werke für die Ewigkeit geschaffen. Wenn selbst die nicht rundum glücklich werden konnten, dann heißt das schon was, denke ich.«

»Sie haben durchaus recht. An Xinths Stelle hätte ich uns wahrscheinlich nicht einmal die Pläne für einen besonders raffinierten Korkenzieher überlassen. Am Ende hätten wir ihn benutzt, um damit jemandem ein Auge auszustechen, oder wir hätten uns geärgert, dass der nicht gut genug zu Geld gemacht werden kann und ihn weggeworfen und damit die Umwelt verpestet«, schnaubte sie.

»Noch eine Weile mit mir auf dem Mars und Sie werden eine echte Misanthropin«, gluckste Cassidy und Filio warf ihm ein freudloses Lächeln zu.

»Das befürchte ich langsam auch. Dieser Gang hier scheint ewig lang zu sein. Laut meinem Passometer sind wir schon über zweihundert Schritte gegangen.«

»Mag sein«, meinte der Physiker und als er nicht weitersprach, wandte sie sich ihm zu und hob fragend die Hände.

Cassidys Visier wurde dunkel, sobald ihre Lampen ihm ins Gesicht leuchteten. Statt zu antworten, deutete er nach vorne.

Sie folgte seiner Geste und sah genau am Ende ihrer

Lichtkegel einen runden Durchgang, der offenbar in einen neuen Gang führte.

»Oh.«

Nach kurzem Zögern gingen sie los und traten schließlich in den neuen Gang, der als eine Art T-Kreuzung zu fungieren schien. Von rechts leuchtete ein warmes gelbes Licht in ihre Richtung und brandete um ihre Beine wie eine Welle aus Photonen.

»Ja, leck mich doch!«, fluchte Filio.

»Hey, Ihre Ausdrucksweise ist ... *FUCK!*«

Sprachlos standen sie und Cassidy da und blickten auf die Bernsteinblase, in deren Zentrum das Fossil aus sich selbst heraus zu leuchten schien. Rechts in dem Raum sahen sie Heinrich noch genau so liegen, wie sie ihn zurückgelassen hatten.

»Wir stehen in dem verfluchten Gang, durch den wir von der Oberfläche gekommen sind, oder?«, fragte der Physiker ungläubig und mit kaum verhohlener Furcht in der Stimme.

»Nicht nur das. Dieser Durchgang war definitiv nicht da, als wir hergekommen sind.«

»Sind Sie sicher? Immerhin waren wir ziemlich gebannt von diesem verdammten Fossil da vorne!«

»Schauen Sie sich doch mal die Wände an«, schlug Filio leise vor und deutete nacheinander nach rechts, oben und links.

»Die sind ja glatt wie Marmor«, stellte Cassidy fest und streckte eine Hand in Richtung einer Wand aus, nur um vor der Berührung zurückzuzucken, als hätte er Angst sich zu verbrennen.

»Ja, sieht ganz und gar nicht mehr aus wie Lava«, stimmte sie ihm zu und machte einen vorsichtigen Schritt auf den Raum mit der Bernsteinblase zu. »Dieses ganze verfluchte Schiff scheint eine Art morphende Konstruktion zu sein und irgendetwas reagiert die ganze Zeit über auf uns.«

»Vielleicht eine Art KI?«

»Ich weiß es nicht, aber es gefällt mir nicht«, flüsterte sie zurück und lief, einem Impuls folgend, auf Heinrichs reglos daliegenden Körper zu.

»Hey!«, rief Cassidy ihr per Funk hinterher. »Was tun Sie da?«

»Ich wecke ihn auf!«

»Was? Aber wir haben doch keinerlei Anhaltspunkte dafür gefunden, dass er nicht ...«

»Richtig«, unterbrach sie ihn und kniete sich neben Heinrich nieder. »Wir haben keinerlei Anhaltspunkte für irgendetwas und die einzige Sache überhaupt, mit der wir interagieren können, ist Heinrich. Die Alternative ist, dass uns in nicht allzu ferner Zukunft der Sauerstoff ausgeht und wir ersticken, während wir über das Für und Wider diskutieren.«

»Scheiße!«, fluchte Cassidy und fuhr sich mit Hand und Armstumpf über den Helm, als versuche er, sich die Haare zu raufen. »Scheiße, Sie haben recht.«

Filio wählte die Medimanschette an und gab ihr den Befehl, einen Schmerzreiz zu setzen. Sofort fuhr Heinrich in die Höhe, als hätte ihn jemand wie eine Marionette an unsichtbaren Fäden gezogen. Vor Schreck stolperte sie zurück, als er sich in ihre Richtung drehte und wie ein in die Enge getriebenes Tier zwischen ihr und Cassidy hin und her blickte. Sie konnte sehen, wie sich hinter seinem Visier, das jetzt klar war, seine Lippen bewegten, als rufe er ihr etwas zu.

»Ich höre dich nicht«, übersetzte sie mit Zeichensprache

und tippte sich ans Ohr. Dann hob sie vier Finger. »Kanal Vier!«

»FILIO?«, brüllte Heinrich kurz darauf direkt in ihr Ohr und sie zuckte mit schmerzverzerrtem Gesicht zusammen.

»Heinrich?«, fragte sie vorsichtig und wusste nicht, ob sie lachen oder fortlaufen sollte, als sie ihn glücklich lachen hörte. Der deutsche Geophysiker stürmte auf sie zu und schloss sie in die Arme, bevor sie reagieren konnte.

»Mann, bin ich froh, dich zu sehen«, sagte er unter Tränen und hielt sie mit ausgestreckten Armen von sich, nachdem er sich aus der Umarmung gelöst hatte. »Was ist das für ein seltsamer Anzug?«

»Der stammt von der Human Foundation«, erklärte sie wie in Trance, während sie versuchte, ihre Gefühle zu sortieren.

»Die Human Foundation? Die fliegen jetzt zum Mars?«

»Nun, nicht direkt. So ähnlich.«

»Au man! Welches Jahr haben wir?«, fragte er und sah zu Cassidy. »Und wer ist das?«

»Das ist Cassidy, mein Partner und wir haben das Jahr 2042.«

»Drei Jahre?« Heinrich sah aus, als hätte sie ihn gerade geohrfeigt. »Meine Güte, ich hätte nicht gedacht, dass es so lange dauern würde.«

»Darf ich dir auch eine Frage stellen?«, fragte Filio und Heinrich nickte eifrig.

»Was ist das da auf deiner Stirn?« Sie deutete mit ausgestrecktem Zeigefinger auf das Augment über seiner Augenbraue.

»Das? Oh, das hat mir Hortat gegeben, der Besitzer dieses Schiffes. Er ist ein Alien – also nein, kein Alien direkt, weil er von der Erde stammt, und er ...«

Filio hörte ihm nicht mehr zu und taumelte stattdessen

zurück, als würde der Boden unter ihr mit einem Mal schwanken.

»Filio? Was ist denn los? Hast du ...« Weiter kam Heinrich nicht, da sie wie betäubt einen Befehl an die Medi-KI sandte und er kraftlos in sich zusammenfiel.

»Verdammt«, meinte Cassidy und sprang an ihre Seite, als ihre Beine nachzugeben drohten.

»Er ist einer von denen, Cassidy«, hauchte sie.

»Ich ... es sieht so aus, ja, aber ... wieso sagt er es uns dann so frei heraus?«

»Vielleicht weil er weiß, dass es für uns ohnehin kein Entkommen gibt.«

Der Physiker sah sich um und schüttelte sich dann. »Was sollen wir jetzt tun?«

»Ich weiß es nicht«, gab sie zu und ließ sich, von ihm gestützt, zu Boden gleiten, um sich an der Wand anzulehnen. Neben ihr lag der bewusstlose Heinrich, und schien wieder friedlich zu schlafen. »Ich weiß es nicht.«

Mars, 2039

Die Zeit bis zu ihrem Start betrug nicht mehr als einen Tag. Wie sich herausstellte, verlief die Begegnung von Dimitry, Javier, Strickland, Timothy und Hortat anders, als sie erwartet hatte. Sie hatte darauf gebaut, dass Heinrich der Einzige bleiben würde, der sich freiwillig das Augment des Aliens an die Stirn heften ließ. Für sie hätte es Sinn gemacht, da er sich besonders ängstlich und nervös verhalten hatte, als sie in Hortats Schiff eingedrungen waren. Angst machte Menschen scharfsinnig, genauso oft aber auch leichtsinnig.

Am Ende war das Gegenteil der Fall gewesen. Dimitry hatte sich geradezu ehrfürchtig gezeigt und irgendetwas von Erbauern gefaselt, von denen er schon immer gewusst habe. Offenbar hatte es einen in interessierten Kreisen berühmten Archäologen namens Dan Jackson gegeben, der die Existenz einer Art erste Menschheit vor vielen Millionen Jahren postuliert hatte. Das Ergebnis von Dimitrys Ehrfurcht war, dass er alles andere als vorsichtig vorging und sehr schnell auf Hortats Angebot, das Filio eher als Forderung interpretierte, einging, das Augment anzunehmen. Danach war es bloß noch schlimmer geworden und Dimitry hatte begonnen, den anderen zu erzählen, dass alles wahr sei und sie so viel von dem Erbauer lernen könnten. Die Folge war, dass Timothy als Nächster folgte und Strickland und Javier auch keinerlei Einwände zu haben schienen. Da sie ihre halbwegs diskreten Bitten um Vieraugengespräche entweder nicht verstanden oder ignoriert hatten, hatte sie auch keinerlei Möglichkeiten gehabt, auf sie einzuwirken – und vor Hortat wagte sie nicht, ihr Misstrauen offen auszusprechen, da er sie sonst gnadenlos aussortieren würde, dessen war sie sich sicher.

Das Ergebnis des Ganzen war, dass die anderen mit den Startvorbereitungen des Raumschiffes begannen, das wie ein Hochhaus am Landepunkt stand, gesichert von vier massiven Stahlseilen, die tief im Marsboden verankert waren. Sie hätte nicht gedacht, die Erde so schnell wiederzusehen, und konnte es noch immer nicht glauben.

Noch während die anderen mit den beiden Rovern Equipment zwischen Raumschiff und Basis hin- und herfuhren, kam Heinrich zu ihr in den Kontrollraum der Basis, wo sie den Funk überwachte und die Bemühungen des Teams koordinierte. Sie aktualisierte gerade die Ausrüstungslisten, als er räuspernd in der Tür zum Verbindungsmodul auftauchte.

»Ah, Heinrich«, sagte sie und winkte ihn herein. »Ich bin gerade dabei zu sortieren. Für den Rückflug brauchen wir nur sehr wenige Dinge. Nahrungsmittel und Wasser vor allem. Aber wir sparen eine Menge Startgewicht dadurch, dass wir das für hier bestimmte Equipment für die nächste Mission einlagern können.«

»Das ist sehr gut«, erwiderte er und nickte abwesend.

»Was ist?«

»Ich werde hierbleiben«, verkündete Heinrich mit vor der Brust verschränkten Armen und schloss einen Moment die Augen, als sie zu protestieren begann.

»Das kannst du nicht ernst meinen! Du kannst nicht einfach alleine auf dem Mars bleiben! Bist du verrückt! Es wird mindestens zwei Jahre dauern, bis sich ein neues Fenster für die nächste Mission öffnet!«

»Ich weiß, ich weiß. Zeit wird keine Rolle spielen.«

»Was meinst du damit? Wovon redest du da?«

»Hortat hat mir angeboten, in seiner Stasiskammer zu bleiben. Sie lässt sich offenbar recht einfach umprogrammieren, da sich unser Erbgut so sehr ähnelt und die Lebenserhaltung kostet obendrein ein gutes Stück weniger Energie als für einen Erbauer«, erklärte er und Filio verdrehte die Augen.

»Erbauer? Jetzt fängst du auch schon an wie Dimitry«, schnaubte sie.

»Weil es schon eine Bezeichnung für sie gibt. Dieser Jackson hatte offenbar recht mit seinen Thesen, wieso sollten wir jetzt so tun, als wäre es nicht so?«

»Weil es verdammt nochmal verrückt ist!«, zischte sie und sah angespannt an Heinrich vorbei, um sicherzugehen, dass auch niemand lauschte, obwohl sie von den Kameras wusste, dass Hortat und Timothy sich in der Mars One befanden und die anderen in den pendelnden Rovern.

»Hör mal.« Heinrich machte einen Schritt auf sie zu und hielt dann inne, als sie schnaubend ihre Arme vor der Brust verschränkte. »Sein Argument macht Sinn.«

»Was ist denn sein Argument, hm? Dass er unsere Reihen ein wenig ausdünnen möchte, bevor er sich mit uns an Bord begibt?«

»Ich weiß, dass du ihm nicht traust. Zeig es ihm nur nicht«, beschwor er sie und klang beinahe flehend. »Sein Argument ist, dass wir weitere Marsmissionen losschicken werden, die auch wieder auf sein Schiff treffen werden, spätestens, wenn sie unsere Computer ausgewertet haben. Dann wird alles vereinfacht, wenn das Schiffswesen ...«

»Das *Schiffswesen*?«, fragte sie mit gerunzelter Stirn.

»Es ist ... so etwas wie die Schiffs-KI. Nun, nicht ganz, aber das ist das, was dem Schiffswesen am nächsten kommt. Gott!«, fluchte er und raufte sich frustriert die kurzen Haare. »Ich wünschte, du würdest das verfluchte Augment annehmen, dann wäre nicht alles so verdammt schwierig zu erklären und du würdest verstehen.«

»Was würde ich verstehen? Dass ich einen neuen Massa habe, hm? Einen neuen Alien-Gott, dem ich nach dem Mund rede? Nein, danke.«

»Er hat nichts gegen uns«, versicherte ihr Heinrich und deutete hinter sich auf den Durchgang zum Verbindungsmodul. »Er ist da draußen und bindet uns in die Rettung der Menschheit und der letzten seiner Spezies ein. Das müsste er nicht tun. Er hätte uns auch einfach alle töten können, da er mein Gehirn schon ausgelesen hatte. Warum sollte er uns also mitnehmen und vor allem dich, die du nicht einmal das Augment trägst? Du bist ein Risiko für ihn!«

»Er hat es mir gestattet, um euch andere möglichst schnell mit den Dingern an sich zu fesseln«, hielt sie dagegen und deutete auf das glänzende Metallstück über seiner Augenbraue. »Hat ja offenbar geklappt.«

»Verdammte Scheiße, Filio!«, fluchte Heinrich ungehalten und die Tatsache, dass er die verpflichtende Sprache dieser Mission gegen Deutsch eintauschte, zeigte ihr, wie aufgebracht er wirklich war. »Warum musst du nur so elend pessimistisch und paranoid sein?«

Filio stand auf und machte einen Schritt auf ihn zu, bis sie nur noch wenige Zentimenter trennten.

»Weil ihr alle es nicht seid und einer von uns seinen widerwärtigen Verstand benutzen muss!«, knurrte sie.

Heinrich seufzte.

»Ich sehe schon, wir können dich offenbar nicht umstimmen. Ich bleibe jedenfalls hier und werde in der Stasiskammer auf die Astronauten der nächsten Missionen warten, damit so ein Missverständnis wie jetzt nicht wieder vorkommt.«

»Wieso Missverständnis?«

»In dem Stasisraum liegen noch fünf weitere Klone von Hortat.«

»Er ist ein Klon?«, fragte sie verdutzt.

»Ja. Der echte Hortat liegt in der Konservierungsblase in der Mitte des Raumes.«

Filio plumpste kraftlos in ihren Stuhl zurück. Ihr Kopf schwirrte von dieser neuen Information und sie fühlte sich mit einem Mal, als hätte jemand den Stecker gezogen und ihr sämtliche Energie geraubt. »Aber ... wie?«

»Die Klone hat er angefertigt, bevor er gestorben ist, falls es seiner Spezies oder einer anderen gelingen sollte, ihn hier zu finden und zu retten.«

»Aber wenn diese Bernsteinblase eine Art Konservierungsfeld ist, warum ist er dann zu einem Fossil geworden?«

»Schon mal ein Fossil gesehen, das noch Fleisch und Haut auf den Rippen hat?«, fragte Heinrich und schüttelte den Kopf. »Die Blase ist dafür ausgelegt, Jahrmillionen zu überdauern – und zwar ohne Energieinput. Somit bleibt seine DNA erhalten. Die Klone benötigen Energie, weshalb bereits vier von den Kammern vom Schiffswesen abgeschaltet wurden. Seine fossilen Überreste sind so etwas wie der Notnagel. Außerdem kann nur eine DNA-Probe daraus die Klone aktivieren. Eine Art Sicherheitsmaßnahme.«

»Sicherheitsmaßnahme?«

»Ja. Lediglich das Schiffswesen kann den Prozess in Gang setzen. Die Nadel, mit der die DNA entnommen und abgelesen wird, kann nicht kopiert werden.«

»Wieso nicht?«

»Das würdest du nicht verstehen.« Heinrich schüttelte beinahe mitleidig den Kopf.

»Hör auf mit dem Scheiß!«, knurrte sie wütend. »Jetzt fängst du schon an, so arrogant zu klingen wie dieser Hortat, den ihr so vergöttert.«

»Entschuldige«, erwiderte Heinrich und seufzte. Seiner Miene war nicht abzulesen, ob er die Entschuldigung ernst meinte, darum beschloss Filio, vorerst nicht darauf einzugehen. »Es ist nur so, dass seine Eindrücke sehr intensiv waren und ich mich ehrlich gesagt vor diesem Zwölferraum fürchte.«

»Du konntest sehen, was er dort erlebt hat?«

»Ja. Es war schrecklich, kaum zu beschreiben.«

»Was ist denn geschehen?«

»Ich sollte nicht wirklich ...«

»Heinrich!«, ermahnte sie ihn und hielt ihm ihren Zeigefinger unter die Nase. »Du hast vielleicht gerade ein verfluchtes Alien getroffen, dass dir tolle Dinge zeigt, aber wir kennen uns nun schon über zwei Jahre und ich habe mehr Zeit mit dir verbracht, als mit irgendjemandem sonst in diesem Leben. Fang bitte nicht damit an, mich einem Alien zuliebe auszuschließen.«

»Entschuldige«, sagte er erneut und dieses Mal wirkte sein Seufzen aufrichtig. »Er und ein Teil der Flotte, die unterwegs in den Andromedanebel waren, sind durch den Gedankenraum ...«

»Gedankenraum?«, unterbrach sie ihn mit hochgezogenen Brauen.

»Der Zwölferraum. Er kann nur über die Gedankenkraft der Navigatoren bereist werden – zumindest fällt mir keine treffendere Erklärung dafür ein. Es ist schwer in Worte zu fassen. Jedenfalls sind sie in den Zwölferraum übergegangen und fanden sich in einem Meer aus Nichts wieder. Wirklich nichts Messbares existierte dort, doch es schien, als wäre doch irgendetwas anwesend, was sich ihren Instrumenten entzog und dieses Etwas wollte sie nicht dort haben, bekämpfte sie, wie Immunzellen ein eindringendes Virus.«

»Und was ist mit ihnen geschehen?«

»In seiner Flotte befanden sich zehn Schiffe. Vier griffen sich plötzlich gegenseitig an und die anderen ... veränderten sich.« Heinrich schien sich bei jedem weiteren Wort zu winden, als bereite ihm das Aussprechen dieser Eindrücke körperliches Unbehagen.

»Was soll das heißen *sie veränderten sich?*«, hakte Filio nach.

»Ihre Form, die Erbauer an Bord. Seltsame Formen nahmen auf den Schiffen Gestalt an und trieben sie entweder in den Wahnsinn oder taten ihnen Dinge an.« Heinrich begann zu stocken und hielt sich eine Hand vor den Mund. »Hortat hat als Einziger den Weg in den Normalraum gefunden und kehrte zur Erde zurück, um Xinth zu warnen und mit dem letzten verfügbaren Schiff eine neue Kolonie auf Alpha Centauri zu gründen, was sie mit Unterlichtantrieb gerade noch in einem Zeitraum, der ihnen das Überleben sichern würde, erreichen konnten.«

»Aber?«

»Xinth schickte ihn fort und hielt ihn für einen Verräter und Saboteur seiner Flotte. Er meinte, dass Hortat für ihren Tod verantwortlich sein müsse, weil er als einziger zurückgekehrt sei. Als Hortat ihm gehorchte und wegflog, explodierte eine Bombe im Antriebsmodul des Schiffes, auf dem wir ihn gefunden haben und er stürzte ab. Den Rest kennst du«, erklärte er und ballte bei dem Namen *Xinth* die Hände zu Fäusten.

»Nun, dieser Xinth hat wohl ein gutes Argument, oder? Wieso überlebt nur ein einziger von ihnen? Warum hat er überlebt?«, fragte Filio misstrauisch und senkte dabei leicht ihre Stimme, als könne das Alien sie überall und jederzeit hören.

»Das hat er mir nicht gezeigt.«

»Oh, welche Überraschung. Und hat er auch gesagt, warum nicht?«

»Weil dieses Geheimnis zu schmerzvoll ist, um nacherfahren zu werden. Er muss diese Bürde allein tragen.«

»Oh, na klar, natürlich. Sehr praktisch«, schnaubte sie und schüttelte den Kopf über so viel naiven Gutglauben. So kannte sie Heinrich gar nicht. In den Jahren vor der Mission und währenddessen hatte er immer einen kühlen, analytischen Kopf bewahrt, war sehr unaufgeregt und logisch vorgegangen und führte sich nicht wie das Groupie einer Boyband auf.

»Ich verstehe, dass du misstrauisch bist, aber du hast auch nicht gesehen, was er mir gezeigt hat.«

»Was er dir gezeigt hat. Genau. Fällt dir da etwas auf?«

»Ja, dass du es nicht verstehen kannst, weil du es nicht erlebt hast«, beharrte er und sein Blick verschloss sich zusehends, was ihr wehtat.

»Ist dir noch nicht in den Kopf gekommen, dass er dich die ganze Zeit benutzt und dir einfach das zeigt, was du sehen sollst. Dieses verdammte Ding auf deiner Stirn«, sie stach mit ausgestrecktem Finger nach dem metallisch glänzenden Augment, das wie eine kleine Plakette aussah, doch er zuckte zurück, bevor sie es berühren konnte, »ist verdammte Alientechnologie!«

»Diese Unterhaltung macht keinen Sinn, solange wir über unterschiedliche Grundlagen zur Thematik verfügen. Es ist, als wolltest du mit jemandem darüber streiten, wie ein Apfel schmeckt, der noch nie einen in der Hand gehalten, geschweige denn gegessen hat.«

»Sehr praktisch, solch ein Denken«, grummelte sie und

funkelte ihn wütend an. Sie kochte innerlich vor so viel Borniertheit und ihre Wut wurde noch angefacht von der Tatsache, dass sie sich um ihn und die anderen sorgte. Außerdem fühlte sie sich zunehmend einsam und isoliert, da Hortat aus ihren Kameraden glühende Verfechter seiner Person gemacht hat – wie auch immer er das anstellen konnte. Auf einmal schienen die Jahre ihrer gemeinsamen Arbeit und ihres gemeinsamen Lebens auf der wichtigsten Mission der Menschheit, rein gar nichts mehr zu zählen. Es war ebenso verletzend wie demütigend.

»Ich hätte mich gerne im Guten von dir verabschiedet, Filio«, sagte Heinrich nach einer kurzen Pause und sah niedergeschlagen zu Boden, bevor er tief durchatmete und ergeben nickte. »Trotzdem werde ich dich als gute Freundin in Erinnerung halten.«

»Offenbar in nicht so guter, wie deinen neuen Alienfreund Mr. Gehirnwäsche«, fauchte sie zurück und der Deutsche taumelte zurück, als hätte sie ihm einen Schlag verpasst, bevor er sich mit einem traurigen letzten Blick durch die Tür zurückzog und im Verbindungsmodul verschwand.

Seufzend vergrub sie ihr Gesicht in den Händen und wusste, dass sie ihre Worte früher oder später bereuen würde. Trotzdem war es ihr nicht möglich, andere zu finden, da Wut und Frustration jegliche Rationalität in ihrem Feuer verbrannten.

So saß sie noch eine ganze Zeit einfach nur da und brütete ihren Ärger aus, der sich nach und nach in Betroffenheit und Trauer verwandelte. Nicht, weil sie bereut hätte, so misstrauisch zu sein, sondern weil sie es offenbar nicht geschafft hatte, zu Heinrich durchzudringen und ihn vor der Beeinflussung des Aliens zu retten. Sie hatte nicht genug versucht und sich von Hortat einschüchtern lassen, und diese Tatsache bereitete ihr eine Scham, die sie mit Sicherheit bis ins Grab verfolgen würde.

Was vielleicht schon deutlich früher der Fall sein wird, als ich mir wünsche, dachte sie düster.

Der Rest der Vorbereitungen ging erstaunlich schnell vonstatten. Ihr Team, allen voran Dimitry, legte sich mächtig ins Zeug, um keinerlei Zeit zu verlieren. Entweder sie glaubten felsenfest an Hortats Vorhaben und damit seine Dringlichkeit, oder aber seine Gehirnwäsche war so intensiv und erfolgreich, dass sie ohnehin keine eigenen Gedanken mehr verfolgen konnten. So oder so ließ das Gefühl sie nicht los, dass dieser Erbauer innerhalb kürzester Zeit einen kleinen Ameisenstaat aus sechs ehemals hochgebildeten und perfekt ausgebildeten Wissenschaftlern gemacht hatte, die zu den besten Köpfen ihrer Spezies gehörten. Nun saß er wie die Königin da draußen in ihrem Raumschiff und ließ sich fürstlich von seinen emsigen Arbeitern bedienen.

Bereits wenige Stunden später saß sie mit Dimitry hinter Timothys Pilotensessel. Er war offiziell der Pilot, hatte diesen Titel allerdings nur deswegen inne, weil er der Einzige war, der ausreichend geschult war, auch schwierige Manöver manuell zu fliegen, falls die Schiffs-KI ausfallen sollte, was aufgrund der vielfach redundanten Systeme höchst unwahrscheinlich war.

Als die Booster zündeten und sie kräftig durchgeschüttelt wurde, liefen ihr dicke Tränen über die Wangen. Sie konnte gerade noch ihr Visier abdunkeln und mit zitternder Hand manuell das Mikrofon abstellen, bevor sie ungehemmt zu schluchzen begann und von einem heftigen Weinkrampf geschüttelt wurde. Sie hoffte, dass die Vibrationen des Raumschiffes sie nicht verraten würden – und falls doch, hätte sie es auch in Kauf genommen, da der emotionale Dammbruch so heftig ausfiel, dass sie sich selbst mit all ihrer Willenskraft nicht hätte unter Kontrolle bringen können.

Die unwirkliche Vorstellung, dass Heinrich gerade mit einem ihrer Rover zu Hortats Schiff rausfuhr, um sich dort in Stasis zu begeben, war einfach zu viel für sie. Er war nun ganz alleine hier draußen, Millionen Kilometer von der Erde und jeglicher menschlichen Wärme entfernt. Sie hatten ihn allein gelassen – in ihrem Fall mit grässlichen letzten Worten, im Falle der anderen mit purer Zustimmung und keinerlei Mitleid, weil sie offenbar genauso sehr dachten, dass er genau das Richtige tue.

Spätestens als es vor den winzigen Fenstern des Cockpits, das senkrecht nach oben zeigte, dunkel wurde und der Marstrabant Phobos als kleiner grauer Punkt zu sehen war, wurde ihr klar, dass es keinen Weg zurück gab. Diese Situation war echt und sie befand sich auf dem Weg Richtung Erde, im Gepäck ein womöglich gefährliches Alien.

»Versuche Funkkontakt mit Mission Control herzustellen«, sagte sie, sobald sie einige Stunden später auf ihren einprogrammierten Rückkehrkurs geschwenkt waren und drückte die entsprechende Taste auf ihrem virtuellen Kontrollpult.

»Ausführung dieses Befehls nicht möglich. Zugriff verweigert«, säuselte die Schiffs-KI EDI in ihr Ohr und Filio sah ungläubig zu Dimitry hinüber, der entspannt neben ihr saß und offenbar in eine eigene AR-Anzeige vertieft war.

»Hey, Dima«, sagte sie und er schüttelte kurz den Kopf, bevor er sich ihr zuwandte.

»Hm?«

»Hast du mich aus dem System gekickt?«

»Nein«, gab er überrascht zurück und wirkte verwirrt.

»Ich wollte gerade Mission Control anfunken«, entgegnete sie und deutete auf ihre ausgegraute Taste, obwohl diese natürlich nur in ihrem Sichtfeld existierte und er sie nicht sehen konnte.

»Ach so.« Dimitry grinste. »Ja, das habe ich nach Rücksprache mit Hortat für alle gesperrt.«

»Und wieso nur solltest du so etwas tun?«, fragte sie misstrauisch und hielt unwillkürlich die Luft an.

»Na wieso wohl? Wenn wir sie anfunken und sagen, dass wir ein Alien an Bord haben, werden sie uns nicht landen lassen!«

»Ja, weil es Quarantäneprotokolle gibt, gegen die wir sonst verstoßen. Das hat einen guten Grund!«, hielt sie dagegen und schnaubte, verblüfft darüber, wie er ganz nebenbei Missionsvorschriften missachtete und offenbar auch nicht respektierte.

»Quarantäneprotokolle!«, wiederholte er und schüttelte den Kopf. »Das hier ist viel größer als jedes Protokoll, Filio! Es geht um die Rettung einer ganzen Spezies, damit diese nicht den Fehler wiederholt, der den Rest von ihnen ausgelöscht hat.«

»Das wissen wir nicht mit Sicherheit. Genauso wenig wie wir mit Sicherheit wissen, dass Hortat uns die Wahrheit sagt.«

»Er ist nicht böse«, beharrte Dimitry. »Ganz sicher nicht.«

»Okay«, erwiderte sie um Geduld bemüht, obwohl sie ihn am liebsten ungehemmt angebrüllt hätte, bis ihm das Blut aus den Ohren lief. »Ich glaube dir, ja?«

»Ja«, freute sich der Russe und lächelte.

»Was ist, wenn er Krankheitserreger in sich trägt, die für ihn harmlos sind und bei uns Menschen ein Massensterben auslösen? Dasselbe ist mit den Inka und Azteken geschehen, als die spanischen Konquistadoren über den Atlantik kamen. Er muss nicht einmal aktiv vorhaben, unser Ende zu besiegeln«, erklärte sie.

»Mach dir keine Sorgen! Hortat ist intelligenter, als wir es uns auch nur vorstellen können und hat so einen Fall mit Sicherheit vorher durchgespielt und es für sicher befunden.«

»Und auf so einer Annahme möchtest du das Wohlergehen der Menschheit verwetten?«, fragte sie fassungslos und sank frustriert in ihrem Sessel zurück, als er entschieden nickte.

»Das kannst du nicht ernst meinen!«

»Wieso nicht? Vertraust du ihm nicht?« Dimitry musterte sie misstrauisch und verengte seine Augen, bis sie kaum noch das Weiß in ihnen erkennen konnte.

»Doch, das tue ich. Ich schätze, du hast recht«, log sie und zuckte mit den Schultern. »Ich bin eben noch etwas durch den Wind wegen Heinrich und allem.«

Dimitry entspannte sich schlagartig und tätschelte freundschaftlich ihren Unterarm.

»Das kann ich gut verstehen, Filio! Wir werden das schon schaffen. Zusammen!«

»Ja, danke.«

Na toll, dachte sie und begann zu überlegen, wie sie dem Dilemma entkommen konnte, dass ihre Freunde offenbar den Verstand verloren hatten und nun blinde Gefolgsleute eines Aliens geworden waren, das unbedingt zur Erde wollte.

Aus welchen Gründen auch immer.

Agatha Devenworth, 2042

Vor der Lagerhalle, in die Cortez sie hatte bringen lassen, standen drei weiße Lieferwagen. Dalam scheuchte sie in den mittleren, wo sie sich mit sechs Mitgliedern der Sons of Terra auf Bänken niederließen. Die Männer und Frauen mit harten Blicken zogen sich nach und nach ihre Sturmhauben vom Kopf und beäugten sie und Pano misstrauisch. Einige warfen ihr so offen feindselige Blicke zu, dass sie schon befürchtete, sie könnten ihre Dartgewehre auf sie richten.

»Offenbar sind wir bei denen sehr beliebt«, murmelte Pano lakonisch. Agatha antwortete nicht, da sie schon öfter in Gesichter wie jene dieser Terroristen geblickt hatte und wusste, wann sie besser kein Öl ins Feuer gießen sollte.

Die Fahrt dauerte nur etwa fünfzehn Minuten, in denen sie bereits verstanden hatte, dass ihr Handterminal blockiert wurde. Dann ging die hintere Tür wieder auf und sie fand sich mit Pano in einer verlassenen Tiefgarage wieder. Workai Dalam stand vor einer alten Metalltür zwischen zwei Betonpfeilern und winkte sie zu sich.

»Kommen Sie!«

Agatha passierte die alte Tür, die eher wie ein zerbeultes Stück Rost aussah und trat in einen langen Tunnel mit flackerndem Licht, in dem es nach feuchtem Schimmel und Erde roch.

»Gehen Sie bis hinten durch«, forderte Dalam sie auf und scheuchte sie vor sich her.

»Wenn Sie uns nicht gerade gerettet hätten, würden bei

mir jetzt sämtliche Alarmglocken klingeln«, kommentierte Pano hinter ihr die bedrückende Szenerie.

»Als Terrorist kann man sich seine Suiten eben nicht aussuchen in einer Zeit, in der Kameras bloß noch vor öffentlichen Toiletten Halt machen.«

Am Ende des Gangs befand sich ein Raum mit quadratischer Grundfläche und einer Tür, die nach Norden führte. Ein Alutisch mit vier Klappstühlen, vier Waffenschränke voller Gewehre, Pistolen und Granaten und ein Schreibtisch mit AR-Brillen und einem Bildschirm waren hier auf engstem Raum untergebracht.

»Schick«, meinte Agatha ironisch.

»Setzen Sie sich doch.« Dalam deutete auf die beiden freien Stühle zwischen ihnen und dem Tisch und umrundete diesen, um sich auf die andere Seite zu setzen.

»Also«, sagte sie, sobald sie alle Platz genommen hatten, und faltete ihre Hände auf der kalten Tischplatte. Als sie bemerkte, dass ihre Finger noch immer leicht zitterten, zog sie sie darunter. »Warum sprechen wir in einem Versteck unter der Erde miteinander?«

»Nun, falls Sie einen besseren Ort kennen, an dem uns Homeland Security nicht erreicht ...« Dalam öffnete seine Hände zu einer einladenden Geste. »Ich bin ganz Ohr.«

»Sie haben mich verwanzt!«

»Zum Glück für Sie, denke ich, hm?«

»Seit wann folgen Sie uns schon?«

»Seit Ihrem Aufbruch von der Pyramide. In gewisser Weise.«, erklärte der Terroristenführer ruhig.

Agatha wechselte einen hastigen Blick mit Pano.

»Sie wissen davon?«

»Major Greynert berichtete mir davon. Er ist nicht bloß Pilot bei B12, sondern auch eine fleißige Zelle der Sons of

Terra«, erklärte Dalam mit einiger Zufriedenheit in der Stimme.

»Was wissen Sie noch über Karlhammers Versteck?«, fragte Agatha.

»Genug, um einen beträchtlichen Teil meiner Ressourcen darauf zu verwenden, sie zu schützen. Wir sind eine Organisation, die das große Bild im Blick hat und aus den Schatten heraus das Unkraut jätet, das der Feind sät – einer militärischen Konfrontation mit dem US-Militär in der Antarktis hätten wir nichts Sinnvolles hinzuzufügen. Das werden Luther und seine Privatarmeen übernehmen müssen.« Dalam machte eine Pause und zwinkerte ihnen zu. »Also setze ich all meine Chips auf Sie und Capitano Hofer hier.«

»Wieso?«

»Wollen Sie mich verarschen? Sie beide haben die Pyramide gefunden, den wohl geheimsten Ort dieses Planeten und das in ziemlich kurzer Zeit, wie ich behaupten würde.«

»Wir hatten Hilfe«, gab Agatha zu bedenken.

Dalam nickte bedächtig. »Sie spielen auf den Mann im schwarzen Anzug an, über den wir schon im Flugzeug gesprochen haben.« Er machte eine Pause und nickte. »Ja, das stimmt. Trotzdem haben Sie gute Arbeit geleistet und sich als sehr resilient erwiesen. Außerdem haben Sie selbst mit einer Waffe am Kopf niemanden verraten.«

»Wir hatten Glück.« Agatha winkte ab.

»Zu bescheiden. Major Greynert sagte mir, dass Sie sogar das Störfeld, das den Feind von der Pyramide fernhalten soll, sabotieren konnten. Wie haben Sie das angestellt?«

»Wir haben einen Sender ein paar Meilen vor dem Berg ausgegraben«, erklärte Pano und zeigte auf sein noch funktionierendes Ohr, in dem das altmodische Hörgerät steckte. Agatha versuchte, ihn mit einem Tritt gegen den Fuß am Weitersprechen zu hindern, doch er schien es entweder nicht bemerkt zu haben oder als Versehen abzutun. »Ein altes Stück Technologie hat uns den Arsch gerettet, ironischerweise.«

»So ist das manchmal. Wir benutzen Briefkuriere für unsere wichtigste Kommunikation.«

»Was haben Sie jetzt vor?«, fragte Agatha ungeduldig.

»Sie wollten sich mit der Präsidentin treffen, oder?« Dalam musterte beide aufmerksam, während sie sich mit Seitenblicken bedachten. »Hören Sie, ich bin auf Ihrer Seite. Wir müssen den Feind stoppen, koste es, was es wolle.«

»Es spielt keine Rolle«, entgegnete Agatha und winkte ab. »Selbst wenn wir einen Termin bei der Präsidentin gehabt hätten, ist unser Ticket zu ihr mit Millers Tod ... gestorben.«

»Sind Sie sicher?«, fragte Dalam bedächtig und zückte sein Handterminal. Er machte einige schnelle Eingaben und drehte die transparente Scheibe von der Größe eines kleinen Heftchens in ihre Richtung. Das Gerät wurde dunkel und spielte ein Video ab: Sie sah sich selbst zwischen dem toten Miller und Pano in der Halle sitzen, in die sie von Cortez verschleppt worden waren. Das Licht flackerte leicht, doch die Ministerin war problemlos auszumachen, genau wie der Sergeant, der Pano seine Waffe an den Kopf presste und der Wink, den Cortez ihm gab. Dann sackten sie und der Soldat plötzlich kraftlos in sich zusammen und ein Feuergefecht brach aus.

Dalam nahm das Handterminal zurück und setzte ein zufriedenes Lächeln auf. »Das dürfte reichen, um die Präsidentin zu überzeugen, denken Sie nicht?«

»Das könnte funktionieren«, gab sie widerwillig zu, noch immer wie benommen von dem Anblick des toten Millers neben ihr und der Tatsache, dass Pano beinahe ebenfalls erschossen worden wäre.

»Aber sie wird wissen wollen, wer uns gerettet hat«, wandte Pano ein und Dalams Lächeln erstarb.

»Ich weiß. Damit Sie auf jeden Fall zur Präsidentin durchkommen, werde ich mich Ihrer Gewalt ausliefern. Ich bin der meistgesuchte Mann dieses Planeten und zusammen mit dem Beweisvideo wird sie einem Treffen mit Ihnen zweifellos zustimmen.«

»Die werden Sie nach Guantanamo oder sonstwohin stecken und nie wieder das Tageslicht sehen lassen«, entgegnete Agatha entgeistert. Sie verachtete den Terroristen für seine Methoden, obwohl sie ihre Motive teilten und sie einen gewissen Respekt für ihn empfand, weil er sein Leben der Menschheit gewidmet hatte. Vielleicht auf eine gefährliche Art und Weise, doch er kämpfte seit Jahren für eine Wahrheit, die ihm niemand abgenommen hatte außer seine fanatischen Anhänger. Dass er sich freiwillig für seine Sache opferte, erschien ihr zwar durchaus kongruent zu sein, aber nichtsdestotrotz überraschte sie diese vollkommene Selbstaufgabe ihres Gegenübers.

»Das ist mir bewusst. Ich habe innerhalb der Sons of Terra früh dafür gesorgt, dass unsere Organisation dezentral funktioniert und nicht auf einem Personenkult basiert. Es zählt einzig, dass wir unsere Freiheit als Spezies behalten, statt unter die Kontrolle eines Aliens zu gelangen. Wenn es für das Erreichen dieses Ziels erforderlich ist, dass ich den Preis bezahle, dann tue ich das mit voller Überzeugung«, erwiderte Dalam mit fester Stimme und ohne jegliches Zögern in den Augen. »Hier sind die Schlüssel zu einem Wagen vor der Tür. Es handelt sich um dasselbe Teslamodell, mit dem Sie gefahren sind. In dem Wagen befinden sich Hand- und Fußfesseln, ein schwarzer Sack, den Sie mir über den Kopf ziehen können und Millers Handterminal, das wir aus dem Wagen der Ministerin gestohlen haben.« Ihr Gegenüber legte einen Buzzer mit dem Tesla-Logo auf den Tisch, griff unter seine Lederjacke und zog eine Glock aus dem Hüftholster, die er anschließend achtlos zu Boden warf.

Agatha blickte zu Pano, der stumm nickte und beugte sich nach vorne, um sich den Buzzer zu schnappen. »Gehen wir.«

Sie standen auf und folgten Dalam durch den modrig stinkenden Gang in die verlassene Parkgarage, wo tatsächlich das lange Elektro-SUV geparkt stand. Pano lief um die Motorhaube und setzte sich hinter das Steuer. Agatha öffnete die Beifahrertür und fand ein Paar Hand- und Fußfesseln auf dem Sitz wieder, die sie dem Terroristenführer anlegte. Bevor sie den Stahl um die Handgelenke einrasten ließ, hielt sie noch einmal inne und blickte dem Pakistani ins Gesicht.

»Sind Sie sicher, dass das der richtige Weg für Sie ist?«

»Für mich? Bestimmt nicht. Aber es ist der beste Weg, um eine Flotte vom Feind besessener Navyoffiziere davon abzuhalten, unsere Zukunft zu zerstören. Das reicht mir.« Dalam nickte ihr zu und sie schloss mit einem gewissen Bedauern die Handschellen. Sie half ihm auf den Rücksitz und verband die Metallmanschetten an Händen und Füßen mit einer kurzen Kette.

»Tut mir leid«, murmelte Agatha und schloss seine Tür, um sich auf dem Beifahrersitz festzuschnallen und zu seufzen.

Pano lenkte den Wagen zwei Etagen höher zu einer von alten Zeitungen und Müll übersäten Ausfahrt. Als sie wieder in den Regen der Ostküste fuhren, sah sie sich um und erkannte, dass sie in einem verlassenen Industriegebiet waren – eines der vielen Opfer der Digitalisierung und Automatisierung.

Während alte Lagerhallen und Raffinerien an ihnen vorbeirauschten, nahm sie mit einigem Unwillen Millers Handterminal und sagte: »Präsidentin Kamala Harris auf Direktdurchwahl anrufen.«

Während das Wählzeichen erklang, gab sie Dalam einen Wink nach hinten. Dieser fummelte umständlich sein eigenes Terminal aus seiner Jackentasche und übersandte ihr die Videodatei, als sie auch schon ein Freizeichen bekam.

»Miller, sind Sie am Treffpunkt angekommen?«, fragte eine weibliche Stimme, die sie bisher nur aus dem Fernsehen kannte. Kamala Harris klang ein wenig wärmer am Telefon.

»Hier spricht Special Agent Agatha Devenworth«, meldete sich Agatha nach einem kurzen Räuspern.

»Devenworth? Wo ist Miller? Diese Nummer ...«

»Entschuldigen Sie, Mrs. President, Direktor Miller wurde ermodert, als wir auf dem Weg zu Ihnen ...«

»Ermordet?«

»Ich sende Ihnen eine Videodatei zu, weil Sie mir mit Sicherheit nicht glauben würden, was geschehen ist«, sagte Agatha und schickte das Video ab, das sie von Dalam erhalten hatte.

Eine Pause entstand, dann ein Laut, der ein Atmen, ein Seufzen oder ein erschrecktes Luftanhalten sein konnte.

»Silvia?«, fragte Harris.

»Ja. Sie müssen sich wie geplant mit uns treffen, Ma'am«, drängte Agatha. »Es geht um die nationale Sicherheit.«

»Hören Sie, Agent Devenworth. Ich werde die Videodatei von Ihnen durch meine Datenanalysten auf seine Echtheit überprüfen lassen und dieser Sache nachgehen. Das wird Konsequenzen haben, aber ich kann nicht ...«

»Ma'am«, unterbrach Agatha die Präsidentin. »Wenn ich Ihnen Workai Dalam ausliefere, werden Sie einem Treffen unter vier Augen dann zustimmen?«

»Workai Dalam? Wovon reden Sie da, Agent?«

Agatha schaltete auf Video um und hielt das Handterminal zwischen die beiden Vordersitze auf den Terroristenführer, der eine saure Miene machte und mit seinen Fesseln raschelte.

»Kommen Sie zum Westtor. Einer meiner Männer wird Sie dort durchsuchen und dann durchwinken. Wenn Sie am Westflügel angekommen sind, werden vier meiner Männer vom Secret Service sie hinein begleiten«, sagte Harris und legte auf.

»Hat Sie zugestimmt?«, fragte Pano angespannt und atmete erleichtert aus, als sie nickte.

»Sieht aus, als würden wir zur Präsidentin fahren.«

»Ich wollte sie schon immer mal treffen«, raunte Workai Dalam von hinten.

»Sie haben wirklich Nerven.« Pano schüttelte den Kopf. »Wie machen Sie das bloß?«

»Wenn Sie wie ich in der Tiefe des Indischen Ozeans einen bronzefarbenen Riesen gesehen hätten, der zwei ihrer Taucher dazu bringt, sich selbst den Sauerstoffschlauch zu durchtrennen, würden Sie auch alles tun, um ihn zu stoppen.«

»Sie haben den Feind wirklich da bei den Trümmern gefunden?«, fragte Agatha erstaunt. Sie hatte immer gedacht, das sei nur ein Mythos gewesen.

»Ja«, erwiderte er plötzlich einsilbig.

»Wie haben Sie es geschafft, dass er sie nicht auch tötet? Ich habe die Fähigkeiten seines Agenten ... erlebt.«

»Ich befand mich gerade bei den Notfallballons und einer muss ihm die Sicht versperrt haben«, erklärte Dalam und klang mit einem Mal angespannt. »Diese Ballons können mit einer Sauerstoffpatrone aufgeblasen werden für einen Notaufstieg, was ich dann auch gemacht habe.«

»Aber wie haben Sie schließlich verstanden, dass der Feind Regierungen und Behörden unterwandert?«

»An der wachsenden Feindschaft gegenüber der Human Foundation. Bis Neununddreißig hatte sie im Prinzip nur Befürworter, und viele staatliche Gelder für Entwicklungshilfe wurden Luthers Stiftung zugewiesen, weil die Politik wusste, dass es effizient angelegt war. Dann kam plötzlich der Umschwung und es bildeten sich Kreise in den Parlamenten der Welt, die sich vehement gegen die Human Foundation aussprachen, obwohl es keinerlei Skandale gab. Hinzu kommt das Rätselraten, aus welchem Zylinder Luther ständig neue Wundertechnologien zauberte. Zugegeben, nichts davon war so unglaublich, dass man es ihm nicht abkaufte, aber die Rate, mit der er Neuheiten präsentierte, ließ doch jeden stutzen. Also dachte ich mir: Wenn ein Alien auf der Erde umherwandelt, vielleicht gibt es noch mehr davon.«

»So einfach?«, wunderte sich Pano, während ihr Wagen auf die Interstate nach Washington einbog und sich in den gleichförmig dahinziehenden Verkehr einreihte.

»Nun ja«, meinte Dalam. »Es gehörte schon ein wenig mehr dazu. Ich schätze, dass die Folterknechte der CIA das alles aus mir herausquetschen werden.«

»Das werden die nicht müssen, da Sie ja bewusst kooperieren«, wandte Agatha ein, doch der Mann hinter ihr lachte bloß trocken.

»Freut mich, dass Sie Ihre Leute noch so rosig sehen, Special Agent. Die werden mich schon allein deshalb in einer Dunkelzelle traktieren, weil sie entweder glauben, dass ich ihnen mit meiner Geschichte Lügen auftische, oder, weil sie auch vom Feind besessen sind und sich nur allzu sehr über einen *Unfall* bei der Befragung freuen würden. Meine Reise wird in Washington enden und ich hoffe, dass Sie beide das Beste daraus machen, damit mein Opfer nicht umsonst war.«

»Sie haben mein Wort darauf«, versicherte Agatha ihm.

»Und meins«, fügte Pano hinzu.

»Gut. Dann wollen wir mal dafür sorgen, dass die Präsidentin ihre Bluthunde von der Antarktis fernhält. Meine Verhaftung dürfte ihr genügend politischen Aufwind verschaffen, um die Senatoren um Roger Danes zum Schweigen zu bringen.«

»Aber was, wenn die gesamte Offiziersriege der Flotte vom Feind besessen ist?«

»Ich glaube nicht, dass das der Fall ist. Unseren Schätzungen nach sind vielleicht zehn Prozent der Mitarbeiter im öffentlichen Dienst infiziert.«

»Und wenn er nur einen Agenten wie den Mann im schwarzen Anzug in die Flotte eingeschleust hat?«, fragte Agatha.

»Dann haben wir vermutlich ein Problem, das wir von hier nicht lösen können«, gab Dalam zu. Im Rückspiegel konnte sie seine düstere Miene sehen, die größtenteils in den Schatten lag. »Aber die Rückendeckung der Präsidentin wird so oder so hilfreich sein.«

Filio Amorosa, 2042

Filio und Cassidy starrten Heinrichs reglosen Körper an, als handle es sich um eine Bombe, die jeden Moment explodieren könnte.

»Verflucht, hat er wirklich *Hortat* gesagt? Das ist doch der Name *des Feindes*, oder?«

»Ja.« Filio war schwindelig geworden und sie musste sich an dem Paneel der Stasiskammer festhalten, die sich direkt neben der von Heinrich befand, um nicht umzufallen. In ihrem Kopf drehte sich ein Karussell, das immer schneller wurde und es ihr schwer machte, Einzelheiten zu erkennen.

»Und was machen wir jetzt? Unser Grundproblem hat sich nicht geändert.«

»Ich weiß es nicht«, gestand sie vor allem sich selbst ein, und ließ die Schultern hängen. Sie war tatsächlich mit ihrem Latein am Ende.

»Oh, scheiße! Runter!«, rief Cassidy mit einem Mal und Filio riss gerade rechtzeitig den Kopf hoch, um zu sehen, dass der Roboterarm wieder aus der Decke gefahren kam und seine ungesund lange Nadel in der Bernsteinblase versenkte.

»Es geschieht wieder«, sagte sie schrill und griff mit zittrigen Händen in ihre linke Hüfttasche, wo sie das Keramikfragment aus dem Hitzeschild der Mars One aufbewahrte. Angespannt leckte sie sich über die Lippen und beobachtete den dreigelenkigen Roboterarm und die Nadel, die in diesem Moment wieder aus der Blase auftauchte. Dann schoss sie mechanisch und punktgenau auf das kleine

Loch zu, das sich eine Armlänge über ihr in der Abdeckung der Stasiskammer befand, an der sie lehnte.

So schnell sie konnte, heftete sie das Keramikstück auf die Öffnung von der Größe einer Stricknadel, als die Roboternadel auch schon dagegen stieß. Sie tat es drei- oder viermal nacheinander, wie ein Vogel, der mit seinem Schnabel gegen eine Nuss hackte, und zog sich dann zurück in die Decke.

Als der gesamte Arm verschwunden war, atmete Filio erleichtert auf und nahm von Cassidy die kleine Tube mit Memoryschaum zum Abdichten von Anzuglecks entgegen.

»Guter Gedanke«, meinte sie, während sie mit zwei Fingern auf die Tube presste und einen dünnen Film um das Keramikfragment auftrug.

»Hier steckt also noch jemand in der Kammer«, dachte er laut und sah mit einigem Unbehagen zu den restlichen vier Kammerpaneels. »Vielleicht befindet sich ja Ihre gesamte Crew in den Übrigen?«

»Über diese Möglichkeit versuche ich nicht nachzudenken. Aber der Roboterarm hat keine Anstalten gemacht, es bei einer der anderen Kammern zu versuchen. Das ist seltsam.«

»Sie denken, dass womöglich nur diese jemanden oder etwas beherbergt?«

»Anhand dessen, was bisher geschehen ist, würde ich es zumindest vermuten, ja«, erwiderte sie und nickte.

»Aber wenn das Innere dieses Schiffes seine Form frei verändern kann, wieso macht es die Einstichstelle für die Nadel nicht einfach woanders hin?«, fragte Cassidy und sah zur Decke hoch, als könne genau das jeden Moment geschehen.

»Vielleicht handelt es sich bei diesen Kammern um statische Gebilde. Wenn es sich um so etwas wie Stasis oder eine medizinische Vorrichtung handelt, wäre es unklug oder gar unmöglich, die Form zu verändern, da ja ein statischer Bedarf an Raum und Versorgungsmaßnahmen besteht.«

»Hm. Mag sein. Und was jetzt?«

[Jetzt sprechen Sie mit mir], antwortete eine androgyne Stimme, die direkt in Filios Kopf zu erscheinen schien. Sie klang tief und präzise, ohne jegliche Höhen oder Tiefen und sie stammte nicht aus ihrem Funk. Die Stimme erklang tatsächlich in ihrem Inneren, beinahe, als sei es ihre eigene.

»Wer spricht da?«, fragte sie und bewegte sich von der Kammerabdeckung fort, während sie sich misstrauisch umsah. Nichts hatte sich verändert. Das Fossil stieß noch immer pulsierende Lichtwellen aus, die Kammern waren bis auf die von Heinrich, der nach wie vor am Boden lag, verschlossen, und die Öffnung in der Decke war noch immer verschlossen.

[Ich bin das Schiff.]

»Das Schiff?«, fragte sie entgeistert.

»Hey, mit wem reden Sie da?«, fragte Cassidy und beäugte sie mit gerunzelter Stirn.

[Ich bin das Schiff], wiederholte die Stimme in ihrem Kopf.

»Sind Sie so etwas wie eine Künstliche Intelligenz?«

»Was reden Sie da?« Cassidy machte einen Schritt auf sie zu und drängte sich nun auch körperlich in den Mittelpunkt ihrer Aufmerksamkeit.

»Ich weiß es nicht, offenbar mit dem Schiff.«

»Mit dem Schiff?«

»Hören Sie die Stimme nicht?«

»Welche Stimme?«

[Ich wurde erschaffen], antwortete die Stimme.

»Von wem?«, fragte sie.

»Was?«

»Ich rede nicht mit Ihnen«, sagte sie, an Cassidy gewandt, und brachte ihn mit einer Geste der Ungeduld zum Schweigen.

[Ich wurde von Xinth erschaffen.]

»Von Xinth? Ist das hier nicht Hortats Schiff?«

[Das ist korrekt. Ich gehorche den Wünschen Hortats, doch Ihre Frage war, wer mich erschaffen hat], gab die Stimme zurück.

»Kontrollieren Sie dieses Schiff?«, fragte Filio und suchte instinktiv nach irgendeinem räumlichen Punkt, den sie der Stimme zuordnen konnte, damit sich das Gefühl nicht verstärkte, gerade den Verstand zu verlieren.

»Filio, Sie machen mir Angst. Was reden Sie da für seltsames Zeug? Hören Sie Stimmen?« Cassidy wirkte angespannt und wich einen Schritt vor ihr zurück.

»Das Schiff spricht zu mir und ...«

[Ich kontrolliere dieses Schiff, ja.]

»Haben Sie uns hierher geführt?«

[Ja.]

»Wieso?«

[Weil das meinen Befehlen entspricht.]

»Ihren Befehlen? Von wem stammen die Befehle, von Hortat?« Filio winkte Cassidys Vorhaben, den Mund zu öffnen, mit gestreckter Hand fort.

[So ist es.]

»Wie lauten die Befehle?«

[Ich soll bewusst-intelligente Lebensformen, die das Schiff betreten, ins Konservatorium leiten.]

»Und dann?«, hakte Filio nach.

[Dann soll ich eine Entscheidung treffen. Wenn ich diese Lebensformen als feindlich oder gefährlich einstufe, soll ich entweder dafür sorgen, dass sie das Schiff wieder verlassen, oder sie zur Abwendung von Gefahren eliminieren. Wenn ich diese Lebensformen als friedlich einstufe, soll ich einen von Hortats Klonen wecken.]

»Einen von Hortats Klonen? Das bedeutet, dass in diesen Kammern hier«, Filio deutete auf die Abdeckungen mit den winzigen Einstichstellen für die Roboternadel, »Klone des Feindes stecken?«

[Nein, nicht des Feindes, sondern Hortats], korrigierte die Stimme sie gelassen.

»Scheiße, Hortat steckt in den restlichen Kammern«, sagte sie zu Cassidy, der sie ansah wie eine Jahrmarktskuriosität.

»Woher wollen Sie das wissen? Hat diese ominöse Stimme Ihnen das erzählt?«, fragte er schnaubend und schüttelte den Kopf. »Vielleicht ist das alles ein bisschen zu viel, ich kann das gut verstehen. Was halten Sie davon, wenn Sie sich die Medimanschette anlegen und sich analysieren lassen? Heinrich braucht sie momentan ja nicht.«

»Ich habe jetzt keine Zeit dafür«, wiegelte sie ab und sah wieder zur Decke, weil es ihr irgendwie so vorkam, als käme die Stimme von dort. »Was macht Heinrich in einer dieser Kammern?«

[Nachdem Sie und Heinrich Marks vor etwa drei Jahren dieses Schiff fanden und mit Energie versorgten, konnte ich zwei von Hortats Klonen retten und habe einen aufgeweckt. Sie waren offensichtlich nicht feindselig, trugen keinerlei Waffen bei sich und waren ihm körperlich und zerebral deutlich unterlegen. Es bestand also keine Gefahr. Ihre Kollegen Ellen Strickland, Dimitry Vlachenko, Javier Camarro und Timothy Knowles haben sich daraufhin mittels Augmenten mit Hortat in Verbindung gesetzt und ihn bei seiner Mission unterstützt, zur Erde zurückzukehren.]

»Meine Crew hat den Feind zur Erde gebracht?«, fragte Filio entsetzt und wich taumelnd einige Schritte zurück.

[Ihre Crew hat versucht, Hortat zur Erde zu bringen], korrigierte die Stimme sie geduldig.

»Das ist eine Lüge!«, schrie Filio zurück.

[Ich lüge nicht. Ich habe den Befehl erhalten, Ihnen auf sämtliche Fragen ehrliche Antworten zu geben, sofern diese Antworten keine Gefahr für Hortat, dieses Schiff, oder seine Spezies bedeuten], wurde sie von der Stimme korrigiert.

»Sie gehorchen Hortat, also hat er Ihnen befohlen, mir Antworten zu geben?«, hakte Filio nach.

[Das ist korrekt.]

»Also wusste er, dass ich herkommen würde?«

»Wer wusste das? Filio, wer wusste das?«, schaltete sich Cassidy ein und als sie ihn wieder mit einer Geste abwimmeln wollte, packte er sie mit seinem gesunden Arm an der Schulter und zwang sie ein Stück nach vorne, sodass sie ihm ins Gesicht sehen musste. »Ich mache mir langsam Sorgen, dass Sie Ihren Verstand verloren haben. Mit wem, verdammt nochmal, reden Sie da?«

»Mit dem verdammten Schiff!«, brüllte sie ihn an und spürte, wie sich eine ganze Lawine Anspannung löste und über ihr Gegenüber hereinbrach, der irritiert zu blinzeln begann. »Und jetzt lassen Sie mich verdammt nochmal in Ruhe, damit ich in Erfahrung bringen kann, was zur Hölle hier los ist!«

[Ich spüre Gewaltbereitschaft in Ihnen, Filio Amorosa.]

»Was Sie nicht sagen!«, grollte sie.

»Was?«

»Nicht Sie!« Filio grunzte frustriert und riss sich aus Cassidys Griff los, bevor sie wieder nach oben starrte. »Hortat wusste, dass ich hierherkommen würde?«

[Ja. Er hat Ihnen den Wunsch gegeben, hierher zurückzukehren.]

»Nein! Ich wollte zurückkehren, um das Schicksal meiner Crew, meiner Freunde, aufzuklären!«, beharrte Filio.

[Ja, ich kann sehen, dass Sie das denken. Es handelt sich allerdings um einen Irrglauben, nicht mehr als eine Strategie Ihres neuronalen Systems, um eine Erklärung für eine Anomalie liefern zu können.]

»Eine Anomalie? Was meinen Sie damit?«

[Eine Anomalie der Mikrophage Einundzwanzig. Durch sie hat Hortat Ihnen diesen Wunsch eingepflanzt. Er unterrichtete mich darüber, als Sie bereits unterwegs zur Erde waren.]

»Mikrophage? Sie meinen diese neuartigen Mikroorganismen, die die Human Foundation entwickelt hat, und jetzt medizinische Behandlungen mit ihr verlorst?«

[Ähnlich. Mikrophage Einundzwanzig ist eine Entwicklung Hortats. Er hat sie mit zur Erde genommen.]

»Was macht diese Mikrophage?«

[Sie heftet sich an Proteine und verändert sie, entsprechend ihren vorherigen Instruktionen.]

»Wie ein Virus«, meinte Filio.

[Das ist ein guter Vergleich], stimmte ihr das Schiff zu.

»Und ich habe geholfen, Hortat und diese Mikrophage auf die Erde zu bringen? Das glaube ich nicht!«

[Nein, Sie waren das einzige Mitglied Ihrer Mannschaft, das sich geweigert hat, Hortat zu helfen. Sie haben auch das Augment abgelehnt.]

»Aber ich bin mit ihnen geflogen und habe sie auch nicht daran gehindert.«

[Das ist korrekt, ja.]

»Wieso nicht? Wieso habe ich sie nicht aufgehalten? Und

wieso hat Hortat mich überhaupt an Bord gelassen, wenn ich ihn nicht unterstützen wollte?«

[Auf diese Frage habe ich keine Antwort.]

»Sie haben keine oder wollen Sie mir nicht antworten?«, bohrte Filio wütend nach.

Ich war schon einmal hier, dachte sie mit rasendem Verstand und versuchte, ihre Gedanken an die Möglichkeit zu gewöhnen, all das hier schon zu kennen, obwohl ihr nichts davon bekannt vorkam. Es wollte ihr einfach nicht gelingen, egal wie sehr sie es versuchte.

[Ich kann Sie von dem Gedächtnisverlust befreien, den die Mikrophage in Ihnen verursacht hat.]

»Sie können was?«, fragte Filio ungläubig und spürte mit einem Mal kribbelnde Aufregung in ihren Gliedern erwachen.

[Die Mikrophage hat in Ihrem Gehirn Areale blockiert, die die Erinnerungen an Ihre Zeit auf dem Mars und des Rückflugs gespeichert haben. Diesen Effekt kann ich mittels einer neuen Infusion von Mikrophage Einundzwanzig mit entsprechenden Instruktionen umkehren. Sie können sich dann an alles erinnern.]

»Ich ...« Filio schluckte. Es gab nichts auf der Welt, was sie sich sehnlicher wünschte. Der Drang, ihre Erinnerungslücken zu füllen, die sie seit Jahren so sehr zermarterten und ihr Leben und das anderer Menschen zerstört hatten, war übermenschlich stark. Obwohl sie wusste, dass es nicht so sein sollte. Wenn es Hortats Plan gewesen war, dass sie unbedingt zurückkommen sollte, dann gehörte all das hier auch zu seinem Plan und sie spielte ihm geradewegs in die Karten. Doch eine leise Stimme in ihrem Hinterkopf verstärkte ihr möglicherweise unechtes Verlangen noch, indem sie ihr einflüsterte, dass etwas Wahres, Eigenes in ihr dem Ganzen zustimmte. Sie verstand nicht, wieso und weshalb, doch sie verstand den Drang, dem sie nichts entgegenzusetzen hatte. Genausogut hätte ein Stück Treibholz auch gegen den Strom eines reißenden Flusses stromaufwärts treiben können. »Also gut.«

[Folgen Sie dem Gang. Ich werde Ihnen eine Öffnung nach links erschaffen, die Sie in einen Raum bringen wird, wo wir die Prozedur vornehmen können.]

»Was *also gut*? Reden Sie mit mir, Filio! Was meinen Sie damit?«, schaltete sich Cassidy wieder ein und stellte sich ihr in den Weg, als sie an ihm vorbeimarschieren wollte.

»Das Schiff, es kann mir meine Erinnerungen wiedergeben!«, erklärte sie ungeduldig, da sie am liebsten losgerannt wäre, um keine Zeit mehr zu verschwenden.

»Okay, angenommen, ich würde nicht denken, dass Sie gerade vollkommen den Verstand verloren haben: Ihre Erinnerungen? Wie? Und weshalb?«

»Hortat hat meine Erinnerungen blockiert, aber seinem Schiff aufgetragen, sie mir zurückzugeben, sollte ich hierher zurückkehren«, erklärte Filio, als rede sie über nichts Besonderes.

»Hortat? Der Feind? Selbst wenn ich all das glauben sollte, würden Sie doch nur das tun, was er wollte. Halten Sie das für eine gute Idee?«

»Es ist mir egal«, bellte sie und dachte darüber nach, Cassidy anzugreifen, damit er ihrem Ziel nicht länger im Weg stand. Sie konnte sich gerade noch davon abbringen, auch wenn es ihr schwerfiel, und wandte sich stattdessen an die Stimme: »Sprechen Sie mit ihm, damit er nicht denkt, dass ich den Verstand verloren habe, ja?«

Filio bedachte den Physiker mit einer ungeduldigen »Bitteschön«-Geste, doch er schüttelte nur den Kopf.

»Da ist keine Stimme, Filio.« Er klang beinahe betroffen,

als die Worte seinen Mund verließen und in ihrem Helm erklangen.

»Hey, warum sprechen Sie nicht mit ihm?«

[Weil das nicht zu meinen Befehlen gehört. Ich darf ausschließlich mit Ihnen sprechen. Und mit Heinrich Marks, aber den haben Sie ... inkapazitiert. Mit Ihnen zu sprechen entsprach lediglich den Notfallmaßnahmen, falls es nicht möglich sein sollte, dass Sie mit Heinrich Marks sprechen.]

»Sie spricht nur mit mir«, sagte Filio an Cassidy gewandt und drängelte sich an ihm vorbei.

»Na klar, wie praktisch. Die Stimme redet nur mit Ihnen!«

Filio ignorierte ihn und ging einfach weiter, doch gerade, als sie zu rennen beginnen wollte, traf etwas sie an den Beinen und sie stürzte der Länge nach hin. Als sie auf den Boden prallte, zog sich ein tiefer Riss quer durch ihr Visier. Sie war genau neben Heinrich gefallen und starrte benommen in sein Gesicht, das so friedlich und ruhig aussah.

Kurz darauf sprang Cassidy auf ihren Rücken und packte ihren linken Arm, um ihn ihr aufs Kreuz zu drehen.

»Runter von mir!«, schrie sie wütend und begann, sich zu winden wie ein Aal.

»Ich kann nicht erlauben, dass Sie etwas Dummes tun«, grunzte der Physiker entschuldigend, ohne jedoch seinen Griff zu lösen. »Sie sind nicht bei Sinnen, Filio! Sie stehen unter dem Einfluss dieses Ortes oder des Feindes, und Sie werden es mir noch danken.«

»Sie verstehen nicht!«, schrie sie, außer sich vor Sorge, dass sie vielleicht doch nicht erfahren würde, was ihr Gehirn ihr die ganze Zeit über vorenthalten hatte.

»Ich denke, dass ich der Einzige von uns beiden bin, der noch versteht«, widersprach er und schob ihre Beine mit seinen Füßen auseinander, sodass sie kaum noch Hebelkraft aufbringen konnte, um sich umzudrehen.

In einer Reflexhandlung fasste sie mit ihrer freien rechten Hand nach Heinrichs Genick und löste die Medimanschette, bevor sie mit einer Art Urschrei ihre Hüfte drehte, den freigewordenen rechten Fuß nutzte, um sich nach oben zu werfen und auf Cassidy zu landen.

Noch bevor sein überraschtes Quieken ihren Helm erfüllte, klatschte sie ihm die Manschette auf den Anschluss in seinem Genick und schrie die Medi-KI an: »VOLLE SEDIERUNG!«

Der Physiker erschlaffte schlagartig und während er zur Seite umfiel, schnellte Filio hoch und fing ihn auf, damit sein bereits ramponiertes Visier nicht zerspringen konnte.

»Tut mir leid«, murmelte sie und setzte über seinen erschlafften Körper hinweg, der jetzt neben dem Heinrichs lag.

Sie suchte nach so etwas wie einem schlechten Gewissen, konnte es aber in Cassidys Fall nicht finden. Zwar verstand sie seine Reaktion und hätte an seiner Stelle womöglich ähnlich gehandelt, doch sie hatte nicht zulassen können, dass er sie davon abhielt, ihre Antworten zu finden. War das selbstsüchtig und kurzsichtig? Vielleicht war es das tatsächlich, aber tatenlos hier zu ersticken, kam für sie nicht in Frage. Wenn es wirklich eine Falle war, in die sie blind hineingestolpert waren, war es ohnehin zu spät. Sie waren von einem Schiffswesen umgeben, das das gesamte Innere nach seinem Gutdünken umgestalten konnte, hatten nicht einmal Waffen geschweige denn Werkzeuge dabei, und einen limitierten Sauerstoffvorrat.

[Folgen Sie einfach dem Gang und gehen Sie dann nach links], ertönte wieder die wohlklingende Stimme in ihrem Kopf.

Filio blickte auf und sah in die dunkle Öffnung, die sich jetzt mit warmem Licht füllte, als sei gerade die Sonne aufgegangen. Ohne zu zögern, lief sie los und hörte das Echo ihrer eigenen Stiefel wie eine Art Poltern, das sich als Vibration bis in ihren Helm fortsetzte. Im Durchgang zwischen Konservationskammer und Gang blieb sie noch einmal stehen und schaute zu Heinrich und Cassidy zurück. Sie lagen da wie zwei Tote – zwei Tote, die sie heraufbeschworen hatte.

»Tut mir leid«, murmelte sie noch einmal und lief weiter, bis sich nach einigen Metern eine Öffnung in der linken Wand auftat. Das anthrazitfarbene Material floss einfach auseinander wie eine magnetische Flüssigkeit und dann war da ein Durchgang, als habe sich dort nie etwas anderes befunden.

Als Filio eintrat, sah sie zwei lange Säulen, die aus einer dunklen Ecke schräg nach oben wuchsen und dann ohne weiteres endeten. Wände oder gar die Decke konnte sie nicht erkennen, da es nur einen einzigen Lichtstrahl gab, der von oben auf den Boden schien und einen kreisförmigen Bereich ausleuchtete. Er reichte gerade aus, um die beiden nach vorne gekippten Säulen sichtbar zu machen.

[Stellen Sie sich bitte an die linke Säule.]

Filio tat wie ihr geheißen und stellte sich mit dem Rücken so, dass sie die Säule hinter sich hatte und das Licht sehen konnte, das sie nun für ihr eigenes Gefühl als neue Quelle der Stimme ausgemacht hatte.

Plötzlich begann ihr Körper zu vibrieren und sie wurde rückwärts nach oben gezogen, bis sie wie ein aufgespanntes Fell mit zurückgebogenen Armen und Beinen an der Säule klebte und nach unten schaute.

»Hey, was soll das werden?«

[Dieser Teil ist nicht sehr angenehm. Aber es ist gleich vorbei.]

Filio spürte, wie sie von etwas im Nacken gekitzelt wurde, dann drang etwas in ihren Anzug ein und schlängelte sich an ihrem Hals entlang nach vorne, wie ein schleimiger Wurm. Knurrend biss sie die Zähne aufeinander, wie sie es schon so oft getan hatte und schrie erst laut auf, als sich die zwei wurmartigen Gebilde in ihre Nasenlöcher schoben. Es fühlte sich an, als steche etwas durch ihre Siebbeinzellen ins Gehirn. Dann war es mit einem Mal vorbei und die Würmer zogen sich zurück.

Filio keuchte und riss die Augen auf.

[Wie fühlen Sie sich?], fragte die Stimme in ihrem Kopf.

»Ich erinnere mich«, wisperte Filio und begann stumme Tränen zu weinen, als die Bilder und Gefühle zurückkamen und sich wie ein fehlendes Puzzlestück in ihren Geist einfügten. »Ich erinnere mich an alles.«

Mars, 2039

Vier Monate dauerte ihre Reise, bis sie endlich Luna passierten. Die mattweiße Scheibe schien durch das Fenster nicht viel größer als ein Baseball zu sein und hob sich nur sehr grob von den umliegenden Sternen ab. Der Anblick des Mondes weckte eine tiefe Sehnsucht nach einer Heimat in ihr, die sie nie gekannt hatte. Sie wollte sich einfach nur in den Schoß von jemandem oder etwas begeben und eine Woche lang weinen und schlafen. Dumm nur, dass sie in ihrem Leben alles ihrem sozialen und beruflichen Aufstieg geopfert hatte. Sie wollte die Nummer Eins sein, ihre dringlichsten Ziele verwirklichen und war dank ihrer Willenskraft und ihres Durchhaltevermögens abgehoben wie eine Rakete. Dabei hatte sie mit ihrem Schweif alles verbrannt, was dem hätte im Wege stehen können: Freundschaften, Beziehungen, vertraute Orte, Sitten, Rituale, Zugehörigkeit – also alles, was einem Menschen Glück und Geborgenheit verschaffte. Besonders schlecht hatte sie sich gefühlt, als sie zwei Wochen nach dem Start von einem heftigen Fieber heimgesucht wurde und nicht einmal die Möglichkeit gehabt hatte, sich Gesellschaft zu verschaffen, indem sie zu den anderen ging – ob die sie nun dort haben wollten oder nicht. Zwei Nächte waren so heftig gewesen, dass sie ihre Fieberträume nicht mehr von der Realität hatte unterscheiden können. Immerhin hatte ihr jemand offenbar eine Medi-Manschette angelegt, welche sie mit entsprechenden Medikamenten auf den Weg der Besserung gebracht hatte, nachdem leichtere Pharmaka nicht gewirkt hatten.

Noch nie war ihr das Dilemma ihrer bisherigen Lebensentscheidungen so bewusst geworden wie in den letzten vier Monaten. Während des Auswahlverfahrens hatte sie keine Zeit gehabt, sich über all das Gedanken zu machen, denn sie hatte nur für ihre Prüfungen gelebt. Während der anschließenden Ausbildung hatte sie ausschließlich die Perfektion ihrer Arbeitsabläufe und die Zusammenarbeit mit ihren Mannschaftskameraden im Kopf gehabt. Dann, während des Hinflugs und auf dem Mars selbst, hatte so viel Arbeit angestanden und sie hatte so viel Aufregung verspürt, dass so deprimierende Stimmungen wie jetzt gar nicht hatten aufkommen können. Hinzugekommen war, dass der Zusammenhalt des Teams sie getragen hatte und sie zum ersten Mal seit langer, langer Zeit echte Freundschaften mit ihren Mitmenschen genoss. Paradoxerweise hatte sie offenbar erst zum Mars fliegen müssen, um etwas zu vollbringen, was für die meisten Menschen alltäglich war.

Sie seufzte in ihrem Sitz des ersten Offiziers und wollte für einen Moment die Augen schließen, als ein Alarm durch das Schiff gellte.

»Was ist los?«, fragte sie laut und beugte sich zu Timothy vor. Sie hatten beide Dienst und sollten die anderen in etwa einer Stunde wecken. Allerdings war sie sicher, dass die jetzt ohnehin wach waren. Das Bremsmanöver hatte bereits begonnen und sorgte für eine Mikrogravitation, die sie als unangenehm empfand. Gleichzeitig war ihr bewusst, dass der Eintritt in die Erdatmosphäre dieses Unbehagen noch deutlich weiter strapazieren würde als ihre leichte Übelkeit es jetzt tat.

»Wir haben einen Schaden an einer der Keramikabdichtungen steuerbords. Offenbar ist eine Stickstoffleitung geplatzt und hat einige Bolzen rausgeschossen«, erklärte Timothy und stellte den Alarm ab. »Sieht aus, als müsste Javier raus und das flicken. Das wird unsere Rückkehr noch ein bisschen verzögern.«

»Noch ein paar Stunden mehr, in denen wir den Dauerfunk von Mission Control und so ziemlich jedem nicht auf die Erde gerichteten Satelliten ignorieren müssen«, seufzte sie und rief die Vitaldaten von Javier auf ihr Tablet – eine praktische Befugnis als Bordärztin.

Seiner Herzfrequenz nach zu urteilen, hatte der Alarm ihn nicht aufwecken können, was wohl an den hohen Dosen entzündungshemmender Analgetika lag, die in seinem Blutkreislauf zirkulierten. Sie hatte ihm diese Medikation verordnet, weil er seit einigen Tagen an Erkältungssymptomen litt. Zwar schien er auf dem Weg der Besserung zu sein, doch er war in keinem Zustand, der einen Außenbordeinsatz erlaubte.

»Aus Javier wird nichts. Der hat genug Ibuprofen im Blut, um selbst während des Wiedereintritts durchzuschlafen«, verkündete sie seufzend, weil sie wusste, was das bedeutete.

»Scheint, als wäre dann dein Glückstag«, bemerkte Timothy und drehte sich zu ihr um. Grinsend zuckte er mit den Schultern. »Viel Spaß da draußen.«

»Danke«, brummte sie lakonisch und setzte eine gequälte Miene auf. In Wahrheit kam es ihr gerade recht, dass sie als Ingenieurin an zweiter Stelle nach dem Wartungsingenieur stand, wenn es um Reparatureinsätze im Vakuum ging. Auf so eine Gelegenheit hatte sie die letzten vier Wochen gewartet, in denen die anderen kaum mit ihr gesprochen hatten. Sie waren so sehr damit beschäftigt, Hortat zu lauschen, der in seiner seltsam rollenden Sprache mit ihnen redete und offenbar von seinen Plänen sprach, die Pyramide Geth zu finden. Ihre ehemaligen Freunde und Arbeitskollegen, die sie nicht mehr wiedererkannte, waren zwar weiterhin freundlich zu ihr, doch offenbar auch verärgert, dass sie das Augment weiterhin ablehnte. Noch schlimmer war alles geworden, als sie einen Tag nach ihrem Start vom Mars das zweite Kontrollzentrum in Wien kontaktiert hatte, um das vom Fund eines Objekts in Kenntnis zu setzen. Strickland hatte sie dabei erwischt und sofort die Verbindung gekappt. Fortan war es ihr nicht mehr erlaubt gewesen, alleine eine Wache zu übernehmen, und sie war isolierter denn je. Wahrscheinlich hatte nur die Tatsache sie gerettet, dass sie in der Übertragung keinerlei Details genannt und nur von einem Objekt gesprochen hatte. Sie war zur absoluten Außenseiterin geworden und das ließen die anderen sie bei jeder Gelegenheit spüren. Offenbar hatte das Alien Vorrang vor einer Freundin, mit der sie bereits seit Jahren zusammenlebten und arbeiteten, und damit musste sie zu leben lernen.

Das Problem war, dass sie irgendwann nichts mehr gefunden hatte, mit dem sie sich ablenken konnte. Die gesamte Schiffsbibliothek hatte sie bereits durch, inklusive sämtlicher Hörbücher und Filme, und die anderen beschäftigten sich rund um die Uhr mit Datenbankrecherchen und Überlegungen über den möglichen Aufenthaltsort dieser ominösen Pyramide namens Geth, die irgendwo auf der Erde versteckt sein sollte – und über die Jahrmillionen unerkannt geblieben war. Sie hielt das für lächerlich, doch der Rest schien kein anderes Thema mehr zu kennen. An diesem Punkt war spätestens die Gewissheit in ihr gereift, dass sie sich nicht irrte und sie tatsächlich alle den Verstand verloren hatten – an ein Alien.

Fortan hatte sie sich ruhig verhalten, jede Konfrontation vermieden und sich darauf konzentriert, den anderen aus dem Weg zu gehen. Sie wollte nicht riskieren, dass man sie als Gefahr ansah und möglicherweise noch beseitigen wollte, um die neue heilige Mission nicht zu gefährden.

»Klär Dima auf, was das Problem ist und dass ich unterwegs zur Luftschleuse bin«, sagte sie schließlich und schwebte aus ihrem Sitz aus dem Cockpit hinaus und in den zentralen Korridor hinein. Sie hangelte sich geschickt an den Haltegriffen entlang und ließ ihren Körper wie einen Fisch an den Paneelen und Kontrollelementen vorbeigleiten.

Zur Luftschleuse und dem vorgelagerten Raum mit den Raumanzügen ging es links herum. Dort ließ sie sich von dem automatisierten Hilfsgestell in die recht klobigen Plastik- und Carbonelemente helfen. Die motorisierten MMSS, oder Maximum Mobility Space Suits, wurden ihrem Namen nur bedingt gerecht. Zwar waren sie deutlich anwenderfreundlicher als die alten NASA- und ESA-Anzüge, doch von guter Beweglichkeit konnte noch immer keine Rede sein. Dafür besaßen sie modernere Kaltgasgemische für die Manövrierdüsen, sodass sie deutlich mobiler war. Gleichzeitig sorgten Servomotoren in sämtlichen Gelenkelementen, inklusive der Finger dafür, dass sie nicht nach der ersten Stunde Krämpfe bekam wie Astronauten vergangener Jahrzehnte, als die Raumfahrt noch von den Entwicklungen der sechziger und siebziger Jahre zehrte.

Kurz bevor die Roboterarme des Gestells ihr den Helm aufsetzten, schwebte Dimitry zu ihr herein. Er trug den roten Pullover des internationalen Raumfahrtkonsortiums und eine graue Trainingshose und sah generell aus, als wäre er gerade aus seinem Schlafsarg geglitten.

»Timothy meinte, dass es ein Problem an den Keramikplatten gibt?«, fragte er müde und unterdrückte ein Gähnen.

»Ja, am Hitzeschild.«

»Verdammter Mist.« Der Russe musterte sie in ihrem Anzug. »Sollte Javier nicht rausgehen?«

»Der hat mehr Ibuprofen im Blut als Hämoglobin«, erwiderte sie und rückte ihre Haube zurecht.

»Hm«, machte Dimitry und schien alles andere als begeistert.

»Was ist? Traust du deiner rechten Hand nicht mehr zu, ein paar Schrauben reinzudrehen?« Filio zwinkerte ihm scherzhaft zu, meinte die Frage aber wirklich ernst. Nur musste er das ja nicht unbedingt erfahren.

»Nein, nein.« Er schüttelte den Kopf. »Ist schon gut. Sieh einfach zu, dass deine Kameras online sind und der Funkkontakt zu jeder Zeit stabil ist.«

»Aye, aye«, versprach sie ihm und deutete einen militärischen Salut an, bevor die Roboterarme den Helm auf das Kontaktscharnier um ihren Hals setzten und beides versiegelten. »Bereit!«

»Viel Erfolg«, rief er und sie hob ihm einen ausgestreckten Daumen entgegen, bevor sie in die Luftschleuse trat, die sich hinter ihr sofort wieder verschloss.

»Bereit für Außeneinsatz«, verkündete sie über Funk und erwiderte die Geste mit ihrem Daumen Richtung der Kamera, an deren anderem Ende Timothy die Operation überwachte. Mit einem Mal übertrugen ihre Audiosensoren keinerlei Geräusche mehr.

»Viel Glück, Filio«, funkte der Pilot in neutralem Tonfall und die Schleuse zum Vakuum glitt still auf. Die Schwärze erwartete sie.

Der Einsatz dauerte beinahe zwei Stunden und war besonders anstrengend, weil sie ständig darauf achten musste, dass die Helmkameras wichtige Eckpunkte ihrer Arbeit nicht aufzeichneten. Nachdem sie mit ihren Magnetstiefeln bis zur beschädigten Stelle gelaufen war, sah sie die vier

Löcher in den Keramikplatten am seitlichen Bug und eine Art Ausbuchtung, wo der Druck der geplatzten Leitung am höchsten gewesen war. Mit der Beule würden sie leben müssen, weil sie sich nicht ausbessern ließ, ohne das Material weiter zu schädigen. Doch die Löcher, wo sich zuvor die ultra-hitzebeständigen Keramikbolzen befunden hatten, mussten unbedingt verschlossen werden, weil diese winzigen Schwachstellen ausreichten, um sie durch die Reibungshitze beim Wiedereintritt in die Erdatmosphäre in einen Meteoritenschauer zu verwandeln.

Und genau das war ihr Plan.

Dafür nahm sie ihre Bolzenpistole zur Hand und tauschte das Magazin mit den hochverdichteten Keramikbolzen gegen das mit Hartplastikbolzen, die für Reparaturen an den Kabinen im Inneren gedacht waren. Sie hatten Hitze kaum etwas entgegenzusetzen, wogen dafür aber so gut wie nichts. Beim Eintritt in die Atmosphäre würden sie innerhalb weniger Sekunden schmelzen. Das Schwierige war, dass sie den Austausch vornehmen musste, ohne hinzusehen, weil ihre Helmkameras es sonst aufgezeichnet hätten und sie aufgeflogen wäre. Sie verlor ein Magazin, schaffte es jedoch mit dem Ersatzmagazin und da beide Bolzensorten grau waren und eine Standardlänge besaßen, würde es niemandem anhand der Kamerabilder auffallen. Der einzige Punkt, vor dem sie sich gesorgt hatte, war der Moment des Einschießens. Die Pistole erhitzte die Keramikbolzen auf extreme Temperaturen, damit sie sich direkt mit der Oberfläche der Platten verschmolzen und keine Angriffsfläche für Reibung lieferten. Hätte sie dasselbe mit den Plastikbolzen getan, wären sie sofort geschmolzen. Also schaltete sie ihr Werkzeug entsprechend ein und wackelte beim Einschießen kurz mit dem Kopf, als versuchte sie, den Schweiß aus dem Auge zu vertreiben. Es genügte, da die normalen Bolzen ohnehin nur einen Sekundenbruchteil geglüht hätten und in der Kälte des Vakuums sofort ihre Hitze verloren.

Als sie fertig war, meldete sie über Funk Erfolg und wurde abgerufen.

Zurück in der Luftschleuse atmete sie erleichtert auf, nur um zu erstarren, als sie den Erbauer im Umkleidebereich stehen sah. Ihr rutschte das Herz in die Hose, als hätte ihr jemand mitgeteilt, an einer unheilbaren Krankheit zu leiden.

Nach einem ersten verdutzten Moment sammelte sie sich und formte ihren Mund zu einem O, um sich zu einem kontrollierten Ausatmen zu zwingen, bevor das Licht an der inneren Luftschleuse von Rot auf Grün umsprang und sie auf den »Öffnen«-Knopf drückte.

»Wie ich hörte, hatten Sie Erfolg«, dröhnte Hortat und half ihr mit seinen tellergroßen Händen aus dem Anzug.

»Ja. Ich habe neue Bolzen in die Keramikplatte geschossen.« Sie nickte und vermied es, Augenkontakt mit ihm herzustellen. Um das zu erreichen, tat sie sehr geschäftig und kümmerte sich mit äußerster Konzentration um die einzelnen Schnallen und Verschlüsse.

»Ein Jammer, dass sie nicht mehr geklebt werden«, meinte er und sie sah überrascht auf.

»Sie haben ja Ihre Hausaufgaben gemacht, wie es scheint.«

»Ich bin von Natur aus neugierig«, gab er vieldeutig zurück und ihre Blicke trafen sich einen Herzschlag lang zu einem kurzen, aber intensiven Gemenge aus Analysieren und Abtasten.

»Die alten Space Shuttles arbeiteten noch mit Klebstoffen, die sich zwischen der Aluminiumhülle und den gesinterten Silikatfasern befanden. Diese Lösung wurde aufgrund des hohen Ausdehnungskoeffizienten des Aluminiums gewählt. Druck, extreme Temperaturschwankungen und Schallpegel waren der Grund für eine solche Lösung, um es kurz zu machen«, redete Filio sich den Mund fusselig, um nicht darüber nachdenken zu müssen, dass Hortat sie womöglich durchschaut haben könnte. »Neuere Nanofasern und Keramikverbundstoffe mit intelligenter Sensorik haben aber dazu geführt ...«

Sie hielt inne, als Hortat sie mit einer erhobenen Hand stoppte.

»Ich weiß, dass Sie als Ingenieurin solche Themen besonders spannend finden«, sagte er und ließ offen, wie spannend er sie fand. »Allerdings bin ich hergekommen, um mich zu erkundigen, wie Sie sich erholt haben.«

»Sie meinen mein Fieber?«, fragte sie verdutzt.

»Das ist korrekt.«

»Alles in Ordnung. War wohl nur eine Grippe.« Sie zuckte mit den Achseln und zog sich die verschwitzte Haube vom Kopf, als sie endlich in ihrer Funktionskleidung dastand und sich mit einem Mal schutzlos fühlte. Sie sah zu Hortat auf, der sie um beinahe einen Meter überragte und sich in dem gedrungenen Raum ducken musste. »Wieso?«

»Ich habe mich nur gefragt, ob es irgendwelche Rückfälle oder auffällige Symptome gab, weil ich um die Ansteckungsgefahr an Bord besorgt bin. Immerhin ist Javier ebenfalls krank geworden.«

»Ach, das ist nur eine Erkältung«, wiegelte sie das Thema ab und wandte sich Richtung Durchgang zum Zentralkorridor. Hortat schien nicht vorzuhaben, sie noch weiter zu behelligen, also schwebte sie hinaus, getrieben von seinen stechenden Blicken, die sie im Nacken kitzelten.

Als sie um die Ecke Richtung Brücke abgebogen war,

hielt sie kurz inne und atmete heftig im Takt ihres rasenden Herzschlags ein und aus.

Ist er mir auf die Schliche gekommen?, fragte sie sich. Ihre Gedanken rasten in ihrem Kopf wie ein Wirbelsturm aus Befürchtungen, Ängsten und Konsequenzen und rissen alles andere mit sich. Sie sah mit zitternden Gliedern zu dem runden Durchgang, der zur Brücke führte, wo sie die Rückenlehne von Timothys Stuhl sehen konnte. Dimitry stand in Trainingskleidung und am Boden eingehakten Füßen daneben, und schien in ein Gespräch mit dem Piloten vertieft zu sein. Auf ihrer Unterlippe kauend sah sie zurück zum Eingang der Luftschleuse, aus der Hortat noch immer nicht herausgekommen war und dann weiter den Korridor hinab. Dort befand sich der Mannschaftsraum mit den Drucksitzen, die für den Atmosphäreneintritt gedacht waren, da es anders als im Cockpit kardanische Aufhängungen gab, um den wechselnden Beschleunigungsrichtungen entgegenzuwirken. Dahinter befand sich das Transportmodul mit den vielen Proben vom Mars, in das sie eine Kiste mit Proben aus Hortats Schiff eingeschmuggelt hatte. Ihr Interesse galt jedoch dem Modul davor.

»Ist Ihnen nicht gut?«, fragte eine tiefe Bassstimme sie und sie zuckte unwillkürlich zusammen. Es war Hortat, der wie ein mythischer Koloss aus Bronze aus der Luftschleuse geschwebt kam und sie mit seinen riesigen schwarzen Augen zu durchleuchten schien.

»Ich bin sehr erschöpft von dem Einsatz«, sagte sie der Wahrheit entsprechend. »Ich werde mich kurz frisch machen.«

»Verstehe.« Das Alien betrachtete sie noch einen Moment, dann nickte sie und stieß sich von der Wand ab, um schräg zu ihrem Schlafabteil zu schweben, in dem sich eine Nasszelle befand.

»Sieht alles gut aus. EDI meldet keinerlei Probleme mehr«, meinte Timothy über Funk, als sie gerade die Tür hinter sich verriegelt hatte und sich erleichtert mit dem Rücken dagegen lehnte.

»Alles klar. Ich wasche mich und ruhe mich einen Moment aus. Wie viel Zeit noch bis zum Wiedereintritt?«, funkte sie zurück, nachdem sie ihre Atemfrequenz auf ein akzeptables Maß, das es ihr erlaubte, ohne zitternde Stimme zu sprechen, reduziert hatte.

»Neunzig Minuten.«

»Verstanden.«

***

Filio stieß sich von dem kalten Schott in ihrem Rücken ab und glitt zu ihrer Nasszelle, wo sie sich entkleidete und ihre davon schwebende Kleidung aus der Luft fischte, um sie in eines der kleinen Lagerkompartiments zu stopfen, die sich auf Kopfhöhe befanden. Die Mikrogravitation sorgte dafür, dass sämtliche Objekte in Bremsrichtung getrieben wurden – aber ebenso langsam, dass sich die Trägheit eher spüren als wirklich sehen ließ. Ihre Funktionshose hätte womöglich mehrere Sekunden bis zur Wand benötigt.

Als sie nackt in ihrer winzigen Nasszelle stand, die nichts für Klaustrophobiker war, hakte sie sich mit dem rechten Fuß in einen dafür vorgesehenen Ring am Boden ein und rieb sich mit den nach vorne schwebenden Wasserkügelchen ein. Sie musste das Wasser relativ schnell einfangen und kam so kaum zur Ruhe, doch nach einigen Minuten fühlte sie sich immerhin sauber genug, um sich in ihren Druckanzug zu wagen.

Als sie ihn angelegt hatte, waren beinahe dreißig Minuten vergangen. Normalerweise half man sich gegenseitig in die orangenen Ungetüme, die vor den enormen G-Belastungen beim Wiedereintritt und speziell bei den finalen Bremsmanövern schützen sollten. Doch sie versuchte gar nicht erst, einen ihrer Teamkameraden zu fragen. Vermutlich hätte ihr jemand geholfen, doch dann wäre das Thema wieder auf das Augment gelenkt worden und man hätte sie mit Vorwürfen und Kopfschütteln überhäuft. Darauf konnte sie verzichten.

Am Ende zog sie den kurzen Reißverschluss an ihrem Hals nach oben und bemerkte, dass ihre Hand heftig zitterte. Sie ballte die Hand einige Male zur Faust und verbarg sie in ihrer anderen, bevor sie sich nach ihrem Chronometer über der Tür umsah, das die dreißig Minuten herunter zählte, die sie noch hatte, um sich im Mannschaftsabteil einzufinden. Dem Protokoll nach mussten sie die Drucksitze dort eine halbe Stunde vor Wiedereintritt einnehmen.

»EDI?«

»Ja, Filio?«, antwortete die Schiffs-KI in ihren Ohrstecker hinein. Die feminine Stimme klang gleichzeitig mütterlich und professionell.

»Wo befinden sich die Crewmitglieder aktuell?«

»Timothy befindet sich mit Dimitry im Cockpit. Javier befindet sich in seinem Quartier. Ellen befindet sich in ihrem Quartier. Heinrich befindet sich nicht an Bord.«

»Danke. Was ist mit dem Erbauer?«

»Das Wesen namens Hortat befindet sich aktuell im Transportmodul.«

»Im Transportmodul?«, fragte Filio überrascht und ein Kribbeln breitete sich über ihrer gesamten Haut aus, als wäre sie von Myriaden winziger Ameisen bedeckt.

Die Proben!, dachte sie alarmiert.

»Ja.«

»Danke EDI.«

»Gern, Filio.«

Sie lehnte sich an die in Bugrichtung befindliche Wand und drückte sich an einem Kontrollkästchen nach unten, bis sie auf dem Kabinenboden saß und wartete. Ihr Blick blieb streng auf die Uhr gerichtet und sie verlor sich in Grübeleien über ihre Rückkehr zur Erde mit einer Fracht, die sie gar nicht mitbringen durften. Mit Sicherheit hatten sie mit Hortat den wohl wichtigsten und aufregendsten Fund der Menschheitsgeschichte an Bord, trotzdem verstießen sie besonders durch die Funkstille und ihr Hinwegsetzen über Quarantänebestimmungen für fremde Organismen gegen jede Menge Regularien und Gesetze. Gesetze, die sie als ausgesprochen sinnvoll erachtete, besonders deshalb, weil sie Hortat nicht einen Millimeter über den Weg traute. Vielleicht war sie paranoid geworden, vielleicht hätte sie sogar alles verstanden, wenn sie dieses verfluchte Augment angenommen hätte, doch alles in ihr sträubte sich dagegen.

»Filio? Es ist Zeit«, riss Timothys Stimme aus dem Funk sie aus ihren Gedanken und sie schreckte aus ihrer Blickstarre hoch.

»Ich ... ich bin unterwegs.«

Sie rappelte sich auf, indem sie sich mit den Händen vom Boden abstieß und nach oben glitt. Der Zug der Schwerkraft Richtung Bug war stärker geworden, also war ihr Bremsmanöver bereits in die finale Phase übergegangen. Da sie fertig war, ging sie zum Schott und ließ es per Knopfdruck hochfahren. Normalerweise hätte sie dem Protokoll entsprechend sämtliche Klappen, Schubladen und Schalter auf geschlossene Sicherheitshaken überprüft, doch da sie wusste, dass das Schiff den Wiedereintritt ohnehin nicht überstehen würde, drehte sie sich nicht noch einmal um.

Stattdessen setzte sie ihren Helm auf und wartete auf das grüne Symbol in ihrem Visierdisplay, bevor sie sich in den Gang hinausdrückte und nach rechts abbog. Vor ihr zog sich gerade Javier an den Handgriffen Richtung Heck und Mannschaftsabteil mit den im Kreis angeordneten Drucksitzen. In dem, der zuvor Heinrich gehört hatte, saß bereits Hortat festgeschnallt und sah aus wie ein Erwachsener, den man auf einen Kindersitz gefesselt hatte. Sein grauer Anzug, der sich ständig auf seiner Haut zu bewegen schien, floss gerade wie Quecksilber über sein Gesicht und hüllte ihn vollkommen ein. Ein Visier oder irgendwelche festen Elemente konnte Filio nicht entdecken.

Bei ihrem Sitz angekommen, der sich gemeinsam mit dem von Strickland ihr gegenüber dem Korridor am nächsten befand, schnallte sie sich fest und beobachtete Dimitry und Strickland, die gerade in ein privates Funkgespräch vertieft schienen. Ihre Lippen bewegten sich unaufhörlich hinter ihren transparenten Visieren und sie sahen sich dabei an. Die Situation erzeugte in Filio den Eindruck, taub zu sein, weil ihre Audiosensoren bis auf die unterschwelligen Schiffsgeräusche kaum etwas wahrnahmen und die beiden trotzdem miteinander redeten.

Ihr Blick schweifte weiter zu Javier, der sich links von ihr mit seinen Gurten abmühte, und noch immer nicht ganz bei sich zu sein schien. Solch hohe Dosen Analgetika waren normalerweise für ein so riskantes Manöver wie einen Atmosphäreneintritt nicht erlaubt, doch sie hatte das Risiko nicht eingehen wollen, dass er womöglich doch fit genug für einen Außeneinsatz gewesen wäre. Das hätte alles zunichtemachen können, und das konnte und wollte sie nicht riskieren. Ob er bei dem, was folgen würde, bei vollem Bewusstsein war oder nicht, spielte keine Rolle – im Gegenteil, es war wahrscheinlich sogar besser für ihn.

Sie sah auch zu Timothy, der mit geschlossenen Augen und in seine Gurte eingehakten Daumen daneben saß und den Kopf an die Lehne gelegt hatte. Er wirkte gelassen, geradezu entspannt.

Und bald schon ist er tot, dachte sie mit einigem Kummer. Das Bewusstsein, dass sie in Kürze die gesamte Crew und damit auch die Menschen, die sie über die letzten Jahre ins Herz geschlossen hatte, in den Tod schickte, schlummerte in ihrem Hinterkopf und rang um ihre Aufmerksamkeit. Aber Filio war im Problemlösungsmodus und hielt diesen Bereich ihres Gehirns mit einem großen Schloss in Schach. Dieses Schloss bestand aus Entschlossenheit und der Überzeugung, dass dies nicht mehr ihre Freunde waren, die sie kennen und lieben gelernt hatte. Zumindest redete sie sich das wie ein Mantra Tag und Nacht ein, um nicht den Verstand zu verlieren und laut zu schreien.

»Dreißig Minuten bis Wiedereintritt«, verkündete Timothy über den Gruppenfunk und sie alle streckten nacheinander einen Daumen in seine Richtung hoch. Der Einzige, der es nicht tat, war Hortat. Als Filio ihn ansah, erschrak sie, da das formlose, verhüllte Gesicht des Aliens offenbar ihr zugewandt war.

Habe ich mich irgendwie verraten?, dachte sie alarmiert und überlegte fieberhaft. *Konnte er meine Gedanken lesen? Hat er eine technologische Möglichkeit gehabt, meinen Außeneinsatz zu beobachten und zu sehen, was ich tue? Aber dann hätte er das Wiedereintrittsmanöver längst abgebrochen!*

»Fünfundzwanzig Minuten«, funkte Timothy.

Der Blick des Aliens, den sie nicht einmal sehen konnte, setzte sie so sehr unter Spannung, dass sie zu explodieren drohte. Die Gedanken in ihrem Kopf spielten verrückt wie die Lichter in einem Casino, warnten sie kreischend davor, dass sie durchschaut worden war.

»Shit«, funkte Filio einem Impuls folgend. »Ich habe vergessen den Werkzeugkasten nach dem Außeneinsatz zu sichern!«

»Ist nicht so schlimm. Bleib einfach sitzen«, antwortete Dimitry von der anderen Seite.

»Es ist noch genug Zeit, dauert höchstens eine Minute«, entgegnete sie und begann, sich abzuschnallen. »Wir wollen doch nicht riskieren, dass sich das Zeug durch irgendeine Stickstoffleitung bohrt, wenn die G-Kräfte steigen.«

»Also gut.« Der Russe nickte in seinem Helm und wedelte sie mit ausgestreckter Hand hinaus. »Aber beeil dich.«

»Na klar!«

Als sie abgeschnallt war und sich an dem Haltegriff des Schotts zum Korridor hochzog, um es zu öffnen, konnte sie Hortats Blicke in ihrem Nacken spüren. Zumindest glaubte sie das.

Obwohl es nur eine Sekunde dauerte, bis das Metallschott aufgegangen war, kam es ihr wie eine unerträgliche Ewigkeit vor und als sie schließlich durch das Verbindungsmodul mit den beiden Notfallkapseln glitt, hatte sie das Gefühl, endlich wieder atmen zu können. Sie würde nicht wieder in das Mannschaftsabteil zurückkehren. Obwohl sie mit ihrem Leben abgeschlossen hatte, ihren Tod zu einem gewissen Teil sogar als bessere Alternative dessen, was sie erlebt hatte und vielleicht noch erleben würde, begrüßte, hielt sie es dort einfach nicht aus. Ihren ehemaligen Freunden in die unwissenden Augen zu schauen, während sie einem glühenden Feuertod über der Erde entgegenrasten, war einfach zu viel für sie.

Mit Tränen in den Augen verließ sie das Verbindungsmodul und erreichte den nächsten Abschnitt des Korridors, in dem sich die Luftschleuse befand. Schnell glitt sie hinein und öffnete den Sicherungshaken des aufklappbaren Panels mit den Werkzeugen. Natürlich hatte sie nicht vergessen, ihn zu schließen, doch falls sich jemand von den anderen in die Kamerafeeds einklinken würde, sollte er nichts anderes sehen. Außer, jemand hatte schnell genug den richtigen Feed ausgewählt und sie bereits beobachtet. Dann würde sich dieser jemand jetzt vielleicht wundern, oder aber denken, dass sie sich einfach aus Nervosität geirrt hatte.

Mit dem Helm an das Panel gelehnt, atmete sie tief ein und aus, um einen Weinkrampf zu unterdrücken, der sich wie ein heranrollender Tsunami in ihrem Bauch sammelte. Dann öffnete sie die Klappe und nahm die Bolzenpistole heraus, die sie vor ihrer Rückkehr vom Außeneinsatz wieder mit einem Magazin Keramikbolzen versehen hatte, um keinen Verdacht zu erregen.

Du kommst hier nicht raus, sagte ihr eine fatalistische innere Stimme, doch Filio ignorierte sie mit aufeinandergepressten Zähnen und packte die Bolzenpistole noch fester. Schnell klappte sie die Tür zu, sah nicht zu den winzigen Kameras, die sich in der Decke befanden und glitt wieder in den Korridor und nach links. Durch das offene runde Schott zog sie sich in das Verbindungsmodul mit den beiden Notfallkapseln und erstarrte, als sie auf der anderen Seite, keine drei Meter entfernt vor dem Schott zum Mannschaftsabteil Hortat stehen sah. Wie ein Gigant aus grauen Schatten stand er in seinem fremdartigen Anzug da und starrte sie an.

Oh, verdammter Mist, jaulte sie innerlich und fasste den Griff ihres Werkzeugs so fest, dass ihre Knöchel zu schmerzen und ihr Unterarm zu vibrieren begannen.

»Haben Sie den Werkzeugkoffer gesichert?«, fragte Hortat und seine tiefe Stimme glich dem Donner eines Gewitters, das ihr viel zu nahe war, um sich sicher fühlen zu können. Sie schien von überall und nirgendwo zu kommen und sein versiegeltes, konturloses Gesicht wirkte mit einem Mal wie die Maske eines Monsters auf sie.

»Äh, ja.«

Einen Moment wurde es bedrückend still, dann knirschte es im Funk und Dimitrys Stimme erklang in ihrem Kopf: »Was ist da los? Sieh zu, dass du dich wieder anschnallst!«

Filio starrte das riesige Alien an, das keine drei Meter von ihr entfernt stand und mit dem Kopf beinahe die Decke berührte. Mit einer kurzen Augenbewegung, peinlich darauf bedacht, nicht den Kopf zu drehen, sah sie zu der linken Notfallkapsel, deren transparente Öffnung wie eine ovale Blase aussah, auf die in roten Buchstaben Protokollsymbole aufgeklebt worden waren. Ihren linken Fuß schob sie leicht zur Seite, bis ihr Stiefel gegen den Rand des Durchgangs stieß.

Hortats Kopf drehte sich zu der Kapsel, die sie gerade heimlich gemustert hatte und dann reagierten sie beinahe gleichzeitig. Der Erbauer machte eine ruckartige Bewegung auf den Eingang der Kapsel zu, während sie sich mit dem Fuß abstieß und zur rechten flog, von der sie wusste, dass sie baugleich mit der linken war. So schossen sie in unterschiedliche Richtungen davon und sie zog die Bolzenpistole hoch, um sechs schnelle Schüsse hintereinander abzugeben. Sie zielte, so gut es ging, auf eine imaginäre horizontale Linie oberhalb des roten Strichs an der Kabinenwand, die die dahinterliegenden Stromleitungen markierte.

Sämtliche Keramikbolzen trafen ihr Ziel und tackerten sich in gerade Linie nebeneinander in die Verbundstoffwand. Vom Rückstoß des Werkzeugs wurde ihr rechter Arm heftig zurückgeworfen und sie begann in der Mikrogravitation zu taumeln. Reflexartig ließ sie die Pistole fallen und bekam mit der freigewordenen Hand den Rand der Öffnung zur Notfallkapsel zu fassen. Knurrend schlug sie mit ihrer Linken auf den roten Knopf darüber und das transparente Schott fuhr zischend nach oben.

Während sie sich, gegen ihre aufbegehrenden Muskeln anschreiend, hineinzog und dabei drehte, sah sie, wie der flüssige Stickstoff aus den Löchern in der Kühlleitung strömte. Die durchsichtige, blubbernde Flüssigkeit zog in langen Fäden in Richtung der Wand in Bugrichtung und war von einem sphärischen Dampf umgeben, der in alle Richtungen gleichzeitig waberte. Sowohl das Schott zum Mannschaftsabteil als auch das zu den vorderen Schiffsektionen waren bereits zugefahren.

»Atmosphärische Kontamination entdeckt«, meldete EDI leidenschaftslos über die Schiffslautsprecher. »Verbindungsmodul abgeriegelt. Notfallmaßnahmen eingeleitet.«

»Geh zu, geh zu, geh zu«, kreischte sie den pilzförmigen Knopf auf der Innenseite der gepolsterten Notfallkapsel an, während sie wie wildgeworden darauf schlug.

Hortat, der aufgrund der kaum messbaren Trägheitsrichtung dazu verdammt gewesen war, zur anderen Seite zu schweben, bis er dort ankam, hatte sich wieder abgestoßen und schoss wie ein altertümlicher Gigant auf sie zu. Sie saß in dem sargähnlichen Inneren der Kapsel in der Falle und konnte nichts tun, außer dem Grauen ins Auge zu blicken.

Gerade als sie fürchtete, er würde sie jeden Augenblick unter seinem Gewicht zermalmen, schoss das Schott herunter und der Erbauer prallte mit einem lauten Donnern gegen das Saphirglas.

Filios Herz setzte einen Moment aus, bis sie begriff, dass sie es geschafft hatte, und erleichtert ausatmete.

»Rettungsauswurf der Evak-Kapsel in zehn Minuten«, verkündete EDI ihr über einen privaten Kanal.

»ZEHN MINUTEN?«, schrie sie entsetzt zurück und starrte mit aufgerissenen Augen den Erbauer an, der sie von der anderen Seite des Glases musterte. Sein Helm hatte sich offenbar zurückgezogen und sie konnte sein Gesicht sehen, dass erschreckend emotionslos wirkte.

»Korrekt. Ein Rettungsabwurf ist die einzige Möglichkeit für Ihr Überleben, da ich das Verbindungsmodul dem Notfallmaßnahmenplan entsprechend abriegeln musste. In der Blackbox Ihrer Kapsel ist Ihr Verstoß gegen die Missionsrichtlinien in Form kritischer Sabotage vermerkt worden. Sie sollten sich im Falle einer Rettung also auf ein Gerichtsverfahren einstellen«, erklärte die Schiffs-KI in aller Seelenruhe ihr wahrscheinliches Schicksal. »Der Abwurf wird in vierundneunzig Kilometern Höhe stattfinden, wenn sich die Plasmablase um das Schiff aufgelöst hat.«

»Nein, nein, nein«, unterbrach sie die KI. »Du musst mich früher abwerfen!«

»Das ist leider nicht möglich. Ich bin dafür programmiert worden, dem Überleben von Besatzungsmitgliedern höchste Priorität einzuräumen.«

Hortat starrte Filio kontinuierlich an und sie wurde immer unruhiger.

»Ich habe die Außenhülle sabotiert«, sagte sie schließlich. »Beim Wiedereintritt wird sich das Plasma durch den Hitzeschild fressen und das Schiff zerstören.«

»Das ist ein weiterer Verstoß gegen ...«

»Ja, ja, ich weiß, aber es gibt keine andere Möglichkeit«, drang sie auf EDI ein. Die Kapsel gab ihr immerhin eine Chance, dem Raumfahrtkonsortium von ihrem Fund und der Mission zu berichten, mit der sie vorher nicht gerechnet hatte. Sie ließ sich nur bei kritischen Problemen aktivieren und nicht bei einem normalen Wiedereintritt, darum hatte sie an diese Lösung gar nicht gedacht. Die Verunreinigung der Atmosphäre im Verbindungsmodul war ihr gar nicht in den Sinn gekommen.

»Der Vermerk ist in der Blackbox hinterlegt. Ich muss Sie darauf hinweisen, dass ein Abwurf in einer höheren Atmosphärenschicht die Chancen für Ihr Überleben auf etwa zwölf Prozent verringert«, erklärte EDI mit ihrer sonoren Computerstimme.

»Ist mir egal! Hättest du nicht auch so protokollversessen sein können, als die anderen einen verdammten außerirdischen Organismus an Bord gebracht haben?«

»Nein. Kommandant Dimitry Vlachenko hat mittels seines Prioritätsoverrides eine Ausnahmeregelung erstellt.«

»Toll.«

Filio sah durch das Saphirglas, wie Hortat sich mit ausgestrecktem Finger an sein rechtes, bronzefarbenes Ohr tippte und dann vier seiner riesigen Finger hochhielt.

»Scheiße!«, fluchte sie und zögerte kurz, bevor sie schließlich in ihren Helm sagte: »Auf Kanal Vier gehen.«

»Warum tun Sie das, Filio Amorosa?«, fragte Hortat mit so tiefer Stimme, dass seine Worte beinahe ineinander verschwammen. Wie immer mutete seine Betonung ein wenig seltsam an, als liege seinen Sätzen etwas Fremdartiges zugrunde, das sie einfach nicht greifen konnte.

»Sie haben meinen Freunden etwas angetan und wollen auf die Erde gelangen, obwohl Sie wissen, dass wir es niemals einfach so erlauben würden«, flossen die Worte ohne Nachdenken aus ihr. Sie machte sich nicht die Mühe, Wut und Frustration aus ihrer Stimme herauszuhalten.

»Ich weiß«, gab er zurück und legte leicht den Kopf

schief. »Eben darum kann ich es nicht riskieren, dass wir aufgehalten werden. Ich muss die Pyramide Geth und Xinth finden, und ich glaube nicht, dass ich viel Zeit habe.«

»Wovon reden Sie da überhaupt? Was ist das für ein Gerede?«

»Als ich aus dem Zwölferraum zurückkehrte, wollte ich sämtliche Unterlagen über seine Existenz und unsere Technologie zum Übertritt vernichten, doch Xinth hinderte mich daran und sperrte mich in eine Stasiskammer, bevor er mich in meinem Schiff zum Mars schickte und dort abstürzen ließ. Er rechnete damit, dass Teile der ausgesandten Flotten zurückkommen würden, um zu berichten, also wollte er es wie einen Unfall aussehen lassen.«

»Wieso sollte ich Ihnen das glauben?«, fragte Filio misstrauisch. »Wenn Sie so sehr im moralischen Recht sind, warum dann die Gehirnwäsche?«

»Sie meinen das ... *Augment*, nehme ich an?«

»Ja, verdammt!«

»Es handelt sich nicht um ein Gerät zur Gehirnwäsche, wie Sie es nennen. Es ermöglicht lediglich einen quantenbasierten Austausch von Informationen, der deutlich gehaltvoller ist, als etwas so Primitives wie das Zusammenpressen von Luft mit den Stimmbändern.« Hortat hielt sie mit erhobener Hand davon ab, etwas zu erwidern. »Ich gebe zu, dass ich so viel Einfluss auf Ihre Mitmenschen genommen habe, wie ich nur konnte, und ich gebe auch zu, dass ich womöglich noch deutlich unmoralischere Dinge tun werde, wenn ich zurück auf der Erde bin – aber es ist zum Besten unserer beider Spezies.«

»Na klar«, schnaubte sie. »Das haben einige ziemlich kranke Menschen in unserer Geschichte auch mehrfach behauptet, nur um im nächsten Atemzug ganze Nationen auszurotten.«

»Ich muss Xinth davon abbringen, auch den Rest meiner Art in den Zwölferraum zu schicken, falls er es nicht schon längst getan hat. Alles andere ist zweitrangig.«

»Dazu wird es nicht kommen.«

»Sie haben das Schiff sabotiert.« Hortat nickte so tief, dass sein breites Kinn beinahe seine fassförmige Brust berührte. Auf seiner bronzefarben schimmernden Haut hatten sich kleine Eiskristalle gebildet, die sich langsam ausbreiteten. Hinter ihm strömte noch immer der flüssige Stickstoff aus den sechs nebeneinanderliegenden Löchern und der Dampf hatte sich wie Nebel ausgebreitet. Der Erbauer blinzelte einige Male, sah jedoch wieder zu Filio.

»Ja«, hauchte sie und spürte, wie heiße Tränen über ihre Wangen rannen.

»Damit habe ich gerechnet«, erwiderte er und seine Augen nahmen einen betroffenen Ausdruck an, sofern sie sich sicher sein konnte, bei diesen fremdartigen schwarzen Telleraugen.

»Warum haben Sie mich dann nicht gleich getötet?«

Hortat blinzelte einige Male – entweder war er irritiert oder der sinkende Sauerstoffgehalt im Verbindungsmodul machte ihm immer eindringlicher zu schaffen.

»Sie töten?«

»Ja.«

»Weil es unmoralisch ist. Sie vertrauen mir nicht, ja, aber das ist kein Grund, Sie vorsorglich zu töten. Das ist unmoralisch.«

Nun war es an Filio, verwundert dreinzublicken. Spielte er ein Spiel mit ihr? Oder war es tatsächlich möglich, dass er das ernst meinte? Immerhin musste er wissen, dass er in wenigen Minuten sterben würde.

Sie sah auf die Zeitanzeige in ihrem Helmdisplay. Noch

zwei Minuten, dann würde EDI ihre Kapsel auswerfen und versiegeln.

»Ich ... ich weiß nicht, was ich sagen soll«, gab sie zu und versuchte, Ordnung in das Gedankenfeuerwerk in ihrem Kopf zu bringen. Es gelang ihr nicht. »Ich habe getan, was nötig ist, um meine Spezies zu schützen.«

»Das verstehe ich«, erwiderte Hortat und nickte. »Es tut mir leid, dass ich Ihr Vertrauen nicht gewinnen konnte. Ich muss Sie aber darauf hinweisen, dass ich Sie mit etwas infiziert habe, das ich Mikrophage Einundzwanzig nenne.«

»Was?«, fragte sie verdattert.

»Es handelt sich um einen von mir entwickelten Mikroorganismus, der mit dem Zwölferraum verbunden ist und Informationen über den Quantenraum aufnehmen und abgeben kann.«

»Was?«, wiederholte sie und schüttelte den Kopf. »Warum muss immer alles, was man nicht verstehen kann mit dem Wort Quantenirgendwas belegt werden?«

»Sie erinnern sich an Ihr Fieber?«, versuchte das Alien es auf einem anderen Weg und Filios Augen verengten sich zu Schlitzen.

»Ihr Körper hat sich gegen die Mikrophage gewehrt, aber mittlerweile befindet es sich überall in Ihrem Organismus. Es wird Sie schützen und dafür sorgen, dass Sie überleben, solange Sie nicht im Plasma verglühen. Keine Sorge«, fügte er hinzu und hob beschwichtigend beide Hände. »Es wird Ihren Körper wieder verlassen und Sie alles vergessen lassen, was geschah, seit wir uns getroffen haben. Ich habe es so instruiert.«

»Was?«

»Die Mikrophage trägt meine gedanklichen Informationen, mittels eines ...«

Filio sah wieder auf die Uhr. Vierzig Sekunden.

»Sie haben mich mit einem Alienvirus infiziert?«, unterbrach sie ihn und sah ungläubig an sich hinab, als könnte jeden Moment etwas sie anspringen.

»Es war meine Versicherung dafür, dass meine Mission nicht scheitert, falls Sie etwas derartiges wie jetzt versuchen.« Hortat verzog traurig seinen breiten Mund. »Es tut mir leid, dass es so kommen musste, und es tut mir auch leid, was möglicherweise noch geschehen wird, aber ich habe keine Wahl. Ich kann meine Spezies nicht Xinth und seiner Blindheit überlassen.«

»Nein, nein, nein«, stammelte sie und drückte auf den Knopf für das Schott, doch das reagierte natürlich nicht. Sie durfte auf keinen Fall dieses Schiff verlassen.

Ich muss mit ihnen verglühen, ich muss, dachte sie panisch.

»Die Mikrophage wird Ihre Erinnerungen löschen, um Sie zu schützen und Ihnen den tiefen Wunsch einpflanzen, zum Mars zurückzukehren. Sorgen Sie dafür, dass Sie es tun. Wenn Sie es wieder auf mein Schiff schaffen sollten, und davon gehe ich bei Ihrem ausgeprägten Willen und Ihrer Leidensfähigkeit aus, werden Sie wissen, was zu tun ist. Dann hoffe ich, dass unser nächstes Zusammentreffen freundlicher verläuft und Sie mir Ihr Ohr und Ihr Herz leihen, Filio Amorosa.«

In dem Moment, als er ihren Namen ausgesprochen hatte, schlossen sich zwei massive Panzertüren aus Keramikverbundstoffen und trennten sie für immer voneinander.

Schreiend und schluchzend wurde sie in ihre Gurte gepresst, als die Evak-Kapsel von der Mars One wegbeschleunigte. Die Welt um sie kreischte, wackelte und vibrierte, während die Kapsel und das Raumschiff von heißem Plasma umschlossen wurden und als glühende Meteore über Westafrika rasten. Mit fünfundzwanzigfacher

Das Fossil 2 *Joshua Tree*

Schallgeschwindigkeit zogen sie helle Striche in den Himmel, die selbst von der Savanne aus sichtbar waren. Einige Sekunden später riss der Hitzeschild der Mars One, als sich die von ihr präparierte Platte löste, und tausendsechshundert Grad Celsius heißes Plasma fraß sich wie ein gieriges Raubtier durch Dämpfungsschichten und die Aluminiumhülle. Zwei Sekunden später zerbarst das erste bemannte Marsraumschiff der Menschheit in viele Einzelteile, die als helle Sternschnuppen die Ostküste Afrikas passierten und im Indischen Ozean niedergingen. Inmitten des Infernos donnerte Filios Evak-Kapsel taumelnd hinterher – ein glühender Punkt von vielen.

Da sie längst das Bewusstsein verloren hatte, erlebte sie nicht mehr, wie ihre gesamte Crew und der Erbauer namens Hortat sich in unsichtbare Ansammlungen zerfetzter Moleküle verwandelten.

Agatha Devenworth, 2042

Als sie beim Westtor des Weißen Hauses in Washington vorfuhren, wurden sie von vier Polizisten in blauen Uniformen und schwarzen Baseballcaps angehalten. Ein Schlagbaum versperrte ihnen den Weg und ein fünfter Polizist in dem kleinen Häuschen beim Fußgängerdurchgang beäugte sie misstrauisch. Sobald sie vor dem Schlagbaum standen, fuhren jeweils vier dicke Poller vor und hinter ihrem Wagen aus dem Boden und schlossen sie praktisch ein. Zwei bewaffnete Flugdrohnen schwebten vor ihnen und hatten die leichten Maschinengewehre in ihre Richtung geschwenkt.

Einer der Beamten kam zur Fahrerseite und bedeutete Pano mit einem kreisenden Finger, das Fenster hinunterzulassen.

»Papiere«, schnarrte der junge Mann und hielt ungeduldig einen kleinen Handscanner hoch.

»Haben wir Papiere?«, fragte Pano in Agathas Richtung und sie schüttelte stumm den Kopf. »Hm.« Der Italiener wandte sich wieder dem Polizisten zu. »Wir werden erwartet.«

»Aha. Und ich erwarte Ihre Genehmigung«, erwiderte der Mann ungerührt.

»Leider ...«

»Hier W-22, habe einen unautorisierten Wagen bei Delta«, fuhr der Polizist dazwischen und griff nach seiner Waffe. An Pano gerichtet fuhr er fort: »Sie drehen jetzt um.«

»Aber ...«

»Sofort!«

Agatha knirschte mit den Zähnen und zückte ihr Handterminal, als zwei Frauen in Nadelstreifenanzügen und mit Sonnenbrillen aus dem Grün des Parks hinter der Absperrung auf sie zu kamen und den Beamten zu sich winkten. Vor ihrer Motorhaube trafen sie sich und redeten kurz miteinander, bis der Polizist schließlich nickte und seinem Kollegen in dem Wachhäuschen einen Wink gab.

Die Poller fuhren in den Boden zurück und verschwanden ungesehen, der Schlagbaum machte den Durchgang frei und die Frauen vom Secret Service winkten sie durch.

»Okay, das hätten wir schon mal geschafft«, kommentierte Pano, während er ihren Wagen auf dem Asphalt durch den Park lenkte.

»Wir haben es jedenfalls fertiggebracht, jetzt an einem der bestgesicherten Orte der Erde eingeschlossen zu sein«, meinte Agatha ein wenig mürrischer als beabsichtigt, als auch schon der Westflügel des Weißen Hauses in Sicht kam. Zuerst schimmerte das im grauen Regenwetter wie Elfenbein aussehende Protzgebäude nur durch die Blätter einer großen Tamarinde, die sie umkurvten, doch dann fuhren sie bereits auf den kleinen Nebeneingang zu. Dort warteten vier weitere Agenten des Secret Service, zwei Männer und zwei Frauen, die ihren heranrollenden Wagen von einer ausladenden Marmortreppe beobachteten. Sie wirkten wie wachsame Falken, die sich jederzeit auf sie stürzen konnten, wenn sie ihnen nur den kleinsten Grund dazu gaben.

Als Pano ihren SUV parallel zu den Stufen anhielt und den Motor abstellte, kam eine der Agentinnen um das Fahrzeug herum und nahm ihm den Buzzer ab, um selbst auf dem Fahrersitz Platz zu nehmen. Die zwei männlichen

Agenten öffneten die Tür zum Fond und zerrten Dalam grob heraus und auf die Beine.

»Sie sind Special Agent Devenworth?«, fragte die verbliebene Agentin, die sich vor ihr aufbaute wie eine Raubkatze. Ihre rötlichen Haare waren zu einem strengen Knoten geflochten, der zu ihrem humorlosen Blick passte.

»Ja.«

»Ich muss Ihre Identität verifizieren.« Die Agentin hielt einen Stabsensor vor Agathas Mund und diese atmete hinein. Es dauerte zwei Sekunden, dann piepte das Gerät. Die gleiche Prozedur wiederholte sie mit Pano, während ihr Wagen weggefahren wurde.

»Ihre Waffe muss ich für die Dauer des Treffens konfiszieren«, sagte die Agentin schließlich zu Pano und nahm seine Glock entgegen, die er ihr achselzuckend reichte.

Dann wurden sie die Treppen hinaufgebeten, während Dalam mit rasselnden Ketten hinter ihnen hergetrieben wurde. Sie passierten eine weiß gestrichene Tür mit Panzerglaselementen und standen dann in einem kleinen Eckzimmer, das im späten Kolonialstil eingerichtet war. Schwere Holzmöbel mit aufwändigen Reliefs und Ölgemälden von Generälen aus dem Unabhängigkeitskrieg verliehen dem sonst eher kleinen Raum eine Art geschichtliche Schwere, die zu Respekt aufforderte.

»Setzen Sie sich. Die Präsidentin wird in Kürze bei Ihnen sein«, sagte die Agentin knapp und machte eine Geste Richtung Tür, deren Panzerglas sich daraufhin verdunkelte, bis kein Licht mehr hindurchfiel. Deckenstrahler mit sanftem Licht erwachten zum Leben und imitierten den Eindruck einer warmen Atmosphäre – ein Eindruck, den die Leute vom Secret Service sogleich wieder zunichtemachten, als sich zwei von ihnen rechts und links der schweren Eichentür postierten und die Frau sich mit verschränkten Armen vor die Glastür stellte. Agatha und Pano saßen wie zwei Schulkinder vor einem Termin beim Rektor auf einem Sofa mit goldener Borte, das deutlich mehr Stil als Gemütlichkeit zu bieten hatte. Dalam wiederum saß auf einem hohen Ohrensessel in der Nähe der ernst dreinblickenden Frau. Deren gebügelter Hosenanzug saß wie angegossen und wirkte gleichzeitig an mehreren Stellen unförmig, weshalb Agatha auf eine Körperpanzerung unter dem feinen Zwirn tippte.

Die dunkle Holztür flog auf und Präsidentin Kamala Harris kam hereingerauscht wie eine Naturgewalt. Sie war eine attraktive Frau knapp über sechzig mit dem Gesicht einer deutlich jüngeren Frau. Dunkles, schulterlanges Haar umrahmte ihr zimtfarbenes Gesicht, das sowohl Strenge als auch einen wachen Geist verriet. Ihr Mund schien hart, doch ihre Augen strahlten eine gewisse Weichheit aus, welche diesen Eindruck wieder zurücknahm. Sie trug einen Hosenanzug, der sich bis auf die USA-Anstecknadel am Revers kaum von dem der Agentin vor der anderen Tür unterschied.

»Agent Devenworth!« Harris schüttelte Agatha die Hand.

»Mrs. President.«

»Und Sie sind Agent Hofer?« Die Präsidentin reichte auch dem Italiener die Hand, der sie hastig ergriff und zum ersten Mal annähernd verlegen wirkte.

»Äh, ja, Ma'am. Capitano Pano Hofer von Europol, danke, dass Sie uns dieses Treffen ermöglicht haben.«

»Nehmen Sie Platz«, forderte Harris sie auf und ihre Aura natürlicher Autorität sorgte dafür, dass sie saßen, bevor sie darüber nachdenken konnten. Harris selbst setzte sich auf den letzten verbliebenen Stuhl, der ironischerweise deutlich weniger prunkvoll aussah als die Möbel, auf denen Agatha und Pano und sogar Workai Dalam saßen, den die Präsidentin bisher mit keinem Blick gewürdigt hatte.

»Ich will ehrlich zu Ihnen sein. Ich bin sehr beunruhigt über das, was Sie mir da geschickt haben. Jenning war ein sehr verlässliches und hochangesehenes Mitglied meiner Führungsriege im Sicherheitsapparat – genau wie Silvia. Hat er Sie befreit?« Harris deutete auf Dalam, ohne ihn anzusehen.

»Ja.«

»Wieso?«

»Ist dieser Raum wirklich vor den Augen und Ohren anderer geschützt?«, fragte Agatha zögernd.

Harris nickte ihrer Leibwächterin zu, die daraufhin in die Tasche griff und für alle gut sichtbar einen White Noise Generator anschaltete. »Die sehen Sie in letzter Zeit sicher öfter.«

»Mhm«, machte Agatha und holte tief Luft. »Auch wenn Sie das sicherlich nicht gerne hören, es wäre am besten, wenn er«, sie deutete auf Dalam, der mit ruhiger Miene von den beiden kräftigen Agenten flankiert auf seinem Sessel saß, »Ihnen alles erzählt.«

Der Ausdruck um den Mund der Präsidentin wurde noch eine Spur härter, doch sie wandte sich tatsächlich dem Terroristen zu und faltete die Hände im Schoß. »Sie haben zehn Minuten Zeit, bevor es für Sie an einen Ort geht, an dem man Ihnen sehr viele, deutlich unangenehmere Fragen stellen wird.«

»Ich habe mich bewusst in Ihre Hände begeben, es gibt also keinen Grund, mir zu drohen«, erklärte Dalam gelassen und legte seine Fingerspitzen zu einem Dreieck zusammen, als sei er der Mittelpunkt dieses Raumes. »Ich weiß genau, worauf ich mich eingelassen habe.«

»Sind Sie sicher? Sie haben so viele Menschen auf dem

Gewissen, dass Sie von mir keinerlei Deal erwarten können, egal was Sie mir erzählen, das ist Ihnen hoffentlich klar«, sagte Harris mit kalter Präzision in der Stimme.

»Oh, Mrs. President, da bin ich mir ganz sicher.«

Irgendetwas in Dalams Stimme ließ Agatha aufhorchen. Er klang noch immer ein wenig drängend, als habe er keine Zeit zu verschwenden, doch sein Selbstbewusstsein schien unter seiner misslichen Situation nicht gelitten zu haben. Im Gegenteil: Er schien noch selbstzufriedener zu sein als zuvor und irgendetwas in seinen rastlosen Augen sorgte dafür, dass sich ihre Nackenhaare aufstellen.

»Sie«, sagte Dalam und deutete mit beiden Daumen hinter sich, jeweils auf einen der Männer vom Secret Service, bevor er auch in Richtung der Agentin vor der verdunkelten Glastür deutete, »sichern jetzt Ihre Waffen und rühren keinen Finger mehr, bis ich Ihnen etwas anderes befehle.«

Agatha spürte, wie ihr Blut in den Adern gefror. Der Atem hing mit einem Mal wie ein trockener Lappen in ihrem Mund und noch bevor sie vollends realisiert hatte, was geschah, zog sie ihre Pistole und riss sie in Richtung des Terroristen herum.

»Stopp!«, befahl der und wieder spürte sie diesen Zwang, dieses unwiderstehliche Verlangen, ihrem Gegenüber zu gehorchen, als kontrolliere er jede ihrer Muskelfasern. Ihre Hand begann zu zittern, während sie mit knirschenden Zähnen versuchte, ihren Finger dazu zu bewegen, sich um den Abzug zu krümmen.

»Sie regen sich auch nicht«, sagte Dalam zu Pano, der ebenfalls aufgesprungen war und jetzt in einer Art Hocke ungemütlich verharrte.

»Was zur Hölle ist hier los?«, fragte Harris herrisch. »Joona, Phil, Mike: Schaffen Sie diesen Mann hinaus und übergeben Sie ihn an das Büro des Innenministers.«

Die drei Agenten rührten sich nicht, blinzelten nicht einmal.

»Hören Sie nicht?« Die Präsidentin stand wütend auf.

»Doch«, meinte Dalam, ohne den Blick von Agatha und der Waffe abzuwenden, die sie ihm vor das Gesicht hielt. »Sie hören auf mich. Setzen Sie sich wieder, Mrs. President.«

Harris tat es. Ihre Augen weiteten sich und nackte Angst verdunkelte ihren Blick.

»Stecken Sie die Waffe weg und setzen Sie sich wieder«, wies er Agatha an, die sofort ihre Pistole halfterte und wieder Platz nahm. »Sie auch, Capitano. Und schön artig sein. Keiner hier möchte etwas tun, das mir schaden oder auf uns aufmerksam machen wird. Mrs. President, weisen Sie Ihr Sicherheitspersonal auf dem Flur an, dass Sie nicht gestört werden möchten, bis Sie etwas anderes befehlen.«

»Sie arbeiten für den Feind?«, fragte Agatha fassungslos und wusste nicht, was sie mehr schockierte: Dass sie sich so einfach hatte ausspielen lassen oder dass sie schon wieder diesen Kontrollverlust erleben musste. Jede Zelle in ihrem Körper schrie vor Frustration und stemmte sich gegen dieses Verlangen, ihrem Gegenüber zu gehorchen, obwohl alles in ihr sich dagegen sträubte, und es sich einfach falsch anfühlte.

»Nein, Agent Devenworth. Ich arbeite nicht für den Feind. Ich *bin* der Feind«, erwiderte Dalam und faltete erneut die Hände im Schoß, bevor er sich an die Agentin vor der Glastür wandte, die mit steinernem Gesicht dastand wie eine Statue. »Joona, seien Sie doch so freundlich und befreien Sie mich von diesen Ketten.«

Die blonde Frau kam herbei, zückte einen elektronischen Sender und hielt ihn an eine Kontaktfläche zwischen den Handschellen. »Öffnen. Freigabe Agent Joona Bryne.«

Es machte »klick« und die Fesseln fielen zu Boden. Den gleichen Vorgang wiederholte sie an seinen Fußschellen und zog sich nach einem Nicken Dalams an ihre vorherige Position zurück.

»Sie sind der Feind?«, hauchte Agatha, während Harris irgendetwas sagte, doch sie hörte nicht zu. Stattdessen versuchte sie, die umherwirbelnden Gedanken in ihrem Kopf zu einem zusammenhängenden Garn zu flechten.

»Der Feind ... ja, es braucht immer gewisse eingängige Erzählungen, um Menschen an etwas glauben zu lassen. Ich bevorzuge allerdings meinen Namen Hortat.«

»Aber ...«

»Aber ich sehe nicht aus wie ein weit entfernter Vorfahre Ihrer Spezies?« Dalam lächelte mild. »Ich bin das Produkt einer Technologie, die ich entwickelte und die ich Mikrophage Einundzwanzig nenne. Es gibt kaum einen Unterschied zwischen mir und meinem echten Ich, wenn man so will. Außer, dass mein echtes Ich eine Ansammlung von Knochen in einer Konservierungsblase auf dem Mars ist. Schon verrückt. Wussten Sie, dass es Filio Amorosa war, die mich auf dem Flug zur Erde ermordete, genau wie ihre Crewmitglieder?«

»Sie lügen«, sagte Pano und klang wie ein knurrender Hund.

»Wieso sollte ich Sie anlügen?« Dalam klang ernsthaft irritiert. Als Pano nicht antwortete, legte er den Kopf schief und musterte den Italiener. »Sie haben meinen Agenten ausgeschaltet, weil Sie auf einem Ohr taub sind und haben Ihr anderes geopfert. Sehr clever.«

»Ihr Agent war ein kaltblütiges Tier!«

»Ja, das stimmt.« Dalam nickte und starrte einen Moment zu Boden, bevor er seufzte und wieder aufsah. »Ich bin nicht stolz darauf, ihn rekrutiert zu haben, doch er war sehr effizient und der perfekte Wirt für meine Mikrophage. Ich kann es mir nicht leisten, zu scheitern und noch einmal zu gutgläubig gegenüber Ihrer Spezies zu sein.«

»Gutgläubig?«, fragte Agatha und schnaubte wütend. »Das soll wohl ein Witz sein!«

»Ich bin nicht zu Scherzen aufgelegt, nein. Die gesamte Crew der Mars One unterstützte mich bei meinem Vorhaben, Xinth zu beseitigen, um die letzten Überlebenden meiner Spezies zu retten und auch Ihre Art vor dem Untergang zu bewahren – außer Filio Amorosa. Sie sorgte stattdessen dafür, dass das Raumschiff beim Wiedereintritt verglühte und alle an Bord mit ihm. Ich hatte andere Pläne und wollte die Anführer Ihrer Art überzeugen, mir zu helfen, weil Sie selbst in Gefahr sind. Mrs. Amorosas Handlungen haben mir aber die Naivität dieser Pläne aufgezeigt. Ich war schon einmal vertrauensselig genug, um zu glauben, dass ich wüsste, wer meine Freunde sind. Dann hat Xinth mich auf dem Mars entsorgt wie ein Stück Abfall.«

»Kann mir bitte jemand verraten, was hier vor sich geht?«, fragte die Präsidentin und sah verwirrt zwischen Agatha und Dalam hin und her.

»Er ist ein Erbauer, eine Spezies, die viele Millionen Jahre vor uns die Erde bewohnt hat und uns technologisch um viele Jahrhunderte voraus war«, erklärte Agatha, ohne Hortats menschlichen Wirt aus den Augen zu lassen.

»Jahrtausende«, korrigierte er sie, doch Agatha ignorierte die Unterbrechung.

»Es gibt noch einen letzten Überlebenden seiner Art und zwar in einer Pyramide in der Antarktis, die der verschollene Dan Jackson im Jahr 2018 entdeckt hat. Sein Name ist Xinth und er hat Luther Karlhammer mit all den technologischen Innovationen zur Rettung unseres Klimas und zur Bekämpfung von Armut und Hunger versorgt. Project Heritage heißt das geheime Projekt der Human Foundation, das sie am Südpol hütet wie eine Mutter ihr Baby.«

»Xinth hat Ihnen erzählt, er wäre der letzte seiner Art?« Dalam lachte freudlos auf. »Er ist ein notorischer Lügner. Die Pyramide ist eine Arche meiner Spezies, die wir für den Fall errichteten, dass unser Exodus in die Milchstraße schief geht.«

»Eine Arche? Erbauer?« Kamala Harris sah aus wie ein Reh, das in die Scheinwerfer eines auf sie zurasenden Lastwagens starrt, unfähig, sich zu bewegen.

»Genau zehntausend Embryonen meiner Artgenossen liegen in Stasiskammern tief im unteren Segment der Pyramide Geth verborgen. Xinth will sie aber nicht in die Brutkammern leiten, sondern sie stattdessen in den Tod schicken.« Dalam beugte sich vor und ballte die Hände zu Fäusten. »Da mein Agent wegen *Ihnen*«, er zeigte auf Pano, der den Terroristenführer mit messerscharfem Blick anfunkelte, »sein Ziel verfehlt hat, bin ich jetzt zu drastischeren Maßnahmen gezwungen. Ich habe versucht, Xinth ohne großes Aufheben zu beseitigen, aber Sie mussten meine Pläne durchkreuzen.«

»Warum Sie?«, fragte Agatha plötzlich, die noch immer fieberhaft versuchte, aus dem Gehörten eine sinnvolle Kausalkette zu stricken.

»Warum ich?«

»Warum Workai Dalam? Warum diese ganze Terroristenscharade?«

»Das ist einfach.« Dalam winkte ab. »Mir war bewusst, dass die breite Öffentlichkeit die Wahrheit schnell als Verschwörungstheorie und Schwachsinn abtut, wenn sie nicht in ihre aktuelle Erzählung passt. Was könnte eine bessere Tarnung sein, als die Person, die die Welt vor einem finste-

Das Fossil 2   *Joshua Tree*

ren, manipulativen Alien warnt? Diese Person wird ja wohl kaum das Alien selbst sein und aktiv dagegen vorgehen.«

»Aktuelle Erzählung?«, fragte Harris. »Wovon reden Sie da?«

»Wissen Sie, was den Homo Sapiens zum Herrscher über die Erde und alle andere Lebewesen gemacht hat? Er ist nicht so schnell wie ein Löwe, hat keine so ausgefeilte Verständigungsform wie Wale, ist nicht so stark wie Bären und deutlich weniger widerstandsfähig als so ziemlich jedes Tier. Seine Stärke liegt in der Kooperation in großen Gruppen. Schimpansen können das auch, schließen sich aber selten zu Gruppen größer als fünfzig Exemplare zusammen und kämpfen gegen jede andere Gruppe. Menschen allerdings, und das galt in hohem Maße auch für meine Spezies, die wir so etwas wie deren Vorfahren sind, schließen sich zu Nationen, Imperien und ganzen Völkern zusammen. Das liegt daran, dass sie die Fähigkeit haben, an Fiktionen, also Erzählungen zu glauben, für die es keinerlei Belege gibt. Sie glauben beispielsweise an den Wert von Geld, weil alle daran glauben, obwohl es sich nur um wertloses Papier handelt. Sie glauben an eine Nation, weil ihnen jemand gesagt hat, dass sie Amerikaner, Deutscher oder Japaner sind und es eine hübsche Flagge und ein schiefes Liedchen gibt, das sie zu einem Mitglied dieser Personenkreise macht. Sie glauben vielleicht an Allah und dass Schweine und Hunde Sünde sind, Rinder und Hähnchen aber gerne gegessen werden dürfen. Oder sie glauben stattdessen die Erzählung der Hinduisten und denken, dass Rinder heilig sind und keinesfalls verzehrt werden dürfen. Als Anhänger der christlichen Erzählung glauben sie, dass Jesus Christus der Sohn Gottes war, eines Gottes, für den es keinerlei logische Beweise gibt. Stattdessen deuten sie auf ein Buch, in dem vor zweitausend Jahren

Menschen mündliche Geschichten niedergeschrieben haben. Sie sind bereit, Dinge zu glauben, für die es keinerlei logische Entsprechung gibt und das macht sie so stark und gleichzeitig anfällig. Die Erzählung, es gebe ein Alien, das sämtliche Regierungen unterwandert, war attraktiv genug für viele Menschen, die ohnehin glaubten, dass ihre Regierung an allem schuld sei. Sie liefen mir schnell zu, ohne mich zu verdächtigen – wer würde schon sich selbst verraten?«

»Und dann haben Sie über Ministerin Cortez dafür gesorgt, dass Miller uns auf Jackson ansetzt und wir für Sie ermitteln, was mit ihm geschehen ist«, murmelte Agatha und kam sich mit einem Mal wie ein dummes Kind vor, das die ganze Zeit an der Nase herumgeführt wurde. »Wir fanden Xinth für Sie und Ihren Agenten und als der Ihre Drecksarbeit nicht erledigen konnte, gingen Sie zum zweiten Plan über: Die Präsidentin zu erreichen, indem Sie sich erneut an uns hängten. Die Ministerin entführt uns, Sie retten uns und gewinnen damit unser Vertrauen und einen Zugang zu Mrs. Harris.«

»Wie sind Sie überhaupt an Dalams Körper gelangt?«, fragte Pano. »Ich hätte wissen müssen, dass Sie uns anlügen. Sie haben erzählt, dass Hortat Ihre beiden Tauchkollegen dazu gezwungen hatte, sich gegenseitig die Sauerstoffschläuche zu durchtrennen. Die hätten Sie aber gar nicht hören können unter Wasser!«

»Wie nachlässig von mir. Für mich steht viel auf dem Spiel. Wären Sie der letzte Mensch, der Ihre Spezies noch retten kann, würden Sie wissen, was ich meine. Ich habe vor meinem Ableben als eine Art Sicherheit die Mikrophage Einundzwanzig in Filio Amorosas Körper injiziert. Dalam war derjenige, der sie bei einem Tauchgang aus der Rettungskapsel gezogen hat. Also hat sich die Mikrophage seines Körpers bemächtigt.« Hortats menschlicher Körper hob die Hände und seufzte. »Ich weiß, dass Sie versuchen, Zeit zu schinden, damit mich doch noch jemand aufhält. Schließlich funktioniert jeder gute Film aus Ihren Hollywoodstudios so, oder? Der böse Gegenspieler verrät unnötigerweise seinen ganzen Plan und wird dann gestoppt, weil die weißen Ritter jetzt wissen, was er vorhat.«

Dalam schüttelte beinahe bedauernd den Kopf. »Leider wird es dazu nicht kommen. Sie alle«, er sah nacheinander jeden im Raum an, »werden mir mit allen Ihnen zur Verfügung stehenden Mitteln helfen, Xinth auszuschalten. Sie werden niemandem meine wahre Identität verraten und keinerlei Anstalten machen, den Erfolg meines Ziels zu verhindern. Ich kann Sie nicht mit der Mikrophage belegen, weil die Inkubations- und Anpassungszeit zu lange dauern würde, aber Sie alle werden mir helfen.«

Agatha spürte, wie sich etwas in ihr veränderte. Sie spürte beinahe körperlich, wie sich das Geflecht aus Befehlen mit ihrem Geist verwob und mit ihren Neuronen verschmolz. Der Wunsch, Xinth auszuschalten war beinahe überwältigend, und der Gedanke, Hortat zu hintergehen, war so abwegig wie die Vorstellung, der Himmel könne Rot sein.

»Mrs. President: Sie werden den Chinesen mitteilen, dass Sie einen Militärschlag gegen ein geheimes Forschungslabor der Human Foundation führen und zwar in der Antarktis«, befahl Dalam an Harris gewandt.

»Das werde ich«, versicherte sie sofort und neigte ergeben den Kopf, bevor sie einen Finger hob. »Aber die werden das niemals akzeptieren.«

»Doch, weil Sie Ihnen dafür im Gegenzug anbieten, die umstrittenen Seegebiete im Südchinesischen Meer als chinesisches Staatsgebiet anzuerkennen und keinerlei Patrouillen der Navy in diesem Seegebiet mehr durchführen zu lassen.«

Harris machte große Augen, nickte jedoch schnell.

»Gut. Als Nächstes sorgen Sie dafür, dass für Agent Devenworth, Capitano Hofer und mich ein Überschalljet der Air Force bereitgestellt wird, der uns zum Flugzeugträger USS Barack Obama bringt. Damit sollten wir rechtzeitig dort sein, bevor die Kampfhandlungen beginnen. Sie werden mir außerdem noch Ihr bestes Seal Team zur Verfügung stellen. Das alles sollte in maximal zwei Stunden vorbereitet sein.« Dalam wirkte zufrieden, als Harris erneut nickte. Schließlich wandte er sich an Agatha und Pano. »Sie beide werden mir ganz genau aufzeichnen, wo sich das Störfeld befindet, das Xinth errichtet hat, um mich von Geth fernzuhalten.«

»Natürlich«, versicherten Agatha und Pano ihm gleichzeitig.

Filio Amorosa, 2042

Filio fiel zu Boden, als das Schiffswesen sie von der Säule losgab. Auf Händen und Füßen kauernd, atmete sie heftig ein und aus, während ihr Geist sich an die Flut von Erinnerungen, die über sie hereingebrochen war, zu gewöhnen versuchte.

Alles schien sich wie ein Mosaik aus Eindrücken und Gefühlen zusammenzufügen und damit ein Loch in ihrem Herzen zu füllen, nur um ein anderes aufzureißen. Keuchend starrte sie den Boden vor ihrem Visier an und versuchte, gegen den Drang anzukämpfen zu hyperventilieren.

»Ich habe sie umgebracht. Ich habe sie alle umgebracht«, schluchzte sie und wiederholte den Satz wie ein Mantra, das tiefe Narben in ihr hinterließ.

[Ja], stimmte das Schiffswesen ihr zu. Die androgyne Stimme klang jetzt ein wenig sanfter als zuvor, beinahe wie ein Mensch.

»Ich dachte, ich müsste es tun. Ich dachte, es gebe keine andere Möglichkeit ... ich war mir so sicher, dass sie einer Gehirnwäsche unterzogen worden waren. Für diese Überzeugung habe ich sie sterben lassen.« Filio ließ sich auf ihre Waden zurückfallen und wollte die Hände vors Gesicht halten, um die Welt rundum auszusperren, doch ihre Finger prallten wirkungslos gegen ihr gesprungenes Visier. Von einer plötzlichen Woge der Wut erfasst, packte sie ihren Helm und wollte ihn abreißen. Alles, was sie erreichte, war, dass ihre Wut wuchs, weil ihre Hände wirkungslos abglitten. Also schrie sie ihre Frustration so laut hinaus, dass ihr die Ohren klingelten, und mühte sich mit der Verriegelung ab.

[Sie sollten das nicht tun, Filio.]

»Ich kann nicht atmen!«, krächzte Filio und fummelte an den Verschlüssen herum. »Verschluss öffnen!«

Ein rotes Warnsymbol leuchtete auf, das sie nur verschwommen wahrnahm.

»Aufmachen!«

Der Helm blieb versiegelt und schließlich erstarben ihre Bewegungen und sie ließ sich auf die Seite fallen, um sich in Fötushaltung zusammenzurollen und still zu weinen. Immer wieder ging ihr das letzte Gespräch mit Hortat durch den Kopf, der auf eine Art von ihrem Verrat enttäuscht gewesen war, die sie nicht losließ. Es hatte beinahe gewirkt, als hätte sie etwas tief in ihm verletzt, das ihm schlagartig verloren gegangen war. Sie hatte sich so auf ihre Befürchtungen versteift, er wäre der Menschheit feindlich gesonnen, dass sie gar nicht die Möglichkeit in Betracht gezogen hatte, er könnte die Wahrheit sagen. Natürlich wusste sie noch immer nicht, ob er ehrlich zu ihr gewesen war oder alles Teil eines perfiden Plans war, doch eines wusste sie: Sie selbst hatte nur eine mögliche Wahrheit akzeptiert, und zwar die schlimmstmögliche. Trotz aller Beteuerungen ihrer Mannschaftskameraden hatte sie ihnen nicht geglaubt und stattdessen in einer unvorstellbaren Arroganz behauptet, dass sie sich alle irrten, inklusive eines uralten Aliens, während sie als Einzige verstand, was wirklich vor sich ging. Was für eine Anmaßung das gewesen war. In Wahrheit hatte sie nichts verstanden und war von den Ereignissen vollkommen überrumpelt worden. Ihr Ausweg war dann offensichtlich die Versteifung auf einen möglichen, bösen Abschluss der Situation gewesen, um sich nicht mit der Tatsache konfrontieren zu müssen, dass sie einmal nicht genügend wusste, um eine fundierte Entscheidung zu treffen. Dieses eine Mal hatte sie nichts mit Fleiß und dem Ausbrüten einer Lösung erreichen können und sich selbst angelogen, indem sie sich davon zu überzeugen versucht hatte, dass es eben doch ging. Einfach weiter wie bisher, obwohl es kein »Bisher« mehr geben konnte, sobald sie Hortat gegenübergestanden hatten.

Die Gesichter von Dimitry, Strickland, Timothy und Javier zogen an ihr vorbei wie verwaschene Abziehbilder aus einem uralten Poesiealbum. Sie konnte sich kaum noch an Details erinnern, obwohl sie sich dafür hasste. Alles, was ihr geblieben war, waren Eindrücke ihrer Gesichter, was ihr wie ein zweiter Verrat vorkam.

»Ich habe sie alle umgebracht. Einfach so«, flüsterte sie sich zu und jedes einzelne Wort traf sie wie ein Messerstich ins Herz.

[Das ist nicht korrekt.]

»Ermordet. Ich habe sie ermordet«, fuhr Filio achtlos fort, ohne sich aus ihrer zusammengerollten Haltung zu lösen. Jaktationen zwangen sie zu einem rhythmischen Vor- und Zurückwippen ihres Kopfes, was ein schabendes Geräusch zur Folge hatte, als ihr Helm über den Boden kratzte. »Ich habe auch den Feind erschaffen, habe ich recht? Ich habe ihn zu dem gemacht, was er ist.«

[Sie meinen Hortat? Er wurde vor sehr langer Zeit ...]

»Nein, nein, nein! Ich war es. Ich habe ihn verraten und dazu gebracht, den Menschen zu misstrauen und den Weg einzuschlagen, für den er sich entschieden hat. Der erste Kontakt mit meiner Art bestand aus einem Verrat und seiner Ermordung«, wisperte Filio über das Schaben hinweg.

[Das ist eine Mutmaßung, die logisch begründet ist],

stimmte das Schiffswesen ihr zu. [Es ist jedoch inkorrekt, dass Sie Ihre gesamte Mannschaft getötet haben.]

»Was?«, fragte sie lahm, als die Worte der ätherischen Stimme nach und nach zu ihr durchdrangen, als müsse sie jedes einzelne zuerst entschlüsseln und übersetzen.

[Heinrich Marks. Er lebt noch.]

»Heinrich!« Filio löste sich aus ihrer Haltung und stand mit wackeligen Knien auf. Jede noch so kleine Bewegung fühlte sich an, als hätte ihr jemand Blei in die Glieder gegossen.

[Ja. Es handelt sich um den echten Heinrich. Sie erinnern sich. Vielleicht sollten Sie mit ihm sprechen.]

»Habe ich ihn verletzt? Und Cassidy?«

[Ihre Vitaldaten sind stabil. Falls Sie auf ihre psychische Verfassung anspielen, kann ich Ihnen keine qualifizierte Auskunft geben, da ich nicht genügend Daten über menschliches Verhalten vorliegen habe. Außerdem sind beide aktuell nicht bei Bewusstsein], erklärte das Schiffswesen.

»Ich gehe zu ihnen«, beschloss Filio und stolperte in Richtung der Öffnung, die sich gerade in der Dunkelheit gebildet hatte. Auf dem Gang angekommen, stützte sie sich an der Wand ab. Ihre Beine zitterten noch immer und schienen jeden Moment unter ihrem Gewicht nachzugeben. Verbissen kämpfte sie sich weiter nach rechts, wo sie bereits Heinrich und Cassidy friedlich nebeneinanderliegen sah.

»Ich komme«, versprach sie schluchzend und stellte Kontakt zur Medimanschette her, die im Genick des Physikers mit dem amputierten Arm lag. Als das Gerät ihr seine medizinischen Daten übermittelte, entspannte sie sich kaum merklich.

»Sedierung aufheben. Patient wecken.«

Cassidy schreckte nicht hoch und bewegte sich auch nicht. Stattdessen öffnete er einfach nur die Augen. Filio drehte sich neben ihn, fasste ihn bei den Schultern und schob ihr Visier gegen seins, bis sie sich ganz nahe waren.

»Es tut mir leid, Cassidy«, beteuerte sie.

»Ich ... Sie ...« Ihr Partner machte eine Pause und kniff die Augen zusammen, als müsse er sich vergewissern, wo er sich befand. »Sie haben es getan, oder?«

»Ja und ich erinnere mich. Ich erinnere mich an alles, Cassidy. Wir können Heinrich aufwecken!«, versicherte sie ihm geradezu frenetisch, bis sich ihre Stimme überschlug.

»Warten Sie, warten Sie«, gab Cassidy beinahe flehentlich zurück und fasste sie mit der linken Hand fest am Arm. Die Erinnerung an ihre handgreifliche Auseinandersetzung durchzuckte ihren Geist. »Erzählen Sie mir, was passiert ist.«

Sie tat es. Sie erzählte ihm von ihrer Entdeckung Hortats, dem Aufbruch, ihrem Verrat und vor allem ihrem Gespräch mit Hortat selbst, bevor sich die Evak-Kapsel ausgeklinkt hatte. Als sie geendet hatte, atmete Cassidy tief durch.

»Hmpf«, machte er und ließ sich von ihr aufhelfen, bis sie beide voreinander saßen. »Jetzt stecke ich in genau derselben Lage, wie Sie vor drei Jahren. Ich habe nur Ihr Wort, dass Sie gerade keiner Gehirnwäsche unterzogen wurden und all das stimmt.«

»Ja,« stimmte Filio ihm verbittert zu. »Ich weiß.«

»Ich sehe das so: Laut meiner Sauerstoffanzeige bleiben uns jetzt noch siebzig Minuten Atemluft. Die werde ich nicht mit Misstrauen und düsteren Vorahnungen verschwenden. Ob Sie recht haben oder nicht, wir werden hier sterben. Der Datenschlüssel von Xinth ist verloren, das diesseitige Transportmodul haben wir zerstört. Schaden werden wir also nicht mehr anrichten können, denke ich.«

»Danke.«

»Was ist mit ihm?« Cassidy deutete auf Heinrich, der ausgestreckt neben ihnen lag.

»Wir wecken ihn auf.«

»Und dann?«

»Ich weiß es nicht«, gab Filio zu, während sich ihr Blick in Heinrichs Visier verlor.

»Also gut. Vielleicht kann er uns weiterhelfen. Hortat wird ihn nicht ohne Grund in diese Stasiskammer gesteckt haben. Ob uns dieser Grund dann gefällt oder nicht, wird sich zeigen. Filio?«

»Ja, entschuldigen Sie.« Sie löste sich mit einem Kopfschütteln aus ihrem abwesenden Blick und bedeutete Cassidy, sich umzudrehen, um die Medimanschette an seinem Nacken zu entfernen. Als sie den Kasten mit dem ausgefahrenen flexiblen Ring abgezogen hatte und das Diffundatorfeld versiegelt war, nickte sie dem Physiker zu, der daraufhin mit seiner verbliebenen Hand Heinrich auf die Seite drehte.

Filio legte ihrem totgeglaubten Kameraden die Manschette an und aktivierte sie. Auch sein Zustand war stabil, wenn er auch eine minimale Gehirnerschütterung davongetragen hatte.

»Aufwecken«, befahl sie der medizinischen KI und wuchtete Heinrich mit Cassidys Hilfe so mit dem Rücken an die Kammerabdeckung rechts von ihnen, dass er halbwegs aufrecht saß, als seine Lider zu flattern begannen und er schließlich seine Augen aufschlug.

»Filio?«, fragte er mit kratziger Stimme, als bereite ihm die Aussprache ihres Namens Schmerzen.

»Ja, Heinrich«, antwortete sie und schniefte. »Ich bin es.«

»Wer ist das?«

»Das?« Sie sah zu Cassidy. »Das ist mein Partner. Wir sind hergekommen um ... um Dinge richtig zu machen, die ich letztes Mal falsch gemacht habe.«

Heinrich lächelte müde. »Du meinst, dass du mich letztes Mal hättest bewusstlos schlagen sollen?«

»Das war wohl meine Schuld«, gab Cassidy zu und hob seinen Armstumpf, wie zu einer Meldung.

»Da ich noch am Leben bin, schätze ich, dass ihr mich nicht umbringen wolltet?«

»Nein!«, versicherte Filio ihm sofort. »Ich erinnere mich an alles, Heinrich!«

»Was meinst du, du erinnerst dich? Was trägst du da für einen seltsamen Anzug?« Der Deutsche musterte sie irritiert, als sehe er sie zum ersten Mal. »Ist das das Logo der Human Foundation?«

»Ja. Ich ... es sind drei Jahre vergangen, seitdem wir den Mars verlassen haben.«

»Drei Jahre?« Heinrich machte große Augen. »Wirklich?«

»Ja.«

»Was ist geschehen? Warum hat es so lange gedauert, bis ihr eine neue Mission hergeschickt habt? Das nächste Zeitfenster wäre nach zwei Jahren gewesen. Moment mal, es ist also 2042? Die Konstellation passt 2042 nicht für eine Marsmission. Wir müssten aktuell die Sonne zwischen uns und der Erde haben.«

»Ja, auch das ist richtig. Es ist wirklich kompliziert, Heinrich.« Filio überlegte fieberhaft, wie sie ihm alles erklären konnte, ohne wertvolle Zeit zu verlieren. Es hatte beinahe vierzig Minuten ihrer wertvollen Atemluft bedurft, um Cassidy alles zu erklären, und Heinrich auf den neuesten Stand zu bringen, wäre noch deutlich komplizierter. »Ich habe nicht viel Zeit, weil mir die Atemluft ausgeht und es auf diesem Schiff kaum eine Atmosphäre gibt.«

»Doch gibt es«, versicherte Heinrich und lächelte. »Der Sauerstoffgehalt ist nur zu hoch für uns.«

»Nein. Offenbar hat sich einiges geändert, seit wir das letzte Mal hier waren. Der Sauerstoffgehalt ist mittlerweile auf unter fünf Prozent gesunken und der Stickstoffanteil hat sich verdoppelt. Wie viel Luft hast du noch?«

»Meine Tanks sind voll. Dafür hat das Schiffswesen gesorgt.«

»Sie hören es auch?«, fragte Cassidy.

»Natürlich«, versicherte Heinrich und nickte. »Sie nicht?«

»Nein.«

»Dann deshalb, weil Hortat Sie nicht dafür freigegeben hat. Wir müssen ihn wecken!«

»Hortat?«

»Ja, wir müssen ihn wecken«, wiederholte Heinrich und klopfte mit einer Hand gegen die Abdeckung der Stasiskammer hinter sich, dessen Injektionsloch Filio mit dem Keramikstück versiegelt hatte.

»Ein weiterer Klon?«

»Der letzte«, korrigierte er sie mit einigem Bedauern in der Stimme.

»Ich weiß nicht, ob das eine so gute Idee ist«, wandte Cassidy ein. »Immerhin haben Sie ihn das letzte Mal umgebracht.«

»Umgebracht?«, fragte Heinrich und riss entsetzt die Augen auf. »Was meint er?«

»Es ist ... kompliziert. Kann er sich an alles erinnern?«

»Nein, es handelt sich um einen frischen Klon. Er erhält sämtliche Informationen aus seiner DNA, die das Schiffswesen aus seinem Fossil extrahiert. Da es den Erbauern gelungen ist, Erinnerungen in ihrer DNA zu speichern, wird er sich an alles erinnern, bis zu dem Zeitpunkt, an dem sein echter Körper gestorben ist.«

»Verdammt«, fluchte Filio. Die Zeit würde einfach nicht reichen und je weniger Zeit sie hatte, um Hortat alles zu erklären, desto wahrscheinlicher war es, dass er sie entweder nicht ernst nehmen oder töten würde.

»Er kann aber auf deine Erinnerungen zugreifen«, sagte Heinrich und tippte sich mit einem Finger ans Visier, direkt oberhalb des Augments, das er trug.

Filio starrte das metallisch glänzende Ding an, als könne es sie jeden Moment anspringen. »Ich weiß nicht ...«

»Ich wünschte, ich könnte dir zeigen, was es tut«, seufzte der Geophysiker traurig.

»Filio«, mischte sich Cassidy ein und fasste sie an der Schulter, bis sie in sein weiches Gesicht sah. »Wenn ich einen kleinen Vertrauensvorschuss leisten kann, können Sie es auch.«

Nach kurzem Zögern nickte sie und atmete tief durch.

»Also gut. Wir wecken ihn auf. Ich muss nur die Versiegelung entfernen.«

»Nimm mein Messer«, schlug Heinrich vor und deutete auf das kurze Messer an seinem Gürtel. Es steckte in einer schimmernden Scheide, die nahtlos mit seinem Anzug verbunden zu sein schien. Seine Geste war sparsam, als koste sie ihn viel Kraft.

Filio zog das Werkzeug heraus und stand mit wackeligen Knien auf. Sie schaltete ihre Helmlampen an, um den ausgehärteten Memoryschaum besser erkennen zu können, und begann, mit der Messerspitze das flexible und äußerst widerstandsfähige Material abzuschaben.

Nach etwa fünf Minuten hatte sie die obere Hälfte des Schaums, der jetzt aussah wie ein flaches Stück Gummi, weit genug von dem Keramikfragment gelöst, um die Klinge schräg darunter zu schieben und es herauszubrechen.

[Starte Injektionsprozess], meldete das Schiffswesen sofort und wieder fuhr der Roboterarm aus der Decke, tauchte mit der langen Nadel in die Bernsteinblase und punktierte den Schädel des Fossils. Dann schoss die Nadel wieder heraus und tauchte so schnell in das Loch zwischen Filios Fingern ein, dass sie erschrocken zurücktaumelte.

Cassidy half Heinrich auf die Beine, der sich erschöpft zu ihnen gesellte, bis sie zu dritt mit dem Rücken an der Konservierungsblase standen und auf die rechteckige Abdeckung der Stasiskammer starrten. Filio hörte ein leises Zischen und von irgendwo das Surren eines Servomotors, dann fuhr die Abdeckung einen Zentimeter nach vorn und dichter Dampf schoss aus der Öffnung in alle Richtungen.

»Äh, Schiff? Du kannst doch mit Hortat kommunizieren, oder?«, fragte Filio und spürte, wie ihre Hände feucht wurden. In Anbetracht ihrer letzten Begegnung mit dem Erbauer wurde ihr mit einem Mal mulmig zumute, als sie sich vorstellte, ihm gleich wieder gegenüberzustehen. Er würde ihre Sprache nicht verstehen und wenn sie sich ausmalte, wie es ihr ergehen würde, wenn sie nach über sechzig Millionen Jahren als Klon erwachen und drei kleinen Aliens gegenüberstehen würde, führte das zu keinem guten Ergebnis.

[Das ist korrekt.]

»Dann kannst du ihm auch erklären, wer wir sind, richtig?«

[Das werde ich, Filio Amorosa. Der Klon ist jetzt wach.]

Die Abdeckung der Stasiskammer fuhr zur Seite, sodass sie nun die offene Kammer von Heinrich zur Hälfte verdeckte. Einen Moment starrten sie wie gebannt in den dichten Dampf, bis sich eine dunkle Silhouette hervortat und mit einem mächtigen Schritt auf den Boden trat.

Gleichzeitig legten Filio, Cassidy und Heinrich ihre Köpfe in den Nacken, um zu dem Gesicht des nackten bronzefarbenen Riesen emporzublicken, der sie mit seinen schwarzen Augen musterte. Seine Lippen schienen in ständiger Bewegung zu sein oder aber so stark zu zucken, dass es aussah, als würde er etwas vor sich hin murmeln. Er sah sie nacheinander an, verharrte jeweils kurz auf Cassidys Armstumpf und auf Heinrichs Augment über dem Auge.

Nach einigen Herzschlägen sah er unvermittelt zu Filio und sein Blick traf sie wie ein Stromschlag. Sie fühlte sich augenblicklich wie ein Kleinkind vor seinem strengen Vater, kurz bevor er es für eine Dummheit bestrafte.

[Hortat bittet dich, ihm zu folgen], sprach das Schiffswesen im selben Moment in ihren Geist.

»Wohin?«

[Er bittet dich, ihm zu folgen], wiederholte es und Filio schluckte schwer, bevor sie schließlich nickte und dem mächtigen Erbauer folgte, der den gesamten Raum auszufüllen schien, als er auf den Gang zuhielt, aus dem sie eben gekommen war. Sein Rücken war breit und von knotigen Muskeln dominiert, die wie das topografische Relief einer Hügellandschaft aussahen. Die Haut, die sich darüber spannte wie schimmerndes Karamell, war so glatt und fein wie Seide, als besäße sie keinerlei Poren oder Unreinheiten. Selbst sein leicht schwingender Gang, der geradezu katzenhaft wirkte im Vergleich zu der schieren Masse seines Körpers, war geradezu filigran und kostbar. Obwohl sie sich an sein Erscheinungsbild und seinen gesamten Habitus erinnern konnte, war es doch nach all ihren Erlebnissen etwas vollkommen Neues, Hortat hier und jetzt zu sehen und zu beobachten. Sie wusste nicht, wie sie dieses uralte Wesen einschätzen sollte. Auf der einen Seite war da die Erinnerung an ihre Furcht und ihre Wut auf ihn, auf der anderen Seite sein geradezu verständnisvoller und bedauernder Blick durch das Fenster der Evak-Kapsel, als er mit seinem nahenden Tod durch ihre Hand abschloss. Es hatte kein Hass in seinen Augen geglänzt, nicht einmal Wut – zumindest, soweit sie das sagen konnte.

Dieses Wesen habe ich umgebracht, dachte sie bitter und spürte doch gleichzeitig Zweifel in sich aufsteigen, ob sie gerade ins andere Extrem umschlug und zu viel Vertrauen in Hortat setzte.

Nach einigen Schritten in den Gang hinein sah sie über die Schulter und ihr Blick fiel auf Heinrich und Cassidy, die vor den beiden offenen Stasiskapseln standen und ihnen hinterher sahen, bevor sie außer Sicht gerieten.

Vor einer runden Öffnung in der rechten Wand blieb Hortat stehen und deutete in den dunklen Raum, der von schwachem rotem Licht erhellt war. Filio ging nach kaum merklichem Zögern hinein und wartete in der Mitte, bis er zu ihr aufgeschlossen hatte und seine Augen, die so groß waren wie ein paar Mangos, auf sie richtete. Kurz darauf gerieten die anthrazitfarbenen Wände in Bewegung und formten sich zu einer länglichen Blase in der Form eines Footballs. Zwei Säulen flossen aus dem Boden nach oben und bildeten an ihrer Oberseite sanfte Mulden mit hochaufragender Sitzlehne – die eine groß, die andere deutlich kleiner.

Filio verstand und setzte sich auf die kleinere Sitzgelegenheit, während Hortat auf der anderen Platz nahm.

Eine neue Säule entstand und wuchs bis zu seiner ausgestreckten Hand empor, die darauf ruhte wie auf einem Gehstock. Dann verschwand die Säule wieder und Hortat drehte seine Faust um, öffnete sie und darin lagen zwei

Kästchen. Eines war so groß wie Filios Hand, das andere viel kleiner. Das Größere hielt der Erbauer vor seine Brust und es wurde plötzlich zu einer zähen Flüssigkeit, die sich rasant auf seinem haarlosen Körper verteilte, bis er schließlich von den Füßen bis zum Hals von dem grau schimmernden Gebilde bedeckt war, das sie schon einmal an ihm gesehen hatte.

Er musterte sie noch einmal längere Zeit, bis sie sich unwohl fühlte und auf ihrem an sich gemütlichen Sitz hin und her rutschte.

Hortat gab einen rollenden Laut von sich, der in ihren Knochen widerzuhallen schien, und öffnete das kleinere Kästchen mit erstaunlichem Geschick. Mit der freien Hand zog er dasselbe Augment aus dem Inneren, das auch Heinrich trug und ihre ehemaligen Teammitglieder getragen hatten.

Filio wäre am liebsten schreiend fortgelaufen, als sie daran dachte, wie viel Sorgen sie sich um dieses Stück Metall gemacht hatte und was es bedeuten konnte. Was würde sich zutragen, sobald sie es geschehen ließ? Würde er sie kontrollieren können, wie dieser wahnsinnige Killer auf der Erde, der versucht hatte Xinth zu töten? Immerhin war es Hortat gewesen, der diesen Killer instruiert und losgeschickt hatte.

Nein, nicht Hortat, korrigierte sie sich. *Seine Mikrophage Einundzwanzig.*

Der Erbauer zögerte kurz, als er ihr Gesicht musterte, in dem die widersprüchlichsten Gefühle um die Vorherrschaft jedes einzelnen Muskels zu kämpfen schienen, bis sie endlich nickte.

Mit aufgeblähten Nüstern beäugte sie schwer atmend seine Finger, die immer näher kamen und damit auch das schimmernde Augment.

»Visier öffnen«, befahl sie schließlich ihrem Helmsystem und als es ein rotes Warnsymbol mit unangenehmem Piepton ausspuckte, fügte sie ungehalten hinzu: »Override. Notfallfreigabe Eins-Eins-Zwo-Sieben.«

Ihr Visier klappte nach oben und Hortats Hand schnellte vor, als wolle er einen Fisch aus dem Wasser reißen. Es wurde kalt auf ihrer Stirn und sie hatte das Gefühl, wie ein Luftballon aufgeblasen zu werden, während sie die Luft anhielt.

Dann war Hortats Hand weg und das Visier klappte wieder zu. Als das grüne Symbol für die Atmosphärenanzeige auftauchte, atmete sie tief ein. Ihr Blick glitt zu Hortat und das Augment erwachte zum Leben.

»Oh mein Gott!«

Agatha Devenworth, 2042

Agatha saß in der engen Kabine des Überschalljets der Air Force und starrte aus dem Fenster. Unter ihr zogen die endlosen Wolkenbänder des südlichen Atlantiks dahin – so schnell, dass sie sich fühlte, als reite sie auf einem Geschoss. Im Prinzip war das technisch sogar der Fall, was ihr flaues Gefühl im Magen nicht gerade abmilderte.

Seit sie von der Bolling Air Force Base nahe Washington D.C. gestartet waren, fühlte sie sich kalt und ausgezehrt, wie zu wenig Butter, die auf zu viel Brot verschmiert wurde. Es war beinahe, als löse sie sich selbst auf – ein Tropfen im Ozean, der sich immer mehr verdünnt. Der Zwang Hortats schien in jede Nervenzelle geschlichen zu sein und tat in ihrem Körper, was immer er wollte. Nun saß sie mit ihm und Pano, der mit blassem Gesicht und tiefen Augenringen vor sich hinstarrte, in der kleinen Kabine mit den ungemütlichen Sitzen und flog einem Verrat entgegen, den sie ihr Leben lang bereuen würde – wenn sie überleben sollte. Der Teil in ihr, der noch frei war, hoffte insgeheim darauf, dass sie bei dem Versuch, in die Pyramide einzudringen, sterben würde. Der Überlebensinstinkt war eine feste Größe in der evolutionären Verdrahtung eines jeden Lebewesens, doch was, wenn man nicht mehr wusste, worauf sich dieser Überlebenswille überhaupt bezog? Wenn ihr Geist nicht mehr ihr gehörte und etwas anderes ihren Körper steuerte, was sollte dann überhaupt sterben? Das, was noch von ihr übrig war, dazu verdammt, sich selbst bei Dingen zuzusehen, die sie niemals tun würde?

»Ich weiß, was Sie denken«, sagte Dalam, der einen Sitz

vor ihr saß und sich zu ihr umdrehte. Die Rückenlehne war in demselben militärischen Grau gehalten wie die Wände, die mit allerlei Haken und Kompartimenten versehen waren wie ein Legomodell.

»Das glaube ich nicht, denn dann wüssten Sie, dass ich keinen Wert darauf lege, mit Ihnen zu sprechen.« Agatha sah wieder aus dem Fenster, um seinem Blick auszuweichen, und beobachtete das Winglet am Ende der Tragfläche, wie es im Jetstream auf und ab wippte.

»Ich könnte Ihnen befehlen, mit mir zu sprechen.«

»Das würde zu Ihnen passen«, stimmte sie ihm sarkastisch zu.

»Sie denken, dass ich ein durch und durch böses Geschöpf bin, oder?«, fragte Dalam – nein, Hortat.

»Ja, das denke ich.«

»Der Vater Ihrer Nation, George Washington, den verehren Sie als Helden, Ikone der Freiheit, ja?«

»Worauf wollen Sie hinaus?«, murrte Agatha und sah den Mann vor ihr abweisend an.

»George Washington hielt zu seinen Lebzeiten bis zu dreihundertneunzig afrikanische Sklaven, die für ihn und seine Farm arbeiten mussten. Würden Sie das heute als typisch für einen guten Menschen ansehen?« Dalams Augen ruhten forschend auf ihrem Gesicht und schienen jede ihrer Regungen einfangen zu wollen wie ein großes Netz.

»Er hat in seinem Testament festhalten lassen, dass alle nach seinem Tod freigelassen werden sollen. Außerdem hat er sogar einen Fonds eingerichtet, damit sie ökonomisch abgesichert sind«, wandte sie ein und verzog das Gesicht. »Ich benötige keinen Geschichtsunterricht von einem Alien.«

»Mag sein, aber George Washington hat seine Sklaven nur allzu gerne benutzt, solange er am Leben war. Erst nach seinem Tod, als er sie nicht mehr brauchte, durften sie gehen.«

»Lassen Sie mich raten: Damit wollen Sie jetzt rechtfertigen, uns und viele andere Menschen als Sklaven zu halten, ja?« Agatha schüttelte angewidert den Kopf und sah wieder aus dem Fenster.

»Auch ich werde Sie freilassen, wenn das hier vorbei ist. Das verspreche ich Ihnen.«

»Wissen Sie überhaupt, was Sie uns antun?« Ihr Kopf fuhr ruckartig in Dalams Richtung und sie konnte die Wut in ihrem eigenen Blick bis in ihren Hinterkopf spüren wie eine heiße Nadel.

»Ja«, erwiderte ihr Gegenüber mit abwesendem Blick. »Und ich bin nicht stolz darauf. Aber ich werde jedes notwendige Werkzeug benutzen, um Xinth aufzuhalten. Jedes. Sie und Ihr Partner gehören zu den besten, die ich gefunden habe.«

»Wie schmeichelhaft«, giftete sie zurück.

»Dreißig Minuten bis zum Auftanken«, meldete der Pilot über die Lautsprecher. Trotz seiner klaren Aussprache war er über den Lärm der Turbinen kaum zu verstehen.

»Wir sollten uns vorbereiten«, verkündete Dalam.

»Auf was?«

»Nachdem wir von dem Tankflugzeug aufgefüllt wurden, haben wir noch vier, fünf Stunden Flugzeit bis zur USS Barack Obama vor uns. Wir sollten uns einen Plan zurechtlegen, wie wir Geth betreten können, ohne getötet zu werden. Die Arche ist nicht bloß ein alter Felsbrocken, sondern steckt voller Technologien, die dem Schutz der Anlage vor Situationen wie dieser dienen. Sie werden mir helfen, die beste Möglichkeit zu erörtern.«

»Ja, das werde ich«, versicherte sie ihm und es war nicht sie selbst, die antwortete – und gleichzeitig war sie es doch, ein Gefühl, das sie sowohl zutiefst verwirrte als auch bis in die Zehenspitzen entsetzte.

Nach der Betankung, von der sie gar nichts mitbekamen, außer einem Schatten auf den Tragflächen, der von dem riesigen Tankflugzeug vor ihnen geworfen wurde, drehten sie ihre Sitze zueinander und begannen mit der Planung. Dazu setzten sie AR-Brillen auf und starrten auf die virtuelle Projektion der Pyramide zwischen ihnen, die sich langsam um die eigene Achse drehte. Ein Computerprogramm hatte die Simulation anhand ihrer Dreier Erinnerungen und ungefähren Abmessungen erstellt.

»Es gibt nur einen Eingang, von dem wir wissen«, erklärte Pano und deutete mit dem Finger auf eine Stelle an der Basis des gigantischen Bauwerks, die daraufhin Rot zu blinken begann. »Er ist nicht größer als eine Doppeltür, vielleicht zwei mal drei Meter. Von dort führt eine Art Aufzug schräg nach unten. Der Großteil der Anlage, die wir gesehen haben, befindet sich also recht tief unter dem Eis.«

»Das ist der Wohn- und Arbeitsbereich«, stimmte Dalam ihm zu und nickte. »Darunter befinden sich morphbare Bereiche, die in Stasiszeiten als Lager dienen, so weit ich weiß.«

»So weit Sie wissen?«, fragte Agatha.

»Ja. Ich war Genetiker zu meiner Zeit und gehörte nicht zur Priesterschaft.«

»Priesterschaft?«

»So nennen wir unsere Kulturschaffenden. Priesterschaft ist der Begriff, der dem am nächsten kommt. Xinth gehört ihr an und ist für die Wahrung und Weiterentwicklung unserer Kultur zuständig. Darum wurde er auch mit der Verwaltung unserer Nachkommen betraut.«

»Diese Nachkommen«, hakte Pano nach, und deutete

vage in Richtung der Pyramidenprojektion zwischen ihnen. »Wo sind die untergebracht?«

»In den höheren Etagen, denke ich. Aber das ist für unsere Aufgabe irrelevant.« Dalam schüttelte den Kopf.

»Ich verstehe. Sie waren doch schon einmal dort, oder?«

»Nein. Xinth traf mich nach meiner Rückkehr aus dem Zwölferraum offenbar bewusst nicht in Geth, sondern auf einem anderen Kontinent, den Sie heute nicht mehr kennen. Es gab damals elf Stück. Ich weiß also nur wenig über diesen Ort und das Wenige betrifft die öffentlich zugänglichen Daten zur Zeit der Erbauung der Arche«, erklärte Dalam. »Ich bin mir aber sicher, dass der Eingang, den Sie gesehen haben, nicht der einzige sein kann.«

»Falls es einen anderen gibt, kennen wir ihn nicht.« Pano sah zu Agatha, die langsam nickte.

»Aber«, wandte sie ein, »wir könnten Karlhammer fragen.«

»Karlhammer?«, fragte Pano verwirrt.

»Ja. Er weiß nichts davon, dass wir jetzt mit Hortat zusammenarbeiten. Wir denken uns eine gute Coverstory aus und warten, bis die Carrier Strike Group um die USS Barack Obama mit dem Angriff beginnt. Dann sagen wir ihm, dass wir wichtige Informationen haben und er uns einen anderen Eingang sagen soll, damit wir hineinschlüpfen können«, erklärte sie in das Dunkel, das die virtuelle Projektion in ihrer Mitte umgab, als existiere die Flugzeugkabine um sie herum gar nicht.

»Und wir geben den Soldaten den normalen Eingang als Hauptangriffspunkt«, fügte Pano hinzu. »Einen Versuch ist es wert. Fehlt uns nur noch eine überzeugende Story, weshalb wir bereits zurück sind und es so eilig haben. Das wird Fragen aufwerfen.«

Agatha dachte nach und spielte verschiedene Szenarien

in ihrem Kopf durch, die wie eine Diashow an ihrem inneren Auge vorbeiliefen. Sie war wieder tief in ihren Ermittlermodus versunken, der die Welt ausblenden und sich auf die Kernfakten ihrer bisherigen Erkenntnisse beschränken konnte. Alles ordnete sich nacheinander an, formte sich zu einer möglichen Kausalkette und fiel wieder auseinander, wenn sie es nicht für gut befand. So ging es eine ganze Weile, während der Pano und Dalam sich unterhielten, ohne dass sie ein Detail ihres Gesprächs aufgeschnappt hätte.

»Ich weiß es«, sagte sie schließlich und beugte sich vor.

Pano und Hortats Wirt drehten sich überrascht zu ihr und musterten sie fragend.

»Wir sagen die Wahrheit.«

»Bitte was?«, fragte Pano verdutzt, während Dalam sie eher abschätzig musterte, als befürchte er, sein Zwang könne gerade bei ihr versagt haben.

»Ganz einfach: Wenn jede Ausrede zu unglaubwürdig klingt, halte dich an die Wahrheit. Die Wahrheit ist meist ohnehin zu verrückt, um sie leugnen zu können und jeder weiß das im Grunde genommen, sobald er sie hört. Wir sagen ihm, dass Workai Dalam in Wirklichkeit Hortat ist und dann drehen wir an den Fakten herum: Wir sagen Karlhammer, dass wir ihm mit Millers und Ministerin Cortez' Hilfe eine Falle gestellt haben und ihn jetzt ihm und Xinth ausliefern. Wir statten uns und das Seal-Team, das uns begleitet, mit Schallschutzkopfhörern aus und bringen unseren Gefangenen zu ihm. Xinth und Karlhammer werden davon ausgehen, dass Hortat mittels seiner Mikrophage Einundzwanzig oder sonst irgendetwas die angreifenden US Soldaten stoppen kann. Also werden sie kaum ablehnen können, wenn wir ihnen sagen, dass wir ihn in unserer Gewalt haben.«

»Ein riskantes Spiel«, befand Dalam und rieb sich mit einer Hand über die Lippen. »Ein sehr riskantes Spiel. Ich werde weder Ihnen noch unseren Begleitsoldaten weiterhin Befehle erteilen können.«

»Alles andere wäre aber zu auffällig«, gab Agatha zu bedenken. »Wir müssen ohnehin davon ausgehen, dass in der Pyramide mittlerweile alle solche Kopfhörer tragen.«

»Wie funktionieren diese Befehle überhaupt?«, fragte Pano unvermittelt.

»Es handelt sich um etwas, das ich während meiner Zeit im Zwölferraum gelernt habe«, erklärte Dalam und seine Miene veränderte sich zu einer Maske der Anspannung.

»Zwölferraum?«

»Höherdimensionale Wirklichkeitsstrukturen. Sie kennen dieses Konzept womöglich als Hyperraum.« Dalam atmete tief durch und machte eine ungeduldige Geste, als sei ihm dieses Thema unangenehm, wozu auch sein angespannter Ausdruck um den Mund passte. »Jedenfalls werden temporäre Veränderungen in den neuronalen Strukturen der ...«

»Opfer?«, versuchte Agatha, ihm auszuhelfen, und Dalam machte ein saures Gesicht.

»... der Betroffenen durch gelenkte Quanteneffekte so verändert, dass sie auf die auditiven Reize eines bestimmten Sprachmusters reagieren.«

»Ihrer Stimme«, folgerte Pano und nickte verstehend.

»Ja.«

»Warum haben Sie dann nicht einfach hunderte Agenten wie diesen Mann in seinem schwarzen Anzug erschaffen?«

»Das ist nicht so einfach und auch nicht mein Wunsch gewesen. Wenn Sie der einzige Mensch mit einer Atombombe wären, wie vielen anderen Menschen würden Sie eine weitere anvertrauen?« Dalam straffte sich. »Das tut jetzt nichts zur Sache. Fahren Sie fort, Agent Devenworth. Sie hatten einen Plan?«

»Je näher wir uns an die Wahrheit halten, desto weniger können wir uns in Widersprüche verstricken«, fuhr sie fort. »Das ist eine Grundregel, die man bereits am College lernt. Mit den Hinweisen, die wir durch die medizinischen Daten der Senatoren erlangt haben, können wir jetzt auch nachweisen, dass nach unserer Infektionstheorie kein Indiz besteht, dass Präsidentin Harris mit der Mikrophage infiziert ist. Die Theorie mit der kurzen Inkubationszeit als Merkmal der Mikrophageninfektion ist doch korrekt, oder?«

»Ja«, sagte Dalam einfach und dieses Eingeständnis schien ihm nicht zu behagen.

»Gut, dann wird Xinth einen weiteren Anhaltspunkt haben, um uns zu glauben.«

»Und wenn wir drin sind?«, fragte Pano und blickte zu Dalam. »Was dann?«

»Dann werden wir Xinth entweder zum Einlenken bringen oder töten.«

»Und die Embryos?«

»Ihnen darf nichts geschehen!«

»Aber was ist mit Ihrem großangelegten Flottenangriff?«

»Die Mikrophage ist so programmiert, dass die Betroffenen Geth um jeden Preis finden, Xinth unter allen Umständen ausschalten und die Pyramide selbst ohne Rücksicht auf Verluste schützen müssen«, erklärte Dalam.

»Programmiert? Sie haben also keine dauerhafte Kontrolle über die Infizierten?« Agatha runzelte überrascht die Stirn.

»Nein.«

»Also können Sie gar keinen Einfluss mehr auf die Offiziere des Flottenverbands ausüben.«

»Doch, über Präsidentin Harris. Deshalb brauchte ich ja Sie beide, um mir den Zugang zu ihr zu verschaffen, woran ich beinahe gescheitert wäre«, widersprach Dalam und deutete mit ausgestrecktem Zeigefinger auf die zwischen ihnen rotierende Pyramide. »Der Angriff wird sich darauf beschränken, die anrückenden Bodenstreitkräfte vor Beschuss aus der Luft zu schützen. In dem Feuerwerk wird es schwierig werden, unbeschadet ins Innere zu gelangen.«

»Haben Sie eine bessere Idee?«, fragte Agatha.

»Nein.«

»Also gut. Dann sollten wir jetzt Karlhammer anrufen. Wenn wir zu lange warten, wird er sich über die Geschwindigkeit wundern, mit der wir die Pyramide erreichen.«

Dalam musterte sie kurz, verschwand hinter seiner Sitzlehne und als er wieder auftauchte, hielt er ihr ein Satellitentelefon hin.

»Sie wollen mich nicht hintergehen«, trichterte er ihr noch einmal ein. »Alles, was sie tun und möchten, dient dem Erfolg unserer Mission: Xinth auszuschalten. Sie werden nichts unternehmen, um diese Mission zu gefährden.«

»Natürlich nicht«, sagte sie voller Überzeugung, die sie auch so in sich spürte, sobald seine Worte ihre Ohren erreichten.

»Gut.« Er bedeutete ihr mit einer knappen Geste, fortzufahren.

Agatha wählte die geheime Nummer, die Karlhammer ihr anvertraut hatte und hasste jeden einzelnen Tastendruck ihres Daumens, während sie gleichzeitig ein tiefes Verlangen verspürte, dieses Telefonat zu führen, um endlich das Ziel zu erreichen, das gar nicht ihres war.

»Agent Devenworth«, meldete sich der Südafrikaner

nach kurzer Zeit. Im Hintergrund hörte sie kreischende Geräusche wie von einer elektrischen Säge.

»Ja, ich habe gute Nachrichten.«

»Hatten Sie mit Ihrer Mission Erfolg?«, fragte Karlhammer hoffnungsvoll.

»Ja. Wir haben den Feind in unserem Gewahrsam.«

»Was? Ich hoffe, Sie treiben keine Scherze mit mir!«

»Ich scherze nie«, erwiderte sie.

»Wie haben Sie das geschafft?« Seine Stimme klang jetzt eine Spur ungläubig, nachdem sich die anfängliche Euphorie langsam aus seinen Stimmbändern zurückgezogen hatte wie morgendlicher Nebel.

»Unter Verlusten. Wir haben Direktor Miller verloren, ebenso die Heimatschutzministerin und ihr gesamtes Sicherheitsteam.«

»Verdammt! Sie und Hofer sind in Ordnung?«

»Ja. Wir haben ihm eine Falle gestellt. Der Feind ist in Wahrheit Workai Dalam«, sagte sie und machte eine Pause, um ihren Satz auf Karlhammer wirken zu lassen.

»Was?«

»Der Feind ist Workai Dalam. Er war es die ganze Zeit. Es macht Sinn: Niemand würde denjenigen, der vor dem Feind warnt, als eben diesen Feind vermuten.«

»Aber das ist unmöglich!«

»Weil er mit Ihnen zusammengearbeitet hat? Das ist eher noch ein Grund dafür, dass seine Tarnidentität perfekt gewählt war«, entgegnete Agatha.

»Und wie haben Sie ihn erwischt?«

»Er hat uns erwischt. Wir waren mit Direktor Miller unterwegs zu einem geheimen Treffen mit Präsidentin Harris, als die Heimatschutzministerin uns abgefangen und entführt hat. Sie war eine Agentin des Feindes und wollte offenbar herausfinden, was wir vorhaben. Der Feind hat uns dann befreit und versprochen, dass er sich freiwillig festnehmen lässt, wenn er dafür fünf Minuten Zeit mit der Präsidentin bekommt und ihr von der Bedrohung durch den Feind berichten kann.« Agatha machte eine kurze Pause und holte Luft, weil sie sich sehnlichst wünschte, genau das getan zu haben, was ihr jetzt als Lügen über die Lippen kam: »An dieser Stelle haben wir ihm zugestimmt und die Präsidentin auch. Ich wurde aber misstrauisch, weil ich erkannte, dass sein Vorgehen zu perfekt war. Seine Tarnung war vollkommen, der Sender, den er uns verpasst hatte unter zu glücklichen Umständen bei uns geblieben, und sein Wunsch, direkt mit der Präsidentin zu sprechen, klang gefährlich. Wir fanden nämlich im Vorfeld bei unseren Ermittlungen heraus, dass er über eine Art Virus, das eine extrem kurze Inkubationszeit besitzt und gewisse Befehle oder Wünsche einpflanzt, von den Menschen Besitz ergreifen kann. Wir konnten nicht riskieren, dass er uns eine perfekte Falle gestellt hatte, und ich sandte auf dem Weg zum Weißen Haus heimlich eine Nachricht an die Präsidentin, dass sie und ihre Sicherheitsleute Schallschutzkopfhörer tragen sollten. So konnten wir ihn schließlich stellen und festnehmen.«

»Das ist ganz schön viel zu verdauen«, antwortete Karlhammer und Agatha konnte ihn durch das Knacken in der Leitung atmen hören. »Warten Sie einen Moment.«

Ein Rauschen ertönte, als reibe jemand ein Stück Stoff über das Mikrofon am anderen Ende und dann hörte sie eine gedämpfte Stimme, die sie nicht verstehen konnte. Offenbar hatte er sein Mikrofon mit einer Hand abgedeckt.

»Ich glaube, er spricht mit Xinth«, flüsterte sie Dalam zu, der nur stumm nickte und sie nicht aus den Augen ließ. Einige Minuten verstrichen und zwischenzeitlich sah Agatha mehrere Male auf das kleine Display unter dem Hörer, um sicherzugehen, dass sie noch verbunden waren. Schließlich rauschte es endlich erneut und Karlhammer meldete sich wieder.

»Bringen Sie ihn rein, Agent Devenworth. Wir werden vorbereitet sein.«

Erleichtert atmete sie durch die Nase aus und nickte Dalam und Pano zu.

»Sehr gut. Die Präsidentin hat uns ein Team Navy Seals an die Seite gestellt, die ebenfalls eingeweiht sind. Sie hat mich außerdem dazu autorisiert, Ihnen ihre direkte Durchwahl weiterzugeben. Ich glaube, es geht um die Flotte unter dem Kommando von Admiral Taggert, die unterwegs zu Ihnen ist.«

»Sie hat die Offiziere nicht unter Kontrolle, weil sie vom Feind korrumpiert sind, nicht wahr?«, fragte Karlhammer mit einiger Bitterkeit in der Stimme. »Dann wird es hier bald sehr hässlich werden. Wann können Sie hier sein?«

»In etwa zehn Stunden«, gab sie, ohne zu zögern, zurück.

»Das ist schnell. Sehr gut. Wenn wir Glück haben, sind Sie noch vor der Navy hier, aber es wird knapp. Falls Sie es nicht schaffen, bevor hier die Hölle losbricht, melden Sie sich bei mir und ich werde dafür sorgen, dass Sie durch einen geheimen Eingang hereinkommen können.«

Es klickte in der Leitung und Agatha drückte die rote Taste, bevor sie Pano und Dalam zunickte. »Er hat den Köder geschluckt.«

»Gute Arbeit, Agent Devenworth«, freute sich der Pakistani und lächelte zufrieden. »Sehr gute Arbeit.«

»Ja«, stimmte sie mit bitterem Unterton in der Stimme zu. Es war eine Art kurzer Triumph ihres eingesperrten Ichs, das sich nicht von ihm hatte unterdrücken lassen, während sie gleichzeitig unbedingt seinen Befehlen nach bestem Wissen und Gewissen nachkommen wollte.

»Also gut.« Dalams Miene wurde ernst. »Wir landen in wenigen Stunden auf der USS Barack Obama zwischen und wechseln in einen Transporthubschrauber, in dem bereits unser Begleitteam aus Navy Seals wartet.«

»Wir müssen aber darauf bestehen, dass die Seeleute vor Ort nach unserer Landung an Bord kommen, uns Schallschutzkopfhörer und Fesseln, Kopfhörer und eine Gefangenenmaske für Sie bringen«, forderte Pano und deutete mit einer Hand vage nach oben. »Karlhammer hat seine Augen und Ohren überall. Er wird das Gebiet bereits überwachen lassen, wenn nicht aus dem Orbit, wovon ich ausgehe, dann zumindest von Spionagedrohnen in der Nähe der Flotte. Wir müssen unser Spiel also schon beim Aussteigen perfekt spielen, um nicht Gefahr zu laufen, direkt aufzufliegen. Wir haben entsprechende Befugnisse erhalten und sollten sie nutzen.«

»Sie haben Recht.« Agatha nickte. »Ich kümmere mich darum.«

Sie drückte einen Knopf in ihrer Armlehne und nach einem kurzen Warteton meldete sich der Copilot aus den Lautsprechern neben ihr: »Ja, Ma'am?«

»Verbinden Sie mich mit der Obama«, bat sie und schloss für einen Moment die Augen. Sie würde es tun, sie würde es wirklich tun und es gab nichts, was sie daran ändern konnte – weil Hortat sie dazu gezwungen hatte, es so zu wollen.

Filio Amorosa, 2042

Der Kontakt geschah ganz sanft, so als zöge jemand ein hauchdünnes Seidentuch über ihre Haut – mit dem Unterschied, dass es ihr Geist war, der berührt wurde. Dann war dieses Gefühl so schnell wieder verschwunden, dass Filio sich nicht sicher war, ob sie es sich nicht eingebildet hatte.

»Diese Erinnerungen«, sagte Hortat in rollendem Englisch und seine tiefen, volltönenden Worte umspülten sie wie eine Flutwelle, »sie sind ...«

»Verstörend?«, versuchte sie, ihm auszuhelfen, und nickte. »Es tut mir leid, dass ich ...«

»Du hast getan, was du tun musstest, in dem Glauben, deine Spezies zu retten«, unterbrach der Erbauer sie und machte eine fließende Geste mit seiner rechten Hand, die aussah, als würde er ein unsichtbares Garn flechten. »Ich verstehe das vermutlich besser als jeder andere.«

»Weil du aus demselben Grund getan hast, was du tun musstest?«

»Ja.«

»Diese Mikrophage von dir, hat sie eine Art Klon geschaffen?«

»Etwas in der Art. Sie hat meine Erinnerungen und damit meine Persönlichkeit inklusive eines neuronalen Abbildes erzeugt«, erklärte Hortat und sein Mund öffnete und schloss sich wie bei einem Fisch, der aus dem Wasser gezogen worden war. Filio fühlte sich noch immer klein angesichts des bronzefarbenen Riesen.

»Wie?«

»Das ist kompliziert. Wer auch immer dich gerettet hat,

wird mit der Mikrophage infiziert worden sein. Für die Schaffung des einprogrammierten Abbildes wird sie mehrere Monate benötigt haben.«

»Ich weiß nicht, wer mich gerettet hat. Irgendjemand hat dafür gesorgt, dass ich auf einem Stück Treibgut lag und von einer Suchmannschaft gefunden wurde«, erklärte Filio und die scheinbare Beiläufigkeit ihres Gesprächs war so surreal, dass sie sich wie in einem Traum fühlte. In ihren Erinnerungen war sie gerade erst mit der Evak-Kapsel von der Mars One abgesprengt worden und sah immer wieder Hortats Gesicht vor sich, während die Erkenntnis ihres Mordes in ihr wuchs. Jetzt saß sie ihm – nein, seinem Klon – gegenüber und unterhielt sich mit ihm, als sei nichts gewesen.

»Das war derjenige, der jetzt mein Abbild in sich trägt.«

»Und ist dieser jemand nun du?«

»Ja und nein. Er ist das Produkt meiner Persönlichkeit und meiner Erinnerungen, mit dem Unterschied, dass ich der Mikrophage eingepflanzt habe, dass sie nichts zwischen sich und das Ziel kommen lassen darf«, entgegnete Hortat.

»Ich verstehe.« Filio schluckte. »Auf der Erde bahnt sich ein Krieg an, der sich rund um die Pyramide ereignen wird. Du musst das verhindern.«

»Das kann ich nicht.«

»Wieso nicht?«

»Ich werde es dir zeigen«, erwiderte er und hielt ihr eine seiner riesigen Tellerhände entgegen. Jeder Finger war beinahe so dick wie ihr Handgelenk. Während sie auf seine Handfläche starrte, floss der Stoff seines Anzugs vom Hals aufwärts über seinen Mund und bildete eine Art Maske bis über seine Nase. »Du musst deinen Anzug öffnen, sonst funktioniert es nicht. Das Schiff hat die Luft in diesem Raum für dich atembar gemacht, keine Angst.«

»Was hast du vor?«, fragte sie in einem letzten Aufbäumen ihres erloschenen Misstrauens, das sie einfach nicht zur Gänze abschütteln konnte.

»Ich zeige dir, warum wir mein Abbild nicht stoppen können.«

»Eine Vision?«

»Eine Erinnerung«, korrigierte er sie ruhig.

»Xinth hat mir auch eine dieser Erinnerungen gezeigt, woher weiß ich, dass du mir nicht auch etwas Falsches zeigst?«

»So funktioniert es nicht. Xinth hat dir die Wahrheit gezeigt, womöglich allerdings nur in den ihm passend erscheinenden Abschnitten. Der Austausch geschieht zwischen den feinstofflichen Abbildern unserer Erinnerungen. Ich kann es dir zeigen oder nicht. Es ist deine Entscheidung.« Hortats Hand zog sich einige Zentimeter zurück, während er sie mit seinen schwarzen Augen aufmerksam musterte.

»Warum willst du es mir zeigen?«

»Um gemeinsam dafür zu sorgen, dass keine Katastrophe geschieht.«

Filio runzelte verwirrt die Stirn, versuchte zu verstehen, was er damit meinen könnte, und kam doch nicht umhin zu befürchten, dass ihre sämtlichen Fragen am Ende nur neue Fragen aufwerfen würden. Dieses Wesen, dem sie gegenübersaß, war so viel älter, weiser und mit dem Wissen einer dem Menschen weit überlegenen Kultur ausgestattet, dass es sich wie ein Mann fühlen musste, der einer Ameise die Welt zu erklären versuchte. Also sah sie ein letztes Mal auf ihre Luftanzeige, die bei sechzig Minuten angekommen war, und öffnete ihren Helm. Die Verriegelung gab zischend nach und sie legte ihn vor sich auf den Schoß, bevor sie auch ihre Handschuhe abstreifte. Die Luft roch ein wenig nach Ozon, war ansonsten aber klar und atembar.

Hortat beobachtete sie währenddessen mit regloser Miene und erst als sie ihre Hand ausstreckte, um seine zu ergreifen, neigte sich seine mächtige Stirn ein wenig.

Die Berührung war warm und rau zugleich. Die Erinnerung begann sofort. Es gab keinen Übergang, keine Reise, kein Licht am Ende des Tunnels. Plötzlich sah sie durch Hortats Augen.

Hortat, 66.120.377 v. Chr.

»Wie sieht es aus?«, fragte Hortat den Navigator und blickte durch die transparente Hülle vor der Brücke in die Unendlichkeit der Sterne. Dieser Anblick machte ihm Angst, wie schon bei seinen letzten Flügen zu den äußeren Planeten des Sonnensystems. Er hasste das Weltall und dessen Lebensfeindlichkeit, die einem Biotechnologen wie ihm nichts zu bieten hatte außer Verfall und Tod. Schon als Kind hatte er sich davor gefürchtet, durch das Teleskop seines Vaters zu den Sternen zu blicken. Während andere sich bei ihrem Anblick in philosophische Betrachtungen verstiegen, nagte an ihm die Angst, dass das große Nichts ihn verschlucken könnte wie der Ozean ein Sandkorn. Er schüttelte den Kopf und konzentrierte sich auf sein Umfeld, um die unliebsamen Gedanken loszuwerden.

Der Navigator befand sich im mittleren der drei versiegelten Tanks, die aufgefächert in dem kleinen gepanzerten Raum lagen. Die synaptische Leitflüssigkeit, in der sein Körper lag, sorgte für eine direkte Kontrolle des Quantumspiegels, mit dessen Hilfe sie den Zwölferraum navigieren würden. In derselben zähen Flüssigkeit lagen der Kontrolleur, der die inneren Schiffssysteme überwachte, indem sein Geist ihre Schaltkreise und Verschaltungen bewohnte, und der Astrogator, der sich um die Energieknoten und Supraleiternetzwerke kümmerte. Hortat fühlte sich seltsam allein hier oben im organisatorischen Zentrum seines Kolonieschiffes, da es bis auf die drei Sargtanks nichts gab, das auf Aktivität oder Leben hindeutete. Die Wände waren glatt und verbargen sämtliche Geräte und Leitungen hinter ihrem anthrazitfarbenen Schimmern und die Tanks hatten nicht einmal Fenster, durch die er in die Gesichter seiner drei Technologiewirker hätte sehen können.

»Ich sehe das Geflecht vor mir«, erklang die Stimme des Navigators schließlich über Audioimplantate in Hortats Kopf. »Es ist ... wunderschön.«

»Wie sieht es aus?«

»Es hat kein Aussehen, bloß einen Widerhall der Existenz, ähnlich einer Welle, die zwar eine eigene Form hat, aber doch nur Ausdruck des großen Ganzen ist. Ich kann den zwölffachen Raum singen hören, Hortat.«

»Singen?«

»Er lebt. Nicht so, wie wir es definieren würden. Er hat keine Form-Gestalt, keinen Willen, und doch lebt er auf ganz eigene Art und Weise«, antwortete der Navigator geradezu ekstatisch und das mentale Ebenbild eines Seufzens drang durch Hortats Geist. »Du solltest dich jetzt in dein Quartier begeben, wir haben die Freigabe der Flottenleitung erhalten und werden den Übergang bald vollziehen. Mit deiner Erlaubnis.«

»Erlaubnis erteilt«, sagte Hortat schwermütig und dachte an die Erde, die vor wenigen Augenblicken erst an der Steuerbordseite vorbeigezogen war. Schließlich drehte er sich um und ging durch eine morphende Öffnung in den zentralen Verbindungskorridor, wo er auf Mirnu, seine Säugerin, traf. Sie hatte das schmale Kinn einer Südgeborenen und die matte, karamellfarbene Haut des Kontinents Tangir. Jedes Mal, wenn er seine beste Freundin sah, fragte er sich, wieso er sie nicht um eine Vereinigung gebeten hatte.

Mirnu beendete gerade ein Gespräch mit Xornir, einem seiner leitenden Maschinenweber, und wandte sich zu Hortat um, als er näher trat.

»Hortat«, freute sie sich mit einem breiten Lächeln auf ihren dunklen Lippen. Ihre Augen waren ein wenig kleiner und schräger als seine – nicht so grob und ungeformt. »Ich hörte, dass wir bereit sind?«

»Ja, das sind wir. Der Navigator ist bereit für den Übergang.« Hortat fasste sie mit beiden Händen an den Armen und sah ihr eindringlich in die Augen. »Wenn wir uns im zwölffachen Raum befinden, such mich im Labor auf, ja?«

Mirnu runzelte die Stirn und musterte ihn kurz, nickte dann aber, ohne weiter nachzuhaken.

»Danke. Wünsch uns die Weisheit der Ahnen«, sagte er dankbar, ließ seine Hände zu ihren hinabgleiten und drückte sie kurz, bevor er einen Schritt zurückmachte und sich auf den Weg zu seinem Quartier machte. Es war keine zwanzig Schritte entfernt und befand sich auf der rechten Seite.

Für ein Kolonieschiff war das ihm unterstehende auf den ersten Blick sehr klein, obwohl es über zehntausend Kolonisten in Stasiskammern und über fünfzigtausend Embryonen in kryogenischen Röhren mit sich führte. Doch deren riesige Decks befanden sich allesamt im Bauch des Schiffes, nicht im oberen Apex, in dem er und die Rumpfmannschaft, bestehend aus fünfzig Männern und Frauen dafür sorgen würden, dass ihre Schutzbefohlenen sicher an ihrem Zielort anlangten. Ihr Wohn und Arbeitsbereich umfasste wenige hundert Quadratmeter und sah im Querschnitt des Schiffs aus wie eine Beule auf dem Rücken eines gigantischen Monnbats.

In seiner Kammer angekommen, begab er sich direkt zu seinem Schlafsarg, legte sich hinein und wartete, bis der Deckel über ihn geglitten war und das grüne Licht der Versiegelung blinkte. Dann aktivierte er die Injektion des Serums.

Das Serum war zentraler Bestandteil des Quantenfluges, da es dafür sorgte, dass sich die gesamte Mannschaft, abgesehen von Navigator, Astrogator und Kontrolleur auf der Brücke für die Zeit des Übergangs in einem traumlosen Koma befand. Man hatte ihm das Prinzip so erklärt, dass der höherdimensionale Raum wie die Oberfläche eines stillen Sees daliege und jeder Gedanke und jede Emotion Wellen in diese Oberfläche schlug, die es dem Navigator erschwerten, sie sicher ans andere Ufer zu bringen.

Also hatten die Technologen dafür gesorgt, dass die gesamte Crew in ein Kurzkoma versetzt wurde.

Hortat empfand den winzigen Einstich an der Seite seines Halses eher als Kitzeln denn als unangenehmen Schmerz. Er zählte von zehn rückwärts, kam aber nicht einmal bis zur Zahl Sechs.

Als er wieder erwachte, war der Deckel seines Schlafsargs bereits geöffnet und er blickte an die anthrazitfarbene Decke seines Quartiers. Sie war in denselben schwarzgrauen Übergangstönen gehalten wie die meisten Einrichtungen seiner Art. Die Farbtöne beruhigten seine Augen, reflektierten sie das sphärische Licht der Photonenmanipulatoren doch auf eine Weise, die sich kaum bemerkbar machte.

»Verbinde mich mit dem Navigator«, forderte Hortat das Schiffswesen auf, während er sich aus seinem Schlafsarg erhob. Noch bevor seine Füße den Boden berührten, hatte sich sein Sicherheitsanzug um jeden einzelnen Zeh gelegt und alles versiegelt. Er spürte sich leicht zittern und atmete einige Male stoßweise ein und aus.

[Du bist verbunden], verkündete ihm das Schiff.

»Wie ist der Status?«, fragte er sofort.

»Es ist wunderschön«, antwortete der Navigator in seinen Geist und die mitschwingenden Gefühle in der Verbindung wirkten aufgewühlt und ekstatisch. »Wir haben rein gar nichts begriffen.«

»Was redest du? Ich verstehe dich nicht! War der Übergang erfolgreich?«

»Ja, Anführer, das war er.«

»Wie viel Zeit ist vergangen?«, hakte Hortat nach, als sich der Navigator schon aus der Verbindung zurückziehen wollte.

»Zeit?«

»Ja, Zeit!« Hortat spürte, wie er langsam ungeduldig wurde, er konnte das esoterische Gewäsch der Ätherischen noch nie besonders gut leiden, da er als Teil der Forscherkaste nichts für die Weihen der psychisch Begabten übrig hatte – aber jetzt war es noch deutlicher fehl am Platz als sonst.

»Monate, Jahre, Jahrtausende – was spielt das für eine Rolle. Hier gibt es keine Zeit.«

»Ich komme auf die Brücke«, grollte Hortat und unterbrach die Verbindung. Als er sich von der Kante seines Schlafsargs geschwungen hatte, fuhr dieser in die Wand zurück, als hätte er nie existiert und es klopfte an der Tür.

»Herein«, sagte er mit seinem breiten ortnischen Akzent und die Öffnung zum Gang tat sich auf.

»Handgriff!«, schrie Hortat panisch, als er statt in den Verbindungskorridor ins offene Vakuum schaute. Das Schiff gehorchte blitzartig und eine Haltestange formte sich blitzartig aus dem Boden. Er packte sie mit beiden Händen, um sich gegen den Sog der entweichenden Atmosphäre zu wappnen, nur um festzustellen, dass nichts dergleichen geschah.

»Was beim Ältesten …« Er schluckte schwer und ließ zaghaft den Haltegriff los, ohne den Blick von der offenen Tür abzuwenden.

[Ich verstehe dein Verhalten nicht], meldete sich das Schiffswesen zu Wort.

»Hast du den Durchbruch mit einem Kraftfeld versiegelt?«

[Ich verstehe noch immer nicht. Welchen Durchbruch?]

»Den direkt vor meinen Augen!«, rief er ungehalten und deutete mit ausgestreckter Hand auf die keine vier Schritte entfernt dahinziehenden Sterne.

[Es tut mir leid, Hortat, ich kann kein Leck erkennen. Laut meinen Daten ist das Schiff vollkommen intakt.]

»Aber das kann nicht sein! Ich sehe es doch!«

[Ein Hüllenbruch ist sehr unwahrscheinlich, doch selbst wenn dem so wäre, hätte es einen Atmosphärenverlust gegeben.]

»Ich weiß, aber ...« Hortat stockte und versuchte, seine Angst hinunterzuschlucken. Vorsichtig setzte er einen Fuß vor den anderen und schloss zwischendurch mehrfach die Augen. Als er nur noch einen Schritt vom Vakuum entfernt stand, wurde ihm weder kalt noch sein Atem behindert. Schließlich kniff er seine Augen zusammen und hielt die Luft an, bevor er einen Schritt nach vorne machte und ... im Verbindungskorridor stand.

Irritiert fuhr er herum und sah in sein Quartier, als habe der Durchgang noch nie anders ausgesehen.

»Eine Illusion?«, fragte er und blinzelte einige Male, bevor er dem Schiffswesen gestattete, die Öffnung zu schließen.

»Was für eine Illusion?« Die Stimme tauchte so unvermittelt hinter ihm auf, dass er zusammenzuckte.

Es war Mirnu, die dort stand und ihn aufmerksam musterte.

»Ich ... ich habe eben eine Art Illusion gesehen, als wenn wir einen Hüllendurchbruch gehabt hätten.«

»Einen Hüllendurchbruch im Gang? Da ist keine Hülle, er ist über zehn Deka von der Hülle entfernt«, entgegnete sie und ihre Ohren zuckten in einer Geste der Verwunderung. »Ist alles in Ordnung mit dir?«

»Ich weiß es nicht. Ich werde mich einer medizinischen Analyse unterziehen«, erwiderte er abwesend.

»Jetzt?« Mirnu machte große Augen.

»Nein. Jetzt muss ich auf die Brücke. Unser Navigator, er ist ...«

»... seltsam?« Sie winkte ab. »Das wussten wir schon vorher.«

»Schon, aber mit ihm stimmt etwas nicht, und zwar mehr als sonst.«

»Denkst du, dass der Übergang etwas mit ihm gemacht hat?«

»Ich weiß es nicht«, gab er zu und deutete Richtung Brücke, die etwa zwanzig Schritte entfernt am Ende des Korridors lag. »Finden wir es heraus.«

»Können wir vorher kurz sprechen?«, fragte Mirnu und drehte ihre rechte Hand mit den schlanken langen Fingern zweimal um das Handgelenk – eine Geste der dringlichen Bitte.

Hortat runzelte die Stirn, nickte dann jedoch und sah kurz zum Durchgang seines Quartiers, deutete nach einem kalten Schauer, der über seinen Rücken lief wie Eiswasser, auf die Tür zu seinem Labor direkt gegenüber.

Als sie in dem langgezogenen Oval standen, befahl er dem Schiffswesen, die Arbeitsbereiche zu morphen. Einige Augenblicke später waren Tische, Maschinen und Keimzellen erschienen und der Raum wirkte mit einem Mal klein. Ein Teil von ihm entspannte sich, als er sah, dass alles noch genau so war, wie er es zurückgelassen hatte.

»Was lastet auf deinem Geist, Mirnu?«, fragte er und

stellte sich so, dass er den Blick auf sein Analysemodul versperrte.

»Wir hatten vor dem Abflug keine Zeit mehr, vertraulich miteinander zu sprechen, aber ich muss es wissen«, sagte sie und schien sich bei den folgenden Worten sichtlich unwohl zu fühlen. »Deine Forschung, hast du sie hierher mitgebracht?«

Hortat spürte, wie sich seine Nüstern weiteten. Er hatte sie da raushalten wollen, auch wenn ihm klar gewesen war, dass Mirnu zu klug war, um nicht zu hinterfragen, weshalb er um ein Kommando gebeten hatte. Sein Rang als Mitglied der Forscherkaste hätte ihm eine deutlich komfortablere Überfahrt in einer Stasiskammer ermöglicht. Kaum jemand verspürte den Wunsch, in einem komplett unbekannten Feld des Daseins zwischen den Dimensionen zu reisen. Für ihn sah die Sache freilich ganz anders aus.

»Ja«, seufzte er schließlich und hob abwehrend seine Hände, als sich ihr Mund zu einem wütenden Knurren verzog und sie einen Schritt auf ihn zu machte. »Meine Forschung ist vielleicht auf der Erde unrechtmäßig, aber nicht im zwölfdimensionalen Raum!«

»Der Rat hat es dir verboten!«

»Ja, für den gesamten von uns besiedelten Raum«, präzisierte er den Wortlaut des Rates. »Dies hier ist aber nicht der von uns besiedelte Raum!«

»Du willst dich auf einen Kampf der Worte mit dem Rat einlassen?«, fragte Mirnu fassungslos und schüttelte den Kopf. »Sie interessieren sich nicht dafür! Sie würden dir vorhalten, dass dieses Schiff sehr wohl zum von uns besiedelten Raum gehört, denn hier sind überall unseresgleichen an Bord! Außerdem ist es falsch!«

»Was ist falsch?«

»Du weißt es ganz genau, deine Mikrophage Einundzwanzig.«

Hortat rümpfte gekränkt die Nase und taumelte einen Schritt zurück, als hätte sie ihm einen Schlag versetzt. Er hatte gehofft, dass wenigstens Mirnu zu ihm halten würde, sobald die Fesseln ihrer Heimat sie nicht mehr daran hinderten, offen ihre Meinung zu sagen. Aber offenbar verstand selbst sie nicht.

»Mirnu«, sagte er eindringlich, beinahe flehend. »Die Mikrophage Einundzwanzig ist der Schlüssel zum nächsten Schritt in unserer Evolution. Stell dir nur vor, was wir alles erreichen könnten, wenn unsere Nachkommen das gesamte Wissen ihrer Vorgängergeneration vererbt bekommen. Über die DNA, ohne irgendwelche Bedingungen. Keine vielen Dekas mehr in den Akademien, um sich mühsam Wissen anzueignen. Alles, was ich zum Zeitpunkt der Zeugung meines Kindes wusste, wird es auch wissen, sobald es geboren ist.«

»Es ist falsch«, beharrte sie und verschränkte die Arme vor der Brust. »Du nimmst ihnen ihre Entwicklung, ihre Neugierde, ihre Freiheit.«

»Welche Freiheit?«, brummte er und winkte ab. »Die Freiheit, Fehler zu machen, indem man einfach nur die der Eltern wiederholt? Die Freiheit, sich nicht entscheiden zu können? Die Freiheit, seine Lebenszeit zu verschwenden?«

»Ja! Und was ist mit den Sekundärfolgen? Was ist, wenn deine DNA die Veränderungen nicht annimmt und Schäden entstehen? Ein Eingriff in die Evolution ist immer gefährlich, das solltest du als Biotechnologe am besten wissen.«

»Das weiß ich auch! Aber ich habe das Verfahren mehrfach in Simulationen getestet und verfeinert, bis die Risiken für spontane Mutationen bei unter Null-Komma-Null-Null-Null-Drei lagen.«

»Und was ist mit den Gefahren?«, stieß Mirnu hervor. Ein Knacken ging durch das Schiff und Hortat schreckte auf, doch sie fasste ihn am Gesicht und zwang ihn, seine Augen wieder auf sie zu richten. »Was ist mit den Gefahren?«

»Ich sagte doch gerade, dass die Risiken für …«, setzte er abwesend an, da er nach einem Wiederkehren des Knackens zu lauschen versuchte, als sie ihm dazwischenfuhr.

»Das meine ich nicht. Du oder wer auch immer die Mikrophage benutzt, kann sie beliebig programmieren, um alles zu verändern. Zum Beispiel die Hirnchemie, um andere gefügig zu machen.«

»So etwas traust du mir zu?«, fragte er mit ehrlichem Entsetzen und das seltsame Geräusch von zuvor war mit einem Mal vergessen.

»Ich meine ja nur, dass …« Mirnu seufzte und drehte sich mit bedrückter Miene von ihm fort. »Es tut mir leid wenn ich …«

Da war das Knacken wieder. Es klang wie ein dumpfer metallischer Laut, der eine Richtung von West nach Ost besaß.

»Was ist das?«, fragte er und blickte angespannt an die Decke.

[Eine der Helium-3-Leitungen ist geplatzt], erklärte das Schiffswesen ruhig.

»Was? Wie?«

[Prospektor Targun hat eine der Magnetklammern um das Leitungsnetzwerk zerstört.]

»Targun hat was?«, fragte Hortat entsetzt und starrte Mirnu an, die sich ihm wieder zugewandt hatte und verwirrt den Kopf schüttelte.

[Das ist nicht der einzige Fall von zerstörerischem Verhalten, Hortat], sagte das Schiff und sandte ihm eine Übersicht von Aufzeichnungen mit Bild und Ton in seinen Geist, die seine Knie schlagartig in Butter verwandelten.

Ein Mannschaftsmitglied stand in seinem Quartier und hielt sich schreiend die Hände auf die Ohren, als würde es von irgendeinem Laut gequält, den niemand sonst hören konnte. Ein anderes lag mit aufgeschlitzten Pulsadern in seinem Schlafsarg und wieder ein anderes rannte mit einer Plasmarute durch den Verbindungskorridor und hieb nach irgendetwas Unsichtbarem.

»Oh, bei den Ältesten«, wisperte Mirnu und hielt sich eine Hand vor den Mund. Ihre Augenlider zitterten wie die Flügel eines Aartanfalters.

»Astrogator!«, rief Hortat und das Schiffswesen vermittelte die Verbindung. »Werden wir angegriffen?«

»Nein, Anführer«, meldete sich die schwebende Stimme von der Brücke. Da der Geist des Astrogators vollständig in den Schiffssystemen aufgegangen war, war sie eine geistige Projektion, die keine direkte Entsprechung im Jetzt besaß, was Hortat jedes Mal verunsicherte. »Aber unsere Begleitschiffe werden angegriffen.«

»Von wem?«, fragte Hortat entsetzt und lief ohne Weiteres Richtung Öffnung zum Verbindungskorridor. Kurz bevor er sie erreichte, kam er schlitternd zum Stehen, als die nächsten Worte des Astrogators auf ihn einschlugen wie ein Bombenhagel.

»Von sich selbst, Anführer. Sie schießen aufeinander.« Der Astrogator klang ganz ruhig, beinahe versunken, was den Inhalt seiner Aussage noch seltsamer erscheinen ließ.

»Schick mir die Bilder ins Labor!«

»Aber nein, Anführer, wir befinden uns auf der anderen Seite«, säuselte der Astrogator vollkommen entrückt.

»Hier gibt es nichts zu sehen, nichts zu erfassen. Zumindest nicht mit unseren Sinnen.«

»Woher weißt du dann, dass sie sich gegenseitig angreifen?«

»Ich fühle es. *Sie* fühlen es.«

»Sie? Wer sind sie?«

»Sie sind alles. All das, was wir erschaffen haben. Unser feinstofflicher Abfall im Quantenraum, Anführer.« Ein mentales Kichern drang auf Hortat ein und er warf einen entgeisterten Blick zu Mirnu, die vollkommen perplex schien.

»Haben wir Sensordaten?«, fragte er das Schiffswesen.

[Nein, Hortat], antwortete es entschuldigend. [Aber ich hatte bis vor kurzem über die Quantentunnel noch Kontakt zu allen vierhundertvierzig Schwesterschiffen. Jetzt nur noch zu dreien.]

»Was passiert hier?«

[Ich weiß es nicht. Es tut mir leid.]

»Nein, tu das nicht«, sagte Mirnu plötzlich und Hortat drehte sich fragend zu ihr herum. Sie hatte sich einige Schritte entfernt und ergriff eine Follikolpipette von einem der Experimentiertische, um sie wie einen Dolch in seine Richtung zu halten.

»Mirnu? Was tust du da?«

»Ich kann es dir nicht erlauben, die Mikrophage zu aktivieren!«, rief sie drohend zurück und ihre Hand zitterte vor Erregung.

»Wovon redest du da? Ich tue doch gar nichts?«

»Dann nimm die Hand von dem Tisch!«

Hortat sah nach rechts und links. Der nächste Tisch war mindestens zwei Armlängen von ihm entfernt.

Sie dreht auch durch, dachte er erschrocken und da er

sich nicht anders zu helfen wusste, faltete er seine Hände demonstrativ vor dem Bauch.

»Das ist Feuersalz, oder?«, fragte sie und nickte in Richtung der Phiolen mit der roten Flüssigkeit, die er für die Brutschalen vorbereitet hatte, ohne ihren Blick von ihm zu lösen.

»Ich tue doch nichts! Mirnu, komm wieder zu dir!«

»Keinen Schritt weiter. Du willst uns alle mit deinem verbotenen Virus gefügig machen. Nein ...« Sie hielt inne und ihre Augen weiteten sich, als hätte sie einen Geist gesehen. Ihre nächsten Worte flüsterte sie an der Schwelle des Hörbaren und sie trafen Hortat bis ins Mark: »Du hast es bereits getan. Deswegen drehen alle durch. Es ist eine Reaktion auf deine Mikrophage ... Das war dein Plan von Anfang an.«

»Nein«, versicherte er ihr flehend und machte einen Schritt auf sie zu. Er wollte sie beschwichtigen, irgendwie, doch seine Reaktion war genau die falsche und er bemerkte es beinahe zu spät.

»Notfallquarantäne!«, schrie Hortat und das Schiffswesen reagierte im selben Moment, als Mirnu die Follikolpipette gegen die Phiolen mit dem Feuersalz schlug. Ein silbriger Glanz hüllte seine Freundin ein, als gleichzeitig die Verpuffung einsetzte und sie mit einem hässlichen Laut platzte.

Hortat stürzte kraftlos auf Hände und Knie und erbrach sich.

[Es besteht keine Gefahr mehr], meldete das Schiffswesen und fügte hinzu: [Ich habe keinen Kontakt mehr zu den anderen Kolonieschiffen und der Kontrolleur ist dabei, die Selbstzerstörungssequenz einzuleiten.]

»Selbstzerstörungssequenz?«, krächzte Hortat, wischte über seinen Mund und rappelte sich zitternd auf. Er sah nur noch verschwommen, da dicke Tränen seine Augen benetzten, doch er musste nichts sehen, um zu tun, was getan werden musste. »Entziehe der Mannschaft auf meinen Befehl sämtliche Befugnisse. Priorität auf die Energieversorgung der Stasiskammern und Kryoröhren. Ich bringe uns zurück!«

[Es tut mir leid, Hortat. Die gesamte Koloniesektion wurde von dem Supraleiternetzwerk abgeschnitten.]

»Was?«

[Der Astrogator hat sämtliche Energieknoten zu den Koloniesektionen überlastet.]

»Sie sind alle tot?«

[Ja.]

Hortat taumelte zurück und stieß mit einem Tisch zusammen, bevor er kraftlos daran hinabsank und sein Gesicht in den Händen vergrub. Er atmete heftig ein und aus, bis er seine Hände zu Fäusten ballte und sich aufrappelte. Er durfte nicht aufgeben, nicht jetzt.

»Ich muss zur Erde zurückkehren«, sagte er entschlossen und wischte mit zusammengepressten Lippen die Tränen aus den Augen. »Xinth muss davon erfahren.«

[Ich weiß nicht, ob das möglich ist. Irgendetwas scheint hier auf uns einzuwirken und wir verstehen es nicht.]

»Oh doch, ich verstehe es«, entgegnete Hortat grimmig. »Es gibt hier keine Lebewesen, aber dafür etwas anderes. Die Quantensänger nannten es doch immer die geistigen Dimensionen. Der Astrogator sprach von unserem feinstofflichen Abfall. Mirnu fürchtete sich davor, die Mikrophage könnte den freien Willen zerstören, ich fürchte mich vor dem Vakuum. Was auch immer hier geschieht, materialisiert unsere Ängste.« Er machte eine Pause und schüttelte dann den Kopf. »Nein. Ich glaube nicht, dass es das tut. Es materialisiert möglicherweise einfach nur unsere

Gedanken und wenn es den anderen auch nur ansatzweise so erging wie mir, waren ihre Gedanken voller Furcht vor dem Ungewissen und dieser Mission, die uns keine Alternativen ließ.«

Hortat ging zum morphologischen Display und machte einige Eingaben. Er gab der Mikrophage einen einzigen Befehl, dann öffnete er mit einem einfachen Gedankenimpuls den Kanister mit der Aufschrift »21« und machte einen Schritt nach links, um sein Gesicht direkt darüber zu halten. Er spürte nicht, wie es geschah, aber er spürte, wie er drohte, das Bewusstsein zu verlieren.

»Verriegele ... das Labor ... lass niemanden herein ... Atmosphäre in sämtlichen Bereichen ... abziehen«, hauchte er mit schwächer werdender Stimme. Sein Blickfeld wurde immer kleiner. »Brücke vom Netz trennen ... Kommandoschiff vom Kolonieteil lösen. Energieknoten herunterfah ...«

***

Als Hortat erwachte, hörte er ein hintergründiges Wummern, das ihn stutzig machte. Mit einem Laut, der halb Seufzen, halb Ächzen war, rappelte er sich aus seiner ungemütlichen Haltung auf, in der er offenbar zusammengesackt war. Hätte das Schiffswesen das Interieur zurückgemorpht, wäre er wahrscheinlich so gestürzt, dass er sich ernsthaft verletzt hätte.

»Wie lange war ich ...«

[Ein Pendum], antwortete das Schiffswesen und seine ruhige, ausgeglichene Stimme sandte eine Welle der Erleichterung durch Hortats Körper. [Du hast die Mikrophage umprogrammiert.]

»Ja.«

[In welcher Weise?]

»Ich habe ihr aufgetragen, die entsprechenden Hirnareale für das Empfinden von Angst abzuschalten«, antwortete Hortat. »Wenn ich also etwas Lebensgefährliches tun sollte, hoffe ich, dass du mich darauf hinweisen wirst.«

[Selbstverständlich.]

»Hat alles funktioniert?«

[Ja. Ich habe wie befohlen das Kommandomodul vom Hauptschiff gelöst und die Energieknoten des Quantumspiegels heruntergefahren. Daraufhin sind wir offenbar automatisch in den Normalraum zurückgefallen.]

Das war es also gewesen. Das Wummern, das er hörte, stammte vom Unterlichtantrieb.

»Das heißt, wir sind zurück?«

[Ja.]

»Hast du Kontakt zu anderen Rückkehrern aufnehmen können?«, fragte Hortat hoffnungsvoll, doch das Schiffswesen verneinte. »Aber wie ist das möglich? Wenn das Abschalten des Quantumspiegels ausreicht, um uns in den Normalraum zurückzubringen, dann müssten zumindest einige andere Schiffe es auch geschafft haben.«

[Ich glaube, dass wir diesen Umstand dem Navigator zu verdanken haben, der uns vor der Zündung der Unterlichttriebwerke neu ausgerichtet hat], erklärte das Schiffswesen.

»Ich dachte, dass du seinen Zugang gekappt hast?«

[Das habe ich auch. Die Neuausrichtung wurde kurz vorher vorgenommen.]

»Also hat der Navigator uns Richtung Ausgang geschoben und wir mussten die Tür nur noch öffnen.« Hortat hielt sich an der Armatur vor sich fest und senkte den Kopf, als ihn ein Schwächeanfall überkam. Die Mikrophage war noch immer dabei, sich einzunisten.

[Es scheint so.]

»Gibt es ... außer mir noch Lebenszeichen an Bord?«

[Bedaure.]

Hortat ballte die Hände zu Fäusten und widerstand dem Drang, auf den Tisch einzudreschen. »Sonst noch etwas, das ich wissen muss?«

[Wir befinden uns auf Höhe Goldans und werden in einem Tag die Erde erreichen. Außerdem hat der Navigator eine Nachricht hinterlassen, die leider nicht vollständig ist.]

»Das sagst du mir jetzt?«

[Sie ist nicht vollständig], wiederholte das Schiffswesen und klang etwas pikiert.

»Warum nicht?«

[Weil ich deinem Befehl entsprechend die Energieversorgung seines synaptischen Tanks gekappt habe, genau wie die gesamte Brücke.]

Hortat unterdrückte einen Fluch und befahl dem Schiffswesen, die Nachricht abzuspielen.

»Anführer«, erklang die entrückte Stimme des Navigators im Labor. Nichts in ihr schien darauf hinzuweisen, dass gerade etwas Schreckliches geschah. »Dieser See ist für uns nicht überquerbar. Wir müssen umkehren, und zwar für immer. Wir sind eine Anomalie an diesem Ort – einem Ort, der keine Anomalien duldet. Wir müssen sämtliche Energieknoten herunterfahren und ...« Die geisterhafte Stimme verschwand abrupt.

»Stelle eine Verbindung nach Geth her, ich muss sofort mit Xinth sprechen.«

[Natürlich.]

Filio Amorosa, 2042

»Ich verstehe das nicht«, sagte Filio, als die Erinnerungen Hortats verblasst waren. Es war befremdlich, eben noch aus seinem Körper heraus wahrgenommen zu haben und ihn jetzt vor sich zu sehen. Alles war so real gewesen, als sei sie selbst ein Erbauer gewesen – als sei sie selbst *er* gewesen.

»Ich verstehe selbst nicht, was geschehen ist«, grollte das Dröhnen von Hortats Stimme durch den Raum und seine Augen wirkten traurig.

»Das meine ich nicht.« Filio schüttelte energisch den Kopf. »In der Vision von Xinth hat er mir davon berichtet, dass nicht bloß er und all diese Embryonen in Geth zurückblieben, sondern viele von euch Erbauern, die ihr Heil nicht im Zwölferraum suchen wollten. Und er sagte mir auch, dass du zurückgekommen wärst, um ihn davon zu überzeugen, dorthin zurückzukehren.«

»Er hat nicht unrecht, wenn er auch die Wahrheit anders dargestellt hat, als ich es getan hätte«, gab Hortat zu und bedeutete ihr mit erhobener Hand, ihn ausreden zu lassen, als sie etwas erwidern wollte. »Als wir uns trafen, waren über siebzigtausend eurer Jahre vergangen und das Virus, das uns ursprünglich dazu gebracht hat, die neue Technologie des Quantumspiegels zu nutzen, hat sich in der Zwischenzeit rasant ausgebreitet.«

»Was war das für ein Virus? Xinth sprach bereits in der Vision davon«, fragte Filio.

»Wir wissen es nicht. Viele hielten es für ein aus den Laboren meiner Kaste entkommenes Virus, das ursprünglich für den medizinischen Bereich gedacht war. Aber soweit ich weiß, entsprach das nicht der Wahrheit. Ich glaube eher, dass es sich um eine Laune der Natur handelte, die unsere Ausbreitung auf der Erde eindämmte. Wir waren zwar eine schrumpfende Spezies, weitaus weniger, als es heute Menschen gibt, aber wir hatten uns die Erde untertan gemacht und überall in die Natur eingegriffen, wo es uns beliebte. Sie scheint jedoch immer einen Weg zu finden, einen Ausgleich zu schaffen. Jedenfalls fanden wir keine Möglichkeiten, das Virus zu besiegen und immer mehr starben daran. Die Kolonieschiffe waren unsere letzte Hoffnung, da wir die Ausbreitung nicht stoppen konnten. Als ich zurückkam, war Xinth der letzte von uns – abgesehen von den Embryonen der Arche.«

»Warum waren er und die Arche nicht betroffen?«

»Beide sind hermetisch abgeriegelt worden. Nichts kommt hinein oder heraus, nicht einmal der kleinste Mikroorganismus.«

»Und dieses Virus? Was geschah mit ihm?«, fragte Filio, der bei dem Gedanken an ein Virus, das selbst eine mächtige Zivilisation wie die Erbauer dahinraffen konnte, ganz schwindelig wurde.

»Als ich zurückkehrte, war es nicht mehr da, ebenso wenig wie die anderen meiner Art, die mit Xinth zurückgeblieben waren. Er sagte mir, dass sie die Forschungsstationen im Sonnensystem angeflogen hätten, um sich dort niederzulassen, doch offenbar überlebten sie nicht lange ohne die Versorgung einer funktionierenden Erde. Luft und Wasser sind dort draußen schwer zu bekommen«, erklärte Hortat und machte mehrfach kurze Pausen um durchzuatmen.

»Das ist furchtbar«, meinte Filio betroffen und sah zu Boden. Als sie wieder aufblickte, starrte der Erbauer sie abwesend an. »Ich verstehe aber immer noch nicht, weshalb du Xinth geraten haben sollst, in den Zwölferraum zurückzukehren.«

»Das Virus war zwar verschwunden, vielleicht weil es keine Wirte mehr gab, vielleicht wegen natürlicher klimatischer Veränderungen, aber der gesamte Planet wurde von einer langen Eiszeit heimgesucht und es war uns unmöglich, den Wiederaufbau mit den Embryonen zu starten, da unsere Farmroboter nichts zum Anbauen haben würden. Also riet ich ihm, meine Mikrophage zu nutzen, um auch ihn von seiner Angst zu befreien und uns die Fähigkeiten der Navigatoren, mit dem Quantumspiegel zu kommunizieren, aneignen zu können. Xinth hat mich offenbar falsch verstanden. Ich wollte experimentieren, um die Technologie mit den Informationen, die das Schiffswesen während unseres Übergangs gesammelt hatte, zu verbessern und sicherer zu machen.« Hortat schien unglücklich über seine eigenen Worte und schüttelte seinen mächtigen Kopf. »Vermutlich war das blauäugig.«

»Du wolltest die Mikrophage auch bei den Embryonen anwenden, habe ich recht?«, fragte Filio und legte den Kopf schief. Sie überlegte einen Moment, fand aber keine bessere Erklärung, ganz einfach, weil sie es wohl genauso gemacht hätte als Wissenschaftlerin.

»Ja. Ich wollte die Embryonen etappenweise ausbrüten, heranwachsen und am Quantumspiegel und den Daten arbeiten lassen. Mit der Mikrophage Einundzwanzig hätten sie Nachkommen zeugen können, die ihr Wissen genetisch erben und in der Forschung anknüpfen können. Jede neue Generation wäre intellektuell deutlich mächtiger geworden als die vorhergehende und ich war mir sicher, dass wir so das Problem lösen können«, gab Hortat zurück.

»Aber Xinth war nicht einverstanden.«

»Nein. Er hielt meine Vorschläge offensichtlich für vorgeschoben und dachte, dass ich lediglich meine Mikrophage verbreiten will, um die Kontrolle zu übernehmen. Er war schließlich als Hohepriester Teil des Rates, der meine Forschung ächtete und verbot. Doch das verstand ich erst, als es zu spät war. Xinth schlug mir vor, dass ich die Hälfte der Embryonen mit nach Goldan – zum Mars – nehme und mein Experiment dort wage. So wären Geth und unser Erbe als Zivilisation sicher.«

»Warum ist Xinth nicht selbst zum Mars gereist? Der war doch damals fruchtbar, oder?«

»Nein, er war von Strahlung zerrüttet und hatte seine Atmosphäre bereits zu einem guten Teil verloren. Es handelte sich um eine sterbende Welt«, entgegnete Hortat und straffte seine Schultern, bevor er ihr geradewegs in die Augen schaute. »Ich ging auf sein Angebot ein und merkte erst, als es zu spät war, dass ich weder die Embryonen an Bord hatte, noch das Schiffswesen jenes war, das mir gehorchte. Zwar fiel mir sein Verrat noch vor der Landung auf dem Mars auf, doch es war bereits zu spät. Ich schaltete das Schiffswesen ab, indem ich seinen Speicherkern physisch zerstörte, aber da detonierte bereits der Sprengsatz und zerstörte das Antriebsmodul meines Schiffes – des letzten unserer Spezies. Er hinterließ mir noch eine Nachricht, dass er auf Signale der Flotte warten und mich zur Rechenschaft ziehen würde, sobald er wieder mit dem Rat vereint war. Xinth dachte wirklich, dass die anderen Schiffe ihre Ziele erreicht hätten und lediglich ihre Signale zu ihm Jahrtausende oder Jahrmillionen benötigen würden aufgrund der hohen Distanzen. In seinem Verdacht war ich nie im Zwölferraum gewesen, sondern hatte versucht, ihn zu täuschen und die Erde zu meinem Testgebiet für die Mikrophage zu machen, während all jene, die mich aufhalten konnten, weit entfernt durch die Galaxis reisten.«

»Aus seiner Sicht ist das gar nicht unverständlich, oder?«, fragte Filio vorsichtig und fürchtete schon, dass sie ihr Gegenüber erzürnt haben könnte, als das sie ruckartig anstarrte, doch Hortat nickte nur schwach.

»Ja«, gab er zu. »Allerdings weiß ich nicht, wie ich ihn überzeugen sollte.«

»Warum denkst du, dass er jetzt doch in diesen Zwölferraum reisen will? Was soll sich verändert haben, dass er seine Meinung um hundertachtzig Grad dreht?«

»Die Zeit. Es sind über sechzig Millionen Sonnenzyklen vergangen und er hat kein Signal erhalten. Er füttert euch Menschen mit Technologie, damit ihr dieses Jahrhundert übersteht und ihm helft, die Embryonen auszubrüten. Solange ihr nützlich seid, wird er euch wie einen Ameisenstaat benutzen und irgendwann Platz für die Herangewachsenen meiner Art machen.«

»Aber das ist doch reine Spekulation«, widersprach Filio ihm vorsichtig. »Wenn man den Prä-Astronauten Glauben schenken darf, war er eher eine helfende Hand über die Jahrtausende hinweg.«

»Oh nein, Filio Amorosa.« Hortat beugte sich zu ihr und sie schreckte instinktiv zurück. »Xinth bedeutet in meiner Sprache Wächter der Sehenden. Die Sehenden, das sind wir, die ihr Erbauer nennt. Er lehnte meine Mikrophage in seiner Ratserklärung mit der Begründung ab, dass wir damit Mikroorganismen die Möglichkeit geben würden, heimlich die Macht über die Erde zu übernehmen – schlimmstenfalls über den Willen eines einzigen Sehenden – und dass es nur eine Spezies geben dürfe, die über die Erde herrscht.«

»Die Sehenden.«

»Ja. Für ihn seid ihr nicht mehr als Primaten mit einer ungesunden Beziehung zu unserem Planeten.«

»Das sind aber alles keine stichhaltigen Beweise.« Filio schüttelte den Kopf. Sie hatte das Gefühl, dass sie mitten in ein Streitgespräch zwischen zwei Aliens geraten war, die beide versuchten, sich gegeneinander auszuspielen.

»Wenn du einen Beweis benötigst, senden wir ihm eine Nachricht«, schlug Hortat vor.

»Du meinst von hier?«

»Ja. Von eurer alten Basis aus können wir über die Satelliten Kontakt mit Geth aufnehmen, oder nicht?«

»Nein, das Internationale Raumfahrtkonsortium betreibt ...«, widersprach Filio, nur um sich selbst zu unterbrechen und aufzublicken, als sie sich an die Satellitenaufzeichnungen erinnerte, die sie in der Pyramide gesehen hatte. »Karlhammer hat die Satelliten hacken lassen. Also wird er das Signal selbst empfangen, du hast recht.« Plötzlich hielt sie inne. »Aber was für eine Nachricht sollen wir ihm übermitteln?«

»Ich habe da eine Idee, die uns schnell zeigen wird, was Xinth wirklich vorhat«, erwiderte Hortat nachdenklich und erhob sich aus seinem Stuhl wie eine Lawine aus Muskeln.

Agatha Devenworth, 2042

Die Landung auf der USS Barack Obama verlief deutlich anstrengender als erhofft. Ihr militärischer Überschalljet kämpfte gegen heftige Sturmböen an, die das arktische Meer zu einer meterhohen Dünung aufpeitschten. Da es stockdunkel war, sahen sie zuerst lediglich die von vorne nach hinten laufenden Lichtbänder des Landedecks vor sich. Glücklichweise war das Ungetüm von einem Flugzeugträger so gewaltig und verdrängte solch eine Menge Wasser, dass der Wellengang sich kaum bemerkbar machte und der Pilot sie sicher runterbringen konnte. Das Abbremsen verlief allerdings einigermaßen heftig und sie wurden hart in ihre Gurte geworfen.

Nachdem sie in ihre Parkposition eingewiesen worden waren, kam ein Trupp Soldaten mit Hand- und Fußfesseln und einer Ladung Schallschutzkopfhörer an Bord. Sie stülpten Dalam einen schwarzen Sack über den Kopf, setzten ihm die Kopfhörer auf und fesselten ihn gewissenhaft. Agatha und Pano nahmen sich ebenfalls ein Paar Kopfhörer und folgten den Soldaten und Dalam schließlich in den Regen. Der Sturm verwandelte jeden Tropfen in ein Geschoss, das auf ihrem Gesicht zerplatzte und ein kaltes Brennen hinterließ.

Unter dem Lärm von startenden Kampfjets und ratternden Rotoren hasteten sie mit eingezogenen Köpfen zu einem dunklen Helikopter, vor dem sechs Bewaffnete mit abgewinkelten Gewehren standen. Sie hatten das kastenförmige Aussehen von Spezialkräften, die in neuesten Exoskeletten steckten. Ihre Gesichter waren nicht zu erkennen, da sie Vollhelme mit verspiegelten Visieren trugen, doch ihre gesamte Haltung ließ bereits erahnen, dass dies ihre Begleitung aus Navy Seals war.

Agatha sah im Vorbeilaufen zu dem massiven Turm der Obama hoch, der stoisch im Sturm aufragte und dachte an die zwei Nuklearreaktoren, die tief im Herzen dieser schwimmenden Kleinstadt verborgen lagen. Irgendwie kam es ihr falsch vor, dass solch eine mächtige und gefährliche Technologie so nah an den einzigen weitgehend unberührten Kontinent der Erde gebracht wurde.

»Kommen Sie, Agatha!«, schrie Pano vor ihr und winkte sie mit zusammengekniffenen Augen und eingezogenem Kopf zum Helikopter. Die Seals halfen ihr in die kleine Innenkabine, in der es lediglich zwei Sitzreihen gab, die von roter Gefechtsbeleuchtung angestrahlt wurden. Sie setzte sich ganz nach rechts und rutschte noch ein wenig weiter gegen die geschlossene Schiebetür der anderen Seite, als Pano sich neben sie setzte. Es folgten Dalam und ein Seal. Drei weitere Elitesoldaten sprangen herein und besetzten die andere Seite, während die verbliebenen zwei sich einfach auf den Boden setzten.

Der Seal in der Mitte der gegenüberliegenden Sitzbank tippte sich mit einem Finger gegen den Helm und zeigte ihr dann drei Finger. Sie und Pano nickten gleichzeitig und stellten den entsprechenden Funkkanal über ihre Handterminals ein, die sich mit ihren Schallschutzkopfhörern verbunden hatten, welche über ausklappbare Mikrofone verfügten, die sich eng an ihre Wangen schmiegten.

»Ich bin Lieutenant Andrew Danatouth«, stellte sich der Anführer des Sealteams vor. Es war merkwürdig, ihn in ihren Ohren zu hören, da er ebenso reglos beinahe in Griffweite vor ihr saß wie seine Kameraden. »Die Flugzeit zum Droppoint wird etwa vier Stunden betragen. Der Flug könnte etwas rau werden und damit meine ich nicht diesen Sturm da draußen.«

»Der Angriff hat bereits begonnen.«

»Ja, Ma'am, und die ersten Meldungen lassen keinen Zweifel daran, dass die Söldner von B12 Ernst machen. Sie haben die Black Aces im Einsatz, soweit wir das bisher bestimmen konnten.«

»Sollte mir das etwas sagen, Lieutenant?«, fragte Agatha und sah aus den Augenwinkeln, dass die Tür zugeschoben wurde. Der Helikopter begann zu wackeln und dann hoben sie auch schon ab.

»Das sind die Elitebrigaden von B12, Ma'am. Sie rekrutieren sich ausschließlich aus Veteranen internationaler Spezialeinheiten und verfügen über das beste käufliche Equipment. Ihr Sold dürfte die Human Foundation ein Vermögen kosten«, erklärte der Soldat.

»Wird das ein Problem für uns werden?«

»Ja, Ma'am, aber wir sind Navy Seals – wir werden das Kind schon schaukeln.«

Agatha konnte den Kerl beinahe durch seinen Helm grinsen sehen, so selbstsicher klang seine Stimme. Sie hoffte nur, dass seine Selbstsicherheit sich aus Erfahrung speiste und nicht aus jugendlichem Leichtsinn.

»Gestatten Sie mir eine Frage, Ma'am?«

Agatha sah verwundert auf und musterte den schwarzen Vollhelm, der in dem roten Kabinenlicht ein wenig an die Maske von Darth Vader erinnerte. Schließlich nickte sie.

»Wer ist dieser Gefangene, für den wir mitten in einer Schlacht eine geheime Übergabe organisieren sollen?«

»Das kann ich Ihnen leider nicht verraten, Lieutenant. Wichtig ist nur, dass Sie ihn um jeden Preis beschützen, verstanden?«

»Verstanden, Ma'am.« Der Seal lehnte sich ein wenig an

die hintere Kabinenwand zurück. »Die vorderen Einheiten haben den von Ihnen markierten Bereich vor der Pyramide bombardiert. Darf ich fragen, wozu wir auf das nackte Eis gefeuert haben?«

»Das ist kompliziert«, log sie und dachte an den Ring des Störfelds, dessen Lage sie nach Abschätzung der Entfernung zur Pyramide an die Flottenleitung geschickt hatte.

Durch ihre Schallschutzkopfhörer hörte Agatha nicht einmal das Donnern der Rotoren, während sie über die Reling des beinahe vierhundert Meter langen Flugzeugträgers glitt und von den Sturmböen heftig hin und her geworfen wurden. Ihr wurde beinahe schlagartig schlecht und sie musste sich mit beiden Händen an einer Haltestange festklammern, um nicht gegen die Tür geworfen zu werden. Aus dem Fenster sah sie im fahlen Licht der Positionslichter der Flotte die Begleitschiffe durch die Wellen pflügen: Dunkle, längliche Silhouetten mit weißem Gischtschweif, die sich wie wehrhafte Käfer an das Wasser zu drücken schienen. Es mussten an die zwanzig Schiffe sein, die die Barack Obama umgaben wie ein Kokon. Neben ihnen sah sie die Blinklichter zweier weiterer Helikopter aufblitzen und die dichten Regenschleier aufflackern, die diese voneinander trennten.

Bald war jedoch nur noch das endlose Schwarz des Ozeans zu sehen, das sich nach etwa zehn Minuten in das endlose Grau der Eiswüste verwandelte. Alles unter ihnen war so dunkel, dass sie die Küstenlinie beinahe übersehen hätte. Sie war nur ein blasser Streifen etwas helleren Graus, der von anbrandenden Wellen verschluckt wurde.

»Nervös?«, fragte Pano und sah sie von der Seite an. Sie saßen so nahe beieinander, dass sie sich von den Knien bis zu den Schultern berührten. Die zusätzliche Wärme hieß sie gerne willkommen und auch seine Nähe spendete ihr ein wenig Trost.

»Ich weiß es nicht«, gab sie zu und ließ ein wenig die Schultern hängen. »Ich fühle mich so erschöpft. Es ist, als wenn dieser ...«

»... als wenn dieser innere Kampf zwischen dem, was ich bin und dem, was ich will, obwohl es nicht mein Wille ist, mich auffrisst«, half er ihr und nickte verbittert. »Ich weiß.«

»Ich suche nach irgendetwas, das ich benutzen kann, um mich nicht selbst dafür zu hassen, dass ich so dumm war, ihm in die Falle zu gehen. Aber dann ertappe ich mich, dass ich nur darüber nachdenke, wie ich dafür sorgen kann, dass Dalam nichts passiert«, erklärte sie und sah zu dem Feind hinüber, der reglos mit dem schwarzen Sack und den Kopfhörern darüber neben Pano saß. Sie wollte ihn hassen, aber sie konnte es nicht. Nun, sie konnte es schon, aber sie konnte diesem Hass keinen Ausdruck verleihen und ihn in keine Handlung umsetzen – weil sie das einfach nicht wollte.

»Wir schaffen das irgendwie«, versicherte Pano ihr mit einem treuherzigen Lächeln, das tatsächlich so etwas wie Wärme in ihr erzeugte, von der sie gar nicht gewusst hatte, dass es in ihr noch einen Platz dafür gab.

»Ja«, murmelte sie und folgte einem inneren Impuls, als sie ihren Kopf mit der Stirn voran an seine Schulter lehnte. Der Wind hatte nachgelassen und sie wurden nicht mehr so heftig durchgeschüttelt wie in der letzten halben Stunde, also gestattete sie sich eine kurze Erholung. Zuerst schien es, als versteifte sich Pano, doch dann wurde seine Muskulatur weich und sie spürte seine Finger zwischen ihren.

Sie überlegte kurz, ob sie ein Problem damit hatte, dass

die Soldaten sie händchenhaltend und darin womöglich ein Zeichen der Schwäche sahen, doch sie war zu müde und zu durcheinander, um sich ernsthaft darüber den Kopf zu zerbrechen. Also genoss sie einfach den Moment, da sie nicht wusste, wie lange er ihnen zustehen würde.

Einige Zeit später sah Agatha die ersten Lichtblitze am Horizont. Erst handelte es sich nur um einen einzelnen, sodass sie an ein fernes Gewitter dachte, das sich in der Dunkelheit des Südpols entlud, doch dann kamen immer mehr Blitze hinzu. Einige leuchteten während ihres kurzen Lebenszyklus' in Bodennähe, andere deutlich höher.

»Was ist los?«, fragte Pano fast schon behutsam über Funk. Sie hatte gar nicht bemerkt, dass sie ihren Kopf von seiner Schulter genommen hatte, um sich den Hals zu verdrehen und besser nach vorne sehen zu können.

»Ich glaube, ich sehe, worauf wir gerade zufliegen.«

»Wie schlimm ist es?«

»Es sieht aus wie Krieg«, erwiderte sie und bemerkte Bewegungen in der Tiefe unter ihnen. Sie flogen nicht besonders hoch, nur einige hundert Meter über der Eisdecke, darum konnte sie recht schnell erkennen, was ihre Aufmerksamkeit auf sich gelenkt hatte: Soldaten und Panzer. In ihrer Flugrichtung fuhr eine lange Kolonne Transport- und Kampfpanzer in Richtung des Getümmels aus Explosionen und Raketenschweifen in der Ferne. Wie eine Kette größerer und kleinerer Käfer zog sie dahin, ab und zu von dem roten Flackern der Positionslichter ihres Helikopters angestrahlt.

Als Nächstes donnerte eine Staffel Kampfhelikopter an ihnen vorbei und warf reihenweise Raketen aus, deren Feuerschweife sich rasch entfernten.

»Meine Güte«, hauchte sie in ihr Mikrofon und schüttelte

den Kopf. »Ich hätte nie gedacht, so etwas einmal außerhalb des VR erleben zu müssen.«

»Noch weniger als mit uralten Alien-Vorfahren zu sprechen, die Teile der Menschheit mit einem mysteriösen Virus infiziert haben?«

Agatha warf Pano einen Blick zu, der keinen Zweifel daran ließ, was sie von diesem Kommentar hielt.

»Dreißig Minuten«, verkündete der Lieutenant über den Gruppenfunk und machte eine kreisende Bewegung mit seiner behandschuhten Hand, die nicht auf dem klobigen Karabiner vor seiner Brust ruhte. »Gehen jetzt auf bodennahen Flug, um dem Kurzstreckenradar zu entgehen. Gut festhalten. Wenn Sie Ihre Ausrüstung noch einmal prüfen möchten, sollten Sie es jetzt tun.«

Agatha zerrte an den Verschlüssen ihrer Panzerweste, die sie unter der Daunenjacke mit der Aufschrift »CTD« trug, zog ihre Beretta und warf sie kurz hoch, bevor sie sie mit einer Hand hinter dem Schlitten auffing und diesen ohne Zuhilfenahme ihrer freien Hand zurückzog, um in die Kammer zu blicken. Geschickt ließ sie die schwere Pistole ins Holster zurückgleiten und nickte.

»Schicker Trick«, kommentierte Pano ihr kleines Kunststück.

Agatha zuckte mit den Achseln. »In der Schießprüfung ist mir meine Pistole hinuntergefallen, seit dieser Schmach habe ich dafür gesorgt, dass ich besser mit ihr umgehen kann als ein Jongleur mit seinen Kegeln.«

»Hoffen wir mal, dass Sie diese Fähigkeit nicht benötigen werden.«

»Ich werde sie nur einmal benötigen – um Xinth auszuschalten«, entgegnete sie entschlossen und half ihm, den Sitz seiner eigenen Weste zu überprüfen, was gar nicht so einfach war, so eingeklemmt wie er zwischen ihr und Dalam dasaß.

Kurz darauf raste ihr Helikopter in die Tiefe und sie musste sich links an Pano und rechts an der Tür festhalten. Der Pilot vollführte einige wilde Manöver, während derer helle Striche an ihnen vorbeischossen und sich die Nacht vor dem Fenster in ein wildes Durcheinander aus nahen und fernen Explosionen und Leuchtspurgeschossen verwandelte. Mündungsfeuer konnte sie nicht erkennen, da die Bodenschlacht offenbar mit Schalldämpfern ausgetragen wurde, doch sie erkannte die Soldaten in ihren Exoskeletten, die als graue Strichmännchen durch die endlose Eiswüste Richtung Pyramide rannten.

Ihre Kopfhörer wiesen sie mit einem schrillen Ton darauf hin, dass sie eine Nachricht erhalten hatte und sie zückte mit in das Tragenetz der Tür eingehaktem Arm ihr Handterminal.

»Karlhammer hat uns Koordinaten eines geheimen Eingangs geschickt und uns aus dem Zielgrid seiner Truppen genommen. Wir sollen dem exakten Kurs folgen, da wir sonst abgeschossen werden«, rief sie über Funk und nickte in Richtung von Lieutenant Danatouth, der ihr einen Daumen entgegenstreckte.

»Ich spreche mit dem Piloten.«

Die Flugzeit bis zum Eingang kam Agatha vor wie eine halbe Ewigkeit. Je näher sie der Pyramide kamen, desto dichter wurde das Gewirr aus feuernden Drohnen, heranjagenden Kampfjets und hunderten Boden-Luft-Raketen, die ihre Ziele verfolgten und hier und da Mensch und Gerät in Trümmerwolken verwandelten. Das Blitzgewitter war so extrem geworden, dass es ihr vorkam, als säße sie vor einem Stroboskop.

Dann tauchte schließlich die gigantische Silhouette der

Pyramide auf, die sich tausende Meter in den Polarhimmel erhob. An mehreren Stellen um die Mitte des mächtigen Bauwerks leuchteten in regelmäßigen Abständen grelle Lichtlanzen auf, die den Himmel in zwei Teile schnitten und irgendwo im Nirgendwo zu einer Explosion führten. Sie glaubte nicht, dass diese Art der Verteidigung auf die Human Foundation zurückging.

»Alle Mann festhalten!«, funkte der Pilot schließlich und bremste keine zwei Sekunden später so hart ab, dass Agatha die Luft anhielt und sich in Pano und das Haltenetz verkrampfte.

Sie bemerkte kaum, wie sie auf dem Boden aufsetzten, bis die Tür auf ihrer Seite aufflog und ihr beinahe den Arm abgerissen wurde.

»Raus, raus, raus!«, schrie der Lieutenant und er und sein Team waren so schnell draußen, dass sie nicht einmal dazu gekommen war, zu blinzeln. Sie sicherten einen weiten Halbkreis vor ihrem Helikopter und dann winkte Danatouth ihr zu.

»Los geht's«, seufzte sie und nahm gemeinsam mit Pano Dalam in ihre Mitte, um ihn auf das von den Rotoren aufgepeitschte Eis zu führen. Die Kälte brannte bestialisch auf ihrem Gesicht, als triebe ihr jemand tausende kleiner Nadeln in Stirn, Nase und Wangen, doch sie riss sich zusammen und hielt den Kopf unten, um nicht mehr Eiskristalle abzubekommen, als unbedingt nötig. Als sie die Seals passierten, die in ihren Tarnanzügen kaum von dem Grau des umliegenden Eises zu unterscheiden waren, riss sie mit der freien Hand ihr Terminal aus der Tasche und richtete die Navigation so aus, dass es direkt auf die markierte Stelle an der Basis der Pyramide zeigte. Dann gab sie Pano einen Wink und lief mit ihm und Dalam los, der durch seine Ketten ein wenig langsamer vorankam und sie zwang, ihrem Drang zu rennen nicht nachzugehen.

Die zwanzig Meter bis zur Wand aus schwarzem Stein waren trotzdem schnell überwunden, auch wenn ihr die Knie schlotterten, doch es geschah nichts. Keine Öffnung, kein Eingang.

»Hm«, funkte sie und warf Pano einen misstrauischen Blick zu. »Hier sollte es sein.«

»Hat er noch irgendetwas geschrieben? Haben wir etwas vergessen?«

Agatha schüttelte den Kopf und sah sich hastig um. Die Seals standen einige Meter entfernt und sicherten sie zu den anderen Seiten hin ab, obwohl es auf dieser Seite der Pyramide ruhig zu sein schien.

»Da passiert etwas«, funkte der Lieutenant, den sie unter seinen gleichaussehenden Teammitgliedern nicht erkennen konnte und sie drehte sich wieder der Wand zu, die rau und verwittert vor ihnen aufragte, als teile sie die Welt in zwei Hälften.

Tatsächlich befand sich vor ihnen mit einem Mal ein Durchgang, der gerade hoch und breit genug war, um sie durchzulassen. Aus dem Inneren dahinter drang schwaches Licht an ihre Augen. Sie lugte hinein und sah einen abschüssigen Gang in die Tiefe führen.

»Sieht gut aus«, meinte sie und wollte gerade mit Pano und Dalam vorgehen, als eine Hand auf ihrer Schulter sie zurückhielt. Es war einer der Seals, der da hinter ihr aufragte wie ein lebender Schatten.

»Sie sollten zwei von uns vorlassen. Sicher ist sicher«, befand eine weibliche Stimme über Funk, doch Agatha schüttelte den Kopf.

»Ich glaube, es ist besser, wenn sie bekannte Gesichter sehen und nicht Soldaten, die dieselben Sachen tragen wie ihre Kameraden da draußen, die gerade einen Krieg anzetteln.«

Der Schatten wandte den Kopf in Richtung eines der anderen Schatten, der daraufhin knapp nickte und ließ Agatha los.

»Ich gehe vor«, sagte sie und schlüpfte durch den Eingang in die Pyramide, bevor Pano protestieren konnte. Der Rest folgte ihr dichtauf.

Der Gang führte etwa hundert Meter schräg nach unten und das Licht, das keinen sichtbaren Ursprung hatte, reichte gerade aus, um die Konturen von Boden und Wänden zu erkennen, und nicht über die eigenen Füße zu stolpern.

Unten angekommen wurde die Luft deutlich wärmer. Sie landeten in einem kleinen Raum, der vielleicht fünf mal fünf Meter maß und leer war. Die Wände waren glatt wie Marmor und Schwarz wie Basalt. Gegenüber befand sich ein offener Durchgang, der in einen horizontalen Gang führte, in dem eine dunkle Gestalt wartete. Einem Impuls folgend blickte Agatha zu Dalam, um sich zu vergewissern, dass er noch immer seinen Knebel trug, und nahm ihre Kopfhörer ab.

»Ich wiederhole ein letztes Mal: Bleiben Sie dort stehen, damit wir Sie scannen können. Legen Sie Ihre Waffen auf den Boden«, forderte eine tiefe Stimme sie auf. Sie kam aus von der Gestalt.

Agatha hielt sich das Headset mit dem Mikrofon vor den Mund: »Wir sollen unsere Waffen ablegen und uns scannen lassen.«

»Ich würde lieber nicht ...«, setzte der Lieutenant an, doch Agatha fuhr zu den Seals herum und schüttelte entschieden den Kopf.

»Wir haben damit gerechnet. Immerhin greifen Ihre Kameraden draußen diese Einrichtung an. Also tun Sie schon, was die von uns verlangen.«

Zögernd folgten die Soldaten ihrer Aufforderung und legten ihre Karabiner ab. Sie war sich sicher, dass die Männer und Frauen der Spezialeinheit noch versteckte Waffen bei sich trugen, diese aber nicht ablegen würden, bis sie gescannt und dazu aufgefordert wurden. Sie selbst und Pano zogen ihre Dienstwaffen und legten sie vorsichtig vor sich hin, bevor sie wieder Dalam an seinen Ellenbogen packten und warteten.

»Agents Devenworth und Hofer, bitte treten Sie mit dem Gefangenen einen Schritt vor«, forderte die Stimme sie als Nächstes auf und sie taten es bereitwillig, als an der Decke ein Gerät aus einem Loch herabfuhr, das vorher noch nicht da gewesen war. Es sah aus wie ein Stabsensor.

Ein Lichtblitz durchzuckte das Halbdunkel in dem Raum und Agatha sah verwirrt über ihre Schulter, nur um erschrocken zusammenzuzucken. Die sechs Seals, die sie begleitet hatten, waren direkt oberhalb ihrer Hüften in zwei Teile geschnitten worden, die jetzt zuckend auf dem Boden lagen. Der Gestank von verkohltem Fleisch lag in der Luft und Agatha konnte nur mit Mühe ein Würgen unterdrücken.

»Was sollte das?«, fragte sie aufgebracht in Richtung der Silhouette im Gang vor ihnen, die in diesem Moment vortrat. Es war Cho Wayan, Karlhammers persönlicher Assistent, der dort in seinem maßgeschneiderten Anzug stand und sie mit ernster Miene musterte.

»Es tut mir leid, aber wir können keine Risiken mehr eingehen. Wir können nicht schnell genug überprüfen, ob diese Soldaten dort ebenfalls vom Feind korrumpiert wurden«, erklärte der Indonesier. Agatha konnte in seiner

Stimme keinerlei Anzeichen echten Bedauerns erkennen. Er deutete auf Dalam. »Ist das der Gefangene?«

Agatha schluckte. »Ja.«

»Sehr gut. Bitte folgen Sie mir.« Wayan machte auf dem Absatz kehrt und verschwand in dem Gang.

Sie warf Pano einen Blick zu, der daraufhin mit saurer Miene die Schultern hob und sich mit ihr und Dalam beeilte, Karlhammers Assistenten zu folgen.

Im nächsten Raum wartete eine Gruppe von vier Sicherheitsleuten mit Maschinenpistolen und schwarzen Uniformen auf sie und ihr fiel auf, dass der Gang, durch den sie gekommen waren, nicht mehr existierte. Stattdessen befand sich dort eine massive Wand, als hätte es an dieser Stelle nie etwas anderes gegeben.

Die Sicherheitsleute, Männer mit harten Gesichtern und noch härteren Mienen, flankierten den Gefangenen und entnahmen ihn ihrer Obhut.

»Hier entlang«, sagte Wayan und deutete auf die linke Wand, in der sich mit einem Mal ein weiterer Gang auftat. Da er keine Anstalten machte, vorzugehen, gingen Agatha und Pano los, dicht gefolgt von den Wachen und Dalam.

In dem nächsten Raum hatte sie sich schon einmal befunden. Es war die private Kammer Xinths. Der Erbauer saß in einem übergroßen Stuhl aus dunklem Material, das halb flüssig, halb fest aussah und aus dem Boden gewachsen zu sein schien. Er war in einen grauen Anzug gehüllt, der an seiner Brust ausgebeult war, und musterte sie aufmerksam aus seinen riesigen schwarzen Mandelaugen. Neben ihm saß Luther Karlhammer in einem Rollstuhl. Sein Kopf steckte in einer Hartplastikschale, unter der bunte Lichter blinkten und hinter ihnen standen zwei Leibwächter in geschlossenen Vollpanzerungen mit abgewinkelten Schnellfeuerwaffen.

Der Glaskasten in der Mitte befand sich noch immer dort, wo sie ihn das letzte Mal gesehen hatte, nur dass die Front fehlte. Auch die Panzertür zu dem kurzen Gang, der in eine der großen Arbeitskavernen führte, fehlte. Agatha konnte lautes Gebrüll und das Zischen von Maschinen aus der Richtung hören.

»Agent Devenworth, Capitano Hofer«, begrüßte Karlhammer sie lächelnd und winkte sie heran. »Das nenne ich mal einen Erfolg.«

Agatha schüttelte seine Hand, genau wie Pano, bevor sie sich umdrehte und auf Dalam deutete, der etwas eingefallen zwischen den vier Sicherheitsleuten stand, hinter denen sich gerade die Öffnung zu dem Gang schloss, durch den sie gekommen war. Er sah ironischerweise wie ein Alien aus mit dem schwarzen Sack über dem Kopf, den klobigen Kopfhörern und dem tennisballgroßen Knebel in seinem Mund, der den Sack eindrückte. Die über eine Kette verbundenen Hand- und Fußfesseln klimperten leicht, als er sich regte und einen unverständlichen Ton von sich gab.

»So würde ich das auch nennen«, erwiderte sie.

»Es tut mir leid, dass wir so ... entschlossen mit Ihren Begleitern von der Navy umgehen mussten«, sagte Karlhammer entschuldigend, während Xinth, der neben ihm aufragte wie die überlebensgroße Statue eines Fabelwesens, reglos zu dem Gefangenen starrte. »Die Präsidentin wird es hoffentlich verstehen. Ihr Wort ist mir wichtig, weil Sie mich davon überzeugt haben, dass sie nicht infiziert wurde. Trotzdem können wir nach allem, was passiert ist, nicht vorsichtig genug sein.«

»Ich verstehe«, versicherte Agatha ihm, obwohl sie innerlich immer unruhiger wurde. Sie bemühte sich nach Kräften, nicht ständig zu dem Erbauer zu schauen, um sich nicht zu verraten. Der Drang, ihn zu töten war beinahe übermenschlich, als sei er in jede Nerven- und Muskelfaser eingewoben worden – was womöglich auch der Fall war. Doch sie musste abwarten, und hoffen, dass sich eine Situation ergeben würde. Offenbar waren Karlhammer und Xinth deutlich vorsichtiger, als sie gehofft hatte, trotzdem hatte sie damit gerechnet, dass es nicht leicht werden würde. Also hieß es abwarten.

»Das war wirklich ein schneller Erfolg, Special Agent«, verkündete Karlhammer und sah zu Xinth hinüber, der leicht den Kopf neigte, ohne seinen Blick von Dalam abzuwenden. »Es tut mir leid, dass wir auch Sie entwaffnet haben. Wir möchten nicht undankbar erscheinen, aber Xinths Sicherheit hat oberste Priorität.«

Agatha nickte und musterte den grauen Anzug des Erbauers, dessen Oberfläche in ständiger Bewegung zu sein schien. Vielleicht eine Art Panzerung?

»Ich verstehe das sehr gut. Wieso haben Sie ihn noch nicht erschossen?«

Karlhammer blickte überrascht auf und nickte dann verstehend. »Xinth hat einige Fragen an ihn in Bezug auf die anderen Infizierten. Wenn dies wirklich derjenige ist, den Hortat mit seiner Mikrophage infiltriert hat, weiß er zu viel, um ihn einfach zu töten.«

»Aber wie wollen Sie ihn verhören, wenn jedes seiner Worte ein Befehl sein könnte, auf den sowohl Sie als auch ich gehorchen müssten?«, fragte sie und bemühte sich gar nicht erst, die Furcht aus ihrer Stimme zu verbannen.

»Das wird nicht wieder passieren. Jetzt, da Xinth weiß, womit er es zu tun hat, hat er entsprechende Vorsichtsmaßnahmen treffen können. Er ist immun gegen seine Angriffe und wir werden unsere Kopfhörer aufbehalten.«

»Immun? Wie?«

»Das hat er mir nicht gesagt.«

»Sir«, sagte Cho Wayan, der hinter den Sicherheitsleuten hervortrat und die Stirn gerunzelt hatte. »Ich habe einen Anruf für Sie.«

»Nicht jetzt, Cho.«

»Er stammt von einem der von uns gehackten ESA-Satelliten im Marsorbit.«

»Was?«, fragte Karlhammer und machte ein runzliges Gesicht. »Stellen Sie durch.«

Der Südafrikaner zückte ein Handterminal und hielt es ans Ohr. Bereits nach wenigen Sekunden weiteten sich seine Augen. Während er offenbar nur zuhörte, zuckten seine Mundwinkel mehrfach und sein Mienenspiel schien sämtliche Ausdrücke zu durchlaufen, zu denen seine Gesichtsmuskulatur imstande war. Schließlich starrte er einen Moment ins Leere und reichte das Terminal an Xinth weiter.

»Es ist Hortat.« Der Erbauer zeigte keinerlei Regung, nahm jedoch nach kurzem Zögern das Gerät, das beinahe in seiner riesigen Hand verschwand.

»Hortat?«, fragte Agatha flüsternd und beugte sich zu dem kreidebleich gewordenen Karlhammer hinab.

»Ja«, antwortete er mit rauer Stimme und nickte abwesend. »Filio Amorosa ist bei ihm auf dem Mars. Offenbar war ihre Mission erfolgreich, aber nicht so, wie wir gehofft hatten.«

»Was soll das heißen?«, schaltete sich Pano ein, der irritiert zwischen Dalam und dem Chef der Human Foundation hin und her blickte.

»Ich weiß es nicht. Offenbar hat sie Hortat nicht getötet und auch seine Schiffs-KI nicht angezapft.« Grimmig ballte er seine Hände zu Fäusten. »Sie meint, dass er mit Xinth sprechen muss, um diesen Konflikt beizulegen. Wahrscheinlich hat der Feind sie unter seine Kontrolle gebracht. Verdammt.«

Agatha sah zu Xinth, der in seiner rollenden und dröhnenden Sprache etwas sagte und dann wieder zuhörte. So ging es eine Weile hin und her. Im Raum war es totenstill, bis auf das gelegentliche Donnergrollen, das aus dem Mund des Erbauers ertönte. Die Sicherheitsleute, die dicht bei Dalam standen, blickten fest geradeaus, der Terrorist rührte sich nicht und Karlhammer schien seinen Gedanken nachzuhängen.

Es dauerte sehr lange, bis Xinth schließlich das Handterminal an Karlhammer zurückgab und ein tiefes Bassseufzen ausstieß.

»Hortat strebt eine friedliche Lösung an«, sagte der Erbauer in akzentfreiem Englisch, das lediglich ein wenig gedehnt klang und bewegte schwingend den Kopf – eine Geste, die Agatha nicht zu deuten vermochte.

»Eine friedliche Lösung? Nach all dem?« Karlhammer schüttelte verständnislos den Kopf.

»Ja. Er hatte seine Gründe, denke ich.«

»Sie vertrauen ihm?«

»Nein, aber er hat auch keinen Grund dazu, mir zu vertrauen«, entgegnete Xinth volltönend und erhob sich aus seinem seltsamen Stuhl. »Wir hatten beide unsere Gründe zu tun, was wir getan haben und wir teilen womöglich eine Verantwortung, die größer ist als unsere persönliche Fehde.«

»So einfach?«, fragte Agatha überrascht und folgte dem Erbauer, als er auf Dalam und die Sicherheitsleute zuging.

»Nichts daran ist einfach. Ich werde darüber nachdenken müssen. Es steht viel auf dem Spiel und Hortat stirbt, es macht also kaum Sinn, dass er etwas Eigensinniges verfolgt«, rollte Xinths durchdringender Bass durch den Raum. Agatha sah zu Pano, der noch immer neben Karlhammers Rollstuhl stand und kaum merklich nickte.

»Er stirbt?«, fragte sie und ging neben ihm einher, bis sie vor den Sicherheitsleuten und Dalam in ihrer Mitte angekommen waren. Xinth blickte versonnen auf den Vermummten und machte eine wellenartige Geste mit seiner rechten Hand.

»Ja.«

»Hat er das gesagt?«

»Ja.«

»Sie können seinen Worten nicht trauen!«, entgegnete Agatha und schüttelte entschieden den Kopf.

»Ich habe mit dem Schiff gesprochen, auf dem er sich befindet. Sowohl sein Sauerstoffvorrat als auch die Energie reichen nicht aus, um ihn zu bergen. Nicht mit menschlicher Technologie.«

Agatha trat neben einen der Sicherheitsmänner, die wachsam Dalam im Blick hielten und unentwegt mit ihren Maschinenpistolen auf ihn zielten, um Xinth ins Gesicht sehen zu können.

»Er spielt seit fast drei Jahren Spiele und hat wer weiß wie viele Menschen mit seinem Virus infiziert. Wie will er das rückgängig machen?«

Statt zu antworten, blickte der Erbauer zu Cho Wayan. »Haben Sie ein Datenpaket erhalten?«

»Äh, ja«, gab dieser zurück und sah auf ein kleines Tablet. »Es ist riesig.«

»Die Forschungsdaten zur Mikrophage Einundzwanzig.« Xinth stieß ein brummendes Seufzen aus und sah wieder zu Dalam, als aus Karlhammers Richtung ein Poltern erklang.

Die Sicherheitsleute zuckten mit ihren Waffen in Richtung des Lärms. Ein Schuss ertönte und auch Xinth fuhr herum. Agatha jedoch verschwendete keine Zeit damit, packte von hinten die Hand des Uniformierten direkt vor sich, trat ihm in die Kniekehlen und lenkte die Maschinenpistole mit der anderen Hand in Richtung Kopf des Erbauers und drückte über den Finger des Mannes ab.

Die Salve schlug direkt seitlich in Xinths Hinterkopf, der sich in einer roten Wolke auflöste.

Geschrei brandete auf, während sich schlagartig etwas in Agatha löste und sie schreiend zusammenbrach.

»Tötet ihn!«, schrie sie ihre Schuld und Verzweiflung heraus, die mit Erfüllung der Befehle des Feindes über sie hereinbrachen wie eine Naturgewalt und deutete in die Richtung, in der sie Dalam vermutete.

Verschwommen sah sie Gestalten durch ihr Blickfeld wirbeln. Dann landete etwas Schweres auf ihr und drückte sie zu Boden. Stimmen, verwaschen und entfremdet wie in einem Ozean unter Wasser drangen an ihre Ohren. Jemand schrie seinen Schmerz hinaus – einen gellenden, durchdringenden Schrei. Sie glaubte, darin Pano wiederzuerkennen, versuchte, mit all ihrer Willenskraft aufzublicken, und sah ihn schließlich in einer sich ausbreitenden Blutlache neben Karlhammers Rollstuhl liegen. Die beiden Leibwächter standen in ihren Rüstungen schützend vor dem Kopf der Human Foundation, der mit kreidebleichem Gesicht ins Nichts starrte, und zielten auf ihren sterbenden Partner.

»Oh nein«, hauchte sie. Jemand schrie sie an, forderte sie zu etwas auf, oder beschimpfte sie auch, nur – sie bekam es nicht mit. Dumpfe Pfropfen hatten sich auf ihre Ohren gelegt. Grobe Hände rissen sie auf die Beine und zerrten sie zur Seite. Menschen eilten herbei und bildeten eine Traube um Xinths Leichnam. Cho Wayan stand mit offenem Mund daneben.

»Was habe ich getan?«, wisperte Agatha. »Was habe ich getan?«

Filio Amorosa, 2042

Hortat wandte sich von dem winzigen Stäbchen ab, das aus der Wand in seine Richtung gewachsen war und sich jetzt wieder in diese zurückzog. Filio saß mit Cassidy und Heinrich hinter ihm und blickte aufmerksam auf, als er sich ihnen wieder widmete.

»Ich glaube, dass er meine Geste zumindest anerkennt und wir eine Chance haben, diese Sache zum Wohl unserer Spezies beizulegen.«

»Welche Geste?«, fragte Cassidy.

»Ich habe ihm meine Forschungsdaten zur Mikrophage Einundzwanzig übersandt, zumindest jenen Teil, der sich mit der Manipulation der eingewebten Programmierung befasst«, erklärte der Erbauer.

»Aber damit kann er sämtliche Aktivitäten deiner ... Infizierten beenden, oder?« Heinrich klang entsetzt. »Du musst verhindern, dass er deine Spezies in den Zwölferraum ...«

»Ich weiß, Heinrich«, gebot Hortat ihm Einhalt und hob beruhigend eine seiner Pranken. »Wenn man den Weg der Kooperation wählen will, muss man Zugeständnisse machen und die sind risikobehaftet. Wann immer wir uns auf etwas einigen müssen, ist ab einem gewissen Punkt Vertrauen gefragt, ohne dass es eine Rückversicherung gibt.«

»Und du vertraust ihm?«, hakte Filio nach.

»Nein. Aber genauso wenig traut er mir. Ohne Eingeständnisse geht es nicht. Außerdem sterbe ich.«

»Was?«, fragten sie und Heinrich gleichzeitig.

»Der Sauerstoffvorrat meines Schiffes reicht noch für

sechs Monate auf einem für mich atembaren Niveau, wenn ich die Atmosphäre auf mein Quartier beschränke. Falls eure Art eine Rettungsmission schickt, braucht sie etwa anderthalb Jahre, bis sie hier ist. Ein Jahr, bis Mars und Erde sich auf ihren Bahnen wieder nahekommen und vier Monate oder mehr für den Flug – vorausgesetzt, sie einigen sich schnell genug auf eine entsprechende Mission. Wenn ich jedoch den Sauerstoffgehalt der Atmosphäre so drossele, dass ihr atmen könnt, reicht die Luft sogar länger und ihr werdet überleben.«

»Nein, das kannst du nicht tun«, stammelte Heinrich und sprang von seinem Stuhl auf.

»Doch, Heinrich Marks, das kann und muss ich tun.«

»Was, wenn du dich wieder in Stasis begibst?«

»Der Prozess ist sehr energieaufwändig.« Hortat schüttelte seinen großen, bronzefarbenen Kopf und seine Augenlider schlossen sich für einen Augenblick. »Ich habe mich entschieden. Xinth wird sich um die Embryonen kümmern und den Quantumspiegel nicht erneut entwickeln und benutzen. Er wird sämtliche Forschungsdaten darüber löschen.«

»Das hat er dir gesagt?« Heinrichs Schnauben zeigte, was er davon hielt.

»Er hat es getan«, widersprach Hortat.

»Woher weißt du das?«

»Er hat mich mit dem Wesen von Geth verbunden, als wir miteinander gesprochen haben. Diese Wesen sind ihrer Erschaffung nach nicht dazu in der Lage, Angehörige meiner Spezies anzulügen.«

»Aber er hat dein Schiffswesen so manipuliert, dass es die Sabotage nicht erkannte, die dich hier hat abstürzen lassen«, wandte Filio ein.

»Er hat sie aus dem sabotierten Antriebsbereich ausgeschlossen, während er die Sprengladung platziert hat. Das ist etwas anderes. Er hat seinen Teil der Vereinbarung gehalten, ich meinen. Jetzt kann ich nichts mehr tun, außer ihm zu vertrauen, dass er sich auch an den Rest der Abmachung hält.« Hortats dunkle Lippen verzogen sich leicht. »Aber eine kleine Absicherung wäre womöglich doch angebracht.«

Filio runzelte die Stirn, als er weitersprach.

»Ich gebe euch eine Probe meiner Mikrophage Einundzwanzig mit der DNA dieses Klonkörpers mit. Wenn ihr diese Probe in das automatische Brutsystem der Embryos in Geth gebt, werden sie über sämtliche meiner Erinnerungen verfügen.« Hortat machte eine Pause. »Ich glaube, das wäre gut für meine Spezies und ihre Überlebensfähigkeit.«

»Das mache ich«, sagte Filio entschlossen, nachdem sie dem Erbauer längere Zeit in seine endlos tiefen Augen geblickt hatte. Es fühlte sich richtig an, insbesondere nach dem, was sie in seinen Erinnerungen gespürt, und was er jetzt getan hatte.

»Danke.«

»Du kannst doch nicht so einfach zulassen, dass er stirbt!« Heinrich baute sich vor ihr auf und verzog seine Stirn zu einem Feld aus Wutfalten.

Als sie etwas erwidern wollte, spürte sie Hortats Hand, die ihre Schulter umfasste wie einen winzigen Tennisball und hielt inne.

»Sie tut das einzig Richtige. Ich habe mich in meiner Wut auf Xinth und meiner Sorge um das Vermächtnis meiner Spezies verlaufen«, erklärte er mit der Ruhe einer Person, die mit ihrem Schicksal Frieden geschlossen hatte. »Das und meine Schuldgefühle, als Einziger überlebt zu haben, weil ich das Gesetz gebrochen habe, haben mich verleitet, rücksichtslos gegen den einzigen anderen noch Lebenden meiner Art vorzugehen. Ich hatte meine Chance, jetzt ist es an anderen, es besser zu machen. Xinth hat sich mit euch eingelassen und das ist gut, denn er wird die Embryonen nicht ohne euch Menschen aufwachsen lassen können. Mit meinen Erinnerungen werden sie wissen, was wirklich zählt und meine Fehler nicht wiederholen.«

»Ich glaube, ich habe eine Idee, wie wir das schaffen können«, meldete sich Cassidy zu Wort und hob eine Hand wie ein schüchterner Schüler. Als sie sich ihm zuwandten, holte er tief Luft. »Wir müssen die Vereinten Nationen an Bord holen, damit das gelingen kann. Damit werden wir auch verhindern, dass Xinth einen Alleingang macht. Er hat allerlei Gründe, uns Menschen nicht zu vertrauen.«

»Und wie stellen wir das an?«, fragte Filio mit einer Mischung aus Neugier und Skepsis.

»Bilder sagen mehr als tausend Worte, oder?«

Epilog: Filio, 2043

Filio trat unter kräftigem Applaus auf das Podium, das sie an die Bühne einer besonders protzigen Oper in Wien oder Prag erinnerte. Auf ihrem Weg zu dem Pult mit seinen Mikrofonen und Teleprompern vermied sie es bewusst, in die Menge der Zuhörer zu schauen, die jeden ihrer Schritte verfolgte. Sie hatte es noch nie besonders genossen, vor vielen Menschen zu sprechen, und der heutige Tag bildete keine Ausnahme.

Als sie das Pult erreichte, sah sie kurz vor sich auf die kleine Ablagefläche, auf der sich der winzige Knopf befand, mit dem sie ihren Fließtext auf den Teleprompern starten konnte. Sie überlegte einen Moment und entschied sich, ihn nicht zu drücken. Stattdessen sah sie in die Menge aus hundertdreiundneunzig Staats- und Regierungschefs der UN-Sondersitzung hinab und atmete tief durch.

»Ich will ehrlich zu Ihnen sein: Ich habe mich überreden lassen, hier heute vor Ihnen zu stehen und zu sprechen«, begann sie schließlich ihre Rede, ohne dass sie sich auch nur an ein einziges Wort ihres vorbereiteten Textes erinnert hätte. »Ich bin Naturwissenschaftlerin und keine Politikerin, doch das hat sich für mich geändert, nachdem ich auf dem Mars war und nur deshalb zu Ihnen zurückkehren konnte, weil ich von einem Wesen gerettet wurde, das keinerlei Grund hatte, mir Vertrauen entgegenzubringen. Vielleicht musste ich meine Menschlichkeit erst von jemandem lernen, der kein Mensch ist. Mein Dank gilt darüber hinaus meinem Vorredner Luther Karlhammer, der die Mission zur Rettung meiner beiden Kameraden und mir aus seinem Privatvermögen bezahlt hat, als sich die Internationale Gemeinschaft nicht auf eine gemeinsame Finanzierung einigen konnte. Ich hege deswegen keinen Groll, weil mir bewusst ist, dass Sie nicht wissen konnten, welche Tragweite diese Mission hatte. Jetzt, nach Mr. Karlhammers Rede wissen Sie es jedoch, und ich habe nur eine Bitte: Revanchieren Sie sich für seine Offenheit und Transparenz mit derselben Offenheit und Transparenz. Seine Enthüllungen mögen unglaublich klingen und ich konnte an Ihrer Reaktion auf seine Worte erkennen, dass Sie womöglich viele Fragen haben. Für das, was hier und heute beschlossen werden muss, können wir uns allerdings keinen Aufschub leisten, da es nicht mehr nur um das Wohl und Wehe unserer Spezies geht.«

Gemurmel machte sich unter den Staatenlenkern breit und sie machte eine kurze Pause, um ihren Atem zu sammeln. Die Gesichter der Mächtigen im Plenum lagen im Halbdunkel der erleuchteten Bühne und wirkten auf sie wie Köpfe auf einem Ölgemälde.

»Luther Karlhammer und mir als Sonderbeauftragten der Human Foundation ist bewusst, dass wir nicht darauf bauen können, dass Sie uns guten Willen entgegenbringen, darum hoffe ich, dass Sie genau den unserem nächsten Redner gewähren«, fuhr Filio fort und gab ihrem Leibwächter, der gemeinsam mit einer Entourage des Bundeskanzlers an einem der beiden Zugänge hinter dem Podium wartete, einen kurzen Wink.

Als die Tür aufging, machte sie einen Schritt zur Seite, um aus dem Lichtkegel zu treten, der den Platz direkt hinter dem Pult ausleuchtete, um dem folgenden Auftritt nichts von seiner Aufmerksamkeit zu nehmen.

Xinth trat mit eingezogenem Kopf durch die Doppeltür, die von zwei Sicherheitsleuten aufgehalten wurde, in den

Plenarsaal und verharrte mit gefalteten Händen. Der bronzene Riese trug ein fremdartiges Gewand aus grauem Stoff, der an der Hüfte von einer fließenden Schärpe gehalten wurde. Während die Staatschefs in Gespräche und teils laute Rufe ausbrachen, blickte er ruhig von links nach rechts und sah schließlich zu Filio, die ihm zunickte.

Mit majestätischen Schritten ging er über das Podium – ein Fels aus Muskeln, der einen derartigen Magnetismus versprühte, dass Filio sich am liebsten dicht neben ihn gestellt hätte, nur um ihm nahe zu sein. Erstaunlich, dass dieser Effekt sogar noch in Form der Illusion Bestand hatte, die hier neben ihr stand. Wenn sie daran dachte, wie weit die Technologie der Erbauer der ihren überlegen war, wurde ihr ganz schwindelig. Es war eine schwer zu beschreibende Aura, die ihn umgab und sowohl Weisheit als auch eine seelische Tiefe vermittelte, die von seinen riesigen schwarzen Augen ausging, die sich jetzt auf das Publikum der Staatenlenker richteten, als er mit seinen tellergroßen Pranken das Pult umfasste.

Schlagartig wurde es still.

»Sehr geehrte Vertreter der Menschheit«, intonierte der Erbauer dröhnend und die rollenden Konsonanten seiner ausgefeilten englischen Sprache brandeten in tiefen Basswellen über die Zuhörer hinweg. »Ich stehe heute als Vertreter einer sterbenden Art vor Ihnen und bitte um Asyl für meine Kinder.«

Diesmal blieb es totenstill. Nicht einmal das Rascheln von Jacken war zu hören.

»Dieser Schritt fällt mir nicht leicht, da meine Spezies diesen Planeten bereits bewohnte, als die Menschheit noch das Wispern einer fernen Zukunft war. Alles, was Luther Karlhammer Ihnen erzählt hat, war die Wahrheit und ich möchte Ihre wertvolle Zeit nicht in Anspruch nehmen, indem ich seine Worte wiederhole. Stattdessen ist es mir ein Anliegen, Ihnen eine Geschichte zu erzählen. Noch vor einem Jahr habe ich von Ihrer Spezies gedacht, dass sie den Titel unserer Nachfahren nicht verdient. Ich brauchte mir nur anzusehen, wie zersplittert und zerstritten Sie sind und wie Ihre Religion des grenzenlosen Wachstums unseren Planeten zerstört. Aus der Geschichte meines Volkes weiß ich, dass der Weg zum Überleben in der Kooperation mit der Natur und nicht in der Herrschaft über diese liegt. Trotzdem habe ich den Fehler gemacht, die Herrschaft über Sie und Ihre Zukunft anzustreben. Ironischerweise hat mir ein anderer meiner Art mehr oder weniger bewusst gezeigt, dass dies ein widersprüchlicher Weg ist. Aber hören Sie selbst.«

Die Illusion von Xinth, die von einem winzigen Gerät in Filios Tasche ausgelöst wurde, beendete die von ihr und Karlhammer geschriebenen Worte und trat einen Schritt zurück. Die Deckenstrahler folgten ihm und er hob noch einmal eine Hand, bevor er seine letzten Worte sagte: »Ich werde hier sein und Sie nicht im Stich lassen.«

Dann wurde er von einem hellen Flackern umgeben und löste sich in einer verpuffenden Wolke aus Photonen auf.

Staunende Rufe und Gemurmel machten sich breit, während aus dem Boden des Podiums ein Holoprojektor nach oben fuhr. Ein Teil von ihr schämte sich für diesen Missbrauch der Erbauertechnologie, doch sie und Karlhammer hatten sich darauf geeinigt, dass es besser war, die Staatschefs waren der Ansicht, dass ein mächtiges Alien jederzeit erscheinen konnte, als auf diesen Taschenspielertrick zu verzichten. Das Prinzip eines freundlichen Gottes, der zumindest auch die Macht besaß ein strafender zu sein, war zu tief in der Menschheit verankert, als dass sie die Vorteile eines solchen Glaubens in diesem Fall hatten außer Acht lassen können. Sie war erleichtert, dass es funktioniert hatte, da der abgeschirmte Saal mittels elektronischer Abwehrmechanismen sämtliche Hologramme und elektromagnetischen Felder abblockte, die nicht aus dem Saal selbst stammten und vorher von den Sicherheitsbeamten abgesegnet worden waren. Offenbar funktionierte Xinths Gerät auf andere Art und Weise.

Einen Moment später tauchte Hortats Gesicht mit einer Diagonale von fünf Metern auf und in Filios Magen wuchs ein schwerer Stein heran, als sie sich daran erinnerte, dass sie ihm auf seinem eigenen Schiff zusah, wie er die folgenden Worte aufgenommen hatte.

»Mein Name ist Hortat und wenn Sie diese Nachricht sehen, werde ich bereits tot sein. Vermutlich kennen Sie an diesem Punkt bereits die Wahrheit über meine Spezies, die sich der Fruchtbarkeit der Erde lange vor Ihnen erfreuen durfte. Ich möchte meine letzten Atemzüge nicht damit verschwenden, über mich und meine Art zu reden – das werden Sie sicherlich in ausreichender Form entweder schon getan haben oder noch tun. Meine Gedanken schweiften in der Vergangenheit viel zu viel um das Wohl und Wehe meiner Art und das führte dazu, dass ich aus den Augen verlor, worauf es ankommt. Es geht nicht ausschließlich um das Ziel, sondern wie wir es erreichen. Vermutlich wissen Sie bereits, dass exakt zehntausend eingefrorene Embryonen meiner Spezies darauf warten, das Licht der Welt zu erblicken und die Fackel unserer Kultur weiterzutragen. Wir haben unser Erbe vor langer, langer Zeit verspielt und heute bitte ich Sie, die neuen Herren dieser Welt, uns eine zweite Chance zu geben. Ich versichere Ihnen, dass unsere Gemeinsamkeiten dazu führen werden, dass sowohl die Erde als auch unsere Spezies davon profitieren. Dank einiger Ihrer Mitmenschen hatte

Das Fossil 2   *Joshua Tree*

ich die Chance, auf Datenbänke Ihrer Wissenschaftler zuzugreifen und habe mit Erstaunen den Werdeprozess Ihrer Art mitverfolgt, der dem unseren frappierend ähnelte. Bereits vor über zwei Komma fünf Millionen Jahren gab es die ersten menschenähnlichen Wesen, die auf der Suche nach Nahrung über den Erdball streiften. Sie zogen nicht wie Nomaden umher, sondern bewohnten in kleineren Gruppen und Stammesgemeinschaften die Steppen und Wälder. Aus ihnen gingen die heutigen Homo Sapiens vor etwa hundertfünfzigtausend Jahren in Ostafrika hervor. Neben ihnen existierten noch mindestens fünf andere Gattungen des Menschen, unter anderem der Neanderthaler, der wahrscheinlich vom Homo Sapiens verdrängt wurde, obwohl Sie noch heute bis zu fünf Prozent Ihres Erbgutes dem Neanderthaler verdanken.« Hortat machte eine Pause und sah nach unten auf etwas, das nicht zur holographischen Aufzeichnung gehörte und atmete tief ein, als bereite es ihm Schwierigkeiten, genügend Luft zu bekommen. »Der Neandertaler war deutlich stärker und widerstandsfähiger als der neue Homo Sapiens und doch starb er aus. Der Grund dafür ist auch der Grund, warum Homo Sapiens heute die Welt beherrscht: Anders als sein etwas gröberer Artgenosse konnte der Sapiens in weitaus größeren Gruppen miteinander kooperieren. Im Kampf Mann gegen Mann hatte der Neanderthaler vielleicht keine Chance, doch Homo Sapiens war erfindungsreicher und konnte sich in großen Gruppen zusammentun, um diese Erfindungen umzusetzen. Genau wie der Homo Erectus beherrschte er außerdem das Feuer und konnte durch die Möglichkeit des Erhitzens von Nahrung sein Nahrungsmittelspektrum massiv erweitern. Einst unverdauliche Knollen und Wurzeln wie Kartoffeln und bestimmte Fleischsorten konnten nun verdaut werden. So war es möglich, mit we-

Das Fossil 2 *Joshua Tree*

niger Aufwand mehr zu sich zu nehmen, was dem enormen Wachstum des Gehirns zugute kam, das über fünfundzwanzig Prozent des Energieverbrauchs eines Homo Sapiens beansprucht. Dies war aber nur eine Brücke zum heutigen Menschen. Der erstaunlichste Prozess setzte erst vor zirka siebzigtausend Jahren mit der kognitiven Revolution ein. Sprachen entwickelten sich und ermöglichten die mündliche und später schriftliche Weitergabe von Wissen an die nächste Generation. Am Ende dieser Revolution standen die ersten menschlichen Kulturen mit der Erschaffung von Kunst, Mythen, Religionen, Werten, Normen und anderen Fantasieprodukten, die sie im evolutionären Erfolg über alle anderen Lebewesen stellten. Ihre nächsten Vorfahren, die Schimpansen, lebten ebenfalls als soziale, fühlende Wesen in definierten Gruppen von fünfzig bis hundert Exemplaren, die verschiedene Hierarchien kannten, genau wie der Neanderthaler. Doch sie kämpften mit anderen Gruppen und besaßen begrenzte Lebensräume. Der heutige Mensch jedoch konnte durch die Entdeckung der Fantasie gemeinsame Mythen und Glaubenssysteme schaffen, die weitaus größere Gemeinschaften hervorbrachten. Tausende Menschen konnten an die Göttlichkeit eines Pharao glauben und mithilfe dieser geteilten Fiktion Wunderwerke wie die Pyramiden erbauen, was tausende das Leben kostete. Aus evolutionärer Sicht war der Mensch weder so schnell wie ein Löwe noch so stark wie ein Bär oder so robust wie ein Gorilla. Im Gegenteil: Er war schon immer anfälliger für Krankheiten, Hitze oder Kälte als die meisten anderen Lebewesen.« Eine weitere Pause des Erbauers ließ die Worte wie Harz zu einer klebrigen Masse verschmelzen, die sich in den Köpfen der Mächtigen im Plenum festsetzte.

»Doch diese kognitive Revolution mit der Möglichkeit,

Fiktionen, die sich Menschen ausdachten, zu teilen und sie in einen festen Glauben zu übersetzen, führte dazu, dass der Mensch das stärkste Werkzeug entwickelte, das es bis heute gibt: Die Möglichkeit, in riesigen Gemeinschaften miteinander zu kooperieren. Sie kennen möglicherweise Ihren Nachbarn nicht einmal, aber Sie teilen die Überzeugung, zur gleichen Gemeinde und Nation zu gehören und können darüber zusammenarbeiten. Anders als Ihre Vorgänger, die Schimpansen, können Sie so das Sozialverhalten von Gruppen regeln, die weitaus größer sind. Das hat dazu geführt, dass der Homo Sapiens das Ökosystem seither zwar als Jäger und Sammler dominierte, aber auch für die größten Artensterben verantwortlich war. Kein Tier konnte es mit der Raffinesse des Menschen aufnehmen. Vor etwa zehntausend Jahren folgte dann die landwirtschaftliche Revolution, die zum Ackerbau führte. Sie war eine Folge der durch evolutionären Erfolg stetig wachsenden Bevölkerungsdichte und dem Zwang, sesshaft zu werden. Es konnten mehr Menschen ernährt werden, da man Wildgräser wie Weizen anbaute, Tiere domestizierte und so Nahrung statisch verfügbar machte. Die Nachteile waren eine deutlich härtere körperliche Arbeit, da der Mensch nicht gewohnt war, acht bis zehn Stunden auf einem Feld hart zu arbeiten, sondern zuvor wenige Stunden am Tag durch die nahen Wälder streifte um Nüsse, Beeren, Wurzen zu sammeln und Tiere zu jagen. Die Ernährung wurde weniger variantenreich und ausgewogen und Krankheiten nahmen zu. Außerdem entstand durch größere soziale Gruppen und Vergleiche ein starker Drang nach Wohlstand und Status. Aufgrund von jahreszeitlichen Klimaschwankungen musste Nahrung eingelagert werden, um die große Bevölkerung durchzubringen, und so entstand das Konzept des Besitzes, was wiederum Begehrlichkeiten Dritter weckte. Die ersten Herrschaften und Eliten entstanden, um die Bauern zu kontrollieren und entweder auszurauben oder zu schützen. Ihre Herrschaft festigten sie durch das Anhäufen von Reichtümern und die bereits angesprochenen Fiktionen, an die Menschen glauben konnten. Sie erfanden Monarchien und Götter, die diese Monarchien legitimierten. Ein einzelner König hätte wohl kaum den etwa neunzig Prozent Bauern zu jener Zeit etwas entgegenzusetzen gehabt – außer eben der Möglichkeit, sie an eine geteilte Wahrheit glauben zu lassen. Zahlen- und Schriftsysteme wurden entwickelt, um Besitzrechte zu regeln und größere soziale Systeme kontrollier- und beherrschbar zu machen. In den folgenden Jahrtausenden wurden große Gemeinschaften zu immer größeren, die sich gegenseitig eroberten und verschluckten. Kulturen wurden eingenommen und in die Kultur der Sieger übernommen. Die ersten Weltordnungen entstanden durch Eroberer, Händler und Propheten, und zwar die Imperien, das Geld und die Weltreligionen. Geld vereinte die Menschheit in dem geteilten Glauben an den Wert von gestanzten Münzen aus Gold – einem für den Alltagsgebrauch wertlosen Edelmetall – und später bemaltem Papier. Es machte den Tauschhandel deutlich effizienter und wurde überall akzeptiert. Selbst während der Kreuzzüge war es sowohl Christen als auch Muslimen egal, welche Münzen sie erbeuteten. Kreuzritter handelten ebenso dankbar mit islamischem Gold, wie andersherum die Kalifen und Sultane mit christlichem, das christliche Symbole zeigte. Religionen erfanden übermenschliche Ordnungen und geteilte Wertesysteme und einten die Menschheit durch ein moralisches Fundament, an das man glauben konnte. Vor etwa fünfhundert Jahren dann folgte die wissenschaftliche Revolution. Der Homo Sapiens erkannte im

Bereich des heutigen Europa, dass sich durch systematische Erforschung der Natur und deren Gesetze Technologien entwickeln konnten, die zu mehr Reichtum und Macht führten. So erfanden die Chinesen das Schießpulver etwa sechshundert Jahre vor den Europäern, nutzten es aber lediglich für Feuerwerkskörper. Die Europäer erforschten dessen Möglichkeiten weiter und bald rollten die ersten Kanonen über den Erdball. Angetrieben wurde die wissenschaftliche Revolution sowohl vom Imperialismus als auch dem Kapitalismus, den nächsten großen Glaubenssystemen, die nach stetem Wachstum strebten. Es entstanden erste Finanzmärkte, die auf dem Vertrauen basierten, dass die produzierte Menge Waren und deren Konsum stetig wachsen würden. Beide Systeme investierten in die Wissenschaft, um effizienter zu werden und für mehr Wachstum zu sorgen. Die Lebenserwartung erhöhte sich drastisch, ebenso wie die generelle Effizienz des Homo Sapiens. Diese Entwicklungen sorgten jedoch auch dafür, dass die Haustiere, allen voran Schweine, Hühner und Rinder auf dieselbe Effizienz getrimmt wurden. Industrielle Tierhaltung und Schlachtung machten aus Lebewesen Industriegüter, die sich den riesigen Kooperationsnetzwerken des Menschen unterwerfen mussten. Im Jahr 2042 gibt es etwa siebzigmal mehr Haustiere als Menschen auf dem Planeten. Man könnte das als evolutionären Erfolg messen, da sie sich so stark entwickelt haben und ihre Gene weitergeben, doch sie tun das nicht in Freiheit, sondern weil der Mensch ihre Evolution lenken kann. Durch das Bündnis aus Kapitalismus und Wissenschaft konnte sich die Bevölkerung innerhalb der letzten fünfhundert Jahre von fünfhundert Millionen auf über elf Milliarden vermehren. Genau wie die menschliche Fähigkeit zur übergreifenden Kooperation haben sowohl Kapitalismus als auch die Wissenschaft einen großen positiven Beitrag zur Entwicklung geleistet. Der Kapitalismus sorgte erstmals in der Geschichte für einen Überschuss an Waren und hat die Situation eines dauerhaften Mangels zuvörderst so gut wie beseitigt. Die Wissenschaft hat für eine längere Lebenserwartung, moderne Kommunikationsformen und das Verständnis der Natur gesorgt. Sie sorgte auch für eine weiter zusammenwachsende menschliche Gemeinschaft. Heute ist die gesamte Welt durch ihren geteilten Glauben an Geld und Wissenschaft so gut wie vereint. Aber der Fortschritt und das Wachstum haben auch zu einer beispiellosen Zerstörung der Umwelt geführt, die den Bedürfnissen einer stetig wachsenden Menschheit weichen musste. Weichen mussten auch feste soziale Gemeinschaften wie die Familie. Sie wurden abgelöst von erfundenen Gemeinschaften des Individuums wie Fanclubs, Nationen oder Glaubensgemeinschaften. Keine Entwicklung ist von sich aus gut oder schlecht, weder der Kapitalismus noch die Wissenschaft, die Religionen oder das Prinzip des Wachstums. Die Frage ist immer, was daraus entsteht. Die Wissenschaft erschuf durch die Entdeckung des Energiepotenzials in einem Atomkern die Atombombe, sorgte damit aber auch für die langanhaltendste und statistisch signifikanteste Zeit eines globalen Friedens. Über all dem steht die Fähigkeit des Menschen, sich zu massenhafter Kooperation zusammenzuschließen. Das ist Ihr Alleinstellungsmerkmal, wenn Sie so wollen. Es ist Ihre Stärke, Ihr Kapital, Ihre Chance auf Zukunft und wie mit allen Talenten geht es darum, sie in sinnvolle, für das Überleben ihrer Spezies wichtige Bahnen zu lenken, denn jedes Talent kann missbraucht werden. Ich bitte Sie lediglich, den Boden von Ihrer Entstehung bis heute als Ganzes zu betrachten und sich auf den einen Grund zu besinnen, der sie an die Spitze der Evolution befördert hat.« Hortat stieß einen rasselnden Laut aus, was bei dem Erbauer so etwas wie ein Seufzen war, wie Filio wusste, bevor er fortfuhr: »Durch die Konfrontation mit einer zweiten bewusst-intelligenten Spezies auf Ihrem Planeten ist zum ersten Mal die Änderung eines globalen Status Quo durch äußere Umstände eingetreten. Meine Spezies machte eine ganz ähnliche Entwicklung durch wie Ihre und wir teilen unsere Fähigkeit zur Kooperation über das Erschaffen geteilter Glaubenssätze und Kulturen. Darum bin ich mir sicher, dass wir am Ende dieser langen Geschichte und ihrer gefährlichen Wendepunkte in der Rückschau sagen können, dass wir diese Kooperationsbegabungen miteinander verbinden können, um voneinander zu lernen und die Fehler des jeweils anderen nicht zu wiederholen. Eine Verdrängung wie zwischen Neanderthaler und Homo Sapiens muss sich nicht wiederholen. Erschaffen wir etwas Gemeinsames, etwas Neues und zeigen wir der Evolution, dass wir den Überlebensvorteil der Kooperation verstanden haben und bewusst umsetzen werden. Heute haben die Chance dazu.«

Das Hologramm, das die Staatschefs der G7 bereits vorab gesehen und durchgewunken hatten, endete und es wurde still im Plenarsaal. Filio musste innerlich mit einem lachenden und einem weinenden Auge an Hortat und seine weise Gerissenheit denken. Vor ihren Augen lief die Erinnerung ab, wie sie bei ihrer Besichtigungstour durch die Brutkammern der Pyramide Geth das winzige Röhrchen mit seiner Mikrophage Einundzwanzig in genau die Stelle eingeführt hatte, die er ihr minutiös beschrieben hatte. Diese Aufgabe hatte sich als gar nicht so leicht herausgestellt, da Hortat selbst nie dort gewesen war und lediglich wusste, dass es ein entsprechendes Interfacefeld geben musste. Als sie wieder an das Pult trat, konnte sie sich ein Lächeln nicht verkneifen. Seine Worte waren so ruhig und weise gewesen und gleichzeitig hatte er natürlich einen weiteren Plan im Hintergrund laufen lassen. Einfach nur, um sicherzugehen. Genau dieses Prinzip würden sie und Karlhammer fortführen, und zwar ab jetzt.

»Meine Damen und Herren«, intonierte sie nach einem Räuspern und ließ ihren Blick über die Staatschefs schweifen. »Wir haben viel zu besprechen, denn Hortat und Xinth haben uns nicht bloß mit ihrer Anwesenheit und ihren Aufnahmen beehrt, sondern uns auch die Chance hinterlassen, an ihrem technologischen und gesellschaftlichen Erbe teilzuhaben. Diese Chance ist an einige Bedingungen geknüpft ...«

Epilog: Agatha, 2050

Agatha saß auf der Terrasse ihres Chalets in den Südtiroler Alpen und blickte auf das beeindruckende Panorama der Dolomiten.

Die untergehende Sonne tauchte die zerklüfteten Berghänge mit ihren bizarren Ausprägungen in ein rotes Glühen, als würden sie von innen heraus erhitzt.

»Hey!«

Agatha wandte den Kopf und schenkte Pano, der mit zwei Weingläsern in der Hand in der Glastür stand, die zu ihrem gemeinsamen Wohnzimmer führte, ein warmes Lächeln.

»Selber hey.«

»Lust auf den Feierabenddrink?«, fragte er und reichte ihr einen fruchtig riechenden Rotwein, bevor er sich neben sie in die Sofaschaukel setzte und ebenfalls auf das Naturschauspiel in der Ferne sah.

»Feierabend von was?«

»Von allem.«

»So wie die letzten sieben Jahre?«, fragte sie und lächelte. »Ja, darauf kann ich anstoßen.«

»Als Feierabend würde ich das nicht bezeichnen.«

»Sondern?«

»Nun ja, eine Zeitlang war ich wirklich in Sorge, dass Karlhammer dich erschießt oder den Behörden übergibt, nachdem ... du weißt schon.«

»Er konnte nichts machen.« Agatha winkte ab und nahm einen Schluck aus ihrem dickbauchigen Glas. »Ihm war es wichtiger, seine Geheimnisse zu schützen und der Öffentlichkeit erst gegenüberzutreten, als er sich mit Amorosa alles zurechtgelegt hatte.«

»Ich glaube, dass er nicht bloß ein Opportunist ist, sondern unsere spezielle Situation erkennen und verstehen konnte.«

»Deswegen wollte er uns wohl so schnell wie möglich loswerden, hm?«, fragte sie und schüttelte den Kopf.

»Das war es doch, was du wolltest, oder?«

»Mhm.«

»Denkst du, dass es richtig war, nur die Präsidentin zu unterrichten?«, fragte Pano mit einem Mal nachdenklich. Seine Augen funkelten dunkel, als sich der Rotwein im schwachen Abendlicht in ihnen reflektierte.

»Du meinst, dass wir nur sie über Xinths Tod unterrichtet haben?« Die Bilder des toten Erbauers tauchten vor ihrem Geist auf und sie fühlte ein unangenehmes Zwicken in der Magengegend, aber nicht mehr dieses Gefühl von einem Pferd getreten zu werden.

Pano nickte.

»Ja, das war richtig. So haben wir herausgefunden, dass der Zwang verschwindet, sobald der einprogrammierte Befehl ausgeführt wurde oder nicht mehr ausgeführt werden kann.«

»Aber wir haben die ganzen anderen *Infizierten* nicht informiert«, gab er zu bedenken.

»Das haben wir doch schon oft durchgekaut. Was hätte Harris denn machen sollen? Eine landesweite Ansprache im VR? *Ach, übrigens, das Alien, das ihr da draußen umbringen wolltet, ist jetzt tot. Ihr könnt euch beruhigen.* Die Leute in Washington haben sich anders entschieden.«

»Sie haben sich dazu entschieden, mittels unserer Ermittlungstechnik alle Infizierten vom FBI jagen und einsperren zu lassen«, schnaubte Pano.

»Ja, und die Mikrophage von Xinth aus meinem Körper zu extrahieren und zu studieren, um ein Gegenmittel zu finden. Offenbar handelte es sich bei der Mikrophage, mit der ich nach meiner Schussverletzung geheilt wurde, um eine noch neuere Entwicklung als jene, die Karlhammer im selben Jahr in seine Lotterie aufnahm. Wie ich erst kürzlich von der Präsidentin hörte, sind erste Versuche vielversprechend verlaufen.«

»Es ist schön hier, oder?«, wechselte Pano unvermittelt das Thema. Es klang wie eine Festellung und hoffnungsvolle Frage zugleich.

»Ja. Ich mag die Stille«, antwortete sie vieldeutig und er nahm ihre Hand in die seine, um sie sanft zu drücken.

»Die geben wir nicht mehr her«, versicherte er ihr.

Nein, das werden wir nicht, dachte sie. Die Gedanken an Dalams Zwang und ihren Mord an Xinth schmerzten sie auch nach all den Jahren noch, doch sie hatte gelernt, zu akzeptieren, dass Kontrolle eine Illusion war, und vielleicht war das auch gar nicht so schlecht – sonst hätte sie sich womöglich nie auf Pano eingelassen. Sie sah auf sein rechtes Bein, das unterhalb seiner knielangen Hose in einer altmodischen Metallprothese endete. Menschen, die noch sturer waren als sie, hatten sie schon immer fasziniert.

»Heute wurde die neue UN-Regierung eingeschworen, hast du schon die Nachrichten gesehen?«, fragte er und nahm leise schlürfend einen Schluck aus seinem Glas.

»Ja, ich habe es in meinem Feed gesehen. Kaum zu glauben, dass es nur die Aussicht auf großartige technologische Versprechungen gebraucht hat, um die Welt unter einer Flagge zu einen.«

»In nur sieben Jahren!«, fügte Pano hinzu und schüttelte den Kopf.

Agatha dachte an die ausgedehnten Kuppelbauten in Sibirien, die die Weltgemeinschaft den Nachfahren von Xinth und Hortat errichtet hatte. Die erste Charge Embryonen war dort bereits herangewachsen und lebte unter den vier Kuppeln in abgeschotteten Atmosphären. Sie wurden sowohl von dem Geth-Wesen als auch dem von UN und Human Foundation ausgewählten Kontaktpersonal betreut und großgezogen, was sie sich irgendwie nicht praktisch vorstellen konnte. Doch es funktionierte bisher und die Welt spielte offenbar gerne die Hebamme für eine neugegründete Erbauerzivilisation, da sie im Gegenzug immer neue Technologien erhielt, die der von der UN bestimmte Beirat der Human Foundation freigab. Sie glaubte zwar nicht daran, dass Karlhammer und Amorosa so einfach die Zügel aus der Hand gegeben hatten, aber was auch immer deren Agenda war, sie schien zu funktionieren und niemand stellte Fragen.

»Hast du den Livefeed vom Jupitermond Ganymed gesehen? Die erste UN-Flagge außerhalb von Mars und Erde wurde gehisst, und zwar von Heinrich Marks«, fragte Pano nach einer Weile angenehmer Stille und sie nickte in das leise Flüstern des Windes, der frische Bergluft zu ihnen trug.

»Auch das habe ich gesehen. Seitdem es häufig gute Nachrichten zu sehen gibt, bringt es sogar Spaß.« Sie machte eine kurze Pause und lehnte ihren Kopf an seine Schulter. »Außerdem bin ich alt, da schaut man ständig Nachrichten, schon vergessen?«

»Denkst du, dass das alles funktionieren wird?«, fragte er versonnen und schwenkte leicht sein Weinglas in der freien Hand.

»Ich weiß es nicht«, gab sie zu und sah der Sonne zu, wie sie hinter dem Bergrücken unterging. Ihre letzten Strahlen wirkten nicht blass oder sterbend, sondern kräftig und geradezu heiter. »Aber ich denke, dass wir uns gemeinsam einen der besten Starts beschert haben, der möglich ist, um dieses Jahrhundertprojekt zu bewältigen. Außerdem lässt mich das Gefühl nicht los, dass diese Amorosa nach ihrer Rückkehr erstaunlich genau wusste, welche Ziele sie hat und welchen Weg sie einschlägt. Jemand wie sie setzt nicht gern auf Zufälle und sie wirkt in ihren ganzen Interviews ziemlich optimistisch.«

»Hast du über das Angebot der CTD nachgedacht?«

Agatha dachte an das Schreiben des neuen Gouverneurs der Vereinigten Staaten, die jetzt eine Art Bundesstaat der UN waren und lächelte in die Dämmerung.

»Nein. Für die Lösung des wichtigsten Falles unserer Laubahnen haben wir rein gar nichts beigetragen, außer jene Zielperson zu töten, die wir beschützen sollten – ob Zwang oder nicht. Ich denke, wir halten uns aus künftigen Problemen lieber heraus, um sie nicht noch schlimmer zu machen.« Agatha verdrängte ihre saure Miene durch ein Lächeln, was ihr nach den letzten Jahren, in denen Sie viel Zeit mit sich selbst und einer Therapeutin verbracht hatte, erstaunlich leicht gelang. »Wir haben doch eben über Feierabend gesprochen. Ich denke, den haben wir jetzt verdient und noch einen Partner wie dich würde ich sowieso nicht ertragen.«

»Wie wäre es, wenn du mich drinnen weitererträgst?«, fragte er neckisch und sie leerte ihren Wein in einem Zug.

So tauschten sie die einsetzende Dunkelheit gegen das warme Licht ihres Kamins und zwanglose Zweisamkeit.

ENDE

Personenverzeichnis

Alberto (Angulo Camacho): Schatztaucher und Ingenieur auf der Ocean's Bitch.

Aluwi, Tombatu: Agent des südafrikanischen Geheimdienstes.

Audrey (Burton): Mitglied der Mars Two Mission, Ingenieurin.

Brown, Barbara: Frau von Bob Brown.

Brown, Bob: US-amerikanischer Senator der Republikaner.

Brown, Fred: Captain der Sicherheitskräfte in der antarktischen Pyramide.

Cassidy Morhaine, Dr.: Versuchsleiter der Ebene-T und Co-Pilot des Transportmoduls. Physiker und Chemiker.

Chapati, Putram: Mitglied der Mars Two Mission, Botaniker.

Cho Wayan: Assistent von Luther Karlhammer.

Dana (Pickert): Studentin der Maximilians Universität München.

Danatouth, Andrew: Lieutenant der US Navy, Mitglied der Navy Seals.

Danes, Roger: US-Senator der Republikanischen Partei. Ausgesprochener Kritiker der Human Foundation.

Degeunes, Liza: Sekretärin von Jenning Miller.

Der Feind: Von der Terrororganisation »Sons of Terra« postuliertes Alien, das heimlich die Weltgeschicke lenkt und staatliche Institutionen weltweit unterwandert hat.

Devenworth, Agatha: Special Agent bei der CTD, US-Amerikanerin.

Dimitry Vlachenko: Kommandant der ersten Mars Mission "Mars One". Verstorben.

Engels, Jakob: Personenschützer für Filio Amorosa.

Filio Amorosa: Mitglied der ersten Mars Mission "Mars One" und einzige Überlebende.

Gould, Peter: Ehemaliger Abteilungsleiter Controlling bei der Human Foundation.

Greulich, Alexander: Kanzler der Bundesrepublik Deutschland.

Greynert, Markus: Major der Sicherheitskräfte der Antarktis Brigade der Human Foundation.

Hannah Brewster: Laborassistentin der Forensik bei der CTD.

Heinrich Marks: Geophysiker der ersten Mars Mission "Mars One". Verstorben.

Hofer, Pano: Capitano bei der italienischen Polizei, abgestellt an Europol. Stammt aus Südtirol.

Hortat: Erbauer

Hue Tao Xing: Mitglied der Mars Two Mission, Ärztin.

Jackie Dong Won: Pilotin der Human Foundation.

Jackson, Dan: Doktor der Archäologie, Anthropologie und Sprachwissenschaften.

James Wittman: Mitglied der Mars Two Mission, Geophysiker.

Jane (Sarandon): Schatztaucherin und erster Offizier auf der Ocean's Bitch.

Javier Camarro, Dr.: Wartungsingenieur der Mars One Mission, verstorben beim Crash 2040.

Johnson, Betty: Sekretärin von Jenning Miller.

Jonathan Bateman: Operator der Human Foundation, stationiert in der Pyramide in Antarktika.

Jones, Hugh: Direktor von SETEF, Nevada.

Kalaschnikowa, Tatjana: Mitglied der Mars Two Mission, Chemikerin.

Kamala Harris: Präsidentin der Vereinigten Staaten.

Karlhammer, Luther: Südafrikanischer Ingenieur, Erfinder und Unternehmer.

Longchamps, Michel: Kommandant der Mars Two Mission.

Marcello (Bonimba): Rezeptionist im Cape House Green Hostel in Kapstadt.

Marcello (Bordotta): Mitglied der Mars Two Mission, Xenobiologe.

Markus Treuwald: Mitarbeiter der Söldnerfirma B12.

Matthews, Sasha: Agent der CTD.

Meinhard, Geronnimus, Dr.: leitender Arzt in der antarktischen Pyramide.

Mikwart Dornwald: der Mann im schwarzen Anzug.

Miller, Jenning: Direktor der CTD.

Mombatu, Mitchu: Generalsekretär der Vereinten Nationen.

Moosbech, Petr: Agent des südafrikanischen Geheimdienstes.

Morris, Laura: Assistentin von Hugh Jones, Direktor der SETEF.

Nikitu, Mayuka: japanische Abgesandte bei den Vereinten Nationen.

Patchuvi, Mitra: indischer Archäologe und Professor an der Universität Delhi.

Phelps, Montgomery: Präsident der Vereinigten Staaten von Amerika.

Richter, Nicole: ehemaliges Mitglied der Mars Two.

Rietenbach, Manfred: Generaldirektor der ESA.

Romain (Alhy): Captain der Ocean's Bitch.

Ross, James: Doktor der Archäologie, Assistent von Prof. Patchuvi.

Shapiro, Warren: stellvertretender Direktor der CTD.

Silvia Cortez: Ministerin für Heimatschutz (Homeland Security) der USA.

Solly Shoke: ehemaliger Rezeptionist im Cape House Green Hostel in Kapstadt.

Spärling, Regina: Sekretärin der ESA-Generaldirektors Manfred Rietenbach.

Strickland, Ellen, Dr.: Forschungsleiterin der Mars One Mission, verstorben beim Crash 2040.

Sue Tse: Lieutenant der Sicherheitskräfte der Antarktis Brigade der Human Foundation.

Thomas (Bergensen): Schatztaucher an Bord der Ocean's Bitch.

Timothy Knowles: Pilot der Mars One Mission. Verstorben beim Crash 2040.

Workai Dalam: legendärer Schatztaucher, verschollen.

Xinth: Erbauer.

Glossar

Abdichtungspatch: selbstständig klebendes Pflaster zum Abdichten von Rissen.

Adrenalin: Stresshormon.

Analgetikum: Schmerzmittel.

Andesit: ein vulkanisches Gestein

Antarktis-Vertrag: Eine internationale Übereinkunft, die festlegt, dass die unbewohnte Antarktis zwischen 60 und 90 Grad südlicher Breite ausschließlich friedlicher Nutzung, besonders der wissenschaftlichen Forschung, vorbehalten bleibt.

AR-Brille: Augmented Reality Brille.

AR-Harnisch: Exoskelett, mit dem über Augmented Reality Arbeiten an einem Objekt durchgeführt werden können, das an einem anderen Platz auf der Welt mittels eines Roboters über die Signale des Trägers bearbeitet werden kann.

B12: Söldnerfirma aus Unterhaching, Deutschland.

Basalt: ein vulkanisches Gestein

BCD (Weste): Buoyancy Control Device. Tarierweste, die Taucher per Knopfdruck mit Luft füllen oder diese ablassen können.

Beschleuniger-Massenspektrometrie: Altersbestimmung von Fossilien und archäologischen Funden mittels eines Teilchenbeschleunigers.

Bio Suit: siehe MMSS.

Black Aces: Elitebrigaden des Söldnerkonzerns B12.

BND: Bundesnachrichtendienst. Deutscher Auslandsgeheimdienst.

Breathing Earth One: Von der Human Foundation ausgelegte Algenteppiche im Pazifik, die CO_2 aus der Atmosphäre filtern und in Sauerstoff umwandeln.

Breathing Earth Two: Von der Human Foundation ausgelegte Algenteppiche im Atlantik, die CO_2 aus der Atmosphäre filtern und in Sauerstoff umwandeln.

C-2 Moonhopper: Business Helikopter der Luxuslinie von Northrop Grumman.

C-220 Albatros: militärische Turboprop-Transportmaschine für Schwerlasten oder Verlegung großer Truppenkontingente.

C-reaktives Protein: Entzündungsfaktor im Blut.

Cape House Green: Hostel in Kapstadt.

Chin-Feng Batterie: chinesische Luftabwehr Raketenbatterie.

Clean Ocean Projekt: Projekt der Human Foundation, das die Reinigung der Weltmeere von Plastikmüll zum Ziel hat.

Cortisol: Stresshormon.

CTD: Counter Terrorist Directive. Untersteht dem Heimatschutzministerium der USA.

Dartgewehr: Gewehr, das Betäubungspfeile verschießt.

Datenbrille: Augmented Reality Brille mit Kopfhörern und komplettem Verschluss der Augenpartie.

Desertec: Solar-Projekt in der nordwestlichen Sahara, das von der EU gemeinsam mit den Maghreb-Staaten betrieben wird.

Diffundator: Gerät zum Transport von Substanzen zwischen zwei Membranen ohne Injektionsnadel. Medizinische Verwendung.

Drohnenschiff: Autonomes Transportschiff, das vollautomatisiert Algen von Sweeper-Schiffen abtransportiert und den Algenteppichen in Pazifik und Atlantik zufügt.

Earthling: umgangssprachlicher Name für einen Unterstützer der Human Foundation und Teilnehmer des Lotteriesystems.

EDI: Schiffs-KI der Mars One.

ESA: Weltraumbehörde der EU

Evak-Kapsel: Siehe Notfall-Kapsel.

FHR-Reaktor: Flüssigsalzreaktor (Nuklear). Neues Reaktorkonzept, das kugelförmige Graphit-Brennelemente, flüssiges Salz als Kühlmittel, Sicherheitssysteme von natriumgekühlten schnellen Reaktoren und den Brayton-Kreisprozess miteinander verbindet.

Fissionsschneider: Monogebundene Klinge aus einer einzigen Molekülschicht, die selbst härteste Materialen zertrennt.

Flettner Rotor: ein der Windströmung ausgesetzter rotierender Zylinder. Er wirkt wie ein Segel und erzeugt durch den Magnus-Effekt Kraft quer zur Strömung. Benannt ist er nach Anton Flettner, der ihn als Schiffsantrieb patentieren ließ. Emissionsfrei.

Furious Fifties: Region der Westwinddrift zwischen 50 und 60 Grad südlicher Breite. Bekannt für heftige Stürme.

G-8: Gulfstream VIII, Businessjet des US-Herstellers Gulfstream Aerospace.

Glaucester: Scraper Schiff aus England.

Das Fossil 2 *Joshua Tree*

GMC E-Falcon: Elektrisch angetriebener SUV des US-Herstellers GMC.

Iridium: chemisches Element. Edelmetall aus der Gruppe der Platinmetalle. Gilt als das korrosionsbeständigste Element.

Jet: Propellersystem, an dem sich Taucher festhalten können, um schneller durch das Wasser zu gleiten.

Joint Chiefs of Staff: militärische Stabschefs der Vereinigten Staaten.

Leukozyten: weiße Blutkörperchen. Immunabwehr.

Magschloss: Schlosssystem, das mittels polarisierter Magneten schließt und öffnet.

Magschlossknacker: Gerät zum Knacken von Magschlössern.

McMurdo: Forschungsstation der USA (später Human Foundation) in der Antarktis.

Medi-Manschette: Autonomes medizinisches Gerät, das selbstständig Analysen und Medikamentenabgaben steuern kann.

Membrandiffundator: siehe Diffundator.

Memoryschaum: Nanonischer Schaum, der zum Abdichten verwendet wird und selbstständig aushärtet, aber dabei flexibel bleibt.

Mikrophage: Immunzellen, die Fremdstoffe aufnehmen und transportieren können (z. B. Bakterien). Sie können außerdem Fremdkörper umhüllen und verschlingen.

MMR 3: Mars Mission Reconnaissance 3 – dritte Robotermission zum Mars, die zur Vorbereitung der ersten menschlichen Astronauten gesandt wurde.

Das Fossil 2 *Joshua Tree*

MMSS: Maximum Mobility Space Suit. Flexibler Raumanzug, der über Anpressdruck funktioniert.

Myonen-Detektor: Detektorsystem, das mittels kosmischer Strahlung unter anderem Hohlräume in Erdschichten aufdecken und markieren kann.

Myonentomografie: ein bildgebendes Verfahren zur dreidimensionalen Abbildung großvolumiger Objekte mittels Myonen der kosmischen Strahlung.

NASA: Weltraumbehörde der USA.

Nation Intelligence Service: Inlandsgeheimdienst in Südafrika

Neuro-T5: Flüssiges Nervengift, das seine Opfer stark sediert.

Notfall-Kapsel: Rettungskapsel auf einem Raumschiff.

Ocean's Bitch: altes Scraperschiff unter dem Kommando von Romain Alhy.

Okamalé: Schiff der maledivischen Küstenwache.

Paläogen: Erdzeitalter. Es dauerte von vor etwa 66 Millionen Jahren bis zum Beginn des Neogens vor etwa 23,03 Millionen Jahren.

Paläozän: Erdzeitalter. Das Paläozän begann vor rund 66 Millionen Jahren und endete vor etwa 56 Millionen Jahren.

Pilotensoftware: Künstliche Intelligenz, die für die Steuerung und Sicherheit eines Fahrzeugs zuständig ist und autonom handeln kann.

Pleistozän: Erdzeitalter. Es begann vor etwa 2,588 Millionen Jahren und endete vor knapp 12.000 Jahren mit der Jetztzeit.

Polymer: Werkstoffe aus aneinandergereihten Makromolekülen.

Project Blue Hole: Erforschung des mysteriösen blauen Lochs in der Antarktis, die offenbar von innen heraus schmilzt.

Project Globe: Projekt der Human Foundation, im Zuge dessen sie über Mikrowellen Energie von Solarsystemen im Weltall an die Erde weiterleiten wollen.

Project Heritage: streng geheimes Projekt der Human Foundation.

Pyramid Mountain: 2.800 Meter hoher Berg in der Antarktis, der in etwa die Form einer Pyramide hat.

Radionuklidbatterie (RTG): Wandelt thermische Energie des spontanen Kernzerfalls eines Radionuklids in elektrische Energie um.

Regulith: Decke aus Lockermaterial, die sich auf Gesteinsplaneten im Sonnensystem durch verschiedene Prozesse über einem darunter liegenden Ausgangsmaterial gebildet hat.

Reinigungsroboter: Roboter, der eigenständig Reinigungsarbeiten im Innen- und Außenbereich durchführt.

Roaring Forties: Region der Westwinddrift zwischen 40 und 50 Grad südlicher Breite. Bekannt für heftige Stürme.

Röntgenfluoreszenzanalyse: eine Methode aus der Materialanalytik auf Grundlage der Röntgenfluoreszenz. Sie ist eine der am häufigsten eingesetzten Methoden zur qualitativen und quantitativen Bestimmung der elementaren Zusammensetzung einer Probe.

Roskosmos: Weltraumbehörde der Russischen Föderation.

RTG: Siehe Radionuklidbatterie.

Ruthenium: ein silberweißes, hartes und sprödes Platinmetall.

Scraper: Schatzsucher, die im Indischen Ozean nach Wrackteilen der Mars One suchen.

SETEF: Space Exploration Training and Evaluation Facility, Astronautentrainingszentrum in Nevada, USA, nördlich von Reno.

Sharkskin: Hautenger Neoprenanzug, der Taucher vor kleineren Verletzungen schützt.

Solar Genesis: Projekt in Planung der Human Foundation, das vorsieht, riesige Solarsegel im erdnahen Orbit zu platzieren, um die Erde mit sauberer Energie zu versorgen.

Sons of Terra: Terrororganisation, die vor der Anwesenheit eines Aliens (»Der Feind«) warnt, das angeblich die Weltmächte kontrolliert.

Space Dream: Lotterie der Human Foundation, die dem Gewinner einen Platz bei einer künftigen Mars Mission zusichert.

Space Walker Anzug: Kunststoff-Raumanzug für den Mars, entwickelt von der Human Foundation.

Sweeper: Autonom betriebenes, riesiges Schiff, das auf den Weltmeeren Plastikmüll aufsammelt und in CO_2 und Wasserstoff aufspaltet.

Thiruvanamthapuram: Großstadt in Südindien.

Thrombozyten: kleinste Blutzellen, zuständig für die Blutgerinnung.

Transducer-Netz: Elektroden-Netz, das auf den Kopf gelegt und festgeschnallt wird, mittels dessen Hirnwellen gemessen und interpretiert werden, um über Computersysteme eine Sprachausgabe zu erzeugen.

TSA: Transportation Security Administration. Amerikanische Bundesbehörde zur Sicherung des Verkehrswesens.

Universalkonnektor: Universalschnittstelle, die das USB-System abgelöst hat.

USS Barack Obama: Flugzeugträger der Gerald R. Ford Klasse der US Navy.

Verkehrsleitsystem: KI-gesteuertes Straßennetzwerk, das mit GPS-Satelliten verbunden ist, um die autonom fahrenden Autos zu steuern.

Volkswagen E: meistverkauftes elektrisch angetriebenes Fahrzeug der Welt.

VR-Kabine: abgetrennter Bereich mit VR-Brille, VR-Anzug mit Feedbacksensoren und einem mehrdimensionalen Laufband, um komplett in eine virtuelle Realität abtauchen zu können.

Erbauer

Aartanfalter: urzeitlicher Schmetterling zu Zeiten der Erbauer.

Antuan: Tempelhauptstadt der Erbauer.

Astrogator: Operator auf Raumschiffen der Erbauer. Zuständig für die Energieknoten und Antriebssysteme sowie sämtliche aktiv nach außen gerichteten Systeme.

Deka: Zeiteinheit der Erbauer.

Follikol: entzündliches Reaktionsmedium für Inkubationsprozesse.

Geth: Name der Erbauer für die Pyramide in der Antarktis.

Goldan: Mars.

Kontrolleur: Operator auf Raumschiffen der Erbauer. Zuständig für das Innere des Schiffes.

Maschinenweber: Ingenieur der Erbauer.

Monnbat: walähnliches Riesensäugetier, dass die Ozeane zu Zeiten der Erbauer beherrschte.

Navigator: Schiffsnavigator der Erbauer.

Pendum: Zeiteinheit der Erbauer.

Photonenmanipulatoren: Lichtquellen der Erbauer, die aus künstlichen elektromagnetischen Manipulatoren bestehen und keine physisch sichtbare Quelle besitzen.

Plasmarute: Schweißbrenner.

Quantensänger: Quantenforscher der Erbauer.

Säuger: Hochangesehene Kaste der Erbauer, die sich um den Nachwuchs kümmert.

Schlafsarg: Schlafkabine der Erbauer, die mit sämtlichen Lebenserhaltungssystemen ausgestattet ist.

Tangir: südlicher Kontinent 66 Mio v. Chr.

Technologe: Forscher der Erbauer.

Joshua Tree
Ganymed erwacht

Im Jahr 2042 entdecken Astronomen einen lange postulierten neunten Planeten in unserem Sonnensystem. Ein beispielloses Weltraumrennen zwischen zwei mächtigen Megakonzernen beginnt. Als die Robotersonden mit Bodenproben aus dem äußeren System zurückkehren, stürzt eine davon auf Ganymed ab und zerstört dabei eine Forschungsstation. Kurz darauf erreicht eine zweite Probe die Erde, auf der schon bald Konflikte um die Herrschaft über ein Material ausbrechen, das sämtliche Forscher vor Rätsel stellt.

Taschenbuch ca. 360 Seiten, € 12,99 [D, A]
ISBN 978-3-96357-060-5